# 헌신자

## THE COMMITTED

VIET
THANH
NGUYEN

비엣 타인 응우옌
장편 소설

김희용 옮김

HELLO, CRAZY BASTARD

민음사

시몬에게 바친다

무(無)보다 더 진짜인 것은 아무것도 없다.

— 리티 판(크리스토프 바타유 공저), 『제거: 크메르 루주 정권 치하의
생존자가 그의 과거 및 킬링필드의 지휘관과 마주하다』

# 차례

프롤로그

# 우리

우리는 환영받지 못하는 사람들, 불필요한 사람들, 우리 자신을 제외한 모든 사람의 눈에 띄지 않는 보이지 않는 사람들이었다. 그야말로 아무것도 아닌 존재였던 우리 150인은 우리 같은 포유류가 아니라 바다의 어류를 위한 공간인 방주의 불 꺼진 캄캄한 선창 앞에 땀을 뻘뻘 흘리며 웅크리고 앉아 있는 내내 아무것도 보지 못했다. 파도에 이리저리 떠밀리며, 우리는 모국어로 말했다. 어떤 사람들에게는 그 말이 기도였지만, 다른 사람들에게는 저주였다. 파도의 움직임이 변하면서 선박이 더욱 심하게 요동치자, 우리 중 몇 안 되는 선원 한 사람이 소곤거렸다. 이제 바다예요. 강과 하구와 수로를 몇 시간이나 굽이굽이 돌고 돌아 마침내 조국을 벗어난 것이었다.

항해사가 해치를 열고, 무신경한 세상이 한낱 보트라고 폄하하는 우리 방주의 갑판 위로 우리를 불러냈다. 한쪽으로 기운 초승달의 미소에, 우리는 사방에 물뿐인 이곳의 해수면 위에 오로지 우리밖에 없다는 걸 알았다. 우리는 잠시 환희에 들떠 아찔해하다가, 물결치는 바다 때문에 또 다른 방식으로 아찔해졌다. 갑판 곳곳에, 그리고 서로가 서로에게 속에 든 것을 게워냈고, 심지어 아무것도 남지 않은 후에도 비참하게 헛구역질을 거듭하며 계속 토하고 헐떡거렸다. 이렇게 우리는 바닷바람에 덜덜 떨면서 해상에서의 첫날 밤을 보냈다.

동이 트자, 보이는 건 사방으로 무한히 멀어지는 수평선 뿐이었다. 그늘도, 한숨 돌릴 틈도 없이 무더운 날이었고, 여정이 얼마나 지속될지 알 수 없는 데다가 식량도 부족해서 먹을 거라고는 한 입, 마실 거라고는 한 모금이 고작이었다. 하지만 그렇게 조금씩 먹으면서도 우리는 여전히 갑판과 선창 곳곳에 우리가 인간이라는 흔적을 남겼고, 저녁 무렵에는 우리 자신의 오물을 뒤집어쓴 상태였다. 해 질 녘, 수평선 근처에서 배 한 척을 발견했을 때, 우리는 목이 쉬도록 소리를 질렀다. 하지만 배는 가까이 다가오지 않았다.

셋째 날, 우리는 광활한 사막 같은 바다를 헤치며 나아가는 화물선과 우연히 마주쳤다. 마치 단봉낙타처럼 고물에는 선교(船橋)가 높게 자리 잡았고, 갑판에는 선원들이 있었다. 우리는 소리를 지르며 손을 흔들고 펄쩍펄쩍 뛰었다. 하지만 화물선은 쉼 없이 나아갔고, 우리에게는 그 배가 일으킨 물결만 밀려왔다. 넷째 날과 다섯째 날, 각각 다른 깃발을 단 화물 운반선 두 척이 둘 다 먼젓번 배보다 더 가까운 거리에서 모습을 드러냈다. 선원들이 우리를 손가락으로 가리켰지만, 우리가 아무리 애원하며 간청하고 아이들을 안아 올려도, 배들은 방향을 바꾸지도, 속도를 늦추지도 않았다.

다섯째 날, 아이들 중 처음으로 한 여자아이가 죽었고, 우리가 그 애의 시신을 바다에 바치기 전에 사제가 기도를 했다. 여섯째 날, 한 남자아이가 죽었다. 어떤 사람들은 하느님에게 더욱 열렬히 기도했고, 어떤 사람들은 하느님의 존재를 의심하기 시작했고, 어떤 불신자들은 믿기 시작했고, 어떤 불신자들은 더욱더 강하게 믿지 않았다. 죽은 아이들 중 한 아이의 아버지가 울부짖었다. 하느님, 왜 저희에게 이러시나요?

그리고 그 순간 우리 모두에게 왜?라는 인류의 영원한 질문에 대한 답이 떠올랐다.

그때나 지금이나, 그 답은 이렇게 간단하다. 왜 안 되는데?

방주에 오르기 전에는 서로 모르는 사이였지만, 핼쑥한 얼굴로 염분 탓에 물집이 잡히고 햇볕에 똑같은 빛깔로 그을린 채 우리 자신의 배설물 속에 뒹굴면서, 우리는 이제 연인들보다 더 친밀해졌다. 우리 대부분이 조국을 떠난 이유는 책임 공산당원들이 우리에게 앞잡이, 사이비 평화주의자, 부르주아 민족주의자, 타락한 반동분자, 양심을 판 지식인이라는 딱지를 붙였거나, 우리가 그런 사람들 중 하나와 인척 관계였기 때문이다. 또한 점쟁이, 지관(地官), 승려, 사제가 있었고, 매춘부 역시 적어도 한 명은 있었다. 그녀의 중국인 이웃이 그녀에게 침을 뱉으며 이렇게 말한 걸 보면 말이다. 왜 이 창녀가 우리와 함께 있는 거야?

심지어 아무도 원하지 않는 사람들 가운데도 누구도 원하지 않는 사람이 있었고, 그의 말에 우리 중 일부는 그저 웃음을 터뜨릴 수밖에 없었다.

그 매춘부가 우리를 노려보며 말했다. **당신들 대체 뭘 원하는 거야?**

아무도 원하지 않는 사람들인 우리는 너무 많은 것을 원했다. 우리는 음식, 물, 양산을 원했다. 우산도 괜찮기는 했다. 우리는 깨끗한 옷, 욕조, 변기를 원했다. 심지어 쪼그려 앉는 종류의 변기 말이다. 왜냐하면 육지에서 쪼그려 앉는 것이 엉덩이를 배 밖으로 내밀고 마구 흔들리는 보트의 난간에 매달려 있는 것보다 더 안전하고 덜 창피했기 때문이다. 우리는 비, 구름, 돌고래를 원했다. 무더운 낮에는 더 시원하기를, 얼어붙을 듯 추운 밤에는 더 따뜻하기를 원했다. 우리는 도착 예정 시간을 원했다. 항해 중 사망하지 않기를 원했다. 우리는 무자비한 태양 아래에서 익어 가는 통구이 신세에서 해방되기를 원했다. 텔레비전, 영화, 음악 등등 시간을 때울 수 있는 것은 무엇이든 다 원했다. 우리는 사랑, 평화, 정의를 원했다. 단, 우리의 원수들을 위해서는 아니었다. 그들은 되도록이면 영원히 지옥 불에 타기를 원했다. 우리는 독립과 자유를 원했다. 단, 공산주의자들을 위해서는 아니었다. 그들은 모두 되도록이면 평생 재교육 수용소에 갇혀 있어야 했다. 우리는 국민을 대표하는 자애로운 지도자를 원했다. 그 국민이라는 단어로 우리가 말하고자 한 것은 그들이 누구든, 그들이 아니라 우리였다. 우리는 평등한 사회에서 살고 싶었다. 하지만 만약 우리가 우리의 이웃보다 더 많은 것을 차지하는 상황을 받아들여야만 한다면, 그것은 전혀 문제가 안 됐을 것이다. 우리는 방금 겪었던 혁명을 뒤엎을 혁명을 원했다. 요약하자면, 우리는 무엇 하나 부족함이 없기를 원했던 것이다!

우리가 무엇보다도 확실하게 원치 않았던 것은 폭풍우였지만, 바로 그것이 일곱째 날 우리에게 닥쳐 왔다. 신앙이 깊은 사람들은 한 번 더 부르짖었다. 하느님, **저희를 도우소서!** 신앙이 없는 사람들은 부르짖었다. 하느님, 이 개자식아! 신앙이 있든 없든, 수평선을 장악하고 점점 가까이 밀려오는 폭풍우를 피할 길은 없었다. 바람이 미친 듯 휘몰아치며 가속도가 붙었고, 파도가 커지며 우리의 방주는 더 빠르게 더 높이 요동쳤다. 번개가 폭풍우를 몰고 온 먹구름의 어두운 고랑을 비추었고, 천둥소리가 우리가 일제히 내던 신음 소리를 지워 버렸다. 억수 같은 비가 우리를 덮쳤다. 파도가 배를 훨씬 더 높이 밀어 올리자, 신앙이 깊은 사람들은 기도했고, 신앙이 없는 사람들은 욕설을 퍼부었지만, 흐느껴 울기는 둘 다 마찬가지였다. 이윽고 우리의 방주는 극한의 상황에 몰려, 영원인 듯한 한순간, 흰 눈 같은 포말에 뒤덮인 벼랑 같은 파도 꼭대기에 올라탔다. 우리를 기다리는 그 깊은 와인 빛깔 골짜기를 내려다보며 우리가 확신한 것은 두 가지였다. 첫 번째는 우리가 반드시 죽게 되리라는 것이었다! 두 번째는 우리가 십중팔구는 살아남으리라는 것이었다!

그렇다. 우리는 그것을 확신하고 있었다. 우리는 ─ 살아남을 ─ 것이다!

이윽고 우리는 울부짖으며 그 심연 속으로 곤두박질쳤다.

# 1부

# 나

# 1장

나는 더 이상 스파이나 고정간첩이나 CIA 비밀 요원은 아닐지도 모르지만, 유령인 것은 확실합니다. 머리에 두 개의 구멍이 나 있고 거기서 새어 나오는 검은 잉크로 이런 글을 쓰고 있는데 어떻게 유령이 아닐 수 있겠습니까. 죽었지만 낙원에 있는 내 작은 방에서 이런 이야기를 적고 있다니, 참으로 기이한 상황입니다. 그러므로 나는 유령 작가임이 분명하고, 하나는 나 자신, 나머지 하나는 내 가장 친한 친구이자 의형제인 본이 뚫은 한 쌍의 구멍에서 흘러나오는 잉크에 내 펜을 담갔다 꺼내는 건, 좀 으스스할지는 몰라도 기본적으로는 간단한 일입니다. 총 내려놔, 본. 네가 날 죽일 수 있는 건 딱 한 번뿐이니까.

아니, 어쩌면 그렇지 않을지도 모르지요. 나는 여전히 두 얼굴과 두 마음의 남자이니, 어쩌면 둘 중 어느 한쪽은 여전히 온전할지도 모릅니다. 두 마음을 가지고 있어서 어떤 문제든 양면의 관점에서 생각해 볼 수 있고, 한때는 이것이 재능이라고 자부하기도 했지만, 이제는 그것이 저주라는 걸 잘 압니다. 두 마음의 남자가 돌연변이가 아니면 무엇이겠어요. 어쩌면 심지어 괴물일지도 모르지요. 그래요, 인정합니다! 나는 하나일 뿐 아니라 둘입니다. 나일뿐 아니라 너이기도 합니다. 나일뿐 아니라 우리이기도 합니다.

우리가 그렇게 오랫동안 이름 없이 지냈던 탓에, 당신은 우리를 뭐라고 불러야 하느냐고 묻습니다. 나는 당신에게 솔직히 대답하기를 망설입니다. 그것은 지금껏 내 습관이 아니었기 때문입니다. 나는 나쁜 습관들을 가진 사람이고, 매번 그런 습관 하나가 교정될 때마다 ─ 그런 습관을 기꺼이 버린 적은 결코 없습니다 ─ 항상 촉촉이 젖은 눈으로 훌쩍이며 다시 그 습관을 반복했습니다.

이 글을 예로 들어 봅시다. 나는 지금 이 글을 쓰고 있는데, 글쓰기는 가장 나쁜 습관입니다. 대부분의 사람들이 급료 때문에 고민하고, 햇빛을 즐기며 비타민 D를 흡수하고, 함께 아이를 낳거나 혹은 그저 발정하기 위해 같은 종의 다른 구성원을 찾아다니고, 죽음에 대해 생각하기를 거부하면서 자신의 삶에서 가능한 한 많은 걸 짜내는 동안, 나는 낙원의 한구석에서 펜과 종이를 들고 시간을 보냅니다. 좌절이 머리에서 증기처럼 모락모락 피어오르고, 슬픔이 땀방울처럼 몸에 다닥다닥 들러붙은 채로 점점 더 창백해지고 여위어 가면서요.

내 여권상의 이름은 알려 줄 수 있습니다. 보 얀*입니다. 나는 우리의 프랑스인 주인들이 우리에게 가르쳐 준 대로 부르자면 빛의 도시인 이곳 파리에 당연히 오게 될 것이라 예상하며 이 이름을 생각해 냈습니다. 우리, 그러니까 본과 나는 자카르타에서 비행기를 타고 밤 중에 이곳 공항에 도착했습니다. 비행기에서 내렸을 때, 우리는 안도 감에 사로잡혔습니다. 모든 난민들, 특히 한두 번도 아니고 세 번이나 난민이 된 사람들이 열에 들떠 꿈꾸는 피난처에 도착했으니까요. 내 가 태어나고 9년 후인 1954년, 젊고 꽤 잘생겼던 1975년, 그리고 불 과 2년 전인 1979년, 이렇게 세 번이었습니다. 미국인들이 즐겨 하는 말처럼, 삼세번 만에 행운이 찾아온 걸까요? 본은 항공사에서 제공 한 수면용 안대를 잡아당겨 눈을 가리기 직전, 한숨을 쉬며 이렇게 말했습니다. 프랑스가 미국보다는 낫기만 바라자.

그 희망은 경솔한 것이었습니다. 만약 한 나라를 그 나라의 국경을 관리하는 공무원들을 보고 판단한다면요. 내 여권을 검사한 공무원 은 내 사진과 얼굴을 번갈아 살펴보는 내내 여느 보안 요원과 마찬가 지로 무표정한 얼굴을 하고 있었습니다. 그의 허여멀건 얼굴은 누군 가가 그가 사랑하는 나라에 내가 접근하도록 허락했다는 데 불쾌해 하는 듯 보였습니다. 이 남자는 윗입술이 없다시피 했고, 그 사실을 숨겨 줄 콧수염 또한 없었습니다. 이 백인 남자가 말했습니다. 베트남 인이네요. 내 아버지의 조국을 처음 방문하자마자 내게 들린 첫 마디 였습니다.

네! 보 얀이라고 해요! 나는 가능한 한 정확한 프랑스어 악센트를

---

\*　　　vô danh. '무명', '익명'이라는 의미의 베트남어.

사용하면서, 그 국경 경찰에게 짜증이 날 정도로 비위를 맞추고 최대한 아양 떨듯 방긋 웃으며, 말했습니다. 하지만 아버지는 프랑스인이에요. 어쩌면 나도 프랑스인일까요?

그의 관료다운 두뇌가 이 진술을 처리하고, 마침내 그가 빙긋 웃었을 때, 나는 생각했습니다. 아! 내 **프랑스어 농담이 처음으로 통한 순간**이구나! 하지만 그의 대답은 이랬습니다. 아니요…… 당신은…… 절대로…… 프랑스인이…… 아니에요. 이런…… 이름을…… 가진…… 사람은…… 없어요. 곧이어 그는 내 여권에 1981년 7월 18일이라는 입국 날짜를 찍고, 벌써 내 어깨 너머로 다음 탄원자를 쳐다보며 카운터 너머로 여권을 획 던져 버렸습니다.

나는 여권 심사대 건너편에서 본을 만났습니다. 우리는 마침내 골에* 발을 내디뎠습니다. 내 아버지는 그의 교구 학교에서 프랑스를 그렇게 부르라고 내게 가르쳤습니다. 따라서 최근 기억을 돌이켜 볼 때, 위대한 프랑스인들 중에서도 가장 위대한 인물인 샤를 드골의 이름을 따서 이 공항의 이름을 지은 건 적절한 일이었습니다. 프랑스를 나치에게 해방시키면서도 우리 베트남인들을 계속 노예로 부린 영웅이었으니까요. 아, 모순이군요! 인류의 영원한 체취! 예외인 사람은 아무도 없었습니다. 심지어 날마다 목욕하는 미국인들 혹은 베트남인들이나, 그보다는 간간이 목욕하는 프랑스인들조차도요. 우리의 국적이 무엇이든, 우리는 모두 우리 자신의 모순의 향기에 익숙해짐

---

\*     고대 로마인이 라틴어로 갈리아인이라고 부르던 골족이 살던 지역. 주로 지금의 프랑스에 해당한다.

니다.

무슨 일이야? 그가 물어보았습니다. 너 또 우는 거야?

우는 거 아니야. 나는 흐느끼며 말했습니다. 마침내 고국에 와서 너무 벅찬 것뿐이야.

이때쯤 본은 느닷없이 터지는 내 눈물에 익숙해져 있었습니다. 그는 한숨을 쉬며 내 손을 잡았습니다. 다른 한 손에 든 건 UN의 선물인 싸구려 더플백 하나가 전부였습니다. 그의 가방은 내가 남부 캘리포니아의 옥시덴털 대학을 졸업할 때, 옛 멘토인 클로드가 내게 선물해 준 가죽 가방만큼 멋진 것은 결코 아니었습니다. 내가 필립스 엑서터 아카데미*를 졸업하고 예일 대학에 갔을 때 우리 영감님도 똑같은 모양의 가방을 내게 주셨어. 눈물로 흐려진 눈으로 클로드가 내게 말했습니다. 비록 심문과 암살을 직업으로 하는 CIA 요원이긴 했지만, 그는 우리의 우정과 고급 남성 용품 같은 것들에 대해서는 감상적인 면도 있었습니다. 나도 그와 마찬가지로 지난 시절에 대한 그리움 때문에 그 가죽 가방을 계속 가지고 있었습니다. 그 가방은 그리 크지는 않았지만, 본의 가방처럼 가득 차 있지는 않았습니다. 대부분의 난민들처럼 본과 내게도 물질적인 소유물은 거의 없었습니다. 우리의 가방이 꿈과 환상, 트라우마와 고통, 슬픔과 상실, 그리고 당연하게도 유령들로 미어터졌을지언정 말입니다. 유령은 무게가 나가지 않기에, 우리는 그들을 무수히 담아서 데리고 다닐 수 있었습

---

\*　　　미국 뉴햄프셔주에 위치한 명문 사립 고등학교.

니다.

수화물 컨베이어 벨트를 지나갈 때, 여행 가방을 끌거나 짐과 여행에 대한 기대를 잔뜩 실은 손수레를 밀고 있지 않은 승객은 오직 우리뿐이었습니다. 우리는 관광객도, 해외 주재원도, 귀국자도, 외교관도, 사업가도, 일단의 품위 있는 여행자도 아니었습니다. 그래요, 우리는 난민이었고, 국제선 항공기라고 불리는 타임머신을 탔다는 경험만으로는 재교육 수용소에 수감돼 있던 1년, 혹은 갈랑이라는 인도네시아 섬의 난민 수용소에서 보낸 2년을 씻은 듯 없애 버리기에 충분하지 않았습니다. 수용소 두 곳의 대나무, 초가지붕, 진흙, 양초를 겪은 후라 우리는 공항의 스테인리스 스틸, 유리, 타일, 환한 조명에 갈팡질팡했습니다. 우리는 출구를 찾는 내내 다른 승객들과 부대끼며 느릿느릿 발길 닿는 대로 걸었습니다. 마침내 출구에 이르자 문이 스르륵 열렸고, 우리가 국제선 입국장의 거대한 천장 아래 모습을 드러내자 기대에 들뜬 수많은 얼굴들이 우리를 자세히 살펴보았습니다.

한 여자가 내 이름을 크게 외쳤습니다. 그녀는 내 당고모, 아니 좀 더 정확히 말하자면 내가 내 당고모라고 여기기로 돼 있는 여자였습니다. 미국에서 남베트남 망명군의 초라한 대열에 침투한 공산당의 스파이로 있는 동안, 나는 그녀에게 주기적으로 편지를 보냈는데, 표면적으로는 난민으로서 나의 개인적인 고생에 관한 것이었지만, 사실은 공산 치하의 조국을 되찾고 싶어 하는 그 군대 내 일부 소대의 음모를 비밀 메시지로 암호화하여 투명 잉크로 적은 것이었습니다.

우리는 리처드 헤드의 『아시아의 공산주의와 동양적인 파괴 방식』을 암호 책으로 사용했습니다. 내 메시지를 나와 본의 의형제인 만에게 전달하는 것이 그녀의 임무였습니다. 나는 안도하면서도 두려워하며 그녀에게 인사를 건넸습니다. 그녀는 본이 알지 못했고 이후로도 결코 알지 못할 것, 그러니까 예전에 내가 스파이였듯, 만도 스파이라는 사실을 알고 있었기 때문입니다. 만이 내 통제관이었다가 결국 재교육 수용소에서에서 나를 고문하는 자가 되었다면, 그것은 두 마음의 남자인 내게 어울리는 일 아니었을까요? 그리고 내 당고모가 진짜 내 당고모가 아니라면, 그것 또한 두 얼굴의 남자인 내게 완벽하게 어울리는 일 아니었을까요?

그녀는 실제로는 만의 당고모였고, 마지막 편지에서 자기 자신을 묘사한 그대로의 모습이었습니다. 키가 크고, 말랐으며 머리카락은 칠흑처럼 검었습니다. 내가 그녀에 대해 상상했던 것과 일치하는 점은 그것으로 끝이었습니다. 나는 그녀가 재봉사로 일한 탓에 등이 완전히 굽어 버리고, 혁명에 헌신하는 겸손한 중년 여성일 것이라 상상하고 있었습니다. 하지만 그녀의 몸매와 그녀가 한 손에 들고 있는 것으로 미루어 볼 때, 이 여성과 가장 닮은 것은 담배였습니다. 그녀는 담배 연기를 내뿜으며 자신감을 물씬 풍겼고, 지나치게 높은 하이힐을 신은 상태여서 그녀의 키는 내 키와 맞먹었습니다. 하지만 날씬한 데다 몸에 꼭 맞는 회색 니트 드레스를 입고, 유니폼을 입듯 늘 하던 대로 올림머리를 했기 때문에 나보다 더 커 보였습니다. 나는 그녀가 50대이리라는 걸 잘 알고 있었습니다. 하지만 프랑스식 차림새와 유전자의 절반에 해당하는 어려 보이는 아시아계 유전자의 축복을 동시에 받은 덕분에 그녀는 30대 후반이라고 해도 통할 것 같았습니다.

맙소사! 그녀가 내 양어깨를 잡고는 양 볼에 차례로 볼을 갖다 대고 입 맞추는 소리를 내며 그 멋들어진 프랑스식 인사를 했는데, 그것은 내 프랑스인 아버지를 포함해 조국 베트남의 프랑스인들이 내게 전파한 적 없는 인사법이었습니다. 너희 둘은 새 옷이 필요하겠어. 머리도 잘라야겠고!

그래요. 그녀는 분명히 프랑스인이었습니다.

나는 본에게 그녀를 프랑스어로 소개했지만, 그는 베트남어로 응답했습니다. 나와 마찬가지로 프랑스식 국립 고등학교에 다녔지만 그는 프랑스인들을 몹시 싫어했습니다. 그가 여기에 온 건 오로지 나를 위해서였습니다. 프랑스인들이 그에게 장학금을 준 건 사실이지만, 그 외에 그는 그들로부터 어떤 식으로든 혜택을 받은 적이 없었습니다. 그들이 설계한 도로로 다닌 것은 예외지만요. 하지만 본의 가족 같은 소작농들의 노예 노동으로 그런 도로들이 건설되었다는 걸 감안할 때, 그것은 고마워하기 힘든 일이었습니다. 당고모는 우리를 택시 승강장 대기 줄로 이끌며 언어를 베트남어로 바꾸더니, 하노이 지식인들이 사용하는 가장 순순하고 표준적 형태의 베트남어로 우리의 여행과 고생에 대해 물었습니다. 본은 잠자코 있었습니다. 그가 사용하는 베트남어는 우리 가족들의 고향인 북부 시골 지역과 사이공 외곽의 남부 시골 지역 말이 섞인 사투리였습니다. 그의 부모님은 1954년에 우리 같은 가톨릭교도들이 북부에서 탈출한 후, 그러니까 우리의 세 번에 걸친 난민 경험 중에서 첫 경험을 겪은 후, 사이공 외곽의 남부 시골에 자리를 잡았습니다. 그의 침묵은 자신의 사투리에 대한 수치심이나 부글부글 끓어오르는 분노, 둘 중 하나 때문이었을 겁니다. 십중팔구는 분노 때문이었겠지만요. 하노이와 연관된 것은 무엇이든 공산주의와 연관되었을 가능성이 있고, 공산주의와 연관되었을 가능성이 있는 것은 무엇이든 의심의 여지 없이 공산주의와 연관되어 있었습니다. 적어도 본처럼 광적인 반공주의자에게는 그랬습니다. 그는 한때 우리를 억류했던 공산주의자들이 그에게 준 유일한 선물, 그러니까 '죽을 고비를 넘긴 사람은 더 강해진다'*는 교훈조차도 고맙게 여기지 않았습니다. 분명 그것은 본과 내가 이제는 초인이라는 의미였는데도요.

무슨 일을 하시나요? 우리가 당고모를 사이에 두고 택시 뒷좌석에 앉은 직후 마침내 그가 물어보았습니다.

나를 크게 나무라는 눈초리로 쳐다보며 당고모가 말했습니다. 조카가 나에 대해 아무것도 말해 주지 않았나 보네요. 나는 편집자예요.

편집자요? 나는 하마터면 큰 소리를 낼 뻔했지만, 간신히 자제했습니다. 나는 당고모가 어떤 사람인지 잘 알고 있었어야 했으니까요. 우리가 난민 수용소를 떠나기 위해 후원자를 구할 때, 나는 그녀에게 편지를 보냈습니다 — 이번에는 암호화하지 않았습니다 — 내가

---

*　　니체의 '나를 죽이지 못하는 고통은 나를 더 강하게 만든다.'라는 명언을 활용한 문장. 니체는 고통을 피해야 할 대상이 아니라 축복하고 긍정할 대상, 즉 나를 더 성장하게 하는 것으로 보았다.

아는 사람 중 그녀만 미국인이 아니었기 때문입니다. 그녀가 만에게 내 도착을 알릴 가능성이 높았지만, 그렇게 확신하는 편이 유죄 판결을 받은 적은 없어도 자랑스럽지는 않은 범죄들을 저지른 미국으로 돌아가는 것보다는 나았습니다.

그녀는 내가 들어 본 적 없는 출판사 이름을 대고는 이렇게 말했습니다. 나는 책으로 돈을 벌어요. 주로 소설과 철학 분야죠.

본의 목구멍에서 난 소리는 그가 군대의 야전 교범, 타블로이드 신문, 내가 냉장고에 붙인 메모 따위를 제외하고는 글을 읽는 부류가 아니라는 걸 암시했습니다. 그는 그녀가 실제로 재봉사였다면 더 편하게 여겼을 겁니다. 나는 본에게 그녀에 대해 아무 말도 하지 않았던 걸 다행스럽게 여겼습니다.

너희들이 겪은 일에 대해 모두 듣고 싶어. 당고모가 말했습니다. 재교육이며, 그 후의 난민 수용소며 모조리 다. 재교육을 경험한 사람을 만난 건 너희가 처음이야!

오늘 밤은 좀 그래요, 고모. 내가 대꾸했습니다. 나는 그녀에게 재교육을 받으며 엄청난 강압에 못 이겨 쓴 자술서에 대해 말하지 않았습니다. 그것은 반으로 쪼개져 종이가 누렇게 변해 가는 헤드의 책과 함께 내 가죽 더플백의 가짜 바닥 속에 숨겨져 있었습니다. 왜 그것을 굳이 숨기는지는 나 자신조차 확실히 알지 못했습니다. 그 자술서를 결코 읽어서는 안 될 사람인 본은 그것의 존재에 전혀 관심도 보이지 않았으니까요. 나와 마찬가지로, 그 역시 재교육 수용소에서 여러 번 고문을 당하며 자술서를 썼습니다. 하지만 나와 달리, 그는 그 수용소의 정치위원이 그의 의형제인 만이라는 사실을 몰랐습니다. 그 정치위원에게는 얼굴이 없었는데, 그가 어떻게 알 수 있었겠어요. 본의 말에 따르면, 고문을 당해 억지로 작성된 자술서는 한낱 거짓말에 불과했습니다. 대부분의 사람들처럼 그는 거짓은 아무리 자주 말한다 해도, 결코 진실이 될 수 없다고 믿었습니다. 사제였던 내 아버지처럼 나는 그와 정반대의 믿음을 가진 사람이었습니다.

당고모의 아파트는 프랑스 혁명이 시작된 바스티유와 인접한 11구에 있었습니다. 우리는 차를 타고 어둠 속에서 스쳐 지나간 첨탑*을 보고 그곳이 역사적인 바스티유가 있던 곳임을 알 수 있었습니다. 내가 한때 공산주의자이자 혁명가였다면, 그 순간의 나 역시 돌이킬 수 없는 최후인 기요틴으로 귀족들을 참수한 이 사건의 후예였습니다. 고속도로를 벗어나 도심으로 들어서자, 이제 진짜로 프랑스에 와 있다는 느낌이 들었습니다. 아니, 파리에 와 있다는 게 더욱 잘 느껴졌습니다. 파리의 좁은 길들, 높이와 디자인이 한결같은 건물들 때문이었습니다. 엽서와, 내가 유학생으로 로스앤젤레스에 도착한 직후 미국 영화관에서 보았던 **당신에게 오늘 밤을**\*\* 같은 영화 덕에 즉시 알아볼 수 있었던 가게 정면 위쪽에 새겨진 매력적인 글자들은 말할 것도 없었고요. 결국 나중에 내가 다 깨닫게 되었듯이 파리의 모든 것은

---

\*       바스티유 광장 가운데 서 있는 '7월 기둥'.
\*\*    Irma la Douce. 셜리 매클레인, 잭 레먼 주연, 빌리 와일더 감독의 파리를 배경으로 한 1963년 작품.

심지어 매춘부도, 심지어 모든 것이 문을 닫는 일요일, 또는 이른 아침, 점심 식사 후, 8월에도 매력적이었습니다.

그 후 몇 주 동안, 나는 "매력적"이라는 그 단어에 결코 물리지 않았습니다! 내 고국도 미국도 매력적이라고 묘사될 수는 없었습니다. 그것은 나처럼 뜨겁고 다혈질인 나라와 국민에게는 너무나 온화한 형용사였습니다. 우리는 퇴짜를 놓거나 유혹했지만, 결코 매혹하지는 않았습니다. 미국의 경우, 코카콜라를 생각해 보면 간단합니다. 그 만병통치약은 정말로 대단한 것이지요. 혀에서 아무리 청량하게 탄산 기포 터지는 소리가 난다 해도, 중독성 있고 이가 썩는 자본주의의 단맛을 고스란히 구현하니까요. 하지만 그것은 매력적이지는 않았습니다. 은행가나 미술품 수집가처럼 자신의 전문직의 가치를 확신하는 웨이터가 인형 놀이용 스푼과 함께 작은 모형 접시 위에 올린 골무만큼 작은 컵에 담아 내놓는 갓 내린 진한 커피와는 달리 말입니다.

미국인들에게는 소란스럽고 허풍스러우며 브래지어와 카우보이모자가 넘쳐나는 할리우드가 있었지만, 프랑스인들은 매력을 알리는 캠페인을 펼쳤습니다. 그것은 마치 이브 생로랑이 프랑스의 모든 것을 디자인하기라도 한 듯, 우리를 태운 택시 기사가 실제로 베레모를 쓴 모습에서부터, 당고모가 사는 거리의 이름인 뤼* 리샤르 르누아르, 당고모가 사는 아파트 건물 37동 철문의 벗겨진 파란색 페인트,

---

*  rue. 프랑스어로 '거리', '길'이라는 의미.

고장 나 깜박거리는 전등 탓에 주기적으로 어두워지는 아파트 복도, 당고모가 사는 4층 아파트까지 이어지는 좁은 나무 계단에 이르기까지 세세한 부분에서 확연히 눈에 띄었습니다.

베레모 외에는 그중 어느 것도 본질적으로는 매력적이지 않다는 사실은, 프랑스인들이 그들의 매력 공세를 통해 지나치게 부당한 이점을 누렸다는 걸 보여 줍니다. 적어도 최선의 노력을 다했는데도 거의 완전히 식민화되었던 나 같은 사람들에 대한 공세에서는요. 내가 거의라고 말한 것은, 그 계단을 헉헉거리며 올라가는 데 매력을 느끼던 바로 그 순간에도, 내 뇌의 어떤 작고 파충류 같은 부분*이 ― 내 안의 야만적 원주민이 ― 그것이 무엇인지를, 다시 말해 예속의 유혹이라는 걸 인식하는 동안만은 그 매력에 저항했기 때문입니다. 그것은 당고모의 저녁 식탁을 빛낸 맵시 있는 바게트를 보고 거의 졸도할 지경으로 황홀해졌던 바로 그 느낌이었습니다. 아, 바게트! 프랑스의 상징이며, 따라서 프랑스의 식민지 지배의 상징! 나는 한편으로는 그렇게 생각했습니다. 하지만 동시에 다른 한편으로는 이런 생각도 들었습니다. 아, 바게트! 우리 베트남인들이 어떻게 프랑

---

\*     미국의 의사이자 신경 과학자인 폴 매클린은 삼위일체뇌, 혹은 삼중뇌라고 하는 진화론적 관점의 이론에서, 약 5억 년 전 가장 먼저 생겨나 현재 인간 뇌의 가장 안쪽에 자리해 있는 뇌를 '파충류의 뇌'라고 칭했다. 그의 주장에 따르면 '포유류의 뇌'로 주로 감정을 관장하는 '변연계'나, 가장 '인간다운 뇌'로 주로 이성적이고 복잡한 의사 결정을 관장하는 '대뇌피질'과는 달리, '파충류의 뇌'는 주로 생존 및 기본적 욕구와 직결되는 행동을 관장한다.

스 문화를 우리 자신의 것으로 만들었는지 보여 주는 상징! 왜냐하면 우리는 바게트를 잘 굽는 사람들이었고, 우리가 바게트로 만들어 낸 반미는 프랑스인들이 바게트로 만든 샌드위치보다 훨씬 더 맛있고 창의적이었기 때문입니다. 그 변증법적인 바게트가 라이스 와인 비네그레트 소스를 뿌린 오이 샐러드, 감자와 당근을 곁들인 닭고기 커리 한 냄비, 레드 와인 한 병, 마지막으로 캐러멜화된 진한 갈색 설탕이 뒤범벅된 캐러멜 플랜과 함께 당고모가 준비한 식사였습니다. 이런 요리나 그 비슷한 것을 내가 얼마나 간절히 바랐는지 모릅니다! 먼저 지옥의 가장 깊숙한 곳 어딘가에 위치한 재교육 수용소에서, 그다음엔 지옥의 외곽 변두리에 있는 난민 수용소에서 보낸 끝없이 긴 몇 달 동안, 음식에 대한 환상이 유혹의 손짓을 해 왔습니다. 그런 곳에서 우리가 식사에 대해 할 수 있는 가장 좋은 말은 먹을 게 부족했다는 것이고, 가장 나쁜 말은 악취가 진동한다는 것이었으니까요.

우리 아버지가 나한테 베트남 음식 만드는 법을 알려 줬어. 당고모가 스푼으로 우리의 그릇에 각각 커리를 떠 넣어 주면서 말했습니다. 아버지는 너희 둘처럼 군인이었지만, 잊힌 군인이었지.

아버지라는 바로 그 말에 나는 가슴이 덜컥했습니다. 나는 나를 거부한 가장이었던 내 아버지의 땅에 와 있었습니다. 그가 나를 자기 아들로 인정하고 내 어머니를 아내까지는 아니더라도 대놓고 정부로 삼았더라면, 내 삶이 달라졌을까요? 내 마음 한구석에서는 아버지의 사랑을 갈구했지만, 다른 한구석에서는 그에게 경멸 말고 다른 감정을 느끼는 나 자신이 증오스러웠습니다.

프랑스인들은 1차 세계 대전에 참전시키려고 우리 아버지를 징집했어. 당고모가 말을 이어 갔습니다. 본과 나는 각각 의자 끄트머리에 앉아 그녀가 스푼을 집어 들거나 바게트를 뜯기를, 우리 앞에 너무나도 자극적으로 놓여 있는 식사를 공격하라는 신호를 기다리고 있었습니다. 아버지는 열여덟 살에 수만 명의 다른 사람들과 함께 열대의 인도차이나에서 본토까지 휩쓸려 왔지. 아버지는 전쟁 끝나고 한참 후에야 파리를 봤어. 그리고 결코 고향으로 돌아가지 못했지. 아버지의 유골은 내 침실 화장대 위에 놓여 있어.

망명보다 더 슬픈 일은 없어요. 가엾은 본이 식탁보 위에서 손가락을 부들부들 떨며 말했습니다. 그는 거의 평생 동안 조금이라도 철학적인 말을 한 적이 없었을 테지만, 자신의 망명과 아내와 아들의 비극적인 죽음으로 인해 갈수록 사색에 빠지게 되었습니다. 그가 말을 이어 갔습니다. 유골을 고국으로 모셔 가세요. 그래야만 아버지의 영혼이 진정으로 평화를 찾으실 겁니다.

당신은 그런 대화로 인해 우리의 식욕이 떨어졌을지도 모른다고 생각할 테지만, 본과 나는 난민들을 그저 살려만 두는 임무가 다였던 비정부 기구가 최소한도로 배급하던 식량만 아니라면 무엇이든 간절히 먹고 싶었습니다. 게다가 프랑스인들과 베트남인들은 우울과 철학에 대한 사랑을 공유하고 있었습니다. 광적일 만큼 낙관주의적인 미국인들은 결코 이해할 수 없는 것들이었죠. 전형적인 미국인은 입문자용 설명서에서 찾을 수 있는 판에 박힌 내용의 철학을 선호했지만, 프랑스인과 베트남인들은 평범한 사람일지라도 지식에 대한 사랑을 마음에 품고 있었습니다.

그래서 대화를 하며 식사도 했지만, 그에 못지않게 중요한 건 우리가 술을 마시고 담배를 피우고 자유롭게 사고하며, 재교육 기간에는 허락되지 않았던 그 세 가지 나쁜 습관에 동시에 빠져 있었다는 겁니다. 그런 습관을 이어 가도록 당고모는 레드 와인 병을 연달아 열었을 뿐 아니라, 두 종류의 담배, 즉 해시시가 섞인 것과 섞이지 않은 담배가 모두 든 모로코산 담배통 뚜껑을 열어 식탁 위에 놓아두었습니다. 심지어 "해시시"라는 단어조차도 미국이 선택한 마약인 "마리화나"와 비교하면 매력적으로, 아니, 적어도 이국적으로 들립니다. 둘은 똑같은 식물로 만드는데도요. 마리화나는 히피와 10대가 피우는 것으로, 이브 생로랑이라면 홀치기염색 티셔츠의 대중화를 위해 한 줄로 세워 놓고 촬영하리만큼, 유행에 절망적으로 무관심한 **그레이트풀 데드**라는 밴드가 그것의 상징이었습니다. 해시시는 레반트*와 수크**, 기묘한 것과 흥미진진한 것, 퇴폐적인 것과 귀족적인 것을 떠올리게 했습니다. 아시아에서는 마리화나를 피울지 몰라도, 중동이라면 해시시를 피웠습니다.

심지어 본조차도 독한 담배 한 대를 함께 피웠습니다. 본이 벽난로 선반에 놓인 액자 속 사진 중 하나에 주목한 것은, 배고픔이 가라앉고 몸과 마음이 편안해지고, 난민들에게는 거의 섹스 후의 환희만큼

---

\*    그리스와 이집트 사이에 있는 동지중해 연안 지역을 통틀어 이르는 말로, 좁게는 시리아와 레바논 두 나라를 가리킨다.

\*\*   중동이나 북아프리카 지역의 시장이나 장터 같은 상업 지역을 일컫는다.

이나 즐거운 저녁 식사 후의 득의만면한 환희 속에서 프랑스다운 분위기를 조금이나마 더 느끼던 바로 그 순간이었습니다.

저거. 그가 느닷없이 일어나 비틀거리다가 균형을 잡더니, 이내 페르시아 양탄자의 테두리를 가로질러 벽난로로 걸어갔습니다. 저건. 그러고는 손가락으로 그 얼굴을 가리켰습니다. 저건 그 남자야.

내가 당고모에게 두 사람이 공통적으로 아는 사람이 있는 것 같다고 말하자, 그녀가 말했습니다. 누군지 도통 모르겠어.

본이 화가 나서 벌게진 얼굴로, 벽난로 선반에서 고개를 돌렸습니다. 누군지 말해 줄게요. 악마예요.

나는 벌떡 일어섰습니다. 악마가 여기 있다면 그를 만나고 싶었습니다! 하지만 더 자세히 살펴보니…… 그건 악마가 아니야. 백발에 염소수염을 기르고, 머리 주위에는 희미한 후광이 둘려 있는 한 남자의 전성기 시절 채색 사진*을 바라보며 내가 말했습니다. 호찌민이잖아.

한때 나는 그와 마찬가지로 헌신적인 공산주의자였고, 심지어 미국에서도 임무를 계속 수행하며, 해외에서 반혁명을 척결하기 위해 최선을 다함으로써 있는 힘껏 고국의 혁명을 지원했습니다. 나는 줄곧 거의 모든 사람에게, 특히 본에게는 이 사실을 비밀로 했습니다. 내가 공산주의 동조자라는 걸 알고 있는 사람은 당고모와 그녀의 조카인 만뿐이었습니다. 그와 본과 나는 의형제이자 **삼총사**였습니다.

---

\* 흑백 사진에 색을 입힌 사진.

아니, **바보 삼총사**\*였습니다. 어쩌면 역사는 우리를 그렇게 평가할지도 모를 일입니다. 만과 나는 스파이였고, 본이 그토록 소중히 여기는 반공주의라는 대의에 맞서 비밀리에 활동했는데, 이런 속임수는 우리를 온갖 종류의 어려운 상황으로 몰아넣었고, 우리의 탈출 방법은 대개 누군가의 죽음을 포함하는 것이었습니다. 심지어 지금도 본은 만이 죽었으며, 내가 자기와 같은 반공주의자라고 믿고 있었습니다. 그는 공산주의자들이 재교육을 하면서 나에게 어떤 식으로 상처를 입혔는지 목격했는데, 그가 보기엔 그런 상처는 오로지 적들에게만 입힐 법한 것이었기 때문입니다. 나는 공산주의의 적은 아니었습니다. 그저 미국인들을 포함한 공산주의의 실제 적들에게 공감할 수 있는 거의 치명적이라 할 만한 약점을 지닌 사람일 뿐이었습니다. 재교육으로 내가 배운 것은, 헌신적인 공산주의자들은 미묘한 차이를 이해하지 못하는 헌신적인 자본주의자들과 마찬가지라는 점이었습니다. 적을 동정하는 건 악마를 동정하는 것과 마찬가지일 수 있었고, 배신이나 다름없었습니다. 독실한 가톨릭교도이자 열렬한 반공주의자인 본은 틀림없이 이렇게 믿고 있었습니다. 그는 내가 아는 어떤 사람보다도 더 많은 공산주의자들을 죽였고, 자신이 죽인 사람 중 일부는 어쩌면 오로지 공산주의자로 오인되었을 뿐일 수도 있다는 걸 자각했는데도, 역사와 하느님이 자신을 용서할 거라고 믿었습니다.

\*　　Three Stooges. 1922년부터 1970년까지 팀원을 바꿔 가며 유지되었던 미국의 유명 코미디 팀.

이제 손가락으로 당고모를 겨누며 그가 말했습니다. 공산주의자 군요, 그렇죠? 만약 그의 손가락이 방아쇠에 걸려 있었다면 당고모가 순식간에 죽을지도 모른다는 사실을 알았기에, 나는 반사적으로 그의 손을 움켜잡았습니다. 본은 내 손을 철썩 쳐서 떼어 냈고, 당고모는 한쪽 눈썹을 치켜세우며 해시시가 섞이지 않은 담배에 불을 붙였습니다.

나는 공산주의자라기보다는 지지자예요. 그녀가 말했습니다. 내가 진정한 혁명가가 아니라는 걸 알 만큼은 겸손하죠. 그저 동조자에 불과해요. 그녀는 미국인들의 필수품인 에어컨이 거의 필요하지 않은 프랑스인들만이 가능한 정도로 자기 자신의 정치적 견해에 대해 냉정했습니다. 우리 아버지처럼 나도 스탈린주의자라기보다는 트로츠키주의자죠. 자국에서 정권을 쥐려 하는 당이 아니라, 인민을 위한 권력과 국제 혁명을 믿어요. 집단주의와 프롤레타리아 혁명이 아니라, 인간의 권리와 만민 평등을 믿어요.

그렇다면 왜 이 집에 저 악마의 사진이 있는 거죠?

왜냐하면 그는 악마가 아니라 가장 위대한 애국자니까요. 그는 파리에서 지낼 때, 스스로를 애국자 응우옌이라고 부르기도 했어요. 그는 우리 조국의 독립을 믿었죠. 당신과 내가 그렇듯, 우리 아버지가 그랬듯이 말이에요. 우리가 가진 공통점을 축하해야 하지 않을까요?

그녀는 차분하고 이성적으로 말했습니다. 본에게는 차라리 외국어로 말하는 편이 나았을지도 모릅니다. 당신은 공산주의자예요. 본이 단호하게 말했습니다. 나를 돌아보았을 때, 그는 구석에 몰린 상처 입은 수고양이의 거칠고 극도로 흥분한 표정을 하고 있었습니다. 나는 여기 머물 수 없어.

그 순간 나는 당고모의 목숨이 안전하다는 걸 알았습니다. 본의 엄격한 명예 규율*상 환대를 살인으로 갚는 건 부도덕한 일이었습니다. 하지만 자정이 다 된 시각이었고 우리는 달리 갈 곳이 없었습니다.

오늘 밤은 여기서 자. 내가 말했습니다. 내일은 보스를 찾아갈 거야. 1년 전 팔라우** 갈랑의 수용소에서 퇴소를 담당하는 마술사들이 보스를 파리로 순간 이동시키기 전에 종이에 적어 놓은 그의 주소가 내 지갑 속에 있었습니다. 보스에 대한 언급에 본의 마음이 진정되었습니다. 보스는 본에게 목숨을 빚졌고, 언제든 우리가 여기에 온다면 돌봐 주겠다고 약속했기 때문입니다.

좋아. 해시시와 와인과 피로에 살인 본능이 무뎌진 채 그가 말했습니다. 그는 후회하는 듯한 표정, 언제가 실제로 하게 될지 모를 후회와 가장 비슷한 표정으로 당고모를 다시 한번 바라보았습니다. 개인적인 감정은 아니에요.

정치는 항상 개인적인 거예요. 그녀가 대꾸했습니다. 그래서 치명적이죠.

---

\*      특정 단체의 구성원이 그 단체의 명예를 지키기 위해 준수하는 행위 규범이나 윤리의 원칙을 일컫는 말.

\*\*    인도네시아어로 '섬'이라는 의미.

당고모는 우리를 소파와 페르시아 양탄자 위에 놓인 한 무더기의 침구와 함께 거실에 남겨 두고 그녀의 침실로 물러갔습니다.

고모가 공산주의자라고 말한 적 없잖아. 본이 소파에서 핏발 선 눈으로 말했습니다.

너라면 여기서 지내는 데 결코 찬성하지 않았을 테니까. 그의 옆자리에 앉으며 내가 말했습니다. 신념보다는 피가 더 중요하지 않아? 나는 손바닥에 붉은 흉터가 있는 손, 그러니까 과거에 우리가 다니던 사이공 국립 고등학교 안 작은 숲에서 어느 날 밤 맹세하며 맺은 의형제의 표식이 있는 손을 들어 올려 그에게 보여 주었습니다. 우리는 각자 손바닥을 베고, 서로 손을 맞잡아 그때부터 영원히 피를 섞었습니다.

이제, 우리의 청소년기가 끝난 지 한두 세기쯤 지나 — 그 모든 고통을 겪은 후라 그런 느낌이었는지도 모릅니다 — 우리의 골족 선조들의 땅에서, 본이 흉터가 있는 자기 손을 들어 올리며 말했습니다. 그럼 누가 소파에서 잘 거야?

나는 바닥에 누운 채, 소파 위의 본이 매일 밤 하느님과 그의 죽은 아내와 아들인 린과 덕에게 바치는 기도문을 나직이 암송하는 소리를 들었습니다. 두 사람은 우리가 두 번째로 난민이 되는 경험을 한 1975년 4월에 사이공을 떠나는 마지막 비행기에 올라타기 위해 전력 질주하다가 사이공 공항의 활주로 위에서 죽었습니다. 그 혼돈 속에 미지의 사수가 쏜 무정한 총알이 그들 두 사람의 가슴에 꽂혔습니다. 때때로 그는 슬픔에 잠긴 그들의 유령이 가끔은 함께하자고 간청하기도 하지만, 대개는 그에게 살아 있으라고 설득하기도 하면서 그를 부르는 소리를 듣곤 했습니다. 하지만 다른 사람들을 죽이는 데는 그토록 능숙한 그의 두 손은 그 자신을 배신하려 하지는 않았습니다. 자살은 하느님에게 죄를 짓는 일이었으니까요. 그렇지만 다른 사람의 목숨을 빼앗는 것은 때때로 허용되는 일이었습니다. 하느님은 종종 신앙이 깊은 자들에게 그분의 정의의 도구가 되기를 요구했으니까요. 아니, 본이 내게 그렇다고 설명해 주었습니다. 그는 자신이 독실한 가톨릭교도인 동시에 평온한 살인자라는 사실에 동요하지 않았습니다. 하지만 본이 자기모순에 빠져 있는 것과 나 자신이 분명히 자기모순에 빠져 있는 것보다 내가 더 걱정한 것은 언젠가 우리가 상호 모순될지도 모른다는 점이었습니다. 내 비밀을 알게 되는 그날, 본은 우리가 나눈 피와 상관없이 내게 정의를 실행할 터였습니다.

이튿날 아침 떠나기 전, 우리는 당고모에게 인도네시아에서 가져온 선물로, 본의 더플백에 들어 있던 **코피루왁** 네 봉지 중 한 봉지를 주었습니다. 우리는 보스의 부하 중 한 사람에게서 아이디어를 얻었습니다. 출발 전날, 자신의 후원자를 위한 선물로 **코피루왁** 세 봉지를 들고 그가 우리에게 다가왔습니다. 보스는 이 커피를 아주 좋아해요. 그 부하가 말했습니다. 그의 씰룩거리는 코, 듬성듬성 자란 구레나룻, 검은 눈동자로 인해 그는 봉투에 찍혀 있는 족제비 비슷하게 생긴 동물과 닮았습니다. 적어도 그 당시엔 그런 생각이 들었습니다. 보스가 특별히 그걸 부탁했어요. 부하가 말했습니다. 본과 나는 공항에서 가진 돈을 다 긁어모아 동일한 브랜드를 고른 다음, 지금 당고 모가 들고 있는 네 번째 **코피루왁** 봉지를 구매했습니다. 내가 사향고 양이인 **루왁**이 볶지 않은 커피 열매를 먹고 장에서 그것을 발효시켜 맛이 더 좋아지게 한 다음 배설한다고 설명하자 그녀가 폭소를 터뜨렸는데, 다소 마음 아픈 일이었습니다. **코피루왁**은 특히 우리 같은 난민에게는 아주 비쌌고, 만약 프랑스인들이 몹시 좋아해야 할 것이 있다면, 그것은 사향이 스며든 커피여야만 했습니다. 뇌, 내장, 달팽이 따위를 먹는 미식가다운 특성을 고려할 때, 프랑스인들은 모든 종류의 동물의 모든 부위를 먹겠다는 영웅적인 결심을 한 명예 아시아인이니까요.

아, 불쌍한 농부! 그녀가 코를 찡그리며 말했습니다. 돈 벌기에 정말 멋진 방법이야. 하지만 그녀는 곧 자신의 무례를 알아차리고 재빨리 덧붙여 말했습니다. 분명히 맛있을 거야. 내일 아침에 내가 우리 모두를 위해 커피를 끓일게 — 아니면 적어도 너와 나를 위해 한 잔 끓이든가.

그녀는 나를 향해 고개를 끄덕였습니다. 내일 아침쯤이면 본은 보스와 함께일 테니까요. 본은 아침 햇살 아래 맑은 정신이었기 때문에, 두 사람을 갈라놓은 그 악마에 대해 언급하지 않았는데, 이는 이 **빛의 도시**에서 그가 벌써 약간이나마 가르침을 얻었을 수도 있다는 신호였습니다. 그 일을 언급하지 않기는 그녀 역시 마찬가지였습니다. 대신에 그녀는 한 블록 거리에 있는 볼테르 지하철역으로 가는 길을 알려 주었고, 우리는 거기서 13구로 향했습니다. 그곳은 우리가 난민 수용소에서 많은 소문과 이야기를 들었던 아시아인 구역, 다시 말해 **리틀** 아시아였습니다.

그만 좀 울어. 본이 말했습니다. 맙소사, 너는 여자보다도 감정적이 구나.

나도 어쩔 수가 없었습니다. 그 얼굴들이라니! 우리 주위의 사람들 때문에 고국이 생각났습니다. 이들의 수는 꽤 많았지만, 그렇다고 거의 모두가 아시아인인 샌프란시스코나 로스앤젤레스의 차이나타운만큼 많은 수는 결코 아니었습니다. 하지만 내가 곧 알게 되듯이, 적지 않은 수의 비백인들로 인해 프랑스인들은 불안해했습니다. 이리하여 **리틀** 아시아에서는 압도적이지는 않아도 주목할 만한 수의 아시아인들의 얼굴이 보였고, 그 대부분은 추하거나 평범했지만, 그럼에도 그 덕분에 나는 안도했습니다. 어느 인종이든 평균적인 사람은 외모가 뛰어나지 않습니다. 하지만 다른 사람들의 추한 외모는 편견을 확인하게 할 뿐이어도, 동족의 못생긴 외모는 늘 위로가 되었습니다.

나는 우리의 관습과 관행을 더 잘 볼 수 있게끔 눈물을 닦아 냈습니다. 이곳에는 어울리지 않았는지 모르지만, 그럼에도 우리의 마음을 더 따뜻하게 해 주는 것들이었습니다. 아시아인들이 성큼성큼 걷기보다 더 좋아하는 발을 질질 끄는 잰걸음, 남자들이 늘 그랬듯 쇼핑백을 모두 들고 있는 그들의 참을성 많은 여자들보다 앞서 걷는 모습, 바로 그런 기사도의 본보기가 되는 남자들 중 하나가 손가락으로 한쪽 콧구멍을 막고 나머지 콧구멍을 통해 콧속에 든 것을 억지로 튀어나오게 해서 그의 코를 깨끗이 하고 그 미사일이 간발의 차이로 아슬아슬하게 내 두 발에서 비껴간 일에 대해 이야기하고 있는 겁니다. 아마 역겹겠지만, 비에 쉽게 쓸려 나가기에, 휴지를 돌돌 뭉쳐서 버리는 것보다는 변명의 여지가 더 많은 행동입니다.

우리의 목적지는 고국으로 소포, 편지, 전보를 보내는 일, 그러니까 굶주림에 시달리는 나라에 희망을 전달하는 일을 포함해 여러 서비스를 제공한다는 취지를 프랑스어, 중국어, 베트남어로 알리는 수출입 상점이었습니다. 점원이 계산대 안쪽의 스툴에 앉아 우리를 쳐다보고는, 인사 대신 끙 하고 앓는 소리를 냈습니다. 나는 그에게 보스를 찾고 있다고 말했습니다.

안 계세요. 점원이 말했습니다. 아마 그렇게 말할 거라고 그 부하가 알려 준 딱 그대로였습니다.

우리는 팔라우 갈랑에서 온 사람들이에요. 본이 응수했습니다. 그분은 우리를 기다리고 있을 겁니다.

점원은 다시 한번 끙 하고 앓는 소리를 내더니 치질인 듯 조심스럽게 스툴에서 몸을 일으켜 통로를 따라 사라졌습니다. 잠시 후 그가 다시 나타나 말했습니다. 보스가 당신들을 기다리고 있어요.

계산대 뒤쪽 통로를 따라 가다가 문을 하나 지나니 보스의 사무실이 있었습니다. 그곳은 라벤더 방향제 향이 나고, 리놀륨으로 꾸며지고, 생기발랄한 포즈의 섹시한 홍콩 모델들이 주인공으로 등장하는 핀업 달력과, 예전에 공안부에서 내 상관이었던 장군의 로스앤젤레스 식당에서 본 것과 비슷한 나무 벽시계로 장식되어 있었습니다. 그는 내가 배신했고 그 대가로 나를 배신한 사람이었습니다. 물론 내가 그의 딸과 사랑에 빠졌다는 건 인정하지만, 라나와 사랑에 빠지지 않을 사람이 누가 있겠습니까? 우리 피난민들이 그 벽시계를 깎을 때 형상을 본뜬 대상인 고국을 그리워하듯, 나는 여전히 그녀를 그리워하고 있었습니다. 이제 우리의 고국은 돌이킬 수 없을 만큼 변했고, 그것은 보스도 마찬가지였습니다. 그가 자신의 철제 책상 뒤에서 일어섰을 때, 우리는 하마터면 그를 못 알아볼 뻔했습니다. 난민 수용소에서는 모두가 그랬듯 그도 수척하고 남루했습니다. 머리는 볼품없었고, 한 장뿐인 셔츠의 겨드랑이 밑과 어깨뼈 사이는 갈색으로 얼룩져 있었으며, 유일한 신발은 얇은 샌들 한 켤레였습니다.

이제 그는 로퍼를 신고, 주름을 잡은 슬랙스에 **호모 사피엔스** 중 서양 도시에 사는 일족의 평상복인 폴로셔츠를 입고, 잘 손질된 머리카락은 가르마에 연필을 올릴 수도 있을 정도로 반듯하게 양쪽으로 갈라놓은 모습이었습니다. 고국에 있을 때, 그는 쌀, 탄산음료, 석유 화학 제품에 상당한 관심이 있었습니다. 암시장의 특정 상품들은 말할 것도 없고요. 혁명 후, 공산주의자들은 그의 부담스러울 만큼 과도하게 많은 재산을 줄여 주었습니다. 하지만 그 극성스러운 성형외과 의사들은 이 고양이에게서 지방을 너무 많이 빨아냈습니다. 그는 굶어 죽을 위기에 직면하여 이곳으로 도망쳤는데, 다시 사업가가 되어 돈 많은 인간의 살집 좋은 외모를 되찾는 데 고작 1년밖에 걸리지 않았습니다.

그래, 그 물건을 가져왔군. 그가 말했습니다.

우리는 서로를 끌어안고 등을 두드리며 남성의 사회적 그루밍* 의식을 시작했습니다. 이어서 본과 나는 사회적으로 서열이 낮은 원숭이의 위치를 자처하며, 그 우두머리 수컷에게 우리의 공물인 **코피루왁** 세 봉지를 바쳤습니다. 그런 다음 프랑스 담배를 피우고, 가장 완벽한 모양의 젖가슴처럼 우리의 손에 꼭 맞는 브랜디 잔으로 레미 마르탱 VSOP를 마시며 재미를 보기 시작했습니다. 지난 두어 해 동안 사람의 눈을 멀게 할 수도 있는, 쌀로 몰래 빚은 위스키보다 더 정제된 것을 마신 적이 없었기에, 내 혀가 가장 진정한 사랑 중 하나인 코냑과 재회하자 눈물이 솟아올랐습니다. 보스는 아무 말도 하지 않았습니다. 그도 본과 마찬가지로 난민 수용소에서 내가 우는 모습을 여러 번 본 적이 있었습니다. 다른 몇몇 사람들은 말라리아를 앓은 반면, 나는 느닷없이 한바탕 엉엉 울며 몸을 덜덜 떨곤 했는데, 아직도 그 열병에서 완전히 회복되지 못했습니다.

관능적이고 강한 향의 구릿빛 코냑에 닿았던 내 혀가 원상태로 회복되자, 나는 코를 훌쩍거리며 그가 사향고양이가 배설한 원두로 끓인 커피를 음미할 타입이라고는 생각해 본 적이 없다고 말했습니다. 그는 최선을 다해 빙긋 웃는 표정을 흉내 내며, 편지 개봉용 칼을 집어 들어 봉지들 중 하나를 길게 찢고는, 어슴푸레 빛나는 갈색 원두 한 알을 손바닥 위로 털어 냈습니다. 그것은 탁상용 램프 불빛을 받아 손바닥에서 반짝반짝 빛났습니다.

---

*      '알로그루밍'이라고 부르기도 하는 동물의 사회적 상호 작용. 일례로, 친한 고양이나 원숭이 등이 서로를 핥아 주는 행위가 있다.

난 커피는 안 마셔. 그가 말했습니다. 차는 마시지만, 커피는 너무 강해.

우리는 칼끝에 볼록한 배가 눌린 그 가엾은 원두를 바라보았습니다. 보스는 원두를 손가락으로 굴려, 결국 엄지와 집게손가락으로 잡은 다음, 칼날로 살살 긁었습니다. 갈색이 얇게 벗겨져 나가자, 그 아래 하얀 속살이 드러났습니다.

이건 그냥 식물성 염료야. 그가 말했습니다. 코로 흡입한다 해도, 해가 되진 않아.

그는 두 번째 봉지를 열어 또 하나의 원두를 털어 내고 그 아래 하얀 속살을 드러내기 위해 한 번 더 착색된 겉면의 일부를 긁어냈습니다.

상품을 확인해 봐야 해. 그가 말했습니다. 부하라고 늘 믿을 순 없어. 사실은, 경험 법칙이지. 절대로 부하를 믿지 마라.

그는 서랍을 열어, 그것이 그런 데서 발견되는 게 예사로운 일이라는 듯이 무심하게 해머를 꺼내더니, 원두를 톡톡 두드려 결국 고운 가루가 되도록 부스러뜨렸습니다. 그는 갈색이 도는 그 하얀 가루를 손가락으로 살짝 찍어 핥아 보았습니다. 그의 분홍빛 혀가 얼핏 보인 순간 내 엄지발가락에 경련이 일었습니다.

코로 들이마셔 보는 게 제일 좋은 테스트야. 하지만 나 대신 그 일을 할 사람들은 따로 있어. 아니면 너희가 할 수도 있고. 해 보겠어?

우리는 고개를 가로저었습니다. 또 한 번 아까와 판박이 같은 미소를 지으며 그가 말했습니다. 얌전한 친구들이로군. 이건 굉장한 치료제야. 하지만 너희는 치유받고 싶어 하지 않는군.

그러더니 곧 세 번째 봉지를 길게 찢고, 또 하나의 원두를 털어 책상 위에 놓은 다음 해머로 톡톡 두드렸습니다. 한 번, 두 번, 세 번. 원두는 부서지지 않았습니다. 그가 이맛살을 찌푸리며 조금 더 세게 다시 두드렸습니다. 그러고 나서는 탁상 램프가 깜짝 놀라 펄쩍 뛰게 할 만큼 강하게 때려 원두를 박살냈습니다. 그가 해머 머리를 테이블에서 들어 올렸을 때, 우리가 본 것은 고운 흰색 가루가 아니라, 원을 그리며 놓인, 속살까지 갈색인 원두 파편들이었습니다.

젠장. 본이 중얼거렸습니다.

이런, 커피잖아. 해머를 살며시 내려놓으며, 그가 말했습니다. 그는 사기꾼의 치명적인 실수를 찾아내고 즐거워하는 회계 감사관처럼 입꼬리를 아주 살짝 비틀며 의자 등받이에 기대앉았습니다. 우리가 보스의 사무실에 들어선 이후 벽시계 바늘이 전혀 움직이지 않은 걸 보니 틀림없이 시간이 멈춰 선 모양이었습니다. 어이, 이봐. 그가 말했습니다. 우리한테 문제가 좀 있는 것 같은데.

그리고 그가 말한 "우리"는 당연히 "너희"인 "우리"를 의미했습니다.


아무도 보스의 이름이 무엇인지 알지 못했습니다. 아니, 설령 안다 해도 누구도 감히 그것을 입 밖으로 소리 내어 말하지 못했습니다. 그의 여권에는 이름이 적혀 있었지만, 그것이 진짜인지는 아무도 몰랐고, 오로지 관계 당국만이 그것을 보았습니다. 아마도 그의 아버지와 어머니는 그의 이름을 알았을 테지만, 그는 고아였고, 어쩌면 그들은 그에게 이름을 지어 주기도 전에 그를 고아원에 두고 가 버렸을지도 모릅니다. 고아는 사생아와 비슷했고, 이 점 때문에 나는 보스에게 어느 정도 공감하게 되었습니다. 그는 가톨릭의 가르침, 말린 돼지고기 몇 조각을 곁들여 죽만 반복적으로 제공하는 식단, 중국인이라는 이유로 다른 고아들로부터 받던 학대, 결코 입양되지 않는 끝없는 거부를 더 이상 견딜 수가 없어서 열두 살에 고아원에서 도망쳐 나왔습니다. 아이들 사이에서 경험한 일들로 인해 그는 자식을 가지고 싶다는 생각이 없었습니다. 보스에게는 소유할 가치가 있는 유일한 것인 그 자신을 위한 유산 외에 다른 유산이 필요하지 않았습니다. 그는 자기 앞에 있는 두 남자에게 집중했고 ─ 그중 하나가 나였습니다 ─ 그들이 이런 최상급 치료제 약 0.5킬로그램을 위해 자신과의 유익한 관계를 위험에 빠뜨릴 만큼 멍청하지는 않기 때문에 자신의 유산에 위협이 되지는 않는다는 결론을 내렸습니다.

이렇게 하면 어떨까. 내일 나머지 **코피루왁**을 가지고 다시 오도록 해. 식은 죽 먹기야, 그렇지?

그들은 입을 모아 '네'라고 대답했습니다. 보스를 아는 사람들은 그가 원하는 말이 '네'라면 항상 그렇게 대답했습니다. 혹은 그가 원하는 말이 '아니요'라면 그렇게 대답했습니다. 그를 모르는 사람들의 경우, 그가 어떤 사람인지, 그리고 그들이 어떻게 대답해야 하는지를 알려 주는 게 그의 임무였습니다. 이 두 사람은 그를 알고 있었고, 만약 그가 그들에게 이 0.5킬로그램을 믿고 맡기지 못한다면 그 어떤 일도 믿고 맡기지 못할 것임을 이해하고 있었습니다. 얼굴에 미소를 지으며, 그가 말했습니다. 틀림없이 단순한 실수일 거야. 고생시켜서 미안하군. 고모가 해시시를 좋아한다며? 내가 그분께 좀 드리도록 하지. 내가 내는 거야. 공짜야.

그런 다음 그는 종이에 본을 위해 주소 두 개를 적고 이렇게 말했습니다. 짐을 갖다 놓은 다음, 식당으로 가 봐. 첫 출근에 늦고 싶지는 않을 테지.

그들은 코냑을 마저 마신 후, 그와 악수를 한 다음, 레미 마르탱 병, 담뱃갑, 더러운 재떨이, 빈 브랜디 잔 세 개, 커피 원두, 해머와 함께 보스만 남겨 두고 사무실을 나갔습니다. 그는 해머 머리에 지저분하게 묻은 하얀 가루와 갈색 커피를 털어 낸 다음, 해머를 한 손에 쥐고는 그 무게와 균형 잡힌 우아한 모습에 감탄했습니다. 그는 그것을 파리에 도착한 직후 못 한 상자와 함께 철물점에서 구입했습니다. 그가 어디를 가든, 수중에 없으면 제일 먼저 사고 싶은 것 중 하나가 해머였습니다. 해머는 단순한 도구였지만, 세상을 바꾸기 위해 일찍이 그에게 필요했던 것은 그의 마음을 제외하면 오로지 그것뿐이었습니다.

# 2장

 

 

나는 그럴 만한 이유가 있어서 보스를 두려워하기는 했지만, 보스에 비해 본은 조금 덜 두려워했습니다. 돌이켜 보니, 본이 내 머리에 총을 쏜 걸 고려하면 이것은 실수였습니다. 나는 국립 고등학교에서 만난 이후로, 본을 20년 넘게 알고 지냈습니다. 그는 너무나 많은 폭력과 죽음을 목격했고, 또 직접 다루기도 했기 때문에, 심지어 보스 같은 사람도 겁내지 않았습니다. 본은 거의 일생 동안, 그를 제외한 모든 사람에게 전적으로 해로운 방식을 통해, 죽는다는 것이 무엇을 의미하는지에 관심을 두었습니다. 그것이 철학의 한 가지 목적이라면, 본은 훌륭한 철학자였습니다. 그는 베트콩 간부가 아버지의 뒤통수에 리볼버라는 비난의 손가락을 겨누고, 부서지기 쉬운 두개골에 구멍을 내어 어떤 아들도 보아서는 안 될 것을 드러내고, 그의 살인 충동을 일깨운 어린 시절 그 순간부터 줄곧 죽음에 얽매여 있었습니다. 그는 재교육 수용소에 수감되기 전까지는 그 충동을 전혀 자제할 줄 몰랐습니다. 그곳은 **죽음**이 매일 아침 그를 깨워 거울에 비친 모습이 입김에 흐려지는 걸 볼 수 있을 만큼 가까이에서 깨진 거울 조각을 들고 있던 곳이었습니다.

재교육을 받기 전 여러 해 동안, 그는 사냥과 살인으로 괴로워한 적이 전혀 없었습니다. 재교육을 받은 후, 보스가 난민 수용소에서 그에게 제안한 일자리에 대해서는 더욱 신중을 기했습니다. 보스의 생명을 구해 줄 때 본이 발휘한 솜씨를 목격한 후, 보스는 이렇게 말했습니다. 나한테는 그런 일을 처리할 너 같은 사람이 필요해.

나는 무고한 사람들은 해치지 않아요. 본이 말했습니다.

그들은 의식을 잃었거나, 어쩌면 이승을 하직해 그들 발치에 찌그러져 있는 남자를 살펴보았습니다. 본이 입체파 화가처럼 그 남자의 얼굴 구석구석을 재배치해 놓은 상태였습니다. 보스는 어깨를 으쓱하고 본의 말에 동의했습니다. 왜냐하면 보스와 같은 직종에 들어선 사람은 그 대가로 누구든 결코 무고해질 수 없었기 때문입니다. 하지만 보스는 본의 다른 조건, 그러니까 보스가 나에게도 일자리를 제공해야 한다는 데는 주저했습니다.

난 이런 미친 잡종 새끼 같은 녀석들은 고용하지 않아. 마침내 그가 말했습니다. 그는 여러 해 동안 내 두 마음을 하나로 묶고 있던 믿음직한 나사가 헐거워져 있다는 걸 알아보았던 겁니다. 때때로 나는 두 마음을 가지고 있다는 걸 자각하지조차 못했는데, 이는 그것이 나에게 자연스러운 상태였기 때문입니다. 비록 그 상태가 비정상적인 것이라 해도 말입니다. 여러 해 동안 스파이, 고정간첩, CIA 비밀 요원으로 살면서 줄곧 엄청난 스트레스를 받았기 때문에, 이제는 그 나삿니가 다 닳아 없어졌습니다. 나사가 단단히 조여져 있는 동안은, 내 두 마음이 합리적으로 잘 협력했습니다. 이제 나는 더 이상 잘 조여져 있지 않았습니다 — 인간의 보편적 조건이지요 — 그렇기는커녕 오히려 나사가 풀려 있었습니다.

우리 둘 다이거나 아니면 둘 다 아니거나, 양자택일하세요. 본이 말했습니다.

의리는 이게 문제야. 보스가 한숨을 쉬며 말했습니다. 골칫거리가 될 때까지는 훌륭하지.


보스의 수출입 상점 밖에서 우리는 딜레마에 직면했습니다. 보스는 우리가 당장 일을 시작하기를 원했습니다. 또한 **코피루왁**도 돌려받고 싶어 했습니다. 그런데 그것은 당고모가 가지고 있는 데다 언제든 개봉될 수도 있었습니다. 어떻게 해야 할까요?

커피는 내일 끓일 거라고 했어. 게다가 그리 열성적인 것 같지도 않았으니, 고모가 혼자서 그걸 마실 가능성은 별로 없는 것 같아.

좋아. 시간을 가늠하기 위해 태양을 쳐다보며 본이 말했습니다. 그의 손목시계는 재교육 수용소의 보초들이 가져가 버리고 없었습니다. 그 이유는…… 그 이유는…… 아니, 그 일을 정당화할 이유는 없었습니다. 가능한 한 빨리 이걸 해치우자.

그 숙소는 매력 없는 건축물이 늘어선 지역을 지나, 조금만 걸어가면 되는 곳에 있었습니다. 모리스 슈발리에와 카트린 드뇌브의 파리

와는 달리, 13구의 대부분은 매력이 부족했습니다. 관계 당국이 이
지구의 꺼림칙한 특징들 때문에 아시아인들이 이곳에 거주하도록 묵
인했는지, 아니면 아시아인의 존재가 그런 볼품없는 인상을 보냈는
지는 확실하지 않았지만 말입니다. 여하튼 본은 머리카락을 차분하
게 펴 내리는 파마를 한, 피곤에 찌든 관리인이 우리에게 셋방을 보
여 주었을 때 만족스러워했습니다. 수많은 2층 침대 때문에 본이 진
심으로 열렬히 사랑했던 군대 막사가 떠올랐던 겁니다. 그 방의 공기
역시 향수를 불러일으켰습니다. 정직성과 전우애가 떠오르는 남성적
인 땀내가 코를 찔렀거든요. 하지만 부끄럽게도 매트리스 위에 뒤죽
박죽 돌돌 말려 있는 담요들, 쪽매널 마루 위의 구겨진 돗자리, 부엌
이라고 할 수 있을 만한 무언가, 그러니까 밥솥과 화구 두 개짜리 기
름투성이 전기 레인지가 놓여 있는 접이식 탁자로 미뤄 보면, 그 방
에 살고 있는 것은 민간인들이었습니다.

다들 일하러 갔어요. 관리인이 말했습니다. 이 침대를 쓰세요.

방세는 얼마죠?

보스가 알아서 할 거예요. 좋은 거래죠, 응?

본에게 좋은 거래란 보스에게는 훨씬 더 좋은 거래라는 뜻이었습
니다. 하지만 당고모의 아파트 말고는 달리 의지할 곳이 없었기 때문
에, 본은 더플백을 매트리스에 내려놓고 말했습니다. 그렇게 하죠.

그것은 그가 재교육을 통해 터득한 독특한 재능이었습니다. 그는
무엇이든 받아들일 수 있었습니다.

우리의 다음 행선지는 벨빌가에 위치한 아시아의 환희로, 본이 개별 파트 담당 요리사*로 일하게 될 곳이었습니다. 요리사요? 본이 말했습니다. 난 요리할 줄 몰라요. 그건 걱정 마. 보스가 말했습니다. 음식이 유명한 데는 아니니까.

음식이 유명하지는 않은 이 식당은, 비정상적으로 부풀어 욱신거리는 정맥 같은 갈색 기름이 바닥의 흰색 타일 위에 꿀렁거리고, 누런 벽은 차라리 끈끈한 지문 자국이었으면 좋겠다 싶은 무언가로 얼룩져 있으며, 주방 여닫이문이 휙 열릴 때마다 퉁명스러운 웨이터들과 욕설을 퍼붓는 요리사들의 고함과 낄낄대는 웃음소리가 들리곤 했습니다. 금전등록기 옆에서는 새된 소리의 중국과 베트남 전통 가극** 카세트 테이프가 스테레오로 재생되었습니다. 금전등록기 앞에는 지배인이자 음악 선정 책임자인 까오보이***가 있었는데, 그는 외모부터 매너에 이르기까지 전형적으로 낭만적인 베트남 남자였습니다. 다시 말해, 부분적으로는 시인, 부분적으로는 바람둥이, 부분적으로는 갱스터였습니다.

재생 버튼을 누르고 나면, 사람들의 몸이 긴장해서 굳는 걸 보는 게 너무 좋아. 웃음을 터뜨리며 그가 말했습니다. 고작 하나 있던 손님이 여전히 벌레가 우글거리는 접시를, 더 자세히 살펴보니 사실은

---

*       '라인 쿡', 혹은 '스테이션 쿡'이라고 하는 직책. 소스 전문 요리사, 그릴 전문 요리사처럼 전체적인 주방 시스템 안에서 주방장의 지휘에 따라 한 파트의 조리장으로서 실무적인 일을 수행하는 요리사를 말한다.
**      중국의 경극과 베트남의 '핫 보이', 또는 '핫 뚜옹'을 가리킨다.
***     카우보이의 프랑스식 표현.

기름기 많은 젤리 같은 국수를 남겨 두고 떠나는 걸 지켜보면서요. 그는 카세트 테이프를 꺼내고 다른 걸 끼워 넣었습니다. 레드 제플린의 「천국으로 가는 계단」이야. 그가 말했습니다. 이게 낫군. 자! 보스가 너희 두 악당에 대해 내게 모든 걸 다 말해 줬어.

까오보이는 보스의 육군 참모 총장이었습니다. 그가 식당의 직원들을 소개해 주었습니다. 웨이터 둘과 요리사 셋과 버스보이*와 잡역부, 그러니까 까오보이가 부르는 대로 하면, 일곱 난쟁이를 말입니다. 『백설 공주』의 일곱 난쟁이와 달리, 그들은 귀엽지도, 심지어 그만큼 왜소하지도 않았습니다. 그저 심술궂고 잔인하고 키가 작을 뿐이었죠. 내가 까오보이에게 지적했듯이, 가장 눈에 띄는 점은 일곱이라는 그들의 수가 주말 정오의 텅 빈 식당에 걸맞지 않게 너무 많아 보였다는 겁니다. 까오보이가 씩 웃으며 말했습니다. 보스가 왜 내게 직원을 둘이나 더 보냈는지 궁금해졌다는 거지?

심지어 관광객이나 처음 방문한 사람조차 분명 대번에 알 수 있었듯이, 식당은 음식을 팔아 올리는 매출로 유지되는 곳이 아니었습니다. 그곳에 드리운 어두운 그림자에도 불구하고, 리틀 아시아의 빈민가에서 백인들의 세계의 심장부인 파리 도심으로 확장해 나가려는 보스의 야망을 위한 전초 기지였습니다. 이 전초 기지는 까오보이와 키가 작을 뿐 아니라 늘 화가 나 있고 양손잡이인 일곱 난쟁이들을 위한 위장막이었습니다. 난쟁이들이 총애하는 무기는 주방에서나 임

---

\*    웨이터의 조수로, 식탁을 치우거나 접시를 닦는 일을 주로 한다.

무 수행 중에나 모두 편리한 큰 식칼이었습니다. 임무 수행 시, 그들은 각자 날이 큰 칼 두 자루를 양 겨드랑이 밑의 맞춤 가죽 케이스에 넣어 가지고 다녔습니다.

그들은 키가 작아서 화가 나 있어. 까오보이가 말했습니다. 그리고 키가 작기 때문에 그들을 이기기는 쉽지 않지. 분명히 머리가 있을 거라고 생각한 곳에 주먹을 휘둘러 봐야 허공만 치게 되거든. 상대는 일곱 명이 한꺼번에 달려들기를 원하지 않겠지만, 바로 그게 그들이 일하는 방식이야. 한 녀석은 상대의 페니스를 잘라 내고, 다른 한 놈은 슬개골을 베고, 세 번째 놈은 슬건을 자르지. 전부 동시에 말이야. 그가 담배 연기를 자욱하게 내뿜었습니다. 하지만 그들은 미묘한 차이를 파악하는 건 잘 못 해. "미묘한 차이"라는 표현은 그들의 어휘에 포함되어 있지 않아. "어휘"라는 단어 자체가 그들의 어휘에 포함되어 있지 않지. 그게 너희가 여기 와 있는 이유야.

까오보이가 비행사 선글라스를 반듯이 고쳐 썼습니다. 그는 그것을 절대로, 심지어 사랑을 나누는 동안에도 벗지 않았습니다. 아니, 다들, 특히 그 자신이 그렇다고 했습니다. 그는 그 자신이 즐겨 지적했듯 그 선글라스가 싸구려 모조품이 아니라 미국의 유명 브랜드인 레이밴의 진품이라는 사실을 자랑스러워했습니다. 까오보이는 유명 디자이너 브랜드의 양말에서부터, 자신이 쓴 시를 낭랑하게 읊든, (원기 왕성하게) 사랑을 나누든, 미국인 사촌이 선물해 준 총애하는 무기인 야구 방망이를 휘두르든 간에 상관없이, 한 가닥도 흐트러지지 않게 포마드로 매끈하게 매만져 놓은 머리에 이르기까지 패션에 민감했습니다. 출론*에서 보낸 젊은 시절 동경했던 나라인 미국 대신 프랑스에 난민으로 온 것은 까오보이에게 쓰라린 경험이었습니다. 까오보이는 출론 갱스터의 아들이자 세기가 바뀔 무렵 사이공에 정착한 광둥 상인의 손자로, 보스처럼 민족적으로는 중국인이었습니다. 할아버지는 비단과 아편을 팔았고, 아버지는 아편만 팔았으며, 손자는 폭력이라는 서비스를 제외하고는 아무것도 팔지 않았습니다. 그 것은 그의 시에서 그가 자주 반추하는 엄청난 쇠퇴였습니다. 그의 시는 입에 담기도 싫을 만큼 형편없어서 여기서는 단 한 편도 인용하지 않을 작정입니다.

그냥 나를 야구 방망이를 든 보들레르라고 생각하면 돼. 우리에게 자신의 소중한 루이빌 슬러거**를 보여 주며 그가 말했습니다. 이름부터 굉장하지.*** 존재의 유일한 목적 — 키가 눌리는 일 — 이 거의 없는 탓에 늘 우울한 금전등록기가 세워져 있는 계산대 위에서 야구 방망이를 굴리며 그가 덧붙였습니다. 자, 우리가 너희를 어떻게 불러야 할까? 너는 킬러야. 그건 뻔해. 나라면 문을 열고 네 얼굴을 보고 싶지 않을 거야. 그런데 너! 까오보이는 생각에 잠긴 눈길로 고개를 돌려 나를 바라보았습니다. 보스가 너한테는 이미 이름이 있댔어. 그게 뭔지 알아?

---

*    현재의 호찌민 시에 있는 베트남 최대의 차이나타운.
**   미국 최대의 야구 방망이 제조사인 힐러리치 앤드 브래즈비의 야구 방망이 상표명.
***  '슬러거'에 '강타자'라는 의미가 있다는 데서 비롯된 대목.

그가 자신이 그토록 높이 평가하는 미국인들이 추측과는 정반대의 의미로 사용하는 "똥 씹고 활짝 웃는 표정"*이라는 관용구로 부르는 미소를 지어 보였습니다. 안녕. 미친 잡종 새끼, 너에 대해 많이 들었어.

예전의 나라면 화를 냈을 겁니다. 하지만 그 모든 고통을 겪고 그 모든 것을 목격한 후, 어쩌면 나는 정말로 미친 잡종 새끼였는지도 모릅니다. 어쩌면 그것은 두 얼굴과 두 마음을 가진 남자의 또 하나의 이름일 뿐인지도 모릅니다. 만약 그렇다면 적어도 나는 내가 누구인지 알고 있다는 얘기였고, 그것은 대부분의 사람들보다 더 많은 것을 알고 있다는 뜻이었습니다. 그의 선글라스 렌즈 양쪽에 떠 있는 나 자신의 두 개의 이미지는 내가 하나가 아니라 둘이라는 것, 그러니까 나, 즉 무아**일 뿐 아니라 때로는 우리이기도 하다는 것을 내게 일깨워 주었습니다. 우리는 하나의 몸에 있는 두 사람, 하나의 껍데기 안에 있는 두 마음일지도 모릅니다. 그런데 이는 내면에서 분열이 일어난다는 점에서 약점이기는 했지만, 동시에 자기 자신의 쌍둥이 형제가 된다는 점에서는 강점이기도 했습니다. 우리는 무언가의 반절(半折)이 아니었습니다. 내 어머니가 누누이 내게 말했듯이 말입니다. 넌 모든 것의 갑절이야!

좋아, 잡담은 그만. 까오보이가 말했습니다. 잡담이나 하고 있자니

---

*  원래 '똥 먹은 주머니쥐처럼 활짝 웃는다'라는 표현에서 비롯된 것이기 때문이라는 설이 있다.

** moi. 영어의 'me'에 해당하는 프랑스어 인칭 대명사.

아주 죽을 맛이야. 일하러 가자.

이봐요, 대장. 난쟁이들 중 하나가 식당 안쪽에서 나오며 말했습니다. 그의 눈꺼풀은 축 처져 있었습니다. 투덜이가 또 그랬어요.

두 마!* 까오보이가 말했습니다. 거참, 네가 어떻게 좀 해 보지그래?

두 마! 나를 가리키며 잠꾸러기가 말했습니다. 저치가 신참인데요.

좋은 지적이야. 까오보이가 내게 고개를 끄덕였습니다. 잠꾸러기를 따라가. 뭘 해야 할지 알려줄 테니. 우리는 그 후에 진짜 일을 시작하게 될 거야.

나는 잠꾸러기를 따라 식당 안쪽으로 갔습니다. 더러운 문 앞에 잠시 멈춰 서서 씩 웃더니 그가 말했습니다. 밑바닥부터 시작해서 점점 승진하는 거야, 알았지?

잠꾸러기는 자신의 농담에 폭소했고, 내가 웃어 보이지 않자 다소 골이 난 듯했습니다. 투덜거리며 문을 발로 차서 열고는 그가 말했습니다. 손이 항상 깨끗해야 돼. 깨끗한 손에 깨끗한 음식, 그렇지? 잠꾸러기는 내 두 눈에 눈물이 그렁그렁 차오르며 내가 구역질을 하는 걸 알아차리고는, 열린 문 밖에서 발끝으로 서서 변기를 내려다보며 이렇게 말했습니다. 맙소사. 웩…… 행운을 빌어, 신참.

고무장갑이 있을 것 같지는 않았습니다. 그런 장갑의 내부가 위생적이었을 것이라는 얘기도 아니고요. 꽉 막힌 변기 구멍을 뚫는 데

---

\*       베트남어로 '두 마'는 우리말로는 '씨발놈' 정도의 상스러운 욕설에 해당하는 단어다.

쓸 도구라고는, 손잡이가 짧고 고무 컵 부분이 통탄할 정도로 작은 플런저*와 이미 더러운 변기 청소용 솔뿐이었습니다. 만약 그 플런저나 솔이 말을 할 수 있었다면, 틀림없이 끝도 없이 비명을 질렀을 겁니다. 내가 이미 속으로 그러고 있었듯이 말이죠.

나는 약 20분 후 변소에서 나왔습니다. 덜덜 떨리는 몸으로, 내 옷에 온통 다 튀고 아마 팔이며 얼굴에 흩뿌려지기까지 했을 미세한 물방울들에 대해 생각하지 않으려고 애쓰면서요. 난민 수용소에서 더 심한 꼴을 목격한 적도 있었지만, 여기는 빛의 도시라던 곳이었습니다!

다 됐어? 까오보이가 물어보았습니다. 여기 음식은 먹지 말라고 투덜이에게 계속 말하고 있어. 사전 경고지. 좋아, 가자고. 받아 내야 할 빚이 있어.

까오보이에 따르면, 우리의 목적지는 유대인들과 남자 동성애자들에게 인기 있는 마레 지구에 있었습니다. 하지만 우리의 타깃은 둘 중 어느 쪽도 아니었습니다. 까오보이의 말로 그는 젊은 여자를 때리는 걸 좋아하는 고객이었는데, 이는 지불하는 돈에 따라서는 허용할 수도 있는 일이었습니다. 허용할 수 없는 일은 지금 그가 지불 기한까지 갚지 못한 빚이 누적돼 있다는 것이었습니다.

절대로 여자 때문에 빚지지 마. 자기 팔뚝만큼 긴 줌 렌즈 경통이 부착된 카메라를 목에 걸고 돌아다니는 일본인 관광객이 옆으로 지

---

\*      변기나 배수구 등이 막혔을 때 압력 차를 이용하여 뚫는 도구.

나가게끔 여행사 문 밖에 잠시 멈춰 서서 까오보이가 말했습니다. 여행사 안에는 한 젊은 커플이, 저지른 죄라고는 체크무늬 반소매 셔츠와 니트 넥타이를 함께 착용한 것뿐인 듯 보이는 그 여행사 직원 앞에 앉아 있었습니다. 1980년대 프랑스 자본주의의 저강도 업무에서 벗어나 잠시 쉬려는 점잖은 부르주아처럼은 보이지 않는 두 아시아인 남성과 한 아시아계 혼혈 남성을 보자, 그의 두 눈이 두려움에 경련을 일으켰습니다. 본은 젊은 커플의 바로 옆 의자에 앉아 고객들을 뚫어져라 쳐다보았습니다. 까오보이는 우리가 기다릴 테니 그들은 천천히 일을 봐야 하며, 이맘때 스페인 해변은 아름답다고 분명하게 말했습니다. 그다음 몇 분은 적어도 그 여행사 직원에게는 어색하게 지나갔습니다. 그사이 까오보이는 사무실을 어슬렁거리며 「천국으로 가는 계단」을 휘파람으로 부르면서 벽에 붙은 해변과 야자수 포스터들, 카운터 위의 안내 책자들, 젊은 커플이 앉아 있는 의자 등받이 따위를 손가락으로 쭉 훑었습니다.

본은 젊은 커플의 옆자리에 가만히 앉아, 그들이 시야 주변에나 걸리게 내버려 둔 채, 오로지 여행사 직원만 응시했습니다. 여행사 직원이 여행 상품 바인더 위에 올린 손가락을 덜덜 떨며 말을 더듬거리기 시작하자, 그 커플이 서로를 흘끗 보았습니다. 나는 문 옆 벽에 등을 기대고 말없이 서서 그들 모두를 지켜보고 있다가, 젊은 커플이 긴장한 듯 미소 지으며 다시 오겠다고 약속했을 때, 그들을 위해 문을 열어 주었습니다. 여행사 직원이 까오보이에게 양손을 흔들어 대며 변명과 애원을 번갈아 했지만, 까오보이는 그의 말은 들은 체도 하지 않고 본에게 이렇게 말했습니다. 이놈은 아가씨들을 때리는 도둑놈이야. 네가 일을 시작하기에 이보다 더 좋은 일거리는 없을 거야. 그렇지?

그래요. 본이 일어섰습니다. 쉬운 일일 거예요. 적어도 나한텐.

여행사 직원이 티끌 하나 없는 바닥 — 본이 피가 나지 않게 하려고 조심했기 때문입니다 — 위에서 웅크린 채 덜덜 떨고 신음하는 모습을 지켜보며, 나는 살고자 하는 애처로운 욕구 외에도, 나와 이 남자가 공통점이 있다는 걸 깨닫고 불현듯 수치심을 느꼈습니다. 나도 그의 성기, 성욕, 시야를 가로지르는 성적 환상 없이는 10분도 버티지 못하는 열에 들뜬 뇌를 공통적으로 갖고 있었습니다. 남자들은 모두, 아니, 적어도 그중 90퍼센트에서 95퍼센트는 똑같았습니다. 어쩌면 본은 예외일지도 모르죠. 그의 가슴은 아주 순수해서, 정신과 영혼의 대양처럼 깊은 곳에서조차도 이성에 대해 공상을 하지 않았으니까요. 하지만 대부분의 남자는 그럴 겁니다. 그리고 나는 — 나는 대부분의 남자들과 마찬가지였습니다.

나는 여행사 직원을 위해서도 조금 눈물을 흘렸지만, 나와 나 자신과 저 위에서 낙담하며 나를 지켜볼 내 어머니를 위해 더 많은 눈물을 흘렸습니다. 까오보이는 구타당한 여행사 직원이 아니라 내 눈물이 혐오스럽다는 듯 콧방귀를 뀌었습니다. 이봐, 정신 차려. 여행사 문 밖에서 그가 말했습니다.

본이 당황스러워하며 말했습니다. 가서 그 **코피루왁** 좀 가져와. 그리고 우리는 각자 제 갈 길을 갔습니다. 그들이 아시아의 환희로 돌아가는 동안, 나는 눈물을 닦으면서 당고모의 집으로 갔습니다. 본이 여행사 직원의 성기를 계속 비틀고 있는 바람에 결국 그 가련한 녀석이 조금만 더 하면 까무러칠 지경이 되어 엄마를 찾으며 울부짖던 모습을 떠올리자, 어머니가 생각났습니다. 나는 우리 어머니가 아닌 다른 여자와 살아 본 적이 한 번도 없었고, 어머니도 아니고 내가 쫓아다니고 있는 것도 아닌 여자와 뭘 어떻게 해야 할지도 몰랐습니다. 나는 당고모의 아파트 문을 조용히 열었다가, 그녀가 복도의 벽감 속에 밀어 넣어 둔 책상 앞에 앉아 있는 모습을 발견했습니다. 그녀는 담배를 피우며 원고를 편집하는 중이었습니다. 아니, 어쩌면 정말로 하고 있는 일은 담배를 피우는 것이고, 편집은 그저 기분 전환거리였을지도 모르죠.

오늘 어땠어? 그녀가 자신의 담배를 흔들어 보이며 내게도 하나 권했습니다.

특별한 건 없었어요. 그 코피루왁이 아직 그대로 있을지 궁금해하며 내가 말했습니다. 그냥 보스를 만나고 시킨 일을 좀 했을 뿐이에요.

씻고 나서 그 일에 대해 내게 말해 줘. 그녀가 복도 중간쯤에 있는 욕실을 가리켰습니다. 곧 손님이 몇 명 도착할 건데, 그 사람들한테는 나의 뛰어난 조카인 너에 대해 다 얘기해 뒀어.

이후 몇 달 동안 알게 된 것이었는데, 당고모의 아파트는 작가, 편집자, 비평가 들을 위한 진정한 살롱*이었습니다. 많은 지식인들이 너무나 좌파적이었기에, 나는 그들 대부분이 오른손으로 식사를 하는 모습을 보며 매번 놀라곤 했습니다. 사람들과 어울리기를 좋아하고 남자의 에고를 섬세하게 어루만지는 데 재능이 있을 뿐 아니라 — 비록 섬세함이 필요한 경우는 드물었지만요 — 편집 분야에서의 경력 덕분에, 결과적으로 그녀는 말과 생각을 나누는, 대부분은 남자인 친구들의 광범위한 네트워크를 갖게 되었습니다. 일주일에 적어도 두세 번은, 방문객이 와인 한 병이나 다채로운 색상의 마카롱 한 상자를 가지고 들르곤 했습니다. 당고모는 별로 신경도 쓰지 않고, 날씬한 허리에 눈에 띄는 영향도 초래하지 않으면서, 와인을 마시고 마카롱을 먹었습니다. 이런 재능은 그녀가 적어도 내 눈 앞에서는 진짜 음식을 거의 아무것도 먹지 않았고, 대신에 담배 연기, 앞서 언급한 말과 생각, 그 가볍고 달콤한 마카롱으로 자신을 채웠다는 사실 덕분이었습니다.

**코피루왁** 좀 끓여 줄까요? 당고모가 있는 구석에서는 보이지 않는 주방에서 내가 외쳤습니다. 다행스럽게도 그녀는 그 선물을 건드리지 않았습니다. 당고모가 그러라고 대답한 후, 봉지를 바꿔치기하고 진하게 내린 커피가 가득 든 유리 커피 추출기를 가지고 거실로 돌아가는 건 간단한 일이었습니다. 당고모가 함께 자리하자, 그녀와 함께 골루아즈** 담배를 피우고 사향 커피를 홀짝이면서 내가 그날 한 일

---

들을 이야기해 주었습니다.

난 맛의 차이를 모르겠어. 그녀가 말했습니다. 맛이 없다는 건 아니야. 사실, 상당히 강하기는 해.

심리적인 거죠. 이게 어디서 만들어지는지를 아는 게 맛에 영향을 미치는 거예요.

이 보스와 까오보이가 어디 출신인지를 아는 것과 마찬가지야. 그녀가 말했습니다. 난 그들이 이 커피처럼 어둡고 강하다고 생각해. 갱스터와 낭만. 폭력과 서정. 우리 조국의 문화를 정의하는 것 아닌가?

우리의 조국은 프랑스 아닌가요? 아버지는 학교에서 나를 가르칠 때, 자기 말을 복창하게 하곤 했어요. 골은 우리 조상들의 땅이다.

네 아버지는 식민주의자이자 소아 성애자였어. 그 둘은 밀접한 관련이 있지. 식민지화는 소아 성애증이야. 아버지의 나라가 불운한 어린 학생들을 강간하고 성추행하지. 문명화의 사명*이라는 거룩하고 위선적인 미명하에 그 모든 걸 자행해!

나에 대해 그렇게 말하면, 내가 마치 하나의 상징처럼 느껴져요.

적응해 둬, 얘야. 우리 프랑스인들이 상징보다 더 사랑하는 건 없으니까.

재교육 수용소의 잔인한 프로파간다와 다소 녹슨 **아메리칸 드림**의

---

*    지배하의 프랑스 지역에 거주하던 갈리아인을 지칭하는 말이다.
18세기 후반에서 19세기 초반, 효과적인 식민 지배를 도모하며, 열대 토착민을 타자화하는 과정에서 성립된 개념으로, 간단히 말해 서구가 비서구를 문명화해야 한다는 의미이다.

근본적인 사이비 현실주의를 겪은 이후에 기운을 북돋아 주는 담론, 그것이 우리 대화의 본질이었습니다. 미국인들은 총, 깃발, 엄마, 애플파이처럼 보통의 미국인들이 죽을 때까지 지킬 거라고 선언하는 애국적이고 감상적인 상징을 제외하고는, 모든 상징을 혐오했습니다. 누구나 그렇게 현실적이고 실용적인 국민을 사랑해야 했습니다. 성급하게 해석하려 들고, 그저 사실을 알아내기만을 간절히 바라는 국민 말입니다, 선생님. 만약 누군가가 미국인들과 함께 영화의 더 깊은 의미를 해석하려고 하면, 그들은 반사적으로 그게 그저 이야기일 뿐이라고 주장하곤 했습니다. 프랑스인들에게는 그 어떤 것도 단순히 이야기만은 아니었습니다. 사실에 관해서라면, 프랑스인들은 그것을 꽤 지루하게 여겼습니다.

당고모가 말했습니다. 사실은 끝이 아니라, 그저 시작일 뿐이야.

사실 얘기가 나와서 말인데, 난 고모가 재봉사인 줄 알았어요.

난 네가 난민이 된 애국심 강한 대위인 줄 알았고. 너에겐 네게 맞는 위장 신분을 주고 나에겐 내게 맞는 것을 준 거야.

만이요? 내가 물어보았습니다. 그녀가 고개를 끄덕였고, 내가 말했습니다. 만에게 내가 여기 와 있다고 알렸나요?

물론이야. 아직 답장은 없어. 그녀는 나를 날카롭게 주시했습니다. 내가 가장 충성하는 대상은 만이야. 내 진짜 조카. 아니, 정말로는 그 애조차도 아니고, 네가 포기한 혁명이야.

나는 혁명을 포기하지 않았어요. 혁명이 나를 포기했죠.

실망, 포기, 배신 ─ 불행하게도 혁명은 항상 그런 식이야. 열정적인 연애가 항상 그렇듯이. 둘 사이에 무슨 일이 있었던 거야?

내가 또다시 난민이 되었으니까요?

그래. 아니면 그것도 단지 또 하나의 위장 신분인가? 본으로부터 너를 안전하게 지키려고? 네가 공산주의자라는 걸 알게 되면 그는 너를 죽일 거야. 그렇지?

내 잔에는 고운 검은색 커피 찌꺼기만 남아 있었습니다. 그래요.

네가 나한테 편지를 써 보내서 도움을 요청했을 때, 난 승낙했어 ──

그 점에 대해서 감사하게 생각해요 ──

── 네가 혁명을 위해 한 그 모든 일 때문이었어. 게다가 우리 혁명이 어떻게 된 건지 알고 싶었기 때문이야. 나는 프로파간다를 보면 그걸 알아볼 수 있고, 우리의 혁명에서 비롯되고 있는 건 프로파간다야. 하지만 우리의 혁명이 그만큼 불완전하다는 게 ── 그리고 그 어떤 혁명이 완전하겠어? ── 내가 반혁명 분자들을 지지한다는 의미는 아니야. 그러니 과거 공산주의자였던 네가 털어놔 봐. 넌 이제 반동분자야?

내가 선택할 수 있는 건 공산주의자나 반동분자밖에 없는 건가요?

네가 달리 선택할 수 있는 게 뭐가 있지?

고모는 편집자죠. 내가 말했습니다. 직접 읽어 보실 게 있어요.

나는 내 가죽 더플백의 가짜 바닥에서 자술서를 꺼내, 367쪽에 이르는 그것을 모두 그녀에게 주었습니다. 그녀가 첫 페이지를 보려고 하자마자 문 두드리는 소리가 방문객들이 왔음을 알렸습니다. 평상복이지만 잘 차려입은 그들의 모습에, 나는 소매를 팔꿈치까지 걷어올린 평범한 흰색 긴팔 셔츠, 따분한 검은색 슬랙스, 먼지투성이 구두 차림인 내 모습을 의식하게 되었습니다. 그 앙상블로 인해 나는 웨이터처럼 보였는데, 이제는 실제로 웨이터이기도 했습니다. 방문객들역시 셔츠와 슬랙스를 입었고, 그들에게도 나처럼 팔, 다리, 눈이 있었습니다. 하지만 우리를 인간이 되게 하는 동일한 요소들을 공유했음에도 불구하고, 그들은 분명 살짝만 익히고 완벽하게 잘 그슬린 안심 스테이크인 반면, 나는 삶은 내장육, 필시 창자였습니다. 다시 말해 우리는 먼 친척이었지만, 언제든 우리를 혼동할 사람은 없었을 겁니다. 암울하고 가난하고 더운 나라 어디에선가 후줄근한 아동 노동자가 짠, 그들의 셔츠의 질 좋은 면은 멀리서도 또렷이 알아볼 수 있었습니다. 그들의 바지는 더할 나위 없이 잘 맞아서 벨트가 필요하지 않았습니다. 반면에 내 바지는 너무 헐렁해서 난민 수용소에서 준 섬뜩한 뱀 가죽 혁대가 필요했습니다. 아마도 전형적인 미국인다운 허리 둘레의 소유자인 어떤 텍사스 사람이나 플로리다 사람이 기부한 것이었을 텐데, 그 말은 곧 그 혁대의 길이가 수척한 베트남인 둘이 쓰기에도 충분했다는 뜻입니다.

첫 번째 신사는 헝클어진 검은 머리가 희끗희끗한 정신 분석학자였습니다. 다른 한 신사는 매끈하게 빗어 넘긴 흰머리에 검은 머리가 섞인 정치가였습니다. 그는 사회주의자이자 프랑스의 영광스러운 공직자이자 아주 행복한 남자였습니다. 바로 전 주에 동료 사회주의자가 대통령으로 당선되었거든요. 이 정치가는 그저 이니셜로만 소개해도 될 만큼 잘 알려져 있었지만, 처음에 나는 그 이니셜이 헷갈렸습니다.

BHV요? 내가 말했습니다.

BFD야. 고모가 한 번 더 말해 주었습니다.

BFD와 마오주의자이자 박사 학위 소지자인 정신 분석학자는 호기심 어린 눈초리로 가만히 나를 지켜보았습니다. 프랑스인들은 미덕이라고 여기기에 숨기지 못하는 경멸이 어린 눈초리로 금세 바뀌기는 했지만요. 고모는 나를 조국의 공산주의 혁명을 피해서 온 난민이라고 소개했고, 이 두 사람은 베트남의 혁명가를 현대의 고결한 야만인*이라고 여기는 좌파들이었습니다. 고결한 야만인 중 하나가 아니라면, 나는 비천한 야만인일 게 분명했고, 국립 고등학교 졸업 후 여러 해 동안 사용한 적이 없어서 학창 시절의 내 프랑스어 발음이 딱딱해졌다는 사실도 이 상황에 도움이 되지 않았습니다. 몇 차례 단속적으로 이어지던 대화로 내가 파리나 프랑스나 프랑스인들의 지적, 문화적, 정치적 조류 속에서 헤엄칠 수 없다는 사실이 빠르게 입증된 후 — 예를 들어, 나는 사르트르를 언급하면서도, 그 위대한 실존주의자가 이미 2년 전 죽었다는 사실을 모르고 있었습니다 — 마오주의자인 박사와 BFD와 당고모는 나를 무시했습니다. 나는 굴욕적인 상태로 소파 구석에 앉아 있었습니다. 내가 상당히 자주 찾아가

---

\*  낭만주의 문학의 이상적 인물상. 문명에 오염되지 않은 무구한 인간성을 지닌 인간을 말한다.

는 영역이었습니다. 주로 누군가가 나를 잡종 새끼라고 불렀을 때 말입니다. 나는 보통 분노라는 적절한 가면을 쓰고 대응했습니다. 하지만 나는 나 자신이 아니었습니다. 더 정확히 말하자면, 나는 나인 동시에 나 자신이었습니다. 내 나사가 심하게 흔들거리고 있었거든요. 나는 방문객들이 가져온 첫 번째와 두 번째 와인 병에서 위안을 얻으며, 대화라는 화물 열차가 창문으로 힐끗 들여다보이기만 할 뿐, 빠르게 나를 스쳐 지나가도록 내버려 두었습니다. 당고모의 담배를 피우며 천장과 양탄자와 그 남자들의 반짝거리는 구두코를 빤히 바라보면서, 나는 내가 광대일 뿐 아니라 멍청이라는 걸 깨달았습니다.

당고모가 해시시를 권했을 때, 나는 안도하며 받아들였습니다. 그 삼각관계 사이에서 어떻게 해야 우아하게 빠져나갈지 자신이 없었거든요. 하지만 해시시의 마법의 걸려, 그날 저녁 나머지 시간은 완벽히 평범하게 흘러갔습니다. 마오주의자인 박사가 심지어 내게도 작별 인사를 하고 떠났을 때, BFD는 그대로 앉아 있었습니다. 당고모는 마오주의자인 박사가 나가자 문을 닫고 이렇게 말했습니다. 정말 멋진 저녁이야! 내일까지…….

그녀가 BFD에게 고개를 끄덕이자, 그는 자리에서 일어나며 약간 비웃듯 내게 살짝 고개를 숙이고는 그녀를 따라 그녀의 침실로 들어갔습니다. 문 안쪽에서 의심할 여지 없이 나를 비웃고 있는 그들의 웃음소리가 들렸습니다. 나는 그들과 함께 웃음을 터뜨렸습니다. 어쨌든 나는 혁명가가 아니라 난민이었습니다. 시골 출신의 촌놈이었고, 식민지에서 온 멍청한 조카였으며, 몹시 고루한 데다 점잖은 체하기 때문에 해시시에 취해 들떠 있으면서도 자기 당고모가 정치가, 아니, 사회주의자일지언정 어떤 남자와 사랑을 나눈다는 생각에 충격을 받은 바보 같은 잡종 새끼였습니다.

그날 밤 늦게 소파에 누워 있을 때 교훈이라는 시한폭탄이 결국 내 머릿속에서 터져 버렸습니다. 잠을 자려 노력하다가 문득 국립 고등학교 시절의 한 교사가 떠올랐는데, 1930년대에 파리에서 학위를 딴 사람이었습니다. 우리 학생들은 그를 숭배하고 질투했습니다. 사실 어떤 식민지에서나 그렇듯, 우리의 찌는 듯 더운 식민지에도 숭배와 질투가 만연했습니다. 식민지 지배자들은 스스로를 신성한 존재로 여겼고, 그 교사처럼 그들을 섬기는 토착민 중개인들은 자신들이 사제나 사도라는 환상을 가지고 있었습니다. 당연히 식민지 지배자들은 우리를 야만인이나 젖먹이나 양으로 업신여긴 반면, 우리는 그들을 반신반인이나 주인이나 맹수로 우러러봤습니다. 물론 인간 숭배의 위험 요소란, 인간은 결국 자신의 결함 있는 인간성을 드러내고, 그러면 그 시점에 신자는 그 추락한 우상을 기필코 죽이는 것 외에 선택의 여지가 없다는 것입니다.

우리 중 일부는 우리의 후원자인 프랑스인들을 사랑했고, 일부는 우리의 식민지 지배자인 프랑스인들을 증오했습니다. 하지만 우리 모두는 그들에게 유혹 당했습니다. 프랑스인들이 그들과 우리의 관계가 그랬다고 믿은 것처럼, 누군가에게 사랑을 받는 건 힘든 일입니다. 혹은 누군가에게 학대를 받는 것도 그렇습니다. 비록 프랑스인들이

제 손으로 직접 우리를 육성하고 혀로 감화하는 일 없이, 학대하지 않는 척하기는 했지만요. 따라서 우리는 프랑스 문화의 정수를 흡수하도록 파견된 장학생으로서 우리의 조국인 골 땅을 실제로 밟았던 그 교사의 지도하에 프랑스 문학과 언어를 배웠습니다. 그는 흠뻑 젖은 스펀지가 되어 우리 무지몽매한 토착민들에게 돌아와, 혁명으로 인해 열에 들뜰지도 모를 우리의 이마에 자신을 갖다 댔습니다.

그 스펀지가 열광적으로 말했습니다. 아, 샹젤리제 거리. 오, 에펠 탑!

그러면 우리 모두는 기절할 듯 황홀해하며, 언젠가는 우리도 여행 가방, 장학금, 열등감만 가지고 본토행 증기선에 승선할 수 있기를 꿈꿨습니다.

그 스펀지가 거리낌 없이 쏟아 냈습니다. 오, 데카르트! 오, 루소!

사실, 우리는 그 스펀지의 수업에서 프랑스어 원서로 이런 대가들의 글을 읽는 데 즐거움을 느꼈고, 가장 위대한 문학과 철학은 보편적이며, 프랑스 문학과 철학은 가장 위대한 것들 중에서도 가장 위대하고, 프랑스 문학과 철학과 언어를 배우면 우리도 언젠가 프랑스 사람이 될 수 있을 거라는 스펀지의 말을 믿었습니다. 하지만 주요 문헌에서 우리가 얻는 교훈은 식민지라는 환경으로 인해 복잡해졌습니다. 예를 들어 데카르트로부터 '나는 생각한다, 고로 존재한다'라는 것을 배웠습니다. 하지만 또한 육체와 정신으로 나뉜 세상에서 우리 베트남인들이 우리 육체의 지배를 받고 있고, 그런 이유로 프랑스인들이 그들의 정신으로 우리를 지배할 수 있다는 것도 배웠습니다.

볼테르로부터는, 나 자신의 정원을 가꾸는 것이 최선임을 배웠습니다.* 그것은 많은 것을 의미할 수 있겠지만, 우리가 프랑스인들에게 배울 때는 우리 자신의 일에만 신경 쓰고 우리의 작은 땅뙈기에 만족하라는 의미였습니다. 반면 프랑스인들은 식민지 전체를 돌보며 우리에게 『캉디드』에서와 비슷한 참혹한 경험들을 안겨 주었습니다. 루소에 관해 말하자면, 아마 나는 그에게서 가장 많은 것을 배웠을 겁니다. 재교육 수용소에서 만의 가혹한 지도하에 자술서를 쓸 때, 루소가 한 고백의 첫머리**가 불현듯 다시 떠올랐기 때문입니다.

나는 전례가 없고 모방할 자도 없을 시도를 하겠다는 결심을 했다. 나는 세상의 동료 인간들에게 한 인간을 자연 그대로의 진실한 모습으로 보여 주고자 한다. 그리고 그 인간은 바로 내가 될 것이다. (……) 내가 박혀 있던 틀을 깨뜨리는 일을 자연이 잘했는지, 못했는지에 대해서 사람들은 내 글을 읽고 나서야 비로소 판단할 수 있을 것이다.

고마워요, 장자크! 당신 덕분에 나는 나 자신에게 진실해지라는 영감을 받았어요. 나 자신이 형편없는 잡종 새끼라고 할지라도, 나는 역사상 전무후무한 아주 특별히 형편없는 잡종 새끼였거든요. 나는

---

\*      18세기 프랑스 작가 볼테르의 소설 『캉디드』 결말 부분에서 전 세계를 떠돌며 온갖 고통과 불행을 경험한 캉디드가 결론적으로 "우리는 우리의 정원을 가꾸어야 해요."라고 말하는 대목의 인용.
\*\*     루소 사후 출간된 『고백』의 첫 부분을 이른다.

자백을 사랑하는 법을 배웠고, 우리의 프랑스인 주인들이 그들 자신의 이상을 배신하면서 우리에게 가했던 폭력과 고문을 통해 우리에게 자세히 가르쳐 주었던, 폭력과 고문과 배신이라는 나의 죄악들을 인정하지 않은 적이 한시도 없습니다.

이 복잡한 교훈은 내가 국립 고등학교의 신성한 교내를 떠나, 겨드랑이에 프랑스어 책을 끼고 사이공의 거리를 걸을 때마다 강화되기만 했습니다. 거리에서 이따금 뒤마나 스탕달이나 발자크의 언어로 욕설을 듣곤 했기 때문입니다. 부유하든 가난하든, 아름답든 평범하든, 남자든 여자든 아이든, 프랑스인이라면 누구나 그 또는 그녀가 원하는 대로 우리를 부를 수 있었고, 때때로 그렇게 했습니다. **노란 피부의 잡종 새끼! 뱁새눈 칭크\*!** 가장 멋진 구두와 가장 섬세한 신발로 지탱되는, 가장 완벽한 모양의 입술과 가장 하얀 치아가 우리에게 이런 씨앗들을 내뱉을 수 있었습니다. 그 씨앗은 오명을 뒤집어쓴 우리의 피부 밑에 결실을 맺을 뿌리를 내리곤 했는데, 그것이 바로 호찌민에게 일어난 일이었습니다. 그가 그 일을 가장 잘 설명한 건 식민지화된 아프리카와 아시아의 우리가 우리 주인들에게 기껏해야 인력거를 밀고 관리들에게 주먹질을 당하기에나 제격인 "더러운 깜둥이들과 더러운 안남인\*\*들에 불과하다"는 점에 대해 썼을 때였습니다.

우리 중 일부는 주인들이 우리를 사랑해 주기만을 바라며 그 모욕을 모르는 체했습니다.

---

\*　　　중국 사람을 낮잡아 이르는 말.
\*\*　　　인도차이나반도의 동부에 거주하는 남방계 몽골족의 한 분파.

우리 중 일부는 그 모욕을 잊을 수가 없어서 주인들을 죽이고 싶어 했습니다.

그리고 우리 중 일부는 ─ 그중에서도 나와 나 자신은 ─ 우리의 주인들을 사랑하는 동시에 증오했습니다.

자신을 발로 차는 주인을 사랑하는 것은, 그 사람이 느끼는 게 사랑뿐이라면 별 문제가 아니었습니다. 하지만 사랑하면서도 증오하는 것은 반드시 숨기고 싶은 작은 비밀이었는데, 자신이 증오하는 주인을 사랑한다는 건 필연적으로 혼란과 자기혐오를 초래하기 때문이었습니다. 그것이 내가 프랑스어 공부에 영어 공부만큼 온 마음을 쏟지 않은 이유이자, 국립 고등학교를 떠난 이후 줄곧 프랑스어를 거의 한마디도 하지 않은 이유였습니다. 프랑스어는 우리를 노예로 삼은 사람과 강간범의 언어인 반면, 영어는 프랑스인으로 인한 우리의 추락을 끝내 줄 미국인의 도착을 알리는 참신한 언어였습니다. 영어는 그때껏 우리를 정복한 적이 없었기에, 나는 양가감정 없이 영어를 정복했습니다.

이제 마침내 내 아버지의 땅인 파리에서, 나는 사회주의자인 BFD와 마오주의자인 박사와 함께 있으면서, 내가 백인들에게 타자로 그저 보이기만 하는 게 아니라는 생각이 갑자기 들었습니다. 그들에게는 내가 타자로 들리기도 했습니다. 내가 입을 벌려 프랑스어라는 그들의 아름다운 도자기를 깨뜨렸을 때, 그들에게는 시인이자 신동이자 총기 밀반입자이자 노예 상인이었던 랭보가 어떤 이름 모를 아프리카인이나 동양인 여행자에게 듣고 나서 도용한 게 틀림없는 이 문장이 들렸을 겁니다. 나는 타자다.*

프랑스인들이 우리를 책망할 필요는 없었습니다. 그들의 언어로 말을 하기만 하면, 우리가 스스로를 책망했으니까요.

타자인 나는 잠에서 깨어났지만, 또 하나의 나, 그러니까 나 자신은 아직도 꿈을 꾸고 있는 것 같았습니다. 왜냐하면 내 눈으로 볼 수도 있었지만, 당고모와 BFD의 눈을 통해서도 나와 나 자신을 볼 수 있었기 때문입니다. 그들은 흐트러지기는 했지만, 그래도 우아한 모습으로 침실에서 걸어 나왔습니다. 하지만 그들은 나를 그저 흐트러진 상태로만 보았습니다. BFD는 시합에서 승리한 후 링 위의 권투 선수처럼 푸른 벨벳 로브를 입고 있었는데, 그것은 당고모가 그녀의 방문객이면 누구든 섹스 후에 입도록 준비해 놓은 의상이었습니다. 당고모는 회색 새틴 로브를 입고 같은 소재의 터번을 머리에 두르고 있었는데, 흑백 시대의 영화배우가 다음 장면의 촬영에 들어가기 전에 걸칠 법한 옷차림이었습니다. 그들은 신문을 훑어보는 동안 담배를 피우고 사향 커피를 마시며 다정하게 담소를 나눴습니다. BFD는 혀를 대고 커피를 맛보기 전에 코로 킁킁거리며 냄새를 맡고 나서 웃음을 터뜨렸는데, 그 바람에 나는 그를 목 졸라 죽이는 공상을 하게 되었습니다. 다른 문화의 음식이나 음료를 결코 비웃지 마세요. 그것은 구원받을 수 없는 큰 죄이니까요. 토스트와 커피를 먹고 마시면서

---

* 　　　프랑스의 시인 아르튀르 랭보가 조르주 이장바르에게 보낸 편지에 쓴 글.

생각에 잠겨 있었기 때문에, 나는 그들의 대화에 거의 신경을 쓰지 않았습니다. 다만, 해시시와 보트피플에 대한 언급에는 주목했습니다.

후자에 대한 언급은 당고모가 신청해서 보는 신문인 「뤼마니테」의 한 기사에서 비롯되었습니다 (BFD는 「리베라시옹」을 더 좋아했지만, 「뤼마니테」도 급한 대로 볼 만하다고 말하곤 했습니다).* BFD가 그 신문을 집어 들더니 보트피플에 대한 헤드라인과 대양을 떠도는 저인망 어선의 사진을 가리켰습니다. 그 어선은 우리 동포들로 러시아워의 지하철만큼이나 붐비고 있었습니다. 하지만 지하철 승객은 고작 몇 분만 그 상태를 견디면 되지만, 내 동포들은 태양과 바람과 비에 무방비로 시달리며 몇 날, 몇 주 동안 그런 환경을 견뎠습니다. 해적들이 그 화물의 가장 좋은 부분을 골라 가려고 주기적으로 들르고, 상어들이 진열된 신선한 고기 조각들을 갈망하며 진열창 안을 들여다보려고 나란히 헤엄치는 상황에서요.

아주 슬픈 일이에요. BFD가 입술을 아주 과장되게 느릿느릿 움직이며, 아주 큰 소리로, 아주 의도적으로 말했습니다. 당신도, 마찬가지죠. 보트피플이에요. 그들처럼요. 아주우우 스을픈 일이에요. 그들에게는 아무것도 없어요. 우리는 모든 것을 가지고 있죠. 우리는 그들을 도와야 해요. 우리는 당신을 도와야 해요.

---

\* 프랑스어로 '인류' 혹은 '인간애'라는 의미의 「뤼마니테」는 한때 프랑스 공산당 기관지였으며 현재도 공산당 계열의 신문이고, '자유'라는 의미의 「리베라시옹」은 중도 좌파 성향의 유력 일간지이다. 참고로 전통 우파 성향의 유력 일간지로는 「르 피가로」가 있다.

그는 마치 자신의 말만으로는 약간 부족하다는 듯, 손가락으로 나를 겨냥했습니다. 나는 억지로 미소를 지으며 분노를 삼켰습니다. 그것은 피 같은 맛이었습니다 — 다시 말해, 많은 사람들이 살짝 익힌 육즙이 풍부한 고기를 즐겨 먹는다는 점을 고려하면, 상상하는 것만큼 나쁘지는 않았습니다. 그의 연민의 열기가 너무 강해서 나는 온기를 느끼지 못했습니다. 아니, 오히려 부글부글 끓어올라서, 간신히 유화적인 말 몇 마디를 한 후 입을 다물고 있는 내내 귀에서 쉭쉭거리며 김이 새어 나갔습니다. 이른바 보트피플이 그 보트에 올라타서 이미 스스로를 도운 사람들이라는 걸 내가 어떻게 말할 수 있었겠습니까. 영어 공포증이 있는 프랑스인들조차 진(jean)과 위크엔드처럼 간단히 차용하여 일상적으로 쓸 정도로 강력한 용어인 '보트피플'이라고 불리는 걸 거부하겠다고 어떻게 말할 수 있었겠습니까.

나는 보트피플이 아니었습니다. 종교 박해를 피해 메이플라워호를 타고 미국으로 건너간 영국의 청교도들이 보트피플이 아닌 한은 말입니다. 그 난민들에게는 운 좋게도, 곧 불행해질 원주민들이 보기엔 악취가 나고, 죽을 만큼 굶주리고, 면도도 하지 않고, 이가 득실거리는 그들 무리를 기록할 카메라가 없었을 뿐입니다. 그에 반해서 우리의 비참한 처지는 「뤼마니테」에 영원히 기록되었는데, 거기서 우리는 도무지 인간으로 보이지 않았습니다. 그래요, 보트피플은 인간이 아니었습니다. 그들은 어떤 낭만주의 화가에게 뽑혀, 침몰하는 배의 뱃머리에 대담하게 서서 고귀한 그리스 영웅처럼 무시무시한 비바람에 맞서는 모습의 유화로 루브르에 고이 소장되어 관광객들의 찬탄을 받고 미술사가들의 연구 대상이 되는 혜택을 누리지 못했습니다. 그래요, 보트피플은 희생자들, 신문에 사진으로 영원히 박제된 동정의 대상들이었습니다. 응석받이인 내 일부분은 그런 동정을 바랐습니다. 하지만 성인 남성인 내 일부분은 동정을 바라지 않았고 동정받을 자격도 없었으며, 희생자라고 불리기를 바라지 않았고 그렇게 불릴 자격도 없었습니다. 내가 그 모든 행위와 악행을 저지른 후에는 더더구나 말입니다. 만약 인간이 되는 대가가 동정을 통해서 존재를 인정받는 것이라면, 인류 따위가 어떻게 되든 무슨 상관이란 말입니까! 나는 형편없는 잡종 새끼였습니다 ─ 그 사실을 인정합니다!

하지만 대신 내가 한 말은 이것이 다였습니다. 고마워요. 네, 제발 그들을 도와주세요.

BFD는 나와 내 민족을 가련한 처지에 놓이게 했을 뿐 아니라 겸손한 척하는 그의 우월감에 내가 감사를 표하게 한 데 만족하며 떠나려고 자리에서 일어섰습니다. 문득, 내 프랑스어는 어색하고 베트남어는 그가 이해하지 못하더라도, 내 영어는 유창하고, 영어를 듣는 것보다 프랑스인이 더 열등감을 느끼게 하며 따라서 더 화를 내게 할 수 있는 일은 없을 거라는 생각이 떠올랐습니다. 모든 프랑스인의 영혼의 한구석에는 미국인이 웅크리고 있다가 이따금 조용히 헛기침을 하며 프랑스인에게 그들이 공유하는 역사를 일깨웠는데, 그것은 영국인들에게 대항하는 혁명에서 프랑스인들이 새로 일어선 가련한 미국인들을 도운 데서 시작됐지만, 결국 세계 대전에서 두 번이나 그 동일한 미국인들의 도움을 필요로 했다는 점을 깨닫게 할 뿐이었습니다. 그리고 마지막으로, "인도차이나"가 있었습니다. 우리는 인도 인도 중국인도 아니었으니, 그 단어가 무엇을 의미했든 말입니다. 기진맥진한 프랑스인들이 손을 떼고, 이제 무척 큰 목소리를 내는 미국 인들에게 넘긴 것이 바로 이 환상적인 인도차이나였습니다. 새로운 제국의 부상에 직면하여 자신의 제국의 쇠퇴를 다시 한번 깨닫게 되는 건 분명 몹시 마음 아픈 일일 겁니다! 아, 그래요, 이 경우, 영어는 모욕이자 도전이었습니다. 특히 미국인도 아니고 인도차이나인인 나 같은 사람에게서 듣게 된다면요.

그래서 나는 완벽한 미국식 영어로 이렇게 말했습니다. 두 분이 해시시 얘기를 한 건가요? 공교롭게도 나한테 좀 있는데, 그것도 아주 질이 좋은 거라서요.

BFD는 이 노란 앵무새 때문에 놀라, 머뭇거렸습니다. 이 말주변 좋은 사회주의자는 내 말을 프랑스어로 일축할 수도 있었지만, 자신도 영어를 할 수 있다는 것을 증명하고 싶은 유혹이 너무나도 컸습니다. 음, 그래요. 사실, 당신 고모에게 우리의…… 공급업자가…… 행방불명되었다는 얘기를 하고 있었어요.

6개월 전에, 말 한마디 없이 말이야. 고모가 덧붙여 말했습니다. BFD와 마찬가지로 그녀의 유창한 영어에도 매력적인 프랑스어 악센트가 가미되어 있었지만, 그럼에도 나만큼 잘하지는 못했습니다. 히읗(h) 발음을 빠뜨리지 않으려고 노력하며 엄청나게 집중하지 않으면 대부분의 프랑스인이 발음하지 못하는 가장 미국인적인 말을 ― 히힝! ― 나는 할 수 있었거든요. 고모가 말을 이었습니다. 그건 그 판매원에게는 결국 나쁜 소식일 뿐일 거야.

그가 종교를 가지게 된 게 아니라면요. 내가 말했습니다.

그럴 리가. 고모가 말했습니다. 사이드는 오로지 돈에만 관심이 있어. 얘기가 나왔으니 말인데 ── 너무 엉뚱한 소리인지 모르겠지만 ──

아니, 아니, 아니에요. 직감적으로 정치가인 BFD 같은 사람이 적어도 나 같은 사람에게서 그 물건을 사지는 않을 것임을 알았기 때문에 나는 그렇게 말했습니다. 보스가 고모에게 전하기를 바랐던 알루미늄 포일 조각을 손가락 사이에 끼워 들어 올렸습니다. 이건 ── 고모의 램프 불빛이 알루미늄 포일에 닿자, 그것은 마치 멀리서 내리치는 번개처럼 반짝 빛났습니다 ── 이건 선물이에요.

# 3장

아, 지긋지긋한 편두통! 그것은 내 머리에 난 구멍들 때문만이 아
니라 그날 아침부터 한참 지속된 숙취와 신중하지 못한 결정 때문이
기도 했습니다. 하느님 맙소사 — 혹은 카를 마르크스 맙소사, 혹은
호찌민 맙소사 — 내가 무슨 짓을 했던 걸까요? 언젠가 장군이 내게
말했듯, 공짜보다 더 비싼 것은 없는 법입니다. 참으로 맞는 말이죠.
내가 그에게 아낌없이 충성을 바쳤지만, 또한 그를 염탐하고 있기도
했다는 걸 고려하면요(라나를 유혹한 것은 말할 것도 없고요). 나는 그
의 부관이었고, 사이공은 곧 함락될 참이었으며, 그는 미국의 동맹이
었지만, 미국인들이 항상 많은 비용이 드는데도 아낌없이 제공하는
지원의 위험성에 대해 이야기하고 있었습니다. 남베트남에서 우리는
미국인들이 원하는 공산주의와의 전쟁을 치렀지만, 결국 우리에게
가장 도움이 필요한 시기에 그들이 우리 대부분을 버리는 걸 목격했
습니다. 그렇다면 이 선물의 값은 누가, 얼마나 지불하고 있었을까요?

이것이 내 몰락의 시작이었을까요? 그것도 내가 세 번째 난민이 된 사람으로서 차지하고 있던 짓밟혀 쓰러진 처지에서 간신히 일어서기 시작하려는 순간에? 내 의도는 향후 판매를 위해 BFD를 낚는 것이었습니다. 설령 그런 판매가 고모를 통해 이뤄져야 한다고 해도요. 그에게는 지켜야 할 평판이 있어. 그가 나가고 문을 닫은 후 그녀가 말했습니다. 그는 13구의 구청장이거든.

훨씬 더 잘된 일이었습니다. 복수의 짠맛을 맛볼 수 있을 것입니다. 설령 그로 인해 내게 갈증이 일고, 나쁜 입 냄새가 나게 되더라도, 그것이야말로 내가 원하는 것이었습니다. 하지만 그 사회주의자에 대한 복수를 추구하면서, 내가 실제로 그렇게 가장 지독한 범죄자가 되어 가고 있었던 걸까요? 아니, 마약상을 말하는 게 아닙니다. 그것은 형편없는 취향의 문제였으니까요. 내 말은 내가 **자본가**가 되어 가고 있었다는 것인데, 그것은 형편없는 도덕의 문제였습니다. 마약상과 달리 자본가는 자신의 형편없는 도덕성을 결코 인식하지 못할 것이기에, 아니, 적어도 인정하지 않을 것이기에 특히 더 그랬습니다. 마약상은 개인을 표적으로 삼는 하찮은 범죄자에 불과했고, 그것을 부끄러워할 수도, 부끄러워하지 않을 수도 있었지만, 대개 자신이 하는 거래의 불법성을 인식하고 있었습니다. 하지만 자본가는 몇백만은 아니더라도 몇천 명을 표적으로 삼고 자신의 약탈에 대해 수치심을 느끼지 않는 합법적인 범죄자입니다. 아마도 마오주의자인 박사 같은 사람만이 이를 이해할 수 있을 것이고, 실제로 그는 너무도 잘 이해했기에 그날 오후 늦게 고모에게 전화를 걸어 물건을 조금 요청했습니다. BFD가 그 물건의 품질에 대해 알려주었기 때문이었습니다. BFD와 달리, 그는 자기 명성에 대해 걱정하지 않는 것처럼 보였습니다. 설령 조금이나마 걱정했다고 한들, 소문난 해시시 흡연자가 되면 아마도 그 마오주의자 박사의 명성은 더 올라갔을 겁니다.

네 물건이 아주 굉장한가 봐. 그 전화를 끊으며 비난 섞인 목소리로 당고모가 말했습니다. 나라면 샘플 하나쯤은 신경 안 쓸 거야.

어떻게 한번 해 볼게요. 내가 말했습니다. 이제 두 팔 벌려 기다리는 내 마음속에 불현듯 계획이 떠올랐습니다. 오랫동안 마음속에 그런 것을 담고 있지 않았었지만요. 고모에게는 나를 위한 그녀 자신만의 계획이 있었습니다.

이민자들에게 프랑스어를 가르치는 친구가 하나 있어. 그녀가 말을 이어 갔습니다. 넌 프랑스어 실력을 갈고닦을 필요가 있어. 반은 프랑스인이잖아. 네 아버지의 언어도 영어만큼 잘 알아야 해. 게다가 그런 식당에서 영원히 일할 수는 없어. 아니, 어쨌든 그래선 안 돼. 식당에서 일하는 데 뭔가 문제가 있다는 건 아니야. 하지만 너한테는 더 큰 재능이 있어.

나는 스파이로서의 내 경력, 계획과 조작, 이상과 망상, 결정과 실수에 대해 생각했습니다. 혁명가이자 스파이로서 내 삶은 한 가지 질문에 대답하도록 설계되어 있었습니다. 혁명의 전위인 레닌으로부터 이어져 온 질문, 국립 고등학교 시절부터 줄곧 나를 몰아붙인 질문은 이것이었습니다. 무엇을 해야 할 것인가? 나는 두 남자를 죽였고, 그들은 무죄였습니다. 아니, 대체로 무죄였습니다. 나는 유죄였습니다. 아니, 대체로 유죄였습니다. 나는 그들 둘 다 장군의 명령에 따라 죽였는데, 그는 나를 공산주의자와 반체제 인사의 발본색원이 임무인 공안부의 장교로 임명할 만큼 신뢰하는 실수를 저질렀습니다. 우리가 사이공에서 함께한 몇 년이나, 내가 그와 그의 가족과 함께 난민으로서 로스앤젤레스로 피신했던 그 후의 몇 년 동안, 장군은 나를 스파이라고 의심한 적이 없었습니다. 만이 나에게 장군과 함께 미국으로 가라고 명령한 건 옳은 일이었습니다. 장군과 그의 부하들은 우리의 조국을 되찾고 혁명을 무산시키려고 애쓰면서, 그곳에서 계속 전쟁을 벌이려 했습니다. 스파이들에게 남우 주연상을 준다면, 나는 받을 자격이 있었습니다. 장군이 내 비밀경찰 동료인 무절제한 소령이 진짜 스파이라고 확신하게 할 만큼 자연스러웠으니까요. 그리고 장군은 그 무절제한 소령에게 사후 세계로 가는 편도 티켓을 주기로 결정했을 때, 그 표를 전달하는 사람으로 나를 선택했습니다. 그 무절제한 소령이 자기 집 진입로에서 내게 미소 지었을 때 방아쇠를 당긴 사람은 내가 아니었지만 — 그것은 본이었습니다 — 그의 죽음에 책임이 있는 사람은 나였습니다.

내가 죽인 두 번째 남자 소니는 1960년대 남부 캘리포니아 유학생이던 시절부터 알고 지냈는데, 그 당시 그는 좌익 활동가였고 나는 우익의 일원인 척하는 공산주의자였습니다. 소니는 현명하게도 캘리포니아에 계속 남아 있었고 우리 조국에서는 아주 위험한 직업인 기자가 되었습니다. 하지만 장군을 포함해 우리 난민들이 미국에 도착했을 때 조국은 끝내 그를 찾아내 처벌했습니다. 장군이 그를 공산당 첩자라고 의심했던 겁니다. 다시 한번 장군은 나를 그의 배달원으로 삼았는데, 만일 아주 유능한 보좌관이면서 극단적 반공주의자인 내가 거절했더라면 그의 편집증적인 망상 속에서 나는 당연히 의심을 받았을 겁니다. 나는 근거리에서 소니를 쏘았고, 그 이후로 그와 무절제한 소령은 간헐적으로 내 머릿속에 출몰했습니다. 내 무의식이라는 잡음이 심한 채널에서 때때로 그들의 목소리가 선명하게 흘러나왔습니다.

재능이요? 내 웃음소리는 나 자신의 귀에도 이상하게 들렸습니다. 무슨 재능이요?

고모는 당황한 표정이었고, 그녀의 피는 더 이상 그리 **차갑지** 않았습니다.* 그녀가 말했습니다. 넌 글을 쓸 수 있어. 네 자술서를 거의 다 읽었어. 이제 삼사십 쪽 정도 남았지.

그걸 준 게 고작 어젯밤이었는데요.

난 편집자야. 읽는 속도가 빠르고 잠도 별로 없어.

지금까지는 어떻던가요?

너는 어머니를 사랑하는 것 같아. 여자들과 문제가 있는 것 같고. 만이 너를 다소 가혹하게 대한 것 같아. 그에게는 선택의 여지가 없는 일이었겠지만. 하지만 너는 미국 문화에 너무 많이 빠져 있는 것 같아. 이중간첩이자 스파이로서 위험한 삶을 살았지. 네가 말했듯이,

---

\*     영어에 프랑스어 단어 'sang(피)'과 'froid(차가운)'를 합친 'sang-froid'라는 표현이 있음을 활용한 문장. 'san-froid'는 '침착한', '냉정한'이라는 뜻.

두 얼굴과 두 마음의 남자야. 내가 지금 보고 있는 게 어느 얼굴인지 궁금해. 그리고 너를 신뢰해도 되는지도 궁금하고.

나를 신뢰해야 한다고 할 수도 있겠지만, 난 나 자신조차 신뢰하지 못해요.

지금 그건 정직한 대답이야. 그래, 누구에게나 동조할 수 있는 사람인 너는 내가 너에 대해 어떻게 해야 한다고 생각하지? 난 네가 내 혁명 동지였기 때문에 너를 내 집으로 반갑게 맞아들였어. 하지만 너는 더 이상 내 동지가 아니잖아?

혁명이 내게 무슨 짓을 했는지 읽었잖아요!

혁명이 네게 했다고 네가 주장하는 내용을 읽었지. 하지만 어쩌면 혁명이 너를 의심할 만한 이유가 있었을 거라고 생각하진 않니? 사실은 네가 지나치게 미국화되어 있었다거나? 아니, 지금도 미국화되어 있지 않아? 심지어 여기 프랑스에서도 우리는 미국화의 위험에 처해 있어. 미국식 생활 방식 말이야! 너무 많이 먹고, 너무 많이 일하고, 너무 많이 사들이고, 글은 너무 조금 읽고, 생각은 훨씬 덜 하고, 가난과 불안에 시달리며 죽지. 고맙지만 사양하겠어. 그게 미국인들이 세계를 장악하는 방식이란 걸 모르겠어? 군대와 CIA와 세계은행을 통해서뿐 아니라 아메리칸 드림이라는 이 전염병을 통해서 말이야. 너는 감염된 데다 그걸 거의 자각하지도 못하고 있었어! 너는 중독자였고, 만은 너를 치료해야만 했지. 불행하게도 중독 치료는 언제나 고통스럽기 마련이야.

나는 어처구니가 없었습니다. 내 자술서를 읽었는데도 이런 결론을 내렸다는 건가요? 내가 말했습니다. 그래서 내가 틀리고, 나를 처벌하는 데 있어서 혁명이 옳았다는 거예요?

편집자의 관점에서 보면, 만의 방법에 감탄하지 않을 수가 없어. 담배에 불을 붙이고 미소를 지으며 당고모가 말했습니다. 내가 맡은 모든 작가가 이렇게 빨리, 이렇게 많은 분량의 글을 써내게 할 수 있다면 좋을 텐데. 너는 그의 엄격함을 존중해야 해.

누구에게나 동조할 수 있는 사람인 나는 그 무엇보다도 누군가가 내게 동조해 주기를 바랐습니다. 나는 분명 당고모가, 나에게 미국에서 스파이 노릇을 하라고 시킨 남자이자 나중에 내가 억류되었던 수용소의 정치위원이자 빗나간 네이팜탄 공습에 인간성의 상당 부분을 빼앗긴, 나의 가장 친한 친구이며 의형제 만이라고도 알려진 얼굴 없는 남자보다 더 상냥할 거라고 믿고 있었습니다. 만은 내게 매우 동조적이었습니다. 나를 아주 잘, 어떤 사제나 분석가보다도 더 잘 알고 있었지만, 그 지식을 이용해서 나를 심문하고 고문했습니다. 만과 달리, 아마 고모는 나를 고문하지는 않을 겁니다. 하지만 만약 그녀가 나를 이해하지 못한다면, 누가 이해할 수 있었을까요?

내가 말했습니다. 아마 해시시를 좀 더 구해 와야 할 것 같아요.


치질에 걸린 점원은 그날 오후 5시에 나를 보자 고통스럽게 끙 하고 앓는 소리를 냈습니다. 그가 성냥을 그어 담배에 불을 붙이던 순간, 불꽃의 섬광과 순식간에 쉭 하고 피어오른 짙은 성냥불 냄새에 내 안의 무언가에 불이 붙었습니다 — 그것은 음모의 도화선, 어린

이 만화에서 폭발적인 최고조로 이어지는 꼬리처럼 긴 화약의 심지였습니다.

보스를 만날 수 있을까요?

보스가 당신을 만나고 싶어 하나요?

내가 제안할 게 있다고만 전해 줘요.

보스는 나를 대기실에서 한 시간 동안 기다리게 했습니다. 그저 내가 서 있는, 아니, 앉아 있는 위치를 내게 정확히 인식시키기 위해서요. 적어도 여기, 프랑스에서는 의자에 앉아서 기다렸습니다. 평생 의자가 부족해서 근육질이 된, 잘 발달된 엉덩이로 쪼그리고 앉는 경우와는 대조적이었습니다. 어머니가 두 발을 땅에 꼭 붙이고, 특히 내가 등에 업혀 있기라도 하면 더욱더 균형을 잘 잡기 위해 몸통을 살짝 앞으로 구부린 채, 쪼그리고 앉아 있는 모습을 대체 내가 몇 번이나 보았던가요. 어머니는 대부분의 서양인들은 1분 이상 유지할 수 없는 자세를 계속 취할 수밖에 없었기 때문에, 몇 시간 동안이나 쪼그려 앉아 있을 수도 있었습니다. 어머니는 내게 콧노래를 불러 주고, 나를 어르고, 자장가를 불러 주었고, 이윽고 내가 더 나이를 먹자 동화를 들려주고, 속담과 시를 읊어 주곤 했는데, 그러는 동안 줄곧 얇은 막 같은 땀이 우리를 하나로 붙여 놓았습니다. 나는 기다릴 때마다, 어머니의 끝없는 인내심을 떠올립니다. 어머니는 누구든 자신을 기다리게 하는 사람을 위해서가 아니라, 자신이 어디를 가든 함께 기다려야만 하는 나를 위해 참았던 것입니다. 내가 자라서 어머니의 등에 업히기에는 너무 무거워진 후, 나는 어머니와 다른 서민들 옆에 쪼그리고 앉았습니다. 이윽고 국립 고등학교에 갔고, 그곳에서 더 이상 쪼그려 앉지 않고 의자에 앉을 권리를 당연시하는 계급의 일원이 되었습니다.

마침내 사무실로 불려 들어갔을 때, 납작한 동양인의 엉덩이가 아니라 둥근 서양인의 엉덩이에 맞게 인체 공학적으로 설계된 플라스틱 의자의 딱딱한 좌석 때문에 나는 엉덩이가 조금 아팠습니다. 보스가 푹신한 의자에 앉아 깨끗한 책상에서 장부를 검토하는 모습이 눈에 띄었습니다. 소문에 의하면, 그는 학교를 다닌 적은 한 번도 없지만 대신 거리에서 배웠고, 거기서 배우지 못한 것은 무엇이든 스스로 깨쳤다고 합니다. 재능과 야망을 가진 그가 적절한 교육을 받았더라면 어떤 사람이 될 수 있었을지 상상해 보니, 이 가엾게도 버림받은 고아에 대한 내 마음이 누그러졌습니다.

투자사의 펀드 매니저!

은행장!

업계의 거물!

또는 마르크스주의자들의 유의어 사전을 참조하면 이런 사람이 됐을지도 모릅니다.

자본주의의 벌처*!

---

\*       vulture. 사체 냄새를 맡고 몰려들어 썩은 고기를 먹는 '대머리 독수리'처럼 취약한 상황의 기업을 골라서 먹잇감으로 삼아 막대한 수익을 올리는, 즉 남의 불행을 이용해 자신의 이윤만 챙기는 투자자라는 의미에서 흔히 '벌처 자본가'라고 불리는 사람들을 가리킨다.

흡혈귀 같은 착취자!

인민의 고혈을 짜내 돈세탁이나 하는 놈!

나는 이제는 당을 믿는 공산주의자가 아니었지만 여전히 이론을 믿는 마르크스의 후예였고, 그 이론은 자본주의를 가장 잘 비판한 것이었습니다.

무슨 일이야? 보스가 말했습니다. 정신 차려, 이 미친 잡종 새끼야.

죄송해요. 내가 ─ 아니, 또 하나의 내가, 아니, 아마도 우리가 ─ 중얼중얼 말했습니다.

**코피루왁** 가져왔나?

내가 그의 책상 위에 봉지를 놓자, 그가 만족스럽다는 듯 고개를 끄덕였습니다. 나는 그가 편지 개봉용 칼로 원두를 갈라 그 틈새로 하얀 속살을 드러내며, 원두의 해부학적 구조를 살피는 모습을 지켜보았습니다. 만족스러워하며 칼을 내려놓고 보스가 말했습니다. 다른 용건은?

그 해시시 좀…….

그가 씩 웃으며 의자에 등을 기댔습니다. 좋은 물건이야, 그렇지?

그렇다고 들었어요. 직접 시도해 보지는 않아서요.

잘했어. 시도하지도 사지도 말아야 하는 게 있는 법이지.

나는 나 자신이 BFD와 마오주의자인 박사와 있었던 일을 물건 구입을 권유하듯 열정적으로 설명하고 있는 모습을 보았습니다. 그들에게 그 물건을 맛보게 해 줬죠. 나 자신이 그렇게 말하는 것도 들었습니다. 그 순간 내 나사는 상당히 헐거워져서, 내가 결코 되지 않겠다고 맹세했던 바로 그 존재, 그러니까 자본주의자가 된 나 자신의 모습을 지켜보기에 충분한 거리를 내게 제공해 주었습니다.

흥미롭군. 뾰족한 칼끝에 손가락을 댄 채 보스가 말했습니다. 놀랍지는 않지만. 전혀. 그런 사람들도 내가 그들에게 제공할 수 있는 것들을 즐길 테니까.

그들도 인간일 뿐이에요. 아주 인간적이죠.

바로 그거야! 그의 얼굴에 어린 미소가 어떤 증거일 수 있다면, 그는 분명 즐거워하고 있었습니다. 프랑스인들도 인간일 뿐이지. 부자들도 그렇고. 특히 부자들은 더.

부자인지는 잘 모르겠어요. 그들은 지식인이에요.

육체노동을 하지 않는다면 부자야. 더구나 그 정치가는 확실히 부자야. 그의 이름을 알아. 그는 이 구를 책임지는 사람이지. 다른 정치인들만큼 나쁜 놈이야. 그들은 모두 행실이 추잡한 사회주의자이자 캐비아 공산주의자*야.

전적으로 동의해요. 나는 최선을 다해 예스맨처럼 그렇게 말했습니다.

하지만 사람이 정치인이나 지식인이 아니라고 해도 ── 그는 내가 그의 노역(勞役)의 지도, 그의 개인적인 지형도의 흉터와 굳은살을

* 이른바 부자 좌파를 비꼬는 프랑스식 표현으로, 고급 요리인 캐비아를 즐겨 먹으면서 입으로는 사회주의를 옹호하는 이중적 좌파를 빗댄 말이다. 1980년대 프랑스에서 사회당 미테랑 정부를 비난하는 용어로 캐비아 좌파라는 말이 처음 쓰였으며, 한국에서는 '강남 좌파', 미국에서는 '리무진 리버럴', 독일에서는 '살롱 사회주의자'라고 부르기도 한다.

볼 수 있게끔 양 손바닥을 내 쪽으로 향하게 했습니다 — 그게 곧 그 사람이 육체노동으로 부자가 될 수 없다는 의미는 아니야.

이건 새로운 기회예요. 새로운 시장이죠.

성장하거나 죽거나야. 내 생각은 그래.

훌륭한 인생철학이네요.

그는 자신이 소유한 네일 살롱에서 손질한 손톱의 가지런한 하얀 큐티클들을 점검하고 나서 다시 한번 나를 쳐다보았습니다. 눈이 영혼의 창이라면, 그의 눈에는 암막 커튼이 쳐져 있었습니다. 원하는 게 뭐야?

내가 원하는 것은 복수였지만, 내가 나 자신에게조차 타인이라는 그런 냉정한 감각으로 나 자신을 지켜보는 동안, 내게 들려온 나 자신의 말은 이것이 다였습니다. 보스가 공급하고, 나는 파는 거요.

그가 1그램당 물건의 가격을 지정하여 말했습니다. 나는 내가 허드렛일을 하는 난민이라고 설명했습니다 — 그가 내게 준 일자리에 무슨 문제가 있다는 건 아니었습니다. 모든 난민은 어딘가에서 시작해야만 했고, 그 어딘가는 밑바닥이었습니다. 거기서 우리는 우리의 엉덩이를 걷어차라고 기꺼이 내놓았고, 그것은 우리를 초대해 준 이 나라의 시민들에게 끝없는 즐거움을 안겨 주었습니다. 요점은 내게 그 물건을 살 자본이 없다는 것이었습니다. 나는 실제로 존재하지도 않는 내 금융 자본을 그의 물건에 투자하는 대신, 나의 사회적 자본, 그러니까 내 고모의 친구들에게 접근할 기회를 그의 물건과 교환하겠다고 제안했습니다. 그 대신, 나는 그의 시장을 확대할 테고, 그러지 못하면 그가 거두지 못할 이익을, 물건 값을 제한 후 각자 50 대 50으로 나눠 그에게 가져다줄 터였습니다.

그의 암막 뒤에서 무언가가 씰룩거렸습니다. 30퍼센트로 하지.

40퍼센트요.

그는 재미있어했습니다. 25퍼센트.

자기 책상 서랍에서 해머를 꺼내 죄책감이나 망설임 없이 상대의 손가락 관절이나 슬개골을 깨부술 수 있는 사람과 협상을 하기는 어려웠습니다. 너무 후하시네요. 내가 말했습니다. 보스는 문을 향해 고개를 끄덕이고는 까오보이가 내게 물건을 줄 테니, 가서 그를 만나라고 했습니다. 헤어지면서 그가 말했습니다. 이런 일을 하고 싶어 하다니, 네가 덜 미친 건지, 더 미친 건지 잘 모르겠군.

난 미치지 않았어요.

미친놈들은 늘 그렇게 말해.


돌이켜보니, 늘 위태로웠던 내 두 마음 사이의 균형이 느닷없이 지나치게 오른쪽으로, 그러니까 내가 나 자신이 점점 더 나, 오로지 나의 존재감만을 표출하는 것을 지켜볼 수 있는 위치로, 다시 말해 자본주의를 정당화하는 최고의 명분 쪽으로 기울었다는 게, 확실히 당신에게도 그렇겠지만 지금의 내게는 너무나 분명하게 보입니다. 그래서 내가 미쳐 버렸던 걸까요? 보스와 많은 다른 사람들이 주장해 온 대로요? 어쩌면 나는 미쳤었는지도, 아니, 조금은 미쳤었는지도, 아니, 어쩌면 그냥 결함이 있었을 뿐인지도 모릅니다. 그래요. 나는 결함이 있습니다. 우리는 모두 결함이 있습니다. 심지어 당신도요. 하지만 내 결함은 일평생 내가 오로지 한 가지만을, 그러니까 인간이 되는 것만을 열망했던 탓입니다. 그것이 내 첫 번째 실수였습니다. 왜냐하면 나는 이미 인간이었으니까요. 타인에게 늘 인정받지는 못하는 사실이지만 말입니다. 어쩌면 사이드도 비록 마약상이지만 인간이 되고 싶었는지도 모릅니다. 아니, 어쩌면 그는 나보다 더 영리해서 자신의 인간성을 당연하게 여겼는지도 모릅니다. 그로 인해 그는 마약상이 될 수 있었습니다. 증명할 게 전혀 없었으니까요. 이제 그는 사라져 버렸고, 시장에 기회를, 빈틈을 남겼습니다. 결국 누군가가 그 빈틈을 채울 터였습니다. 나라고 왜 안 되나요?

내가 식당에 도착했을 때쯤, 나의 수사적인 질문에 대한 대답, 즉 끈으로 감은, 크로크무슈만 한 크기의 네모난 갈색 종이 꾸러미 하나가 나를 기다리고 있었습니다. 계산대 상판 위로 그 꾸러미를 미끄러트리며 까오보이가 말했습니다. 우리와 함께하기로 결정했다니 반가워. 그의 얼굴은 조각상처럼 무표정했고, 그의 선글라스 렌즈에는 나와 나 자신의 희미한 유령들이 떠 있었습니다. 나는 그에게 걸맞은 무표정한 얼굴로 꾸러미를 받아 재킷 주머니에 잽싸게 집어넣었고, 그것은 조만간 사용되리라는 걸 전적으로 확신하며 참을성 있게 버티는 권총과 함께 내 엉덩이에 기대어 휴식을 취했습니다.

본은 황량한 식당에 앉아 있는 유일한 사람으로, 간장 병을 화학자처럼 정확하게 다시 채워 넣으면서 테이블에서 그 거래를 지켜보고는 이렇게 말했습니다. 똑똑히, 네가 무슨 짓을 하고 있는지 잘 알고 있기를 바라.

당연히 모르지. 나는 설사 모른다 해도, 실제로는 내가 하는 짓이 어떤 것인지 잘 알고 있다고 암시하듯 가벼운 말투로 대꾸했습니다. 내 프랑스어 실력을 향상할 기회를 갖게 될 거야. 나는 그렇게 말을 이었습니다. 양쪽이 다 극도의 흥분 상태인 것보다 더 사람들을 수다스럽게 만드는 건 없거든.

네 프랑스어 실력을 다듬으려면 그냥 학교에 다니면 돼.

그래. 하지만 모든 해답이 책에 있는 건 아니라고 너도 늘 내게 말했잖아.

책에서 찾을 수 없는 걸 또 하나 알려 주지. 까오보이가 말했습니다. 보스는 적어도 20퍼센트의 수익을 기대해. 자기 시간이나 물건을 낭비하는 걸 싫어하지. 다시 말해서 이 작은 투자를 그럴 만한 가치가 있도록 만드는 게 좋을 거란 얘기야.

이봐, 신참. 잠꾸러기가 주방에서 불렀습니다. 변기 청소 좀 해야겠어!


나는 귓가에 맴도는 잠꾸러기의 웃음소리를 뒤로하고, 양손에 묻은 소독약 냄새와 속에서 올라온 쓴 물의 맛을 느끼며, 파리 최악의 아시아 음식 식당을 나왔습니다. 오직 한 방의 복수만이 그 맛을 씻어 낼 수 있었습니다. 나는 동정의 대상인 알랑거리는 아시아인, 출발선에서 출발하는 데 동의하는 무기력하거나 공손한 작은 난민이 되지 않을 작정이었습니다. 내 주인의 언어를 배우는 학생으로서든 —

어이, 너!

— 혹은 웨이터나 버스보이나 접시 닦이로서든 —

너!

— 혹은 배관공으로서든 —

너!

나는 몸이 굳어 버렸습니다. 그 크고 엄격한 목소리는 나를 겨냥한 것인 듯했습니다. 그 거리에서 돌아선 사람이 나만은 아니었겠지만요. 내 주위의 모든 사람이 몸을 빙그르르 돌려 우리를 향해 성큼성큼 다가오는 한 쌍의 경찰을 보았습니다. 그중 한 경찰이 손가락으로 나를 가리키고 있었습니다. 나는 그 이유를 정확히 알고 있었습니다. 무언가가 눈에 보이지 않는 방송 전파로 신호를 보내고 있었던 겁니다. 내 주머니 속 꾸러미가 조용하기는 했지만, 그렇다고 그것이 할 말이 전혀 없다는 뜻은 아니었습니다. 아니, 도리어 그것은 모든 귀중한 것들이 그렇듯, 자신감을, 어쩌면 위협의 기미까지도 물씬 풍기고 있었습니다. 그것 스스로도 잘 알고 있듯이, 그것은 나를 지배하고 있었습니다. 물론 나는 그것을 내다 버릴 수도, 수많은 방식으로 없애 버릴 수도 있었고, 그것은 그저 가만있는 것 말고는 나를 막기 위해 할 수 있는 것이 아무것도 없었습니다.

너!

경찰관들이 갑자기 달리기 시작했습니다. 몸에 힘을 주며 마음의 준비를 단단히 하자, 내 몸과 마음은 더없이 평온해졌습니다. 나는 보트가 파도를 타고 하늘로 솟구치는 동안, 그 위에서 그와 똑같은 고요를 느꼈습니다. 해시시. 그러니까 내 주머니 속의 꾸러미는 아는 것이라고는 제 이름뿐이었기에 그렇게 속삭였습니다. 해시시. 그것은 자신이 말 그대로 나보다 더 가치가 있다는 것을 잘 알고 있었습니다. 그것에는 사람들이 기꺼이 지불할 용의가 있는 가격이 붙어 있었지만, 내 목숨은 거의 가치가 없었습니다. 그 꾸러미 속 물건에 대해 지불할 값을 나를 위해 지불하려는 사람은 아무도 없었기 때문에, 지금 나는 그것에 빚을 진 상태였습니다. 나는 그것과 그 경찰들에게 항복의 표시로 두 손을 번쩍 들려던 참이었습니다. 하지만 그들은 내 양옆으로, 그들의 소매가 내 소매를 스치고 지나갈 만큼 가까운 거리에서 나를 지나쳐 급하게 달려갔습니다.

너!

결국 그들이 소리를 지르고 있던 대상은 내가 아니라, 머리가 심하게 헝클어지고 피부는 전혀 씻지 않아서 인종이나 민족을 가늠하기 힘든 행색이 남루한 남자였습니다. 그야말로 프랑스인의 이상형이었습니다. 노숙자를 포함해서, 모든 사람이 프랑스인이 될 수 있었습니다!

둘 중 한 경찰관이 당황한 부랑자의 손에서 맥주 캔을 휙 낚아채고는 그를 벽으로 밀쳤습니다. 다른 한 경찰관이 바지 엉덩이 부분을 걷어차는 바람에, 하마터면 그는 바닥으로 고꾸라질 뻔했습니다. 그러는 동안 다른 강직한 시민들은 ─ 나는 말할 것도 없고, 나 자신까지도 ─ 줄곧 지켜보며 서 있었습니다. 맥주 캔을 든 경찰관이 당황한 부랑자의 등에 캔을 던지자 그에게 내용물이 다 튀었고, 그러는 바람에 그를 파리 사람들의 눈에 덜 흉측해 보이게 하려던 애초 목적에서는 어긋나 버린 것 같았습니다. 그 순간 나는 눈길을 돌리고, 말없이 그 현장을 지나쳐 갔습니다.

그날 밤 당고모와 나는 최상급 해시시를 피우고 최상급 오메도크 와인*을 마시며 최상급 미국 재즈에 귀를 기울였습니다. 프랑스인들은 그 검푸르게 멍이 든 듯 우울한 음악을 몹시 편애했습니다. 그 감미로운 음 하나하나가 그들에게 미국의 인종 차별을 생각나게 하고, 그 덕분에 편리하게도 그들 자신의 인종 차별을 잊게 해 주었으니까

*        Haut-Médoc. 프랑스의 유명한 와인 생산지.

요. 나 또한 온통, 적어도 내면은 온통 검푸르게 멍 든 듯 우울한 상태였기 때문에 「빌어먹을 미시시피」*를 부르는 니나 시몬은 내게 완벽한 안주였습니다. 게다가 내 자술서를 다 읽고 다소 기분이 울적해진 당고모도 있었습니다. 그녀는 내게 일어났던 일에는 여전히 개의치 않았습니다. 내가 1년 동안 아사를 면할 정도의 식량만 배급받으며 악취가 진동하는 수많은 동료와 함께 수감되어 억지로 자술서를 쓰고 또 고쳐 써야 했으며, 그러고 나서는 최후의 일격으로 알몸으로 머리, 손, 발에 자루를 덮어쓴 채, 독방에 내던져져 얼마인지 알 수 없는 시간 동안 나를 깨어 있게 하던 낮은 강도의 전기에 주기적으로 충격을 받았는데도 말입니다. 그러다가 결국 녹음된 아기의 울부짖는 소리로 구성된 끊임없는 음파 공격에 시달리면서 시간 그 자체가 의미를 잃고 내 몸과 주변을 더 이상 구별할 수 없게 되었고, 드디어 최종 시험을 통과할 수 있었습니다. 그녀의 마음을 어지럽힌 것은 마침내 그녀가 치렀던 바로 그 시험이었습니다. 그녀는 그 시험의 단 하나의 질문을 몇 번이고 다시 중얼거리게 되었습니다.

**독립과 자유보다 더 소중한 것은 무엇인가?**

모든 훌륭한 혁명가들처럼 당고모는 이미 그 대답인 호찌민의 가장 유명한 구호, 그러니까 처음에는 프랑스인들을, 그다음으로는 미

---

\* Mississippi Goddam. 인종 차별이 절정에 달했던 1960년대 미국 사회를 고발하는 내용의 노래.

국인들을 쫓아내고, 우리 나라를 통일하고 해방하기 위해 봉기하여 죽어 가게끔 몇백만 명을 결집한 주문을 알고 있었습니다. 그녀는 그 질문을 중얼거린 후, 그 대답을 의도된 바대로 처음에는 주문처럼 힘 있게 읊었습니다.

독립과 자유보다 더 소중한 것은 전무(全無)하다!

그런 다음 목소리를 높이며 질문하듯 한 번 더 말했습니다.

독립과 자유보다 더 소중한 것은 전무이다?

바로 그거예요. 나는 슬픈 듯 고개를 흔들며 내가 비싼 값을 치르고 배운 것을 그녀에게 공짜로 알려주었습니다. 사실, 전무가 독립과 자유보다 더 소중하죠.

아니, 아니, 아니야! 독립과 자유보다 더 소중한 것은 전무해 — 내 말은 독립과 자유가 전무보다 더 중요하다는 거야. 그 반대가 아니고!

내 자술서를 읽었잖아요. 나는 한숨을 쉰 다음, 해시시가 섞인 담배를 폐에서 지글지글 끓는 소리가 날 정도로 아주 깊이 빨아들였는데, 뿜어져 나온 연기는 모든 단단한 것은 결국 공기 속으로 흔적도 없이 사라져 간다는 점*을 내게 일깨워 주었습니다. 아무것도 배우지

---

*   「공산당 선언」의 한 구절 '모든 단단한 것은 대기 속으로 녹아내린다'를 패러디한 구절.

못한 거예요?

닥쳐! 그녀가 소리쳤습니다. 그 담배 좀 줘 봐.

해시시를 피우고 나면 전무가 더 말이 되지 않을까요?

아니. 네 자술서를 읽고 나서는 아무것도 말이 안 돼.

말이 되고말고요. 대부분의 사람들이 그렇듯, 고모도 그저 무(無)에 대해 이해하려 하지 않을 뿐이에요. 지금 만약 나처럼, 만같이 뛰어난 혁명 이론가의 손에 재교육을 받았다면, 고모도 무가 모순적이라는 걸 깨달았을 거예요. 의미 있는 모든 것이 그렇듯이요 ─ 사랑과 증오, 자본주의와 공산주의, 프랑스와 미국. 모순의 일면만을 이해하는 건 머리가 단순한 사람들에게 맡겨 둬요. 고모는 단순하지 않잖아요?

난 네가 아주 싫어. 그녀가 눈을 감으며 신음하듯 말했습니다. 내가 왜 너를 내 집으로 초대했을까.

생각해 보면 다 참 재미있어요. 거의 내 자술서의 가장 재미있는 부분만큼이나 재미있죠. 다름 아닌 바로 만 자신이 이야기한 부분 말이에요. 호찌민의 조각상이 있다면, 그 조각상의 받침대에 새겨 넣어야 할 얘기죠. 다만, 진실이라는 것이 흔히 그렇듯 공개하기에 적합하지는 않지만요. "우리가 권력자들이기 때문에, 우리에게는 우리를 학대할 프랑스인들이나 미국인들이 필요하지 않아 ─ "

"우리는 스스로를 정말 잘 학대할 수 있거든." 그녀가 마저 외웠습니다.

나는 폭소를 터뜨리며, 무릎을 쳤고, 눈물이 뺨을 적시는 걸 느꼈습니다. 이 해시시는 정말 물건이에요! 웃음이 가라앉은 후 내가 말했습니다. 에이, 왜 그래요? 재미있지 않아요?

아니. 그녀는 담배를 비벼 껐습니다. 재미없어.

트럼펫이 요란하게 울려 퍼졌고 내 시야는 흐릿했습니다. 만약 거울에 비친 나 자신을 볼 수 있었다면, 분명 나는 검푸른색이 아니라 빨갛고 노란색인 겹겹의 나를, 아니, 둘인 우리를 보았을 겁니다.

너는 한때는 혁명을 믿었어. 그녀가 말했습니다. 지금은 뭘 믿고 있지?

전무(全無). 내가 말했습니다. 하지만 그건 무언가가 있다는 것 아닌가요?

그래서 마약을 팔겠다는 거군.

그래요. 내가 중얼거렸습니다. 해시시를 잔뜩 피웠음에도, 나는 그녀의 경멸에 일리가 있다는 걸 알 수 있었습니다. 전무보다는 그게 나아요.

당고모는 등을 기대고 있던 소파에서 일어나 똑바로 앉더니 스테레오를 끄고는 이렇게 말했습니다. 네가 혁명가인 한, 혁명에 대한 봉사이자 연대에 대한 내 신념의 표현으로 여기서 공짜로 지내게 해 줄수도 있어. 그녀는 해시시를 피운 후 말솜씨가 놀라울 정도로 유창해졌습니다. 아니, 어쩌면 그녀가 집중할 수 있었던 건 그녀의 열정 때문이었을 겁니다. 하지만 만약 마약을 거래할 생각이라면 ―

도덕적 판단을 하는 거예요?

도덕적 판단은 하지 않아. 난 해시시를 피우는 사람인걸. 게다가 때로는 범죄자들이 최고의 혁명가가 되기도 하고, 혁명가들이 범죄자로 비난받기도 해. 하지만 네가 더 이상 혁명가가 아니고, 마약을 팔 작정이고, 내 소파에서 잠을 자고, 공산주의자로서의 과거를 본에게 계속 비밀로 해서 그로부터 너를 지켜 달라고 내게 요구한다면, 너는 그 수익을 나와 나눌 수 있어야 해.

해시시의 영향으로 이미 살짝 벌어져 있던 내 입이 이제 쩍 벌어졌습니다.

뭐가 문젠데? 또 한 개비의 해시시 담배에 불을 붙이며 그녀가 물었습니다. 너한테는 지나치게 모순적이야?

다음 날 아침 지하철에서 마오주의자인 박사의 아파트로 걸어가면서, 나는 열두 시간도 채 안 되어서 두 번째로 데자뷔를 경험했습니다(나의 심인성 틱이나 기능 부전조차 주인의 언어로 명명돼 있다는 건 이상했습니다). 첫 번째는 내가 당고모에게 수익을 50 대 50으로 나누자고 제안했지만, 결국 그녀의 반박으로 60 대 40이라는 조건에 동의하고 말았을 때입니다. 두 번째는 마오주의자인 박사의 동네 거리를 걷고 있을 때였습니다. 전에 여기 와 봤던 것 같은 섬뜩한 느낌을 받았습니다. 그 거리가 내게 사이공의 대로들 중 하나, 더 정확히 말하면 사이공의 대로들이 그 거리를 떠올리게 했기 때문입니다. 프랑스인들은 오스만* 시대 파리의 세태를 반영하여 사이공을 설계했

*      1853년에서 1870년까지 파리의 도시 미화, 도로 계획, 공익사업 등을 주도적으로 추진한 프랑스 행정관.

습니다. 파리의 대로와 넓은 인도 옆으로는 멋진 나무와 발코니로 꾸며지고 꼭대기가 다락방으로 덮인 6층이나 7층 이하의 우아한 아파트 건물들이 늘어서 있었고, 무더운 8월이면 예술가나 가난한 사람들은 그 다락방에서 피부가 델 지경이었는데, 이는 사이공에서는 1년 내내 가능한 일이었습니다. 아, 사이공, 동양의 진주여! 아마도 프랑스인들은 우리 자신이 윤색해 놓은 애칭을 사용해 그렇게 불렀을 것입니다. 작은 나라의 사람들이, 좀처럼 생기지 않는 아첨의 대상이 되는 것보다 더 좋아하는 건 없기 때문입니다. 하지만 때로는 단순히 우리가 동양의 진주가 아닐 때도 있었고, 때로는 동양의 진주가 우리를 가리키는 말이 아닐 때도 있었습니다. 나는 홍콩의 중국인들이 자신들의 항구가 동양의 진주라고 주장하는 걸 들은 적이 있고, 또 필리핀에 있었을 때는 필리핀인들이 마닐라가 동양의 진주라고 우겼습니다. 식민지는 식민지 지배자의 설화 석고처럼 흰 목을 장식하는 진주 초커였습니다. 그리고 때때로 동양의 진주는 동양의 파리가 되기도 했습니다. 파리 사람들과 프랑스 사람들과 거의 모든 사람들이 그 말을 칭찬의 의미로 사용했지만, 그것은 모욕적으로 들릴 수도 있는 칭찬, 식민지 지배자가 식민지 사람들에게 할 수 있는 유일한 칭찬이었습니다. 결국 동양의 파리로서, 사이공은 그저 오트 쿠튀르의 값싼 모조품에 불과했습니다.

내가 실제로 입에 게거품을 물 정도로 몹시 흥분하여 성을 내고 있었을 때, 파리로 인해 느닷없이 사이공의 상당히 우월한 한 가지 측면을 떠올리게 되었습니다. 철퍼덕! 나는 걸음을 멈추고 한쪽 신발 밑창을 두려움과 역겨움에 휩싸여 바라보았습니다. 사이공의 어디에서도 보행자가 저도 모르게 개의 배설물을 밟을 일은 없을 겁니다. 통계에 근거한 사실에 따르면 우리는 개를 반려동물로 기르는 것보다는 먹어 치우는 걸 더 좋아했고, 개를 기른다 하더라도 그들이 잡아먹힐까 봐 절대 거리를 돌아다니지 못하게 하기 때문입니다. 비브라 디페랑스!* 여기 파리에서는 개들이 원하는 대로 자유롭게 볼일을 보러 어디든 돌아다녔습니다. 이번에는, 몇천 명의 부도덕한 파리의 개 주인들 중 하나가 마오주의자인 정신 분석학자의 집이 있는 건물 현관 계단 근처에 그 소중한 상품(賞品)을 남겨 두고 간 것이었습니다. 내 신발 밑창 자국이 형사의 조사를 받을 준비를 마친 채, 되직한 갈색 얼룩 위에 남아 있었습니다. 시멘트에 대고 아무리 문질러 봐도 구두 틈새에 낀 더러운 물질이 없어지지는 않을 듯했습니다. 나는 포기하고 마오주의자인 박사의 아파트 초인종을 누르기 전에 잠시 머뭇거렸습니다. 하지만 곧 베트남 사람들이 배우기에는 너무 어려운 자본주의의 첫 번째 교훈이 떠올랐습니다. 절대 늦지 말 것. 나는 초인종을 눌렀습니다.

겨우 평균적인 체격의 프랑스인 성인 3명, 혹은 평균적인 체격의 베트남인 4명, 혹은 나 같은 유라시아 혼혈인 3과 1/2명이 들어서면 꽉 차 버릴 조그마한 엘리베이터 안에서, 신발에서 나는 악취는 확연했습니다. 나는 계속 그 신발 밑창이 바닥에 닿지 않게 했고, 마오주

---

\*     Vive la différence. '차이 만세', '다름이여, 영원하라'라는 의미의 프랑스어.

의자인 박사가 나를 아파트에 들였을 때는 발목이 아파서 계속 그런 식으로 절뚝거리며 걷기 위해 최선을 다하는 중이라고 말했습니다. 프랑스인들이 아시아인들만큼 문명화되지 않은 건 내 잘못이 아니었습니다. 아시아인들은 아주 합당한 이유로, 집에 들어가기 전에 신발을 벗어야 한다고 생각했습니다. 이 점에서 프랑스인들은 시대에 뒤져 있었습니다.

아파트가 참 아름답네요. 그가 속사포처럼 빠른 프랑스어로 나를 맞이했을 때, 나는 속사포처럼 빠른 영어로 그렇게 말했습니다. 그는 잠시 망설였지만, 결국 영어로 대답했습니다. BFD와 마찬가지로, 그도 나 같은 사람에게 자신이 현재 제국의 공용어를 할 줄 안다는 걸 증명할 기회를 놓칠 수가 없었던 겁니다. BFD와 마찬가지로 마오주의자인 박사의 영어도 훌륭했지만 외국인 악센트가 남아 있었습니다. 액자에 넣어 벽에 걸어 놓은 「명탐정 필립」, 「현기증」, 「킹콩」, 「프랑켄슈타인」의 영화 포스터로 판단해 보면, 그는 내 영어가 얼마나 흠잡을 데 없는지 아주 잘 알았을 겁니다. 금테를 두른 거울들은 문짝만 한 크기였고, 가구들은 세월이 더해져 광택이 흘렀으며, 터키식 양탄자는 무늬가 복잡했고, 쪽매널 마루는 발밑에서 신음 같은 소리를 냈습니다. 위가 훤히 노출된 들보와 열심히 가동하는 두뇌로 인해 뜨거워진 공기가 순환될 만큼 높은 천장이 있는 18세기 아파트에 어울리는 장식이었습니다.

그가 순수 게일어라서 나로서는 철자를 맞게 쓸 줄도 모르고 발음하지도 못하는 상표명의 15년 된 스카치 위스키를 손가락* 두 개 폭만큼 따라 주었을 때, 나는 하마터면 그가 프랑스 지식인이라는 점을 용서할 뻔했습니다. 나는 여기 파리에서 증류주보다 와인을 더 많이 마셨던 내 입안과 불운한 혀 위에서 그 마법의 물약을 데굴데굴 굴려 음미하며 두 눈을 감았습니다. 나는 기꺼이 그에게 그 물건을 내놓았고, 그 관대한 영혼은 즉시 그 상품으로 담배를 말더니, 공산주의자의 동지애를 발휘하여 함께 피우자고 권했습니다.

당신이 공산주의자들을 증오할 거라고 생각하긴 하지만 말이죠. 마오주의자인 박사가 담배에 불을 붙이며 덧붙였습니다. 나는 그 향이 여기 무언가, 즉 내가 더럽다는 사실을 감춰 주었기 때문에 다행이라는 생각이 들었습니다. 당신 고모가 내게 당신의 재교육 수용소 경험에 대해 얘기해 주었어요.

나는 벗어날 수 없는 역할, 스파이 시절 위장 신분이었던 남베트남의 애국적 반공주의자라는 고정 배역을 다시 맡게 되었습니다. 더 이상 반동분자 역할을 맡지 않기를 그토록 바랐는데! 나는 공산주의자라고 주장할 수 없었습니다. 하지만 그것이 곧 혁명가일 수도 없다는 의미였을까요? 하나의 혁명이 실패했다는 이유만으로 혁명 그 자체가 끝장난 것이었을까요? 나는 당고모에게 내 속마음을 털어놓고 싶지는 않았습니다. 그녀에게도, 나와 같은 대부분의 자칭 혁명가들에게도, "혁명"은 마치 하느님이라는 단어처럼 특정한 사고방식으로의 전환을 가로막는 마법의 단어였습니다. 우리는 혁명을 믿었습

---

\*       위스키를 따를 때 술의 양을 측정하는 단위로 '손가락(finger)'이라는
        단어를 쓰곤 하는데, 1펑거는 손가락 하나 폭만큼의 양을 말한다.

니다. 그런데 혁명은 무엇이었을까요? 결국 그것은 정말로 '무'였을까요? 나는 그녀가 '무'를 이해하기를 바랐습니다. 혹은 내가 '무'를 이해하게끔 도와주기를 바랐습니다. 그것이 나름대로 어느 정도 혁명적이라는 점 말고는, 나는 아직도 그것을 완전히 이해하지 못하고 있었기 때문입니다. 우선은 혁명에 몸담고 있지 않은 혁명가로서, 나는 새로운 이야기를 만들어 내야 했습니다. 그래서 내가 누구에게나 추천하는 한 쌍인 질 좋은 위스키와 마찬가지로 질 좋은 해시시의 기운을 빌려 이렇게 말했습니다. 내가 공산주의자들을 증오하지 않는다는 걸 알면 놀랄지도 모르겠어요. 그들이 틀렸다고 생각하느냐고요? 네. 하지만 혁명에 대한 그들의 욕구는 ─ 그래요, 그건 지지할 수 있어요.

내가 당신 나라 혁명의 결과에 얼마나 실망했는지는 말로 다 할 수가 없어요. 마오주의자인 박사가 말했습니다. 그건 스탈린 치하에서 일어난 일과 다를 바가 없어요. 공산주의적 이상의 변질이죠! 당은 인민 대신에 당 자체와 국가를 드높였어요. 당신 나라에서 벌어진 미국 전쟁*에 반대한 우리 좌파들은 당신네 혁명이 미 제국을 파괴하기를 바랐어요. 하지만 미 제국은 존속하고, 진정한 공산주의 사회는 건설되지 않았죠.

실행에 옮길 수 없는 거라면 아마도 그 이론에 뭔가 문제가 있는 거겠죠. 내가 말했습니다.

---

\*    일반적으로 베트남 전쟁이라고 부르는 전쟁을 가리킨다.

하지만 그건 실제로 실행에 옮겨진 적이 없어요. 불행하게도, 진정한 공산주의를 위한 환경은 아직 마련되지 않았죠. 공산주의가 자본주의를 전복하기에 앞서, 먼저 자본주의가 전 세계적으로 득세하고 최악의 상태가 되어야 해요. 세계의 노동자들은 자본주의가 자신들이 아닌 이윤에만 관심이 있고, 자본주의가 이윤을 극대화하는 만큼 필연적으로 자신들은 노예 노동으로 전락할 수밖에 없다는 것을 깨달아야 해요. 마르크스의 『자본론』 제1권을 좀 보세요.

자본주의는 언제 그런 승리를 하게 될까요?

마오주의자인 박사가 연기를 자욱하게 내뿜었습니다. 우리가 억압받는 사람들의 진정한 세계적 봉기를 목격하기에 앞서, 먼저 전 세계가 자본주의에 완전히 함락되어야 해요. 아프리카를 예로 들어 보죠. 자본주의는 처음에는 노예 때문에, 그다음에는 자원 때문에 아프리카를 약탈했어요. 더욱더 잔인하게 아프리카를 계속 착취할 거예요. 누군가는 값싼 제품을 위해 값싼 노동력을 제공해야 하고, 그러고 나면 그 노동자들은 자기 나라에서 빼 간 자원으로 만들어진 비싼 수입 제품을 사야 해요. 아, 자본주의의 환상이라는 영구기관(永久機關)*이죠! 하지만 일단 그렇게 되면 먼저 프롤레타리아가, 그다음으로는 중산층이 생기고, 극빈층의 일부가 절대적 빈곤에서 벗어나는 바로 그 순간, 불평등의 간극은 점점 더 벌어져요. 부유층이

---

*       일단 움직이기 시작하면 에너지의 보충 없이도 일을 계속할 수 있거나 외부에서 흡수한 것보다 더 많은 에너지를 만들어 내는 가상의 기계. 사고 실험에서 가정된 것이다.

극빈층보다 훨씬 빠른 속도로 부유해지는 데 따라서요. 이런 불가피한 과정은 자본주의에 내재되어 있는데, 이는 곧 혁명을 위한 상황이 자본주의 그 자체에 내재되어 있다는 말이에요.

박사님은 살면서 혁명을 경험해 본 적이 있나요? 내가 물어보았습니다.

1968년 5월*에요. 마오주의자인 박사가 자랑스럽게 말했습니다. 세계 곳곳의 우리 학생들이 알튀세르 — 나의 스승인 루이 알튀세르 — 가 "억압적 국가 기구"라고 부르는 것과 충돌하기 전까지는 세상을 거의 바꿀 뻔했던 일을 결코 잊지 않을 거예요. 나는 박사 학위를 목표로 그와 함께 공부하는 중이었는데도 여기서 바리케이드를 쳤죠. 자갈도 한두 개쯤 던졌다는 걸 인정하겠어요. 우리의 친구인 미래의 BFD — 당시에는 아무도 그를 이니셜로만 부르지는 않았죠 — 도 마찬가지였어요. 경찰 — 그러니까, 억압적 국가 기구의 한 부분 — 은 최루탄을 터뜨리고 우리를 구타했어요. 나는 경찰봉에 세게 얻어맞았던 걸 결코 잊지 않을 거예요! 그 경찰봉은 일찍이 내가 이론과 철학에서 배운 것만큼 많은 것을 내게 가르쳐 주었죠. 그 경찰봉은 벤야민 — 발터 벤야민 — 이 "폭력 비판"에서 주장한 것, 즉 국가를 합법화하는 것은 법이 아니라 폭력이라는 것을 현실화했어요. 국가는 폭력을 독점하고 싶어 하고, 폭력의 독점을 법이라고 부르며, 법은 스스로를 정당화하죠. 경찰은 우리 시민들을 보호하기 위해

* 프랑스에서 학생들과 근로자들이 연합해 드골 정부에 항의하며 벌인 대규모 사회 변혁 운동. 68운동, 68혁명, 또는 5월 혁명이라고 불린다.

서가 아니라, 국가와 법치주의를 보호하기 위해 존재해요. 그게 바로 경찰봉에 세게 얻어맞은 것에 대한 올바른 대응이 거리 혁명인 이유예요! 도쿄에서 멕시코시티에 이르기까지, 전 세계 거리에서 일어난 학생 혁명은 알제리인들과 베트남인들이 경찰봉이 아닌 총알에 맞섰던, 알제리와 베트남의 혁명을 그대로 따라 했을 뿐이에요. 베트남인들은 식민지화라는 폭력의 독점에 저항하고 있었죠! 그렇게 해서 식민지화가 정말로 얼마나 불법적인지를 폭로했고요. 그들은 억압적 국가 기구뿐 아니라 알튀세르가 이데올로기적 국가 기구라고 서술한 것에도 맞서 싸웠어요. 그것 때문에 우리가 우리의 사사로운 이익에 반하는 법이 옳다고 믿게 되거든요! 그렇지 않다면 왜 노동자들이 자본주의가 그들을 위한 것이라고 믿겠어요? 그렇지 않다면 왜 식민지 사람들이 백인의 우월성을 믿겠어요? 그 경찰봉에 세게 얻어맞은 일로 나는 체 게바라의 주장이 사실이라는 걸 알게 되었어요. "우리가 전 세계적으로 성공을 거두려면 100개의 베트남이 더 필요할 것이다."

하지만 우리 나라에서 전쟁이 벌어지는 동안, 적어도 300만 명의 사람들이 죽었어요. 나는 몽롱한 머리로 기초적인 산술 기능을 수행하려고 안간힘을 쓰며, 천천히 말했습니다. 거기에 100을 곱하면……그 답은…….

그 시점에 나의 인지 능력은 끝장이 났습니다. 내 계산 능력이 그 정도로 비참한 순간까지 맞이할 수는 없는 노릇이었으니까요. 내가 웃고 싶은지, 울고 싶은지, 소리치고 싶은지, 아니면 자진해서 정신병원에 입원하고 싶은지 알 수가 없었습니다. 나 역시 그의 말을 모두 믿었지만 마오주의자인 박사와 달리, 나는 혁명과 혁명의 결과를 겪으며 살아왔습니다. 그리고 그런 이데올로기적 국가 기구를 통해 환상을 만들어 내고 **억압적 국가 기구**를 통해 그 환상을 억지로 믿게 하는 건 자본주의만이 아니었습니다 ─ 공산주의도 마찬가지였습니다. 재교육 수용소가 이데올로기적 국가 기구의 업무를 수행하도록 설계된 **억압적 국가 기구**가 아니라면 대체 무엇이었나요? 재교육 수용소의 임무는 수감자들을 노예가 되어도 자신은 자유롭다고 맹세하고, 그저 망가졌을 뿐인데도 개조되었다고 선언하는 사람들로 바꿔 놓는 것이었습니다. 체 게바라와 마오주의자인 박사는 온통 화려하게 화장한 베트남 혁명을 먼 곳에서 본 반면, 나는 그 맨 얼굴을 가까이에서 보았습니다. 비록 살아 있는 사람들을 옹호해 주는 편이 언제나 더 쉽기는 하지만, 혁명을 위해 죽은 300만 명의 사람들은, 이론의 여지는 있어도 그만한 가치가 있었습니다. 하지만 이런 혁명을 위해 300만 명의 사람들이 죽었다고요? 우리는 단순히 하나의 **억압적 국가 기구**를 다른 하나의 **억압적 국가 기구**와 맞바꿨을 뿐이고, 유일한 차이는 그것이 우리 자신의 것이라는 점뿐이었습니다. 내 생각에, 박사 같은 마오주의자의 주장은 봉기할 생각을 품기 전에 먼저 자본주의의 밑바닥을 봐야 한다는 것인 듯했습니다. 아마도 내 문제는 우리 베트남인들이 프랑스인들 치하에서 바닥을 쳤고, 그런 다음 미국인들과 함께하면서 그 아래 또 하나의 바닥이 있는 걸 보았다고 생각했는데, 실제로는 여전히 발견해야 할 또 하나의 바닥, 다시 말해 **우리 자신**이라는 바닥이 있는 것인 듯했습니다.

그렇기 때문에 내게는 인생을 살 만하게 해 줄 위스키 혹은 그와 엇비슷한 술이 필요했지만, 내 잔을 바라보니 그것은 이미 비어 있었습니다. 마오주의자인 박사는 이제는 어느 정도 취해서 느긋해진 바람에 미묘한 사교적 예의에 적절히 대응하지 못하여 휑뎅그렁한 내 술잔을 다시 채워 주는 대신, 이렇게 말했습니다. 범죄자 얘기가 나와 말인데, 난 베트남인 마약상을 만나 본 적이 없어요.

나 자신을 유행을 선도하는 사람이라고 생각하고 싶어요.

아마도 그건 유라시아인으로서 당신이 물려받은 유산일 거예요.

내가 유라시아인으로서 물려받은 유산인 게 분명해요.

베트남인들은 지금껏 여기서 믿을 수 없을 만큼 잘 해냈어요.

그러게 말이에요.

의사, 변호사, 예술가 들이죠. 지금껏 그들은 불법적인 거래에 얽힐 필요가 없었어요. 아니, 어쩌면 법을 준수하려는 그들의 성향은 명예로운 전문직에 종사하려 하는 그들의 문화적 경향의 일부일 수도 있어요. 그리고 베트남인들은 그들이 몸담은 서비스업을 개선하는 일을 아주 잘해요.

타고난 거예요.

아이러니하게도, 어쩌면 이곳의 베트남인들이 마약을 거래하거나 투약하지 않는 건 그들이 뿌리 뽑힌 사람들이기 때문인지도 몰라요. 어쨌든 우리가 역사를 돌이켜보면, 중독에 대한 욕구가 언제나 있어요. 예를 들어 중국에는 아편이 있고, 아랍 민족에게는 해시시가 있죠.

나는 중국인도 아랍인도 아니기 때문에, 이 선문답이 내게 어떻게 적용되는지 확실히 알지 못했습니다. 그래서 잠시 곰곰이 생각해 보다가 적절한 응답을 찾아냈습니다. 그럼 서양에는 뭐가 있나요?

　서양에요? 마오주의자인 박사가 빙긋 웃으며 말했습니다. 서양에는 여자가 있지요. 아니, 말로*의 말에 따르면 그래요.

　나도 그에게 빙긋 웃어 보였고, 우리는 잠시 서로를 보며 빙긋 웃었습니다.

　내가 말했습니다. 이런, 난 유럽의 뿌리로 돌아가는 중인가 보네요.

　난 항상 학생들에게 그들 가운데 최초가 되려고 노력해야 한다고 말하죠.

　그렇다면 나는 진정한 원조인가 보네요. 한쪽 신발 밑창을 그의 터키식 양탄자에 문지르며, 내가 말했습니다. 난 나쁜 짓을 아주 잘해낼 작정이에요.

---

*　　앙드레 말로. 프랑스의 소설가, 정치가.

# 4장

당고모가 잠자리에 든 후, 나는 나의 새로운 두 동반자인 해시시와 돈과 함께 소파에 앉아 있었습니다. 해시시가 낄낄거리며 내게 속삭이는 걸 그만두게 할 유일한 방법은 내가 그것을 조금 피우는 것이었습니다. 그렇게 해서 해시시도 나도 긴장을 풀 수 있었습니다. 계속 빌려 쓰고 있던, 나보다 더 오래된 골동품 램프가 던지는 흐릿한 불빛 아래서, 그날 내가 벌어들인 한 줌의 지폐를 점검했습니다. 당고모 몫인 60퍼센트는 이미 공제한 상태였지만, 보스의 몫인 75퍼센트는 아직 공제하지 않은 상태였습니다. 나는 거의 한 푼도 벌지 못했습니다. 하지만 정말로 거의 한 푼도 가질 자격이 없었을까요? 내가 한 일은 해시시를 돈과 교환하는 것이었습니다. 그리고 그 전에는 무언가를 보스의 해시시와 교환했습니다. 나는 그에게 나 자신의 일부를 내놓은 것입니다.

내가 그 프랑* 지폐들을 응시하면 할수록, 그것들은 점점 더 비현실적으로 보였습니다. 무엇이 그 지폐 한 장 한 장을 거의 사람만큼 이나 강력하게 만들고, 모두 합치면 사람보다도 더 가치 있게 만들었을까요? 어쨌든 나는 사람을 해치지 않는 것처럼 지폐 또한 단 한 장도 상하게 하지 않을 생각이었습니다.

실제로는…… 소니의 유령이 말했습니다.

사실은…… 마찬가지로 유령처럼 보이는 무절제한 소령이 말했습니다.

하긴 그건 옳은 말이었습니다. 나는 그들을 둘 다 죽였습니다. 그리고 지폐를 접는 정도 말고는 돈을 망가뜨려 본 적이 없었습니다. 어린 남자아이들이 사로잡은 파리의 날개를 뜯듯이, 지폐의 한 귀퉁이를 찢어 본 적도 없었습니다. 언젠가 내가 목격한 미국인 아이가 보도의 개미를 태워 없애려고 플라스틱 확대경을 들이대던 식으로, 그저 어떻게 타는지 보겠다고 지폐에 불을 붙인 적은, 그것이 아무리 소액 지폐일지라도 단 한 번도 없었습니다. 총체적으로, 돈은 천하무적이었습니다. 그리고 개별적으로, 지금 내가 손에 쥐고 있는 것 같은 지폐의 낱장은 경찰 개개인이 억압적 국가 기구를 구현하듯이, 그 천하무적의 오라(aura)에 의해 보호를 받았습니다. 그것이 내 손에 든, 거의 무게가 없는 것 같은 지폐들의 마력이 내게 영향을 미친 방식이었습니다.

어쩌면 나는 새 직업 때문에 돈의 묘한 힘을 새삼 느꼈을지도 모

---

\*     현재의 유로가 쓰이기 전 프랑스의 화폐 단위.

롭니다. 일찍이 군인으로서 일한 대가로 봉급을 받은 적이 있었는데, 그 직업은 실제로는 늘 명예롭지 않더라도 이론적으로는 명예로운 것이었습니다. 스파이로서는 결코 봉급을 받아 본 적이 없었습니다. 내 목숨조차 독립과 자유보다 더 소중하지는 않다고 믿었기 때문입니다. 하지만 지금 나는 해시시를 팔고 있었고, 그 일에 고귀하거나 명예로운 점은 전혀 없었습니다. 한편으로는 잘 이해하고 있고, 다른 한편으로는 신경 쓰지 않는 점이었습니다. 내가 왜 그래야 하나요? 거의 평생 동안, 나는 계속해서 필사적으로 무언가를 믿었지만, 결국 그 무언가의 본질에서 무를 발견했을 뿐입니다. 그런데 '무'에 기회를 주면 왜 안 되나요?

그렇다 하더라도 — 어머니는 내 새 직업에 대해 어떻게 생각했을까요? 나는 어머니가 나 때문에 얼마나 실망할지 생각하지 않으려고 노력했습니다. 어머니는 나에게 그 모든 것을 주었는데, 어떻게 어머니의 가슴을 찢어 놓을 수 있었을까요? 하지만 아버지가 어떻게 생각할지 떠올렸을 때는 몹시 기쁘기만 했습니다. 지금 나는 아버지의 땅에 와 있으면서, 동양의 마약으로 그 땅을 오염시키고 있었습니다. 아버지의 나라가 서구 문명으로 내 나라를 오염시킨 데 대한 작은 보복이었습니다.

해시시를 공급하던 내 전임자인 수수께끼 같은 사이드가 지난 10년여 동안 마오주의자인 박사를 시작점으로 하는 인상적인 고객 네트워크를 구축해 놓았기 때문에 내 새로운 일은 더 쉬워졌습니다. 헤어질 때 마오주의자인 박사가 내게 말했습니다. 사이드는 결코 그런 이름으로는 일자리를 얻을 수 없었을 거예요. 그러니까 의미 있는 일자리는요. 자기 이름을 바꾸는 것처럼 아주 간단한 일을 하려고 하지도 않았을 거고요.

마오주의자인 박사는 자신이 사이드의 고객일 뿐 아니라, 그를 자신의 많은 열정적인 친구, 동료, 학생, 옛 제자 들에게 소개해서 그가 재정적으로 자립한 젊은이가 될 수 있게 돕는 후원자라고 생각했습니다. 이제 마오주의자인 박사와 당고모를 통해 내 물건의 품질과 배달의 신속성에 대한 소식이 그 네트워크에 퍼졌습니다. 나는 신기한 존재였습니다 — 암시장의 유라시아 혼혈 약리학자, 그렇게 좋지도 나쁘지도 않은, 부분적으로는 쓸모 있고 부분적으로는 위험한 물건을 파는 베트남 혼혈 마약상이었습니다. 그 후 몇 주 동안, 나는 경찰이 아시아인들을 재차 쳐다보려 하지 않는다는 걸 확인하고, 아니, 까오보이가 확실하게 그렇다고 재확인해 주었기 때문에, 법을 준수하는 시민처럼 무심한 태도로 배달을 했습니다. 식당에서, 까오보이는 아랍인들과 흑인들은 그들이 꼭 해시시처럼 갈색이고 끈적거리고 향긋하다고 생각하는 경찰의 주의를 끌어 우리의 인종적인 미끼 노릇을 하며 우리에게 의도치 않은 호의를 베푼다는 점을 지적해 주었습니다.

나는 창 너머로 지나가는 사람들을 바라보며 물어보았습니다. 누가 아랍인인지 어떻게 알 수 있죠?

어떻게 아냐고? 보면 아는 거지! 뻔하잖아!

멍청하게 굴려는 건 아니었습니다. 프랑스에서 아랍인들의 상황에 대해 어느 정도는 알고 있었습니다. 프랑스인들은 우리와 전쟁을 치른 직후 알제리인들과도 싸웠으며, 알제리에서 프랑스로 도망친 우리 난민들 같은 존재인 피에 누아르*들이 있었고, 이런 종류의 강제적 퇴출 이후에는 늘 그렇듯 악감정이 남아 있었습니다. 하지만 나는 아랍인을 한 번도 만나 본 적이 없었고, 프랑스 사회 내에서의 그 차이점들이 자연스럽게 느껴질 만큼 이곳에 오래 있지도 않았습니다. 외부인에게 다른 사회의 차이점들은 늘 이상해 보이기 마련이었고, 바로 그것이 프랑스인들이 미국의 인종 차별과 흑인에 대한 공포감의 불합리성을 잘 이해하는 이유였습니다. 하지만 나에게 여기 프랑스에서 아랍인은 추상적인 개념이었습니다. 나는 단지 까오보이를 짜증나게 할 목적으로 지나가는 한 남자를 가리키며 물어보았습니다. 저 남자는 아랍인인가요?

아니, 카뮈, 그는 프랑스인이야. (나는 까오보이가 카뮈의 책을 읽은 적이 있는지 확실히 알지는 못합니다. 하지만 이번을 포함해 나와 대화를 하는 경우, 내가 답답하게 느껴질 때마다 나를 카뮈라고 부르곤 했는데, 아마도 그가 유일하게 들어 본 적이 있는 철학자인 것 같았습니다.) 자, 봐. 지금 저 사람이 아랍인이야.

---

\*　　Pieds-noirs. '검은 발'이라는 의미의 프랑스어. 1830년 6월 프랑스의 알제리 침공 당시부터 1962년 알제리 전쟁의 종결에 따른 독립에 이르기까지, 프랑스령 알제리에 있던 유럽계 사람들을 이른다. 주로 식민지 알제리에서 나고 자란 프랑스인, 즉 '알제리계 프랑스인'이라는 의미로 쓰이지만, 알제리뿐 아니라 모로코, 튀니지와 같이 프랑스의 식민 통치를 받았던 북아프리카 국가의 유럽계 주민을 포함하는 경우도 있다.

지나가는 중이던 그 남자는 흰색 스웨트 셔츠에 회색 스웨트 팬츠를 입고 흰색 스니커즈를 신고 있었습니다. 네, 그 모습이 잘 보였습니다! 그는 아랍인일 수도 있었습니다! 아니면 그저 약간 곱슬거리는 검은 머리에 피부가 많이 그을린 프랑스인일 수도 있었습니다. 뭐가 다른지 모르겠어요. 여전히 까오보이를 놀리고 즐거워하면서 내가 말했습니다. 무슨 표시라도 있어요?

표시라고? 까오보이가 이맛살을 찡그렸는데, 이는 그 이면의 심리적 기제가 작동하고 있다는 확실한 증거였습니다. 그건 — 내 말은 — 그냥 알 수 있어. 알겠지? 머리카락, 피부, 몸가짐, 말투. 넌 그런 표시들을 읽어 낼 만큼 여기 오래 있지 않았어. 그냥 내 말을 믿어. 너 혼자 있는 한은, 경찰은 널 그냥 무해한 외국인으로만 볼 거야. 너 같은 놈이 둘이어도 그런대로 괜찮아. 너, 아니, 우리 같은 놈이 셋이면 프랑스인들은 조금 불안해해. 넷은 — 아예 꿈도 꾸지 마. 그건 침략이야.

나는 이미 나와 나 자신이었기 때문에, 벌써부터 눈에 띌 위험에 처해 있는 것 같은 기분이 들었습니다. 그래서 순진하고 무해한 아시아인이라는 위장 신분을 더 강조하기 위해 당고모에게 일제 카메라를 빌려 목에 걸었습니다. 또 작은 배낭의 끈은 등에 걸고, 가방 몸통은 앞으로 맸습니다. 페도라를 쓰고, 적어도 내가 보기에는 치켜 올라가지 않은 내 눈꼬리가 그렇게 보이도록 착각하게 하는 뿔테 안경을 쓰고, 치아에 문제가 있는 것처럼 보이도록 윗입술 안쪽에 면 솜을 조금 끼워 넣어서 변장을 완성했습니다. 나는 그저 프랑스에 거주하는 대체로 무해한 아시아인이 아니라, 완전히 무해하고 규율을 잘 지키는 일본인 관광객이었습니다. 이렇게 변장하면, 프랑스인의 일자리를 뺏을 수도 있는 이주자라기보다는 사진을 찍느라 여념이 없는 순진한 방문객으로서 거의 어디든 갈 수 있었습니다.

나 자신이 꽤 영리하다고 생각했다는 걸 고백합니다. 나는 본이 나보다 훨씬 더 영리할 수도 있을 거라고는 예상하지 못했습니다. 하지만 재교육의 결과로 그 역시 변해 있었습니다. 내가 그 사실을 이해하기 시작한 것은, 늘 그렇듯 텅 빈 식당에서 그가 손을 흔들어 나를 테이블로 부르고는 이렇게 말했을 때였습니다. 나한테 아이디어가 하나 있어.

아이디어가 있다고? 내가 말했습니다. 본에게는 아이디어가 없었습니다. 아이디어가 있는 것은 나였습니다.

본이 나를 빤히 쳐다보았습니다. 여기에 공산주의자들이 있어.

공산주의자들은 어디에나 있어.

우리 공동체 내부에 말이야.

고모 말이구나.

그녀는 우리 공동체의 일부가 아니야. 그녀는 프랑스인이 되었어.

이곳의 많은 동포들이 그래.

그들은 모이는 걸 별로 좋아하지 않잖아? 하지만 우리가 그들을 찾아내서 조사를 시작할 수 있는 곳이 한 군데 있는데, 바로 베트남인 협회야.

나는 협회에 대해 들어 본 적이 있었습니다. 식당에는 협회의 다양한 활동을 알리는 등사본 전단지가 몇 장 있었습니다. 베트남어 학습을 홍보하고, 베트남 문화를 기념하고, 프랑스에서 베트남인 공동체의 이익을 옹호하는 것들이었습니다. 우리는 심지어 베트남에서도 "베트남"이라는 단어가, 공식 명칭이 **베트남 문화 진흥 협회**인 그 협회에서만큼 자주 활용되는 건 본 적이 없었습니다. 그 협회 사람들이 공산주의자인 것 같아? 내가 물어보았습니다.

공식적으로는 아니지. 하지만 그들이 빨갱이라는 건 다들 알고 있어. 베트남 정부는 그들을 인정해. 베트남 대사가 그들의 행사에 참석하지. 빨갱이처럼 보이고, 빨갱이 같은 냄새가 나면, 빨갱이인 거야. 하지만 문제이기는 해도, 그건 기회이기도 해. 모든 문제는 곧 기회야.

무슨 기회?

네가 그 기회야. 우리는 네가 보스를 위해 파는 물건으로 돈을 좀 벌면서, 동시에 일부 빨갱이들을 타락하게 할 수도 있어. 멋진 일 아니야?

그것은 계획이었습니다. 하지만 본은 설계자가 아니라 행동파였습니다. 보스가 네게 이 아이디어를 줬어?

아니. 하지만 보스는 이게 굉장한 아이디어라고 생각해.

보스에게 갔었어? 내가 물어보았습니다. 이 일로 네가 얻는 건 뭔데?

난 곁다리를 낄 거야. 어쩌면 빨갱이 몇 놈쯤 죽일 기회를 얻을 수도 있겠지.

그럼 우리가 공산주의자 행세를 해야 한다는 뜻이야?

내가 할 수 있으면 너도 할 수 있어. 그가 말했습니다. 그가 자기 아내와 아들과 함께 있을 때, 그리고 그들이 죽은 후에는 공산주의자들을 죽이는 것에 대해 이야기할 때만 보이던 빛이 그의 눈 속에서 반짝였습니다. 이제 너는 빨갱이 몇 놈을 해칠 기회를 얻은 거야. 그가 말했습니다. 나한테 고마워해야 해.

고마워. 내가 말했습니다.

우리의 전쟁은 결코 끝나지 않을까요? 적어도 본에게는 그런 것 같았습니다. 그가 죽거나, 아니면 이 세상의 모든 공산주의자들을 죽이려는 암중모색을 계속할 수 없게 되어야 비로소 끝날 것 같았습니다. 많은 사람이 그렇듯, 본은 세상을 모 아니면 도로 보았습니다. 공산주의자 아니면 반공주의자, 악 아니면 선으로 말입니다. 그가 세상을 바라보는 시각은 공산주의자들이 사물을 보는 방식의 거울상이었던 데 비해, 나는 공산주의와 그 반대편 사이에서 선택을 강요당하는 것은 양쪽의 이념적 국가 기구들에 속아 넘어가는 잘못된 선택이라고 느꼈습니다. 두 개의 잘못된 선택 안을 제시받았을 때 가장 어려운 일은, 의도적으로든 아니면 다른 이유에서든 제시되지 않고 보류된 제3의 선택 안을 상상해 보는 것이었습니다. 이것은 변증법의 가장 기본적인 교훈, 즉 합명제에 이르게 해 주는 명제와 반명제 사이의 좌고우면이었습니다.* 명제나 반명제냐가 공산주의나 반공주의

---

\*       헤겔 변증법의 3단계. 정(正), 반(反), 합(合) 혹은 테제, 안티테제, 진테제라고도 칭하기도 한다.

냐이든 아니든, 요점은 그것들이 서구가 진심으로 **냉전**이라고 부르는 미국과 소련 사이의 싸움과는 정반대 상황을 만들었다는 것이었습니다. 하지만 그 합명제는 이런 전쟁이 우리 아시아인들, 아프리카인들, 남아메리카인들에게는 극도로 뜨겁다는 인식이었습니다.* 공산주의와 반공주의의 실패를 모두 목격했기에 나는 아무것도 선택하지 않았는데, 이는 자본주의자도 공산주의자도 이해할 수 없는 합명제였습니다. 어쩌면 당신은 내가 허무주의자라고 생각할지도 모르지만, 그것은 완전히 틀린 생각입니다. 허무주의자들은 삶이 무의미하다고 생각하고 모든 종교와 도덕적 원칙을 거부하지만, 나는 여전히 혁명의 **원리**를 믿고 있었습니다. 나는 또한 '무'가 의미로 가득 차 있다고 믿었습니다. 간단히 말해서, '무'가 실제로는 그 무언가임을 말입니다. 그것은 그 자체로 일종의 혁명이 아니었을까요?

이런 마음으로, 나는 2주 후 본과 함께 과감히 **협회**의 다음 번 모임에 나갔는데, **협회**의 회원은 전적으로 존경할 만한 베트남인들로 구성되어 있는 것처럼 보였습니다. 미국과 달리, 프랑스에서는 존경할 만한 인물에 공산주의자나 공산주의의 동조자가 포함될 수 있었고, 그들 중 일부가 이 모임에 참석할 것 같다고 생각하니 이상했습니다. 특별히 이번 모임의 목적은 연례행사인 음력설 공연을 계획하는 거예요. 음력설 위원회의 위원장을 맡은 협회장이 유일한 신참인 본과 내게 설명했습니다.

---

\*        냉전의 반대, 즉 열전이었다는 의미.

전통 춤을 추고 노래도 부를 거예요. 쾌활한 협회장이 말했습니다. 안과 의사인 그는 피아니스트나 산부인과 의사에게 어울리는 긴 손가락을 가진 백발의 호리호리한 남자였습니다. 그의 베트남어와 프랑스어는 둘 다 흠잡을 데가 없어서, 나는 그가 적어도 소맷부리가 자기 엄지 끝에 스칠 정도로 사이즈가 큰 트위드 블레이저를 입었다는 점을 딱하게 여기며 질투심을 달랬습니다. 협회장은 나와 달리, 모든 남자에게 재단사가 있어야 한다고 믿지 않았습니다. 만약 사람이 멋지게 보이지 않는다면 '멋지다'는 표현이 말이 되지 않기 때문에, 재단사야말로 사제만큼이나 중요한 존재였는데도요.

전통 의상과 음식도 있을 테고요. 그가 말을 이었습니다. 그것이 우리의 진정한 베트남 문화를 알리는 길이죠.

나는 동조하며, 심지어 힘차게 고개를 끄덕이면서 이렇게 말했습니다. 우리의 진정한 문화를 홍보하는 건 매우 중요하죠. 내 말에 그 쾌활한 협회장은 훨씬 더 힘차게 고개를 끄덕였습니다.

비록 크게 소리 내 말하지는 않았지만, 나는 어쩌면 진정한 베트남 문화에는 우리가 음력설 축제 기간 동안 우리 아이들에게 가르치는 도박도 포함돼야 하는 게 아닐까 생각했고, 이내 왜 우리가 어른이 되어 유독 도박을 좋아하는 것일까 알고 싶어졌습니다. 또 카페에서 담배를 피우고 커피를 마시는 걸 유독 좋아하는 이유도 알고 싶었습니다. 만약 그런 스포츠를 위한 올림픽 시합이 있다면 우리 베트남 남자들은 금메달 후보들이었을 겁니다. 우리는 프랑스인들에게 물려받은 이런 카페들을 부아를 돋우는 아내와 성가신 자식들이 없는 제2의 집으로 여겼으니까요. 또 우리가 망각의 관문에 이를 때까지 맥주와 코냑과 와인(되도록이면 고유의 라이스 와인)을 마시는 걸 유독 좋아하는 이유도 알고 싶었습니다. 우리 중 일부는 그곳에서 앞서 언급한 아내와 자식을, 혹은 서로를 두드려 팼습니다. 또 심지어 고객이나 상점 주인이나 원칙을 잃어 가며 물건을 싸게 사면서도, 자신이 속아 넘어갔을 때는 유독 격분하는 이유도 알고 싶었습니다. 또 친구들과 친척들에 대해 험담하는 것을 유독 좋아하는 이유도 알고 싶었습니다. 우리는 가닿기 힘든 적들의 뒤통수를 치는 것보다 친구와 친척의 뒤통수를 치는 걸 훨씬 더 좋아했습니다. 또 우리의 이웃과 동포의 성취에 대해 자랑스러워하다가도, 그들이 너무 많은 것을 이루면 분개하며 그들의 몰락을 기쁘게 목격할 달콤한 기회를 유독 기다리는 이유도 알고 싶었습니다. 또 여자들은 부엌에만 있으면서 남자들의 시중을 들게 하거나, 앞서 말한 여자들의 자궁이 사하라 사막처럼 메말라 버릴 때까지 자식을 적어도 예닐곱 번, 일이 잘 풀리면 그보다도 더 많이 낳기를 기대하는 이유를 알고 싶었습니다 — 이 모두가, 우리가 부채춤을 추거나, 가극이나 민요의 일부분을 부르거나, 비단 가운을 입거나 한다고 해도 평생 딱 한 번뿐인 데다 우리 발가락 사이에 낀 물소 똥을 긁어내고 급강하 폭격을 감행하는 모기 편대를 찰싹 쳐서 쫓아내는 일까지 포함될 가능성이 큰, 논에서 치르는 구혼 의식을 재현하는 것보다는 훨씬 더 빈번하게 행하는 우리 문화의 측면들이었습니다.

하지만 협회장과 그 위원회가 바라는 단 한 가지가 우리 문화의 아름다움을 소중히 간직하고 다른 사람들과 공유하는 것인 이때, 이런 문제들을 제기하는 건 예의가 아닌 것 같았습니다. 설령 문화 공연을 무대에 올리는 일이 사실은 자기 문화의 열등함을 인정하는 것이라고 해도요. 진정으로 영향력 있는 사람들은 공연을 할 필요가 거의 없었습니다. 그들의 문화는 어디에나 늘 있었으니까요. 미국인들은 햄버거든 폭탄이든, 자신들의 문화가 도처에 존재한다는 걸 잘 알았습니다. 프랑스인들은 와인과 치즈와 아코디언 소리에 홀딱 반한 관광객을 위한 거리 공연이라는 **파리지앵 드림**을 전파했습니다. 나는 이런 것은 전혀 언급하지 않고서 그 모임이 끝날 때쯤, 노래에 맞춰 안무대로 춤을 추는 일에 자원했습니다. 거기서 누구든 해시시를 피우는 보헤미안을 발견할 게 틀림없었기 때문입니다. 나는 본 역시 춤추고 노래하는 일을 할 거라고 말해 버렸습니다. 비록 그가 분명 춤꾼처럼 보이지는 않았고, 확실히 노래하는 사람이 될 수도 없었지만요. 내가 그를 대신해서 이야기하며 그가 말을 못 한다고 명확히 밝힌 후에는 더더구나 말입니다. 이것 역시 본의 아이디어였습니다.

아, **봉?**\* 협회장이 말했습니다. 내가 거의 **올랄라**\*\*만큼이나 사랑하는 어구였습니다.

전쟁의 상처죠. 목멘 소리로 내가 말했습니다. 이런 날조한 이야기에 일말의 감정을 실을 계획은 사실 없었습니다 ─ 그 감정은 대체

---

\*       ah bon? '아, 그래요?', '아, 정말요?'라는 의미의 프랑스어.
\*\*     oh là là. 프랑스어로 '이런', '아이고', '세상에' 등 다양한 의미의 감탄사로 쓰인다.

어디서 온 것이었을까요?

이제 음력설 위원회의 모든 구성원들이 우리를 주목하며, 분위기가 가라앉았습니다.

이 친구가 말을 못 하는 이유를 아무도 몰라요. 내가 말했습니다. 또다시 두 눈에 눈물이 차올랐습니다. 내가 지어낸 이야기를 하는 동안 본이 나를 빤히 쳐다보고 있는 게 느껴졌습니다. B-52 폭격기의 폭탄이 하마터면 바로 우리 머리 위로 떨어질 뻔했죠. 그 후, 이 친구는 목소리를 잃었어요. 어쩌면 그 폭발로 목구멍 속 어딘가를 다쳤는지도 몰라요. 어쩌면 전부 심리적인 문제일지도 모르고요.

나는 흐느껴 울었습니다. 내 이야기는 나에게 영향을 미쳤고, 나는 그들에게 영향을 미쳤습니다. 나는 그들의 눈에서, 살짝 벌어진 입에서, 일제히 숨죽인 모습에서 그것을 알 수 있었습니다.

있잖아요, 우리는 야외에서 그 B-52 폭격기의 공격을 받았어요. 우리를 노린 것은 아니었어요. 베트콩들을 노린 것이었죠. 하지만 미국인들은 그들 자신의 친구인 우리에게 폭탄을 투하했어요. 본은 움찔했지만, 아무 말도 하지 않았습니다. 미국인들은 남베트남 군대의 한 개 대대 전체를 증발시켜 버렸어요. 미국인들은 그걸 "우군 화력"이라고 부르죠. 난 그저 화력이라고만 불러요. 들리는 거라고는 폭탄 소리뿐이었어요. 폭격 후에는, 누구든 살아남은 사람들의 비명 소리뿐이었고요. 하지만 살아남은 사람은 많지 않았죠. 그 모든 목소리가 영원히 사라져 버렸어요⋯⋯. 어쩌면 그렇게 비극적으로 잃어버린 모든 젊은 전우들에 대한 기억 때문에 내 친구가 목소리를 잃게 됐는지도 모르죠.

어쩜. 한 나이 지긋한 부인이 손으로 입을 막으며 탄식했습니다.

이제 본의 이야기를 윤색하기 위해 이렇게 말을 이었습니다,

내 생각에는…… 내 생각에는…… 이 친구가 우리 문화의 아름다움을 볼 수 있다면, 전쟁의 참상을 잊을 수 있을 것 같았어요. 내 바람은…… 내 바람은…… 이 친구가 우리 민족이 노래하고 춤추는 것을 볼 수 있다면, 비록 직접 춤추고 노래할 수는 없다고 해도 — 나는 아래를 내려다보았습니다. 진실한 감정의 짠 물결이 내 발가락을 찰싹찰싹 때리고 있었습니다 — 목소리가 돌아왔으면 하는 것과…… 예전에 남베트남 군인이었던 우리가 여러분과 친구가 될 수 있었으면 하는 거예요. 여러분 중 많은 사람이 우리의 예전 적들에 동조하죠. 아니, 그렇다고 들었어요. 하지만 우리는 더 이상 적이 아니에요. 지금은 친구가 될 시간이죠. 그렇게 생각하지 않으세요?

내가 미친 잡종 새끼였다면, 본은 운 좋은 개자식이었습니다. 그이야기와 모임이 끝나고 나서 모든 여자아이들과 성인 여성들이 저마다 한 번의(또는 필요하다면 더 많은) 키스로 그 영웅의 목소리를 되돌려 줄 공주가 되기를 바라면서 그를 에워쌌으니까요. 본에게는 그가 대개는 기술적 난제로, 가끔은 도덕적 난제로 여기던 살인을 포함해도, 여자들과 말을 하는 것보다 더 두려운 일은 없었기 때문에, 그는 목소리를 잃었다는 구실을 고맙게 여겼습니다. 그는 매우 도덕적인 사람으로, 부분적으로는 믿음 때문에, 부분적으로는 미래의 아내를 만나고 싶다는 바람 때문에 사이공의 한 교회 성가대에 들어갔

고, 실제로 미래의 아내를 만났습니다. 그와 그의 미래의 아내는 라방의 가톨릭 성당*으로 가는 버스에서 통로를 사이에 두고 앉았습니다. 그때는 전쟁의 십자 포화가 그곳을 파괴하기 전이었습니다. 그녀는 우연히 혹은 의도적으로 버스에서 내리다가 발을 헛디뎌 넘어질 뻔했고, 그는 그녀의 팔꿈치를 잡아 주었습니다. 그 일은 린이 그에게 인사를 건네고, 사이공 공항의 활주로 위에서 죽을 때까지 끝나지 않을 대화를 시작할 구실일 뿐이었습니다. 심지어 지금도 그는 그녀의 죽은 얼굴과 어린 소년에 불과했던 죽은 아들 덕의 얼굴을 보았습니다. 그들이 죽은 이후로 줄곧, 그는 다른 여자에 대해 생각하기를 거부해 왔습니다. 그가 끌렸던 몇 안 되는 여자들과 이야기하려 하지 않은 건 더 말할 것도 없고요. 그로 인한 외로움과 슬픔은 본이 생각하기에는 자신이 살아 있기에 마땅히 감수해야 할 운명이었습니다.

가엾은 본! 나는 그가 살인자라고 해도 상관없었습니다. 그는 나의 의형제이자 가장 친한 친구였습니다. 그의 아내와 아들 — 내 대자(代子)이기도 합니다! — 이 죽은 이후로 줄곧 그에게 나 말고는 그를 사랑해 줄 사람이 아무도 없었다는 것, 그 끔찍한 운명은 내게는 고통스러운 일이었습니다. 이제 뜻밖에 마치 그가 요람에 누운 갓난아기인 양 그를 뚫어져라 바라보는 여섯 명의 여자에게 둘러싸이자 그는 정말로 꿀 먹은 벙어리가 되어 버렸습니다. 그가 할 수 있는 일이라고는 빙긋 웃으며 고개를 끄덕이고, 어깨를 으쓱하는 것뿐이었습

---

*     성모 발현지에 지어진 라방의 성모 성당. 1972년 북베트남의 폭격으로 파괴되고 종탑만 남아 있다.

니다. 그에게 완벽하게 어울리는 무언극이었죠. 말을 못 한다는 것은 그에게는 이 세상으로부터의 해방이나 마찬가지였습니다. 그와 이야기하고 싶어 하는 사람들에게는 아니었지만요. 하지만 대답을 할 수 없거나, 대답하지 않으려 하는 남자에게 말을 하는 데는 한계가 있었기 때문에, 결국 그들은 본이 말을 못 하는 상태에서 그보다 훨씬 더 많은 혜택을 볼 사람인 나를 향해 돌아섰습니다.

하지만 모든 여자가 나를 바라보고 있지는 않았습니다. 그들 중 한 여자는 여전히 본을 향해 서 있으면서, 몹시 섬세하고 우아한 손에 만년필을 쥐고 메모장에 글을 적고 있었습니다. 고개를 들어 그가 자신을 지켜보는 것을 보았을 때, 그녀는 미소를 지으며 말없이 그에게 메모장과 펜을 건넸습니다.

내 이름은 로안이에요. 그녀는 마치 그가 말하지 못할 뿐 아니라, 귀도 들리지 않는다는 듯이 그렇게 썼습니다. 우리가 연습하는 거 보러 올래요?

본 스스로도 놀랍게도 그는 네라고 썼습니다.


우리가 그 모임을 마치고 나오면서 누가 더 놀랐는지, 본인지 나인지 나는 확실히 알지 못했습니다. 그는 로안의 이름과 전화 번호, 춤추는 사람들과 노래하는 사람들의 다음 연습 시간, 날짜, 장소가 적힌 종이 한 장을 들고 있었습니다. 나는 그에게 내가 보기엔 아마도 공산주의자일 수도 있을 것 같은 협회장을 포함해서 우리가 만난 착한 사람들 중에서 누구든 죽일 준비가 됐는지 물어볼 참이었는데,

바로 그 순간, 말을 못 하는 걸로 돼 있었던 그가 말을 했습니다. 저기 좀 봐.

다행스럽게도 협회의 로비에 다른 사람은 아무도 없었습니다. 그가 가리킨 게시판에는 현란한 색상과 굵은 활자체를 사용한 커다란 포스터가 핀으로 꽂혀 있었는데, 그중 가장 중요한 단어는 판타지아였습니다. 그에 버금가게 중요한 것은 7편이라는 말이었고요. 1인조, 2인조, 3인조, 4인조의 다양한 남녀 무용수와 가수들이 그 포스터를 채웠습니다. 그들은 정장과 넥타이, 또는 스판덱스와 반짝이, 또는 단정한 아오자이와 원뿔형 모자, 또는 망사 스타킹과 브래지어를 착용한 모습이었습니다. 나는 즉시 이 「판타지아」라는 공연이 로스앤젤레스에 있는 동명의 나이트클럽을 기반으로 한다는 걸 깨달았습니다. 내가 코냑과 테스토스테론에 흠뻑 젖어 하룻밤을 보냈고, 내 눈과 손과 마음을 가까이하지 말았어야 할 단 한 명의 여자인 라나를 보고, 기대감에 입을 헤벌렸던 곳이었습니다.

아, 라나! 로스앤젤레스에서 그녀와 나의 연애를 알게 되었을 때, 장군은 조국을 되찾기 위한 자살 특공 임무에 나를 파견해 버렸습니다. 결국 나의 생포와 재교육 수용소 수감으로 이어졌던 바로 그 임무였습니다. 그 재교육에서 나는 아무것도 배우지 못한 게 분명했습니다. 라나의 모습에 내 안의 연료 탱크에서 출렁거리던 열정의 웅덩이에 불이 붙은 걸 보면 말입니다. 그녀는 주요 출연자로, 그 포스터에서 여러 사람들 사이에서 단독으로 포즈를 취했습니다. 그녀가 아슬아슬하게 걸치고 있는 것은 발목까지 내려오기는 하지만 옆선을 골반 언저리까지 길게 터서 찬란하게 아름다운 맨다리를 드러내어 그 고상함을 넘치도록 보상해 주는 몸에 착 붙고 변태적인 검은 드레스였는데, 그녀의 다리는 뾰족한 15센티짜리 뒷굽으로 족부를 고문하는 악랄한 기구인 동시에 잠재적 살인 도구이기도 한 하이힐에 얽매인 발에서 끝이 났습니다.

꿈도 꾸지 마. 본은 그렇게 말했지만, 나는 이미 생각 중이었습니다.


이번에 공연될 「판타지아」가 제7편이라면, 그 말은 곧 그 이전에 여섯 편이 더 있고, 그 전부를 내가 재교육을 받던 암흑기에 세상에 나온 기술인 비디오 테이프라는 것으로 볼 수 있다는 얘기였습니다. 비디오 테이프를 재생하는 데 사용하는 기계는 비쌌는데, 거의 아무것도 벌지 못했음에도 내가 물건을 팔고 얻는 수익은 일찍이 내가 익히 알던 액수보다 더 많은 액수의 가처분 소득을 내게 안겨 주었습니다. 내게 분별력이 있었다면 돈을 은행에 저금하고 그것을 활용해 더 많은 돈을 버는 마법을 부리면서 훨씬 더 자본주의자다워졌을 겁니다. 하지만 내가 언제 그랬다고요.

당고모에게는 이미 작은 일제 텔레비전이 있어서, 비디오 카세트 플레이어를 연결하는 것은 간단한 문제였습니다. 그렇게 한 다음 나는 본에게 전화를 걸어, 와서 보라고 말했습니다.

네 고모는 공산주의자야. 그가 말했습니다.

하룻밤만 제쳐 둬. 내가 말했습니다. 넌 이미 여기서 하룻밤을 지냈어. 그래서 네가 죽은 것도 아니잖아. 네가 고모를 죽이지도 않았

고. 고모는 민간인이야. 넌 민간인을 죽이지 않으려고 최선을 다하잖
아. 안 그래?

전화기가 잠시 조용하다는 것은 그가 생각 중이라는 뜻이었습니
다. 네 고모를 죽일 생각은 없어. 그저 그 아파트에 있고 싶지 않을 뿐
이야.

본이 당고모의 아파트를 방문하게 하는 것이 내게 왜 그리 중요했
을까요? 그가 변하고 있다는 걸 느꼈고, 그를 더 변하게 하고 싶었기
때문입니다. 그 자신도 모르게 그의 내면에서는 무언가가 바뀌고 있
었습니다. 그는 여전히 맹렬하고 헌신적이었지만, 기꺼이 로안을 만나
려 했습니다. 그는 외롭다는 걸 인정하고 있었습니다. 아마도 그것이,
공산주의자였던 내 과거에 대해 알아낸다면 결국 나를 죽이게 될 그
의 광적인 반공주의라는 바위에서 그가 아주 조금이라도 벗어나게
하려는 나의 노력에서 핵심적인 지렛대였던 것 같습니다. 그렇지만
내 개인적 이익 외에도, 나는 단지 그가 덜 외로워지기를 바랐을 뿐
입니다. 다시 한번 가족을 찾기를요.

너도 「판타지아」를 네 눈으로 직접 봐야 해. 더욱이 다른 베트남
사람들과 함께 봐야 해. 그건 우리에 관한, 우리에 의한, 우리를 위한
공연이니까. 우리가 주인공이자 사회자이고, 가수이자 무용수이고,
배우이자 코미디언이고, 출연자이자 관객이야! 우리가 온 힘을 쏟는
일 ― 노래하고, 춤추고, 즐기는 것 ― 을 직접 하고 있는 거라고!

전화기 너머에서 그의 숨소리가 들렸습니다.

내가 말했습니다. 그래, 넌 노래하거나 춤추지 않지. 하지만 네가

다른 사람들이 노래하고 춤추는 모습을 지켜보는 걸 아주 좋아한다는 걸 난 알아. 우리는 사이공의 클럽에서 늘 그러곤 했어. 우리는 그때 우리와 같은 얼굴을 가진 사람들이 우리의 언어로 우리를 즐겁게 해 주는 걸 당연하게 여겼어. 이제 우리에게 다시 한번 기회가 왔어. 어서, 본!

잠시 후 그가 동의했을 때, 나는 그의 외로움이 그의 증오보다 더 크다는 것을 알았습니다. 비록 싸구려 와인이기는 했지만, 그는 와인 한 병을 들고 왔습니다. 하지만 그런 사교적인 예의는 그래도 그가 재교육 수용소에서 얼마나 멀리까지 왔는지에 대한 척도였습니다. 당고모도 그도 그들의 어색했던 마지막 만남에 대해 언급하지 않았고, 둘 다 「판타지아」 덕분에 소파에 자리를 잡고 앉아 말없이 휴전에 들어갔습니다. 그것은 로스앤젤레스에서, 그러니까 우리 나라 사람들이 출세해서 주인공이 된 비공식 할리우드에서의 공연 실황을 직접 촬영한 것이었습니다. 그 위업의 경이로움은 카메라가 장면을 전환해 관객을 비추며 황홀함에 미소 짓는 얼굴들을 보여 주고, 시청자들이 남부 사람들이 온 힘을 쏟는 것, 그러니까 남의 구경거리가 되는 것을 지켜보면서 굉장히 즐거워할 때마다 분명해졌습니다. 이데올로기, 정치, 학문, 시(詩)에 연연하는 건 내가 태어난 북부 사람들에게 맡겨 둡시다. 그들은 내가 자란 남부의 사람들을 퇴폐적이고 외설적이라고 여겼습니다. 어쩌면 그랬을지도 모르죠. 하지만 북부 사람들이 어디에서도 찾을 수 없는 유토피아를 제안했다면, 남부 사람들은 텔레비전이 있는 곳이면 어디서에서나 경험할 수 있는 「판타지아」, 남자들이 대담하게 스팽글을 달고 여자들이 대담하게…… 거의 아무 것도 걸치지 않는 꿈의 나라를 만들어 냈습니다. 이 남자들과 여자 들은 차차차, 탱고, 룸바를 추었습니다. 그들은 서양 팝송의 리메이크 곡뿐 아니라 클래식도 불렀습니다. 그들은 창작곡도 불렀는데, 어떤 것은 전에 들어 본 적이 없는 아주 새로운 곡이었습니다. 그들은 저 속하고 짧은 코미디를 상연했습니다. 관객들은 여장을 한 남자들이 주요 인물로 등장해서 끊임없이 치맛자락을 잡아당기며 털북숭이 다리 때문에 올이 나간 스타킹에 대해 불평하고, 미국 여자의 그것처 럼 비현실적으로 커다란 가슴을 두 손으로 동그랗게 모아 쥐고, 미식 축구 선수를 보호할 수도 있을 만큼 솜으로 부풀린 엉덩이를 과시하 는 촌극을 특히 좋아했습니다. 아, 우리가 그런 장면마다 얼마나 왁자 그르르 웃고 떠들었는지요! 촬영 현장의 관객들, 그리고 본과 당고모 와 나를 포함한 우리가 말입니다. 아, 「판타지아」!

이것이 우리의 할리우드였습니다. 하지만 할리우드 영화에서 흔히 그렇듯, 그 공연에서 최악은 결말이었습니다. 마지막 곡을 위해, 가수 와 무용수로 이뤄진 공연단 전체가 남자들은 점잖게 양복을, 여자들 은 동양의 아오자이를 차려입고 무대에 다시 올라, 관객들에게 「고마 워요, 미국」이라는 제목만으로도 모든 것을 알 수 있는 창작곡을 선 사했습니다. 그 밖에 다음과 같이, 창의력이 부족하기는 하지만, 잊히 지는 않는 가사들이 포함되어 있었습니다.

고마워요, 독일!

고마워요, 호주!

고마워요, 캐나다!

고마워요, 프랑스!

지리 수업이 계속 이어졌고, 나는 전쟁의 회오리바람에 휩쓸려 올라갔다가 정신 차려 보니, 이를테면 이스라엘에 떨어진 어리둥절한 영혼들이 과연 몇이나 될까 알고 싶어졌습니다. 그곳은 내 생각엔 틀림없이 아주 멋진 나라이기는 하지만, 우리 같은 사람들에게는 아주 울적해지는 곳입니다. 그럼에도 우리의 망명 여부와 무관하게, 우리는 받아들여졌다는 데 대해 적어도 어느 정도 고마움을 느꼈고, 그 마음이 우리를 환영해 준 모든 나라에 바치는 이 감사와 진심을 담은 발라드로 이어졌던 겁니다.

불행하게도 — 이것은 베트남인치고는 보기 드문 특성이었지만 — 나는 감사와 진심을 담은 발라드보다 더 싫은 것이 없었습니다. 지식인, 특히 프랑스 지식인인 당고모도 마찬가지로 그런 노래를 혐오했습니다. 살인자인 본은 그런 노래를 몹시 싫어하거나, 적어도 그런 노래에 감동하지는 않아야 했는데도 눈물을 흘리는 바람에, 아니, 그로서는 최대한 많은 눈물을 흘리는 바람에 나는 깜짝 놀랐습니다. 몇 번 훌쩍거리면서 흘린 눈물 몇 방울에 불과했지만, 평범한 사람의 감정적 붕괴와 맞먹는 일이었으니까요.

하지만 넌 미국이 우리를 배신했다고 생각하잖아. 엔딩 크레디트가 올라갈 때 내가 말했습니다.

그렇다고 모든 사람이 우리를 배신한 건 아니야.

넌 프랑스가 우리 나라를 짓밟았다고 생각하잖아.

왜 모든 걸 망치려고 하냐? 그가 외쳤습니다. 그냥 저 망할 노래나 좀 즐겨!

그때 문득, 그가 울고 있는 건 난민 수용국들이 바로 그 수용국들에 짓밟히고 폭격당한 나라들로부터 온 난민들에게 끝없이 요구하는 지나치게 감상적인 감사 때문이 아니라는 생각이 들었습니다. 그는 전쟁으로 헤어진 남편과 아내의 역할을 맡은 매력적인 2인조가 부른 노래의 줄거리 때문에 울고 있었습니다. 여자는 아이들을 데리고 미국으로 도망쳤고, 남자는 전쟁 포로로 뒤에 남겨졌습니다. 결국 그는 난민 보트를 타고 탈출했습니다 — 아니, 보트가 아니라 더 품위 있는 용어로 "선박"을 타고 말입니다. 왜냐하면 그의 여정과 몇천 명 난민들의 여정은 다른 것도 아닌 바로 호메로스의 『오디세이』라는, 보트로 행해진 가장 위대한 여정에 필적하는 것이었으니까요. 고난으로 점철된 그 긴 여정에서 살아남아 그는 미국에 도착했습니다. 여기서 그는 몸매를 돋보이게 해 주는 미니스커트를 입은 아내와 부모가 서로 부둥켜안고 있는 동안 각각 피아노와 바이올린을 연주하는 믿기 어려울 정도로 귀엽고 재능 있는 아들과 딸을 만났습니다. 그것이 바로 본이 그토록 감동한 이유였습니다. 그는 아마도 천국에서가 아니면 결코 재회하지 못할 그의 죽은 아내와 내 대자인 그의 죽은 아들을 떠올리고 있었던 겁니다.

당고모와 나의 경우, 우리가 전문적인 비판가라고 해서 우리 민족을 화면에서 보고 크게 기뻐하지 못할 이유가 있는 건 아니었습니다. 비록 그들이 레오타드를 입고 춤을 추거나 미니스커트를 입고 뽐내며 걸었다고 할지라도요. 고국을 떠난 이후 처음으로, 우리가 우리 자신의 공연의 주인공이 되었습니다. 그 경박함에도 불구하고 「판타지아」는 정치적이었습니다. 내가 재교육 수용소에서 풀려나 새 시대를 맞아 이름이 바뀐 사이공, 즉 호찌민으로 갔을 때 알게 되었던 대로 말입니다. 거기서 나는 호 아저씨의 혁명의 조카들이 이런 종류의 노래와 춤과 남녀 관계를 반동적이고 위험하다고 여기는 걸 알게 되었습니다. 훌륭한 공산주의자는 피로 물든 혁명을 환영하며 피를 들끓게 하는 적색음악을 듣는 반면, 황색음악*을 사랑하는 우리는 계급 투쟁과 노고를 거부하는 병적인 비겁자들이었습니다. 하지만 어째서인지 재교육을 받았는데도 혹은 오히려 그것 때문에 나는 여전히 훌륭한 사랑 노래를 몹시 좋아했습니다. 반면에 찬란한 진홍빛 새벽을 향해 행진하는 군중에게 바치는 적색 찬가는 내 다리에 울혈이 생기게 했을 뿐입니다. 「판타지아」는 한낱 오락물에 불과했을지 모릅니다. 하지만 그게 뭐 어때서요? 무정부주의자인 엠마 골드만**이 말

* 적색음악이 혁명을 찬양하고 옹호하는 음악이라면, 황색음악은 성적 암시가 있는 저속한 음악을 가리킨다. 20세기 초반 중국 공산당이 초창기 중국의 대중음악을 비롯한 서구의 팝 음악을 성적으로 음란한 음악으로 규정하면서 사용되기 시작한 용어로, 중국에서 '황색'이 외설물이나 섹스와 결부되는 데서 비롯된 표현이다.
** 러시아 태생의 미국 무정부주의자. 1916년 산아 제한 운동, 1917년 반전 활동에 이어 1936년 스페인 내란이 일어나자 스페인의 무정부주의자들을 도와 활약했다. 저서로 『러시아에 대한 나의 환멸』 등이 있다.

했듯이 "춤을 출 수 없다면, 나는 당신의 혁명에 참여하고 싶지 않습니다". 어째서 그리도 엄숙한 우리의 혁명 지도자들은 오락의 수단을 소유하는 것 또한 혁명적이라는 사실을 이해하지 못했을까요! 오락이 아마도 양식, 주거, 섹스에 이어 인간의 우선순위에서 네 번째를 차지하리라는 점을 고려할 때, 이런 종류의 자결권이 뭐가 잘못된 거였을까요? 「판타지아」 제2편을 한시라도 빨리 보고 싶어서 내가 막 그렇게 말하려던 순간, 본이 눈물을 닦아 내고는 이렇게 말했습니다. 내게 다른 아이디어가 하나 있어.

다른 아이디어? 당고모가 말했습니다. 첫 번째는 뭐였는데요?

나는 본이 아무 말도 하지 않을 거라고 생각했지만, 대신 그는 미소를 지으며 이렇게 말했습니다. 협회에 해시시를 팔고 공산주의자들을 죽여라.

한쪽 눈썹을 치켜세우며 당고모가 말했습니다. 정말 재미있는 얘기네요. 알다시피, 프랑스에서 베트남인들을 가장 많이 지원해 주는 사람들이 바로 공산주의자들이죠.

질 나쁜 베트남인들이에요.

누가 공산주의자인지 알면 깜짝 놀랄걸요. 당고모가 나를 바라보며 말하는 바람에, 본 역시 나를 바라보게 되었습니다. 나는 몸이 오싹해졌습니다.

내가 놀랄 일은 없어요. 본이 말했습니다. 공산주의자들은 어디에나 있으니까요.

정말 그렇긴 하죠. 당고모가 말했습니다. 만약에 말인데요, 만약 당신 친구가 정체를 숨긴 공산주의자라는 걸 알게 된다면 어떨까요? 그게 심지어 여기 있는 당신의 가장 친한 친구라면? 당신 의형제라면 어떨까요?

본은 이 개연성 없는 시나리오에 웃음을 터뜨렸지만, 훌륭한 철학자처럼 동의하는 척했습니다. 당연히 죽여 버리겠죠. 나를 보고 미소 지으며 그가 말했습니다. 그건 원칙의 문제니까.

나 역시 이 불합리한 형편없는 농담에 웃음을 터뜨리며, 자리에서 일어나 티브이를 껐습니다. 「판타지아」는 확실히 끝이 났습니다.

# 5장

"신은 죽었고, 마르크스도 죽었고, 나 자신은 기분이 그리 좋지 않아요." 눈꺼풀이 처진 한 재담가가 언젠가 당고모의 살롱에서 그런 말을 한 적이 있습니다. 나중에서야 그가 극작가 에우제네 이오네스코*라는 걸 알았습니다. 그렇다고 그의 연극 중 한 편이라도 본 적이 있다는 건 아닙니다. 그 사실은 분명히 해 두어야겠지만, 한편으로 그의 연극에 대해 아는 바로는, 내가 이미 그의 연극 중 하나 속에 살고 있는 것 같은 느낌이 듭니다. 결국, 내 두 마음을 하나로 묶고 있던 나사가 너무 많이 풀려서 완전히 빠져 버렸던 겁니다. 나사가 영원히 사라져 버리는 바람에 완전히 망가진 사람이 얼마나 될까요? 하지만 정반대 상황을 생각해 보세요. 아예 나사가 조여져 있지 않거나, 아니

---

\*    루마니아 태생으로 1936년 이후 프랑스에 정착한 현대 부조리극의 거장. 그가 남긴 작품으로는 데뷔작인 『대머리 여가수』를 비롯한 다수의 희곡과 유일한 소설인 『외로운 남자』 등이 있다.

면 적어도 그렇게 꽉 조여져 있진 않은 게 나을 수도 있지 않을까요? 사람이 완전히 하나로 조여져 있는 상태라면, 대체 어떻게 움직일 수 있겠어요? 그리고 나사를 비틀어 푸는 힘을 지닌 시간이 흘러가면서 모든 나사가 반드시 풀리듯, 사람을 하나로 묶고 있던 나사도 결국 풀리지 않았을까요?

나사를 꼭 조이는 데 필요한 스크루드라이버 같은 걸 살 만한 여력이 있는 자본가는 — 죄송합니다, 여력이 있는 **마약상은** — 아니었기 때문에, 나는 내 형편으로 감당할 만한 수준의 치료사와 함께 내 머릿속의 넓어져 가는 공간에 대해 논의했는데, 그것은 바로 내가 재교육을 받는 동안 자본주의가 발명한 또 하나의 놀라운 장치인 소니 워크맨이었습니다. 두 마음의 남자로서 나는 프랑스 문화의 매력을 인정할 수 있듯, 자본주의의 성공도 인정할 수 있습니다. 나는 그 둘을, 손바닥에 쏙 들어오고 양면에 각각 45분씩 음악이 녹음되어 있는 카세트 테이프를 재생하는 워크맨으로 융합했습니다. 나는 헤드폰을 끼고 선글라스로 두 눈을 가린 채, 해시시라는 마법의 양탄자에 올라타 파리 곳곳을 누비고 다녔습니다. 까오보이의 값비싼 진품 비행사 선글라스와 달리 내 것은 렌즈 모서리에 레이밴 로고가 찍혀 있지 않은 모조품이었습니다. 심지어 코에서 흘러내리기 십상이었지만 지상에서나 지하에서나 밤낮으로 그것을 쓰고, 목에는 카메라를 걸고, 가슴에는 배낭을 멘 채, 서양 땅에서 이국적인 아시아인의 얼빠진 미소를 기꺼이 보여 줄 호기심 많은 일본인 관광객인 척했습니다. 내 목소리가 들리지만 않으면 나는 눈에 띄지도 않았기에, 시간이 날 때나 배달을 하면서 헤드폰이 펼쳐 보이는 뮤지컬의 무대가 되는 도시인 파리를 탐험했습니다. 이 도시에서 노트르담부터 에펠 탑, 루브르부터 사크레쾨르 성당에 이르기까지 웨딩 케이크의 장식으로 사용될 법한 곳들은 전에 방문한 적이 있기에 피해 다녔습니다. 나는 더 음침한 구역이나 나와 그리 멀지 않은 사촌 격인 부랑자들과 술주정뱅이들 근처의 벤치에 앉아 순진한 비둘기들을 지켜볼 수 있는 작은 공원을 더 좋아했습니다. 나는 우리 중 누가 더 미친 놈인지, 아마도 미친 잡종 새끼인 나인지, 아니면 야심 찬 계획과 가망 없는 대의와 최후의 한판이라는 장작더미 위로 또다시 몸을 던지려는 순교자인 본인지 궁금했습니다. 본과 나는 문화 공연의 예행연습에 일주일에 두 번씩 참석할 정도로 미쳐 있었습니다. 거기서 우리는 부족한 재능 때문에 결국 백댄서가 되어 버렸습니다. 만약 "댄스"가 맞는 단어라면 말이지만요. 우리의 촌극들 중 하나는 시골 생활에 관한 것으로, 농사를 목가적인 생활 방식과 우리 문화의 근간으로 묘사하는 고도로 양식화되고 최대한 시적인 방식으로 쟁기질, 삽질, 괭이질, 짐 들어 올리기 따위를 모방한 동작들로 전체 공연이 구성되어 있었습니다. 그런데 사실 농사란 분명 문화를 즐길 시간이 남지 않는, 등골이 휠 정도로 힘들고 땀이 줄줄 흐르는 치열한 생존 방식이었습니다. 하지만 상관없었습니다! 그 문화 공연의 임무는 프랑스 생활의 매력과 경쟁하기 위해 베트남 생활의 매력을 보여 주는 것이었으니까요. 베트남을 떠나 그렇게 오랜 세월을 보낸 후, 프랑스의 베트남인들에게는 베트남 생활이 훨씬 더 매력적인 것이 되어 있었습니다. 「판타지아」 제작자들이 잘 이해하고 있었듯, 그들 모두에게는 각자 나름의 노스텔지어가 필요했습니다. 나는 예행연습 덕분에 내가 짐작했던 대로, 다른 공연자들과 함께 담배를 피우고, 끝나고 술도 몇 잔 마시면서 그 물건에 대한 암시를 흘리고, 샘플을 조금 주면서 젊은 멋쟁이들, 학생들, 전문가들에다 약간의 휴식과 기분 전환도 필요하고 자신들과 어느 정도 비슷한 사람에게서 그 물건을 살 수 있다는 걸 알고 기뻐할 뿐 아니라 상당히 놀라워했던 근면한 부류의 사람들까지 포함된 새 고객층을 구축할 기회를 잡았습니다. 젊은이들과 멋쟁이들의 신뢰를 얻는 데 유일하게 어려웠던 점은 프랑스에서 태어난 그들 대부분이 프랑스어를 나보다 더 빠른 속도로, 나는 모르는 최신 유행 은어를 써 가며 할 수 있다는 거였습니다.

프랑스어를 가르친다는 친구가 누구예요? 내가 당고모에게 물어보았습니다.

그가 아주 마음에 들 거야. 내게 주소를 알려 주며 그녀가 말했습니다. 그는 공산주의자야.

그리하여 나는 예전 프랑스 식민지의 구석구석에서 온 성인 학생들과 함께 파리 북역 근처에서 오전 고급반 수업을 듣기 시작했고, 그러는 동안에도 파리 전역에 내 물건을 배달했습니다. 나는 수익금으로 BFD가 추천해 준 브루노 말리*의 아주 좋은 갈색 가죽 옥스퍼드화 한 켤레를 샀습니다. 그걸 신으면 멋져 보이는 데다, 하루 종

*      신발과 가죽 제품을 전문으로 하는 이탈리아의 명품 브랜드.

일이라도 걷거나 서 있을 수 있어요. 그가 말했습니다. 그는 내가 자카르타 공항으로 가는 길에 노점상에서 산, 먼지투성이에 갈라진 가짜 가죽 슬립온을 본 적이 있었습니다. 사람은 그가 신은 신발로 판단할 수 있는 법이지요. 나는 BFD의 판단에 짜증이 났지만, 동시에 그걸 잊을 수도 없었습니다. 나는 자랑스럽게 그 브루노 말리 구두를 신으며 매주 닦아서 광을 냈습니다. 마르크스가 경고한 자본주의의 유혹에, 다시 말해 상품, 즉 물건을 마치 그것이 실제로 살아 있는 존재인 양 사랑하는 기껏해야 얼마 못 갈 연애 사건에 굴복한 것이었습니다.

내 삶에 이런 새로운 에피소드가 등장한 지 몇 달 후, 내가 뒤마 골목길*에 있는 어느 작은 공원을 나서려던 순간, 공원 입구에서 한 젊은 남자가 내게 고개를 끄덕이고 한쪽 눈썹을 치켜세우며, 죽음에 대한 동경으로 하나가 된 같은 흡연자들끼리의 만국 공통어로 자기 입술에 손가락을 갖다 댔습니다. 장 클로드 브리알리**가 안나 카리나***와 함께 내가 아주 좋아하는 노래인 「느 디 리앙」****을 부르는 중이었고, 나는 그 노래를 따라 흥얼거리고 있었습니다. 나는 기분이

---

\*　　　오래된 도시인 파리에는 '파사주' 또는 '쿠르'라고 하는 조용하고 남다른 개성을 가진 골목길들이 다양하게 존재한다.

\*\*　　세련된 이미지로 누벨바그를 풍미하며 트뤼포와 고다르 등 유명 감독들의 작품에 수없이 출연한 배우이자 장편 영화 6편을 찍은 영화감독.

\*\*\*　장뤼크 고다르의 뮤즈이자 아내, 가수, 작곡가, 작가, 감독. 프랑스 누벨바그를 대표하는 여성 배우 중 하나.

\*\*\*\*　Ne dis rien. '아무 말도 하지 마세요'라는 뜻. 1967년 발표된 곡으로, 세르주 갱스부르가 리메이크하기도 했다.

좋아서 미소를 지으며 담뱃갑을 꺼내 해시시가 섞인 담배가 아니라는 걸 확인한 후, 그에게 한 개비를 건넸습니다. 그가 내게 뭐라고 말했을 때, 나는 헤드폰을 벗고 계속 말없이 미소를 지으며 일본인 관광객인 척하다가, 그 역시 미소 지으며 이렇게 말하는 순간 깜짝 놀랐습니다. 당신한테 아주 굉장한 해시시가 있다고 들었는데?

도모 아리가토. 나는 못 알아듣는 척하며 그렇게 말했습니다. 낯선 사람에게 물건을 파는 것은 좋은 생각이 아니었기에 고개 숙여 인사하고 두 발짝 물러섰다가, 다부진 근육질의 몸에 부딪혔습니다. 내 뒤에 선 젊은 남자는 내 앞에 있는 젊은 남자와 마찬가지로 리바이스 청바지에 지퍼가 열린 재킷과 티셔츠 차림이었습니다. 다만 전자의 티셔츠에는 비틀스가, 후자의 티셔츠에는 롤링 스톤스가 프린트돼 있었습니다. 그 작은 공원에는 우리들뿐이었고, 그것은 이 젊은 남자들이 의도적으로 선택한 상황이었습니다. 그들은 까오보이가 내게 경고했던 아랍인들인 것 같았습니다. 그들은 20년 후 자신들의 모습이 어떻게 변할지 몰라도 되는 채로 걱정 없이 젊은이다운 호리호리한 몸매를 유지하고 있었습니다. 그들이 모르는 걸 우리 중년 남자들은 유감스럽지만 경험상 잘 알고 있었습니다. 나이에서 비롯된 타성과 쉽게 사 먹을 수 있는 프랑스 제과제빵류에서 얻는 기쁨은 재교육을 받는 동안 잃어버렸던 모든 지방을 되찾는 데 도움을 주었을 뿐 아니라, 추가로 벨트 위로 볼록 튀어나온 뱃살과 턱 아래로 살짝 늘어진 턱살까지 안겨 주었습니다. 나는 몸속 창자가 꽉 찬, 말랑말랑하고 둥근 앙두예트 소시지*였고, 그들은 나를 기꺼이 자를 톱니 모양의 날을 가진 칼이었습니다.

일본 사람인 척하지 마. 비틀스가 말했습니다. 우린 당신이 베트남 사람인 걸 알아.

베트남 사람? 롤링 스톤스가 말했습니다. 난 칭크인 줄 알았는데.

사실 그가 사용한 것은 그저 "중국인"이라는 뜻만 가진 시누아라는 단어였지만, 본래의 발음 방식에 — 일정 정도의 침을 튀기며 — 억양을 붙여 세게 발음하면, 내가 우리의 프랑스인 식민지 지배자들로부터 꽤 많이 들어 본 적이 있는 욕설이 되었습니다. 좀 더 분별력이 있어야 할 사람이 이런 단어를 입에 올리는 걸 들으니 마음이 슬펐지만, 그의 모욕에 대응하는 건 상황에 기름을 붓는 격일 터였습니다. 나는 그들의 출신이나 혈통에 대해 진심에서 우러난 호기심을 표현해 상황을 진정시키려고 노력하며 이렇게 물어보았습니다. 당신들 누구예요?

알제리인이다. 이 쥐새끼야. 비틀스가 말했습니다.

롤링 스톤스가 노려보며 말했습니다. 우리는 버터야.

버터라고? 내가 말했습니다. 만약 누군가가 버터여야 한다면 그건 나여야 해. 황색에 말랑말랑하고 쉽게 곤죽 같은 상태가 돼 버리니까. 왜 당신들이 버터야?

버터라고! 롤링 스톤스가 외쳤습니다. 버터!

비틀스가 한숨을 쉬며 말했습니다. 제기랄, 우리는 프랑스인이야.

*     andouillette. 양파, 소금, 후추, 마늘 등을 넣어 순대와 비슷한 방식으로 조리하며 훈연하지 않는다.

자, 이제 해시시를 내놔.

우리 얘기 좀 해 봅시다. 내가 말했습니다. 알제리인 형제 여러분, 프랑스의 식민지 지배에 저항한 호찌민의 사례를 읽어 본 적 없어요? 우린 서로 싸우면 안 돼요, 서로를 강탈해서도 안 되고, 우리를 학대하는 의붓아버지에게 맞서 힘을 합쳐야 해요! 「라마르세예즈」는 잊어버려요. 그 가사는 좀 지나치게 잔인하거든요. 대신에 「인터내셔널가」*를 부릅시다. 힘차게 일어나라, 대지의 저주받은 사람들이여! 누느 솜 리앙, 수아용 투!**

잠시 머뭇거리며 얼굴을 찡그린 것을 보면, 그들은 내 짧은 연설에 어리둥절해진 것 같았습니다. 혹시 둘 중 하나라도, '그의 말에 일리가 있는 것 같아'라고 말했다면, 우리는 역사 그 자체를 — 적어도 내 역사는 — 바꿀 수 있었을 겁니다. 하지만 그들은 충동적인 10대였습니다. 롤링 스톤스는 내가 그에게 던진 연대의 변증법적 실오라기를 잡기를 마다하며 이렇게 말했습니다. 해시시를 내놔, 이 멍청한 잡종 새끼야!

나는 노력했어, 그렇지?

물론 그랬지. 소니가 말했습니다.

자네가 그렇다면야. 무절제한 소령이 덧붙였습니다.

---

\*    「라마르세예즈」는 프랑스 국가고, 「인터내셔널가」는 작사자 및 작곡자가 모두 프랑스인인 국제 사회주의자 노래로, 1944년까지 소련의 국가로 불리기도 했다.

\*\*    Nous ne sommes rien, soyons tout! 프랑스어로 '우리는 아무것도 아니야, 전부가 되자'라는 의미의 가사.

그럼 해시시 약간만. 나는 배낭 지퍼를 여는 척하며 그렇게 중얼거렸습니다. 그들이 내게 한 걸음 다가왔지만, 우리 사이의 거리는 내가 허리 위쪽으로 비틀스의 턱을 향해 배낭을 가능한 한 세게 휘두르기에 딱 적당한 정도였습니다. 배낭 바닥의 두 개의 벽돌이 그 턱에 닿으며 우지끈 부서지는 소리로 이어졌는데, 그것은 내 배 속에서부터 끌어 올린 **잡종 새끼야**라는 돌격의 함성 소리만큼이나 컸습니다. 내가 그 단어로 배부르지 않았던 적은 없었습니다. 그 단어에 익숙해진 줄 알았지만, 나는 그저 미친 잡종 새끼라고 불리는 데 익숙해져 있을 뿐이었습니다. 그 말에는 일말의 진실이 담겨 있었거든요. 그런데 여기서 절대적인 진실은 이 두 사람이 나를 형제, 또는 사촌, 어쩌면 삼촌이라고 불러야 했다는 겁니다. 우리는 친척이었으니까요 — 아니었나요? — 내 아버지가 우리 반 학생들에게 말해 주었듯, 우리의 공통적인 선조는 뻔뻔스럽게도 우리를 자기들의 후손이라고 부른 골 사람들이었는데, 알제리인들이 장남이라면, 우리 인도차이나인은 캄보디아인이나 라오스인과는 달리, 점원, 조수, 부관, 하급 관리가 될 운명을 타고난 재능 있는 둘째였습니다. 그리고 그런 식으로 이어져 내려가는 제국의 존재의 사슬*에서, 우리는 저마다 그 연줄에 매달린 채 우리 위에 있는 우리보다 조금 덜 억압받는 유인원의 붉은 뺨을 올려다보며, 자비로운 하얀 손이 우리가 우리의 길을 가로막는

---

\*       신플라톤주의에서 내세우는 '존재의 거대한 사슬' 개념. 세상에 실재하는 만물은 신이 정한 위계적 질서에 따라 배열돼 있으며, 이에 의하여 만물이 결합돼 있다는 것이다.

자격 없는 생명체를 움켜잡고 **문명화의 사명**라는 이름의 아름다운 전함에 탈 수 있도록 도와주기를 갈망하고 있었습니다. 그 전함이 하이퐁*을 포격하고 민간인 6000명을 죽였지만, 몇 명인들 무슨 상관인가요? 우리는 셈에 넣을 가치가 없는 토착민에 불과했습니다.

잡종 새끼! 내가 배낭을 한 번 더 휘두르기 전에 나를 주먹으로 치며 롤링 스톤스가 소리쳤습니다. 빌어먹을 째진 눈!

롤링 스톤스가 다시 한번 나를 주먹으로 치자 머릿속에서 종소리가 울렸습니다. 나를 브리데**라고 부르는 소리가 들리자 향수가 느껴질 지경이었습니다. 사이공에서도 프랑스의 식민주의 시대 이후로는 줄곧 듣지 못했던 말이었거든요. 그 밖의 내 프랑스어 실력이 퇴보하기는 했지만, 가는 눈이나 째진 눈이나 칭크라고 불렸던 기억은 메르시(merci)나 오 르부아(au revoir)라고 말하는 법을 여전히 아는 것만큼이나 잊지가 않았습니다. 그 단어들이 해석하기 나름이라고는 해도요.*** 게다가 내 눈이 실제로 비스듬히 째졌는지 여부는 정말이지 미시적인 문제일 뿐이었습니다. 나는 넘어지면서도, 목에 걸려 있던 값비싼 일제 카메라에서 무언가가 부서지는 소리가 들린 게

---

* 　　베트남 동북부, 하노이 동쪽의 통킹만에 면해 있는 항구 도시. 1946년 11월 프랑스군의 무차별 함포 사격으로 민간인 6000명 이상이 사망하며, 제1차 인도차이나 전쟁의 서막을 알렸던 곳이기도 하다.
* * 　bridé. '가는 눈' 혹은 '째진 눈'이라는 의미의 프랑스어.
* * * 　흔히 눈이 작으면서 가늘게 옆으로 째진 사람들, 특히 아시아인을 얕잡아 이르는 단어들이 원래는 '경사', '사선', '좁은 틈새' 같은 일반적인 의미의 명사로 쓰일 수 있다는 점을 언급한 대목이다.

훨씬 더 신경 쓰였습니다. 하지만 그보다는 롤링 스톤스가 내게 달려 들어 나를 목 졸라 죽이려 든 게 더 놀라운 일이었습니다. 그 일로 내 눈이 툭 불거져 나오며 주변 시야가 확대되는 바람에, 비틀스가 공원 의 단단히 다져진 땅바닥 위로 핏방울과 눈물방울을 뚝뚝 떨구며 부러진 코를 잡고 있는 게 보였습니다. 아마도 벽돌 때문인 것 같았는 데, 그것은 내가 혼자서 생각해 낸 속임수였습니다. 비록 몇십 년 동 안 본과 친구로 지내면서, 늘 폭력을 예상하는 그의 성향을 내가 얼 마쯤 흡수하게 되었다는 점은 의심의 여지가 없었지만요. 예를 들어 나는 하나 이상의 자기방어 수단을 항상 소지하는 경향이 있었는데, 이는 공세를 취하는 것도 계산에 넣은 전략이었습니다. 롤링 스톤스 는 나를 폭행하면서 심하게 수축된 내 후두가 항의하듯 구역질을 할 정도로 목을 졸랐을 뿐 아니라, 내 머리를 확 비틀며 단단한 땅바닥 에 대고 반복적으로 힘껏 내리치기까지 했습니다. 그 두 가지 전략으 로 인해 지각이 손상되면서, 지금 내 시야는 섬광으로 얼룩덜룩해지 고 어른거렸습니다. 그 섬광은, 예를 들어 사람이 사랑에 빠질 때 볼 수 있는 것, 아니 그렇다고 들은 적이 있는 것, 혹은 내가 개인적인 경 험으로 잘 알고 있듯이 사람이 막 기절하거나 어쩌면 죽음을 맞이하 려는 찰나에 볼 수 있는 것이었습니다. 마지막에 언급한 결과만은 반 드시 막아야 했기 때문에, 나는 롤링 스톤스가 나를 죽이려는 시도 를 계속하도록 내버려 두었습니다. 그가 두 다리를 벌리고 내 위에 걸 터앉아 있는 동안, 내 허벅지가 그의 등에 닿을 정도로 두 다리를 끌 어 올리는 걸 알아채지 못하게끔 그의 신경을 분산시키기 위해서였습니다. 이윽고 바짓단이 조금씩 밀려 양말이 드러났는데, 나는 본이 내게 가르쳐 준 대로 양말 한쪽에 스위치블레이드*를 끼워 놓은 상태였습니다. 내가 그 스위치블레이드를 빼냈을 때 무언가 딱딱한 것이 내 허리를 눌렀습니다. 롤링 스톤스가 발기했기 때문이었고, 그렇다면 이 사실은 그가 틀림없이 나를 죽일 거라는 의미였습니다. 이제 그는 몹시 분노한 데다 증오와 자기혐오에까지 사로잡혀서 이를 드러내고 있었습니다. 스위치블레이드의 버튼을 눌렀을 때, 칼날에 손바닥이 베였지만, 내 시야를 덮치던 붉은 막과 머릿속에서 세차게 흐르던 우렁찬 피의 포효 때문에 거의 알아채지도 못할 정도였습니다. 하지만 그 포효는 롤링 스톤스의 고함 소리가 안 들릴 만큼 크진 않았습니다. 빌어먹을 황인종 놈 잡종 새끼 칭크 째진 눈. 그 비방에 나는 식민주의가 흑백 사진으로 기록되고 음성 녹음 장치는 아예 없던, 더 순수했던 시절에 대한 향수를 느끼며 얼굴을 붉혔습니다. 녹음 장치가 있었다면, "안남인"이 프랑스인의 혀에서 어떤 식으로 발음되고 베트남인의 고막에 어떤 식으로 들렸는지를 확실히 들어 볼 수 있었을 겁니다. 그것은 경멸과 은혜를 베푸는 듯한 우월감이 흠뻑 밴 침 덩어리로, 우리가 당하는 억압이 요원해 보이게, 어쩌면 매력적인 듯 보이게 해 주었고, 그 결과 머리에 칼을 쓴 반역자들이나 백인 남성을 등에 업은 소작농조차도 그림처럼 멋있고 예스러워 보였습니다. 임박한 나 자신의 죽음이 나와 동떨어져 있는 동안, 감각은 무뎌지고 사

---

\*      손잡이 버튼을 누르면 칼날이 튀어나오는 나이프.

지는 마비돼 있었습니다. 내 배 위에 얹힌 몸의 무게와 내 미끌거리는 손에 쥔 스위치블레이드의 서늘한 손잡이가 느껴지던 걸 제외하면요. 내가 가까스로 칼을 뒤집어 쥐자, 마침내 그 15센티미터짜리 칼날이 찰카닥 하고 튀어나왔습니다. 마지막으로 남은 희미한 의식의 끈을 잡고 내 위에 올라탄 몸의 가장 가까운 곳에 칼날을 박아 넣자, 비명이 터지며 내 목에서 손 하나가 떨어져 나갔습니다. 이에 고무된 나는 한 번 더 그를 찔렀고, 그 결과 또 한 번 비명이 울렸으며, 롤링 스톤스가 몸을 뒤트는 동안 그의 다른 손마저 풀렸습니다. 내가 몇 번이고 칼날을 박아 넣을 때, 그에겐 다행스럽게도 찔린 부위는 엉덩이와 골반뿐이었습니다. 하지만 그는 고통스러워하며 어쩔 수 없이 떨어져 나가 몸부림치며 내게 발길질을 했습니다. 이제 나는 그의 손아귀에서 벗어나 발길질을 맞받아치고 몸을 굴려 물러난 다음 비틀거리며 일어섰습니다. 하지만 그 결과 하마터면 비틀스에게 걸려 넘어질 뻔한 데다, 그가 네 발로 엎드려 머리를 흔들고 있다가 불길이 이글거리는 눈으로 나를 돌아보는 바람에 무릎을 그의 얼굴에 쾅 하고 부딪기까지 했습니다. 그의 코는 아까 부러지지 않았다고 해도, 이제는 정말 부러져 버렸습니다. 하지만 내 적들 중 이쪽이 쓰러지자 다른 적이 일어났습니다. 롤링 스톤스는 울부짖으며 피가 흐르는 엉덩이를 움켜잡고 있었지만, 육체적으로 충분히 나를 해칠 수 있는 상태였습니다. 하지만 그는 고통 때문에 정신이 산만했고, 이는 그가 아마추어라는 표시였습니다. 만약 그가 전문가라면, 본이 내게 여러 번 말해 주었듯 정신이 육체만큼 생존에 중요하다는 걸 알았을 테니까요. 내가 이 사실을 잘 알고 있었던 것은 스파이로서 여러 해 동안의 담금질을 견뎌 냈기 때문이었습니다. 게다가 그 후 재교육 완성 학교도 나를 죽이지 못했기 때문에, 나는 상투적인 문구만큼이나 죽이기 힘들고 분명 이 젊은 남자보다는 더 강한 존재가 되어 있었습니다. 그에겐 나를 죽이고 싶은 욕망은 충분했지만, 내가 혼혈 사생아, 나와 나 자신이라면 누구나 알게 되는 억울하고 분한 마음으로 점철된 평생을 통해 터득한 약삭빠름, 경험, 죽음에 대한 필수적인 두려움은 충분하지 않았습니다. 나는 구역질을 하며 고통스러워하는 반면, 나 자신은 명철하고 평정을 잃지 않은 상태로 재빨리 그에게 다가가 그의 심장과 필수 장기들이 있는 부위를 여러 번 더 찔렀습니다. 그 감각은 그의 늑골과 흉골에 한 번씩 칼날이 빗맞으며 내 손목이 충격을 받았다는 것 외에는, 생닭 한 마리에 칼을 찔러 넣는 것과 비슷했습니다. 그 순간 내가 바란 것은 그가 멈추고 나서 드러누워 나를 가만 내버려 두고, 죽이지 않겠다고 약속하는 것뿐이었습니다. 하지만 내 프랑스어 실력으로는 **멈춰, 멈춰, 멈춰**라고 말하는 것이 고작이었습니다. 그 말은 그가 멈춰야 하며, 나도 멈춰야 한다는 의미였습니다. 하지만 우리 중 어느 누구도 멈추지 못하다가, 마침내 우리 중 하나가 쓰러졌습니다. 그는 털썩 무릎을 꿇으며 모로 쓰러졌다가 엎드려 버렸고, 이제 나를 보고 있지도 않았습니다. 나는 한 손으로 스위치블레이드를 찰카닥 접으며 다른 한 손으로 배낭을 주워 들고 재빨리 공원을 떠났습니다. 롤링 스톤스가 죽었는지, 혹은 비틀스가 일어나는 중인지 살펴보지도 않고서요. 다행스럽게도 그들에게 유리한 조건이었던 텅 빈 공원이 이제는 그들에게 불리한 조건이었고, 감사하게도 나는 본이 항상 그래야 한다고 말했던 대로 검은색 옷을 입고 있었습니다. 그것이 파리의 유행이기는 했지만, 단순히 유행을 따르기 위해서만이 아니라 검은색 옷에 묻은 피는 눈에 잘 띄지 않는다는 이유 때문이었습니다. 나는 피가 흐르는 손을 바지 주머니에 감추며 스웨트 셔츠의 후드를 끌어 올렸습니다. 그 옷 또한 나의 끔직한 모습을 숨겨야 할 경우에 대비해 꼭 입어야 한다고 본이 말해 준 것이었습니다. 나는 그런 모습으로 나시옹 지하철역으로 급히 걸어갔고, 등 뒤에서 비명과 고함이 들리기 시작했을 때는 저만치 이동한 상태였습니다. 너무 멍해서 그제야 공원에서 엎어지면 코 닿을 데에 뤼데불레 역이 있다는 걸 알아차렸습니다. 하지만 사이렌이 **넌 끝장이야, 넌 끝장이야**라고 구슬프게 울부짖는 소리가 들리기 시작한 바로 그 순간에도 나는 용케도 여전히 일정한 속도로 계속 걸으며 지하철로 다가가고 있었습니다. 사이렌 소리가 점점 희미해져 가는 가운데 나는 전속력으로 계단을 내려갔습니다. 다시 가슴에 배낭을 메고, 렌즈는 깨지고 뚜껑은 사라진 채 덜렁거리는 카메라를 목에 걸고 출입구를 통과해 한 번 더 계단을 내려간 다음, 지하도를 거쳐 어떤 열차인지 혹은 어떤 방향으로 가는지는 신경도 쓰지 않은 채, 가장 가까운 승강장으로 갔습니다. 마침내 멈춰 서서 벽에 등을 기대고 배낭에서 슬그머니 손수건을 꺼낼 수 있는 것만으로도 기뻤습니다. 나는 신사라면 다른 사람 또는 그 자신의 몸의 분비물을 닦아 내기 위해서뿐 아니라, 지혈대나 붕대로 쓰기 위해서도 항상 가지고 있어야 하는 그 물건을 이번에는 내 오른손에 사용한 다음, 그 손을 다시 호주머니에 찔러 넣었습니다. 아드레날린과 공포가 솟구치며 심장 표면이 팽팽해질 만큼 팽창했고, 심장 고동 소리는 열차가 우르릉거리는 소리에 비로소 잦아들었습니다. 열차가 다가오자 나는 시선을 집중해야 한다고 다시 한번 명심한 덕에 발을 헛디뎌 넘어지지 않고 열차 안으로 들어가 머리가 희끗희끗한 노인 옆에 앉을 수 있었습니다. 그는 전혀 말쑥하지 않았고 약간 냄새까지 났는데, 나에게는 그 편이 오히려 더 좋았습니다. 왜냐하면 우리 둘 다 조금 맛이 간 사람처럼 보였는데, 혼자만 맛이 간 사람처럼 보이는 것보다는 그 편이 나았으니까요. 특히 그중 한 사람이 여행 중 아주 운 나쁘게도 구타당한 일본인 관광객이라면 더더구나 그랬습니다. 나는 도시의 일반 대중, 특히 대도시 지하철을 견디고 살아남은 사람들의 보편적인 냉정한 태도의 덕을 봤습니다. 그들의 눈길은 이따금씩 내게 쏠렸다가도 재빨리 떨어져 나갔습니다. 하지만 예외적으로, 머리를 양 갈래로 땋은 어느 여자아이가 나를 가리키며 꽤 큰 목소리로 이렇게 말했습니다.

저기 봐,

엄마,

저기 봐!

그 말에 아이의 목소리가 들리는 거리 안에 있던 사람들은 모두 나를 쳐다보게 되었고, 나는 자신이 발견되었다는 걸 잘 알면서 벽에 달라붙어 있는 도마뱀붙이처럼 괴물 같은 나 자신의 모습 그대로 아주 가만히 배경에 녹아들었습니다. 그러는 동안에도 그 아이의 엄마는 자신의 반쯤은 귀엽고, 반쯤은 소름 끼치는 아이가 귀여우면서도 벌레 같은 눈으로 나를 빤히 쳐다보는 걸 전혀 막으려 하지 않았습니다. 결국 내가 그 아이의 시선을 떼어 낸 건 벨빌의 적당한 환승역에서 내려, 인파를 헤치며 보통 걸음걸이로 연결선을 향해 걸어가면서였습니다. 전체적으로 30분 정도 걸린 그 이동 과정 중에 내게 한마디라도 말을 건넨 사람은 없었습니다. 나는 헤드폰을 끼고 「느 므 키트 파」를 부르는 자크 브렐*의 목소리에 귀를 기울이며, 내게 말을 걸려는 어떤 의욕도 막아 버렸습니다. 나는 그 노래를 몇 번이고 듣다가 마침내 그가 개의 그림자가 되고 싶어 한다는 말을 알아들었습니다.** 그 직후 식당에 도착하자 까오보이가 물었습니다. 대체 어떻게 된 거야? 나라도 했을 법한 질문이었습니다. 이것이 한 남자와 다른 한 남자 사이에 언급될 수 있는 더 다정한 말 중 하나, 그러니까 조치를 취하겠다고 약속하는 관심과 배려의 표현이라는 걸 나는 알고 있었습니다. 내가 테이블에 앉으려 하자 그가 나를 주방으로 끌고 들어

---

\*     벨기에의 싱어송라이터 겸 배우. 노래의 제목은 '나를 떠나지 마요(Ne me quitte pas)'라는 뜻이다.

\*\*   이 곡의 끝부분에 '내가 되게 해 줘요. (……) 당신의 개의 그림자가'라는 가사가 있다.

갔고, 거기서 **일곱 난쟁이들**이 내 손을 생선을 다듬을 때 사용하는 파란색 플라스틱 그릇에 담가 씻어 주자, 맑았던 물이 피로 불그스름하게 탁해졌습니다. 곧이어 그들이 요오드팅크와 유칼립투스 오일을 발라 주자, 그 두 가지 약 기운에 손바닥 피부와 머리 및 목의 타박상이 불타듯 화끈거렸고, 그 불길로 인해 시야에 어렴풋이 보이던 본의 모습에 뜨거운 후광이 더해졌습니다. 그가 말했습니다. 그 씨발놈들 죽여 버리겠어. 그 말에 숨은 뜻은 분명히 그가 나를 사랑한다는 것이었습니다. 하지만 정말로 내가 감상적으로 걷잡을 수 없이 엉엉 울게 된 것은 그가 이렇게 말했을 때였습니다. 그놈들 내장을 다 빼내고, 그 창자에서 갓 꺼낸 똥을 처먹게 하겠어. 마음에 쏙 드는 음식 이미지에 **일곱 난쟁이**는 폭소를 터뜨렸고, 그중 몇몇은 자신의 큰 식칼을 꺼내 서로 싸우는 시늉을 했습니다. 그러는 동안 까오보이는 즉흥적으로, 눈물을 흘리는 전사가 그의 여정에서 돌아왔다는 내용의 형편없는 송시를 지어 내게 바쳤습니다. 그걸 여기 옮겨 적을 필요도 없고, 사실 너무 끔찍해서 그 시구는 다 잊어버렸습니다. 하지만 까오보이는 나의 심드렁한 반응에 불쾌해하지 않았습니다. 내 몸 상태 탓이라고 여겼던 게 확실합니다. 그런데 **일곱 난쟁이**에겐 남자에게 어울리는 고통이야 이해할 만한 것이었지만 끔찍하고 당혹스러운 눈물은 이해할 수 없는 것이었기에, 까오보이는 나의 약점을 감싸 주려고 물처럼 보이는 중국술 혹은 보드카를 한 병 가져다주었습니다. 그 투명한 액체가 부드러운 분홍빛 피부 세포층을 벗겨 내며 목구멍을 타고 좌르르 흘러 내려가자, 잠시 동안 눈물을 멈추고 붕대를 도넛 모양으로 동여맨 찢어진 손바닥을 잊는 데 도움이 되었습니다. 좀 더 줘요. 내가 그렇게 청하자, 그가 말했습니다. 그거보다 더 좋은 게 있어. 그는 내 시야에서 사라졌다가, 이내 흰색 각설탕 한 개를 고이 얹은 네모난 알루미늄 포일을 한 손에 받쳐 들고 다시 나타났습니다. 맛있는 한 입 거리 식사, 사람들이 미슐랭 별점을 받은 식당에서 기대할 만한 종류의 것이었습니다. 그것이 흰색 설탕이 아니라, 까오보이가 선언한 대로 **치료제**라는 점만 제외하면요. 그냥 통째로든, 희석해서든 그것을 목구멍으로 넘기면, 내게 그 효과가 나타날 때까지 너무 오래 걸릴 터였습니다. 그래서 그는 그것을 막자사발에 넣고 빻아서 다시 그 네모난 알루미늄 포일 위에 얹고는, 한 손으로 내 얼굴 밑에 포일을 받쳐 들면서, 다른 한 손으로 포일 밑에서 라이터를 찰칵 켰습니다. 그 흰색 가루가 녹아서 지글지글 끓으며 연기가 피어오르는 투명한 액체의 웅덩이로 변해 가자, **일곱 난쟁이** 중 하나가 내게 투명한 플라스틱 튜브, 그러니까 펜심을 제거한 펜대를 건네주었습니다. 까오보이가 그 튜브를 통해 숨을 들이쉬라고 했고, 나는 그렇게 했습니다. 만약 의사와 과학자 들이 언제나 그들 자신을 대상으로 실험을 할 만큼 대담하고 윤리적이라면, 지켜보는 모든 사람에게 두 얼굴을 가진, 겉모습이 기괴한 괴물 같은 생물인 우리도 그래야 하기 때문입니다. 나와 나 자신, 그리고 아마도 무아(moi)인, 두 얼굴 ― 아니, 이제는 세 얼굴 ― 인 우리는 오직 어머니만이 사랑할 수 있는 존재였습니다. 우리의 어머니는 오늘 죽었고, 아니, 어쩌면 어제 죽었을지도 모르고, 아마 내일도 죽을 겁니다. 우리 어머니는 우리의 기억 속에서 날마다 죽고 날마다 살아 있습니다. 우리가 어머니를, 그리고 어머니가 숨을 거둘 때 그 곁에 우리가 없었다는 사실을 생각하지 않는 날은 없었습니다. 임종을 지키지 못한 것은, 어머니에게서 떨어져 나와 평생에 걸친 어머니와의 이별 과정을 시작한 우리의 출생이라는 범죄만큼이나 용서받을 수 없는 범죄였습니다. 그 기억에 우리가 한 번 더 눈물을 흘리자, 다들 구타당한 일, 아니면 그 치료제 때문이라고 생각했고, 까오보이는 이렇게 말했습니다. 굉장하지, 안 그래? 그 말에 우리는 그저 두 눈을 감고 신음할 수밖에 없었습니다. 우리의 얼굴들이 합쳐져서 하나가 되자, 우리는 안팎으로 모두 우리 자신에게 전념하게 되었고, 현재에서 과거까지 펼쳐져 있던 우리 자신의 서로 다른 몇천 개의 층은 켜켜이 쌓인 결이 살아 있는 달콤하고, 중독성 있고, 살찌기 쉬운 밀푀유* 같은 우리의 내력과 정체성 속으로 녹아들었습니다. 우리 모두는 동시에 존재하며, 끊임없이 반복되고 끈끈하게 들러붙는 다음과 같은 질문들로 인해 하나로 달라붙어 있었습니다. 이건 무슨 뜻이었지? 우리는 누구였지? 우리는 어떤 사람이었지? 우리는 어디에서 왔지? 우리는 어디로 가고 있었지? 우리는 지금껏 무엇을 했지? 우리는 앞으로 무엇을 할까? ─ 거의 숨을 쉴 수 없을 정도로 대답이 불가능한 질문들이었습니다. 우리는 우리의 몸, 우리의 현재, 우리의 과거, 우리의 미래를 너무 강렬하게 느끼다가 더이상은 우리의 몸을 전혀 느낄 수 없게 되었고, 우리의 몸과 세상 사

---

\*　millefeuille. 프랑스어로 '천 겹의 잎사귀'라는 뜻. 밀가루 반죽을 여러 겹의 층상 구조로 만들어 바삭하게 구운 프랑스식 과자.

이의 경계가 완전히 녹아 없어지며 결국 모든 빛과 소리와 접촉의 파동이 우리들 사이로 물결처럼 번지며 우리를 휩쓸어 희열감의, 심지어 오르가슴의 소용돌이 속으로 데려갔습니다. 그 소용돌이는 얼마인지 알 수 없는 동안 그렇게 지속되다가, 마침내 우리를 더 깊숙한 곳으로 데려가기는커녕 흐름을 역전시키더니 나선형을 그리며 위쪽으로 이동하다가 빛의 계단으로 바뀌었습니다. 그 계단 꼭대기에서 본이 말했습니다. 내가 방금 들은 얘기를 네게도 해 주는 편이 낫겠어. 그의 말이 우리의 피부 위로 넘쳐흘렀습니다. 그 얼굴 없는 남자가 대사관에 와 있대. 그것은 치료의 흥을 깰 법한 유일한 일이었습니다. 겨우 본이 생각해낸 그 아이디어만으로도 주문이라도 외운 듯 다시 나타난 소름 끼치고 무시무시한 인물인 그 얼굴 없는 남자는 오직 단 한 사람뿐이니까요. 그것은 분명 운명이 구체화되고 있다는 신호였습니다. 왜인지 몰라도, 우리가 오랫동안 그와 떨어져 있지 않을 것임을 우리는 줄곧 알고 있었습니다. 괴물 같고 기괴할 뿐 아니라 아주 인상적인 존재인 우리는 너무나도 굉장해서 어느 순간 그 빛의 계단을 걸어 내려가서 파리 최악의 아시아 식당에서 식사하기를 거부한 다음, 식당 바로 옆 빵집으로 갔고, 몇 세기에 걸친 훌륭한 미각과 요리의 정교함과 기술적 복잡성을 총체적으로 구현한, 각양각색의 흥미로운 수많은 빵과 패스트리를 보며 찔끔 눈물을 흘렸습니다. 보스가 몹시 좋아하는 니그로 헤드* 같은 것도 있었지만, 우리는 그것

*     쇼트브레드에 마시멜로를 올린 후 초콜릿으로 코팅한 초콜릿 과자의 일종. 이 소설의 배경이 되는 시기까지만 해도 색상과 모양 때문에 이런 이

을 먹을 기분은 아니었습니다. 아니, 우리는 머랭과 초콜릿보다 더 많은 포만감을 주는 무언가가 필요했습니다. 아까 같은 여정을 겪은 후였으니까요. 그로 인해 우리는 일상의 현실로 돌아오며 아직도 가늘게 떨고 있었고, 우리의 피부는 성감대를 보여 주는 지형도였으며, 우리의 손가락은 우리가 주문해 본 적은 없지만 이름을 알고 난 후로 줄곧 궁금해했던 시골풍의 투박하고 두꺼운 타원형 빵을 가리킬 때 덜덜 떨리고 있었습니다. 이제 우리는 그 빵의 이름을 가장 완벽한 프랑스어로 발음하며 이렇게 말했습니다. 잡종 새끼* 주세요.

름으로 불리기도 했다.
*       재료와 무게는 바게트와 같지만 길이가 더 짧고 모양이 통통한 프랑스식 빵을 '바타르(bâtard)'라고 부르는데, 이 단어에 '서자', '혼혈아', '잡종'의 의미도 있다는 점을 활용한 표현이다.

# 2부

# 나 자신

# 6장

나에게는 꿈이 있습니다! 마틴 루서 킹 주니어가 그렇게 말했습니다.

나는 천국에 거의 다다랐다가 내려오는 중이었거나, 아니면 지옥으로 거의 다 떨어져 내렸다가 올라오는 중이었습니다. 지옥의 열기에 발바닥은 그슬리고, 천국의 문 앞 구름 속에서 겪은 몸이 덜덜 떨리는 냉기 때문에 코에서는 콧물이 뚝뚝 떨어지고 있었습니다. 2행정 엔진*의 회전수가 상승하며 경건한 분위기가 깨지고, 오토바이 한 대가 굉음을 내며 희망을 품은 사람들의 대열을 지나, 마틴 루서 킹 주니어 바로 앞으로 새치기했습니다. 그것이 그 오토바이에 탄 사람이 베트남인이라는 첫 번째 단서였습니다. 누구였을까요? 아니, 그

---

\* 내연기관의 일종으로 크랭크축이 1회전 하는 동안, 피스톤이 상승 1회, 하강 1회, 즉 두 번의 행정(行程)을 거치며 1사이클을 완료하는 형태의 엔진.

사람일 리가 없었습니다! ── 정말이었어요! ── 레주언* 공산당 서기 장이었습니다! 호찌민의 후계자! 재통일된 조국의 건국의 아버지 중한 사람! 참으로 헌신적인 남자! 나의 어머니를 포함해 분별력 있는 사람이면 누구나 북쪽에서 남쪽으로 향하고 있었을 때, 자진해서 정반대 방향으로 갔을 만큼 광적인 혁명가! 그가 대체 여기서 뭘 하고 있었던 것일까요?

누구시죠? 마틴 루서 킹 주니어가 말했습니다.

계획이 있는 남자예요! 레주언은 오토바이에서 뛰어내리면서, 활짝 미소 지으며 자신이 누구인지 설명해야 하는 데 대해 전혀 불쾌해하지 않았습니다. 그것은 작은 나라 출신인 모든 사람의 운명이었습니다. 아무리 뛰어난 사람이라고 해도요. 심지어 우리에게 이름이 있어도, 우리 동포들 외에는 아무도 우리의 이름이 무엇인지 알지 못했고, 그 이름을 발음하지도 못했습니다. 이름이 없는 편이 나을지도 모릅니다. 그러면 아무도 우리의 이름을 잘못 알 리는 없을 테니까요. 우리 나라에서도 누군가가 레주언의 이름을 잘못 알고 있을 것이라는 의미는 아니지만요.

아주 헌신적인 남자가 말을 이었습니다. 나는 우리 나라의 상반신을 가져다가 우리 나라의 하반신에 도로 꿰매 붙인 마법사예요! 그런 다음 나는 우리 나라에 우리의 혁명이라는 쇠처럼 강한 척추를

---

\*     Lê Duân. 베트남의 정치가. 1951년에는 베트남 노동당 중앙 위원회 정치국원, 1960년에는 당 제일 서기였으며, 베트남 통일 후에는 베트남 공산당 서기장이 되었다.

주었고, 그 결과 우리 나라는 자립할 수 있었어요! 그런 다음 나는 묘지를 여기저기 파서 우리의 새로운 창조물을 위한 두뇌를 찾아냈죠! 그 두뇌가 외국인인 카를 마르크스의 것이었다 한들 뭐 어떻다는 건가요? 여기서 인종 차별은 하지 맙시다. 독일인들은 아주 우수한 두뇌를 만들어요. 그들의 차만큼이나 훌륭하죠. 아래쪽에 우리 나라 보이죠? 물론 조금 비틀거리기는 하지만, 척추와 두뇌, 둘 다 그렇게 과격한 수술을 받은 직후라면 당연한 일 아닌가요? 나는 사람들이 걸으려고 노력하는 게 보고 싶어요. 달리기는 꿈도 못 꿀 일이에요. 그렇게 오랫동안 학대를 받고 우리의 몸에서 그 모든 이물질을 제거하기 위해 그렇게 극단적인 수술을 받은 후잖아요. 중국인, 프랑스인, 일본인, 한국인, 미국인, 그들 모두가 차례대로 우리와 함께했는걸요. 그런데 ─ 그리고 이 대목에서 레주언이 마틴 루서 킹 주니어를 팔꿈치로 쿡 찔렀습니다 ─ 이봐요, 당신에게만 꿈이 있는 게 아니에요! 레주언은 기쁨에 겨워 활짝 웃으면서, 그의 오토바이를 가리키고 의기양양하게 말했습니다, 나에게도 **꿈**이 있어요!

우리는 모두 그의 혼다 오토바이에 새겨진 로고를 쳐다보았습니다.

## 드림(DREAM)

혼다 드림이라고요? 내가 꿈을 꾸고 있었나요? 트랜지스터 라디오와 카세트 테이프 레코더를 만들 수 있다는 것을 증명한 후에, 일본인들이 이제는 꿈도 만들고 있었나요? 나는 이 꿈을 꿀 때까지 그런 꿈에 대해서는 들어 본 적이 없었지만, 기왕 듣고 나니, 그 재패니스 드림(Japanese Dream)도 갖고 싶었습니다! 정말 꿈만 같았습니다! 틀림없이 아메리칸 드림보다 훨씬 나을 겁니다! 아메리칸 드림은 너무 단순하고 너무 낙관적이어서 정신 분석도, 심연에 대한 탐구도 필요하지 않았습니다. 그것은 왜 그런지 몰라도 인기를 끈 형편없는 텔레비전 쇼처럼 얄팍하고 지루하고 감상적이었습니다. 그렇지만 재패니스 드림은 틀림없이 아주 야릇할 겁니다. 나는 꿈으로 인해 사람이 죽을 수도 있다는 걸 잊을 정도로 간절히 그 꿈을 꾸길 바랐습니다. 그것은 꿈에서 깨어나 나 자신이 파리 최악의 아시아 식당의 변기 좌석 위에 앉아, 껍질이 딱딱하고 두꺼운 빵 덩어리를 입에 물고 있다는 것을 알아차리기에 적절한 순간이었습니다. 그 역겨운 냄새로 판단해 보니, 아무래도 내가 청소를 엉망으로 한 것 같았습니다. 나는 그저 누군가 다른 사람, 다시 말해 그 역겨운 화장실에 관여하기를 원치 않는 온전한 정신의 소유자였던 나를 비난할 수밖에 없었습니다. 공기에서는 악취가 진동했는데, 그 코를 찌르는 향기는 대략 겨드랑이와 배꼽과 아랫도리의 땀에 흠뻑 젖은 사타구니쯤에서 났습니다. 그 변기의 구멍은 항문의 거울이었고, 그 둘은 각각 은밀한 깊은 곳과 구불구불한 터널로 들어가는 입구였는데, 바로 그것이 내가 변기 수관을 응시하며 구역질을 하는 대신 변기 좌석을 내려야 했던 이유였습니다.

정신 차려! 나는 스스로를 타일렀습니다. 흐느껴 울고 있었기 때문에 정신을 차리기가 힘들었습니다. 부분적으로는 통증, 부분적으로는 후회, 또 부분적으로는 치료제의 여파 때문이었는데, 그중 하나는 때때로 내가 거의 알지도 못하는 사람과 잠깐의 정사를 즐긴 후에 느끼던 기분과 비슷했습니다. 바로 혐오감이었지요. 엄마! 나는 신음했습니다. 엄마! 내가 무슨 짓을 한 거죠?

무절제한 소령이 말했습니다. 걱정 마. 그들은 안 죽었어.

소니가 덧붙였습니다. 만약 죽었다면 그들은 이미 우리와 함께 여기 있었을 거야.

내가 말했습니다. 화장실에서 나가. 그 치료제의 효과는 마치 사랑처럼 이미 사라지고 없었습니다. 손의 통증과 비록 수치스러운 결과를 알면서도 단 하룻밤만이라도 다시 사랑에 빠지고 싶다는 간절한 바람만을 내게 남겨 놓은 채로요. 나 좀 혼자 있게 해 줘!

하지만 우리는 아주 오랫동안 대화를 나누지 않았어. 무절제한 소령이 내 오른쪽 어깨 너머로 거울을 들여다보며 말했습니다. 소니가 내 왼쪽 어깨 뒤에서 고개를 끄덕였는데, 그의 얼굴도 소령의 얼굴만큼이나 창백하고 핏기 하나 없었습니다. 소령의 제3의 눈인 이마의 구멍에서도 여전히 피가 새어 나오고 있었지만, 내가 쏜 여러 부위 중 하나인 소니의 손에 난 구멍도 마찬가지로 피 흘리고 있었거든요. 일찍이 유령들이 피 흘리기를 멈추고, 울음을 멈추고, 따라다니기를 멈춘 적이 있나요? 어머니가 내게 나타난 적이 없다는 사실은 틀림없이 사후 세계에 만족하고 있다는 뜻이었을 겁니다. 어머니는 유령이 되어 나를 괴롭힐 이유가 없었습니다. 왜냐하면 나는 착한 아들, 그러니까 항상 어머니를 생각하고, 지갑에 어머니의 사진을 넣어 두고 매일 밤 말을 건네는 사람이었으니까요. 내가 국립 고등학교로 떠나기 직전에 어머니를 기억할 수 있도록 찍은 흑백 사진 속에서, 어머니는 이모들 중 한 명에게 빌린 아오자이를 입고 있습니다. 어깨 위쪽만 찍을 예정이었기 때문에 바지 말고 긴 윗옷만 빌리면 충분했습니다. 머리칼은 미용실에서 전문가가 고데기로 손질해 주어서 얼굴 주위에 물결 모양으로 떠 있습니다. 평소 아주 수수하던 얼굴이 이번만은 연지와 마스카라와 립스틱으로 치장되어 있었습니다. 나는 어머니가 아름답다는 사실을 항상 알고 있었지만, 사람이 지칠 대로 지쳤을 때 아름답기는 어렵다는 것 또한 알고 있었는데, 바로 그것이 어머니의 평소 상태였습니다. 여기 그 사진에는 어머니의 짐 — 즉, 아들과 자신의 삶 — 이 마법처럼 지워지고 아름다움만 남아 있습니다. 내가 어머니의 사진을 간직한 것은 어머니를 추억하기 위해서였지만, 또한 만약 역사가 달랐다면 대지의 저주받은 사람들 중 수많은 다른 사람들도 천사처럼 보일 수도 있을 테고, 그 반대의 경우도 마찬가지일 것임을 기억하기 위해서였습니다. 나는 유령들에게 내 어머니를 본 적이 있는지 물어보고 싶었지만, 아직도 내 안에 살아 있는 아이, 매일 아침 엄마를 목청껏 찾는 남자아이를 그들이 보는 건 원치 않았습니다.

그러니까, 너희들은 그들을 본 적이 없다는 거지? 내가 물어보았습니다.

왜, 우리가 여기 있는 모두를 다 아는 것 같아? 소니가 회의적인 척했습니다. 유령의 입에서 빈정대는 말이 나오니 훨씬 더 거슬렸습니다. 우리는 고작 1000억 명쯤에 불과해.

몇십억 정도는 차이가 날지도 모르지만. 무절제한 소령이 말했습니다. 정확히는 모르겠어. 사후 세계에는 인구 조사국이 없거든. 세상 사람들이 믿는 것과 달리, 이곳은 누군가가 사람들이 들어오는 걸 확인하고, 외부인의 출입이 제한되어 있는 집단 거주지 같은 데가 아니야.

게다가 조금 컴컴하고 흐릿해. 소니가 덧붙였습니다. 선명하게 보기가 어렵지.

그건 다행이야. 사후 세계에 있는 사람들이 최고로 멋져 보이는 건 아니니까.

대체로는 그렇지. 몇몇 예외는 있어.

맞아, 하지만 요절해서 아름다운 주검을 남긴 사람들은 참아 주기 힘들어. 노인 고독사로 썩어 가는 시신을 남긴 사람들이 더 겸손한 편이야.

하지만 그들은 다른 이들과 어울리지 않아.

그렇다고 해도 그들은 악취를 풍겨. 아무도 사후 세계에 대해서 말해 주지 않는 점이 바로 그거야. 부패한 고기와 썩은 물과 검은 곰팡이 냄새가 나.

세상일이 다 뜻대로 되는 건 아니야. 내가 말했습니다. 요점은, 누군가가 죽었을지라도 너희들은 거기서 그들을 볼 수 없을지 모르지만, 나는 여기서 그들을 볼 가능성이 아주 높다는 거지.

만약 네가 그들을 죽인다면 그렇겠지. 소니가 말했습니다. 우리한테 그랬듯이 말이야.

그게 일반적으로 유령이 출몰하게 되는 방식이야. 무절제한 소령이 덧붙였습니다.

너희들은 한동안 나를 찾아오지 않았어.

무슨 말이 더 필요해? 우리는 관광을 하고 있었어. 파리는 굉장한 도시야. 역사적인 일이 아주 많아 — 수두룩해! 탐험할 지하 묘지도 아주 많아! 만나 볼 유령이 아주 많아! 난다 긴다 하는 사람은 전부 페르 라셰즈*에 있어!

내가 그들을 식당 화장실에 남겨 두고 나오자, 닫힌 문 틈새로 그들의 웃음소리가 들려왔습니다. 그들은 진짜였을까요? 아니면 치료제의 부작용이었을까요? 내가 전에 그들을 보았을 때처럼, 그들은 틀림없이 진짜일 겁니다. 그들이 친숙한 2인조 코미디언처럼 다시 재등장한 것을 보니 내가 두려워한 일은 벌어지지 않았다는 걸 알 수 있었습니다. 비틀스와 롤링 스톤스는 살아 있었습니다. 양막(羊膜)이 있는 지하 세계에서 제 앞 발톱을 찍어 몸을 질질 끌고 나오는 선사 시대의 양서류가 될 운명은 아니었던 겁니다. 그리고 그 공산당 첩자도 살아 있는 게 분명했습니다. 무절제한 소령과 소니가 줄곧 내 옆에서 나를 조롱한 것처럼 그녀가 그러는 건 한 번도 본 적이 없었으니까요.

그 녀석들은 안 죽었어. 본이 동의했습니다. 우리를 제외하고는 다

*　파리 최초의 정원식 공동묘지. 작곡가 쇼팽, 비제, 작가 알퐁스 도데, 마르셀 프루스트, 무용가 이사도라 던컨 등 수많은 유명 인사가 묻혀 있다.

들 가고 없는 식당 주방에서, 그가 위스키를 더블로 따라 주었습니다. 내가 제일 좋아하는 방식이죠. 누군가를 총으로 죽이는 건 너한테는 벅찬 일이야. 네 양심이 방해가 되지. 그리고 칼로 사람을 죽이려면 뭔가 특별한 게 필요해. 그렇게 가까운 거리에서 누군가를 끝장낼 능력은 너한테 없어. 하지만 보스한테는 그 얘기 하지 마. 보스한테는 그 녀석들이 죽었다고 해.

그 녀석들은 애야. 내가 말했습니다. 위스키가 식도를 타고 흘러내려가 썩어 가는 내 속에 새로운 페인트를 한 겹 칠했습니다. 투덜이가 내내 휘파람을 불며 내 손의 상처를 봉합해 놓은 자리가 욱신거렸습니다. 더 줘. 내가 말했습니다. 그것은 내가 제일 좋아하는 말 중하나였습니다. 그 말을 하는 사람이 나이기만 하다면요.

그 녀석들은 성인 남자야. 본이 내 잔을 다시 채웠습니다. 어린놈들이지만 전쟁에 나가고 전사할 만큼은 어른이야. 난 그들보다 더 어린 아이들이 싸우고, 죽이고, 죽는 걸 본 적도 있어. 그 녀석들이 네가 그냥 가게 내버려 둘 계획이었던 것 같니? 아니. 2 대 1로 널 죽이거나 심각한 상해를 입혔을 거야. 그런 상황에서 너한테는 네 생명을 지킬 전적인 권리가 있어. 자, 만일 나였다면 녀석들은 죽은 목숨이었을 거야. 그 녀석들이 뒤쫓아 오지 않을 거라고 보장해 주는 건 그것뿐이니까. 그 얼굴 없는 남자의 경우도 마찬가지야.

그를 소리 내 언급하는 것만으로도, 고향이 떠오르는 낮은 플라스틱 스툴에 무릎이 거의 가슴 높이까지 올라오도록 쪼그리고 앉아 있던 주방 안에 냉기가 돌았습니다. 그 얼굴 없는 남자는 우리의 의형제이자 세 번째 총사(銃士)였습니다. 하지만 본은 재교육 수용소에서 먼발치에서만 그를 보았기 때문에 그 사실을 모르고 있었습니다. 본에게 그 얼굴 없는 남자는 그저 수용소의 정치위원일 뿐이었습니다. 반면 나에게 그 정치위원은 우리 의형제인 만이었습니다. 이 무슨 운명이란 말입니까. 가장 친한 친구, 나 자신보다 나를 더 잘 아는 사람, 내가 고문 때문에 끈에 묶여 있던 바로 그 순간에도 내 손에 자기 권총을 쥐어 주고 자기를 쏘게 하려 한 사람에게 심문받고 고문당하다니요. 그도 나만큼이나 고통스러워했습니다. 하지만 나는 그를 해치우지 못했습니다. 그가 나를 해치우지 못한 것과 꼭 마찬가지로요.

그에 대해 어떻게 알아냈어?

얼굴이 없는 사람이 나타났는데 비밀이 오랫동안 유지될 것 같니? 그는 대사관에 있어. 적어도 가면을 쓰고 있지. 아니, 사람들 말로는 그래. 사람들은 그를 전쟁 영웅이라고 불러.

그가 가면을 쓰고 있다면, 어떻게 그가 그 얼굴 없는 남자란 걸 아는 거야?

얼마나 많은 사람들이 꼭 가면을 써야 할까? 얼굴이 없을 때만 그렇겠지!

위스키를 홀짝이며 내가 말했습니다. 그의 이름이 뭐야?

그가 말한 것은 만의 이름이 아니었습니다. 덩(Dung)이야.

그것은 필명이나 별명 같은 것인 듯했습니다. 그 단어는 우리말로는 "영웅적"이라는 의미, 영어로는 "똥"이라는 의미였고, 프랑스어로는 아무 의미도 없었으니까요. 나는 이렇게 말했습니다. 그가 그 정치위원이라는 걸 어떻게 알았어? 수용소 보초들조차 그를 그냥 계급으로만 불렀는데. 게다가 전쟁 후에 얼굴 없이 돌아다니는 사람들이 얼마나 많겠어? 그게 그 남자인지 너도 확실히 모르잖아.

증거를 원해? 좋아. 우리는 그를 볼 수 있을 만큼 가까이 다가가야 해. 그런 다음 우리는 그를 죽일 거야. 아니, 적어도 나는 그를 죽이겠어.

나는 잔을 비웠습니다. 나는 때로는 위스키를 홀짝이는 걸 선호했습니다. 더 길게 즐기기 위해서였죠. 위스키를 마시는 게 너무 좋았으니까요. 또 때로는 내 간이 전속력으로 일을 하도록 가능한 한 빨리 목구멍으로 쏟아부어야 했습니다. 삶이 너무 형편없었으니까요.

어떻게 네가 죽인 그 모든 사람들에 대해 죄책감을 느끼지 않는 거지?

범죄일 경우에만 느끼면 돼. 그가 우리의 잔을 다시 채웠습니다. 자, 쭉 마셔 버려.

원샷! 내 신성한 증류주 잔을 그의 잔에 쨍강 부딪치며 내가 말했습니다. 증류주는 우리를 또 하나의 세계로 인도했습니다. 설령 그것이 대개 천사와 악령과 유령과 환상으로 채워진 세계일지라도요. 나는 본에게 내 유령들에 대해 이야기한 적이 없었습니다. 그러면 내가 불안정하다는 생각을 굳히게 될 뿐이니까요. 하지만 유령은 흰개미처럼 눈에 보이지는 않아도 진짜였고, 보이지 않는 채로 한 사람의 토대를 야금야금 갉아먹었습니다. 죽은 사람은 어떻게 없앴을까요? 그 치료제가 쉬운 해답이었습니다. 하지만 그것은 산 사람, 혹은 누구든 나처럼 산 사람으로 통하는 사람의 괴로움을 달래 줄 뿐이었습니다.

하지만 나는 치료제가 두려웠습니다. 그것은 기분이 너무 좋아서 내게 종교를 연상시켰습니다.

그날 밤 늦게 보스가 전화를 걸어서 이튿날 자기 아파트로 찾아 오라고 나를 불렀는데, 이는 나를 더 존중하게 됐다는 신호였습니다. 본은 집으로 갔고, 나는 당고모에게 얼굴이 멍들고 손이 찢어진 모습을 보이고 싶지 않았기 때문에 식당 계산대 안쪽에 있는 간이침대에 누워 그날 밤을 보냈습니다. 나는 욱신거리는 통증에 계속 잠 못 이루며 재교육 수용소의 독방을 회상하게 되었습니다. 나는 벌거벗은 채 바닥에 끈으로 묶여 있었고 천장은 온통 전구로 뒤덮여 있었습니다. 그 방은 너무 밝아서 눈을 감아도 그 눈부신 빛은 전혀 가려지지 않았습니다. 만은 나의 가장 접근하기 어려운 부분인 내 마음을⋯⋯ 내 영혼 같은 것이 존재한다면, 어쩌면 심지어 그것까지도 살펴보는 데 그럭저럭 성공했습니다. 혹시 내가 그를 다시 만난다면, 그는 나도 아직 모르는 나에 대해 더 많은 것을 밝혀낼지도 모릅니다. 어쩌면 그래서 내가 본능적으로 당고모에게서 피난처를 찾았는지도 모르 죠. 그녀가 만에게 나에 관해 모든 것을 이야기하리라는 것을 알고서 요. 이제 그가 중립 지대인 파리로, 종전 협상이 중개되었던 도시로 왔습니다. 그는 나를 찾으러 왔습니다. 그리고 본도요.

나는 부르르 몸을 떨며, 바퀴벌레들이 바스락거리는 소리와 생쥐 들이 종종걸음으로 달리는 소리에 귀를 기울였습니다. 나는 금전등록기 아래 선반에 포르노 잡지들이 숨겨져 있다는 걸 처음으로 알아차렸습니다. 그 표지며 페이지들은 차라리 유지(油脂)였으면 좋겠다 싶은 무언가로 끈적거렸습니다. 머리와 손의 통증에도 불구하고 내 안의 무언가가 꿈틀거렸고, 실처럼 가는 것들이 내 눈에서 나와, 내 두 마음을 거쳐, 나를 남자로 만들어 준 다른 한 쌍의 구슬로 내려갔습니다. 매우 솔직한 이 젊은 여자들의 윤기가 흐르는 허여멀건 몸은 마지팬*을 깎아서 만든 것처럼 보였고, 가슴은 평균보다 훨씬 더 커다래 보였습니다. 그들의 화장은 결혼식 화장만큼 정교했는데, 내 눈과 마음은 반응한 반면, 나의 나머지 부분은 손의 통증에 정신이 팔려 거부했습니다. 그 잡지들을 치우면서, 나는 내 행동의 이유가 무엇인지, 왜 그 젊은이들 — 사실은, 남자아이들 — 이 나를 공격했는지, 왜 나는 같은 방식으로 대갚음해 주었는지 궁금해졌습니다. 무엇보다도, 그 외설적인 잡지로도 사정에 필요한 단단한 형태를 갖추지 못한 데 대해 염려하면서, 확실히 애매모호하고, 어쩌면 불필요할지도 모를 나의 존재의 이유가 무엇인지도 궁금해졌습니다.

어쩌면 보스가 언젠가 답을 제시할지도 모릅니다. 그는 나의 창조자는 아니었지만, 내게 선물이 아니라 대출을 통해 기회를 준 나의 재창조자였습니다. 하느님이 천국에 거한다면, 보스의 영역은 어떤 사람들에게는 천국이고, 그 밖의 다른 사람들에게는 지옥인 카지

---

\*      아몬드와 설탕을 분쇄한 후 달걀 등과 함께 혼합하면 아몬드의 기름 성분과 설탕이 만나 끈적끈적한 반죽 상태가 되는데 이를 마지팬이라고 하며, 과자를 만들거나 케이크를 장식하는 데 사용한다.

노였습니다. 그는 그의 수출입 상점에서 몇 블록 떨어진 곳에 위치한 집에서 계략을 지휘했습니다. 그 집은 대략 30층에 달하는 브루탈리즘* 양식의 고층 건물 안에 있었는데, 나는 이튿날 아침 통증과 수면 부족으로 둔해진 채로 그곳에 갔습니다. 이 고층 건물은 너무나도 파리 건물답지 않아서, 가장 가까운 교통의 요충지마저 '이탈리아 광장'이었습니다. 마치 그 처참한 건축 양식을 무솔리니의 탓으로 돌릴 수 있기라도 한 것처럼요. 아마도 사회주의적 비전의 정점이라 할 수 있을 이 건축물은 인간이 신발이라면 그것이 들어 있는 신발 상자 더미나 마찬가지였습니다. 이런 효율적인 설계는 한정된 대지에 엄청나게 많은 수의 사람들을 수용하기 위한 것이었습니다. 한정된 땅과 많은 사람들이라는 파리 중심부의 문제를 고려해 보면요. 아니, 고속 주행용 개조 자동차 같은 그의 진홍색 가죽 소파에 함께 앉으면서 보스가 내게 그렇다고 말했습니다.

전망 좀 봐. 그가 말했습니다.

보스는 그 고층 건물의 중간층에 살았고, 그 소파는 그에 어울리는 다른 소파와 직각을 이루며 거실 창문을 향해 놓여 있었습니다. 다른 소파는, 고릴라 성체의 무게에 달하며 양옆에는 스피커가 놓여 있는 괴물처럼 커다란 텔레비전 세트를 마주 보고 있었습니다. 모든

---

\*       1950년대에서 1970년대 초반까지 융성했던 건축 양식으로, '브루탈리즘(brutalism)'이라는 명칭은 콘크리트나 철제 블록 등을 그대로 노출시켜, 전통적으로 우아한 미를 추구하는 서구 건축에 비해 야수적이고 거칠며 잔혹하다는 의미를 내포하고 있다.

남성 난민들과 마찬가지로, 보스는 거대한 시청각 장비에 매료되어 있었습니다. 비디오를 보고, 그를 고향으로 데려다주는 음악을 듣기 위한 더 좋은 장비였죠. 내가 당고모나 마오주의자인 박사의 아파트에서 본 바로는, 프랑스인들은 더 작은 텔레비전 세트를 선호했습니다. 그들의 작은 집의 소중한 공간을 책, 거울, 벼룩시장 나들이와 매년 4주간의 유급 휴가에서 모은 기념품을 위해 보존해야 했거든요. 한편, 우리는 아예 휴가를 가지 못하거나, 적어도 이국적인 장소로는 가지 못했습니다. 우리에게는 이국적이지 않은 나라인 고국을 계산에 넣지 않는다면요. 그저 오래된 정도인 프랑스의 문화보다 훨씬 오래된 아시아 문화권 출신이기 때문에, 우리는 현대적이고 번쩍이는 새것을 원했습니다. 단, 그 텔레비전 위에 있던 벽시계처럼 몇몇 예외적인 경우는 있었습니다. 그것은 보스의 사무실에 있는 벽시계와 똑같이 나무를 우리 나라 모양으로 깎아 만든 것이었습니다.

전망이 장관이네요. 내가 말했습니다.

여기, 이거 하나 먹어 봐. 단단한 머리를 가루가 되도록 빻는 절구로도 쓸 만한 모조 대리석 커피 테이블 위의 덴마크 버터 쿠키 통을 가리키며 보스가 말했습니다. 나는 유제품을 싫어했지만 예의상 마지못해 요람같이 생긴 종이 받침대에서 버터 쿠키를 하나를 골라 꺼냈습니다.

나를 공격하면서, 그 애들은 자기들이 버터라고 했어요.

버터? 보스가 말했습니다.

버터? 까오보이가 말했습니다.

보스의 비서가 웃음을 터뜨렸습니다. 그녀는 까오보이 옆의 다른 소파에 앉아 있었고, 두 사람 다 그 괴물처럼 커다란 텔레비전으로 「판타지아」의 어느 한 편을 보고 있었는데, 볼륨은 두런거리는 배경 소리 정도로 작게 줄여 놓은 상태였습니다. 그 관능적인 비서는 젊고 건강하며 날씬한 데다, 키가 크고 도도하며 딱 달라붙는 노출이 심한 옷까지 입고 있었습니다. 그런 요소들은 단순한 총합보다 더 큰 효과를 낳았습니다. 마치 3 곱하기 3처럼요. 그녀의 팽팽한 피부는 난소라는 용광로가 내뿜는 빛으로 눈부시게 빛났고, 긴 검은 머리는 그녀의 나머지 부분들만큼 풍성하고 육감적이었으며, 나라면 기꺼이 그녀의 브래지어로 환생하고 싶을 정도로 아주 적절한 모양과 멋있는 크기의 가슴은 더할 나위 없이 매력적이었습니다. 그래요, 나는 보았습니다. 남자가 안 볼 도리가 없었으니까요 — 안 그런가요?

그들은 버터라고 한 게 아니에요. 그녀가 살짝 비웃듯 말했습니다. 그들은 뵈르라고 한 거예요.

뭐요? 내가 말했습니다.

뵈—에—르—으가 버터예요. 그녀가 나를 빤히 쳐다보며 아주, 아주 천천히 말했습니다. 그사이 보스와 까오보이는 낄낄거리고 있었습니다. 뵈르는 부모는 아랍인이지만 여기서 태어난 사람들을 가리키는 은어예요.*

---

*  더 정확하게는, 마그레브(리비아, 튀니지, 알제리, 모로코를 포함하는 아프리카 북서부 지역을 이르는 말)에서 프랑스로 이민 온 아랍인 부모의 자식으로 프랑스에서 태어난 젊은이를 가리키는 말이다.

나는 버터 쿠키를 한 입 베어 물었다가, 그 맛에 반사적으로 구역질이 나는 것을 감추려고 안간힘을 썼습니다. 보스가 내게 녹차를 한 잔 따라 주고 기대에 찬 눈초리로 나를 바라보았을 때, 나는 내가 아주 특별한 환대를 받고 있다는 걸 깨달았습니다. 내가 그 뜨거운 잔을 미처 집어 들기도 전에 보스가 이렇게 말했습니다. 이거 대신 커피를 줄까? 내가 미처 대답하기도 전에 그가 손가락을 튕기자, 그의 비서가 고개를 돌렸습니다. 다들 커피 한 잔씩 가져다줘. 보스가 말했습니다.

그녀는 큐 사인이라도 받은 듯, 그 즉시 입을 삐죽 내밀며 꼬고 있던 다리를 풀었고, 나는 그 동작에 마른침을 꿀꺽 삼켜야 했습니다. 우리는 모두 그녀의 완벽한 뒷모습에 말없이 감탄하며 주방으로 향하는 그녀의 걸음걸이를 지켜보았습니다. 그녀가 주방으로 사라지자 비스듬히 기대앉으며 보스가 말했습니다. 에펠 탑이 코앞이야. 아니, 코앞은 아니지. 멀리 있어. 하지만 그래도 여전히 에펠 탑이야, 그렇지? 더 자세히 보고 싶다면, 여기 쌍안경이 있어. 사람들은 에펠 탑 근처에 살려고 어리석을 만큼 많은 돈을 지불하지만, 나는 거의 한 푼도 내지 않고도 에펠 탑을 아주 잘 볼 수 있어! 누가 더 똑똑하지? 이 외곽에는 내가 1층으로 내려갈 때마다 나를 귀찮게 할 구경꾼이 아무도 없어. 관광객과 부유한 주민을 걱정하는 경찰도 아무도 없어. 그게 바로 그들이 보호하고 싶어 하는 사람들이야. 관광객들과 은행가들 말이야. 여기? 이곳이 백인들로 가득 차 있다면 경찰들이 과일 위의 초파리처럼 들끓었을 거야. 하지만 백인들은 여기에 살고 싶어

하지 않아. 공원도 충분하지 않고, 매력적인 요소도 충분하지 않고, 뭐라 말로 표현하기 힘든 어떤 매력도 충분하지 않아. 하지만 가장 중요한 것은 백인이 충분하지 않다는 거야. 자기 충족적 예언*이지. 백인들이 이미 많으면, 백인들이 올 거야. 백인들이 충분하지 않으면 백인들은 이사 오기가 불안하지. 그래서 우리에게 기회가 있었던 거야.

우리요?

아시아인들! 중국인, 베트남인. 황인종 형제자매, 혹은 아시아계 혼혈 형제자매 말이야. 우리가 접수했어. 우리는 항상 어쩔 수 없이 살아야 하는 곳에서 살지. 대개 선택의 여지가 없기 때문이야. 음, 사실, 난 미국에 갈 수도 있었어. 하지만 프랑스를 선택했지. 왜 그랬는지 알아? 경쟁이 덜하니까. 미국에는 이미 많은 아시아인 기업가들이 있어. 프랑스에는 아시아인이 더 적고, 여기 있는 사람들은 양처럼 순해. 하지만 이곳의 이런 아시아인 공동체는 성장할 것이고, 그들에게는 내 서비스가 필요할 거야.

"기업가"라는 단어로 보스가 전달하고자 한 의미는 분명히 "갱스터"였습니다. 하지만 나는 그저 이렇게만 말했습니다. 미국에 가 본 적이 있어요. 거기엔 확실히 기업가들이 많죠.

그렇지. 여기가 기회도 더 많아. 그리고 기회가 보이면, 난 그 기회를 차지할 거야. 기회를 차지하지 않는 건 기회가 있을 때 음식을 차지하지 않는 거나 마찬가지야. 음식이라면, 우리는 먹을 수 있는 것은

---

*   미래에 대한 기대와 예측에 부합하기 위해 행동하여 실제로 기대한 바를 현실화하는 현상을 말한다.

먹을 수 있을 때마다 먹잖아. 그렇지? 자 봐. 그는 커피 테이블 위에 있는, 보는 각도에 따라 색깔이 달리 보이는 체리들을 가리켰습니다. 그것은 명나라 화병을 연상시키는 푸른색 문양이 새겨진 하얀 플라스틱 그릇에 보기 좋게 담겨 있었습니다. 뭐가 보이지?

항해에 적합하지 않은 선박에 탄 검은 머리의 난민들이 보였습니다. 너무 빽빽이 들어차 누구 하나 옴짝달싹하지 못하던 모습이요. 나는 그 기억이 떠오르자 새어 나오려는 울음을 애써 삼키며 이렇게 대답했습니다. 체리요?

결함 있는 체리지. 나의 남자답지 못한 약점을 눈치채지 못한 척하며 보스가 말했습니다.

어떤 체리들은 구형에, 거의 검은색에 가까운 몹시 강렬하고 짙은 빨간색으로 상당히 완벽했지만, 다른 체리들은 이상한 모양과 크기로 자란 상태였습니다. 몇몇은 다른 체리와 하나로 달라붙어 있었는데, 그 한 쌍이 좌우 대칭을 이룬 경우라면, 한 쌍의 엉덩이와 비슷해 보였습니다. 대부분의 경우에는, 한쪽 체리가 나머지 한쪽보다 더 컸고, 그로 인해 그 과일의 모양은 척추 장애인과 비슷해 보였습니다.

나는 이걸 중국 슈퍼마켓에서 사. 왜냐하면 프랑스 슈퍼마켓 — 백인 슈퍼마켓 — 은 이런 걸 절대 팔지 않을 테니까. 보스는 기형적으로 달라붙은 한 쌍의 체리를 집어 들고는 그의 입에 쏙 넣었습니다. 하지만 이건 더 싼데 맛은 조금도 다르지 않아. 눈을 감기만 하면, 못생긴 젖가슴이나 보기 좋은 젖가슴이나 맛은 똑같은 것처럼 말이야.

그럼 보스라면 보기 좋은 쪽보다 못생긴 쪽을 선택할 건가요? 까오보이가 물었습니다.

보스가 빙긋 웃으며 반문했습니다. 뭐야, 내가 천치인 줄 알아? 당연히 예뻐 보이면 좋지. 하지만 그렇지 않아도 살 수는 있어. 나는 에펠 탑 바로 옆에 있는 집을 구입할 수도 있어. 하지만 왜? 사람들은 ― 백인들은 ― 이렇게 생각할 거야. 저 아시아 남자는 누구지? 경찰들은 이렇게 생각할 거야. 아시아인이 여기서 뭐 하는 거야? 내 이웃들은 이렇게 생각할 거야. 황인종이 이사를 왔다니 믿을 수가 없어. 백인들은 웃기는 구석이 있어. 그들은 우리 아시아인들이 지나치게 끈끈하게 뭉친다고 생각해. 하지만 백인들이 우리 나라에 오면, 그들이 하는 일이라고는 끈적하게 달라붙는 것뿐이지.

까오보이는 웃음을 터뜨렸고, 비서도 마찬가지였습니다. 그녀는 은색 쟁반을 들고 거실로 돌아와 있었습니다. 쟁반 위에는 유리잔 세 개가 놓여 있고, 각각의 잔 바닥에는 연유가 1센티미터 남짓 담겨 있었습니다. 각각의 잔 위에는 검은색 커피가 연유 위로 똑똑 떨어져 내리는 알루미늄 필터가 얹혀 있었습니다. 비서가 몸을 숙이고 쟁반을 커피 테이블 위에 놓는 동안, 모두가 잠잠했습니다. 이내 그녀가 자리에 앉자 나는 다시 한번 마른침을 삼켰고, 보스는 기대에 찬 눈초리로 나를 바라보았습니다. 어디까지 이야기했죠? 아, 맞다, 보스에게 아첨하는 중이었죠. 나 역시 소리 내 웃었습니다. 그 소리에 내 머리가 울리는 바람에 그저 아주 잠깐 웃은 것에 불과했지만요. 고개를 끄덕이며 그가 말했습니다. 그리고 여기서 백인들은 우리에게 뭉치면 안 된다고 말하고 나서, 우리가 뭉치지 않으면 이번에는 우리가 우리 문화를 잃어버렸다고 해.

이길 도리가 없어요. 까오보이가 말했습니다.

아니, 이길 수 있어. 보스가 말했습니다. 이 세상을 백인들이 보는 방식대로 보지만 않는다면 말이야. 일단 그렇게 보기 시작하면 우리는 지는 거야. 예를 들어, 백인들은 우리가 양이라고 생각해. 대체로는 틀린 생각도 아니야. 우리 민족은 양이 되고, 법을 준수하면, 우리가 여기서 인정받고 존중받을 거라고 생각해. 한심한 생각이야. 난 그걸 바꿀 거야. 백인들은 우리가 두려워지고 나서야 비로소 우리를 존중하게 되리라는 걸 잘 알기 때문이지. 그리고 그들은 우리가 그들의 법을 어길 수도 있다고 생각하고 나서야 비로소 우리를 두려워하게 될 거야.

여기에 우리 쪽 갱스터들이 없다는 건 사실이죠. 내가 말했습니다.

갱스터! 그건 우리를 설명하는 한 가지 방법이야. 고국에서는 사람들이 우리를 해적이나 비적이라고 부르곤 했지. 우리는 빈민가나 습지대에 숨어야 했어. 하지만 난 무법자가 더 좋아. 어딘가에 숨지 않고 여기 있는 게 더 좋고. 여기서 나는 시야를 확보했고 아무도 나를 쳐다보지 않아. 나는 모든 걸 보지만 아무도 나를 보지 못하지.

계획이 있군요. 내가 말했습니다.

누구나 계획이 있어야 해.

내게 계획이 없다고 인정하는 것은 어리석은 일일 것이기에 나는 고개를 끄덕였습니다. 다만 아팠기 때문에 딱 한 번이었습니다.

상태가 별로 좋아 보이지 않는군.

맞아요, 이 친구는 상태가 별로예요. 까오보이가 맞장구를 쳤습니다.

시간이나 성형외과 의사가 고칠 수 없는 건 아무것도 없어. 내가 아는 친구가 하나 있는데.

얼굴은 1, 2주면 괜찮아질 거예요. 손의 실밥은 뽑으려면 조금 더 걸릴 거고요.

████████████████████████ 보스가 중국어로 말했습니다.

██████████ 까오보이도 소리 내 웃으면서 동의했습니다.

걱정하지 마. 네 얘길 하고 있는 건 아니니까.

아니, 저 친구 얘기 중이잖아요.

그래, 맞아. 만약 우리가 네 얘길 하는 걸 원하지 않는다면, 너도 중국어를 배워야 해. 꽤 쉬워, 알겠지? 내가 나한테 프랑스어를 좀 가르쳐 줄 사람을 고용한 것처럼 하면 돼. 이때 보스는 그의 비서이자 정부이기도 한 그의 프랑스어 교사에게 고개를 끄덕였습니다. 그건 그렇고 말이야, 참 잘했어. 너한테 그런 면이 있는 줄은 몰랐어.

어쩌면 그저 운이 좋았을 뿐인지도 모르죠. 까오보이가 말했습니다.

사람은 누구나 다 운이 좋아. 정직한 사람은 그걸 인정하지. 보스가 그 말의 모순에 잠시 말을 멈췄습니다. 본이 그러던데, 지낼 곳이 필요하다며.

이런 꼴로 나타나면 고모가 좋아하지 않을 거예요. 내가 중얼거렸습니다.

그녀는 일반인이에요. 까오보이가 말했습니다.

아무 관련도 없어요. 내가 확인해 주었습니다. 그리고 관련되고 싶어 하지도 않을 거고요.

그녀는 너와 네 고객 네트워크 간의 연결 고리야. 보스가 말했습니다. 우린 그걸 위태롭게 만들고 싶지 않아. 좋아, 내가 너한테 장소를 제공하지. 아주 마음에 들 거야.

여기랑 비슷한 곳인가요?

날 믿어. 전망은 훨씬 더 좋아. 보스가 활짝 웃으며 말했습니다. 그는 거실의 전면 유리창으로 다시 시선을 돌렸습니다. 뭐가 보이지?

에펠 탑이요? 내가 말했습니다.

그래, 맞아. 에펠 탑이지. 그런데 그걸 보면 뭐가 떠올라?

나는 망설였습니다. 생각하는 것조차 아팠습니다. 해시계?

해시계라고? 보스가 눈을 찡그렸다. 그런 것도 같군…… 하지만 다시 한번 봐 봐.

손가락이요?

그냥 손가락 하나? 다른 손가락들은 어디 가고?

나는 한 번 더 그 탑을 응시했다. 파이프?

빌어먹을 너 눈이 멀었어? 그가 외쳤습니다. 저건 거대한 좆이잖아!

까오보이와 관능적인 비서가 둘 다 내 상상력 부족에 낄낄 웃어 댔습니다.

물론 나도 그건 알아요. 내가 희미한 목소리로 말했다. 그저 조금…… 뻔해서.

그게 그렇게 뻔하다면 왜 말하지 않았어요? 관능적인 비서가 말했습니다.

대학생 양반. 까오보이가 말했습니다. 며칠 쉬는 게 너한테 도움이 될 거야.

정확히는 7일이야. 보스가 말했습니다. 그때쯤이면 다시 인간다워 보일 테지.

그러고 나서…….

그러고 나서 계획에 대해 얘기하자고.

나는 계획에 대해 이야기하거나 생각할 상태가 전혀 아니었지만, 한 시간 후 북부 교외 지역을 향해 덜커덩거리며 달리는 RER* 열차 칸에 앉아 생각을 하고 있었습니다. 차창 밖의 음침한 교도소 같은 아파트 건물들을 응시하며 정신을 가다듬으려고 애쓰는 동안, 나는 그것이 사실인지, 그러니까 에펠 탑이 그저 반듯이 누운 프랑스라는 몸에서 튀어나온 골인(人)의 발기 상태에 불과하고, 동시에 눈에 보이면서도 보이지 않는 구름을 별안간 분출하는 것인지 궁금했습니다.

그것이 너무 뻔해서 뻔히 보이지 않았던 것일까요?

프랑스 제국은 정말로 모두가 볼 수 있도록 자신을 드러내고 있었

---

\* 　　파리와 파리 교외 지역을 연결하는 광역 급행 철도(Réseau Express Régional). 파리 시내를 중심으로 운행되는 메트로와 별개인, 일종의 수도권 고속 전철로 현재는 다섯 개 노선이 있다.

을까요?

에펠 탑은 미국 전역의 지하 격납고에 묻힌 모든 핵미사일을 암시하며 미국의 수도에서 용솟음치는 하얀 미사일인 워싱턴 기념탑과 뭔가 조금이라도 달랐을까요?

거대한 질이 한 국가의 희생의 상징이 된 적이 있었나요? 나는 궁금했습니다. (다만, 어쩌면 매년 7월 14일*에 프랑스 군이 지나가는 어머니의 허벅지인 개선문은 예외일지도 모릅니다. 사실, 《파리 마치》**의 사진에서 본 적은 있어도, 그런 탄생을 직접 목격한 적은 한 번도 없었지만요.) 하지만 그 예외를 제외하면?

자궁이 기념탑이 된 적이 있나요?

자궁이 기념비의 모델이 된 적이 있나요?

한 쌍의 가슴이 국회 의사당 위에 떠 있었던 적이 있나요?

왜 나는 전에는 이런 생각을 해 본 적이 없었던 것일까요?

내 옆자리 사람이 일어나더니 다른 자리로 이동했습니다.

---

*    프랑스의 국경일인 혁명 기념일. 1789년 7월 14일 프랑스 혁명의 발단이 된 바스티유 감옥 습격의 1주년을 기념해 이듬해 1790년에 실시한 건국 기념일이 기원이다.

**   Paris Match. 1949년 3월 창간된 프랑스의 대표적인 그래프 주간 잡지. 가벼운 읽을거리와 사진, 패션 등을 주로 다뤄서 독차층이 광범위하다.

# 7장

　나는 심각하게 생각하는 바람에 어지러웠거나, 아니면 두통 때문에 어지러운 상태로, 주택과 아파트가 2, 3층 높이의 지루한 상자 같은 모양이고 카페와 간이식당이 드문드문 있는 길을 따라 목적지까지 걸어갔습니다. 내가 지나간 두 청과상 밖에 진열돼 있던 의기소침한 채소와 낙담한 과일은 나를 제외하고는 그 거리에서 가장 슬픈 거주자들이었고, 우리 모두는 편협한 기준에 치우친 판단을 하지 않는 손길이 우리를 다뤄 주기를 간절히 바랐습니다. 나의 식민지 사람다운 상상 속의 프랑스처럼은 보이지 않는 이 칙칙한 구역에는, 마치 미국인이나 베트남인이 설계하기라도 한 듯 걸어서 가 볼 만한 가치가 있는 장소도, 지나갈 만한 가치가 있는 그 어떤 곳도 없었습니다. 마침내 나는 어느 우울한 거리의 멍 든 것 같은 초록색 문 앞에 이르러 초인종을 누르고 기다렸습니다.

　알로?*

나는 한숨을 쉬고, 까오보이가 내게 알려 준 말, 그가 직접 생각해 낸 그 말을 했습니다. **천국에 가고 싶어요.**

장난해요? 나는 그에게 그렇게 말했지만, 그는 그저 어깨를 으쓱할 뿐이었습니다. 고객들은 신경도 안 쓰는데, 네가 왜 신경을 써? 그리고 꿈 좀 꾸는 게 뭐가 잘못이라는 거야?

틀림없이 그 여행사 직원도 같은 생각을 했을 겁니다.

**천국**으로 들어가는 초록색 문이 열리고 제3세계에서 어린 시절을 보낸 사람의 흉측한 치아를 가진 여자가 미소 띤 얼굴로 내게 들어오라고 손짓했습니다. 그녀는 정년퇴직 할 만한 나이였고, 말투에는 필리핀 사람의 억양이 묻어 있었습니다. 안녕하세요, 손님. 그녀가 영어로 인사했습니다. 코트 받아 드릴까요? 구두끈을 풀어 드릴까요? 거실로 안내해 드릴까요? 커피 한잔 드릴까요? 차? 와인? 위스키?

위스키요. 나는 늘 그렇듯 그런 권유에 감동하여, 목멘 소리로 대답했습니다.

굽실거리는 가정부는 고개 숙여 인사하고 대기실에서 뒷걸음으로 물러났습니다. 창문마다 금속 덧문이 내려진 채로, 싸구려 플로어 램프들과 거의 보스의 것만큼 큰 텔레비전이 그 방을 밝히고 있었습니다. 소파는 얼룩 방지 가공이 된 듯 반지르르했는데, 만약 지금은 얼룩 방지가 되지 않더라도, 한때는 그랬어야 했습니다.

이봐요, 앉아요. 유일하게 자리를 차지하고 있던 사람이 말했습니

---

\*   Allô. 프랑스어로 '여보세요', '안녕하세요?'라는 말.

다. 텔레비전 근처에 앉아 있던 그 사람은 **천국을 지키는 기도**로, 덩치가 큰 흑인이었는데, 발목을 꼬고 앉아 지루한 표정으로 손가락 마디를 뚝뚝 꺾고 있었습니다. 텔레비전 채널은 토크 쇼에 맞춰져 있었고, 화면에 보이는 사르트르의 『존재와 무』 표지로 미루어 볼 때 주제는 실존주의였는데, 실제로 그 주제로 안경을 쓴 두 명의 살찐 남자들뿐 아니라 이전에 텔레비전에서 본 기억이 있는 코미디언과 축구 선수까지 토론을 하는 중이었습니다. 그 전문 지식인들 중 한 명이 마오주의자인 박사라는 걸 알아보는 데 시간이 좀 걸렸습니다. 그의 냉철하고 학자다운 외모로 볼 때, 그는 자기 목구멍, 혹은 폐 아래쪽에 있는 몸에 대해서는 생각해 본 적조차 없는 것 같았습니다. 단지 말을 하고 담배를 피우기 위해서만 그 부분들이 필요했을 테니까요. 그가 물씬 풍기는 정서는 **나는 생각한다. 고로 나는 존재한다**였습니다. 아니, 어쩌면 **나는 말한다. 고로 나는 존재한다**였을지도 모르죠.

처음이죠, 그렇죠?

네. 그 기도의 한쪽 뺨에 붙어 있는 흰색 일회용 반창고를 주시하며 내가 대답했습니다. 곧이어 경험이 부족해 보일까 봐 걱정하며 이렇게 덧붙였습니다. 여기는 처음이에요.

그 기도는 텔레비전을 시청하면서 곰곰이 생각에 잠겼습니다. 더 자세히 살펴보니, 그 일회용 반창고는 정확히 말해서 흰색이라기보다는 베이지색이었습니다. 그것은 그의 검은 뺨에 비해 하얘 보일 뿐이었고, 그 뺨은 그다지 검지 않았지만 그 일회용 반창고에 비해 더 검어 보였습니다.

사르트르는 그럭저럭 괜찮은 정도죠. 그 기도가 말했습니다. 난 파농*과 세제르**가 더 좋아요

나도 그래요. 내가 맞장구쳤습니다.

그 기도는 사르트르에 대한 토론을 계속 지켜보았고, 파농과 세제르에 대한 그의 언급으로 나는 마지막으로 그들을 접했던 옥시덴털 대학 시절을 회상하게 되었습니다. 그곳에서 나는 미국학 학사 및 석사 학위를 따기 위해 6년 동안 공부했습니다. 나의 지도 교수인 해머 교수는 제3세계 문학에 관한 세미나 수업에서 파농과 세제르를 가르쳤습니다. 그때는 알제리가 프랑스로부터 독립한 지 2년이 되고, 반식민지주의가 제3세계를 휩쓸고 있던 1964년이었습니다. 대지의 **저주받은 사람들**\*\*\*을 이해하는 건 아주 중요했어. 파농의 알제리 전쟁\*\*\*\* 경험에 관한 책 제목을 인용하며, 해머 교수가 말했습니다. 그들은 「인터내셔널가」에서 선언한 대로, 일어나고 있었어. 나는 그 토크 쇼의 중간 광고 시간을 이용해 이렇게 말했습니다. 나는 파농과 세제르를 좋아해요. 『식민주의에 대한 담론』도 좋아하죠. 파농이 폭력에 대

---

\*　　　프란츠 파농. 프랑스령 마르티니크 태생의 사상가, 정신과 의사, 독립 운동가. 알제리인이 아님에도 알제리 독립 운동에 투신해 알제리민족해방전선의 대변인으로 활동했으며, 식민지 해방 운동의 이론적 지도자로 제3세계의 독립 운동에 큰 영향을 끼쳤다.

\*\*　　에메 페르낭 세제르. 프랑스의 시인, 흑인 해방 운동의 지도자.

\*\*\*　파농의 책 제목이자 「인터내셔널가」의 가사의 일부분.

\*\*\*\*　1954년부터 8년 동안 프랑스를 상대로 한 알제리의 독립 전쟁. 1962년 3월 에비앙 협정의 체결로 종전되고, 7월 1일 국민 투표로 알제리의 독립이 선언되었다.

해 이야기할 때도요. 그는 알제리에 대해 이야기하죠. 하지만 베트남에 대해서도 이야기해요.

난 『검은 피부, 하얀 가면』을 더 좋아해요.

나는 부끄러워하며 그 책을 읽지 않았다는 걸 인정했지만, 그 기도는 그저 어깨를 으쓱할 뿐이었습니다.

내가 그 책을 빌려 줄게요. 세제르의 『어떤 태풍』*은 읽어 봤어요? 안 읽었어요? 당신은 알아야 할 것이 많군요. 그들은 삶과 죽음에 대해 가르쳐 줘요. 대부분의 사람들은 삶에 대해서만 이야기하고 싶어 하지만요.

아니, 나도 죽음에 대해 이야기하는 걸 좋아해요. 내가 말했습니다.

그럼 우린 잘 맞겠군요. 그가 말했습니다. 그는 자칭 종말론자로, 인류의 운명인 영원한 심판과 사후 세계의 의미를 파헤치는 데 관심이 많았습니다. 이것은 지적으로 자극적인 영역이어서, 나는 가정부가 위스키 잔을 가지고 돌아오는 걸 보고 기뻤습니다. 그 치료제 외에 나를 살아 있는 사람들의 따뜻한 땅에 계속 머물게 해 주는 것은 내 피가 멈추지 않고 돌게끔 보장해 주는 이 술뿐이었습니다. 아, 위스키여! 내게 네가 얼마나 필요했던가. 그토록 많이 인내하면서도 위스키나 어떤 다른 중독에 의지하지 않았던 나의 어머니에 대한 기억은 또 얼마나 필요했던가. 어쩌면 나는 인종적 의미에서는 아닐지라도, 도덕적 의미에서는 잡종 새끼였던 아버지로부터 내 약점을 물려

---

*　유럽 근대 문학의 백인 중심성을 비판하기 위해 셰익스피어의 희곡 『태풍』을 재구성한 희곡.

받았는지도 모릅니다.

어디 출신이에요? 종말론자인 기도가 물었습니다.

만약 백인이 내게 그런 질문을 했다면, 나는 이렇게 대답했을 겁니다. 내 어머니요. 하지만 우리는 적도 부근 지역에 만연한, 비백인들만 시달리는 "식민지화"라는 이름의 만성 질환을 공유한 사이였기 때문에 나는 이렇게 대답했습니다. 베트남이요. 비록 아버지는 프랑스인이지만요.

분명히 훌륭한 신사였겠군요. 종말론자인 기도가 낄낄거리며 말했습니다. 아마 이런 장소를 방문했을 법한 분이요.

아버지는 사제였어요. 내가 말했습니다. 아버지가 이런 곳을 방문한 적이 있을까 궁금하네요.

여기서 그런 사람을 본 적이 있는지는 잘 모르겠어요. 하지만 그렇다고 해도 놀라지 않을 거예요.

당신은요? 먼지처럼 불가피하고 끈질기게 나를 짓누르고 있는 내 태생으로 인한 슬픔을 떨쳐 내려 해 봤지만, 내 머리는 그 작은 흔들림에도 항의하듯 어지러웠습니다. 어디 출신이에요?

여기요. 하지만 우리 부모님은 세네갈 출신이에요. 그가 활짝 웃었습니다. 우리 아버지는 병사로 당신 나라에 갔어요. 아버지 말로는 멋진 곳이라더군요. 여자들이 아름답고, 아이들도 예쁘고.

아버지가 프랑스인들을 위해 싸웠다고요?

네. 난 많은 걸 알지는 못해요. 아버지가 이야기하기 싫어했거든요. 하지만 한 가지는 알아요. 그가 다시 활짝 웃더니, 몸을 구부려 술 달린 갓이 비스듬히 덧씌워진 램프가 놓여 있는 테이블 서랍을 열었습니다. 자, 여기요. 이 집에서 무료로 주는 거예요.

은색으로 포장된 물건이 반원을 그리며 나를 향해 날아왔는데, 그것을 보니 미군들이 병력 수송 장갑차에서 부랑아들에게 던져 주던 초콜릿 바가 떠올랐습니다. 작고 네모난 것 세 개가 내 손바닥에 떨어졌지만 그것은 초콜릿이 아니라 콘돔이었습니다.

아버지의 임무는 고무 농장들을 지키는 것이었어요. 웃기겠죠, 네? 당신이 그걸 착용할 때, 어쩌면 그 고무가 당신 나라에서 왔을지도 모른다고 생각한다면 말이에요. 그 물건 때문에 당신 고향이 생각날 거예요!

웃기네요. 내가 맞장구쳤습니다. 연약한 내 정신의 부드러운 토양에 씨 뿌려진 그 생각을 결코 잊지 못할 것임을 나는 이미 알고 있었습니다. 그러니까 어쩌면 세상의 대부분이 우리의 원기 왕성한 작은 나라와 교류하는 방법은 — 이제는 우리의 브랜드가 된 그 전쟁에 관해 간접적으로 아는 걸 제외하면 — 세계의 인구와 남성의 쾌락을 제한하는 데 사용되는 도구를 통해서일지도 모른다는 그 생각 말입니다.

구슬 커튼이 다시 덜그럭거리면서 갈라지더니 그 집의 여주인이 모습을 드러냈습니다. 또렷하고 표현주의적인 화장 덕에 매력과 탐욕이 모두 눈에 띄게 두드러지는 여자였습니다. 그녀는 굴곡진 몸매에 딱 달라붙는 검은색 실크 점프 슈트를 입고, 양 손목에 달가닥거리는 옥팔찌를 겹겹이 끼고 있었습니다. 그녀는 자신의 키에 15센티미터를 더해 주는 한 쌍의 하이힐을 신고 곡예사처럼 자신 있게 걸었고, 그로 인해 내가 일어섰을 때 그녀의 턱이 내 코와 나란해졌습니다.

콘돔을 힐끗 보며 그녀가 말했습니다, 세 개나? 좀 낙관적이지 않아요?

신사는 늘 준비가 되어 있어야 하는 법이죠. 내가 말했습니다. 그리고 난 낙관론자가 아니라, 현실주의자예요.

냉소를 머금고 여주인이 말했습니다. 객실로 안내할게요.

차오 차오.* 종말론자인 기도가 팔뚝의 알통을 보여 주며 작별 인사를 했습니다.

우리는 지하에 있는 객실로 내려갔습니다. 그 작은 거처의 가장 큰 자리를 차지하고 있는 것은 두 사람이 누워도 충분할 만큼 큰 침대였습니다. 한쪽 구석으로 밀려나 있는 의자 하나와 책상 하나도 있어서, 마치 이 에로틱한 가게에 온 방문객이 글을 쓰며 시간을 보내기라도 할 것 같았습니다. 여하튼 그 객실은 겉보기에는 비밀스러운 은신처이기도 했으니, 어쩌면 몇몇 방문객들에게는 곰곰이 생각할 곳이 필요했을지도 모르지요.

마들렌이 곧 와서 당신과 함께할 거예요. 여주인이 말했습니다. 그녀가 마음에 들 겁니다. 다들 그녀를 좋아해요. 침대에서 남자를 기쁘게 해 주는 여덟 가지 방법을 알고 있죠. 처음 한 번은 무료예요.

*　　　ciao. 비교적 스스럼없는 사이에 사용하는 이탈리아어 인사말. '안녕하세요.', '잘 가.', '안녕, 또 만나요.' 등의 의미.

보스의 호의죠. 그다음부터는 20퍼센트 할인을 받게 될 거예요.

나는 아름다운 여성이나 할인을 기대하면 흥분하곤 했지만, 그녀가 나가고 문이 닫혔을 때는 아무것도…… 느끼지 못했습니다. 내게 무슨 문제가 있었을까요? 내게는 서너 가지 방법도 과분했습니다. 언감생심 여덟 가지라니요! 나는 내 무쾌감증*이 나사가 풀린 탓이라고 여겼습니다. 몸이 아프고, 난생처음 나이 든 기분이 들었습니다. 정신을 차리고 흥정을 할 수도 없었습니다. 그것은 우리 민족이 몇 세기에 걸쳐 전쟁, 기근, 가난, 사회 복지 제도 없는 불안정한 삶을 직접 겪으며 생존한 덕에 내 안에 뿌리박힌, 사실상 유전된 능력이었는데도요.

나는 내 기억, 양심, 죄책감에서 벗어나려 노력하고 있었습니다. 그것은 — 대부분의 인류와 마찬가지로 — 내가 탁월하게 잘하는 일이었죠. 그런데 그 순간 누군가가 문을 두드렸습니다. 마들렌이었습니다.

아, 우리 불쌍한 자기. 그녀가 말했습니다. 그녀의 프랑스어는 느릿하고 속삭이듯 나직해서, 나와 내 기분에 딱 맞는 리듬이었습니다. 어쩌다 이렇게 됐어요?

아, 공연이 막 시작되려는 참이었습니다! 마침내 내 안의 무언가가 흥분해서 안달이 났습니다. 나는 우리 민족의 많은 남성들과 일부 여성들에게 친숙한 비공식적인 문화 공연의 관객이자 공연자가 되려

---

\*    성교 시 쾌감을 느끼지 못하는 증상. 성병이나, 악취, 죄악감, 임신 공포 따위가 원인이 되기도 한다.

는 참이었습니다.

걱정 마요. 그녀가 속삭이듯 말했습니다. 마들렌이 당신한데 딱 맞는 약이니까.

마들렌은 관습적인 정의에 따르면, 여자들 중 가장 아름다운 여자는 아니었습니다. 여자라는 그 눈부신 생명체들은 오직 멀리서만 보아야 합니다. 유별나게 예민할 뿐 아니라 돈까지 상당히 드니까요. 그에 반해, 마들렌은 다가갈 마음이 들게 하는 여자였습니다. 그녀와 같은 직종에 종사하는 대부분의 여자들과 달리, 그녀는 사람들이 그녀를 만지려면 방독면이 필요할 정도로 많은 양의 싸구려 향수를 뒤집어쓴 상태가 아니었습니다. 그녀는 동그스름한 배, 훨씬 더 둥근 가슴과 엉덩이와 두 눈을 가지고 있었고, 이목구비는 귀여웠고, 몸은 꼭 껴안고 싶을 만큼 사랑스러웠습니다. 그녀는 앙코르 와트 사원의 여신 조각상 중 하나처럼 가슴이 풍만했고, 내가 결국 알아냈듯이 정말로 캄보디아 출신이었습니다. 하지만 그녀는 조각상 같은 딱딱함 대신, 부드러움, 따스함, 다정함, 그리고 무엇보다도 나를 향한 **욕망**을 발산했습니다! 나는 오직 상대가 나를 원하기만을 원하는 갓난아이로 전락했지만, 마들렌은 전문가로서 이를 이해해 주었습니다.

그녀가 말했습니다. 먼저, 우리는 네 온몸을 깨끗이 씻을 거야. 내 말은 온몸을 다라는 뜻이야.

나는 말없이 고개를 끄덕였습니다.

그 말은 네가 그 옷을 벗어야 한다는 뜻이야, 우리 아가.

그래, 그거야. 나는 생각했습니다.

어머, 안녕, 우리 큰 아기. 가엾어라. 아무도 신경 써 주지 않았구나. 걱정하지 마. 내가 돌봐 줄 거니까.

아, 제발, 그래 줘!

샤워하러 와, 내 사랑. 엄마가 너를 구석구석 살살이 닦아 주게 해 줘. 뜨거운 게 좋아?

으응! 나는 마침내 가까스로 말을 했습니다.

자, 이제 조심해…… 화상을 입히고 싶지는 않으니까, 그렇지? 어머, 이런. 이러면 기분이 좋아? 그렇지? 네 눈빛을 보면 알 수 있어, 우리 귀여운 오줌싸개. 오랫동안 아무도 널 사랑하지 않았어, 그렇지? 그런데 너는 이런 사랑을 받을 자격이 있는 사람이야, 그렇지? 누군가가 네 얼굴에, 그리고 네 손에도 그런 짓을 했다는 게 믿기지 않아. 아파? 아, 가엾은 우리 오줌싸개. 별로 오래 걸리지는 않을 거야. 마담 마들렌이 무언가 할 말이 있는 게 아니라면 말이지. 그 안쪽도 확실히 비누칠을 하도록 하자…… 바로 거기…… 아, 그래. 거긴 내가 할게. 걱정하지 마, 우리 겁쟁이. 너한테서 아주 끝내주는 냄새가 나. 먹어 치울 수 있을 만큼 좋은 냄새야. 그렇게 말해도 된다면 말이야. 자, 이쪽으로. 내 손을 잡아. 작은 침대지만, 엄마가 너한테 해 주고 싶은 걸 할 만큼은 커. 앉아. 바로 거기야, 우리 귀염둥이. 이제 내 옷을 벗겨 줘, 우리 큰 아기.

마들렌은 떨리는 내 손을 잡아, 그녀의 기모노풍의 짧은 가운에 두른 허리띠에 얹어 놓았습니다. 내가 마지막으로 본 벌거벗은 여자는 라나였고, 그것은 3년 전이었습니다. 보통 남자가 3분마다 성적 환상을 경험한다는 것을 감안하면, 그것은 영원처럼 느껴지는 시간이었습니다. 아니, 20년 이상의 개인적인 경험을 토대로 그렇다고 짐작합니다. 내가 잡아당기자 허리띠가 풀렸고, 눈앞에 보이는 광경 때문에 나는 하마터면 기절할 뻔했습니다.

준비됐어, 우리 아기?

마들렌은 내 동의를 기다리지 않았습니다. 왜냐하면 분명 그녀의 경험상, 남성이 다음과 같이 말하지 않을 리는 만무했을 테니까요. 그래, 그래, 두말하면 잔소리지! 나는 방금 본 것이 더 이상 보이지 않도록 애써 두 눈을 감았고, 그녀는 남성의 몸에 대해 괴팍한 생물학자 같은 백과사전적 지식을 보여 주기 시작했습니다. 내 모든 성감대를 찾아 지도를 완성해 낸 노고, 사막에서 물을 발견해 낼 만큼 철저한 수력 시스템 탐사, 막달라 마리아의 훌륭한 후예로서, 즉 이브가 처음 뱀을 구슬려 말하게 한 다음 아담에게 금단의 열매를 권한 이후로 알려진 모든 기교와 비법의 소유자로서 그녀의 입지를 더 확고히 해 준 성실하고 영웅적인 성적 노동, 그 모든 것으로 인해 나는 헐떡거리게 되었습니다. 그런데도 —

하. 마들렌이 감탄사를 내뱉었습니다.

왜? 나는 두 눈을 감은 채 속삭이듯 물어보았습니다.

음. 그녀가 감탄사를 더 크게 내뱉었습니다.

왜? 나는 눈을 떴습니다.

아무 변화가 없어요.

그녀가 한 손가락으로 그 죄지은 부위를 떠받치고 있는 동안, 우리는 둘 다 이 말도 안 되는 범죄를 저지른 범인을 비난하듯 응시했습니다. 전에는 이런 적이 한 번도 없었습니다! 하지만 — 하지만 — 하지만 — 내가 흐느껴 울자, 마들렌이 그녀의 손가락을 내 입술에 갖다 대며 말했습니다. 쉿, 우리 큰 아기. 그냥 눈을 감고 **몸의 힘을 빼**. 이런 건 늘 있는 일이야. 나는 긴장을 풀고, 마들렌이 필사적으로 계속하는 동안 마돈나에서부터 매릴린 먼로, 요염하고 섹시한 여자에서부터 내 동정을 내준 도발적인 오징어에 이르기까지 온갖 것을 필사적으로 떠올려 봤지만, 계속 아무 변화도 없었습니다. 이처럼 가장 강력한 약에도 내 병은 나아지지 않았습니다. 심지어 그녀가 침대에서 남자를 기쁘게 해 주는 여덟 가지 방법을 차례대로 모두 사용해 본 후에도요.

마침내 마들렌은 그녀의 짧은 기모노 앞섶을 여미며 물러났습니다. 여전히 미소를 머금고 있었지만 이제는 동정심 때문이었습니다. 무슨 말을 해도 거짓말이나 변명처럼 들릴 것 같아서, 내가 아무 말 없이 손으로 더듬어 속옷을 찾는 사이, 마들렌은 별안간 다른 사람, 아마도 그녀 자신이 되어 버렸습니다. 내가 침대 시트를 움켜잡아 허리에 두르는 동안, 그녀는 하이힐의 스트랩을 다시 채운 다음 립스틱을 덧발랐습니다. 모든 매춘부의 내면에는 회계사가 있는데, 이 회계사는 이렇게 말했습니다. 안타깝게도, 그게 당신이 받기로 한 공짜 서비스였어요.

모든 고객의 내면에는 좋게 말해서 낙관론자이고 나쁘게 말하면 얼간이인 몽상가가 있습니다. 이 몽상가는 그저 침을 튀기며 더듬거릴 수밖에 없었습니다. 하지만 — 하지만 —

팬찮아요. 누구에게나 일어나는 일인걸요.

나는 그것은 죽음도 마찬가지라고 말하고 싶었습니다. 이것은 조기 사정이 아니었습니다. 이것은 조기 거세였습니다! 나는 적어도 앞으로 30~40년 동안은 그런 자존감 하락과 굴욕을 겪지 않을 예정이었습니다. 아마 그때쯤이면 이미 나는 너무 이른 나이에 죽고 없거나, 섹스에 무관심하거나, 위스키 및 담배와의 몇십 년에 걸친 정사로 혼수상태에 빠져 있을 테니까요. 하지만 나는 자존감이 너무 높아서 다시 한번 기회를 달라고 간청하지는 못하고, 대신에 겸손하면서도 도전적인 태도로 패배를 받아들였습니다. 전쟁에서 입은 상처 때문이에요. 다음에는 더 잘할 거예요.

그래요, 그럴 거예요. 유치원 교사처럼 엄청나게 확신에 차서 그녀가 맞장구쳤습니다.

전쟁에서 입은 상처라는 말은 거짓이 아니었습니다. 나는 정신적 상처라는 최악의 상처를 입었고, 두 개의 마음을 가졌기 때문에 그 상처가 악화되었습니다. 하나의 마음에 담겨 있던 과거가 이제 다른 한 마음의 현재로 새어 들어가는 중이었습니다. 그러므로 마들렌이 처음 옷을 벗었을 때 내가 하마터면 기절할 뻔했던 것은 그녀의 굉장한 알몸 때문이 아니라 그 공산당 첩자의 얼굴을 보았기 때문이었습니다. 그녀는 내게 유령처럼 복수를 하고 있었습니다. 심지어 죽지도 않았는데요. 그녀가 실제로 죽고 없으면 어떨지 기다려 봐요! 그럼에도 불구하고 나는 터진 입술에서부터 멍 든 광대뼈, 빗질도 못 하고 감지도 않은 뱀처럼 구불구불한 머리카락에 이르기까지 그녀의 얼굴이 생생하게 보였고, 마들렌의 몸과 겹쳐 둥둥 떠 있는 상태로 가장 또렷이 보이는 그녀의 얼굴에 온몸의 피가 멎는 것 같았습니다.

그 얼굴은 만이 재교육 수용소에서 내 나사를 느슨하게 풀기 시작하며 나와 심문 시간을 가진 이래로, 줄곧 내 의식 속으로 침투하고 있었습니다. 나는 그때까지 그녀를 잊기 위해 최선을 다하고 있었습니다. 내 존재 자체만 제외하면, 그녀의 운명이야말로 나의 가장 큰 실패이자 가장 큰 수치였으니까요. 그리고 나는 그것을 전제로 삼아 20세기의 가장 중요한 질문에 대답하고자 했습니다. 무엇을 해야 할 것인가?

노예 제도에 대해 무엇을 해야 할 것인가?

식민주의에 대해 무엇을 해야 할 것인가?

직업에 대해서 어떻게 해야 할 것인가?

인종 간 불평등에 대해 무엇을 해야 할 것인가?

계급 착취에 대해 무엇을 해야 할 것인가?

서구 문명의 쇠퇴에 대해 무엇을 해야 할 것인가?

여성 문제와 남성의 에고에 대해 무엇을 해야 할 것인가?

**반드시 해야 할 일에 대해 무엇을 해야 할 것인가?**

해야 할 일이 너무 많았습니다! 하지만 나는 혁명가가 된 이후로 줄곧 무엇을 해야 하는지 아주 확고하게 알고 있었고, 남베트남 정부의 경찰관 셋이 그 공산당 첩자를 심문하기 시작했을 때 반드시 해야만 하는 일이 무엇인지 알고 있었습니다. 그녀는 나와 같은 편이었습니다. 내가 비밀경찰들과 그들 셋같이 그리 비밀스럽지 않은 경찰들 중 상당수를 훈련한 CIA의 클로드와 함께 일하며 비밀리에 첩보 활동 중인 스파이라는 점만 제외하면요. 심문실에서 나가기 전에, 클로드는 그저 이렇게 말했을 뿐입니다. 나는 저들에게 저렇게 하라고 가르치지 않았어. 그는 공안부의 내 동료인 무절제한 소령 외에는 나를 유일한 입회인으로 남겨 두고 가 버렸는데 ─

나를 이 얘기에 끌어들이지 마. 무절제한 소령의 유령이 외쳤습니다.

─ 내 옆에 앉아 있던 소령 역시 내내 아무것도 하지 않고, 나와 함께 그 세 명의 경찰관이, 아담이 뱀의 말에 귀를 기울였다고 이브를 비난한 이후로 남자들이 여자들에게 의심할 여지 없이 줄곧 해 오고 있는 짓을 하는 걸 지켜보기만 했습니다. 나는 그때 앞이 보이지 않았고, 틀림없이 지금도 여전히 그래서, 그 뱀이 창세기의 저자가 아담의 몸에서 떼어 내 풀밭으로 던져 버린 아담 자신의 통제 불가능한 음경이라는 생각이 이제야 비로소 머리에 떠올랐습니다. 그것은 그 풀밭에서, 마치 아담과는 전혀 관계가 없는 것처럼 머리를 들어 올리고 이브를 설득하여 금단의 과일을 먹게 했습니다. 그런데 금단의 과일은 어떻게 먹나요? 허락을 받아서요? 아니면 그냥 따 먹나요? 우리 모두가 알고 있듯이, 아담이 그렇게 해 놓고는 이브를 비난했을지도 모르는 그런 식으로요? 매춘이 세계에서 가장 오래된 전문직이라면, 강간은 세계 최초의 범죄였습니다.

아무것도 하지 않는 대신에 내가 했어야 할 일은 내 위장 신분과 목숨을 대가로 치르더라도, 그 경찰관들을 저지하는 것이었습니다. 그 공산당 첩자가 대화나 자백을 거부하는 바람에 치러야 했던 그 희생을 바로 내가 치렀어야 했습니다. 하지만 나는 희생을 하는 대신, 인간들만이 할 수 있는 한 가지 일을 했습니다. 바로 변명이었습니다. 지옥으로 가는 길이 선의로 포장되어 있다고 말한 사람*은 모든 것을 잘못 알고 있었습니다. 더 자세히 살펴보면, 지옥으로 가는 길은 변명으로 포장되어 있다는 것을 알 수 있습니다.

**천국에서** 보낸 7일 중 마지막 날, 그러니까 손과 머리의 통증에 이제는 그 치료제가 아닌 아스피린이면 충분하고, 멍 든 얼굴의 붓기는 나 자신의 모습을 보는 걸 참을 수 있을 만큼 가라앉고, 주기적으로 한바탕씩 터지던 흐느낌도 점점 줄어들었을 때, 로닌**이 나타났습니다. 나는 그가 부러웠습니다. 그는 도덕성은 말할 것도 없고 정치적 견해도 미심쩍었지만, 결코 죄책감에 시달리지 않았습니다. 그의 입김은 그의 양심만큼 깨끗했고, 우리가 대기실에서 만났을 때 그의 입안에는 박하사탕이, 눈 속에는 번득임이, 치아에는 희미한 반짝임이 있었습니다. 그래, 네가 그 친구구나. 그가 베트남어로 말했습니다.

---

* 다른 설도 있지만, 대체로 17세기 영국 신학자 리처드 백스터가 말했다고 알려져 있다. '실제 행동으로 옮기지 않는 선의는 의미가 없다.'라는 뜻으로 사용된다.

** 본래 일본어로 '뇌인(牢人)'과 '낭인(浪人)'은 둘 다 '로닌'으로 발음되며, 엄밀히 따지면 의미에 차이가 있지만, 서구에서 '로닌'은 대체로 구분 없이, '주인 없이 떠돌아다니는 무사'라는 의미로 사용된다.

바로 그 남자, 세상에 단 하나뿐인 미친 잡종 새끼. 보스가 네가 여기 있을 거라고 했어. 난 로닌이라고 해.

　다른 모든 사람들과 마찬가지로, 그도 자신을 그렇게 불렀습니다. 그다음으로 내가 놀란 점은 그가 문법적으로 정확한 남부 베트남어를 사용했다는 것이었습니다. 강하고 매력적인 프랑스어 악센트가 섞여 있기는 했지만요. 세 번째 놀란 점은 그가 내가 오랜 세월 본 가운데 가장 잘생긴 남자라는 것이었는데, 그도 그 점을 잘 알고 있었습니다. 그의 양복은 몸에 딱 맞았고, 몸은 군살 하나 없이 늘씬했으며, 손톱에는 매니큐어가 칠해져 있었고, 포켓 스퀘어*는 멋지게 볼록 튀어나와 있었고, 파란 실크 넥타이는 폭이 내 팔뚝만 했으며, 치아는 미국인의 치아나 인기 영화배우의 치아 같았는데, 그는 그 치아를 노출광처럼 음탕하게 즐기며 자주 드러내 보이곤 했습니다. 그가 자신과 보스 사이의 사업상 합의에 대해 내게 이야기하기 시작하자마자 ― 피부색 때문에 그런 별명이 붙은 ― 크렘브륄레**가 구슬 커튼을 가르며 이렇게 외쳤습니다. 아! 내가 제일 좋아하는 코르시카 양반!

　로닌이 내게 윙크하며 말했습니다. 어차피 이렇게 부를 거면 저게 내 별명인 게 낫겠어. 난 저 말을 너무 자주 듣거든. 이리 와, 내 사랑하는 라오스 여인. 오랜만이야.

---

\*　　　남성용 정장 윗옷의 가슴 부위에 달린 주머니에 꽂는 사각형의 손수건.
\*\*　　프랑스 디저트의 하나. 커스터드 크림 위에 설탕을 얹고 표면을 불에 살짝 그슬려 만든다.

그들은 오랫동안 계속해서, 많은 혀 놀림을 포함하는 프렌치 키스의 시범을 보여 주었는데, 그 모습에 나는 프랑스인 스스로도 그것을 프렌치 키스라고 부르는지가 궁금해졌습니다. 로닌은 마침내 키스를 끝낸 후, 내게 윙크를 하며 손을 펼쳐 손바닥을 아래로 향하게 하고 베트남식으로 나를 손짓해 불러서 자신이 얼마나 베트남 사람 같은지를 보여 주었습니다. 그의 손은 어린 남자아이 손처럼 눈에 띄게 작았습니다. 어서. 그가 말했습니다.

왜요?

그가 손가락을 튕기며, 자신의 손목에 찬 금시계를 가리켰습니다. 난 시간이 별로 없어. 내가 볼일을 보는 동안, 함께 사업 얘기를 하면 돼. 난 약속이 많아.

당신이 바라는 건 내가 ──

앉아서 구경이나 하라고. 한몫 끼고 싶은 게 아니라면.

내가 종말론자인 기도를 힐끗 쳐다보니, 그는 베트남어였는데도 마치 우리의 대화의 요지를 다 이해한 것처럼 어깨를 으쓱했습니다. 그는 그때껏 천국에 있는 동안 모든 것을 다 보았지만 동시에 아무것도 보지 못했습니다. 로닌의 초대, 혹은 요구는 처음 있는 일이 아니었습니다. 로닌이 편애하는 크렘브륄레를 포함한 다른 모두가 프랑스식으로 어깨를 으쓱하는 것으로 그 문제를 처리했기 때문에, 나도 어깨를 으쓱하고는 그들을 따라 구슬 커튼을 헤치고 위층에 있는 크렘브륄레의 방으로 갔습니다. 자신의 침대에 몸을 던지며, 크렘브륄레가 말했습니다. 로닌, 미안하지만 저 사람 비용은 별도예요. 설령 저 사람이 그걸 못 한다고 해도요.

그걸 못 한다고? 입에 담을 수도 없는 "그것"이 무엇인지 무의식적으로 정확하게 추측하며 깜짝 놀라서, 로닌이 말했습니다.

전쟁에서 입은 상처 때문이에요. 의자에 주저앉으며 내가 외쳤습니다. 전쟁에서 입은 상처!

크렘브륄레는 나의 감정적 폭발과 뒤이은 눈물에 깜짝 놀라 침대 위에서 도발적인 자세로 얼어붙어 버렸지만, 로닌은 전혀 동요하지 않는 것 같았습니다.

그래, 그래. 내 어깨를 토닥이며 그가 말했습니다. 그것은 내게는 다소 어색한 일이었습니다. 그가 이미 그의 금빛 버클이 달린 벨트를 풀어, 그의 적나라한 남근이 내 얼굴에서 불편할 정도로 가까운 데서 덜렁거리고 있었기 때문입니다. 자, 자, 전쟁에서 이런 종류의 상처를 입는 일이 내가 아는 몇 녀석에게도 일어난 적이 있지만, 그들 중 아무도 그것 때문에 조금이라도 덜 남자답지는 않아. 어쨌든 이런 종류의 전쟁의 상처를 입으려면 반드시 남자라야 해. 여자한테 그런 일이 일어날 리가 없잖아? 자, 이제 그냥 느긋하게 앉아서 쇼나 즐겨. 그러면 너도 정신이 다른 데 쏠려서 — 아마 — 이런, 너도 알잖아.

그는 그러고는 바로 크렘브륄레에게 다시 관심을 쏟았습니다. 나는 구석에 있는 안락의자에 앉아 내 불편한 마음과 굴욕감을 해소해 줄 약간의 위스키를 간절히 바랐습니다. 나는 여자와 관계를 맺는 동안 누군가가 나를 보는 걸 즐기지도 않았고, 또 설령 크렘브륄레와 로닌처럼 보기 좋은 한 쌍일지라도, 다른 사람들을 보는 걸 즐기지도 않았습니다. 나는 그냥 담배를 피우는 것으로 만족했습니다. 그러면 적어도 내 손으로 무언가를 할 수 있기는 했으니까요. 나는 다리를 꼬았다가 풀고, 천장, 바닥, 벽에 걸린 드가와 반 고흐의 복제화를 힐 끔거리며 손으로 턱을 괴었다가 안락의자 팔걸이에 손을 얹기도 하고, 조심스럽게 기침을 하며, 그 공산당 첩자의 얼굴을 보지 않으려고 노력했습니다. 그사이 로닌은 정말 믿기 힘들 정도의 인내심을 발휘하며 카마수트라*를 절반쯤 실천해 내는 동안에도, 끊임없이 지껄였습니다. 마치 내가 롤랑가로스**의 유독 치열한 테니스 시합을 지켜보는 중인 것처럼 나를 위해 줄곧 실황 중계방송을 해 주었습니다. 로닌은 스트로크***에 대한 설명 사이사이, 나를 만나는 데 관심이 있었던 이유를 설명했는데, 다음에 내가 전달하는 것은 그의 설명에서 반복적인 신음 소리, 끙끙대는 소리, 쾌락을 즐기는 행위에 대한 서술을 제외하고 편집한 형태입니다.

보스와 나 사이는 사이공의 1950년대까지 거슬러 올라가. 남자들은 남자답고, 여자들은 여자다운 시절이었어. 이른바 페미니스트들이 존재하는 요즘 같지는 않았지. 드래곤 레이디인 마담 누****, 그녀

---

*　　　4세기경 산스크리트어로 쓰인 고대 인도의 성애에 관한 경전.

**　　Roland-Garros. 흔히 프랑스 오픈이라고도 부르는 테니스 대회로, 프랑스 파리에서 매월 5월 말에서 6월 초에 열리며, 세계 4대 테니스 선수권 대회 중 하나다.

***　테니스의 타법이라는 의미도 있지만, 반복 운동 중 한 번의 동작이나 한 번의 찌르기라는 의미도 있다.

****　남베트남의 초대 대통령인 응오딘지엠의 제수인 쩐레쑤언. 가톨릭교도로 극단적 반공주의자였으며 피임, 낙태, 이혼 등에 반대한 보수주의자

야말로 진정한 페미니스트였어. 그녀는 아오자이를 입은 모습이 멋있었고 총을 쏠 줄도 알았어. 이른바 이 페미니스트들 중 몇 명이나 그럴 수 있겠어? 길거리 총격전, 차량 폭탄, 집 마당에 투척된 수류탄 등등 — 그런 것이 사람이 살아 있음을 느끼게 해 주는 것들이야. 왕들은 전투에서 죽곤 했어. 그런 일은 이제는 별로 일어나지 않지만, 그때 사이공에서는 확실히 그랬지. 우리 대통령 응오딘지엠을 좀 봐 — 탕, 바로 거기, 미국의 병력 수송 장갑차 안에서 마담 누의 남편과 함께 죽었잖아. 듣자 하니, 암살범이 그 불쌍한 개자식을 거세하고 그의 간 한 조각을 먹었다던데. 진짜 갱스터 같은 짓이지. 지엠은 빨갱이들에게 악랄하게 굴기는 했지만, 우리 같은 갱스터들을 좋아하지는 않았어. 맞아, 나는 갱스터이고, 그게 자랑스러워. 왜 갱스터라는 걸 부끄러워해야 하지? 바로 그게 내가 보스를 좋아하는 이유 중 하나야. 그는 부끄러워하지 않아. 나는 우리가 어렸을 때 그걸 알게 되었어. 난 그를 만난 곳이기도 한 메콩 삼각주*에서 태어났어. 그래서 내가 베트남 사람이 된 것 같지 않아? 우리 아버지는 농장 감독관이었어. 아버지는 사업이 계속 순조롭게 굴러가도록 그 강을 누비는 해적들과 거래를 해야 했지. 총독, 장군, 프랑스인 관리들,

였다. 1963년 남베트남 정부의 불교 탄압에 항의하는 의미로 캄보디아 대사관 앞에서 소신공양한 승려 틱꽝득의 죽음에 대해 미국 방송과의 인터뷰 중 분신자살이 바비큐 쇼에 지나지 않는다는 식의 발언을 해 서방에서 '드래곤 레이디'라는 별명을 얻게 되었다.
\*   인도차이나반도의 메콩강 하류에 있는 삼각주. 남베트남, 캄보디아 일대에 해당한다.

그들을 대신한 모든 베트남인 관리들은 말할 것도 없고 말이야. 부패는 삶의 한 방식이야. 부패는 우리의 고기에 뿌릴 소금이야. 다만, 너무 많이 뿌리지는 마. 사실, 사방 모든 사람이 부패했어. 다들 비밀리에 거래를 해. 아내가 있지만, 또 여기 이 숙녀 같은 미인도 있는 거야. 깨끗한 거래도 하고 더러운 거래도 해. 둘 다 필요하지. 그게 세상이 돌아가는 방식이야. 낮이 있으면 밤도 있는 법이지. 여기 사람들은 부패를 "연줄"이라고 불러. 나는 인도차이나와 코르시카의 부패가 더 좋아. 적어도 그건 정직하거든. 내가 코르시카인이라서 지금 이 업계에 있는 건 아니야. 보스가 중국인이라서 이 업계에 있는 게 아닌 것과 마찬가지지. 우리는 진실하기 때문에 이 업계에 있는 거야. 갱스터들은 세상이 어떻게 돌아가는지 알기 때문에 세상에서 가장 정직한 사람들이야. 우리는 우리가 부정직하다고 정직하게 인정하고, 따지고 보면 상당히 부정직한 스위스 은행가들보다는 정직해. 나치는 스위스인들을 너무 사랑해서 그들을 침략하지 않았어. 나치가 누군가를 사랑한다면, 그는 틀림없이 개똥 같은 놈인 거야. 내가 외인부대*에 있을 때 만난 나치들처럼 몇몇 괜찮은 나치가 아예 없었다는 건 아니지만 말이야. 자, 그런데 보스의 말로는, 네가 이 지식인들 사이에서 작지만 멋진 시장을 찾아냈다던데. 우린 네가 그 지식인 시장을 키워 주길 바라. 그러고 나서 모든 일이 잘 풀리면, 이 지식인들 중

---

\*　프랑스 육군 소속 외인부대, 레지옹 에트랑제를 가리킨다. 1831년, 당시 프랑스 국왕 루이 필리프 1세가 식민지였던 알제리의 반란을 진압하기 위해 5개 대대 규모의 용병 부대를 창설한 것이 효시이다.

일부를 **천국**의 천사들에게 소개할 수 있을 거야. 여기 라오스에서 태어나고 자란 이 작은 숙녀를 좀 봐. 맙소사, 라오스가 그리워! 세상에서 가장 아름다운 나라지. 세상에서 가장 영적인 사람들이고. 게다가 그들은 아주 더럽게 질 좋은 아편을 재배했어. 아직까지도 난 프랑스인들이 라오스와 인도차이나 전체를 잃었다는 사실을 믿을 수가 없어. 나는 코르시카인이자 프랑스인이지만, 또한 네가 다음 중 어느 용어를 선호하든, 인도차이나인, 혹은 베트남인이기도 해. 심지어 나는 1960년대에 사업차 여기 오기 전까지는 프랑스에 발을 들여놓은 적도 없었어. 보스가 어떻게 그렇게 빨리 여기서 자리를 잡았다고 생각해? 그는 이미 나를 통해서 투자를 하고 있었어. 위험하고 예측 불가능한 세상에서는 다각화를 해 둬야 해. 언젠가 조국의 앞날이 캄캄할 때를 대비해서 말이야. 난 우리의 예전 농장이 정말 그리워! 제일 맛있는 바나나, 제일 달콤한 코코넛, 과즙이 제일 풍부한 망고! 우리는 행복했어. 우리 일꾼들도 행복했지. 이제 그들에게 뭐가 있지? 공산주의야. 그들의 돈은 쓸모없어. 그들에게는 쌀이 충분하지 않아. 그들은 배급을 받지. 하지만 전시도 아니잖아! 전시보다 더 심각해. 내 예전 유모를 생각하면 마음이 너무 아파. 유모의 편지에 가슴이 미어져, 이 친구야 ── 가슴이 ── 미어져 ──


아, 맙소사,

　　　망할 놈의

　　　　　　빌어먹을 빨갱이

## 새끼들아!

로넌은 형편없는 영화에서 악당이 죽는 장면처럼 몸을 지나치게 거칠게 흔들고 극적으로 끙끙거리며 절정에 이르렀고, 수상쩍게도 크렘브륄레도 정확히 동시에, 같은 결말에 이르렀습니다. 그렇지만 로넌은 완벽하게 만족스럽다는 듯, 숨을 길게 몰아쉬며 털썩 드러누웠고, 또 동시에 크렘브륄레도 기분 좋은 목소리로 이렇게 아양을 떨었습니다. 아, 정말 머 — 어 — 엇 — 졌어요. 그러자 로넌이 씩 웃으며 이렇게 말했습니다. 그렇고말고, 자기. 그 순간 나는 세상에서 가장 똑똑한 사기꾼이라도 세상에서 가장 오래된 속임수에 홀랑 속아 넘어가곤 한다는 사실을 깨달았습니다. 아, 영원히 사라져 버린 환상이여! 첩과 함께하는 시간의 매력마저 사라져 버렸습니다. 내 젊은 시절의 또 하나의 막연한 꿈이 안개가 증발하듯 영원히 사라지고, 대신 나와 같은 종족의 수컷의 목덜미를 움켜잡고 흔들어 대는, 눈에 보이지 않는 오르가슴이라는 매력 없는 비전으로 대체되었던 겁니다. 나는 나 자신의 성별이 창피했습니다. 나도 저런 모습으로 저런 소리를 냈을까요?

쉰둘치고는 나쁘지 않지, 응? 로넌이 눈을 감은 채 말했습니다. 우리 합의 본 거지?

쉰둘이요? 무슨 합의요?

난 쉰두 살이야. 놀라운 일이지. 나도 알아. 난 아시아인 못지않게 나이 든 티가 안 나. 그리고 시장을 확대한다는 게 그 합의야. 지식인

**218**

들 사이에서 말이야! 그다음에는 **천국**에 대한 개인적인 소개가 이어져야겠지.

하느님께서 뭐라고 하실까요? 나는 그 질문을 속으로 했다고 생각했지만, 큰 소리로 말한 게 틀림없었습니다. 로넌이 이렇게 대꾸했던 것을 보면요. 하느님이 뭐라고 하시겠어? 이렇게 말씀하시겠지. 왜 안 되는데?

나도 한때는 그렇게 생각했어요. 내가 말했습니다. 하지만 여태껏 하느님이 뭐라고 하실지 생각하며 많은 시간을 보냈고, 그래서 지금은 진짜 답이 무엇인지 알고 있어요.

아, 그래? 로넌이 담뱃불을 붙였습니다. 그게 뭔데?

**염병할 대체 왜 안 되는데?**

이 미친 잡종 새끼. 로넌이 씩 웃으며 말했습니다. 네가 마음에 든다.

# 8장

 

 

 

염병할 대체 왜 안 되는데? 본, 네가 내 눈앞에서 방아쇠를 당기기 전에 스스로에게 한 질문도 그거였나? 음, 그래요, 아무튼, 염병할 대체 왜 안 되는데, 그것이 내 좌우명입니다. 특히 위스키, 또는 코냑, 보드카, 진, 사케, 와인, 맥주에 관한 한은요. 하지만 파스티스*의 경우는 아니었습니다. 왜냐하면 맛이 개떡 같았거든요. **천국**에는 리카** 파스티스가 한 병 있었지만, 로닌이 떠난 후, 그곳에서 마지막 날 밤을 보내며 나는 좀 더 흔한 조니 워커를 진탕 마시고 하트 모양의 침대에서 잠이 들었습니다. 어머니는 저 위에서 나를 지켜보고 있었을까요? 치욕스러운 내 모습을 볼 수 있었을까요? 어머니는 내게 자

---

\*     아니스 열매와 감초로 향을 낸 리큐어로, 프랑스에서는 여름에 식전주로, 희석하여 차게 마시는 것이 일반적이다.

\**    프랑스의 와인 및 증류주 제조사인 페르노리카에서 제조하는 파스티스의 상표명.

신의 사랑과 친절, 완전한 이해, 동정을 훨씬 능가하는 공감을 보여 주려고 했을까요? 만약 진짜 **천국**이 존재한다면, 어머니는 그곳에서 이 지상의 천국을 뚫어져라 내려다보며 이렇게 말했을 겁니다. 넌 내 아들이야. 그리고 넌 무언가의 반절이 아니야. 넌 모든 것의 갑절이 야! 넌 네 귀에 울려 퍼지는 저주를 — 자신을 강간하려는 경찰들에 게 저항하는 공산당 첩자의 그 말을 — 걸어 낼 방법을 찾아낼 거야.

## 내 성은 '베트'고, 이름은 '남'이야!

아, 엄마…… 내가 엄마만큼 나 자신을 믿을 수만 있다면 좋겠어 요. 나는 항상 나를 바라보는데, 내가 보는 모습이 마음에 들지 않기 때문에, 시력 개선에 어떤 안경보다도 훨씬 더 좋은 위스키에 의지해 야 합니다. 위스키를 흡족할 만큼 마시는 것은, 흡족할 만한 품질인 지 여부와 상관없이, 그 사람의 자아라는 흐릿한 거울을 윤이 나도록 닦고, 검안사가 하듯 렌즈의 초점을 맞추는 것입니다. 하지만 유감스 럽게도 위스키는 사라지고 없고, 숙취는 단순히 자기 자신인 동시에 또 한 사람이 되어, 한 사람이 다른 한 사람을 끊임없이 바라보고 있 는 현실에 대한 적응일 뿐입니다. 이것이 바로 이튿날 아침 본이 내게 전화했을 때 나의 상태였습니다.

그래, 좋은 시간 보냈어? 본이 물어보았습니다.

꽤 좋은 시간이었어. 나는 거짓말을 했습니다.

잘됐군. 그냥 알려 주고 싶어서 그러는데 말이야. 잠꾸러기가 죽었어.

　일곱 난쟁이 중 한 명의 폭력적인 죽음에 대해 말해 주는 사람치고, 본의 목소리는 꽤 쾌활하게 들렸습니다. 그는 그런 사람이었습니다. 그 역시 위스키를 몹시 좋아하기는 했지만, 그가 정말로 집중하는 것은 자기 가족에 대한 사랑과 적에 대한 증오였습니다. 이제는 자기 아내와 아이에게 줄 수 없는 사랑의 거대한 감정적 힘이 모조리, 그의 영혼이라는 불가사의한 다이너모* 안에서, 그가 적들에게 가할 수 있는 잠재적 폭력으로 전환되어 있었습니다. 지금 그에게는 다음과 같은 변명거리가 있었습니다. 잠꾸러기는 죽었고 그의 남동생인 (다른 키 작은 사람들에게조차도 키가 작다고 여겨지는) 꼬마는 간신히 살아 있었습니다. 탕프레르** 근처에서 습격을 받았을 때, 그 형제는 보스가 자기 보험 회사를 낭만적으로 일컫는 바, **비밀 결사**의 월 회비를 걷으러 돌아다니던 중이었습니다. 그 회비는 보스 자신 — 달리 누구겠어요? — 에 대비해 지불하는 보험료였습니다. 물론 대놓고 큰소리로 떠들 수 있는 것은 아니었습니다. 두려움의 근원이면서 동시에 그 두려움으로부터 보호해 주는 존재가 되는 건 엄청난 갈취였습니다. 보스가 이런 일의 원조라는 건 아니지만요. 조직화된 종교야말로 최초이자 가장 엄청난 보호료 갈취 사업, 그러니까 자발적인 두려

---

\*　　　자기장 안에서 운동하는 도체에 발생하는 기전력을 이용하여 전기를 일으키는 장치.

\*\*　　프랑스 파리의 13구에 기반을 두고 아시아, 특히 중국 제품을 전문적으로 취급하는 슈퍼마켓 체인.

움과 강요된 죄책감에 기반을 두고 형성되어 영속적으로 수익을 내는 경제 체계였습니다. 사후 세계라고 알려진 저 하늘의 펜트하우스로 가는 급행 엘리베이터에 자신의 영혼을 위한 자리를 확보하는 데 보태려고 교회, 절, 모스크, 시너고그, 사이비 종교 집단 따위에 돈을 기부한다는 건 천재적인 마케팅이었습니다! 잠꾸러기는 그때껏 그의 영혼을 위해 보험금을 지불했을까요? 만약 그렇다면, 그것이 그에게 조금이라도 도움이 되었을까요?

파이프 토막에 두들겨 맞아서 기억이 곤죽이 되어 버린, 아니, 본이 전한 바로는 그렇다고 하는 꼬마의 말에 따르면, 젊은 아랍 남자 4인조가 그들을 습격했습니다. 매복 공격은 음침한 주택가 골목에서 발생했는데, 젊은이들은 잠꾸러기와 꼬마를 주먹으로 때리고, 발로 걸어차고, 칼로 찌르다가, 나중에는 다양성을 위해 파이프며 쇠사슬까지 동원했습니다. 그 후, 그들은 잠꾸러기와 꼬마에게서 수천 프랑과 몇 장의 약속 어음을 빼앗았습니다. 그들 위쪽 창문에서 비명을 지른 한 용감한 목격자가 꼬마의 목숨을 구했습니다. 가해자들은 웃음을 터뜨리며 달아나 버렸고, 뒤에 남겨진 꼬마는 몸을 질질 끌며 큰길로 한 블록 정도 떨어진 다음번 수금 목적지까지 가서, 가게 주인에게 자신을 가게 저장실에 숨긴 다음, 까오보이에게 전화해 달라고 요구했습니다. 꼬마는 의심할 여지 없이 신호를 보내고 있는 그 도둑들뿐 아니라 경찰을 피해서도 몸을 숨기고 있었습니다. 본이 내린 결론에 따르면, 그 이야기의 교훈은 너무 많은 살인이 일어났다는 게 아니었습니다. 오히려 충분하지 않았다는 것이었습니다(잠꾸러기는 동의하지 않았을지도 모르지만요).

그 애들이 죽지 않았다고 내가 말했잖아. 본이 말했습니다. 내가 기회가 있었을 때 그들을 죽였어야 했다고 그가 말하자, 소니와 무절제한 소령이 내 귓가에서 콧방귀를 뀌었습니다. 본이 말을 이어 갔습니다. 설령 그들이 직접 한 게 아니라 해도, 그들의 친구들과 보스들에게 말했을 테고, 결국 이런 일이 일어나잖아. 누군가에게 칼을 꽂을 때는, 완전히 끝장내야 하는 거야. 꼬마에게 그런 짓을 하고 그를 죽이지 않은 사람이 누구든 그걸 후회하게 될 거야.

맙소사. 내가 비통하게 말했습니다. 이건 전쟁이야.

아, 그래. 그가 기꺼이 확인해 주었습니다. 이건 전쟁이야!


여느 전쟁이 그렇듯, 그 발단은 논쟁의 여지가 있을 수 있었습니다. 그들이 누구였든, 잠꾸러기를 죽였으니 발단은 그들의 잘못이었을까요? 하마터면 내가 잠꾸러기를 죽인 자들과 같은 갱단 소속일 것으로 짐작되는 비틀스와 롤링 스톤스를 죽일 뻔했으니 내 잘못이었을까요? 그들이 내게 강도 짓을 하려고 했으니 그들의 잘못이었을까요? 스스로를 억제할 줄 알았기 때문에 억압적 국가 기구의 검문이 전혀 필요치 않은 눈에 띄지 않는 인도차이나인들 사이에서, 내게 배정된 자리를 벗어난 내 잘못이었을까요? 그들이 식민화된 동지들과 동맹을 맺으려 하지도, 담소조차 나누려 하지도 않았으니 그들의 잘못이었을까요? 그건 그렇고, 지금 우리와 전쟁을 하고 있는 사람들, 그들은 누구였을까요?

이제 **천국**에서의 안식 기간이 끝났으니 그런 질문들에 대답할 시간이 있을 터였습니다. 내 얼굴은 아직도 붓고 민감하기는 했지만 어느 정도 나아졌고, 머리와 손의 통증은 지속적이고 거북한 가려움 정도로 완화되어 있었습니다. 설사 더 머물며 나의 굴욕적인 상황을 연장하고 싶었을지라도, 내 지갑은 바닥나 있었습니다. 나는 대기실로 올라갔다가, 그날이 내 마지막 날이라는 걸 알고 있던 종말론자 기도가 내게 빌려줄 것을 준비해 두었음을 알게 되었습니다. 그가 빽빽하게 밑줄을 그어 놓은 세 권의 책이었습니다. 파농의 『검은 피부, 하얀 가면』, 『대지의 저주받은 사람들』은 물론이고 세제르의 『어떤 태풍』까지 있었습니다.

이걸 어떻게 돌려줘야 하죠? 내가 물어보았습니다.

당신은 다시 올 거예요. 그가 말했습니다. 다들 **천국**에 다시 와요.

나는 작별 인사를 하러 주방으로 갔다가, 나이트가운 차림의 표현주의자 여주인과 크렘브륄레와 마들렌이 아침으로 담배를 피우며 커피를 마시고 있는 모습을 발견했습니다. 마들렌이 눈에 고인 눈물을 훔치는 걸 보았을 때, 내게 처음 든 생각은 고객이 어떤 식으로든 그녀에게 상처를 입혔다는 것이었습니다. 남자다운 분노가 치밀어 올라 내 가슴에 온통 파문을 일으켰지만, 내가 그녀에게 무슨 일이냐고 물어보았을 때, 그녀는 남자의 이름을 말하지 않았습니다. 대신에 테이블 위에 있던 신문을 가리켰습니다. 헤드라인에 **캄보디아의 대규모 집단 무덤**이라고 적혀 있었습니다.

그녀가 말했습니다. 우리 가족 대부분은 여전히 거기 있어요.

헤드라인 밑의 사진은 갓 발굴해 방수포 위에 산더미처럼 쌓아 놓은 검게 그을린 뼈와 비난의 기운이 담긴 두개골을 보여 주고 있었습니다. 이런 잊히지 않을 잔재들을 보면서 남이 경험하는 것이든, 나 자신이 경험하는 것이든 간에 내가 죽음, 또는 고통, 슬픔, 우울에 대처할 준비가 제대로 되어 있지 않다는 것을 다시 한번 깨닫게 되었습니다. 다른 사람들의 고통을 목격하면 나는 어떤 태도를 취하고, 어떤 말을 해야 할지 알지 못한 채, 공황 상태에 빠져 어쩔 줄 몰랐습니다. 내가 할 수 있는 일이라고는 그저 그녀의 어깨에 머뭇머뭇 한 손을 얹으며 안타깝다고 말하는 것뿐이었습니다.

당신들 베트남인들. 그녀가 손을 저어 나를 떨쳐 내며, 두 눈을 감았습니다. 당신들은 캄보디아를 침공했어요.*

표현주의자인 여주인은 마치 자신은 보스처럼 촐론 출신의 화교이므로 아무 책임도 없다는 듯, 나를 바라보며 어깨를 으쓱했습니다. 크렘브륄레는 마치 자신은 라오스인이므로, 자신에게도 베트남인이라서 져야 할 책임이 없다고 말하듯 나를 노려보았습니다. 나는 이렇게 말하고 싶었습니다. 나는 절반만 베트남인이에요. 게다가 우리는 모두 인도차이나인 아닌가요? 이건 우리를 죽이고, 조각조각 잘라 꿰매서 이어 붙인 다음, 지금 우리 모두가 공유하고 있는 "인도차

---

* 1975년, 베트남과 캄보디아 내륙 국경 지역의 국지적인 충돌로 시작하여, 1978년 12월 25일, 베트남이 캄보디아에 대한 전면적인 침공을 단행하기에 이르렀던 베트남-캄보디아 전쟁을 가리킨다. 이 전쟁으로 베트남은 캄보디아 국토의 대부분을 점령하고 당시 캄보디아의 공산당 정권인 크메르 루주를 퇴출했다.

이나"라는 이 잡종 같은 세례명을 우리에게 붙여 준 프랑스라는 우리의 프랑켄슈타인 박사 덕분이었습니다. 더구나 나는 캄보디아를 침공한 것이 공산주의자들이라는 사실을 마들렌이 알았으면 좋겠다는 생각까지 했습니다. 그 일이 일어났을 때, 나는 재교육 수용소에 있었고, 심지어 더 이상은 공산주의자도 아니었습니다.

하지만 그중 어느 것도 중요한 문제는 아니었습니다. 만약 어떤 식으로든 우리 나라를 채찍질한 프랑스인들, 미국인들, 일본인들, 중국인들 모두에게 집단적인 책임이 있다고 믿는다면 — 만약 **상대**가 우리에게 폭력을 저질렀다고 그렇게 열렬히 믿는다면 — 우리는 우리 자신에게 집단적 책임이 있다는 것도 믿어야 했습니다. 죄책감은, 실로 끔찍한 것이었습니다.

자, 그럼, 안녕. 나는 어색하게 말했습니다. 여주인과 크렘브릴레는 **천국** 같은 곳은 오로지 야음을 틈타서만 떠나야지, 절대로 아침에 떠나서는 안 된다는 사실을 내게 다시 한번 일깨워 주며 냉담하게 작별 인사를 했습니다. 마들렌은 잠자코 담배에 불을 붙이며 계속 눈을 감고 있었습니다. 그녀는 틀림없이 그 눈꺼풀 속에서 그녀만 볼 수 있는 영화, 그러니까 그녀가 아는 모든 사람이 여전히 살아 있는, 추억이라는 곧 망가질 듯한 필름을 보고 있었습니다.


나는 파리로 돌아가는 RER 열차에서 그 신문을 읽었습니다. 소니와 무절제한 소령도 내 어깨 너머로 함께 읽고 있었습니다. 기사는 이미 내가 팔라우 갈랑의 난민 수용소에서 구호 활동가들과 내 언어

교사에게 전해 들어 알고 있던 소식을 뒷받침해 주었습니다. 그 교사는 본국인 프랑스로 갈 운명인 우리 난민들을 돕고자 수용소에 온 보르도 출신의 성실하고 늘 땀에 젖어 있는 젊은이였습니다. 우리는 어느 날 내가 따분해서 참여했던 그의 받아쓰기 수업 시간에 크메르 루주가 한 짓에 대해 배웠습니다.

내 말을 따라 하세요. 그가 말했습니다. 크메르 루주.

크메르 루주. 우리가 말했습니다.

영년.* 그가 말했습니다.

영년. 우리가 말했습니다.

폴 포트는 사악하다. 그가 말했습니다.

폴 포트는 사악하다. 우리가 말했습니다.

아주 천천히, 기본적인 프랑스어로, 그는 크메르 루주와 그들의 지도자인 폴 포트가 캄보디아에서 모든 외국의 오염 요소를 제거하고, 모든 것을 '무'에서 다시 시작하기 위해, 어떻게 그들의 나라를 영년으로 되돌리고 싶어 하는지 설명했습니다. 무. 우리가 따라 했습니다. 그때 그 프랑스어 교사가 전에 우리에게 들려주었던 노래가 기억이 났습니다. 「농, 주 느 르그레테 리앙」.** 에디트 피아프의 목소리가

---

*     폴 포트를 필두로 한 크메르 루주 지도부는 자신들이 정권을 잡은 1975년을 변혁의 원년이라는 의미에서 '영년'라고 부르며, 모든 것을 과거로 되돌리고자 했다. 이후로 모든 서구화된 문화유산을 철폐하고, 사유 재산과 종교와 가족 제도를 모두 말살하며 강제 집단 농장 노동과 사상 교육을 강요했다.

**     Non, je ne regrette rien. '아뇨, 난 아무것도 후회하지 않아요'라는 의미.

내 머릿속에 울려 퍼질 때 그가 우리에게 그날의 마지막 받아쓰기를 시켰습니다. 크메르 루주는 공산주의자들이다. 우리는 한 번 더 그의 말을 따라 했습니다. 하지만 그 후 나는 손을 쳐들고, 이렇게 말했습니다. 크메르 루주의 지도자들은 파리에서 유학을 했어요.

에이! 늘 땀에 젖어 있는 프랑스어 교사가 감탄사를 내뱉었습니다. 아니, 아마 그 감탄사는 '에이이이!'였을 수도 있습니다. 여쨌든 그도 지극히 프랑스인다웠습니다. 그들은 자기들이 읽은 것을 이해하지 못했어요. 그가 말했습니다. 그들은 자기들이 배운 것을 변질시켰죠. 그들은 선을 넘었어요.

선을 넘어? 나는 늘 땀에 젖어 있는 프랑스인 교사와 논쟁하고 싶지 않아서 마음속으로 생각만 했습니다. 그의 찬성이 내가 난민 수용소를 벗어나는 데 도움이 될지도 몰랐거든요. "선을 넘었다"라는 말은, 투생 루베르튀르*와 아이티인들은 동의하지 않을지도 모르지만, 프랑스인들이 그들의 식민지에서 한 모든 일이 선을 넘지 않았다고 암시했습니다. 만약 프랑스인들이 캄보디아인들을 착취하면서 선을 넘지 않았다면, 크메르 루주가 존재하기나 했을까요? 그리고 항상

---

이 곡은 1956년 프랑스의 가수이자 작곡가인 샤를 뒤몽이 작곡한 후, 1960년 에디트 피아프의 음반을 통해 널리 알려졌다.

*  아이티의 독립 운동가이자 흑인 해방 지도자. 노예 해방 전쟁을 지도했고 사령관으로 영국 및 프랑스 군대와 싸웠다. 내란 상태에 빠지자 혁명적 통일 정부를 수립하고 총독이 되어 섬을 지배하기도 했으나, 1802년 프랑스에서 파견한 진압군에 패한 후, 프랑스로 이송되고 프랑스령 포르드주에서 감금당한 채 사망했다.

학생은 교사가 시키는 대로 뒤따르기만 할 게 아니라, 교사보다 더 나아가야 하는 것 아니었나요? 학생은 교사가 말한 대로만 할 게 아니라 교사가 행한 대로 해야 하지 않았나요?

우리 인도차이나의 경우, 교사는 **자유, 평등,** 박애를 극찬한 반면, 그 교사의 나라 사람들은 학생의 나라 사람들을 노예로 삼았습니다. 프랑스 혁명가들이 프랑스 귀족들을 참수하기 위해 기요틴을 사용하면서 선을 넘었다는 글을 학생이 읽고 나서, 교사가 토착민 혁명가들을 참수하기 위해 기요틴을 사용하는 걸 목격했을 때, 모순이 커졌습니다. 너무 혼란스러웠습니다! 토착민들이 그렇게 제멋대로였던 것도 당연합니다. 주인의 메시지가 그렇게 뒤섞여 있었으니, 토착민들도 불가피하게 뒤죽박죽이었던 겁니다.

꼭 너처럼. 소니와 무절제한 소령이 내 어깨 너머로 속삭였습니다. 그들이 용케 늘 한목소리를 낼 수 있다는 건 불가사의였습니다. 그들은 나와 나 자신보다 더 사이가 좋았습니다. 게다가 그들이 옳았습니다. 나는 뒤죽박죽 섞여 있었고, 어쩌면 선을 넘었을 수도 있습니다. 하지만 앞서 언급되었듯이 크메르 루주는 명확하게, 반박의 여지 없이 선을 넘었습니다. 그들은 몇 세기 전 자신들을 식민지로 삼고 자신들의 땅을 빼앗았다는 이유로 우리를 증오했기에 유혈 사태로 이어진 일련의 국경 지대 기습으로 우리를 공격했으며, 나의 격분한 동포들은 한때 캄보디아였던 곳을 침공하여 공산주의 형제들 간의 골육상잔 행위로 응수했습니다. 이 침공으로 그때껏 대개 소문으로만 떠돌던 대규모 집단 무덤에 관한 증거가 드러났습니다. 그런 무덤은 캄보디아 전국 각지에 있었고, 크메르 루주의 3년에 걸친 통치 기간 동안 사망한 몇천 명의 유해가 그 안에 있었습니다. 기사에 따르면, 아마도 몇만 명일 터였습니다. 어쩌면 몇십만 명일지도 몰랐습니다. 그 신문 기사에 실린 사진은 분해된 해골에서 떨어져 나온 몇백 개의 뼈가 쌓여 있는 구덩이를 보여 주었습니다. 머리와 흉곽은 더 이상 붙어 있지 않았고, 대퇴골과 견갑골은 함께 내던져져 있었습니다. 크메르 루주의 실현 불가능한 꿈과 마찬가지로 산산조각 나서 뒤죽박죽 섞여 버린 인간의 유해들이었습니다. 내 배 속도 그 꿈처럼 공허하게 텅 빈 느낌이 들었습니다. 나의 혁명은 그들의 혁명과 마찬가지였을까요? 장폴 사르트르는 파농의 『대지의 저주받은 사람들』의 서문에서 다음과 같이 썼는데,* 한때 내가 밑줄을 그으며 외웠던 이 대목을 찾고 보니, 종말론자인 기도 또한 표시를 해 놓은 상태였습니다. "승리를 위해서는, 민족 혁명은 사회주의 혁명이어야 한다. 만약 그 단계가 생략되고 토착 부르주아지가 권력을 장악하면, 신생국은 명목상으로는 주권을 얻었을지라도 여전히 제국주의자들의 손아귀에 잡혀 있는 것이다." 맞아! 나는 과거에 여백에 그렇게 써 놓은 적이 있었습니다. 맞아! 종말론자인 기도도 여백에 그렇게 휘갈겨 놓았습니다. 크메르 루주도 이 서문을 읽었을까요? 혹은 읽기는 했지만 잘못 이해했을까요? 혹은 프랑스 혁명을 포함한 모든 혁명의 분위기를 그저 일부만 맛봤을 뿐일까요? 파농은 알제리 혁명에 대해 이야기하

---

*    파농의 요청으로 사르트르가 이 책의 서문을 써 주었다.

면서 "탈식민화는 항상 폭력적인 현상"이라고 썼는데, 그때까지의 내 개인적인 경험은 그의 분석이 사실이라는 증거였습니다. 폴 포트와 그의 혁명 동지들의 사상이 어디에서 비롯되었든, 그들은 그저 필연적인 결말에 이르기까지 그 사상을 계속 추구하며, 토착 부르주아지가 아닌 많은 사람들까지 포함해 토착 부르주아지를 뿌리 뽑았을 뿐입니다. 크메르 루주는 자신들의 식민 지배자인 우리와 자신들의 식민 지배자의 식민 지배자인 프랑스인들에게 증명해야 할 것이 너무나 많았습니다. 그들은 빨갱이들 중에서도 가장 빨갱이인 자신들보다 더 혁명에 헌신적인 사람은 아무도 없다는 걸 보여 주고 싶었습니다. 하지만 결국, 폴 포트는 그저 파농의 또 하나의 주장을 증명했을 뿐인지도 모릅니다. "식민화된 사람은 박해자가 되는 것이 영원히 변치 않는 꿈인 박해받는 사람이다."

보스는 꼬마를 천국으로 보내 회복하도록 했는데, 그의 심각한 부상과 보스의 후한 장애 수당을 고려할 때, 그 개자식은 불행 중 다행으로 그곳에 몇 주 동안 머물게 될 터였습니다. 본과 나는 잠꾸러기와 꼬마가 함께 쓰던, 5구의 파리 식물원 근처에 있는 어둑하고 매력 없는 2층 아파트로 이사했습니다. 여기서 우리는 잠꾸러기와 꼬마로 신분을 위장했는데, 이제 잠꾸러기는 영원히 잠들었기 때문에 본은 영구적 거주권을 차지하게 되었습니다. 내가 까오보이에게 본이나 나나, 잠꾸러기나 꼬마와 조금도 닮지 않았다고 하자, 그가 이렇게 말했습니다. 여기서 오래 산 사람으로서 내가 장담하는데, 프랑스인들은 그 차이를 구별하지 못할 거야.

그들은 키가 작아요. 본이 말했습니다. 정말 작아요.

그리고 못생겼어요. 내가 말했습니다. 정말 못생겼어요.

잘난 척하지 마, 카뮈. 까오보이가 말했습니다. 미남 선발 대회에서 우승하지 못하기는 너희 둘도 마찬가지일 테니까. 아무튼 잠꾸러기와 꼬마는 몇 년 전에 다른 두 남자로부터 그 아파트를 넘겨받아서, 그들 명의로 살고 있었어. 하지만 그 남자들도 다른 두 남자로부터 그 아파트를 넘겨받아서, 그들의 명의로 살고 있었지. 얼마나 오래 전까지 이렇게 거슬러 올라가야 할지 누가 알겠어? 그래서 그 아파트가 그렇게 싼 거야. 그 임대차 계약은 몇십 년은 된 거야. 그렇기 때문에 그 처음 두 남자는, 그들이 누구든, 어디에서 왔든 절대로 죽지 않을 거야. 그들은 그 아파트에서 영원히 살 거야.

프랑스인들이 우리를 두려워한 것은 놀랄 일이 아닙니다. 우리는 그저 눈에 띄지 않는 인도차이나인이 아니었습니다. 우리는 영원불멸의 동양인이었습니다! 개개인이 혹은 몇백만이 우리를 죽였지만, 우리는 언제나 다시 태어났습니다. 우리는 못생기기는 했지만 결코 늙지 않았고, 중국인이든 베트남인이든, 베트남 화교든, 심지어 나 같은 유라시아인이든 모두 똑같아 보였습니다. 실제로, 그다음 몇 주 동안 우리 쪽을 머뭇머뭇 흘끔거렸던 두어 번의 시선을 제외하고는, 그 건물의 어느 누구도 우리를 쳐다보거나 우리에게 말을 걸지 않았습니다. 어쩌면 우리는 그 건물에서 낯선 사람이었을지도 모릅니다. 하지만 그렇지 않았을 수도 있었습니다. 세입자들은 이전에 이 중국인들,

혹은 베트남인들, 혹은 아시아인들을 아주 자세히 본 적이 없었기 때문에, 이제 우리가 스스로 주장하는 바로 그 사람인지 여부를 확인할 수가 없었던 겁니다. 전형적인 미국인답게 싹싹하고 재치 있는 일부 미국인들이 **정체를 알 수 없는 빌어먹을 동양인**이라고 부르는 경우와 프랑스인들이 **구별하기 모호한 아시아인**이라고 부를 수도 있는 경우를 구별하는 자신들의 능력에 자신이 없었기 때문에, 우리의 이웃들은 지나치다 싶을 정도로 편견에 사로잡히거나 혹은 너무 정중해서, 우리가 아예 존재하지 않거나 혹은 전부터 늘 존재했던 것처럼 행동하기로 결정했습니다.

하지만 그 아파트로 이사하기에 앞서, 나는 내 물건들을 가지러 당고모의 집으로 돌아갔습니다. 나는 보잘것없는 소지품들을 챙겼습니다. 자본주의자에게는 충분하지 않지만 이제 사회주의자로 통할 정도로 사상이 약해진 전(前) 공산주의자에게는 그리 나쁘지 않은 것들이었습니다. 이미 가짜 바닥에 다시 넣어 놓았던 묵직한 자술서 위에 이 소지품들을 더하니, 가죽 더플백이 가득 찼습니다. 나는 몇 달 동안 내 자술서를 읽지 않았지만, 기억을 되살리는 부호 같은 자술서의 존재로 인해 더플백에 마력이 깃든 듯한 느낌이 났습니다. 나는 당고모에게 본과 함께 살 아파트에 대해 말했고, 당고모는 내게 언제든 돌아와도 된다고 말할 만큼 예의 바르기는 했지만, 계속 머물러야 한다고 고집하지는 않았습니다. 우리가 함께한 시간이 다소 어색하게 끝나 가고 있었을 때, 더플백을 만지작거리며 내가 물어보았습니다. 들었어요?

뭘?

만이 파리에 있어요.

그녀는 진짜로 놀란 듯 보였습니다. 아니, 몰랐어.

하지만 내가 여기 있다고 그에게 알렸다면서요.

물론이야. 너도 내가 그럴 줄 알고 있었잖아?

나는 고개를 끄덕였습니다. 여전히 혁명을 믿는군요.

너와 달리 나는 아무것도 없다는 것을 믿을 수 없어. 그녀가 말했습니다. 아니, 좀 더 정확히 말하자면, 혁명이 학대한 너의 일부분과 마찬가지로, 나는 무언가가 있다는 것을 믿어야 해. 설령 내가 너에게 일어난 일을 믿는다고 해도 말이야.

혁명을 믿는 사람들은 아직 혁명을 겪어 보지 않은 사람들이에요.

우리는 그런 실수에서 배워. 너 자신은 혁명을 너무 빨리 판단하는 실수를 저지르고 있어.

너무 빠르다고요? 나는 깜짝 놀랐습니다. 그들이 나한테 한 짓을 읽고도 —

그게 정당했다는 말은 아니야. 내 말은 모든 혁명에는 지나친 부분이 있다는 거야. 그건 혁명의 본성에 내재해 있어. 사람들은 너무 활기차고, 너무 열정적이야. 그들은 휩쓸려 다녀. 감정이 고조되지. 그러다가 때로는 엉뚱한 사람들이 피해를 입기도 해. 하지만 너 자신과 네 개인적인 경험은 제쳐 둬야 해. 긴 안목을 가져야 해. 미국을 좀 봐. 지금은 아무도 그 당시 영국 왕의 편에 서기로 했던 미국인들에게 무슨 일이 일어났는지 기억하지 못해. 미국 혁명이 일어나지 않왔어야 하는 거야? 아니면 그 모든 사람이 추방당했다고 해서, 우리가 그 혁명을 비난해야 하는 거야? 아니면 프랑스 혁명을 봐 봐. **공포정치**는 불행한 일이었지만, 지금 우리가 있는 이곳을 봐. 혁명은 50년 후, 100년 후에, 열정이 식고 혁명의 성과가 뿌리내려 무성하게 자랄 시간을 가졌을 때, 판단할 필요가 있어.

그때쯤 난 살아 있지 않을 거예요. 얼마나 편리한지.

빈정거리지 마. 너한테 안 어울려.

난 오히려 나한테 아주 잘 맞는 것 같아요.

그녀가 한숨을 쉬며 말했습니다. 혁명가들이 자신을 희생해야 한다는 건 잘 알 거야. 프랑스인들이 우리 고국에서 처형한 그 모든 공산주의자들을 생각해 봐. 그 젊은 순교자들이 10대, 20대, 30대의 나이에 죽은 걸 생각하면 우울해. 하지만 그들은 혁명이 계속될 것이라고 믿었기에 스스로를 포기했어. 그들은 궁극적인 희생을 치렀어. 넌 아직 그렇게 한 건 아니잖아. 가혹하게 굴어서 미안하지만, 넌 자기연민에서 벗어나야 해 ──

내가 나를 불쌍히 여기지 않는다면 누가 그렇게 해 줄까요?

── 그리고 너한테 일어난 일에 대한 네 주관적인 감정과 혁명이 작동하는 방식에 대한 객관적인 이해를 서로 분리해야 해. 넌 네 개인적인 경험을 정치적인 지식으로 착각하고 있어. 슬픈 이야기지만, 여전히 혁명을 믿는다는 네 선언에도 불구하고, 너는 반혁명주의자처럼 보이고, 그렇게 들리게 말해. 전에는 이런 말을 하는 걸 망설였지만, 이제 난 확실히 알아. 넌 반동분자야.

나는 말문이 막혔습니다. 반혁명주의자, 반동분자라고 부르는 것은 누군가가 내게 할 수 있는 최악의 짓이었습니다. 비록 한편으로는 화가 나서 동의하지 않았지만, 다른 한편으로는 의심에 떨며 괴로워했습니다. 내가 할 수 있는 최선의 대응은 이렇게 말하는 것이었습니다. 만일 내가 반동분자라면, 고모는 그저 안락의자 혁명가*에 불과해요.

그게 곧 내 말이 틀릴 수도 있다는 의미는 아니지. 넌 마르크스를 믿어. 아니야?

나는 함정을 감지하고 망설였습니다. 그의 추종자들을 믿는 것보다는 그를 더 믿어요.

바로 그거야. 그는 철학자였어. 그의 추종자들 중 상당수는 그렇지 않지. 그들은 활동가들이야. 그들이 네게 한 짓을 봐. 하지만 누구나 다 안락의자에 앉아서 철학적인 이야기를 하지 않아? 내가 아는 한 마르크스는 총을 사용한 적이 없어. 그녀는 다시 한번 내 말문이 막히는 걸 보고 즐거워했습니다. 얼음에 담가 놓은 샤블리**가 한 병 있어. 한 잔 따라 마시고, 나도 한 잔 따라 줘. 더 머물다가 마지막으로 한 번 더 밤 모임에 참석하면 좋을 텐데. 친구들이 들를 예정이야.

당고모는 그녀의 아파트를 가장 자주 찾는 방문객인 BFD와 마오주의자인 박사를 언급했습니다. 그들을 보고 싶은 마음은 없었지

---

\*        급진적이고 혁명적인 목표를 실현하고자 구체적인 행동은 취하지 않으면서 말만 하는 혁명가.

\*\*      프랑스 샤블리 지방에서 생산하는 화이트 와인.

만, 공짜 샤블리를 거절하기는 어려웠습니다. 주방에서 유리잔을 들고 돌아온 후, 나는 그녀의 벽난로 위에 걸려 있는 거대한 금테 거울을 들여다보았습니다. 나는 거울을 자주 들여다보았습니다. 스파이로서, 내가 어떻게 보이는지, 혹은 어떻게 보여야 하는지를 항상 알고 있어야 했기 때문입니다. 배우처럼, 특히 표정과 반응을 연습했습니다. 특히 내가 가장 두려워했던 다음과 같은 질문들에 대해서요. 당신은 공산주의자인가요? 스파이인가요? 충격, 불신, 분노 ― 그것이 내 얼굴이 전달해야 하는 감정이었습니다. 지금 내 얼굴은 유쾌해야 했는데, 나를 뚫어져라 마주 보고 있는 그 얼굴은 불쾌하지는 않았습니다. 천국에서 건강을 회복한 후, 거울에 비친 얼굴은 적어도 약간이나마 인간다워 보였는데, 그것은 분명 아주 오래된 유리의 왜곡 탓이었을 겁니다. 그래도 나는 자신감을 되찾고는, 당고모에게 잔을 건네준 다음 샤블리를 한 모금 마셨습니다. 와인의 냉기가 내 영혼을 달래 주었습니다. 비록 얼굴은 아프지 않았지만, 영혼은 욱신욱신 아팠거든요.

그들 중 한 명에게 정착할 건가요?

정착? 당고모는 내가 마치 살면서 들어 본 중 가장 재미있는 농담을 하기라도 한 것처럼 웃음을 터뜨렸습니다.

남편을 원하지 않나요? 나는 그저 잡담을 하고 있을 뿐이었지만, 잡담은 원래 깊은 우물에서 퍼 올리는 법입니다. 아이를 원하지 않아요?

그녀가 한숨을 쉬며 말했습니다. 한때 혁명가였던 사람치고, 넌 너무 우울해질 정도로 인습적이야.

BFD와 마오주의자 박사가 오기 전에 나는 당고모의 화장실로 들어가 문을 잠그고, 손거울의 표면에 치료제 한 병을 쏟아부은 다음, 20프랑짜리 지폐를 돌돌 말아서 손거울에 얼굴이 보일 만큼 몸을 바짝 숙이고는, 그 하얀 가루를 차례로 각각의 콧구멍을 통해 모조리 들이마셨습니다. 그런 다음 몸을 덜덜 떨면서 기다렸습니다. 해시시로는 충분하지 않았습니다. 내가 **반동분자**라는 — 아니면, 그냥 그렇게 불리는 — 데서 비롯되는 메스꺼움에서 나를 구해 줄 치료제의 힘이 필요했습니다. BFD와 마오주의자 박사가 도착했을 때쯤에는, 치료제로 진정이 된 상태였습니다. 나는 그들에게 와인을 따라 주었습니다. 마침내 사교적으로 쓸모 있는 사람이 될 방법을 찾아냈던 겁니다.

내 사랑. BFD가 당고모에게 말했습니다. 오늘 밤 게이샤만큼 아름답군요.

그에 뒤질세라 마오주이자인 박사가 말했습니다. 자기, 오직 고갱만이 자기를 그릴 자격이 있을 거예요.

당고모는 그들의 찬사를 우아하게 받아들이고는 내 해시시의 일부를 담배 가루와 섞어 가늘지만 **빵빵한** 담배로 말았습니다. 나는 이번에는 생마르탱 운하 근처에 있는 파리에서 두 번째로 최악인 아시아 식당 일을 돕기 위해 일주일 동안 집을 비웠다고 변명했지만, 변명에 대해 걱정할 필요는 없었습니다. 아무도 알고 싶어 하지 않았고,

나도 그 편이 좋았습니다. 거의 줄곧 부드럽고 유혹적인 해시시를 즐기고 싶을 뿐이었으니까요. 나는 그들이 다양한 주제를 다급하게 섭렵하는 동안 그 대화를 무시했습니다. 하지만 다음과 같은 몇 가지 주제가 더없이 행복한 내 귓전을 때리며 들려왔습니다. 그들은 새로운 사회주의 정권하에서 기존의 4주 유급 휴가에 일주일의 유급 휴가가 추가된 것에 찬성했습니다. 비록 다들 일주일이 더 필요하다는 데 동의하기는 했지만요. 또 그들은 이민자와 외국인을 맹비난해 줄곧 기삿감이 되고 있던 한 극우 정치인을 조롱했습니다. 또한 프랑스가 계속해서 이민자들을 환영하는 나라, 인도차이나에서 온 사람들 같은 난민들을 수용하는 나라가 되어야 한다고 단언하기도 했습니다.

그렇게 생각하지 않아요? BFD가 물어보았습니다.

그들이 내게 말을 거는 데 전혀 익숙하지가 않아서, 그가 예의 때문이 아니라 제 잘난 맛 때문이기는 해도 영어를 사용하고 있는 걸 보니, 내게 말을 걸고 있다는 사실을 깨닫는 데 잠시 시간이 걸렸습니다. 뭐라고요? 나는 눈을 깜박이며 물었습니다.

프랑스가 난민을 수용하는 나라가 되어야 한다는 것이 맞는 말이라고 생각하지 않나요?

수용소에요? 왜요? 우리가 미쳤나요?*

*     '수용소', '피난처', '망명' 등의 의미인 'asylum'이 환자를 장기적으로 수용하는 '정신병원'이라는 의미로 사용되는 경우도 있는 데서 착안한 말장난.

나는 내가 꽤 영리하게 굴고 있다고 생각했지만, BFD는 얼굴을 찡
그리며 이렇게 말했습니다. 아니, 내 말 무슨 뜻인지 알잖아요. 난민
수용국 말이에요.

바로 그 순간 나는 해시시 덕분에 대담해져서 이렇게 말했습니다.
아, 설사 그들이 사회주의자와 공산주의자와 유토피아로부터 달아나
는 중이라 해도요?

마오주의자인 박사가 말했습니다. 나는 이 난민들이 자기 조국의
식민지화에 가담한 식민지의 매판이라는 데 동의하지는 않아요. 하
지만 그들이 인간적인 결점이 없다는 뜻은 아니에요. 그들은 더없이
인간적이고, 그래서 우리의 도움을 받을 자격이 있어요. 특히 우리가
맨 처음에 당신 나라를 망친 식민 지배자였으니 더욱요.

그 말에 동의하지 않는 건 아니에요. 내가 말했습니다.

이 친구는 지금껏 변하지 않았어요. BFD가 말했습니다. 너무 겸
손해서 자기 입으로 당신한테 말하지는 않겠지만, 1960년대에 당신
나라에서 미국 제국주의가 확장되는 것에 반대하는 마오주의자 위
원회를 이끌었죠.

그건 마땅히 해야 할 일이었어. 마오주의자인 박사가 말했습니다.

이 친구는 모든 마오주의자들 가운데서도 가장 마오주의자다웠어
요. 이를테면 강성 마오주의자라고나 할까. BFD가 말했습니다. 사실,
너무 마오주의적이어서 우리가 붙여 준 별명이 —

마오 주석. 내가 말했습니다.

아니, 훨씬 더 좋은 거였죠. 시누아*!

그들은 모두 웃음을 터뜨렸고 나는 어리둥절해서 희미하게 미소만 지었습니다. 시누아라고요? 그것이 칭찬이었을까요? 모욕이었을까요? 아니면 둘 다였을까요? 하지만 그는 마오주의의 모든 것을 다 아는 전문가였기에, 나는 이렇게 물어보았습니다. 박사님은 **문화 대혁명** 이후에, 혹은 **대약진 정책** 이후에도 여전히 마오주의자로 남아 있는 게 가능해요? 이데올로기적 국가 기구와 억압적 국가 기구의 반대편에 선 그 모든 중국인의 죽음을 계기로 마오주의를 재고해야 한다는 생각이 들지는 않나요? 아니면 이건 어떤가요? ── 나는 캄보디아의 대규모 집단 무덤과 뼈의 사진이 실린 신문을 찾아서 가져왔습니다 ── 캄보디아의 경우는요? 중국인들은 크메르 루주를 지지하고 있어요. 그로 인해 공산주의 혁명이 최소한 메스껍게 느껴지지 않나요?

마오주의자인 박사는 그 사진을 보며 슬픈 듯 고개를 가로저었습니다. 나도 오늘 아침에 봤어요. 그가 말했습니다. 네, 물론 혁명은 실수를 저지르고, 때로는 몇백만이 죽을 정도의 실수일 때도 있어요. 비극적이냐고요? 그래요. 잘못이냐고요? 그래요. 하지만 만약 거기서 멈춘다면, 그야말로 자본주의자들의 함정에 빠지는 거예요. 하! 그들은 이렇게 말하겠죠. 잡았다! 이제 선택할 수 있는 것이라고는 자본주의와 가짜 민주주의밖에 없어요. 잘못된 이분법의 농간이죠. 만약 공산주의가 나쁜 것이라면, 자본주의는 좋은 것이라야 하니까

*      '중국인'이라는 뜻의 프랑스어.

요. 그런가요? 아니죠! 자본주의자들은 스탈린과 마오쩌둥 치하에서 몇천만 명이 목숨을 잃었다고 지적하기를 몹시 좋아하지만, 편리하게도 자본주의하에서 **몇억** 명이 죽었다는 것은 잊고 있어요. 식민주의와 노예제가 각각 자본주의의 한 형태가 아니고 뭐였나요? 아메리카 원주민의 대량 학살은 자본주의가 아니고 뭐였나요? 하지만 자본주의의 그런 역겨운 모순들은 잊고 공산주의자들이 한 짓에 집중해 봅시다!

내가 뭐랬어요? BFD가 자기 잔에 와인을 한 잔 더 따르며 말했습니다. 시누아라니까!

그건 다 알아요. 내가 말했습니다. 하지만 다 이론일 뿐 ——

아니, 그건 실천이에요. 마오쩌둥과 문화 대혁명에 대해 물었죠. 나는 그것이 실수였다고 확신하지 못하겠어요. 왜냐하면 마오쩌둥은 국가의 편이 아니었으니까요. 그는 국가의 반동적 요소들을 일소하고, 권력을 그것이 속한 곳에, 다시 말해 인민, 일반 대중에게 되돌려 주려 했어요. 문화 대혁명은 파리 코뮌\*과 같은 방식으로 되돌아봐야 해요 —— 그 당시에는 실패였지만, 결국에는 인민을 위한 승리예요! 마오쩌둥에 대해 말해 보자면, 그는 몹시 변증법적이었죠. 베트남의 공산주의자들이 추종해 온 스탈린과 달리, 혁명이 국가로 고착

\*    1871년 프로이센과의 전쟁에서 프랑스가 패배하고 나폴레옹 3세의 제2제정이 몰락하는 과정에서, 파리에서 일어난 민중 봉기. 혁명 정부는 72일 동안 존속하면서 민주적인 개혁을 시도했으나 정부군에 패하여 붕괴되었다.

되는 것을 용납해선 안 된다는 걸 깨달았기 때문이에요. 일단 그렇게 되어 버리면 혁명은 자체적인 힘에 의해 변질될 거예요. 그래서 당신이 결국 재교육 수용소에 수감되었던 거죠. 혁명은 변증법처럼 영속적이어야 해요!

당고모가 내게 해시시 담배를 한 대 더 권했습니다. 나는 묵묵히 받아들였습니다. 심지어 영어로도 그 이론적인 집중 공세에 대꾸할 수가 없었거든요. 마오주의자인 박사는 와인을 홀짝이면서, 나를 불쌍히 여겨 이렇게 말했습니다. 당신은 아주 많은 일을 겪었어요. 이해해요. 당신은 자신이 역사의 반대편에 선 일에 대해 용서받을 수 있다는 걸 알아야 해요. 하지만 그것을 깨닫기 위해 정말 진심으로 자아비판을 했나요?

자아비판이요? 내가 외쳤습니다. 자아비판을 빼면 난 시체예요. 내 삶 전체가 오로지 나와 나 자신과 나라는 사람 사이의 자아비판 시간이라고요!

목소리를 높일 필요는 없어요. BFD가 말했습니다.

당신이 그렇게 자아비판적이라면, 자신이 어느 지점에서 일반 대중과 유리되는지 아나요? 마오주의자 박사가 물어보았습니다.

나라는 사람이 곧 나이자 나 자신인데, 왜 내가 일반 대중과 유리되는 것에 대해 걱정해야 하나요? 나는 개체가 아닌가요? 이미 하나의 집합체가 아닌가요? 내 안에는 이미 다수가 포함되어 있지 않나요? 나는 독립적인 하나의 우주가 아닌가요? 내가 나라는 명제와 나 자신이라는 반명제를 통합할 때 나라는 사람은 무한히 변증법적이지 않나요?

해시시에 취해서 떠들어 대는 말이군. BFD가 말했습니다.

애한테 그렇게 가혹하게 굴지 않았으면 좋겠어요. 당고모가 말했습니다. 이 뜻밖의 지지에 내 기분은 붕 들떴다가, 그녀가 다음과 같이 말하는 순간 축 처져 버렸습니다. 실제로는 보이는 것처럼 완전한 반동분자는 아니에요. 사실은 반동분자들 사이에서 비밀리에 활동한 공산당 스파이였는데, 어쩌면 자본주의를 사랑하는 미국의 협력자인 척하는 데 너무 열성적이었기 때문인지, 결국 재교육 수용소에 보내졌을 따름이죠.

BFD와 마오주의자인 박사는 새삼 흥미롭다는 듯 나를 바라보았습니다. 아니, 어쩌면 내 턱이 내 기분에 따라 바닥으로 뚝 떨어져서, 입이 떡 벌어져 있었기 때문에 쳐다보았는지도 모르죠. 말하지 않기로 ─ 그건 안 ─ 왜 ─

괜찮아. 넌 지금 협력자들 사이에 있어. 내 말을 일축하듯 손사래를 치며 당고모가 말했습니다. 네 문제는 네가 완전히 네 머릿속에서만 산다는 거야. 나 말고는 얘기할 사람도 없고. 연대의 중요성을 잊어버렸니?

나라면 이 친구가 스파이라고 상상도 못 했을 텐데. BFD가 말했습니다.

그렇기 때문에 훌륭한 스파이가 된 거지. 마오주의자인 박사가 말했습니다.

최소한 내가 뭔가를 잘하긴 하는군요! 내가 소리쳤습니다. 그리고 고모 말고 이야기할 사람도 있어요 —— 난 항상 나 자신에게 이야기해요!

그래 보여. 당고모가 말했습니다.

그들은 모두 나를 쳐다보고 있었습니다. 마치 내가 "나는 미국을 사랑해요." 같은 매우 문제 있는 말을 하기라도 한 것처럼요. 그것은 프랑스 지식인들 사이에서는 절대로 해서는 안 될 말이었습니다. 그런 말은, 포르노물을 좋아한다는 말처럼, 단둘이 있을 때 고백해야 했습니다. 나는 너무 갑자기 일어선 탓에, 머리가 어지러웠습니다. 당고모의 벽난로 위에 걸려 있는 금테 거울에 비친 나 자신, 그러니까 두 얼굴의 남자를 보자, 현기증이 더욱 심해졌습니다. 나는 나 자신과 그들에게 어떤 얼굴을 보여 주고 있었을까요? 나는 혁명가였을까요? 아니면 반동분자였을까요? 만일 혁명가라면 나는 무엇을 믿었을까요? 무엇에 헌신했을까요? 나는 나 자신이었을까요? 아니면 또 다른 사람이었을까요? 나는 중얼중얼 변명을 하고는 화장실로 가서 문을 잠그고, 치료제를 좀 더 빨아들인 다음, 덜덜 떨면서 구역질이 가라앉기를 기다렸습니다.

# 9장

우리는 — 나와 나 자신과 나라는 사람은 — 현실도 비현실도 아닌, 초현실적 상태였습니다. 내 머리에 난 구멍들이 전혀 도움이 되지 않는 상태였고, 우리가 하면 안 된다는 것을 알면서도 치료제의 하얀 가루가 닿는 기분이 얼마나 좋은지를 고려하면 너무 쉽게 하게 되는 일을 할 때, 즉 그 가루를 뒤집어쓸 때, 또는 우리가 한 번 더 파리의 거리를 걸어 다니기 위해 일본인 관광객으로 위장했을 때, 훨씬 더 확실해지는 상태였습니다. 안경을 쓰면 우리는 눈이 두 개가 아니라 네 개였습니다. 비록 가짜 렌즈였지만 모든 것이 더 선명하고, 초점이 더 잘 맞는 것처럼 보였습니다. 비록 우리가 해시시에 취해 있었을지라도요. 아니, 아마 해시시에 취해 있었기 때문일 겁니다. 그리고 우리가 치료제에 취해 있었을 때, 혹은 치료제를 사용해서 해시시의 효과를 배가했을 때 훨씬 더 선명하고, 초점이 잘 맞는 듯 보였습니다. 우리는 점점 더 치료제를 자주 투약해야 한다는 걸 알게 되었습니다, 이제 파리의 거리를 걸어 다니는 목적은 미끼 노릇을 하기 위한 것이었고 미끼가 된다는 것은 두려운 일이었기 때문입니다. 잠꾸러기를 죽이고, 꼬마와 우리를 죽이려 했던 자들은 누구든 다시 시도할 터였습니다. 아니, 까오보이가 우리에게 그렇게 말했습니다. 그것을 안다는 건 꽤 부담스러운 일이었기에, 우리가 라이벌 갱단을 끌어내려고 하는 내내 그 치료제는 우리가 진정하거나 착각에 빠지는 데 도움이 되었습니다.

그렇지만 우리가 파리의 거리를 걸어 다녔다고 말하는 건 정확하지 않았습니다. 우리는 걷지 않고 떠다니고 활주하면서, 문화 공연의 예행연습에 참여하고, 주문받은 물건들을 베트남인 공연자들과 마오주의자인 박사와 그들의 모든 친구들 및 지인들에게 약속대로 차례차례 배달해 주었습니다. 그들은 자신들의 물건을 배달해 줄 사람으로 황색 아시아인, 즉 같은 베트남인을 갈색 동양인, 다시 말해 아랍인보다 선호했습니다. 오래전 호찌민이 식민주의에 반대하는 그의 글에서 인정했듯이, (아프리카인은 물론이고) 아시아인과 아랍인은 식민지라는 의붓자식으로서 프랑스라는 폭력적인 보호자를 공유하는 관계였습니다. 아시아와 아랍은 서양의 동쪽, 혹은 적어도 서양 정신의 동쪽에 펼쳐져 있는 광대한 지역을 공유하는 먼 사촌 사이였습니다. 갈색 동양인은 한때 찬란했던 문명이 황폐화된 폐허 속에 묻혀 있다는 점에서 황색 아시아인과 비슷했습니다. 우리의 문명은 이제는 오직 우리의 차, 종교, 양탄자, 싸구려 장신구, 태피스트리, 직물, 우리의 노예 신세, 고독, 섹스에나 제격이었습니다. 그리고 어쩌면 우

리의 분노에도요. 아니, 우리의 분노와 폭언은 우리의 상품만큼 좋지
는 않았을까요?

이런 순환 논증*은 동양인의 사고방식으로, 그와 대조적인 것이
서양인의 선형(線型) 논증이었습니다. 그 선형 논증은 언제나 계몽
의 수평선을 목표로 삼았는데, 끊임없이 반복되는 지식의 새벽을 밝
힌 것은 하늘과 맞닿은 수평선 바로 너머에 있는 프랑스령 폴리네시
아의 어느 가난한 열대 섬에서 폭발한 원자 폭탄이었습니다. 그 빛의
근원에 더 가까이 다가갈수록, 빛으로 인해 우리의 네 개의 눈은 더
욱더 아팠습니다. 한 세트인 이 네 개의 눈 때문에, 우리는 해 질 녘
을 더 좋아했습니다. 해 질 녘은 해시시와 거무스름한 토착민과 볕에
탄 부관과 거나하게 취한 황인종의 시간이었습니다. 해 질 녘은 진실
을 곰곰이 생각하기에 가장 좋은 시간이었습니다. 진실은 대개 눈부
신 햇빛보다는 그늘 아래서 발견되는 법이었으니까요. 해 질 녘은 또
한 위스키를 음미하고, 사랑을 나누고, 혁명을 선동하고, 다람쥐 쳇
바퀴 돌듯 헛수고를 하기에 가장 좋은 시간이었습니다. 우리는 파리
의 구석구석을 빙빙 돌고, 또 돌았습니다. 우리는 일곱 난쟁이 중 하
나가(비록 더 이상 도합 일곱은 아니었지만, 우리는 그들을 일곱 난쟁이
라고 생각했거든요.) 시트로앵 CX를 몰고 근처 어딘가를 천천히 돌아
다니고 있다는 걸 알고 있었습니다. 까오보이는 앞자리에 앉고, 본은
한두 명의 난쟁이와 함께 뒷자리에 앉았습니다. 그들은 큰 식칼은 물

---

*     논증되어야 할 명제를 논증의 근거로 하는 잘못된 논증. 순환 논법이라
      고도 한다.

론이고, 단검과 파이프와 쇠사슬과 검은색 가죽을 씌운 소형 곤봉과 상황이 정말 악화될 때를 대비한 두어 자루의 권총으로 무장하고 있었습니다.

그게 다예요? 우리가 물어본 적이 있었습니다.

까오보이가 어깨를 으쓱하고는 말했습니다. 지금은 상황을 악화시킬 필요는 없어, 카뮈. 만일 궁지에 몰리면, 그냥 계속 얘기만 하고 있어. 우리가 갈 테니까.

그리운 지난날 미합중국의 미국인들이라면 산탄총과 기관 단총을 어머니가 아기를 정성껏 보살피듯 고이 떠받쳐 들었을 겁니다. 베트남의 베트남인들은 미국의 잉여 화기(火器)나 도난당한 화기를 파는 암시장에서 구입한, 수류탄과 휴대용 로켓 발사기로 무장했을 겁니다. 하지만 프랑스인들은 ― 그리고 아무래도 프랑스에 거주하는 토착민들은 ― 그런 것을 쓰기에는 지나치게 문명화되어 있었습니다. 그들은 아직도 처음에는 리볼버로 시작하는 게 좋다고 믿었습니다.

우리가 짐작하기에, 시트로엥은 얼마간 떨어져서 조심스럽게 천천히 우리를 따라다녔습니다. 우리가 건물에 들어서거나 건물을 떠날 때 곁눈질을 해서야 드물게나마 볼 수 있었던 걸 보면 말입니다. 이런 일상이 일주일 동안 계속되었지만, 우리의 발이 아프고, 현금 비축량이 보충된 것 외에 별 성과는 없었습니다. 지식인들은 해시시를 정말 좋아했고, 이는 협회의 보헤미안들 중 일부도 마찬가지였습니다. 그들은 그리 선량하지도, 법을 잘 지키지도 않는 토착민들이거나, 취하는 것을 좋아하지 않는 토착민들의 자녀였습니다. 심지어 어떤 사람들은 치료제를 구입하기도 했습니다. 그들에게는 그 치료제의 곱고 새하얀 모습이 상당히 멋져 보였거든요.

물건 파는 것 때문에 불쾌하지는 않아? 어느 날 밤늦게 우리의 새 아파트에서, 우리가 본에게 물어보았습니다.

우리는 가끔 그랬듯, 찻주전자를 디캔터로 쓰며 골무 크기의 찻잔으로 코냑을 마시고 있었습니다. 불쌍한 본은 코냑을 좋아했고, 그 찬란한 액체를 마시는 것과 자신이 하는 말 사이에 모순이 있다는 걸 전혀 깨닫지 못한 채 이렇게 말했습니다. 프랑스인들은 우리의 것을 훔쳐서 부자가 되었어. 그렇지?

그렇지.

그러고 나서는 우리를 프랑스인으로 만들려고 했지. 그들이 미국인들보다 더 악질이었어. 미국인들은 우리를 배신했지만, 적어도 미국인으로 만들려고 하지는 않았잖아. 우리에게서 아무것도 훔치지 않았고. 그저 우리에게 물건을 팔고 싶어 했을 뿐이야. 그래서 지금, 프랑스인들에게 몇 가지 물건을 팔게 돼서 기뻐. 그들은 우리에게 빚이 있어.

우리는 프랑스인들이, 우리를 프랑스인으로 만드는 부분을 제외하고는 우리의 공통의 역사를 그런 식으로 이해하고 있을 거라고는 믿지 않았습니다. 어쨌든 프랑스인들을 비판하는 바로 그 순간에도, 우리는 그들의 코냑을 마시고 있지 않았던가요? 아, 대체 이 무슨 모순이란 말입니까!

우리는 오전 어학 수업 시간에 계속해서 프랑스인의 관점을 다시 익혔습니다. 우리는 교사가 불러 주는 말을 기꺼이 받아쓰면서, 수업 시간에 이름이 불리고 그렇게 사소한 성공 혹은 실패를 거둘 가능성에 다시 한번 짜릿함을 맛보았습니다. 틈이 날 때면 우리는 사전을 참조하여, 셰익스피어의 『태풍』을 캘리번의 관점에서 다시 쓴 세제르의 『어떤 태풍』을 읽었습니다. 세제르는 "흑인 노예"인 캘리번에게 그의 목소리를 돌려주었는데, 이는 그가 원래부터 죽 가지고 있던 것으로, 모든 식민지 사람이 자신의 식민지 지배자에게, 이 경우에는 프로스페로에게, 줄곧 하고 싶었던 다음과 같은 말을 할 수 있을 정도로 강력한 목소리였습니다.

나는 당신을 증오해!

프로스페로의 대답은 자기 위주의 편향된 것이었습니다. "나는 너를 구하려고 노력했어. 무엇보다도 너 자신으로부터 말이다." 이런, 문명화의 사명*이로군요! 그는 이내 다음과 같이 말했습니다. "나는 나의 관대한 천성을 제쳐 두고, 지금부터는 너의 폭력에 폭력으로 대응할 테다!" 이런, 문명의 대포로군요! 게다가 식민지 지배자가 조성한

---

*   18세기 후반에서 19세기 초반, 효과적인 식민 지배를 도모하며, 열대 토착민을 타자화하는 과정에서 성립된 개념으로, 간단히 말해 서구가 비서구를 문명화해야 한다는 의미이다.

상황을 식민지인들의 탓이라고 비난했습니다. 세제르의 시각은 『대지의 저주받은 사람들』에서 파농이 보여 준, 식민지 지배자의 폭력이 식민지인들의 폭력을 부른다는 시각과 비슷했습니다. 어쩌면 그것만이 식민지 지배자를 제거하는 유일한 방법이었을지도 모르지만, 그렇게 하고 난 뒤 식민지 지배자의 이별 선물인 증오라는 성병에 감염된 식민지인들은 어떻게 되었을까요? 예전의 식민지 사람들 가운데서도 승리에 의기양양해진 사람들은 식민지 지배자의 이런 증오를, 스스로를 그렇게 오랜 세월 동안 식민화되어 있게 한 데 대한 거의 노골적인 자기혐오로 전환할 터였습니다. 그들은 자기혐오를 멈추지 않고, 예전 식민지인들 중 승리자들만큼 폭력적이지 않은 다른 사람들에 대한 혐오도 멈추지 않을 터였습니다. 그러므로 이런 혁명에 대한 유일한 해결책은 또 하나의 혁명, 그러니까 우리가 헌신하면서도 그 형태를 명확하게 설명하지는 못했던 바로 그 혁명이었습니다. 그것이야말로 딱 적절한 혁명이었습니다. 왜냐하면 이 알레고리에서 우리의 위치는 흑인도 아니고 백인도 아닌, 애매한 충성심을 지닌 "물라토 노예" 아리엘의 위치였으니까요. 다시 말해, 불리하기는 해도, 아리엘이 셰익스피어도, 세제르도 충분히 말하게 해 주지 않았던 어떤 본질적인 말을 결국 할 수만 있다면, 그래도 얼마쯤은 유리해질 수 있는 입장이었으니까요.

우리는 세제르, 파농 등등의 책에서 모르는 단어들을 뽑아, 프랑스어 어휘 학습용 단어 카드를 작성한 다음, 본에게 반복 훈련을 받으며 단어를 맞히지 못할 때마다 어쩔 수 없이 코냑을 한 잔씩 마시면서, 학습을 술자리 게임으로 바꿔 버렸습니다. 물론 "어쩔 수 없이"라는 말은 보통 소란스러운 토착민들에게 가하는 엄청나게 살인적인 폭력을 포함하는 "평화 협정"이라는 말처럼 정반대의 의미를 지닌 완곡어였습니다. 역사에는 그런 사례들이 가득했습니다. 우선, 베트남에서 맺은 중국의 평화 협정이 있었는데, 우리는 그것을 너무 마음껏 즐기다가 1000년 동안이나 이어지게 내버려 두었습니다.* 다음으로는 참족**과 베트남의 평화 협정이 있었는데, 이것은 너무나도 성공적이어서 더는 참족이 거의 남아 있지 않을 정도였습니다. 또한 현대의 프랑스인들조차 믿지 않는 듯한 가톨릭이라는 저 평화의 종교를 전파한 덕분에 인도차이나에서 프랑스인들의 평화 협정이 맺어지기도 했습니다. 마지막으로, 메콩 삼각주에서 맺은 미국인들의 평화 협정***이 있었는데, 그 삼각주에서는 몇천 명의 베트콩이 미국인들의 손에 죽었지만, 무기는 고작 몇십 정만 회수되었습니다. 그들의 무기는 모두 어디로 가 버린 것일까요? 그 갑작스러운 분실은 열대의 기적이었습니다! 하지만 평화 협정은 항상 그런 식이었습니다.

어느 날 그런 어휘 수업 시간이 끝날 때쯤, "쿠 드 푸드르"****라는

*       11세기 송나라와 베트남의 리 왕조 사이에 국경 분쟁을 비롯한 지속적인 다툼이 있었으나 두 나라 모두 막대한 타격을 입자 일단 평화 협정을 맺는 것으로 전쟁이 마무리되었다.
**      베트남 남부와 캄보디아에 거주하는 인도네시아계의 종족.
***     미군의 완전한 철수를 조건으로 1973년 1월 27일 체결된 종전 및 베트남 평화 협정.
****    coup de foudre. '푸드르'는 '벼락', '쿠'는 '타격'이라는 뜻으로 '청천벽력', '첫눈에 반한 사랑'이라는 의미로 사용되는 프랑스어.

표현을 계기로, 본이 로안을 몇 번 만났다는 말을 했습니다. 그 고백에 ― 왜냐하면 그것이 그 표현 그 자체였기 때문에 ― 나는 번개에 맞은 듯 깜짝 놀라 순식간에 정신이 번쩍 들었습니다. 몇 번이라고? 우리는 따지듯 캐물었습니다. 그가 협회에서 그녀를 만난 지 불과 몇 주가 지났을 뿐이었습니다. 대체 둘이 어떻게 대화를 한다는 거야?

난 말을 해. 할 말도 있고.

넌 말을 못 한다고 알려져 있어. 기억나?

심리적인 문제로 말을 못 하지. 육체적인 문제로는 아니야.

우리는 떡 벌렸던 입을 도로 닫았습니다. 지금 네 말은 ―

내 말은 내가 로안에게 사실대로 말했다는 거야. 어떤 식으로든 성대가 잘려서가 아니라 내가 말할 마음이 생기지 않아서 말을 못 했던 거라고.

그건 사실이 아니잖아.

정신적으로는 그게 사실이야. 지난 몇 년 동안 내가 말을 많이 했니?

우리는 도리질을 했고, 그러자 머릿속의 액체가 출렁이며 철벅거리는 게 느껴졌습니다.

내가 린의 사진 말고 다른 여자를 쳐다 본 적 있어?

우리는 다시 한번 살살 도리질을 했고, 우리의 정신은 코냑이 가득 찬 물침대 위를 떠다니고 있었습니다.

린과 덕이 죽은 후로 6년이 지났어. 나는 매일 그들과 함께, 그들을 위해 마음 아파하며 고통스러워했어. 난 아직도 고통스러워. 하지만 로안을 만난 날 밤, 린의 목소리가 들렸어. 그가 잠시 말을 멈췄습니다.

그녀가 뭐랬는데? 우리가 물어보았습니다.

**때가 됐어.** 그 말이 다였어. 다음 단계로 넘어갈 때는 아니야. 난 절대 그럴 수 없어. 하지만 때가 됐어…….

우리는 각각 두 잔씩 더 코냑을 목구멍에 들이부었습니다. 매번 마실 때마다, 아주 오래 전 만과 자주 하던 술자리 게임이 떠오르는 다음과 같은 건배사를 먼저 외치고 나서요. **원샷!** 우리는 프랑스인들이 매번 원샷을 하면 그들의 술인 코냑이 목에 걸려 컥컥거릴 거라는 생각에 즐거워했습니다. 하지만 고귀한 프랑스 술 한 잔을 단 한 번의 영웅적인 몸짓으로 모조리 삼키는 것은 베트남의 남성적인 전통이었는데, 그 기원은 알려지지 않았지만 십중팔구 다음과 같은 두 가지를 증명하는 방법으로 발달하기 시작했을 것입니다. 첫 번째는 우리도 코냑을 살 여유가 있다는 것이고, 두 번째는 코냑을 홀짝거리기만 하는 프랑스인들과는 달리, 우리는 그것을 아주 빨리 마실 수 있을 정도로 남자답다는 것이었습니다.

본은 코냑을 여러 잔 마시고 머리가 혼란스러워지자, 우리에게 더 많은 것을 말해 주었습니다. 그는 얼굴 없는 남자인 덩, 아니 그의 이름이 무엇이든 간에 그를 위한 계획을 짜 둔 상태였습니다.

어떤 계획인데? 우리는 본이 오로지 한 가지 유형의 계획만 짠다는 것을 잘 알면서도 그렇게 물어보았습니다.

**협회에서** 공산당의 대사관 직원 전체를 음력설 공연에 초대한대. 본이 말했습니다. 거기엔 그 얼굴 없는 남자가 포함되지. 그가 나타나면, 바로 그게 우리의 기회야.

우리의 기회?

혹은 내 기회지. 만일 네가 이 일에 관여하고 싶지 않다면.

그는 벽장으로 가더니, 원형의 파란색 덴마크 버터 쿠키 통을 찾아서 가져왔습니다. 보스가 우리에게 먹어 보라고 권하며 내놓았던 통과 같은 것이었을까요? 본은 그 통을 열어, 가장 달콤한 쿠키이자 남성을 위한 최고의 인공 보철물, 즉 속사(速射)가 가능하고 영구적으로 딱딱한 권총을 보여 주었습니다. 느린 동작으로만 발사되는 문명화된 프랑스식 리볼버가 아니었습니다. 아니, 그것은 속사가 가능한 무자비한 독일인의 자동 장전식 9밀리미터 구경 발터 P38이었습니다.

넌 잡힐 거야. 우리가 말했습니다.

그저 빙긋 웃으며 본이 말했습니다. 난 눈곱만큼도 신경 안 써.


죽을 고비를 넘긴 사람은 더 강해진다.

염병할 대체 왜 안 되는데?

난 눈곱만큼도 신경 안 써.


세상에는 선택할 수 있는 수많은 설득력 있는 철학이 있었습니다! 그런데 우리의 철학은 무엇이었을까요? 한때는 단순히 다음과 같은 것이었습니다. 반드시 무언가를 해야 한다! 무언가를 하는 것이 그때껏 우리 삶의 대의였고, 우리는 여전히 그래야 한다는 압박감을 느꼈습니다. 무언가를 한다는 명목하에 우리는 혁명가가 되었고, 그로 인해 재교육 수용소에 수감되었습니다. 무언가를 한다는 명목하에 우리는 조국에 침투해 공산주의의 손아귀에서 조국을 구해 내고자 자살 임무를 맡은 본을, 그저 그의 목숨을 구하기 위해 따라갔습니다. 우리는 가까스로 성공했습니다. 그리고 이제 우리는 더 많은 무언가를 해야 했습니다. 다시 말해, 우리는 본이 만을 죽이는 것을 막아야 했습니다. 그것은 내가 여전히 헌신하고 있다는 걸 아는 단 한 가지 대상, 즉 우리의 형제애에 대한 맹세였습니다. 물론 내 일부는 나를 고문했던 일로 만을 비난하고 있었지만, 또 다른 일부는 나에게 우리 혁명의 진실을 알려 주기 위해 그가 생각하기엔 나에게 최선인 일을 했다는 걸 알고 있었습니다. 그는 파농과 세제르가 묘사한 망가진 세계에 갇혀 있었는데, 그 세계의 문제는 폭력이었고 해결책도 폭력이었습니다. 우리는 의형제로서만이 아니라, 혁명가로서도 굳게 맺어져 있었습니다. 이제는 각자의 목적을 위해 서로 다른 혁명을 추구해야 했지만요.

우리는 배달 경로를 따라 파리의 거리를 걸으며, 우리의 철학에 대해, 아니, 철학적 빈곤에 대해서는 물론이고, 한 의형제의 목숨을 다른 한 의형제의 손에서 구해 낼 방법을 골똘히 생각해 볼 시간을 꽤 많이 가질 수 있었습니다. 그러다 마침내 카르마라는 우주의 시계가 울렸습니다. 우리의 예정된 시간이 눈앞에 닥쳐온 그날, 까오보이와 본은 지나칠 정도로 조심스럽게 굴고 있었습니다. 아니, 아마 여러 날 동안 우리 뒤를 천천히 따라다닌 후라 너무 지치고 부주의했을 겁니다. 어쩌면 우리의 순회 패턴이 지나치게 순환적이었는지도 모르죠.

마침내 비틀스가 나타났을 때 시트로앵이 어디에서도 보이지 않았던 것을 보면요.

시트로앵 대신 온통 하얀 승합차가 도로변에 멈춰 서더니 조수석의 차창이 내려갔습니다. 운전사는 우리가 전에 본 적이 없는, 이마가 좁은 녀석이었습니다. 하지만 그 승객은 **전설의 4인방**\*이 프린트된 스웨트 셔츠 대신 회색 스웨트 셔츠를 입고 있었는데도, 보자마자 그를 알아볼 수 있었습니다. 우리가 미처 뛰기도 전에 옆문이 밀려 열리며, 추가로 두 명의 젊은이가 더 모습을 드러냈습니다. 보통 넓이의 이마를 가진 젊은이와 이마가 넓은 젊은이였습니다. 이마가 넓은 젊은이가 우리를 향해 리볼버를 겨누었는데, 어찌 된 일인지 미소를 머금고 있었습니다. 어쩌면 그저 비틀스의 두 눈에서 쏟아지는 증오라는 강력한 열 적외선을 상쇄하기 위해서였을 뿐인지도 모릅니다. 비틀스가 무척 빠른 속도로 프랑스어를 줄줄 말했는데, 우리는 그중 절반도 이해하지 못했습니다. 하지만 이번에는 우리의 부족한 프랑스어 청해력이 문제가 되지 않았습니다. 권총을 든 남자가 통역을 할 때 문법적으로 완벽한 영어를 구사했던 겁니다.

차에 타지 않으면, 네 머리를 날려 버리겠대. 권총을 든 남자가 여전히 미소를 머금고 말했습니다. 프랑스어 억양이 섞인 그의 말은 묘하게도 몹시 매력적으로 들렸습니다.

영어를 아주 잘하네.

---

\*   Fab Four. 비틀스의 네 멤버가 엄청난 인기를 얻은 후 통용된 별명.

너도 그래. 그가 말했습니다. 그는 짧고 곱슬곱슬한 머리칼을 제외하고는 불가사의할 정도로 모나리자와 닮은 데가 있었습니다. 그의 미소는 그녀의 그 유명한 미소만큼이나 잔잔했고, 그의 코도 딱 그녀만큼 길쭉했으며, 눈도 그녀만큼 수수께끼 같아 보였습니다. 네가 이 소룽보다 영어를 훨씬 더 잘해.

그거 대단한 칭찬인데. 우리가 말했습니다. 「정무문」에서 그는 굉장했지.

「용쟁호투」에서 훨씬 더 좋았어.

빌어먹을 대체 무슨 얘길 하는 거야? 비틀스가 고함쳤습니다.

저 친구가 좀 급해. 검은 송충이 같은 양쪽 눈썹을 활 모양으로 구부리며 모나리자가 말했습니다. 그의 넓디넓은 이마 덕에 눈썹을 추켜세울 공간은 충분했습니다. 어서 차에 타.

우리는 그의 손에 들린 작은 총을 바라보았습니다. 대부분의 경우 살상력이 과한 큰 총과는 달리, 작은 총은 자신감, 정확성, 품위를 암시했습니다. 우리는 두 손을 쳐들었습니다. 하지만, 거리에는 그 몸짓을 알아챌 사람이 아무도 없었습니다. 곧이어 우리는 그 승합차에 올라타서, 모나리자와 담배 내와 땀내가 나는 보통 넓이의 이마를 가진 깡패 사이의 비좁은 자리에 끼어 앉았습니다. 그의 근육질 허벅지가 내게 바짝 밀착된 채, 승합차 라디오에서 흘러나오는 음악에 맞춰 이리저리 흔들렸습니다. 강한 비트와 영어를 힘 있게 발음하는 스타카토식의 음울한 목소리가 가득 울려 퍼지는 이상한 음악이었습니다. 승합차가 도로변에서 출발하자, 비틀스가 앞좌석에서 고개를 돌려 우리를 노려보았고, 바로 그의 얼굴이 우리가 마지막으로 본 것이었습니다.

　우리, 혹은 나, 혹은 나 자신, 혹은 나라는 사람은 금이 간 종 같은 내 머릿속에서 대화와 웃음소리가 울려 퍼지는 가운데 눈을 떴습니다. 그 무거운 종의 무게를 지탱하느라 나는 목이 아팠습니다. 나는 회색 석벽의 추운 지하실에서 양쪽 발목은 각각 의자 다리에 꽁꽁 묶인 채 나무 의자에 앉아 양손을 뒤로 하고 결박되어 있었습니다. 벽에는 아주 튼튼한 나무 선반들이 죽 달려 있고, 작은 침대만큼 폭이 넓은 선반에는 물품 운송용 대형 나무 상자들이 쌓여 있었습니다. 텔레비전 화면을 차지한 것은 소리를 작게 튼 영화였고, 그 앞에서는 추레한 소파 두 개가 떼를 지어 커피 테이블을 괴롭히고 있었습니다. 비틀스, 모나리자, 못난이와 더 못난이인 두 명의 깡패가 카드놀이를 하며 담배를 피우고 있었습니다. 나는 사지가 곱아서 마비되어 있었지만, 두려움 때문에 팔다리의 감각이 없는 걸 메우고도 남을 만큼 척추가 조여들었습니다. 이것은 초현실이 아니었습니다. 확실히 현실이었습니다. 결과적으로 최선의 시나리오는 내가 살아서 이 지하실을 떠날 수는 있을지언정, 손가락과 발가락에서부터 팔다리 전부나 눈이나 귀에 이르기까지 나 자신의 다양한 부위들을 남겨 두고 간다는 조건하에서만 가능할 터였습니다. 결과적으로 최악의 시나리오는 내가 이 지하실을 죽어서 나가는 것일 테고요. 내가 하나로, 혹은 몇 개로, 혹은 여러 개로 조각이 나서 죽을 수도 있다는 걸 감안할 때, 이 시나리오에도 다양한 등급이 있기는 했겠지만요.

못난이가 처음으로 내 상태를 알아차리고 비틀스를 쿡 찔렀습니다. 비틀스는 나를 노려보며, "잡종 새끼", "좆같은 새끼", "칭크"를 포함한 말들을 속사포처럼 내뱉었습니다. 내가 이해했든 이해하지 못했든 단어 하나하나가 금이 간 종 같은 내 머리에 해머질을 해 댔습니다. 그때껏 내가 배운 모든 프랑스어 욕설들이 머릿속에서 울려 퍼지고 있었습니다. 그중에는 까오보이와 일곱 난쟁이들이 내게 전수해 준 욕설들, 그러니까 그들이 파리에서 보낸 세월 동안 그들에게 쏟아졌던 아시아인을 향한 온갖 인종 차별적 별칭들도 포함되어 있었습니다. 비틀스는 자신도 그렇게 비방하는 말들을 안다는 걸 내게 알려 주고 싶어 했지만, 나는 평생 인종적 학대를 견뎌 왔기 때문에 신경 쓰지 않는 척하면서, 억지로 웃어넘겼습니다. 나는 미친 잡종 새끼였습니다. 어떤 갱스터도 나를 위협하지 못할 터였습니다. 사실은 내가 겁을 집어먹었다고 해도요. 하지만 나는 이 패거리에게 일말의 두려움도 내색해선 안 되었습니다. 모든 갱스터, 변호사, 성직자 들과 마찬가지로, 그들은 다른 사람들의 공포를 즐기니까요.

좆같은 새끼? 나는 최대한 허세를 떨며 말했습니다. 칭크? 아시아 놈은 어때? 되놈. 누런 놈. 총*. 가는 눈!

비틀스가 웃음을 터뜨렸습니다. 니야쿠에**를 깜빡했군.

---

\* 아시아인을 비하하는 말인 '칭챙총(Ching Chang Chong)'에서 '총'을 따온 것.

\*\* Niakoué. 아시아인 중에서도 별도로 베트남인을 낮잡아 이르는 말.

니야쿠에? 그런 건 못 들어 봤어.

피스 드 퓌트?는 어때!

음, 그래, 그건 들어 봤어.

지금부터는 피스 드 퓌트나 살 피스 드 퓌트*가 언급되는 경우는 아예 기록하지 않겠습니다. 왜냐하면 이후부터는 그런 말들이 보이지 않고 들리지도 않는 쉼표나 마침표 같은 구실을 했으니까요. 이처럼 이 더러운 지하실의 갱스터들은, "씨발놈"이란 단어를 마치 침을 뱉듯 내뱉으며 서비스업 하위 단계에 위치한 무기력한 상태를 과잉 보상받으려 하는 파리 최악의 아시아 식당의 갱스터들과 별다를 바가 없었습니다. 물론 나와 나 자신이 "씨발놈"과 피스 드 퓌트뿐 아니라 우리에게 적대적으로 사용되는 매우 인종 차별적인 용어들까지 받아들이는 건 편향된 경사로에 발을 딛고 서는 셈이었지만, 그것은 처음엔 스파이라는 수상쩍은 직업에, 그리고 이제는 갱스터라는 훨씬 더 수상쩍은 직업의 수습직에 몸담으면서 나, 혹은 우리가 늘 취한 입장이었습니다. 하지만 만일 내가 이 갱스터들로부터 그들이 나에게 적대적으로 사용할 수 있는 말을 훔쳐서 그들에게 위협을 가한다고 해봐야 그들이 강한 인상을 받을 것 같지는 않았습니다. 적어도 더 못난이에게는 그랬습니다. 그가 비웃으며 말했습니다. 누가 어마무시하게 악랄한 **칭크**를 두려워하겠어?

---

\*　　　fils de pute. 글자 그대로 하면 '피스 드 퓌트'는 '창녀의 아들', '살 피스 드 퓌트'는 '더러운 창녀의 아들'이라는 뜻. 각각 흔히 '개자식', '치사한 개새끼' 정도의 욕설에 해당한다.

나는 곧 죽게 될 겁니다. 안 그래요? 하지만 만약 죽을 거라면, 적어도 너무 고통스러워서 더 이상 버틸 수 없을 때까지 힘이 닿는 한 최선을 다하다가 죽고 싶었습니다. 그거 마음에 드네. 내가 외쳤습니다. 그게 미친 잡종 새끼보다는 훨씬 나아. 이 인종 차별주의자들아!

우리는 인종 차별주의자가 아니야. 비틀스가 말했습니다. 그저 네가 마음에 들지 않을 뿐이지.

그럼 왜 내 목을 베지 않았지? 내가 말했습니다. 한편으로, 납치범들에게 그들이 선택할 수 있는 것 중 가장 끔찍한 짓을 일깨워 준 건 좋은 생각이 아닐 수도 있었습니다. 다른 한편으로는, 가장 시급하게 우려되는 문제를 두고 대화를 통해 의문을 해소하지 못할 이유도 없지 않았을까요?

너를 양처럼 도살한다고 무슨 재미가 있겠어? 비틀스가 말했습니다. 넌 심지어 제대로 된 희생양도 아니야.

호호! 무절제한 소령이 신이 나서 웃었습니다.

하하! 소니가 웃음으로 맞장구쳤습니다.

입 닥쳐! 내가 말했습니다.

아니, 너나 닥쳐! 자욱한 담배 연기를 뚫고 소파에서 벌떡 일어서며 비틀스가 소리쳤습니다. 대체 네가 뭐라고 생각하는 거야?

아! 나와 나 자신이 동시에 말했습니다. 그건 질문이야, 그렇지? 보편적인 질문. 태초부터 죽 우리와 함께였던 질문!

그를 혼란스럽게 하지 말자. 모나리자가 말했습니다. 나는 그가 — 네가 — 입을 다무는 걸 원치 않아. 네가 말을 하길 원해.

나는 하느님을 본받아 아무 말도 하지 않았습니다.

이 미친 잡종 새끼야, 귓구멍이 막히기라도 했어? 시누아에 대해 우리한테 털어놔.

누구?

시누아! 비틀스가 고함쳤습니다.

마오주의자 박사?

비틀스가 커피 테이블을 펄쩍 뛰어넘더니 내 귀싸대기를 두 번 올려붙였습니다. 처음에는 손바닥으로, 그다음에는 손등으로요. 마치 자신이 여배우의 뺨을 때리는 장 가뱅*이라도 되는 것처럼 말이죠. 그것이 뭔가 프랑스인다운 멋진 일인 것처럼요. 이럴 때 베트남인이나 미국인이라면 그냥 내 코에 주먹을 날렸을 겁니다. 시누아! 시누아! 시누아!

너희 보스 말이야. 모나리자가 말했습니다. 그만 때려. 네 말 다 들은 것 같으니까.

그가 치료제가 든 투명한 봉지를 테이블 위로 툭 던졌습니다. 그 치료제는 전혀 해롭지 않아 보였습니다! 밀가루나 설탕일 수도 있는 하얀 가루에 불과해 보였습니다.

나는 너희 보스를 찾아내고 싶어. 이걸 팔고 있고, 나한테서 사업을 뺏어 가고 있는 그자를 말이야.

---

*    Jean Gabin. 레지옹 도뇌르 훈장까지 받은 프랑스의 유명 영화배우. 「지하실의 멜로디」, 「시실리안」, 「암흑가의 두 사람」 등 수많은 영화에 출연했다.

나는 하마터면 이렇게 말할 뻔했습니다. 뭘 알고 싶은데? 만약 제정신이었다면, 그 말을 했을 겁니다. 내가 보스에게 충성을 바칠 의무가 있었을까요? 그는 갱스터이고 마약상에 포주이자 살인자였습니다. 그렇다고 이런 것들이 그가 내게서 공감을 얻을 자격을 박탈할 만한 특징이라고 말하려는 건 아닙니다. 탁월한 동조자로서, 나는 모든 문제를 양면의 관점에서 생각해 볼 수 있을 뿐 아니라, 모든 사람을 양면의 관점에서 생각해 볼 수도 있었습니다. 그것이 내가 우리의 가장 중요한 세계 지도자들 중 많은 이들이 스스로를 대통령, 왕, 외교관, 정치가라고 부르는 것을 선호하지만, 갱스터, 마약상, 포주, 살인자들이기도 하다는 것을 알게 된 방법이었습니다. 보스가 더욱 합법적인 존재의 단계로 올라가서 사회의 중추적 인물이 되는 것을 방해하는 유일한 것은 시간이었습니다. 내가 그에게 해 줘야 할 의무가 있고, 그를 위해서가 아니라 본을 위해서, 그에게 해 줄 수 있는 것은 딱 그만큼이었습니다. 만약 내가 보스를 넘긴다면, 본까지 넘기게 될 것이 거의 틀림없었고, 나는 그런 일은 결코 하지 않을 생각이었습니다.

사이드가 누구지? 대신 나는 그렇게 물어보았습니다.

사이드? 비틀스가 몹시 놀라서 되물었습니다.

조심해. 무절제한 소령이 말했습니다.

신비에 싸인 사이드 말이야. 내가 말했습니다.

좋은 생각이 아니야. 소니가 한마디 보탰습니다.

비틀스가 고개를 가로저으며, 갈수록 더 리더인 듯 보이는 모나리자를 바라보았습니다. 사이드. 모나리자가 그 이름을 꺼내며 말했습니다. 사이드는 내 형이야.

그렇겠지. 내가 중얼거렸습니다.

형은 공교롭게도 휴가를 가 버렸어. 하지만 형이 휴가를 갔다고 해서, 너희가 형의 사업을 차지해도 된다는 뜻은 아니야. 왜냐하면 그건 이제 내 사업이니까. 자, 이제 내가 충고를 좀 할게. 네가 이 물건에 대해 알고 있는 걸 모조리 우리한테 털어놓도록 해 ─ 그가 치료제를 가리켰습니다 ─ 그리고 시누아에 대해서도 전부. 그러지 않으면 상황이 너한테 아주 안 좋게 돌아갈 거야. 저들이 네 친구한테 그랬던 것처럼.

내 친구?

그 키 작은 놈 말이야.

잠꾸러기.

그게 그 녀석 이름인가? 그는 이제 영원히 잠들었지.

내가 그랬어. 비틀스가 말했습니다. 네가 아흐메드한테 그럴 뻔했던 것처럼.

아흐메드?

내 친구! 네가 하마터면 죽일 뻔했던 사람 말이야.

그렇다면 롤링 스톤스는 여전히 어딘가에 살아 있다는 말이었습니다. 그 순간 그렇게 상태가 나쁘지만 않았다면, 나는 그에게도, 그리고 나에게도 잘된 일이라며 기뻐했을 겁니다. 날 고문할 거야? 내가 물어보았습니다.

그들에게 더 이상 아이디어를 주지 마. 소니가 말했습니다.

웃음을 터뜨리며 내가 말했습니다. 너희는 날 고문으로 괴롭힐 수 없어. 난 재교육 수용소를 겪고도 살아남았어.

이런, 드디어 저질러 버렸군. 무절제한 소령이 말했습니다.

재교육 수용소에 수감됐었기 때문에 네가 아주 강한 줄 알지? 비틀스가 말했습니다. 너희 전쟁은 그렇게 지독하지 않았어! 우리 전쟁이 더 지독했지. 나도 다 들은 얘기들이 있어! 미친 잡종 새끼야, 넌 네가 강한 줄 알지? 어디 프랑스인들이 우리한테 했던 짓 몇 가지를 너한테 써먹어 보자고.

넌 프랑스인 아냐? 내가 말했습니다.

빌어먹을 그 입 좀 닥쳐.

그런 다음 그들은 나를 가혹하게 다루기 시작했습니다. 내 일부분은 엄청나게 고통스러워하며, 어쩔 수 없이 신음하고, 비명을 지르고, 애걸하며, 죽을까 봐 두려워했습니다. 하지만 돌이켜보면, 내 일부분은 그들의 작업을 분석하고 평가할 수 있는 전문가였습니다. 이 녀석들은 아마추어였지만, 그렇다고 해서 뒤이어 벌어진 일이 아프지 않았다는 의미는 아니었습니다. 아마추어들은 기교 없이 할지라도 많은 피해를 입힐 수 있습니다. 하지만 기교가 관건입니다. 약간의 기백과 조금의 기교와 엄청난 위선과 선택적 기억 상실증으로 대처하면, 대량 학살과 국가 및 대륙에 대한 전면적 약탈을 자행하고도 무사히 빠져나갈 수 있었습니다. 그냥 프랑스인들에게 물어보세요(아니면 영국인, 또는 네덜란드인, 포르투갈인, 벨기에인, 스페인인, 독일인, 미국인,

중국인, 일본인, 심지어 우리 베트남인들에게 물어보세요. 하지만 이탈리아인들에게는 물어보지 마세요. 식민지 지배에 별로 소질이 없는 그 사람들은 고대 로마의 선조들이 그토록 잘했던 일이 무엇이었는지 다 잊어버렸으니까요). 그리고 프랑스인들이 자신들이 만들어 낸 두 개의 용어인 기백과 기교를 동원해 모든 일을 했듯이, "정보" 전문가인 우리 같은 사람들은 우리의 임무를 노련한 솜씨를 동원해 수행해야 합니다. 치아를 뽑는 것과 마찬가지로 정보를 뽑아내는 데도 세심한 주의가 필요했습니다. 진짜 문제는 이것입니다. 고문자가 이 근본적인 문제를 잘 알고 있는가? 담배와 공감과 연민과 인간의 심리 및 문화적 감수성에 대한 직관적인 이해력이 있다면, 심문관은 자기 임무에 성공할 가능성이 훨씬 더 높습니다. 만약 고문자가 이것을 모른다면, 그는 바보입니다. 만약 고문자가 이것을 정말 잘 알면서도, 단순히 고문을 즐기기만 한다면, 그는 사디스트입니다. 한 사람이 바보이면서 동시에 사디스트일 수는 없다고 말하려는 건 아닙니다. 사람은 무엇이든 될 수 있고, 그와 동시에 바보가 될 수도 있습니다.

나에 대해 말하자면, 아마도 나는 마조히스트일 것입니다. 그렇다고 해서 내가 바보가 아니라고 말하려는 건 아닙니다. (나를 고문하는 자들이 내는) 고함과 투덜거리는 소리가 들리고, (내가 내는) 비명 소리가 들리고 내 눈에서 눈물이 흐르는 와중에, 내가 소리 내 웃기 시작한 이유를 달리 어떻게 설명할 수 있을까요? 확실히 고통에 시달리며 터뜨린 웃음이었습니다. 틀림없이 목이 졸려 숨이 넘어가는 듯한 웃음소리였습니다. 젖꼭지에 연결된 전극, 내 팔을 천장에 매달아

놓는 데 사용된 밧줄과 철사, 내 목구멍으로 쏟아지는 물 때문에 명랑하고 유쾌하게 웃기는 무척 어려웠습니다. 하지만 그렇다 해도 그것은 웃음소리였고, 분명 좀더 일반적인 반응을 기대하며 나를 고문했을 갱스터들은 그 까르륵거리는 소리와 코웃음 소리에 어리둥절한 듯 보였습니다.

이 인간 웃고 있는 거야? 멍 든 손가락 마디 때문에 얼굴을 찡그리며 못난이가 말했습니다.

웃고 있는 것 같아. 지난 한 시간 동안 주기적으로 내 뒤에서 내 목에 팔을 감고 조르느라 다소 지쳐서 잠시 벽에 기대어 담배를 피우며 쉬고 있던, 더 못난이가 말했습니다.

**빌어먹을 대체 넌 뭐가 문제야?** 비틀스가 말했습니다. 고무호스로 사람을 때리는 건 몸에서 열이 나는 힘든 일이었기에 그는 셔츠를 벗고 있었습니다.

나는 알몸으로 벌벌 떨며, 내가 흘린 것인지, 아니면 그들 중 하나가 흘린 것인지 모를 액체가 고인 곳에 한쪽 뺨을 묻은 채, 차가운 시멘트 바닥에 엎드려 있었습니다. 나는 어머니가 지금 나를 볼 수 있는지 궁금했습니다. 내가 네댓 살이었을 때 이런 식으로, 알몸으로 어머니의 무릎을 베고 대나무 돗자리에 누워 있는 걸 어머니와 나 둘 다 얼마나 좋아했는지 모릅니다. 어머니가 내 엉덩이 위쪽에서 시작해 계속 위로 올라가서 마지막으로 양쪽 어깨뼈 사이에 이를 때까지 천천히 내 등을 긁어 주다가, 마치 기꺼이 괴롭혀 주겠다는 듯 다시 처음부터 시작하는 동안 나는 기쁨에 겨워 가르랑거리고 있었습니다.

　바로 그 순간 이미 다친 옆구리를 뜻밖에 다시 찔리듯 느닷없이, 이제 내 나이가 어머니가 돌아가셨을 때보다 몇 살 위라는 사실이 생각났습니다. 어머니는 서른네 살에 나를 키웠던 그 허름한 오두막에서 돌봐 줄 사람 하나 없이 홀로 죽었습니다. 아니, 미국에서 6년간의 유학 생활을 마치고 마침내 고향 마을로 돌아갔을 때 내가 짐작한 바에 따르면 그랬습니다. 나는 갓 임관한 육군 중위 자격으로 군복을 입고 있었습니다. 마을 사람들 중 어느 누구도 감히 내 눈을 마주 보거나 내가 어렸을 때 그랬던 것처럼 나를 "잡종 새끼"라고 부르지 못했습니다. 내가 허리에 미제 권총을 차고 있는 지금은 그러지 못했습니다. 그 오두막은 너무도 황량해서 굳이 그 집을 약탈하거나, 집의 어느 한 부분을 훔쳐 간 사람조차 없었습니다. 비록 나뭇가지, 진흙, 지푸라기, 캔버스 천 조각, 미제 장비와 전투 식량의 포장재에서 뜯어낸 마분지 조각으로 지은 오두막이기는 했지만 말입니다. 아무도 돌보는 사람 없이 오두막은 서서히 주저앉다가 결국 빈껍데기가 되어 버렸습니다. 나는 그 안에 있는 어머니와 내가 누워 자던 작은 나무 침상, 너덜너덜한 대나무 돗자리를 뚫어져라 바라보았고, 어머니가 예수 그리스도의 그림과 십자가상을 올려놓았던 작은 선반을 보았습니다. 어머니는 고아였고 추모할 만한 어머니나 아버지가 없었기 때문에, 오로지 예수 그리스도에게 의탁하게 되었고, 어머니가 가진 것 중 나 외에는 그의 그림이 가장 소중했습니다.

　마치 양탄자가 깔리듯 그 오두막의 어두침침한 구석까지 죽 비쳐

든 햇살 덕분에 문간에서도 갈색 머리, 갈색 염소수염, 갈색 눈, 하얀 피부를 가진 백인인지 아닌지 미심쩍은 예수의 가슴에 그려져 있는 붉은 심장*이 보였습니다. 아무 불평 없이 나에게 베풀어 준 그 모든 사랑으로 나를 구원해 준 내 어머니는 구원을 받았을까요? 사랑받지 못한 어머니가 베푼 그 사랑은 어디서 비롯된 것이었을까요? 내가 지금 약간이나마 가지고 있는 인간성이 내게 스며들 때까지 날마다 아낌없이 내게 쏟았던 애정과 애정 어린 포옹과 다정한 말을 어머니는 누구에게 배웠을까요?

내 일부는 완강한 공산주의자였기 때문에 어머니가 구원받지 못했다고 믿었습니다. 왜냐하면 하느님도 없고 사후 세계도 없으니까요. 그렇게 생각하는 내 가슴은 쓰라렸습니다. 하지만 부분적으로는 두렵고 부분적으로는 독실해서, 흔들렸지만 동요하지 않은 완강한 가톨릭교도인 나의 또 다른 일부는 어머니가 그날부터 다른 모든 난민들, 다시 말해 이미 죽은 모든 사람과 마찬가지로 **천국**으로 들려 올라갔다고 믿었습니다. 우리 모두가 일단 죽으면 영생의 피난처를 찾아 저주받은 지상에서 탈출한 난민들 아니면 무엇이었겠어요? 제1세계라는 천국 및 제2세계라는 연옥과 비교할 때, 지구라는 온 세상이 제3세계가 아니면 무엇이었겠어요?** 두려워하면서도 독실한 내

---

*       가톨릭교에서 가장 인기 있는 이미지 중 하나로, 예수 그리스도의 초상화에 그려져 있는 그의 사랑과 희생을 상징하는 성심을 말한다.
**      선진 자본주의 국가를 제1세계, 공산주의 국가를 제2세계, 그 외의 국가들은 제3세계라고 한다.

일부는 어머니가 외부인의 출입을 제한하는 가장 배타적인 공동체인 그 낙원에 있는 처소의 발코니에서 나를 볼 수 있을지도 모른다는 생각에 수치심을 느꼈습니다.

그 지하실에 엎드려 있으면서, 나는 고향 마을과 어머니가 묻힌 공동묘지로 돌아가 있는 나 자신을 볼 수 있었습니다. 나는 무릎을 꿇고 어머니의 이름을 만져 보았습니다. 적어도 어머니에게는 이름이 있었습니다. 만약 내게 비석이 있다면, 거기에는 아마도 보 얀이라고 적혀 있을 겁니다. 기억 그 자체처럼 희미하게 바래 가는 주홍색 잉크로 아로새겨진 어머니의 이름과 생몰 일시를 보다가, 어느새 내가 억눌린 채 댐에 갇혀 있다가 터져 버린 사랑이라는 급류에 휩쓸려 떠내려가는 뗏목 위에 올라타고 있음을 알게 되었습니다. 마침내 나는 울음을 그쳤습니다. 나는 살인적인 분노라는 견고한 강철 기둥에 기대 서서 눈물을 닦고 어머니의 묘소가 얼마나 훼손되었는지 살펴보았습니다. 어머니의 묘는 공동묘지 가장자리의 습지에 있어서, 어머니는 생전과 마찬가지로 사후에도 그곳으로 추방되어 있는 상태였습니다. 어머니는 내 아버지가 그들의 사제라는 걸 모르는 친척들과 마을 사람들의 멸시를 받으며, 미혼모로서 내 어머니 노릇이라는 십자가를 짊어지고 살았습니다. 어머니는 바로 그 사제가 자신에게 서서히 주입한 선함과 친절에 대한 잘못된 가톨릭 신앙을 가지고 그를 보호했습니다. 어머니는 하느님과 그 사제에 대한 믿음 때문에, 죽어서도 다른 어떤 무덤과도 동떨어진, 명예로운 사자(死者)들과 그들의 명예로운 유가족들로부터 멀리 떨어진 작은 땅에 몸을 의탁하고 있었습니다. 조금이라도 체면을 차리는 사람이라면 누구에게나 기본적인 요소인 위선을 전혀 찾아볼 수 없는 사람이었다는 점을 고려할 때, 어머니야말로 그들 가운데서 가장 정직한 사람이었는데도 그들은 어머니와 가까이 있는 것을 견디지 못했습니다.

나는 어머니와 함께 살았던 오두막, 내가 유일하게 사랑을 알았던 그 집으로 돌아가, 마른 초가지붕에 대고 지포 라이터를 켜서 그 곳에 불을 질렀습니다. 이웃들이 각자의 집에서 나오더니 그 오두막이 바라건대 똑같이 잿더미가 되어 버렸으면 싶던 내 기억을 위한 장작더미가 되는 걸 나와 함께 지켜보았습니다. 이웃들은 아무 말도 하지 않았고, 그것은 올바른 반응이었습니다. 만일 그들이 무언가 말을 했다면, 나는 그 미제 권총을 20세기 초에 설계하며 의도했던, 아니, 내멘토인 클로드가 가르쳐 준 바에 따르면 의도했다고 하는 바로 그 목적으로, 그러니까 토착민 학살이라는 목적으로 사용했을지도 모릅니다. 그 권총은 필리핀의 평화를 회복할 때 처음으로 그 가치를 증명했지만, 이제 우리 나라에서도 똑같이 쓸모가 있었습니다. 클로드는 또한 그 지포 라이터를 내게 주기도 했습니다. 개인적으로 문구까지 새겨서 증정했습니다. 이거 보여? 집게손가락으로 그 문구에 밑줄을 그으며 그가 말했습니다. 우리끼리만 하는 얘긴데 말이야, 이게 CIA의 비공식 표어야.


그들이 우리를 엿 먹이기 전에 먼저 그들을 엿 먹여라

나는 매일 밤, 잠자리에 들기 전에 이 말을 해. 그 라이터를 내 손에 슬며시 쥐어 주고 윙크를 하며 클로드가 말했습니다.

현명한 말이에요. 내가 말했습니다. 현명한 말이에요.

오두막이 모닥불로 변한 후, 나는 기적적으로 아버지가 아직 주임 사제로 있는 작은 시골 성당으로 가는 길을 따라 걸었습니다. 아버지의 생존이 기적이었던 것은 그의 나이가 고령이었기 때문이 아니라 — 그는 이제 70대였습니다 — 백인 남자, 프랑스인, 가톨릭교도가 지방 혁명가들에게 매우 매력적인 암살 표적이 되던 시절에 그는 그 모든 요소를 다 갖춘 사람이었기 때문입니다. 그는 내가 한 번도 방문한 적이 없었던 그의 사무실에서 나를 맞이했습니다. 나는 그를 단 세 곳에서만 본 적이 있었습니다. 그가 나를 가르쳤던 가톨릭 학교의 교실, 멀리서만 그를 지켜보던 성당, 그리고 칸막이 너머로 그의 실루엣만 보이던 고해실. 아버지의 암살자 역시 그를 혼령으로 만들기 직전에 그 고개 숙인 그림자를 보았을 겁니다.

너도 이제 사내대장부가 됐구나. 아버지가 말했습니다. 그는 학생들과 농민들에게 사용하는 느리고 찬찬하며 참을성 있는 프랑스어로 말했습니다. 그것은 그가 그의 최고의 학생이자 최악의 걱정거리인 내가 그의 교실을 떠난 후 내게 처음으로 한 말이었습니다. 그 교실을 떠난 후, 우리는 딱 한 번 연락을 주고받았는데, 그가 어머니의 부음을 전하기 위해 미국에 있는 나에게 편지를 보냈을 때였습니다. 그는 지금 내 이름을 입 밖에 내지 않듯이, 주소 위에 적은 것을 제외하고는 그 편지에도 내 이름을 적지 않았습니다. 그는 오로지 출석을 확인할 때만 내 이름을 불렀습니다. 그 외에는 나를 다른 무엇도 아닌 오로지 "너"라고만 불렀습니다.

묘지에 다녀왔어요. 나는 자기들이 베트남어를 안다고 생각하는 프랑스인들과 미국인들에게 사용하는 느리고 찬찬하며 참을성 있는 베트남어로 대답했습니다. 내 아버지도 베트남에서 몇십 년간 살았으니 그들과 마찬가지였거든요. 어머니 묘를 봤어요.

그는 학생들의 시험 답안지가 잔뜩 쌓여 있는 책상 뒤에 앉아 아무 말도 하지 않았습니다.

어머니를 위해 비석을 구해 줘서 고맙습니다. 그건 당신이 직접 할 수 있는 최소한의 일이었어요.

침묵이 흘렀습니다. 그는 사실은 나의 독백이었던 우리의 대화가 끝날 때까지 한마디도 더 하려 하지 않았습니다. 또한 나를 빤히 주시하며, 시선을 떨구려 하지 않았습니다. 그것은 무시, 아니면 경멸, 아니면 자존심, 아니면 후회, 아니면 말로 표현할 수 없는 사랑의 표시였을지도 모릅니다. 그 속을 누가 알겠어요?

이건 그 비석 값이에요. 봉투를 책상 위에 툭 던지며 내가 말했습니다. 학생 시절에는 돈이 한 푼도 없었어요. 지금은 돈이 좀 있어요. 어머니의 비석 값은 당신이 아니라 내가 내야 해요.

여전히 아무 말도 없었습니다. 그는 나에게 그의 보스이자 최고위 교부(敎父)이자 바로 그분인 하느님의 침묵을 재연해 보이고 있었습니다. 이것은 아버지가 기도하면서 매일 마주하는 침묵이었고, 몇억 명의 사람들이 하느님께 무언가 말을 해 달라고, 무슨 말이라도 해달라고 간청하며 매일 접하는 침묵이었습니다. 그는 언제나 말이 없었지만, 그렇다고 해서 그의 수많은 팬들이 미혹에서 깨어나지도 않았습니다. 아무 말도 하지 않은 것치곤, 많은 사람들에게 말한 게 틀림없었습니다.

왜 당신이 아니라 우리 어머니가 죽었을까요? 나가려고 자리에서 일어서며 내가 말했습니다. 어머니가 죽고, 당신이 살아 있다는 사실이 ─ 그것이 바로 신 같은 것은 존재하지 않는다는 증거예요.

이제 그는 약이 바짝 올랐습니다. 이제 마침내 다음 설교에 대한 영감으로 눈을 번뜩이며 그가 말했습니다. 네 사랑하는 어머니는 온 마음을 다해 하느님을 믿었고, 하느님께서 그녀를 구원하셨기 때문에 지금은 천국에 살아 있어, 너한테는 신성한 게 아무것도 없니?

신성한 게 아무것도 없냐고요? 나는 폭소를 터뜨렸습니다. 이내 웃음을 그치고 이렇게 말했습니다. 어머니 대신 당신이 죽었으면 좋았을 텐데.

그 말은 아버지의 편지로 어머니의 사망과 장례에 대해 알게 된 직후, 캘리포니아에서 만에게 보낸 편지에 적었던 다음과 같은 말을 되풀이한 것이었습니다. 아버지가 죽었으면 좋겠어. 그 말은 아버지를 만난 지 한 달 후 일어난 일을 예고한 것이었습니다. 그날 암살자가 아버지의 고해실에서 무릎을 꿇고 고백자인 체하다가 아버지의 관자놀이에 총알을 발사했을 때, 그의 죽어 가는 뇌는 그 번갯불 같은 섬광과 천둥 같은 굉음이 마침내 실제로 들려온 하느님의 음성이라고 인식했을지도 모릅니다. 여러 해 뒤, 재교육 수용소에서 단둘이 이야기를 나누다가, 만이 깡통 따개로 내 두개골을 열고 내 뇌를 어루만지면서, 내 치명적인 소원에 따라 그가 명령을 내렸다고 말해 주었습니다. 결국 그는 나의 가장 친한 친구이자 의형제였습니다. 내 말을 곧이곧대로 믿고, 내 말대로 실행하기 위해 그는 그 공산당 첩자를 파견했고, 그녀는 암살자를 찾아냈습니다. 할아버지는 프랑스인들에게, 아버지는 미국인들에게, 오빠는 공화주의자들에게 죽임을 당한 열여섯 살 소녀였습니다. 말로는 사람을 죽일 수 없다고 누가 그랬나요? 나는 내 말의 힘을 몰랐습니다. 아니, 몰랐다고 생각했습니다. 이제 나는 말의 힘을 압니다. 하지만 말보다 더 강력한 단 한 가지가 침묵이라는 것 또한 압니다.

# 10장

내 머릿속에서 울리는 종소리에 아버지의 성당에서 울리던 종소리가 생각났습니다. 프랑스에서 수입된 그 종에서 나던 소리가 부메랑처럼 모든 세월을 건너서 이 침침하고 축축한 프랑스 지하실에 있는 내게로 되돌아왔습니다. 아버지가 내게 말하는 소리도 들리는 것 같았습니다. 금이 간 종 안에서 울려 퍼지는 소리에서 벗어나 내가 하나가 되도록 그가 사용한 단어는 너!였습니다. 누군가가 내 종을 치고 있었습니다. 다시 말해, 누군가가 내 뺨을 철썩철썩 때리고 있었다는 뜻입니다. 매번 일격을 당할 때마다, 감긴 눈꺼풀 안쪽이 노랗고 빨간 불꽃이 번쩍거리며 환해졌습니다.

이봐!
너!

나인 '너'가 내 눈을 떴습니다. 내가 있는 곳은 어머니의 오두막이 아니었습니다. 고향 마을이 아니었습니다. 아버지의 성당이 아니었습니다. 나는 여전히 그 젖은 지하실 바닥 위에 있었고, 내 뺨을 때리고 있는 것은 하느님의 손이 아니라 두 깡패 중 한 녀석의 손이었습니다. 못난이였습니다. 아니, 어쩌면 더 못난이였을지도 모릅니다.

반응이 있어. 내 옆에 쪼그리고 앉으며 모나리자가 말했습니다. 이제 깨어났군. 볼에 혈색이 좀 돌았어.

왜 버티지를 못하는 거야? 나를 때리던 깡패 녀석이 말했습니다. 내 눈의 초점이 맞춰졌습니다. 확실히 못난이였습니다. 우리가 널 고문하지 못한다면 무슨 재미가 있겠어?

이거 참 따분하네. 더 못난이가 말했습니다.

그냥 지금 당장 죽여 버리면 안 될까? 못난이가 물어보았습니다.

입 닥쳐! 비틀스가 말했습니다. 그는 모나리자의 뒤에서 서성거리고 있었습니다. 야, 이 게으르고 건방진 새끼들아. 불평을 하지 않고는 사람 하나 두들겨 패지도 못하는구나.

알았어. 못난이가 말했습니다. 좋아. 하지만 발가락이 아픈걸.

스니커즈를 신고 사람을 걷어차는 건 좋은 생각이 아니었던 것 같아. 비틀스가 말했습니다. 부츠를 가져와.

못난이가 한숨을 쉬며, 아마도 나를 다시 걷어차려는 듯 자리에서 일어섰습니다. 하지만 그가 다리를 뒤로 차올리는 순간, 모나리자가 손을 들었습니다.

좋은 생각이 있어. 그가 말했습니다. 모나리자가 내 앞에 한쪽 무룔을 꿇고 앉았고, 나는 처음으로 그가 내 브루노 말리 구두를 신고 있다는 걸 알아차렸습니다. 내가 알아차린 것을 알아채고 그가 말했습니다. 이렇게 멋진 구두는 너한텐 개 발에 편자야. 자, 이제 게임을 할 준비가 되셨나?

안 하는 게 좋겠어. 나는 그렇게 말했습니다. 하지만 다들 내 말을 무시한 걸 보면, 내가 그 말을 하지 않았거나, 너무 조용히 말해서 내 귀에만 들렸거나, 내가 말은 했지만 아무도 신경 쓰지 않았거나 그중 하나였습니다. 모나리자가 그의 허리춤에서 리볼버를 꺼내더니, 총구가 이마에 눌릴 때까지 서서히 내게 들이밀었습니다. 그런 다음 총을 다시 뒤로 물리더니, 찰칵 하고 회전식 탄창을 열어, 총알 여섯 발을 손바닥에 털어 낸 후 감싸 쥐었습니다.*

저것 좀 봐. 그가 말했습니다.

지금 내겐 달리 어떤 것도 눈에 들어오지 않았습니다.

그가 시멘트 바닥에 총알 하나를 떨어뜨렸고, 그러자 그것이 내 코앞에서 금속성의 핑 하는 소리를 내며 튀어 올랐습니다.

정말 조그맣군. 무절제한 소령이 내 귓가에서 속삭였습니다. 하지만 네 두개골을 꿰뚫고 박살 낼 만큼은 커. 내가 그 정도는 알고 있어야 하지 않겠어?

미안해. 무절제한 소령에게 내가 말했습니다. 정말 미안해.

당연히 미안해야지. 모나리자가 말했습니다. 그가 두 번째 총알을

---

*       회전식 연발 권총인 리볼버의 회전식 탄창에는 총 여섯 개의 약실이 있다.

바닥에 떨어뜨리자, 그것은 다른 방향으로 튀어 올랐다가 결국 내 눈 근처에 떨어졌습니다. 하지만 넌 훨씬 더 미안해하게 될 거야.

나한텐 사과 안 해? 세 번째 총알이 바닥에 부딪혔을 때 소니가 내 다른 쪽 귀에 대고 속삭였습니다. 내 경우에는, 네가 직접 방아쇠를 당겼잖아. 네 사격 실력이 더 좋아서, 실제로 그랬듯이 여섯 발이 아니라 딱 한 발로 나를 죽여 줬다면 네게 고마워했을 텐데.

미안해. 소니에게 내가 말했습니다. 정말 미안해.

귀에 딱지 앉겠네. 모나리자가 네 번째 총알을 떨어뜨리며 말했습니다. 어디 실컷 말해 봐. 이제 와 미안해한다고 해서 네 목숨을 구할 수는 없을 테니.

그가 다섯 번째 총알을 떨어뜨렸습니다. 그것은 슬로 모션으로 떨어졌기에, 나는 그것이 내려오는 동안 그 찬란한 모습을 관찰할 수 있었습니다. 이 독특한 아름다움을 지닌 총알은 빛을 반사하는 구리로 덮여 있어서, 올림픽 다이빙 선수처럼 우아하게 낙하하는 동안, 마치 내게 윙크를 하는 것처럼 보였습니다. 총알 끝부분이 칙칙한 오렌지색인 것을 보니, 확실히 소프트 노즈드 총알*이었습니다. 그 총알의 목적은 살상력을 약화시키는 게 아니라 끝부분이 닿자마자, 다시 말해 나와 나 자신에게 명중하자마자 팽창하면서 큰 피해를 입히는 것이었기 때문에, 그것은 모순적인 용어였습니다. 마침내 다섯 번

---

\*     soft-nosed bullet. 탄자에 피막을 입힐 때 끝부분은 제외하기 때문에, 목표물에 명중할 때 끝부분이 파열하여 납 조각이 여기저기 박히면서 더 큰 손상을 유발하는 형태의 총알.

째 총알이 바닥에 부딪쳐 튕겨 올랐을 때, 나는 왜 내가 죽인 이 두 사람에게 한 번도 사과한 적이 없는지 궁금해졌습니다.

우리도 그게 궁금했어. 그들이 말했습니다.

내게 사과를 원하지 않는 줄 알았어. 내가 말했습니다.

우리야 당연히 네 사과를 원하지. 엄지와 집게손가락으로 여섯 번째 총알을 잡고 모나리자가 말했습니다. 그렇다고 네게 조금이라도 도움이 될 거라는 얘기는 아니지만, 너 때문에 엉망진창이 됐을 때는 사과하는 게 예의지. 특히 너만큼 엄청나게 일을 망쳐 놨을 때는 말이야. 네가 지금 정말 심각한 곤경에 빠졌다는 건 알지?

그는 그 총알을 회전식 탄창의 약실 위로 가져가 잠시 가만히 있었습니다. 그러고는 이내 그 총알을 받아들이기 위해 대기하고 있던 약실에 총알을 밀어 넣었습니다. 내 이름이 새겨진 그 총알을 관찰할 시간은 충분했습니다. 그것은 내가 클로드에게 배운 표현이었습니다. 자네 이름이 새겨진 총알을 피할 수는 없어. 그는 그렇게 말하곤 했습니다. 이 경우, 아무것도 새겨져 있지 않은 그 총알에는 말 그대로 이름이 없어서, 나, 즉 보 앞에게는 더없이 완벽했습니다. 내가 나 자신에게 **무명**이라는 이름을 붙인 건 프랑스 관료주의에 대한 소소한 농담이었습니다. 관료주의를 겨냥해 농담을 할 수 없다면, 지루해서 쓰러져 죽을 지경이었으니까요. 하지만 차라리 그렇게 죽는 게 이제 막 내가 죽게 될 방식보다는 훨씬 나았을 겁니다.

모나리자가 총알을 하나씩 바닥에 떨어뜨리는 그 끝없는 시간 동안 나는 줄곧 눈을 깜박이지 않고 있었기에 이제는 눈이 너무 건조해서 깜박일 수밖에 없었는데, 눈 한 번 깜짝할 사이에 모나리자가 탈칵 하고 회전식 탄창을 닫아 내 운명을 봉인해 버렸습니다. 그는 회전식 탄창을 한 번, 두 번, 세 번 돌렸습니다.

너희 베트남 사람들은 러시안룰렛 하는 거 좋아하지. 그렇지? 그가 말했습니다. 언젠가 영화에서 본 적이 있어. 네가 그 게임을 얼마나 잘하는지 우리한테 보여 줄 준비 됐나?

미안해, 미안해, 미안해. 내가 흐느끼며 말했습니다.

이젠 너무 늦었어. 모나리자가 말했습니다. 일어나 앉아.

일어나 앉아. 내가 나 자신에게 그렇게 말해 봤지만, 나 자신을 그 어디에서도 찾을 수가 없었습니다. 나는 꼼짝도 할 수가 없었습니다. 심지어 비틀스가 몇 번 더 내 뺨을 때린 후에도요. 못난이와 더 못난이가 불려 와서 각각 내 팔을 붙잡고 나를 일으켜 세운 다음 소파에 기대어 앉혀야 했습니다. 나는 지금껏 네게 아주 많은 인내심을 발휘했어. 모나리자가 말했습니다. 그는 내 손에 총을 쥐여 주었습니다. 이제 네가 게임을 하거나, 만약 네가 게임을 하지 않으면 우리가 너를 훨씬 더 고통스럽게 하거나, 둘 중 하나야.

백전백패의 시나리오는 두 얼굴과 두 마음을 가진 남자에게 딱 맞는 시나리오였습니다. 동전이 어느 쪽으로 떨어지든, 어느 면이 나오든, 결과는 좋지 않을 터였습니다. 이론적으로는 이 경우가, 승패가 결정되는 시나리오보다 선택하기가 쉬웠습니다. 왜냐하면 결과를 바꿀 방도가 없었기 때문입니다. 그렇다고 해도, 정신이 멀쩡한 사람이라면 그 누구도 러시안룰렛을 하지는 않을 터였습니다.

너! 비틀스가 내 뺨을 너무 세게 때리는 바람에 눈앞의 모든 것이 둘로 보였습니다. 이봐, 너! 이 게임 할 거야?

나는 그 게임을 할 만큼 미친 건 아니었어! 하지만 너는 그랬어. 이 미친 잡종 새끼야. 네가 슬로 모션으로 움직이면서, 내 손으로 그 리볼버를 집어 드는 것을 보았어. 너는 몹시 나른하게 그 총을 들어 올렸고, 못난이와 더 못난이가 둘 다 각자의 총으로 나를 포함해 너를 겨누고 있는 걸 보았어. 혹시라도 네가 극적으로 영웅적인 결단을 내릴 마음이라도 먹을까 봐 말이야. 하지만 너는 한 번도 영웅이었던 적이 없어. 너는 그저 생존자이자 반드시 해야 할 일을 진심으로 하고 싶어 했던 신봉자일 뿐이었어. 그리고 지금 반드시 해야 할 일은 가능한 한 빨리 이 일을 해치우는 것이었지. 백전백패의 시나리오에서, 상황을 질질 끄는 것이 무슨 의미가 있었겠어?

**딸칵!**

믿을 수가 없어! 네가 해냈어! 방아쇠를 당겼잖아! 공이가 딸칵 소리를 내자 온 세상이 조용했어. 모나리자가 뭐라고 말하고 있었지만, 그의 입이 움직이는 내내, 우리에겐 우리의 머릿속에서 톱니바퀴가, 지금은 나사가 빠지고 없어서 쓸데없이 힘을 쓰며 부지런히 회전하는 소리 말고는 아무 소리도 들리지가 않았어. 확률은 네 쪽에서 보면 6분의 1이었어. 혹은 다른 관점에서 보면, 5 대 1이었지. 네가 나머지 절반이 나인 사람의 절반으로 태어났을 때부터 줄곧 수학은 결코 너의 장기가 아니었어. 네 관심을 사로잡은 주제는 역사였는데, 지금 역사가 인간 사회에 개입하고 있어. 너, 그리고 아마도 너나 나의 어머니와 같은 어머니들의 아들들인 이 갱스터들은 역사로 인해, 그리고 몇 가지 아주 나쁜 선택으로 인해 이 순간에 이르게 되었지.

비록 유독 나쁜 선택을 내리길 좋아하는 성향을 못난이, 더 못난이, 비틀스와 공유하고 있기는 하지만, 너는 그들에게 공감하기는 어렵다는 걸 깨달아. 그들의 입의 움직임과 얼굴 표정으로 짐작해 보면, 해적들이 너희 보트에 접근할 때 왁자지껄 떠들었던 것처럼 그들이 왁자그르르 웃으며 떠들고 있는 듯 보이기 때문이야. 나는 그 일에 대해 잊어버리고 있었어. 아니, 적어도 생각하지 않으려고 노력해 왔어. 공감하는 것이 나의 재능이야. 기억하는 것이 아니라. 나는 심지어 어느 총알에 우리가 죽게 될 것인지를 두고 내기를 하는 이 갱스터들에게도 공감을 느껴. 하지만 틀림없이 너의 재능은 기억하는 것이기도 해. 너는 줄곧 잊지 않았어. 너의 삶은 늘 너와 나를 기다리고 있고, 너의 기억들은 늘 장전된 채, 내 뇌에 발사될 준비가 되어 있지. 악마의 기억력 증진술 같은 이 게임에서 총신은 대부분의 경우 비어 있어. 대부분의 경우.

**딸칵!**

네가 또 해냈어! 네가 방아쇠를 당겼어! 지금 나는 조금 초조해하고 있어. 거의, 우리 모두가 마침내, 마침내 다른 보트 한 척이 공해상에서 우리 때문에 멈춰 섰다는 것을 알아차렸을 때 초조해했던 것만큼이나 말이야. 아아, 슬프게도 그들은 해적이었지. 우리가 그 전날의 폭풍우를 견디고 살아남아 여전히 멍한 상태였을 때, 해적들이 퀴퀴한 땀 냄새와 고약한 술 냄새와 더 고약한 의도가 있다는 분위기를 풍기며, 거래를 성사시키기 위해 칼과 파이프와 쇠사슬과 도끼와 몇 자루의 AK-47을 들고, 우리 배에 기어올랐어. 너는 친절하고 품위 있는 태국 사람들이 많을 거라고 확신하지만, 운 나쁘게도 우리는 이런 표본과 마주치게 되었지. 보트에 타고 있던 여자들은 해적들이 그들과 모든 사람에게서 조금이라도 가치가 있는 것은 무엇이든 다 빼앗아 가자 비명을 질렀어. 이내 여자들은 해적들이 그들의 옷을 벗길 것에 대비해 마음의 준비를 했는데, 해적들은 어떻게 보면 너를 둘러싸고 쿡쿡 찔러 대며 네게 들리지도 않는 질문을 하고는 네가 대답하지 않으면 네 뺨을 한 번, 두 번, 세 번이나 때리는 이 갱스터들의 먼 사촌이었어. 아, 내가 네가 아니라서 정말 다행이야!

물론, 알고 보니 배 위의 상황이 그렇게 나쁘지는 않았어. 하여간 우리에겐 말이야. 혹은 여자들에게도. 이 해적들이 가장 특이한 부류의 해적인 줄 누가 알았겠어? 모든 사람이 이런 난민 보트에서 여자아이들과 여성들을 납치하고 강간한 이야기를 들은 적이 있었어. 하지만 아무도 이런 일에 대해 들어 본 적은 없었지. 이 씻지도 않은 해적 패거리는 얇은 블라우스를 입고 오들오들 떨면서, 최선을 다해 몸을 움츠리고 눈길을 끌지 않으려 하는 젊고 성적으로 매력적인 여성들을 무시하고 지나갔던 거야. 너희가 내 여동생을 데려가게 놔두지 않겠어! 네 옆에 있던 고결한 젊은이가 외쳤어. 먼저 날 죽여야 할 거야! 아, 그 해적들이 얼마나 웃던지! 아, 서로 등을 철썩철썩 때리며 얼마나 좋아 죽던지! 아, 우리 모두에게 우리 중 누구도 이해할 수 없는 그들 자신의 언어로 얼마나 크게 고함을 지르던지! 하지만 그들 중 가장 깡마른 해적이 우리의 젊은이 쪽으로 어슬렁어슬렁 다가와 10대인 그의 여동생을 아예 본체만체하며 그 기괴한 손가락으로 젊은이의 갈라진 입술을 죽 더듬은 다음 그의 머리카락을 움켜잡고, 그의 여동생이 아닌 그를 다른 보트로 끌고 갔을 때, 갑자기 그 의미가 분명해졌어.

당황스러웠어! 대혼란이 일어났지! 혼돈 그 자체였어! 아무도 자신들이 보고 있는 것을 믿을 수가 없었어. 음흉한 눈초리의 해적들이 가장 날씬하고 털이 없는 젊은이들과 남자아이들 중 몇 명을 더 붙잡았기 때문이야. 그 사람 같지도 않은 것들이 무슨 짓을 하고 있었을까? 그 젊은이들과 남자아이들을 해적 견습생으로 삼으려고 데려갔을까? 그들을 강제 노동을 하게끔 팔아먹으려고 납치하는 것이었을까? 그들이 혹시라도 — 그들이 정말로 — 안 돼 —

**딸칵!**

야, 너 — **그만해!** 지금 당장. 그만 울고 제발 그 방아쇠 좀 그만 당겨! 넌 지금 히스테리를 부리고 있어! 나도 그렇게 잘하고 있는 건 아니야. 인정해야겠지. 비틀스가 너에게 소리를 지르고 네 뺨을 때린다고 해도 누가 신경이나 쓰겠어? 역사에 대해 히스테리를 부리는 건 그만둬야 해! 자, 이제 네 어머니와 아버지는 어떡하지? 너의 혈통? 잡종 새끼라는 사실은? 스파이로서 잠입해서 산 너의 삶은? 그 전쟁은? 재교육 수용소는? 얼굴 없는 남자는? 그 난민 보트는? 너무도 못생긴 네 얼굴은? 그 해적 선장이 너를 딱 한 번 쳐다보고는, 너희 나라의 전장에서 싸우다가 휴가를 얻어 매우 저렴한 가격으로 최고의 섹스를 하려고 그의 나라에 온 미군들에게 주워들은 게 분명한 서투른 영어로 이렇게 말했을 정도잖아. 꼬락서니가 정말 개똥 같네!

이런, 그가 틀린 말을 한 건 아니야. 그렇지? 당연히 네 꼬락서니는 정말 개똥 같았어. 빙빙 돌고 돌아 내려가는 창자 같은 생지옥을 다 거치며 소화가 된 후였으니까. 너는 내가 어때 보이는 것 같아? 언젠가 네가 네 몸에서 가장 학대받는 부위가 간이라고 말한 적이 있어. 정정하지. 가장 학대받는 부위는 나야! 엄밀히 따지면, 나는 네 양심이자 의식으로, 네 몸의 일부는 아니지만 말이야. 하지만 네 몸이 어디에서 끝나고, 네 정신 혹은 내 정신이 어디에서 시작되는지 누가 알겠어? 내가 아는 것은 이거야: 극복해! 계속 나아가! 잊어버려! 과거는 과거이고 미래는 영원히 계속되고 현재는 항상 여기에 존재하지만 사라져 버려. 그러니 네가 나와 공감해야 해, 그러니까 너는 ─

딸칵!

안 돼! 너 미쳤어? 잠깐, 그 말 취소야. 그래, 넌 미쳤어! 아마, 다 그럴 만한 이유가 있겠지만, 그게 변명이 되진 않아. 네 번의 시도가 있었고, 두 개의 약실이 남아 있어. 우리는 운만 믿고 너무 덤비고 있어. 이제 내가 이성의 목소리가 되게 해 줘. 그들이 원하는 걸 줘 버리라고 권하겠어. 그들은 단지 보스가 어디에 있는지 알고 싶어 할 뿐이야, 보스를 넘기는 것이 곧 본을 넘긴다는 뜻은 아니야 —


**딸칵!**


맙소사! 이런 젠장! 야, 이 미친 잡종 새끼야, 누가 너더러 그러래? 너 내가 하는 말 안 듣고 있는 거야? 나도 이 일의 이해 당사자란 말이야, 씨발놈아!

좋아, 알았어, 내가 감정을 터뜨린 걸 양해해 줘, 하지만 이제 우리가 문제를 명확히 했으니, 선택은 아주 확실해, 사실 100퍼센트 확실하지, 진정하자, 그만 떨고, 총은 내려놓자, 소니와 무절제한 소령은 지금 이 순간 네게 네 손에 있는 이 총이 본이 무절제한 소령을 죽이기 위해 사용했던 총과 아주 비슷하다고 말하고 있어, 그들은 네가 죽는 것을 몹시 보고 싶어 한다는 점에서 당연히 아주 편향된 사람들이야, 그러니 그들의 말은 귀담아듣지 마, 네가 비록 지옥 같은 일들을 겪었고, 미쳤고, 개똥 같아 보이지만, 그것이 곧 네가 멋진 삶을 살 수 없다는 뜻은 아니라는 걸 넌 깨달아야 해, 넌 아직 젊어, 겨우 중년에 불과해, 만약 우리가 지긋한 나이까지 살 거라고 가정한다면 말이야, 그렇게 안 될 건 또 뭐야, 미래는 밝아 보여, 지금 이 힘든 순간을 벗어나기만 하면 돼, 본은 스스로 알아서 잘 할 수 있을 거야. 그만 웃어! 왜 웃는 거야? 이건 농담이 아니야! 그만 좀 —


**딸칵!**

헷*

*　　　hết. 베트남어로 '끝'이라는 의미.

# 팽*

---

*  fin. 프랑스어로 '끝'이라는 의미.

끝

# 3부

# 나라는 사람

# 11장

나는 끝났다.

아니, 정말 그랬을까?

나는 끝장났다.

하지만 정말 그랬을까?

다 끝났다.

아니, 반대로, 어쩌면 안……

누가 웃고 있었지?

나는 아니었어.

너였어!

아니었나?

너는 나와 함께 소리 내 웃지 못했습니다. 내가 웃고 있지 않았으니까요. 그랬다는 건 틀림없이 너가 나를 비웃고 있었다는 뜻이겠죠. 왜 아니겠어요? 나는 그야말로 꼴불견이었는데. 나는 나 자신이 손에 총을 들고 있는 것을 바라보면서, 총을 들고 있는 사람은 너인데 어떻게 그 총이 거기 들려 있는지 모르겠다고 생각했습니다. 모든 것이 너무 흔들리고 있었기 때문에, 내 손이 떨리고 있는지, 아니면 내 두개골 속에서 눈알이 달가닥거리고 있는지 알 수가 없었습니다. 우리는 **살아남을 거야!** 그것이 그 농담의 핵심이었습니다. 그렇지 않나요? 그 농담은 늘 우리를 겨냥한 것이었습니다. 하느님은 개자식이었으니까요. 처음에는 어리둥절해하던 갱스터들이 모나리자가 여섯 번째 총알, 그러니까 보 얀이라는 내 이름이 새겨진 총알을 마치 마법처럼 꺼내 보여 주었을 때, 소리 내 웃고 있던 것을 보면, 그것은 틀림없이 아주 재미있는 농담이었던 것 같습니다. 하지만 내가 그 총알을 피한 것은 그가 그 게임 전에 리볼버에서 총알을 빼냈기 때문도, 아니면 애초에 약실에 넣지 않았기 때문도 아니었습니다. 내가 그 총알을 피한 것은 그가 보 얀이라는 이름이 그저 "무명"이라는 뜻에 불과하다는 것을 몰랐기 때문이었습니다. 무명인 사람이 자신의 이름이 새겨진 총알에 맞아 죽을 수는 없는 법입니다! 그 농담은 내가 아니라 그를 겨냥한 것이었습니다!

저놈 왜 웃고 있는 거지? 못난이가 말했습니다.

저놈은 완전히 미친 잡종 새끼야. 비틀스가 말했습니다.

그 속임수를 연습한 지 얼마나 됐어? 더 못난이가 물었습니다.

그 베트남 전쟁 영화를 본 이후로 줄곧 연습했어. 눈물을 닦고 일어서며 모나리자가 말했습니다. 오줌 좀 눠야겠어. 계단을 오르기 전, 어깨 너머로 그가 나에게 말했습니다. 나는 너의 그 고통스러워하는 표정이 마음에 들어. 그게 진짜라는 걸 알기 때문이지.

다시 해 보자. 못난이가 말했습니다.

넌 다시 하고 싶어? 비틀스가 물어보았습니다.

아무래도 괜찮아. 내가 — 아니, 우리가 — 웃음을 터뜨리며 말했습니다. 우린 살아남을 거야!

뭐라고? 비틀스가 말했습니다.

우린 살아남을 거야, 우리가 — 아니, 내가 — 말했습니다.

이 미친 잡종 새끼야! 시누아가 누구야?

나는 다시 웃음을 터뜨렸습니다. 이제는 그 별명이 결국 모욕이 아니라는 것을 깨달았기 때문입니다. 아니, 아니요, 모욕이 아니었습니다! 그것은 **농담**이었습니다. 나야! 내가 말했습니다. 내가 시누아야.

네가?

그래, 나! 우리는 모두 시누아야!

못난이, 더 못난이, 비틀스가 의아스럽다는 듯 서로를 쳐다보았습니다.

우리 한 사람 한 사람 전부가! 아시아 델리*에서 아시아인은 아무도 먹지 않을 아시아 음식을 너희에게 만들어 주는 남자도, 또 너희가 니 하오!라고 말한 다음 사실은 중국인이 아닌데도 니 하오!라고 대답도 안 할 만큼 불친절하다고 욕을 퍼부을 젊은 여자도, 또 너희가 아무리 많이 보거나 들어도 정확하게 기억하지도, 발음하지도, 철자

---

\*    일반 마트에서 찾기 쉽지 않은 수입 식품과 조리된 육류나 치즈 등 간단
      히 먹을 수 있는 음식 따위를 전문적으로 취급하는 가게.

를 쓰지도 못하는 이름을 가진 사람들도, 또 너희가 혈통을 구별하지 못하기 때문에 ─

넌 정말 짜증 나는 ─

─ 시누아라고 부르는 사람들도 말이야! 너희가 시누아라고 부르는 악명 높은 범죄자도, 너희가 시누아라고 부르는 유명한 경찰관도 나야. 또 너희가 부득이하게 백인이 아닌 사람과 이웃하고 살 수밖에 없다면 ─ 너희는 색맹이라서 그런 걸 알아차리지도 못하겠지만 ─ 너희가 원하는 사람도 나야. 또 너희가 나의 문화에 대해서 무엇이든 알고 싶을 때 조언을 구하는 대상도 나야. 또 자진해서 내 문화를 포기하려 하지 않는 사람도 나야. 또 어디에서 왔냐고, 아니, 정말로 어디 태생이냐고 너희가 항상 물어보는 사람도 나야. 비록 그 질문은 모든 사람에게 해야 하는 것이고, 단 한 가지 의미 있는 대답은 너희와 마찬가지로 나도 내 어머니에게서 태어났다는 것이지만 말이야. 하지만, 비록 사람들이 우리가 다 같은 처지라 해도, 사람들이 우리가 모두 프랑스인이라고 한다 해도, 내 조상 중 일부가 너희 군대를 위해 너희 전쟁에서 싸우다가 죽었다 해도, 내 부모님이 여기서 태어났다 해도, 내 조부모님이 여기서 태어났다 해도, 내가 여기서 태어났다고 대답한다 해도, 아니면 나처럼 독특한 경우에는 지옥에서 왔다고 대답한다 해도, 만약 너희가 내가 정확히 어디에서 왔는지 물어보겠다고 꼭 고집을 부리겠다면 ─

이 미친 잡종 새끼가 뭐라고 하는 거야 ─

─ 그렇다면 내가 바로 그 유일한 최초의 시누아로부터 비롯된 ─

나는 그다음에 무슨 말을 어떤 언어로 하려고 했는지 잊어버렸습니다. 내가 줄곧 프랑스어와 베트남어와 영어가 뒤섞인 연설을 하고 있었다는 걸 막 알아차린 순간, 계단으로 통하는 문이 쾅 하고 열리더니, 까오보이가 선글라스로 눈을 가리고 이쑤시개를 입에 문 채, 양손에 자동 권총을 들고 ── 탕! 탕! 탕! ── 아슬아슬하게 난간을 타고 미끄러져 내렸기 때문입니다. 그리고 그의 뒤에는 실크 셔츠 깃을 가슴골까지 열어젖힌 채 반짝거리는 초록색 더블 버튼 슈트를 입고 펌프 연사식 산탄총을 든 로닌이 있었습니다 ── 탕! 탕! 탕! 그리고 그를 뒤따르고 있는 것은 계단 꼭대기에 허리를 구부리고 앉아 기관 단총을 무릎으로 떠받치고 엄호 사격을 해 주고 있는 본이었습니다 ── 탕! 탕! 탕! 지하실은 엄청나게 시끄러웠고, 비명과 고함과 욕설은 상황에 전혀 도움이 되지 않았습니다. 나는 손을 뻗어 재떨이에서 비틀스가 피우다 버린, 불이 꺼지기 일보 직전의 담배꽁초를 주워 들었습니다 ── 탕! 탕! 탕! 내가 탐닉하던 것을 줄곧 박탈당했던 후라서 기분이 몹시 좋았고, 비틀스가 여러 발의 총알에 맞아 커피 테이블 위로 나가떨어졌을 때조차도 그 기쁨은 사라지지 않았습니다. 젤리처럼 곤죽이 된 그의 뇌는 일찍이 내가 본 적이 있는 모든 뇌와 비슷해 보였습니다. 우리는 다 같은 인간이니까요. 그런데 왜 우리는 서로 사이좋게 지낼 수 없었을까요? ── 탕! 탕! 탕! 나는 그의 생기 없는 두 눈을 내려다보았습니다. 완전히 박살 나서 반쯤 빈 컵 같은 그의 머리가 내 무릎 근처 커피 테이블 가장자리 위에 놓여 있었습니다. 나는 그를 위해 눈물을 흘렸습니다. 만약 내가 그였다면, 그와 같은 환경에서 태어나 그와 같은 삶을 살았더라면, 그가 나에게 했던 것과 똑같은 악랄한 짓을 저질렀을 수도 있었으니까요 — 탕! 탕! 탕! 못난이와 더 못난이도 피를 쏟고 있었는데, 그들의 피는 흰색, 또는 노란색, 검은색, 갈색이 아니라, 빨간색, 짙은 빨간색, 심지어 자주색이었습니다. 외모가 어떻게 생겼든 간에, 속을 뒤집어 놓고 보면 우리 모두는 똑같아 보였습니다. 곧 그들이 귀가하지 않으면 어딘가에서 그들의 어머니가 걱정할 테고, 그 어머니들의 걱정은 결코 중단되지도, 사라지지도 않을 겁니다. 그들은 아들의 말수 적은 유령의 존재를 끊임없이 느낄 테니까요. 그들은 두려워하면서도 갈망하는 그들 자신의 죽음이라는 달콤 쌉쌀한 순간이 지나고서야 마침내 저세상에서 아들을 만나게 될 겁니다. 죽음만이 그들이 사랑하는 사람들과의 재회에 필요한 단 한 가지일 테니까요 — 탕! 탕! 탕! 못난이와 더 못난이가 숨이 가까스로 붙어 있었다고 해도, 이제는 죽어 버렸습니다. 로넌이 재킷 아래에서 리볼버를 꺼내 종부 성사의 마지막 축복 기도 같은 최후의 일격을 한 방씩 날린 후로는 말입니다 — 탕! 탕! 탕!

재미있었어. 로넌이 프랑스어로 매우 만족스럽게 말했습니다. 이번에는 그 프랑스어가 매력적이라는 생각이 조금도 들지 않았습니다.

제기랄, 카뮈, 너 꼬락서니가 개똥 같은데. 까오보이가 말했습니다.

전에도 그런 말 들어 본 적 있어요. 내가 중얼거렸습니다.

우리가 때마침 잘 온 것 같아. 로넌이 말했습니다.

미안해. 본이 말했습니다. 우리가 하마터면 널 죽게 할 뻔했어.

그가 목에 기관 단총을 걸고 나를 소파에서 들어 올렸습니다. 여전히 알몸인 나를 감탄의 눈길로 쳐다보며 로닌이 이렇게 말했습니다. 넌 아시아인치고는 꽤 큰걸. 아마 프랑스인 아버지 덕분일 거야. 까오보이가 말했습니다. 난 더 큰 걸 본 적도 있어요. 예를 들자면, 내거 말이에요. 본이 말했습니다. 입 좀 다물어요. 당신들 둘은 하마터면 이 친구를 죽일 뻔했어요. 내가 말했습니다. 네 놈이었는데, 한 놈은 어디 갔어? 그들이 다 함께 서로를 쳐다보며 말했습니다. 제기랄!

그들은 모나리자를 찾아내지 못했고, 소니 워크맨 헤드폰을 낀 채 쓰레기봉투와 표백제 병과, 그냥 톱인 줄 알았지만 나중에 알고 보니 — 엄밀히 따져서 정확히 하자면 — 뼈 톱이었던 물건을 들고 계단을 내려오던 청소조 난쟁이 3인조도 마찬가지였습니다. 화장실은 1층에 있었으니, 모나리자는 총소리를 들었을 때 틀림없이 그곳에 숨어 있다가 난쟁이들이 다급히 지나간 후에 뛰쳐나갔을 겁니다. 그는 그런 밤 시간에는 인적이 끊기는 창고들 사이로 사라져 버렸습니다. 본은 내가 옷을 입게 도와준 다음, 로닌의 아리안 자동차의 뒷좌석에 나를 밀어 넣었습니다. 한때 감각이 살아 있던 동물의 두툼하고 감촉 좋은 고급스러운 가죽이 뒷좌석에서 나를 살며시 떠받쳐 주었습니다. 본은 나와 나란히 앉아 있었고, 까오보이는 라디오를 만지작거렸고, 로닌은 운전을 했습니다. 그 친구한테 좋은 것 좀 줘. 로닌이 말했습니다. 정말 좋은 거 말이야.

그 정말 좋은 것은 조수석 사물함 안에 들어 있던 코냑 한 병이었습니다. 너무 질이 좋아서 병나발을 부는 것에 죄책감이 느껴졌지만,

그때껏 죄책감이 나를 멈춰 세운 적은 없었기에 나는 코냑을 마셨습니다. 이 축복을 받기 위해 기꺼이 벌어진 내 멍 든 입술에 닿은 그 술병의 감촉에 지난 몇 시간, 아니면 며칠, 아니면 몇 년, 아니면 얼마나 긴 시간이든 내가 그 갱스터들의 손아귀에 있었던 동안의 수많은 순간들이 떠올랐습니다. 그때 그들은 저항하는 내 입에 깔때기를 삽입하고 거기로 물을 쏟아부으며, 생명의 물질과 죽음의 물질의 차이는 단순히 정도의 문제라는 걸 내게 가르쳐 주었습니다. 그런 의미에서, 고문을 당하는 것은 예배를 드리러 가는 것과 같았습니다. 시간이 조금만 지나면, 둘 중 어느 쪽도 새로운 것을 알려 주지 않았습니다. 의례와 반복은 이미 잘 알고 있지만 잊을 위험이 있는 지식을 강화할 뿐이었는데, 바로 그것이 고문하는 자들이 펜치는 물론이고 자기 나름의 교묘한 방식으로 나를 고문했던 내 아버지 같은 사제들처럼 강한 신념을 가지고 그들의 일을 하는 이유였습니다. 동틀 녘의 따스한 빛이 내 어두운 내면을 비췄습니다. 예수 그리스도가 십자가에 매달렸음에도 불구하고 살아남은 그 모든 새벽에 틀림없이 보았을 바로 그 동틀 녘의 따스한 빛이었습니다.

날 어떻게 찾았어요? 내가 물어보았습니다.

내가 점쟁이한테 가서 물어봤어. 로닌이 말했습니다. 별자리로 네 운명을 읽었지. 하이에나의 내장을 꺼내서 살펴봤어. 그가 백미러에 비친 나를 보며 윙크했습니다. 농담이야. 친구한테 전화를 했어. 노련한 인도차이나 전문가인데, 예전에 군 정보부에 있을 때 나랑 알게 된 사이야. 아직도 정보기관에 있어. 그런 게임을 그만두기는 어려운

법이지. 네 신발 밑창을 뜯어보면, 그가 내게 준 마법 같은 작은 장치 하나를 발견하게 될 거야. 네 엄지손톱만 한 크기의 무선 송신 추적기지. 일본인들이 만들었어. 재주 좋은 새끼들.

여기 조금 더 빨리 올 수도 있었겠네요.

막판에 구하는 게 더 재미있잖아. 적어도 나한테는 그래.

나한테 그 추적기 얘기를 해 줄 수도 있었을 텐데요.

헛된 희망을 주고 싶지 않았어. 그게 작동이 안 되면 어떡해?

설령 헛된 것이라도 얼마간 희망을 갖는 게 정말 그렇게 나쁜 일이었을까요? 내가 본에게 술병을 내밀었지만, 그는 내 무릎을 꼭 움켜잡으며 고개를 가로저었습니다. 자신이 내 기대를 저버렸다는 데 대해 그가 크게 속상해하는 게 느껴졌습니다. 하지만 그는 미안하다고 말하는 것 외에는, 그 기분을 조리 있게 표현할 방법을 알지 못했습니다. 그래도 그 말을 하는 것만은 그가 나보다 더 잘했습니다. 나는 마침내 소니와 무절제한 소령에게 미안하다고 말하는 데 몇 년이나 걸렸습니다. 내 사과가 너무 미온적이었나요? 너무 엉터리였나요? 적어도 그것은 시작이기는 했습니다. 본에게, 내가 그의 큰 슬픔과 후회를 잘 알고 있다고 알릴 방법으로 찾아낸 것이라고는 이렇게 말하는 게 고작이었습니다. 자, 어서, 기분이 나아질 거야. 그가 마침내 술병을 받아 들었고, 우리는 뒷좌석에서 사람, 아니면 동물, 아니면 나무처럼 말없이 소통하면서 형제애에 취해 인사불성이 될 정도로 술을 들이켰습니다.

우리의 목적지는 **천국**이었는데, 그곳에는 혐오스러울 정도로 엉망진창이 된 나를 조심스럽게 꺼내 안으로 데리고 들어갈 전용 차고가 있었습니다. **천국**에서는 낮이 밤이고 밤이 낮이었고, 위층의 대기실 바닥을 타고 들려오는 웃음소리와 함성으로 판단해 보면, 모두들 잠들지 않고 깨어서 즐거운 시간을 보내는 중이었습니다. 까오보이는 대기실로 갔고, 그사이 로닌과 본은 복도를 지나 내가 일주일 동안 요양을 하며 지냈던 객실로 나를 데려갔습니다. 거기에는 보스와 아주 시크한 구릿빛 피부의 의사가 앉아 있었는데, 근무 시간 후의 평상복으로 일찍이 내가 가져 본 가장 좋은 정장보다도 더 비싸 보이는 슬랙스와 섬세한 직물로 꼭 맞게 맞춤 제작한 셔츠를 입은 걸로 보아, 어느 정도 실력 있는 의사 같았습니다. 그는 로닌과 보스를 친근하면서도 예의 바르게 대했고, 나와 내 상태를 전혀 놀라지 않고 가만히 바라보았습니다. 로닌과 보스는 능력보다는 비밀 유지가 더 중요한 까오보이의 사업장에서 일하는 사람들이 주로 가는, 지저분한 곳에서 일하는 더 시시한 부류의 의사를 데려올 수도 있었습니다. 하지만 이 의사는 인간계의 아리안 자동차, 다시 말해 돈을 주고 구할 수 있는 최고의 의사였습니다.

다 불었어? 아주 시크한 구릿빛 피부의 의사가 다시 한번 알몸이 된 나를 진찰하는 동안, 보스가 물어보았습니다. 내가 쾌락을 조금도 맛보지 못했던 그 침대 위에 누워 있는 동안, 로닌과 본은 서 있었고, 보스는 하나밖에 없는 의자에 앉아 있었습니다. 꼬마는 불행 중 다행으로 아직도 이곳에 머물고 있었습니다. 온 방 안에 그 개자식이 입고 벗어 놓은 속옷과 다 먹은 포장 음식 상자가 어지럽게 널려 있었던 걸 보면요. 그 방의 상태는, 위를 올려다보면 소니와 무절제한 소령이 내게 미소 지으며 천장에 누워 있는 모습은 물론이고, 비틀스와 못난이와 더 못난이가 죽어서 갑작스럽게 중력과 지각의 법칙을 거스를 수 있게 된 데 익숙해지지는 못했지만 인상을 찌푸리며 나를 노려보고 손가락질하는 모습까지 보이는 상황에서 전혀 도움이 되지 않았습니다.

이 꼴인데 내가 다 분 것처럼 보여요? 내가 되물었습니다. 나는 그에게 러시안룰렛에 대해 말해 주었습니다. 내가 죽은 비틀스의 손에서 빼내 온 장전되지 않은 총을 가리켰습니다. 그것은 내가 그 갱스터들과 함께 보낸 시간의 기념품으로 정말로 가지고 싶은 단 한 가지였습니다.

그 총을 들고 있던 본이 말했습니다. 할 수만 있었다면 그들을 더 오랫동안 고통스럽게 했을 거예요. 그는 자신이 내 생명을 구했다는 말은 하지 않았습니다. 그가 그래야 했다는 건 아니지만요. 이 친구는 아무것도 불지 않았어요. 본이 말했습니다. 우리를 넘기느니 차라리 자기 목숨을 끊을 작정이었죠.

로닌이 감탄스럽다는 듯 휘파람을 불었습니다. 그러니까 근본적으로는 자살한 거나 다름없어. 의도가 그랬으니까. 마무리도 그랬고. 다만 총알이 들어 있지 않았던 거지.

보스는 본에게서 그 장전되지 않은 총을 받아 들고 회전식 탄창을 열어 본 다음, 탄창을 빙 돌려서 금고털이범이 금고 안의 날름쇠가 풀리는 소리에 귀를 기울이듯 그 딸칵 하는 소리에 귀를 기울였습니다. 넌 정말이지 물건이야. 그 총이 아닌 나에 대해 이야기하며 그가 그렇게 말했습니다. 지금껏 많은 사람들이 마지못해 죽음에 맞서 왔어. 많은 사람들이 죽었고. 많은 사람들이 운 좋게 살아남았지. 하지만 기꺼이 죽음을 선택한 사람은 극소수에 불과했어. 그리고 그들 중 살아남은 사람은 거의 없었어. 지금부터 너를 내 형제라고 부르겠어. 내 남동생 말이야. 보스는 고개를 돌려 의사를 바라보았습니다. 이 친구 상태는 좀 어때요?

꼴이 개똥 같은 건 사실이에요. 아주 시크한 구릿빛 피부의 의사가 그렇게 말했는데, 사실 프랑스어로는 매력적으로 들렸습니다. 하지만 살아남을 겁니다.

감사합니다, 선생님. 좀 이따가 선생님 차에서 뵙죠.

의사가 나간 후, 보스가 말했습니다. 자, 너는 살아남을 거야. 그는 내가 그에게 건네받은 총을 들고 있는 동안 자리에서 일어서서 나를 내려다보며 진심으로 기뻐하는 듯 보였습니다. 이내 고개를 돌려 본과 로닌을 노려보며 이렇게 말했습니다. 너희 둘이 도망치게 내버려 둔 그 개자식도 살아남겠군.

본은 아무 표정이 없었습니다. 로닌이 말했습니다. 녀석은 운이 좋았어.

운이 좋아? 아마추어들은 운이 좋지. 아니면, 운이 나쁘거나. 난 너희 둘이 전문가인 줄 알았어. 출구를 봉쇄하지 않았던 거야?

난쟁이들이 밖에서 대기 중이었어. 로닌이 말했습니다.

그럼 왜 그들이 그놈을 잡지 못했을까?

화장실에 작은 창문이 있었어. 틀림없이 총격 소리가 들렸을 테고.

그놈은 창밖으로 빠져나갈 만큼 영리했지만, 너희들은 그 창문 밖에 누군가를 세워 둘 만큼 영리하지 못했어.

우리가 실수를 저질렀어요. 본이 말했습니다. 알아서 수습할게요.

그러는 게 좋을 거야. 보스가 말했습니다. 그래 봤자 너무 늦었지만. 그놈은 제 편을 찾으러 갔어. 이제 우리에겐 목격자가 생겼지. 난 목격자가 너무 싫어.

엄밀히 따지자면, 그 녀석은 아무것도 보지 못했어. 화장실에 있어서 —

그 입 닥쳐! 보스가 소리를 질렀습니다.

실수는 항상 일어나기 마련이야. 로넌이 말했습니다. 자넨 실수한 적 없어? 운이 나빴던 적 없어? 대답하지 마. 답은 다 아니까.

나는 엉겁결에 나직이 신음했고, 보스에게 로넌을 외면하고 나를 내려다볼 구실을 제공했습니다. 넌 나와 비슷해. 그가 선언하듯 말했습니다. 본과도 비슷하고. 까오보이와도. 로넌과도. 우리는 모두 죽음을 선택했고, 모두 살아남았어. 이제 너도 우리 중 하나야.


충격이 차츰 가시며, 형편없는 몰골만큼이나 몸 상태도 형편없어지기 시작했습니다. 나는 이번에는 **천국**에 머물지 않았습니다. 대신, 아주 시크한 구릿빛 피부의 의사가 나를 파리에서 한 시간 거리의 근교 어딘가에 있는 개인 병원으로 옮겨 주었는데, 프랑스의 세금과 사회 보장 부담금을 다 낸 후에도 여전히 많은 부를 지닌 사람들만을 위한 곳이었습니다. 나는 치료 병동의 침대가 아니라, 안락하게 가구까지 비치된 나만의 침실을 배정받았습니다. 목욕 가운은 폭신폭신한 흰색 솜뭉치 같았고, 텔레비전의 수신 상태는 완벽하게 또렷했으며, 백인 간호사들은 공손하고 전문적이었고, 식단은 철저하게 관리되었으며, 음식은 훌륭했고, 내 방은 사방이 두꺼운 석벽이었으며, 그 방의 전망은 목초지와 늦가을 시골이었습니다. 온수 욕조에 몸을 푹 담그거나, 사우나에서 땀을 내거나, 정원을 산책할 수도 있었습니다. 나는 한때는 귀족의 대저택이었던 그 요양원에서 유일하게 백인이 아닌 사람이었습니다. 나는 다른 사람들과 어울리지 않았습니다.

일주일에 한 번쯤, 아주 시크한 구릿빛 피부의 의사가 들러서, 내 회복 정도를 확인하곤 했습니다. 그는 내게 책과 잡지, 와인과 코냑, 해시시와 치료제를 가져다주었습니다. 그가 좋다고 찬성한 일은 아니었지만, 그 문제에서 그에게는 선택의 여지가 없었습니다. 그것들은 로넌이 보낸 거절할 수 없는 종류의 선물이었으니까요. 간호사와 잡역부들이 매일 드나들고 그 의사가 이따금 나타나는 경우를 제외하면, 나는 홀로 남겨져 있었습니다. 나는 내 방에서 식사를 했고, 처음에는 보행 보조기를 써서, 그다음에는 지팡이를 짚고, 마지막에는 내 발로 걸으며 혼자 돌아다녔습니다. 사방이 온통 조용해서, 보통 새들이 지저귀는 소리만 들렸습니다. 내가 이미 **천국**에 가 본 적이 있다면, 여기는 **낙원**이었습니다. 그 요양원에서 보낸 엄청난 양의 자유 시간에 나는 프랑스 텔레비전을 시청하고 프랑스 음악을 듣고 그 의사가 내 요청대로 가져다준 책과 잡지를 읽고 파농의 『검은 피부, 하얀 가면』을 독파하며 내 프랑스어 실력을 갈고닦는 데 전념했습니다. 내가 그 의사에게 청구서에 대해 물어보자, 그가 대답했습니다. 당신 보스가 알아서 하고 있어요. 나는 그 순간 내가 승진했다는 것을, 바닥을 쳤어도, 개똥 같은 몰골이기는 해도 가쁜 숨을 몰아쉬며 하수구에서 빠져나와 다시 일어섰다는 것을 알게 되었습니다. 나는 살아 있었습니다.

나는 이제 죽음에 관한 한 인간이 두려워할 것은 아무것도 없다는 걸 깨달았습니다. 이것이 위대한 종교의 가르침 아니었나요? 아니면 이것은 그들의 가르침이 아닌 걸까요? 예수 그리스도처럼 나도 죽었다가 부활했고, 사람이 충만하고 의미 있는 삶을 살기만 하면 죽음을 두려워할 필요가 없다는 걸 나는 알고 있었습니다. 여태껏 그런 삶을 살았습니다. 누군가는 그것을 어리석고 무의미하다고 여길지도 모르지만요. 그렇지만 한 사람의 삶이 살 만한 가치가 있었는지는 오로지 그 자신과 하느님만이 답할 수 있는 문제입니다. 그리고 하느님은 존재하지 않았기 때문에, 그것은 정말로 자신만이 대답할 수 있는 문제로 남게 되었습니다. 나는 잠들기 전에 존재하지 않는 신을 부르며 기도하지는 않았지만, 대신에 『검은 피부, 하얀 가면』의 마지막 구절을 되뇌었습니다. "나는 마지막으로 이렇게 기도한다. 오, 나의 육체여, 내가 늘 물음을 던지는 인간이 되게 하소서!"

코냑과 해시시와 치료제는 모두 나의 회복에 도움이 되었습니다. 나는 그것들을 다음과 같이 설명할 수 있는 처방에 따라 섭취했습니다. 기분이 내킬 때면 언제든, 원하는 대로 하시오. 그리고 나는 기분이 내킬 때가 잦았습니다. 대체로 그런 비의학적 약물을 처방하여, 내 몸과 내 몸이 겪고 있던 육체적, 심리적 고통으로부터 내 정신을 보호했습니다. 그 치료제로 내 프랑스어 읽기 능력은 감소한 반면, 회화의 유창함과 사교성은 둘 다 증가했습니다. 치료제의 약효가 발휘되면, 나는 의사와 간호사와 어쩌다 마주친 다른 환자들과 이야기하고 싶어 했는데, 환자들은 나를 그들만의 시누아로 너그럽게 봐 줬습니다. 나는 이제 그 녀석, 혹은 그 계집애, 백인 무리 가운데 하나뿐인 아시아인, 모두가 얼마나 진보적이고 관대한지, 또 밥을 먹을 때는 젓가락을 잘 쓸 수 있을 정도로 얼마나 교양 있는지 입증해 주는 백색 캔버스에 튄 불안해 보이는 작은 황색 얼룩이었습니다. 나는 당고모에게 편지를 써 보냈습니다. 시누아즈*가 있을 때를 제외하고는, 항상 시누아가 있지 않았나요?

그렇게 몇 주가 지나고 겨울이 되었습니다. 나는 창고에서 벌어진 대학살에 대한 언급이 보이지 않는 데 감사하며 매일 신문을 읽었습니다. 난쟁이들이 증거를 없애고 현장을 말끔히 치웠습니다. 우리 아시아인들은 범죄 행위를 저지를 때조차도 신중하고 예의 바르게 행동했습니다. 우리는 집에 들어갈 때면 신발을 벗고, 시신의 각 부위들은 조용하고 깨끗하게 처리했습니다. 우리의 양심과 기억 속에서도 시신의 각 부위의 이미지를 없앨 수 있다면 얼마나 좋았을까요! 모든 국가는 예외 없이 항상 시신의 여러 부위를 처리했습니다. 우리

---

\*      '중국 여자'라는 의미의 프랑스어.

의 망각이라는 대규모 집단 무덤이 없었다면, 우리가 달리 어떻게 행동할 수 있었을까요?

마침내 아주 시크한 구릿빛 피부의 의사가 내게 완치 판정을 내렸지만, 내 상태는 그의 진단과는 정반대였습니다. 몸 안팎으로 아무 느낌이 없는 건 사실이었지만, 그거야말로 문제가 아니었을까요? 그리고 무감각하지 않을 때면, 왜 나는 끊임없이 치료제가 필요하다고 느꼈을까요? 분명 그 대답은, 설령 '너'가 내 뇌를 관통하는 진짜 총알을 발사하지는 않았더라도, 내 정신을 관통하는 눈에 보이지 않는 총알을 발사했다는 겁니다. 아마 대부분의 사람들에게 그 결과는 비참할 겁니다. 하지만 나는 대부분의 사람들보다 훨씬 더 오래 살아남았고, 지금까지는 아무것도 나를 죽이지 못했습니다. 나는 더 이상 관습적으로 정의되는 인간이 아니라 초인이었습니다. 나는 미친 잡종 새끼였습니다. 내 머리를 관통한 눈에 보이지 않는 총알은 내 머리를 날려 버리기는커녕 거의 원래대로 다시 조립해 놓았습니다. 너와 나, 나와 나 자신이 마침내 재결합했습니다. 다시 말해, 바로 나와 나 자신이 모든 질문 중에서 가장 중요한 그 질문, 가장 보편적인 그 질문, 우리 모두가 한두 번쯤은 스스로에게 물어보았거나 적어도 마음속으로는 다른 사람들에게도 물어본 적이 있는 바로 그 질문에 대한 답이었습니다.

대체

# 네가
# 뭔데?

**낙원**에서 내게 찾아온 평온에 나는 혼란스러운 폭풍우가 지나간 후 우리의 보트에 찾아왔던 그 평온이 떠올랐습니다. 들리는 거라고는 선체에 부딪히는 파도 소리와 생존자들의 울음소리뿐이었습니다. 하느님 감사합니다! 사제가 말했습니다. 하느님 감사합니다! 폭풍우는 지나갔고 저희는 살았습니다! 최악의 상황은 끝났습니다! 물론 그 사제는 틀렸습니다. 내일은 명랑한 해적들이 도착할 예정이었으니까요.

그 사제와 신에 대한 그의 망상을 떠올리면서, 나는 나 자신에게 진절머리가 났습니다. 나는 대체 뭐가 문제였을까요? 나는 왜 그 치료제를 투약했던 것일까요? 나는 각각 흰색 가루가 들어 있는 티백 크기의 투명 비닐봉지를 한 움큼 가지고 있었습니다. 달까지 잠시 갔다가 불행히도 되돌아와야 하는 작은 티켓들이었습니다. 그 여행이 최고조에 달하면, 실제로는 아무것도 만지지 않았는데도 하느님의 얼굴을 만지고 있다고 스스로를 속일 수도 있었습니다. 그 치료제는 다른 모든 것과 마찬가지로 종교였습니다. 인간이 만든 종교 말입니다. 그리고 나는 무신론자였습니다. 나는 종교가 인민의 아편* 인 — 아니면, 아편이 인민의 종교였을까요? — 세계의 수십억의 광

---

* 마르크스는 헤겔의 『법철학 강요』를 비판하면서 '종교는 인민의 아편이다'라고 말한 바 있다. 당시 아편은 마약인 동시에 일상적으로 사용되는 진통제이기도 했다.

신도들처럼 중독되지는 않을 작정이었습니다. 그래서 나는 첫 번째 봉지를 뜯어서 그 가루를 변기에 쏟아부었습니다. 그러고는 변기의 물을 내렸습니다.

세 번째 봉지를 다 처리하고 네 번째 봉지를 열려는 순간, 느닷없이 해시시의 목소리가 들렸습니다. 너 정신 나갔어? 나는 멈칫했습니다. 음, 그래요, 아마도 정신이 나간 상태였을 겁니다. 적어도 그들 중 하나는요. 네가 지금 변기에 넣고 물로 씻어 내리고 있는 건 엄청나게 좋은 물건이야! 사실이었지만, 나한테는 쓸모가 없었습니다. 가치가 얼마나 되는지 알아? 꽤 타당한 답이 떠올랐습니다. 같은 무게의 금보다도 더 가치가 있어! 맞는 말이었지만…… 생각을 좀 해 봐. 경솔하게 굴지 마. 그게 언제 필요할지 모르는 일이잖아. 내가 들고 있던 하얀 가루 봉지 두 개는 아무 말도 하지 않았습니다. 해시시와 달리 치료제는 말을 할 필요가 없었습니다. 해시시는 아마 예언자였을 테지만, 그 흰색 가루는 하느님이었거든요.


그것은 보스의 아이디어였습니다. 아니, 어쩌면 로닌의 아이디어였을지도 모릅니다. 그들은 새해가 밝고, 낙원에서의 나의 체류가 끝나갈 무렵, 나를 찾아와서 BFD에 대한 이야기를 꺼냈습니다. 추운 날씨였는데도 우리 셋은 바깥에 나와, 나를 사이에 두고 정원의 초록색 벤치에 나란히 앉아 있었습니다.

난 그 망할 잡종 새끼가 너무 싫어. 로닌이 말했습니다. 네 기분을 상하게 할 생각은 없었어. 세상엔 잡종 새끼들이 한둘이 아니잖아.

네 경우에는 선택의 여지가 없었지. 그놈이 잡종 새끼인 건 자기 선택이거나, 아니면 양육 환경 때문이야. 하지만 이유야 어떻든……

그 사람이 당신 사업과 무슨 상관인데요? 내가 물어보았습니다.

공갈 협박은 항상 좋은 사업이지. 협박할 일이 차고 넘치니까. 하지만 금전적인 이익 때문만은 아니야. 그냥 내 선의에서 비롯된 거라고 해 두자고. 내가 그를 혐오하는 건 그의 정치적 견해 때문이기도 해. 혐오스럽기는 그의 사회주의자 대통령도 마찬가지야. 나는 그를 지지하지 않아. 소련은 아프가니스탄을 장악했고 몇천 대의 소련 탱크가 풀다 갭*의 맞은편에 있어. 공산주의자들은 서유럽을 침공할 준비를 마쳤는데, 프랑스인들은 사회주의자를 선출한 만큼 어리석다고? 그가 젊었을 때 누군가가 해치웠어야 해. 그때였다면 그건 큰 문제가 되지 않았을 거야. 아마 지금 대통령한테는 손끝 하나 못 대겠지만, 그 잡종 새끼가 정말 문제가 되기 전에 그놈을 손볼 수는 있어. 특히 우리한테는 그놈과 아주 가까운 사이인 네가 있으니까.

가까운 사이라고는 할 수 없어요.

충분히 가까워. 네가 할 일은 그놈을 **천국**으로 데려가는 것뿐이야.

그렇게 해서 내가 얻는 게 뭔데요?

현금으로 멋진 스포츠카를 한 대 살 수 있을 거야. 세계 일주를 할

---

\*　독일 지명 '풀다 뤼케(Fulda-Lücke)'의 영어식 표현. '뤼케'는 '간격'이라는 의미의 독일어로, 이곳은 냉전 시대에 소련군과 바르샤바 조약군이 서유럽을 침공하려 할 경우, 주요 공격 루트가 될 것이라고 여겨지던 요충지였다.

수도 있고. **천국에서 한 1, 2년 살 수도 있지.**

착수금을 줄게. 보스가 덧붙여 말했습니다. 식당이 아니라 내가 새로 개업한 술집으로 승진도 시켜주고.

새로 술집을 열었다고요?

술집 이름은 아편이야. 자랑스럽다는 듯 그가 말했습니다. 내가 직접 생각해 낸 이름이지. 어떤 것 같아?

이렇게 비교적 짧은 시간에 그렇게 많은 걸 이뤄 냈다니 정말 믿기 힘들 정도예요. 나는 그의 엉덩이에 키스하고 부츠라도 핥을 듯 아부하고 그의 자존심을 살살 어루만져 주며 말했습니다. 정말 천재적인 사업가군요, 보스.

여러 해 동안 로닌을 통해 투자해 뒀어. 사이공이 함락되기 한참 전부터 이곳에 다 준비를 해 놨지. 사람은 만일의 사태에 대비를 해야 하는 법이거든.

**클로드도 똑같은 말을 하겠지.** 내가 생각했습니다.

네 마음에도 쏙 들 거야. 그건 번화가 중 하나인 라탱 지구*에 있어. 관광객이라면 누구나 즐겨 찾는 곳이지. 의자는 가죽 의자야. 다양한 가격대의 온갖 술이 다 있어. 흡연에 진심인 사람들을 위한 수연통**과

---

\*     파리의 중심부인 5구와 6구 사이에 자리 잡은 대학가인 카르티에 라탱
       (Latin Quarter)을 말한다. 학생들과 거리 예술가들로 항상 북적이는 지
       역으로, 중세 시대부터 학문의 중심지로 여겨졌으며 오늘날에도 소르
       본 대학을 비롯한 파리의 유명 대학들이 밀집해 있다.
\*\*   주로 중국 사람들이 쓰는 담뱃대 대통의 하나. 담배 연기가 물을 거쳐
       나오도록 되어 있다.

이국적인 멋을 찾는 사람들을 위한 후카*를 든 섹시한 웨이트리스들도 있고. 아편굴을 본뜬 개인실도 있지. 진짜 아편은 없이, 암시만 하는 거야.

굉장하네요. 내가 말했습니다. 아주…… 도발적이에요. 그런데 BFD의 경우에는 — 왜 그가 천국에 가는 데 관심을 가질 거라고 생각하는 거죠?

그는 여자를 좋아해. 아니, 안 그런 사람이 어디 있겠어? 하지만 그는 아주 많이 좋아해. 보통 사람들에 비해서 훨씬 더. 게다가 돈도 기꺼이 지불하지. 그를 거기에 데려가기만 해. 그러면 나머지는 우리가 다 알아서 할 거야.

나머지라니, 그게 뭔데요?

두고 보면 알게 될 거야. 보스가 말했습니다. 천국보다 훨씬 더 좋은 게 있어.

---

\*     항아리처럼 생긴 담배통 바닥에 깔린 물을 통해 연기를 걸러 빨아들이면서 피우는 담배의 하나. 500년 전에 인도에서 전해져 주로 중동 지역 사람들이 사용한다.

# 12장

당고모가 요양원에서 나를 데려가기로 되어 있던 날 아침, 나는 마지막으로 들판을 산책했습니다. 내가 여기 얼마나 있었을까요? 거의 두 달? 나는 몇 년간 이렇게 편안한 시간을 보낸 적이 없었습니다. 한 번도 울음을 터뜨린 적이 없었고, 기분이 극단적으로 오락가락하는 걸 느낀 적도 없었습니다. 나는 거의…… 행복했습니다. 그 어떤 것도 나를 불안하게 하지 못했습니다. 심지어 당고모가 어느 날 면회를 왔다가 내게 주었던 그 선물조차도요. 우리 옛 친구의 신작이야. 고모가 말했습니다. 우린 이걸 번역할 생각이야. 내가 표지를 보자마자 깜작 놀라서 하마터면 뒷걸음질 칠 뻔했던 그 저자의 이름은 바로 리처드 헤드였습니다. 우리가 서로에게 암호화된 메시지를 보내기 위해 암호 책으로 썼던 『아시아의 공산주의와 동양적인 파괴 방식』의 저자 말입니다. 그의 새 책의 제목은 영어로 『악의 제국의 동양적 기원』이었습니다. 표지에 있던 또 다른 이름은 그 책을 추천한 남자,

그러니까 "노벨 평화상 수상자"로 유명한 헨리 키신저였습니다. 나는 허를 찌르는 그 기막힌 구절이 너무 우스워 웃음을 터뜨리고 말았습니다. 만약 내가 길거리에서 누군가를 칼로 찌른다면, 나는 살해범일 겁니다. 하지만 만약 닉슨 대통령의 국가안보보좌관이었던 키신저처럼 폭격기 편대가 몇천 명의 무고한 사람들에게 몇 톤이나 되는 폭탄을 투하하는 데 기꺼이 찬성한다면, 나는 노회한 정치가일 겁니다. 그리고 만약 전쟁같이 치열한 평화 협상을 일시적으로 중단하는 합의를 도출해 낸다면, 나는 평화를 가져왔다고 칭찬을 받을 수 있을 겁니다. 만약 히틀러가 승리했다면, 가능한 한 많은 적을 몰살하는 것보다 더 효과적으로 평화를 가져오는 것은 없기 때문에, 그 역시 노벨 평화상을 받았을지도 모릅니다.

이런, 이야기가 잠시 엉뚱한 데로 샜군요. 헤드의 최신작에 대한 키신저의 의견은 다음과 같습니다. "헤드가 압도적일 만큼 효과적으로 보여 주듯, 소련 자신의 최악의 적인 소련의 정신세계에 대한 찬란하고 통찰력 있는 탐구." 그 책의 논지가 뒤표지에 대문자로 다음과 같이 요약되어 있었습니다.

영향력 있는 저자의 이런 예리한 분석은 소련이 엄밀히 말해 유럽이라기보다는 차라리 동양이라는 사실을 보여 준다. 리처드 헤드는 동양의 독재 정치에 새로운 의미를 부여하며, 공산주의 대 민주주의에 관한 한, 동양은 동양이고 서양은 서양이라는 점을 보여 준다.*

그럼 이제 공산주의자들은 동양인이었나요? 나는 공산주의와 오리엔탈리즘에 모두 물든 사람이었기에 너무나 당황스러워서, 낙원에서의 마지막 날에도 아직 그 책을 읽지 않은 상태였습니다. 나는 조니 할리데이의 음악이 지닌 매력을 이해하려는 헛된 시도를 하며 그의 노래들을 반복적으로 듣고, 한편으로는 《파리 마치》에 실린 유명인의 가십을 읽으면서(그 잡지에서 파리 시장과 그의 아내가 베트남 여자아이를 입양했다는 사실을 알게 되었는데, 나로서는 부럽기 짝이 없는 운명이었습니다.) 여가 시간을 보내는 게 훨씬 더 좋았습니다. 하지만 당고모에게 선물에 대한 감사의 표시를 해야 하리라는 예상에, 그 마지막 산책 길에 헤드의 책을 들고 있었습니다.

나는 정자 아래 벤치에 앉아 그 책을 펼치고, 끝 ─ 512페이지! ─ 까지 휙휙 넘긴 다음, 마지막 페이지의 초반부 몇 줄을 읽었습니다.


우리는 민주주의와 승리에 대한 헌신을 재차 다짐해야 한다. 민주주의와 승리는 당연한 것이 아니기 때문이다. 우리는 그리스인들로부터 물려받아 수천 년에 걸쳐 다듬어 온 탁월한 ─ 사실은, 극히 이례적인 ─ 민주적 사고와 신념 체계라는 이점을 가지고 있다. 그렇지만 그들은 무자비한 힘을 가지고 있다. 그들은 몇백만을 학살하는 것을 주저하지 않는다. 설령 그 몇백만이 그들의 국민이라고 해도 말이다.

\*    영국의 소설가이자 시인인 키플링의 "동양은 동양이고 서양은 서양이라, 결코 둘은 만나지 못하리라."라는 문장을 인용한 것이다. 동양과 서양은 역사, 문화가 너무 다르기 때문에 절대 화합하거나 어울릴 수 없다는 의미다.

지금껏 역사는 때로는 무자비한 자들이 승리하기도 한다는 것을 보여 주었다. 소련인들은 아프가니스탄에서 한 번 더 그 슬프고 추악한 진실을 입증하려 시도하고 있다. 우리는 아프가니스탄이 반드시 그들의 베트남이 되도록 전력을 다해야 한다.

"그들의 베트남". 그 말은 무슨 의미였을까요? '파리는 늘 우리 마음에 있을 거야'* 같은 얘기였을까요? 단, 사람들이 "파리"라고 할 때는 켜켜이 쌓인 결이 그대로 살아 있는 크루아상, 에펠 탑, 「샤레이드」에서 케리 그랜트와 오드리 헵번이 탔던 것 같은 센강의 유람선, 질좋은 상세르**한 잔, 베레모와 줄무늬 셔츠 차림으로 아코디언을 연주하는 팬터마임 배우의 연기를 즐기면서 노트르담 대성당을 바라보는 것 따위를 말하고자 한다는 점은 다르지만요. 그리고 하느님, 맙소사 — 여기서 "하느님"은 비유적으로 사용한 것입니다 — 나 역시 이런 파리를 믿었습니다! 하느님이 존재할 가능성만큼, 존재할 가능성이 있는 파리를요. 하지만 리처드 헤드 같은 사람이 "베트남"이라고 말할 때, 그와 그의 독자들 대부분이 떠올리는 것은 네이팜탄, 몸에 불이 붙은 어린 여자아이들, 머리에 박힌 총알, 상황만 맞으면 파리의 오트 쿠튀르의 정점에 우뚝 설 수도 있을 검은색 평상복을 입고 원뿔형 모자를 쓴 수많은 정체불명의 사람들이었습니다. 간단

---

\*       험프리 보가트, 잉그리드 버그먼 주연의 영화 「카사블랑카」 중 험프리 보가트의 대사.
\*\*     프랑스 루아르 지방의 화이트 와인.

히 말해서 "베트남"은 전쟁, 비극, 죽음 따위를 의미했습니다. 나는 정말 간절히 알고 싶었습니다. 내가 어떻게 해야 더 이상 그렇게 인식되지 않을 수 있었을까요?

당고모가 나를 데리러 왔을 때까지도, 나는 여전히 그 질문을 곱씹고 있었습니다. 내 과거에는 언제라도 쉽게 파낼 수 있는 그런 질문들이 너무 많이 파묻혀 있어서, 곱씹을 거리가 바닥날 일은 결코 없을 터였습니다. 진심으로 그만하고 싶었지만, 나처럼 죄 많은 사람은 그럴 권리가 없었습니다. 아마도 내 죄에 대해 처벌을 받아야만 과거를 잊을 권리를 가지게 되었을 겁니다. 문제는 내가 재교육 수용소에서 아주 가차 없이 처벌을 받기는 했지만, 그것이 고작 단 한 가지 범죄, 그러니까 CIA의 훈련을 받은 남베트남 경찰관들이 공산당 첩자를 강간할 때 방관하기만 한 것에 대한 처벌일 뿐이었다는 점이었습니다. 그러는 사이, 나는 다음과 같은 다른 모든 범죄에 대해서는 처벌받지 않았습니다. 본을 배신하고, 그가 무절제한 소령을 죽이는 것을 돕고, 소니를 죽이고, 가장 최근에는 비틀스와 못난이와 더 못난이의 사망에 연루된 일 등등. 최소한 나는 마침내 소니와 무절제한 소령에게 미안하다고 말하기는 했습니다. 사과는 적어도 시작이기는 했습니다. 하지만 만약 이것이 시작이었다면, 그 끝은 무엇이었을까요?

고모는 BFD에게 빌린 매력적인 이탈리아제 컨버터블을 타고 와서 낙원의 출입구에 차를 세웠습니다. 부유한 친구들과 후원자들이 있다는 건 좋은 일이야. 그녀가 말했습니다. 나는 그녀에게 내 신경 쇠약을 걱정하는 관대한 보스가 요양비를 대 주었다고 말했는데, 그것은 진실에 가까운 거짓말이었습니다. 내 신경은 과민했고 몸은 쇠약했으니까요. 지금은 상태가 좀 어때? 우리가 낙원에서 멀어지기 시작하자 그녀가 물어보았습니다.

나는 고개를 돌려 몇십 년 전에 낙원의 본관으로 개조된 석조 농가를 바라보며 아쉬움에 한숨을 쉬었습니다. 낙원은 내가 여태껏 살아 본 곳 중 가장 좋은 곳이었고, 그곳에서 살기 위해 내가 해야 할 일이라고는 죽는 것뿐이었습니다. 아주 좋아요. 그녀가 내 말을 믿지 않는 것처럼 보여서 나는 더 설명해야겠다는 충동을 느꼈습니다. 7주 동안 아무것도 하지 않고 지냈어요. 7주가 마치 7개월처럼 느껴졌어요 ─

다시 나랑 같이 사는 게 좋을 것 같아. 네가 식당에서 하고 있는 이 모든 일들이 너한테 맞는 일인지 잘 모르겠어. 혹은 본과 같이 사는 것도 그렇고. 네가 신경 쇠약에 걸렸다면, 그게 너한테 맞는 일일 리가 없잖아. 내 소파에서 자도 돼. 방세를 낼 필요도 없고.

고모가 받는 해시시 판매 수수료는 어떻게 하고요?

설마, 그거야 계속 내야겠지. 내 친구들한테 파는 한은 말이야. 하지만 그러지 않을 거라면, 그냥 학교에 다시 다니면서 프랑스어 공부에나 집중해. 그녀는 내 무릎에 놓인 『검은 피부, 하얀 가면』을 힐끗 쳐다보았습니다. 정말로 그걸 프랑스어로 읽었어?

그랬어요. 내가 대답했습니다. 지금은 프랑스어 실력이 많이 좋아저서, 사실상 국립 고등학교를 졸업할 무렵의 실력을 되찾았어요.

그건 식민지 학생의 프랑스어였잖아. 프랑스어가 완벽하지 않으면 프랑스인이 되기를 바랄 수 없어. 그녀가 말했습니다. 심지어 미국에서는 완벽한 영어를 구사하더라도, 외모가 너나 나처럼 생기면 진정한 미국인이 아니잖아. 그렇지?

그녀의 주장을 반박하기는 무척 어려웠지만, 나는 이렇게 말했습니다. 자신이 완전히 프랑스인이라고 생각해요? 게다가 백인들이 고모를 프랑스인이라고 생각한다고요?

당연히 프랑스인이지! 우리는 미국인들과는 달라. 그들은 정말 인종 차별주의자들이야. 그들이 흑인을 어떻게 대하는지 좀 봐. 노예 제도! 린치! 인종 분리 정책! 강간! 영원한 2등 시민이지. 맙소사, 미국에서 흑인으로 산다는 건 틀림없이 끔찍한 일일 거야. 미국에서는 흑인이라는 걸 한순간도 의식하지 않을 수가 없을 거야. 요새 유행하는 용어가 뭐더라? 아프리카계 미국인? 항상 너를 구분하는 '계'라는 접미사를 달고 살아야 한다고 상상해 봐! 여기서는 누구나 프랑스인이 될 수 있어. 하지만 네가 프랑스인이 되고 싶어 해야 해. 거울을 들여다보며, 아시아인이나 어떤 유색 인종이 아니라, 프랑스인을 봐야 해. 프랑스인이 되고 싶니?

나는 망설였습니다. 내 마음 한구석에는 정말로 프랑스인이 되고 싶다는 갈망이 있었습니다. 그것은 부드러운 푸아그라 조각 앞에서 침을 흘릴 수밖에 없는 나의 일면이었습니다. 아버지가 나를 아들로 인정하기만 했다면 나는 프랑스인이 될 수도 있었을 겁니다. 하지만 그는 나를 부인했습니다. 그 부인은 푸아그라를 즐기는 데 가장 중요한 요소인 건망증과 별 차이가 없는 것이었습니다. 우리가 그것을 어떻게 만드는지를, 그러니까 농부가 가엾은 거위에게 깔때기를 통해 엄청난 양의 곡물을 간이 터지기 일보 직전까지 강제로 먹이는 방식으로 만든다는 걸 알게 된다면, 아마도 우리는 다른 많은 진미와 마찬가지로 비참함이라는 소금으로 간을 맞춘 그 진미를 좋아하지 않을 것이기 때문입니다. 그렇다고 해도, 나는 정말로, '네'라고 대답하고 싶었습니다. 네, 네, 네 ―

프랑스인이 되고 싶니? 거기 그것이 있었습니다. 내가 될 수 있는 존재의, 프랑스가 약속하는 것의 살아 있는 화신인 당고모가 나에게 내밀어 준 프랑스의 문화와 문명이라는 두 손이 말입니다. 내가 해야 할 일은 그저 대답하는 것뿐이었습니다 ―

아니요. 내가 대답했습니다. 아니요.

그렇다면 문제는 바로 거기 있어.

물론, 내가 그 문제였습니다. 나는 늘 문제였습니다. 거울을 들여다보며 내 눈에는 프랑스인도, 미국인도, 베트남인도 아닌 누군가가 보였습니다. 아니, 나는 한 나라의 국민이 아니었습니다. 나는 기껏해야 존재가 부인된 자이고, 최악의 경우 잡종 새끼인 무명인이었습니다. 나는 파농에게서 힘을 얻었습니다. 그는 검둥이의 입장에서 글을 썼는데, 검둥이 역시 일종의 잡종 새끼였습니다. 적어도 검둥이 혐오증이 있는 사람들의 눈에는요. 그의 딜레마는 나의 딜레마이기도 했습니다. "나는 검둥이가 죄의 상징이라는 것을 인식하기 시작하면서,

나 자신이 검둥이를 증오하고 있다는 것을 알게 된다. 하지만 이내 내가 그 검둥이라는 것을 깨닫는다. 이런 갈등에서 벗어나는 방법은 두 가지가 있다. 다른 사람들에게 내 피부에 신경 쓰지 말라고 부탁하거나, 아니면 그들이 내 피부를 의식하기를 바라는 것이다." 내가 잡종 새끼임을 부인할 방법이 없었듯이, 검둥이들은 검둥이임을 부인할 수 없었습니다. 마르크스가 주장했듯이, 자본주의하에서 일반 대중은 자기 자신으로부터 소외되어서 부유한 중산층조차도 자신들이 불행하다고 느꼈지만, 유색 인종들은 ── 나 자신도 그중 하나라고 생각합니다 ── 자본주의와 그 짝꿍인 식민주의하에서 인종 차별주의로 인해 더 복합적인 경험을 했기 때문에 이중으로 소외되었습니다. 검둥이나 잡종 새끼들이 아니라 가해자가 야기한 상황의 책임을 피해자에게 전가하는 인종 차별주의자와 식민주의자라는 진정한 잡종 새끼들이 야기한 이런 소외에 대한 해결책은 딱 한 가지뿐이었습니다. 그리고 그 해결책은 "다른 사람들이 나를 둘러싸고 벌인 이런 부조리극 같은 상황에 굴하지 않는 것, 용납할 수 없기는 매한가지인 두 용어를 모두 거부하고, 한 인간을 관통하는 보편성에 도달하려 노력하는 것"이었습니다.

그래요! 나 역시 보편적이었고, 설령 내가 완전히 엉망이 되더라도 내 보편적 정체성은 나이고, 또 전적으로 나일 터였습니다. 게다가 그것이야말로 프랑스인들이 바라던 것 아니었나요? 프랑스인들은 우리가 공유하는 과거를 역사의 비극적 우연, 꼬여 버린 낭만인 사랑 이야기로 보았지만, 그것은 절반만 맞는 생각이었습니다. 반면에 나는 우리의 과거를 그들이 저지른 범죄로 보았고, 그것은 완벽하게 다 맞는 생각이었습니다. 당신은 누구의 말을 믿겠습니까? 강간범인가요? 아니면 그 강간의 산물인가요? 문명인들인가요? 아니면 잡종 새끼인가요?

정말로 네가 우리 집에 와서 지냈으면 해. 당고모가 말했습니다. 하지만 미리 알려 줘야 할 게 있는데, 지금은 이틀 밤 정도 나와 함께 지내고 있는 사람이 있어.

맞혀 볼게요. 확률은 반반이겠죠. 우리 친구인 마오주의자 박사님인가요?

아니.

BFD?

이거 봐. 너는 우울할 정도로 인습적이라고 내가 그랬지? 난 그들과 그냥 잠만 자는 거야. 사실 그들이 하룻밤 이상 머물게 둘 생각도 없고. 공연에 가면 그녀를 만나게 될 거야.

당고모가 뜻밖의 면이 차고 넘치는 사람이라서 그랬는지 몰라도, 나는 놀라지 않았습니다.


우리는 도로 폭이 평균적인 프랑스인들의 마음보다도 좁은 거리를 지나, 마침내 협회의 음력설 문화 공연이 열리는 라 뮈튀알리테*의 근

---

*       파리 소재의 다목적 공연장 ‘메종 드 라 뮈튀알리테(Maison de la Mu-tualité)’를 가리킨다. 뮈튀알리테는 ‘공제 조합’ 혹은 ‘상호 관계’라는 의미다.

처 모퉁이에서 주차할 곳을 찾았습니다. 우리가 걸어서 생빅토르가의 모퉁이를 돌자, 공연장 밖에 시끄러운 한 무리의 사람들이 모여 있는 것이 보였습니다. 보아하니, 30명 안팎의 베트남인들이 프랑스의 가장 인기 있는 국민적 오락 중 하나인 시위에 참여하여 자신들이 진정한 프랑스인이라고 주장하거나, 혹은 진정한 프랑스인이 되기를 갈망한다고 주장하고 있었습니다. 그들의 팻말에는 공산주의는 사악하다. 공산주의를 타도하라. 호찌민은 살인자다. 따위의 말들이 지겹도록 적혀 있었습니다. 그들은 이런저런 구호들을 베트남어로 외친 반면, 공연장으로 들어가는 사람들은 나직한 프랑스어로 이야기했습니다. 시위대는 아주 최근에 난민이 되었다는 느낌의, 뭐라 말로 형용하기 힘든 매력을 물씬 풍겼습니다. 발목 부분이 단단히 접혀 있으면서 먼지투성이 신발로 이목을 끌게 하는 남자들의 바지가 그 그것이었을까요? 아니면 앞머리가 뭉툭하게 잘려 있는 여자들의 촌스러운 머리 모양이었을까요?

올랄라. 고모가 중얼거렸는데, 아마도 그렇게 많은 베트남 사람들이 한자리에 모여서 식사를 하거나 문화 공연을 무대에 올리며 자신들의 출신을 어느 정도 고상하게 확인할 뿐 아니라, 소란을 피우기까지 하는 것이 조금 불편하다는 뜻인 듯했습니다. 소란을 피우는 것은 베트남인들이 프랑스에서 하는 짓이 아니었습니다. 소란을 피우는 것은 베트남인들이 베트남이나 미국에서 하는 짓이었습니다. 프랑스의 베트남계 사람들은 조용하고 신중하며 매력적이고, 무엇보다도 무해했습니다. 그들은 더 나은 계급에 속해 있었습니다. 아니, 지금까지는 그랬습니다. 자신들을 (동화주의적으로 최고의 경우) 프랑스인이자 (개인주의적으로 최악의 경우) 망명자라고 믿었으니까요. 하지만 이 촌스러운 난민 무리에는 동화주의적이거나 개인주의적인 면은 아무 것도 없었습니다.

**공산주의자들!** 한 여자가 우리를 가리키며 소리쳤습니다. 나는 이렇게 말하고 싶었습니다. 미안하지만, 그건 과거의 일이에요. 하지만 자제했습니다. 반면에 당고모는 바로 맞받아 손가락질하며 이렇게 말했습니다. 공산주의가 나라를 통일하고 해방시켰어요. 당신 같은 사람들 때문에 나라가 계속 분열되어 있었는데, 이제 당신들은 반공주의로 우리를 분열시키려 하는군요.

야, 이 멍청한 **암캐** 같은 년아 —

**당신이야말로** 멍청한 암캐야, 이 뚱뚱한 젖소 같은 년아 —

한 사람이 암캐인 동시에 젖소일 수는 없었지만, 아마 잡종 새끼에게는 그것을 지적할 권리가 없었을 겁니다. 무례는 베트남과 프랑스, 두 문화 모두에서 제2의 천성이었기 때문에, 나는 당고모가 갑작스럽게 아주 베트남 사람답게 구는 건지, 아니면 단순히 아주 파리 사람답게 굴고 있을 뿐인지 확신하지 못한 채, 고모를 문 안쪽으로 끌어당겼습니다.

아, 저 사람들, 너무 창피해! 우리가 문턱을 넘어서자마자, 고모가 중얼거렸습니다.

그건 그래요. 내가 중얼중얼 대답할 때, 협회장이 공연 전 리셉션에 참석한 사람들 사이에서 나타났습니다. 그는 상당히 괴로운 상태였습니다. 부인. 그가 당고모에게 말을 건넸습니다. 그들은 이미 안면이 있는 사이였거든요. 이 사람들은 대체 누굴까요?

이 사람들은 우리 동포예요. 나는 그렇게 말하고 싶었지만, 그것은 완전한 진실은 아니었습니다. 바깥에 있는 시위대는 자신들을 어쩌다 보니 프랑스에 와 있는 베트남인으로 여기는 반면, 안에 있는 사람들은 자신들을 어쩌다 보니 베트남에 연고가 있는 프랑스인으로 여겼습니다. 이 두 가지 선택 안을 고려할 때, 어쩌면 잡종 새끼인 것도 그리 나쁘지 않을 수도 있었습니다. 나는 나의 실체가 잡종 새끼라는 걸 항상 기꺼이 받아들여 주는 본을 로비에서 발견했습니다. 한쪽 구석에서 어슬렁거리고 있던 그는 깨끗하게 면도한 얼굴과 단정하게 빗질한 머리에 과장된 어깨 패드가 달린 무난한 회색 더블 버튼 슈트를 입어 인간답게 위장한 차림새였는데, 내 짐작으로는 그 모든 것이 로안의 공일 것 같았습니다. 사이공이 함락되기 전, 린이 그에게 어른답게 차려입게 했던 시절 이후로 그가 그렇게 말쑥하거나, 그렇게 불편해하는 모습을 본 적은 없었습니다.

더 이상 개똥 같은 꼬락서니는 아니구나. 본이 인사말로 그렇게 말했습니다.

너도 평범한 사람처럼 보여. 내가 대꾸했습니다.

아, 그래? 기분은 개똥 같아. 연합 사람들과 함께 바깥에 있어야 하는 건데.

연합?

자유 베트남인 연합이야. 그들은 협회의 공산주의자들이 모든 베트남인들을 대변하게 내버려 두지 않겠다고 결정했어. 난 그들과 함께 이 사람들에게 항의하고 있어야 해. 안에서 이 사람들과 친구인 척하고 있을 게 아니라.

로안이 다가오는 모습을 보고, 내가 말했습니다. 너 자신을 위해서가 아니라, 로안을 위해서 이 짓을 하고 있는 거야.

그가 얼굴을 찡그린 채 침묵을 지키는 사이, 붉은색 실크 아오자이에 노란색 실크 바지를 차려입은 로안이 다가왔는데, 그녀의 옷차림은 (어떤 면에서 보면) 반공주의자들의 깃발 색깔이거나, (다른 면에서 보면) 공산주의자들의 깃발 색깔이거나, 둘 중 하나였습니다. 어느 쪽이든, 이런 색상의 옷을 입은 젊은 여자들은 거의 모든 가정에서, 그리고 모든 골동품 상점에서 볼 수 있는 옻칠 그림과 나전 칠 판화에서 우리 나라 그 자체를 상징하는 호리호리한 아가씨들을 닮았습니다. 본은 얼굴이 환해지며 다정하게 미소 지었습니다. 내가 알고 사랑하는 본은 우울한 살인자였기 때문에 그 모습에 다소 혼란스러웠습니다. 자기야. 그녀가 불렀습니다. 자기야. 그가 대답했습니다. 그 대답에 나는 너무 당혹스러웠습니다. 본이 사랑을 찾을 수 있는데, 몇 달에 한 번씩 습관적으로 사랑에 빠지는 사람인 내가 사랑을 찾지 못한다면, 세상은 그야말로 혼란스러운 곳이라는 뜻이었으니까요. 로안은 저녁 식사를 함께 하자고 나를 그녀의 아파트로 초대하며, 무척 열성적으로 졸랐습니다. 나는 그녀의 친절에 감동하며, 그녀의 인간성은 물론이고 나 자신의 인간성에 대해 상기하게 되었습니다.

나야 영광이죠. 내가 말했습니다.

근사해 보여요. 그녀는 시위대 사이를 지나 당도한 친구들에게 인사하려고 걸음을 옮기며, 작별 인사로 그렇게 말했습니다. 나는 한편으로는 그녀가 거짓말을 하고 있다는 것을 알고 있었지만, 다른 한편으로는 그녀를 믿고 싶었습니다. 어쩌면 나는 사실 약간의 친절에 기대어 무턱대고 길을 더듬으며 인간성을 회복하는 중이었는지도 모릅니다. 본이 다음과 같이 속삭이며 내 기분에 초를 쳤습니다. 보여 줄게 있어. 그가 블레이저 안주머니에서 사진을 꺼냈습니다. 잡종 새끼 사진이야.

처음에는 그가 내 얘기를 하는 줄 알았지만, 그것은 누군가 다른 사람, 그러니까 갈색 페도라를 쓰고, 짙은 파란색 외투를 입고…… 하얀 가면을 쓴 남자의 사진이었습니다. 울고 웃는 표정의 비극과 희극의 가면들과는 달리, 이 가면은 매끈하고 특징이 없으며, 눈과 입 부분의 구멍들을 제외하면 얼굴 대부분을 뒤덮고 있었습니다. 그의 뒤에서 길을 가던 한 여자가 가면을 쓴 남자의 모습에 어리둥절해하면서도 흥미롭다는 듯 고개를 돌려 어깨 너머로 그를 쳐다보고 있었습니다. 적어도 그녀는 얼굴이 없는 남자에게 충격을 받아 몸서리를 치지는 않았습니다.

이게 그자인 것 같아? 그 사진의 가장자리를 문지르며 내가 말했습니다.

틀림없이 그자야. 그는 대사관에서 나오는 길이었어. 나는 기회를 기다리며, 며칠 밤낮을 길 건너 카페에 앉아 있었어. 그를 따라가려고 했지만, 그는 택시에 탔고 나는 택시를 잡지 못했지. 그는 대사관에 살면서 외출은 거의 하지 않는 것 같아. 우리 화장실 가자.

너나 가. 나는 됐어.

같이 가자.

내가 그의 뒤를 따라간 것은 해시시와 치료제의 열성 신도들이 된 **협회**의 보헤미안들에게 전부 다 인사할 만큼 꾸물거린 후였습니다. 그들은 학생, 변호사, 치과의사, 의사 등등, 다들 조심스럽게 사고의 확장을 즐기는 점잖은 사람들이었습니다.

너도 영원히 이렇게 살 순 없어. 본이 화장실에서 말했습니다. 이런 삶에는 미래가 없어.

사돈 남 말 하네.

일단 그 얼굴 없는 남자를 죽이면, 난 그만둘 거야. 본이 말했습니다. 사직할 거야.

갱단에서 사직할 수는 없는 법이야. 그가 딴 데 관심을 쏟기를 바라며, 내가 필사적으로 말했습니다. 게다가 보스는 네가 모나리자를 죽이길 원해.

좋아. 너한테 한 짓을 생각하면 그놈은 죽어도 싸. 그놈을 죽이고 나서 일을 그만둘 거야.

보스가 널 놔줄 것 같아?

안 그러면 내가 자기를 죽일 거란 걸 잘 알아.

그에게 그렇게 말했어?

보스나 나나 로닌 같은 사람들은 말을 할 필요가 없어. 우리는 그냥 상대방 눈빛만 보면 돼. 말을 해야 하는 건 너 같은 사람들이야.

말을 안 하면 죽겠지. 뭘 어떻게 해야 할지 막막할 거야. 적어도 내가 그 얼굴 없는 남자를 죽이는 걸 도와주면 넌 의미 있는 일을 할 수 있어. 그가 오늘 밤에 오지 않아서 정말 아쉬워.

나는 은근히 안도했지만, 이렇게 말했습니다. 네가 그 남자를 기다리고 있는 줄은 몰랐어.

대사는 왔어.

그 얼굴 없는 남자에게 얼굴이 없다는 것을 감안할 때, 아마 그는 그리 사교적이지 않을 거야. 하지만 대사는 언제든 죽일 수 있잖아.

그럼 난 그 얼굴 없는 남자를 죽일 기회를 절대 얻지 못할 거야.

얼굴 없는 남자를 죽이면 대사를 죽일 기회를 절대 얻지 못하겠지.

모르겠어. 본이 어깨를 으쓱하며 말했습니다. 그래, 나도 복수가 하고 싶어. 뭐 문제 있어?

엄밀히 말하자면, 전혀 없지. 또, 엄밀히 말하자면, 그 얼굴 없는 남자는 대사관에서 거의 나오지도 않는데 어떻게 그자를 잡을 생각이야?

나한테 계획이 있어.

계획이 또 있어? 내 심장 박동이 조금 더 빨라졌습니다. 그게 뭔지 언제 말해 줄 작정이었어?

지금 말해 주고 있잖아. 그가 재킷 주머니에서 봉투를 꺼냈습니다. 그 안에는 다음 달 「판타지아 8: 파리 실황 공연」의 티켓 두 장이 들어 있었습니다. 뒤풀이는 아편에서 있을 예정이었습니다. 봉투 속 전단지를 펼치자, 가장 먼저 눈에 들어온 것은 그녀였습니다. 내가 절대 사랑에 빠지지 말았어야 할 유일한 여자. 그녀는 고개를 뒤로 젖히고 머리카락을 휘날리며, 살며시 벌린 붉은 입술 사이로 하얀 치아와, 어쩌면 정말 어쩌면 혀끝일지도 모를 무언가를 살짝 드러낸 모습이었습니다. 내 몸은 아직도 그 혀의 감촉을 기억하고 있었습니다. 라나. 두 음절, 내 혀가 입천장에 두 번 닿는 이름. 라—아—나! 몇 년전에 우리가 사랑을 나누거나, 섹스를 하거나, 간음을 하거나, 흘레붙거나, 어쩌면 그 모든 것들을 동시에 했을 때, 내가 그녀의 이름을 그렇게 부르짖었을까요? 라아아아아아나아아아아아아아아!

아. 내가 감탄사를 내뱉었습니다.

아무렴. 아편에서 네 옛 애인을 만날 기회를 갖게 될 거야. 아니, 그녀가 기꺼이 좀 더 사적인 용무를 볼 의향이 있다면, 어쩌면 그 전일수도 있겠지.

계획이 뭔데?

이 얼굴 없는 남자는 평생 음력설 축하 행사를 봤어. 다른 걸 보러 파리에 온 건 아니야. 그가 여기 왜 왔는지는 나도 모르겠어. 어쨌든 그는 「판타지아」를 볼 거야.

재미있는 걸 무척 좋아하는 사람이니까?

베트남 사람이니까. 파리에 있는 모든 베트남 사람이 이 공연을 보러 올 거야. 심지어 자기들이 프랑스 사람이라고 생각하는 베트남 사람들까지도 말이지.

심지어 공산주의자들도?

그들은 너무 오랫동안 좋은 오락거리를 빼앗긴 채 살았어. 그가 빙

**336**

굿 웃으며 말했습니다. 이 공산주의자, 그러니까 그 정치위원은 특히 나 더. 재교육 수용소에서 이 정치위원이 약간 타락했다는 소문이 있었어. 서양 음악을 좋아했대. 팝, 록, 발라드. 불온한 것들, 황색음악 따위 말이야.

나는 고개를 끄덕였습니다. 그것은 사실이었습니다. 그 불온한 것들, 황색음악은 내가 사이공을 떠나기 전에 만에게 주었던 내 소장용 음반들이었습니다. 비틀스와 롤링 스톤스는 물론이고, 엘비스 프레슬리, 플래터스, 척 베리의 가장 인기 있는 음반들이 포함되어 있었습니다. 비록 내가 재교육 수용소에서 그 음반들을 들어 본 적은 없었지만, 만은 그것들을 수용소로 가져다 놓은 상태였습니다. 하지만 나는 내 소중한 음반들에 대해 언급하는 대신, 이렇게 말했습니다. 만약 네가 잡히면 너랑 로안은 어떻게 되는 거야? 로안이 공산주의자일 수도 있고 아닐 수도 있지만, 적어도 좌파인 것만은 확실해. 동조자라고. 그렇지 않다면, 그녀는 대사와 같은 방에 있으려고 하지 않았을 거야. 이게 널 ──

로안은 걱정하지 마. 그가 톡 쏴붙였습니다.

내가 그의 신경을 건드린 것은 그렇게 하고 싶어서가 아니라, 건드려 주기를 기다리는 신경이 너무 많았기 때문이었습니다. 아니면 내 일부가 ── 그러니까, 나 자신이 ── 그 신경을 집적거리고 싶었던 것일까요?

말했다시피, 난 일을 그만둘 거야. 얼굴 없는 남자를 해치우고 나서 로안과 결혼할 거야.

나는 너무 놀라서 그가 내게 줄곧 숨기고 있었던 또 하나의 계획에 대해 아무 말도 할 수 없었습니다. 본은 그의 발표가 내게 미친 영향을 확인하며 빙긋 웃고는, 그 기쁨을 배가하기 위해서 등허리 부분에 숨겨 두었던 권총을 블레이저 밖으로 꺼냈습니다. 그것은 나중에 그가 나를 겨누게 될 총이 아니라, 모나리자의 리볼버, 그러니까 내가 나 자신을 죽였던 총이었습니다. 너한테 주는 작은 선물이야. 그가 그것을 나에게 건네며 말했습니다. 그 총을 쥐는 느낌은 익숙했고, 그 무게도 마찬가지였습니다. 그 리볼버의 무게는 한 영혼이나 다섯 영혼, 어쩌면 300만이나 400만이나 600만의 영혼과 맞먹었습니다. 왜 아니겠어요? 어쨌든, 죽은 영혼은 거의 무게가 나갈 리 없을 텐데요.

# 13장

우리는 무대 뒤로 가서 우리가 농부 역할을 맡은 첫 번째 촌극의 의상으로 갈아입었습니다. 그런 의상은 실생활에서는 기껏해야 진흙과 땀에 흠뻑 젖어 있고, 최악의 경우 누더기에 불과했을 겁니다. 하지만 이것은 비공식 문화 공연이 아닌 공식 문화 공연이었기 때문에 우리의 갈색 셔츠와 검은색 바지는 말끔하고 깨끗하며 보송보송했고, 우리의 맨발도 마찬가지였습니다. 내가 그렇게 차려입고 다른 무용수들과 함께 무대 한쪽에 자리를 잡았을 때, 협회장이 무대로 뛰어올랐습니다. 그의 발언은 2개 국어로 진행되었기 때문에 필요한 것보다 두 배나 길었고, 내가 꾸벅꾸벅 졸고 있었을 때에야 비로소 끝이 났습니다. 비록 밖에서 시위 중인 연합에 대해서는 한마디도 언급하지 않았지만, 협회의 역사, 베트남 문화의 중요성, 프랑스에 대한 베트남인들의 감사를 일일이 거론한 후였습니다. 곧이어 그가 베트남 대사를 소개했고, 나는 하마터면 비명을 지를 뻔했습니다. 대사도 계속해서 프랑스 문화에 과도한 찬사라는 휘핑크림을 듬뿍 얹은, 2개 국어로 된 상투적 문구라는 수플레로 청중을 고문했습니다. 무의미한 말만 하면서 2개 국어로 그토록 많은 말을 하는 건 진정한 재능이 요구되는 일이었습니다.

이때쯤 나의 허벅지는 조용히 흐느껴 울고 있었고, 나머지 부위도 마찬가지였습니다. 우리 소작농들은 모두 쪼그리고 앉아 있었기 때문입니다. 그 시작은 몇천 년으로 거슬러 올라갈 수 있지만 서구화된 나는 오랫동안 실제로 해 본 적이 없는 자세이지요. 나의 어머니는 불을 살피거나, 요리를 하거나, 약간의 돈을 벌기 위해 젖먹이들과 어린아이들을 돌보며 하루 종일 취할 수도 있는 자세였지만, 나는 잡종 새끼였기 때문에 이렇게 쪼그려 앉기에는 어쩌면 유전적으로 적합하지 않았는지도 모릅니다. 나는 프랑스의 도시 부르주아지인 다른 농부들 역시 불편해하는 걸 느낄 수 있었습니다. 그들은 아마도 조상의 고향 그 어디에서도 거름으로 뒤덮인 땅을 밟아 본 적조차 없을 사람들이었습니다. 가짜 농부들은 무게 중심을 이쪽 발뒤꿈치에서 저쪽 발뒤꿈치로 옮겨 가며 얼굴을 찡그리지 않으려고 최선을 다했고, 대사가 마침내 발언을 마쳤을 때 우리 모두는 벌떡 일어설 준비가 되어 있었습니다. 곧이어 협회장이 연단으로 돌아오더니 이렇게 말했습니다. 자, 이제 다음으로 말씀해 주실 분은…….

나는 나직이 신음했고, 본을 제외한 다른 농부들도 마찬가지였습니다. 본은 쪼그린 자세에도 끄떡없었기 때문에, 그저 툴툴거리기만 했을 뿐입니다. 협회장이 "베트남과 베트남 인민의 친구"이자 "1968

년 5월의 혁명가"인 그날 밤의 귀빈을 소개했습니다. 그것은 ── 달리 누구였겠어요? ── BFD였습니다. 나는 고모에게 그가 여기 와서 어설픈 사상이라는 보툴리누스균으로 내게 보툴리누스 식중독을 일으킬 조짐이 뻔히 보이는 통조림처럼 틀에 박힌 연설을 할 거라는 말을 이미 들은 상태였습니다. 그는 다른 구의 구청장이었지만, 그의 구인 13구에서는 점점 더 많은 베트남 정착민들이 보였는데, 그들은 아마도 시위대 중 일부를 포함해, 모두가 공산주의자를 증오하는 난민들이었습니다. 그런 난민들 중 누구에게라도 사회주의자는 그저 빨간색 대신 분홍색의 좀 더 멋진 옷을 입은 공산주의자, 그러니까 토지 개혁, 경제 집단, 경찰국가 대신, 세금, 사회적 편익, 복지 국가를 통해서 부를 강제로 재분배해야 한다고 믿는 자들일 뿐이었습니다. BFD는 그 시위대와는 일이 잘 풀리지 않겠지만, 다른 종류의 이데올로기를 지녔으며 더 좋은 계급에 속한 베트남인들 사이에서 자신에 대한 지지를 증명해 보이고 싶어 했습니다. 아니, 고모가 그렇게 말했습니다.

더 좋은 계급에 속한 사람들이요? 내가 반문했습니다. 사회주의자가 그렇게 말하는 건 아이러니 아닌가요?

프랑스인들은 아이러니 빼면 시체야.

글쎄요, 아이러니하지 않은 민족이 있었나요? 고상한 말을 하고 나서 곧바로 몰래 비열한 짓을 하는 나라의 사례는요? BFD는 아이러니의 걸어 다니는 본보기, 한 마을을 다 먹여 살릴 만큼 비싼 정장을 입는 국민의 한 사람으로서 무대를 밟았습니다. 그는 또한 자신의 선거구 주민이 아닌 사람들의 환심을 사려는 선출직 공무원이기도 했습니다. 어쩌면 그는 그의 연설에 일부 청중이 설득당해서 그의 구로 이사해 그에게 투표할 거라고 생각했을지도 모릅니다. 아니면 헌신적인 급진주의자임에도 불구하고 공산 치하에서 도망 온 베트남 난민들을 돕자고 요구하는 데 동참했던 사르트르의 선례를 따르는 중이었는지도 모릅니다. 아니면 BFD는 모든 정치인들과 마찬가지로, 스포트라이트를 받으며 땀을 흘리는 가장 기본적인 정치 활동을 거부할 수 없었는지도 모릅니다.

친애하는 친구 여러분. 그가 연설을 시작했습니다. 오늘 밤 여러분이 베트남 문화를 기리는 이 자리에 서게 되어 정말 기쁩니다. 우리는 또한 마땅히 기념해야 할 유구한 역사를 지닌 두 나라, 프랑스와 베트남의 국민입니다. [박수] 여러분은 오랫동안 프랑스의 일부였고, 우리에게 프랑스 문화의 위대함과 프랑스인들이 지금껏 그 진가를 알지 못했던 베트남 문화의 위대함을 일깨워 주고 있습니다. 베트남에 갔을 때, 우리가 늘 마땅한 방식대로 행동하지는 않았습니다. 친구 여러분, 식민지 지배는 잘못된 일이었습니다. 프랑스인들은 절대로 다른 나라의 독립을 빼앗으면 안 됩니다. [박수] 베트남인들이 우리에게 맞서 들고일어났을 때, 우리는 우리에게 꼭 필요한 교훈을 얻었습니다. 어쨌든 1968년 무렵, 우리 가운데, 나를 포함한 많은 사람들이 호찌민을 지지함으로써 역사의 바른편에 섰습니다. 그리고 프랑스는 대체로 평화의 편에 섰습니다. 내가 여러분에게 베트남에서 미국의 제국주의를 종식시킨 평화 협정이 여기, 우리의 영광스러운 도시에서 체결되었다는 점을 상기시킬 필요는 없을 겁니다! 미국의 제국주의자들도 베트남으로부터 교훈을 얻었기를 바랍시다. 만약 그랬다면, 그들 역시 언젠가는 용감한 베트남 사람들에게 감사를 표할 겁니다! 〔박수〕 프랑스의 식민지 지배가 유감스럽기는 하지만, 우리는 미국인들이 저지른 것 같은 끔찍한 짓은 결코 저지르지 않았습니다. 게다가 우리는 문화를 남겼습니다. 이 점 때문에 베트남인들이 프랑스인들을 용서해 주었기를 바랍니다. 우리는 고귀한 의도를 가지고 인도차이나에 갔습니다. 우리는 자유, 평등, 박애를 전파했습니다. 〔박수〕 우리는 도로를 건설했습니다. 운하를 건설하고 늪지대를 말려 개간했습니다. 우리는 사이공을 건설했습니다. 고관대작만이 아니라, 모든 사람이 교육을 받고 자신들의 나라를 통치할 기회를 가질 수 있도록 국립 고등학교들과 대학들을 설립했습니다. 우리는 호찌민과 그의 자유의 투사들의 영광스러운 그림을 그릴 화가들을 양성했습니다. 그리고 프랑스가 없었다면 호찌민이나 그의 협력자들은 없었을 겁니다. 우리는 베트남 학생들을 프랑스로 데려왔고 그들에게 혁명을 완수하기 위해 ― 우리에게 맞서 ― 싸울 도구를 주었습니다! 간단히 말해서, 세상에 좋기만 하거나 나쁘기만 한 것은 없습니다. 그리고 나는 이곳 프랑스에서 행복한 베트남 사람들을 많이 만났습니다. 그들은 고향에 있는 것처럼 편안해합니다. 그야 당연하죠! 프랑스는 여러분의 고향이니까요! 여러분은 고향에 와 있습니다! 〔박수〕 여러분이 프랑스에 있다는 것은 우리가 과거를 잊을 수 있다는 걸 보여 줍니다. 여러분의 존재는 우리가 모두 프랑스인이라는 걸 말해 줄니다. 여러분이 프랑스에 있다는 것은 우리 프랑스 문화의 위대함을 증명합니다. 공화국 만세! 프랑스 만세! 〔박수〕

나는 허벅지에 심한 경련이 일었음에도 여전히 어떤 문제든 양쪽 면에서 모두 볼 수 있었기 때문에, BFD의 말이 완전히 틀린 것은 아님을 알 수 있었습니다. 그의 말이 거의 맞을 수도 있었습니다. 그리고 청중의 열광적인 박수 소리로 판단해 보면, 분명 많은 사람들이 그의 의견에 동의하고 있었습니다. 왜 아니었겠어요? 당연히 그들은 여기서 고향 같은 편안함을 느끼고 있었는데요! **그들이 베트남에 있었을 때** 그들이나 그들의 부모나 심지어 그들의 조부모는 프랑스를 편하고 친숙하게 생각했을 겁니다! 프랑스에 와서 마음이 편하지 않았던 베트남인들은 혁명을 위해 싸우려고 베트남으로 돌아가거나, 그들이 충분히 프랑스인답지 않다고 의심하는 프랑스인들에게 강제로 추방당했습니다. 이 베트남인들은 자유, 평등, 박애를 아주 진지하게 믿었기 때문에, 프랑스인들이 접미사 대신 사용한 괄호를 보지 못했습니다. "자유, 평등, 박애(존재하기는 하지만 적어도 아직은 당신들에게는 해당되지 않는다)." 이 혁명가들은 깜짝 놀라서, 소화가 잘 안 되는 베트남인들, 그러니까 프랑스를 삼킬 수도 없고 프랑스가 삼킬 수도 없는 베트남인들이 되어 버렸습니다. 프랑스에 남은 베트남인들의 경우, 그들이 베트남에 있을 때부터 프랑스 문화가 그들을 씹고 있었습니다. 그들은 프랑스에 올 무렵, 이미 특정한 종류의 치즈처럼 아주 부드럽고 쉽게 소화될 수 있는 상태였는데, 이는 이데올로기적으로 저온 살균된 그들의 아이들이 물려받은 자질이었습니다.

마침내 우리가 저런 다리를 움찔거리며 일어설 수 있게 되었을 때쯤 무대에 올린 문화 공연은 마음 편히 볼 수 있는 것이었습니다. 나만큼 적대적이고 비판적인 사람에게는 적대적이고 비판적인 문화 공연이 아주 흥미로웠을 테지만, 내 취향은 다소 상궤를 벗어난 것이었습니다. 대부분의 사람들에게 문화 공연은 프랑스인들이 식민지에서 행사한 권력의 과시를 보여주는 애정 어린 폭력이나 폭력적인 사랑이 아니라, 상호 환대를 특징으로 내세우는 디오라마입니다. 이 경우, 협회장이 우리의 화려한 공연의 대본을 썼는데, 어쩐지 그것은 다소 자전적인 듯했고, 적어도 완전히 환상인 것 같지는 않았습니다. 그의 대본은 성공한 중년의 의사가 어렴풋한 과거를 회상하며 전달하는 가난한 시골 가정 출신 젊은이의 사랑 이야기였습니다. 그 젊은이는 자신의 노력과 자비로운 프랑스의 교육 체계 덕분에 장학금을 받아 프랑스로 가고, 거기서 자신의 노력과 자비로운 프랑스의 문화 덕분에 의사가 되고, 자신의 노력과 한 프랑스 가족의 자비 덕분에 매력적인 프랑스 (백인) 아가씨의 사랑을 차지합니다. 그녀는 자신의 노력과 프랑스식 식습관의 자비 덕분에 두 명의 사랑스러운 프랑스인 아이들을 낳고 키우면서도 프랑스인다운 날씬한 몸매를 유지하고, 아이들은 혼혈로 태어났음에도 불구하고 프랑스인이 되는 데 전혀 문제가 없습니다. 끝.

아, 내가 얼마나 이런 삶을 원했는지 모릅니다! 누군들 안 그랬겠어요? 그것은 내 어머니가 경험했던 것보다 훨씬 나은 삶이었습니다. 그 미래의 의사와 거의 같은 나이였을 테지만, 어머니는 매우 다른 형태의 북부 시골 생활을 겪었습니다. 어머니는 어린 시절, 북부를 파괴한 대기근 시기에 하마터면 죽을 뻔한 적도 있었습니다. 전국 인구가 아마 2000만쯤이었을 그때, 100만에 달하는 사람들이 죽었습니다. 100만이요! 너무나 많은 사람들이지만, 그럼에도 역설적이게도 아주 잊기 쉬운 사건이었습니다. 그들은 전 세계가, 아니면 오로지 베트남인들만이라도 우리를 점령한 일본군들이 대동아 공영이라는 명목하에 무슨 짓을 했는지, 그리고 일본인들을 위해 일한 프랑스인들이 어쩌면 자유, 평등, 박애를 위해, 아니, 어쩌면 오로지 부역을 위해 무슨 일을 했는지를 기억할 수 있도록 사진 한 장 찍히는 혜택도 누리지 못하고 죽었거든요. 부역은 프랑스인들이 20세기에 지은 큰 죄였고, 그렇기에 그들은 그 단어를 자갈이 입안에서 굴러다니듯 중얼거리며 말할 수밖에 없었습니다. 알제리인들은 우리가 공유하는 프랑스 식민지 지배자들이 알제리 국민을 노골적으로 학살한 것에 견주어 볼 때, 부역이 가장 큰 죄라는 데 동의하지 않을 수도 있습니다. 하지만 알제리인들이 할 말이 뭔지 누가 신경이나 쓰겠어요? 그 일에 관해서 우리가 할 말이 뭔지 누가 신경이나 쓰겠어요? 죽은 사람들이 대개 그러듯, 우리가 아무 말도 하지 않는다면 더더구나요. 나는 눈에 보이지 않는 총알이 내 정신을 날려 버린 후, 죽은 자들 사이에서 살고 있습니다. 그렇기는 하지만 죽은 자들을 볼 방법은 없습니다. 어머니가 내게 알려 주었던 것, 어머니와 함께 사라져 버린 그 모습들만 눈에 선합니다. 그것은 숨을 거둘 때쯤에는 너무 커져 버린 옷을 걸치고 피골이 상접한 몸을 옹송그린 채 길거리와 들판에 누워 있는 죽은 사람들, 이웃들, 소꿉친구들, 아기들의 모습이었습니다. 그런데 누가 어머니를 구했을까요? 나의 프랑스인 아버지였습니다! 그가 어머니에게 밥을 주었는데, 우리의 일본인 지배자들이 총력전을 펼치기 위해 프랑스인 아첨꾼들에게 비축 식량으로 마련해 두라고 명령했던 바로 그 쌀이었습니다. 식민지 협력자인 내 아버지는 빵 대신 쌀을 얻는 것에 대해 불평했을지 모르지만, 어머니에게는 몇 주 동안 굶주린 후 처음 뜬 그 밥 한 술은 그야말로 인생에서 가장 훌륭한 식사였습니다. 아버지는 어머니에게 며칠 동안은 몇 숟가락씩만 밥을 먹으며 쪼그라든 위가 음식을 먹는 데 익숙해지게 했고, 그 후로는 죽을 한 그릇씩 먹였습니다. 나의 불쌍한 어머니는 기적 같은 존재이자 열두 살 먹은 고아였고, 돌봐 줄 사람 하나 없이 기근의 시대에 살아남은 생존자였습니다. 그분이 날 구했어. 어머니가 말했습니다. 나는 그분과 사랑에 빠지지 않을 수 없었어. 비록 그분이 ── 어머니는 차마 "사제"라고 말하지 못하고, 대신 "사제복을 입은 남자"라고 했습니다. 한편 어머니는 그의 "하녀 아가씨"가 되었습니다. 2년 후, 두 완곡어의 결합으로, 어머니라는 폭격기의 폭탄 탑재실에서 투하되어 쾅! 하고 터지기를 기다리는 지연 신관(遲延信管)*이 장착된 3.2킬로그램의 대인 고폭탄**인 내가 생겼습니다. 숨을 거둘 때 지금의 나보

---

\*     포탄이나 폭탄이 어떤 물체에 착탄한 후, 일정한 시간이 경과한 뒤에 폭발하도록 만들어진 신관.

\*\*    폭발 시 눈에 보이지는 않지만 비산하는 파편과 폭풍으로 인명을 살상하는 고성능 무기.

다도 더 젊었기에 영원히 젊고 영원히 온화할 어머니의 얼굴이 지금도 눈에 선합니다. 어머니가 아버지가 자신에게 밥을 먹여 준 이야기를 했을 때 내가 느꼈던 충격과 연이은 분노를 생생히 기억합니다. 어머니는 그 이전에도 그 이후에도, 그 어떤 여자도 그런 적이 없을 만큼 나를 바짝 끌어안고 눈물을 흘리며 말했습니다. 얘야, 그분을 용서해 줘. 나는 그분을 용서했어. 그분이 없었다면, 나는 내 목숨보다 더 사랑하는 너를 낳지 못했을 거야. 설령 네가 가장 하기 싫은 일이라고 해도, 네 아버지를 용서해 줘.

너 왜 울어? 우리가 무대에서 내려왔을 때 본이 나에게 물어보았습니다.

아무것도 아니야. 눈에서 눈물을 훔치며 내가 말했습니다. 정말 아무것도 아니야.

공연이 끝나고 얼굴에서 민감한 기분의 끈적끈적한 흔적을 닦아낸 후, 나는 더플백의 다소 혼잡한 가짜 바닥에서 내 자술서와 너덜너덜하고 누레진 리처드 헤드의 『아시아의 공산주의와 동양적 파괴 방식』 사이에 끼어 있던 리볼버를 꺼냈습니다. 그런 다음 그 리볼버를 바지 앞쪽이 아닌 뒤쪽으로 밀어 넣었습니다. 비록 자식을 낳을 계획은 전혀 없었지만, 총이 터져서 내 미래의 자식을 죽일까 봐 늘 걱정했기 때문입니다. 내 재킷 주머니 속의 해시시는 평소처럼 킬킬거리며 속삭였지만, 리볼버는 사내답고 과묵한 유형이었습니다. 그것은 소란을 피우지 않는 대신 검은색의 멋지고 단단한 몸으로 척추와 꼬리뼈를 눌러서 내 정신을 산만하게 했습니다. 모든 총은 사용되기를 원합니다. 이것도 예외는 아니었습니다.

나는 파티를 둘러보며 한편으로는 본을 막고 만을 보호할 방법을 생각해 내려 애쓰고, 또 한편으로는 내 고객들과 담소를 나눴습니다. 나는 그중 각각 의사와 수출입 상인인 두 고객과 함께 특별히 독한 담배를 피우러 밖으로 나갔습니다. 나는 그들과 나머지 고객들을 통해 가지고 있던 물건을 모두 팔았고, 비록 그리 달갑지는 않았지만 더 팔겠다는 약속도 했습니다. 내가 파티장으로 돌아가자, 당고모가 손을 흔들어 나를 부르더니, 내가 처음에 멀리서 볼 때는 남자인 줄 알았던 그녀의 새 친구를 소개해 주었습니다. 이 친구는 변호사야. 당고모가 베트남어로 말했습니다. 캄보디아에서 방금 돌아왔어.

몸에 딱 맞는 회색 양복에 가느다란 검은색 넥타이를 맨 그 변호사는 나를 보며 웃지 않았습니다. 나는 곧 이걸 개인적인 일로 받아들일 필요는 없다는 걸 알게 되었습니다. 그녀는 유머 감각이 너무 부족해서, 의례적으로 웃어 보이는 것조차 그녀에겐 능력 밖의 일이었던 겁니다. 그녀는 아주 당당하게 아름다웠지만, 그녀의 얼굴과 짧게 자른 머리는 거의 완벽하게 일직선을 이루고 있어서, 미소가 없는 그녀의 얼굴에서 휘어진 것이라고는 눈과 눈썹의 곡선뿐이었습니다. 그녀는 나나 고모처럼 동양과 서양을 잇는 스펙트럼 위 어딘가에 존재했고, 우리의 모국어를 제대로 구사하는 것으로 보아 아마도 베트남 혈통인 것 같았습니다.

캄보디아요? 방문하기 아주 쉬운 곳은 아닐 텐데요.

당당하게 아름답고 유머 감각 없는 변호사가 말했습니다. 관광하러 간 게 아니었어요.

그래요. 그런 것 같네요. 그럼, 왜 간 거예요?

고모와 변호사는 서로를 힐끗 쳐다보았고, 고모가 고개를 끄덕이자 변호사가 말했습니다. 폴 포트를 찾아갈 예정이었어요.

나는 침착하게 행동했습니다. 틀림없이 찾아가기 쉬운 사람은 아닐 텐데요.

찾아가기 무척 어려운 사람이죠. 베트남 군대는 누구도 캄보디아를 거쳐 그를 만나러 가게 내버려 둘 생각이 없었기 때문에, 태국을 경유해야 했어요. 그는 국경 근처 산악 지대의 캠프에 머물고 있어요.

분명히 베트남군은 그를 붙잡아서 재판에 회부하고 싶어 할 텐데요.

그들은 이미 그를 재판에 회부했어요. 궐석 재판으로요. 재판 결과를 맞혀 보세요.

유죄인가요?

그들이 왜 그에게 유죄 판결을 내린 줄 알아요?

그가 유죄니까요?

궐석 재판은 항상 유죄 판결로 끝나는 법이니까요. 그 당당하게 아름답고 유머 감각 없는 변호사는 미소 지을 능력이 없었기 때문에 나의 순진한 말을 듣고 코웃음을 쳤습니다. 일찍이 궐석 재판에서 무죄 판결을 받은 사람이 있었던가요? 그런 재판은 정의에 관한 것이 아니에요. 그저 권선징악을 주제로 한 쇼에 불과하죠.

자국민 몇십만의 죽음에 책임이 있는 사람에게 유죄를 선고하는 것뿐인 듯한데요.

그가 그런 죽음에 책임이 있다는 걸 당신이 어떻게 알죠?

내가 당황했다는 건 인정합니다. 나의 냉소를, 대화 상대의 입장에 따라 다정한 친밀감이나 고상한 노예근성이나 지적 우월성의 가면 뒤에 정말 잘 숨기기는 했지만, 나는 보통 방 안에서 가장 냉소적인 사람이 되는 데 더 익숙했습니다. 또 이렇게 매우 심각한 주제가 몹시 즐거운 행사에서, 더구나 내가 해시시에 취해 몽롱한 상태일 때, 화제에 오른 것이 불안하기도 했습니다.

어떻게 알죠? 그 변호사는 마치 내가 증언대에 선 증인이라도 되듯이 거듭 물었습니다.

나는 천국의 주방에서 눈물을 흘리던 마들렌을 떠올리며 대답했습니다. 신문에서 봤어요. 캄보디아인 친구들에게 듣기도 했고요.

물론 몇십만이 죽었다는 걸 반박하는 건 아니에요. 내가 관심이 있는 건 대부분의 사람들이 원하는 쉬운 정의나 가짜 정의가 아니라, 진정한 정의예요. 그는 희생양이에요. 우리가 손가락질하면서 그가 그랬다고 말할 수 있는 악마요.

하지만 그가 정말 그랬다고 —

자기가 안 그랬대요. 그는 그 사람들이 죽어가는 걸 결코 본 적이 없어요. 그의 조직이 그에게 다른 얘기를 했다더군요.

그리고 당신은 그의 말을 믿고요? 설령 당신이 믿는다고 해도, 그렇다고 해서 그가 무죄가 되는 거예요?

그는 진정한 재판을 받을 권리가 있어요. 여론이라는 법정은 진정한 법정이 아니에요. 저 밖의 시위대 좀 보세요. 그들은 여론에 이의를 제기하고 있어요. 이 경우에 여론은 폴 포트에 대한 여론과 정반대죠. 모두가 호찌민을 성자라고 생각해요. 단, 내가 몇 번 만나 본 적이 있는, 그가 죽인 사람들의 친척들은 예외지만요. 나는 무정부주의자예요. 내가 실상을 알려 주죠. 호찌민이 성자가 된 건, 무정부주의자들을 포함해서 그의 좌우에 있는 모든 적을 죽였기 때문이에요.

나는 고모를 쳐다보았습니다. 고모는 그의 사진을 가지고 있어요.

그녀는 고통스러워 보였습니다. 이것도 검증된 이야기인지 잘 모르겠어 ─

그는 프랑스인들을 쓸어 내기 전에, 그의 베트남인 경쟁자들을 모조리 쓸어 냈어요.

나는 호 아저씨의 정치 공작에 대해 이따금 전해 들었던 말들을 기억해 내려 애썼습니다. 숙청했죠. 내가 말했습니다. 그는 경쟁자를 숙청했어요.

숙청했어요. 변호사가 맞장구쳤습니다. 마치 변비약으로 숙변을 제거하듯이 말이죠. 민족주의자, 왕당파, 트로츠키주의자, 이념적 확신이 부족한 반식민주의자 들은 물론이고 나 같은 무정부주의자들의 투쟁과 자기 자신까지 정화하기 위해서였어요. 왜 그랬는지 알아요? 입장이 너무 다양했기 때문이에요. 그에겐 오로지 두 가지 입장만 필요했어요. 그래야 국민들이 프랑스인들의 편에 설지, 아니면 그들에게 저항할지를 알게 될 테니까요. 게다가 저항하는 사람들은 저항의 유일한 방법이 공산주의적 방식이라는 데 동의해야 했죠. 여기 있는 공산주의자, 사회주의자, 좌파들 중 어느 누구도 그걸 인정하지 않을 거예요. 그들은 대부분의 사람들처럼 제 잇속을 차리는 정의에만 관심이 있어요. 그들은 모두 베트남의 공산주의자들을 낭만적으로 생각하죠. 호찌민의 불온한 면을 지워서, 자신들 또한 깨끗해지려고 해요. 그들은 혁명적 정의에 대해 이야기하지만, 그것은 진정한 정의가 아니에요. 진정한 정의를 원한다면, 진정한 변호사가 필요해요.

이 친구는 정말 훌륭한 변호사야. 당고모가 감탄하며 말했습니다. 편집자로서 그녀는 산문과 사상에 관해 매우 높은 기준을 가지고 있었으며, 그것이 사람들에 대한 그녀의 판단에도 영향을 미쳤습니다. 폴 포트를 기꺼이 변호하려는 변호사는 그리 많지 않아.

네 경우에도 많지 않을 거야. 나의 유령 합창단이 말했습니다.

어떻게 그런 사람을 변호할 생각을 할 수가 있죠? 내가 날카로운 목소리로 말했습니다. 아무리 당신이 무정부주의자라고 해도요. 어쨌든 어떻게 무정부주의자가 변호사가 될 수 있어요?

그녀는 필시 전에도 그런 질문을 들어 본 듯, 어깨를 으쓱했습니다. 대부분의 사람들이 변명의 여지가 없다고 생각하는 일을 당신은 어떻게 옹호하나요? 그녀가 되물었습니다. 사실은 정말 쉬운 일이에요. 프랑스인들이 인도차이나나 알제리에서 한 짓은 변명의 여지가 없었지만, 프랑스인들은 항상 옹호하죠. 아니면 그냥 잊어버리거나요. 똑같은 거예요. 우리의 적들이 하는 짓은 도저히 이해할 수 없는 일인 반면, 우리가 하는 일은 전적으로 정당하다는 원칙에 근거한 거죠. 어떤 사람들이 변명의 여지가 없는 짓이라고 여기는 일을 변호하게 되면, 나는 모든 변호사와 판사가 생각해 봐야 할 문제를 심사숙고하게 돼요.

당신은 용서할 수 없는 사람들을 어떻게 용서해? 당고모가 물어보았습니다.

용서할 수 없는 사람들을 용서할 수는 있겠어요? 변호사가 반문했습니다. 당고모를 응시하는 그녀의 눈빛이 너무 뜨거웠고, 그 반대도 마찬가지였기 때문에, 나는 얼굴이 약간 붉어졌습니다. 같은 신념을 공유하는 사람이 거의 없는 세상에서 같은 신념을 공유하는 일보다 더 섹시한 것은 없었습니다.

바로 그 순간, 매우 융통성 있는 신념의 소유자인 BFD가 슬며시 다가왔습니다. 나는 몸이 뻣뻣하게 굳어 버렸습니다. 그가 내 비밀을 알고 있다는 게 생각났지만, 그 비밀을 알지 못하는 본에게 그가 말을 걸 가능성이 낮다는 것 말고는 안심할 길이 없기 때문이었습니다. 그는 환한 미소를 머금고 우리 모두를 바라보고는, 이내 그 변호사에게 — 프랑스어로 — 말을 걸었습니다. 당신의 최근 의뢰인에 대해 읽어 봤어요. 그 캄보디아인이요!

폴 포트요.

그는 베트남인들에게 꽤 많은 문제를 안겨 주고 있죠. 그렇죠? BFD는 자기 말에 맞장구치듯 고개를 끄덕이며, 내가 가장 혐오하는 포즈로 마치 저자 사진이라도 찍듯이 턱에 손가락을 갖다 댔습니다. 아이러니하지 않아요? 베트남인들은 게릴라전을 고수했어요. 캄보디아가 베트남의 베트남이 되었어요. 안 그래요?

나는 마침내 샴페인 쟁반을 든 웨이터를 보고 샴페인을 한 잔 낚아챘고, 그 덕분에 무언가 모욕적인 말, 다시 말해 진실한 말을 하는 대신 샴페인을 홀짝일 수 있게 되었습니다. 조국이 전쟁을 하는 신세로 전락한 것과 조국이 상투적인 문구로 변해 버린 것 중 어느 쪽이 더 불운한 일이었을까요?

당신은 법정에서 악명을 떨치는 걸 정말 좋아하는군요. BFD가 말을 이어 갔습니다.

난 그런 짓은 절대 하지 않아요. 단순히 좋은 재판을 즐길 뿐이죠.

그리고 흥미로운 피고인들도요. BFD가 나를 쳐다보았습니다. 당신이 들어 봤는지 ─

들어 봤어요.

그녀의 예전 의뢰인 중 가장 악명 높은 의뢰인에 대해서도 들었나요? 팔레스타인인 테러리스트 얘기도요? 케피예*를 두른 그녀의 모습이 더없이 늠름했죠!

자유의 투사예요. 유머 감각 없고 당당하게 아름다운 변호사가 말했습니다. 국가야말로 진짜 테러리스트예요. 어느 쪽이 더 많은 사람을 죽이죠? 자유의 투사예요? 아니면 민족 국가예요?

정정할게요. 비행기 납치에는 뭔가 굉장한 매력이 있어요.

---

\*  아랍 국가에서 사용하는 머리에 두르는 천. 카피예라고도 불린다. 일반적으로 사각형의 큰 천을 대각선으로 접은 후 후두부를 덮고 아래로 길게 내려 착용하며, 이갈이라는 둥근 띠 모양의 머리띠로 고정한다.

나한테 잘 보이는 게 좋을 거예요. 당신도 언젠가는 변호사가 필요할지도 모르니까요.

　국가에 그렇게 반대하는 사람인데, 법을 그렇게 철석같이 믿는다는 게 이상하군요.

　법은 정의를 위한 수단일 뿐이에요. 불완전한 세상을 위한 불완전한 수단이요.

　그렇게 재치 있는 대화가 이어졌습니다. 나는 무의미한 미소라는 반다나를 얼굴에 둘렀습니다. 내 미소가 내가 루브르 박물관에서 직접 보고야 말았던 모나리자의 미소만큼 수수께끼 같기를 바라면서요. 그때 사실 나는 어리둥절해하며 그 그림에서 벗어나 정처 없이 발걸음을 옮겼습니다. 그게 다인가요? 서양에서 가장 유명한 그림을 마주하는 순간, 사람들은 어떻게 해야 실망하지 않을 수 있을까요? 나는 인파에 떠밀리면서도 가능한 한 오랫동안 그 그림을 눈여겨보았습니다. 아주 좋은 그림이었습니다. 하지만 루브르 박물관에 있는 다른 몇십 점의 초상화보다 그 초상화 한 점이 조금이라도 더 낫다고요? 그 몇십 점 중에 일부 역시 꼭 그 그림처럼 수수께끼 같아 보이는 얼굴이 중요한 특징인데도요? 아니면, 속을 알 수 없는 아시아인에 상응하는 그 유럽인의 정체가 수수께끼일 뿐이었을까요? 내게 그 소동을 이해할 능력이 없다는 데 나는 당황했습니다. 내가 너무 저속했을까요? 나는 그렇다고 인정할 수 있었습니다. 나는 내 저속한 면에 집중하며, 그 대화가 끝날 때를 대비했습니다. 그리고 마침내 BFD가 서서히 걸음을 옮기기 시작해서 사람들을 죽 훑어보는 사이, 그의 옆으로 바짝 다가섰습니다. 그 또한 무의미한 미소로 얼굴을 가린 채, 나를 힐끗 쳐다보았고, 나는 이렇게 물어보았습니다. 천국이라는 곳에 대해 들어 본 적 있어요?

내가 목소리를 낮춰 그에게 영어로 천국에 대해 요약해 주었을 때, 그의 무의미한 미소는 더 이상 아무 의미가 없었습니다. 나는 그가 보는 대로의 나 자신을 마음속에 그려 보았습니다. 그리고 그렇게 하기 위해서는, 당고모와 신문을 통해 주워 모은 세부 사항들을 근거로 BFD의 모습을 짜 맞추며, 그를 마음속에 그려 봐야만 했습니다. 그의 가문의 누군가는 바스티유 습격에서부터 파리 코뮌의 지지자들과 함께 바리케이드를 친 일에 이르기까지 공화국의 모든 위대한 역사적 사건에, 늘 바른편에 서서, 다시 말해 좌파의 편에서 참여했습니다. 그의 할아버지는 졸라의 주장에 찬성하며, 드레퓌스를 굳건히 옹호했습니다. 공산당 지도자였던 그의 아버지는 인도차이나의 식민지화를 비판하고 나치에 저항했습니다. BFD는 이데올로기적으로 희석되어서, 카베르네 소비뇽* 같은 공산주의자였던 그의 아버지에 비하면 로제 와인 같은 사회주의자였습니다. 그는 마오주의자인 박사나, 무정부주의자인 변호사보다 혁명적이지는 않았지만, 소르본 대학 재학 시절로부터 한참 후인 1968년 5월에도 자갈을 던지고 최루 가스를 맞았습니다. 또한 호찌민의 이름을 연호하며 민족해방전선의 깃발과 『마오쩌둥 어록』을 흔들었습니다. 세월이 흘러 1970년대

---

*　　　레드 와인용 포도의 일종, 혹은 그 포도로 만든 레드 와인을 의미한다. 보르도산의 유명한 품종으로 탄닌이 많고 떫은맛이 특징이다.

에 그의 혁명에 대한 열정은 선거를 위한 실용적인 좌파 사상으로 변했고, 그가 했던 행동은 비누로 재산을 모은 부유하고 자유주의적인 가문 출신의 젊은 여성과의 결혼을 통해 깨끗이 정리되었습니다. 그에게는 원하는 모든 게 다 있었는데, 그가 내게서 역사의 잘못된 편에 헌신한 사람 외에 달리 어떤 면을 볼 수 있었을까요?

나는 그의 언어를 이민자 특유의 어조로 구사하는 보잘것없는 사람이었습니다. 그것은 두 세계의 장점을 모두 누리는 나라의 언어였습니다. 한때는 총구를 들이대고 약소국을 수탈했던 제국주의 열강이었지만, 이제는 제국주의 열강이 아니라 모기와 말라리아, 혹은 원한과 혁명 같은 성가신 것들을 처리해야 하는 나라 말입니다. 나의 단 한 가지 장점은 영어, 아니, 더 정확하게 말하자면 미국어를 할 수 있다는 것이었습니다. 만세! 야호! 양키들이다! 미국어는 여전히 제국의 언어였고, BFD는 비록 미국 제국주의에는 진심으로 반대했지만, 은근히 프랑스 제국주의에 향수를 느끼고 있었습니다. 거의 모든 프랑스인들이 마음 깊숙이, 영혼 깊숙이, 루브르의 구중심처같이 깊숙한 곳에서 향수를 느끼고 있었듯이 말입니다. 반제국주의자에게 으뜸가는 상황은 미국에서 흔히 그렇듯, 제국주의에 정당하게 반대하면서도 그 제국주의의 혜택을 누릴 수 있는 제국주의 국가에서 사는 것이기는 했지만, 프랑스인들이 처한 상황도 그에 버금가는 것이었습니다. 다시 말해, 예전에 제국주의 국가였던 나라에서 반제국주의자로 사는 것 말입니다. 따라서 BFD가, 내가 미국어를 말하는 것을 듣는 것은 미국 제국주의의 언어와 잃어버린 프랑스 제국주의의 희미해져 가는 메아리를 동시에 듣는 일이었습니다. 그는 나를 싫어했지만, 나는 그가 나처럼 아무것도 아닌 사람에게 기대하는 일을 정확히 행하고 있었습니다. 바로 그를 **천국**으로 유인해 그의 가장 천박한 본성에 호소하는 것 말입니다. 당고모가 그가 그녀의 모든 매력적인 친구들에게 어떻게 치근덕거리는지 내게 말해 줬을 때, 나는 이미 그가 어떤 부류의 남자인지 감을 잡았습니다. 그건 심한데요. 내가 그렇게 말하자, 그녀는 무심하게 대꾸했습니다. 프랑스 남자잖아. 많은 잘못을 저지르기는 했지만, 나는 연인을 속이고 바람을 피우거나 그녀의 친구들을 유혹하려고 시도한 적은 한 번도 없었습니다. 나는 헌신의 가치를 믿었습니다. 설령 그 헌신이 하룻밤 이상 지속되지 않는다고 해도요. 헌신은 원칙이었는데, BFD에게는 그런 원칙이 없었습니다.

흥미롭군요. 파티장 사방에서 인파가 소용돌이치듯 움직이는 가운데, 그가 중얼중얼 말했습니다. **천국**이라. 어쩌면 조만간 함께 드라이브를 하러 나간 김에 이…… 흥미로운 곳에 찾아가 볼 수도 있겠군요.

그런 다음 그는 가 버렸습니다. 하지만 이미 낚싯바늘에 걸려들었고, 로닌의 말이 맞았습니다. BFD는 절대로 내게서 직접 물건을 사지는 않을 테지만, 다른 종류의 물건에 대한 그의 취향으로 인해 아름답고 젊은 이방인의 나신이라는 색다른 인기 상품에 이끌리게 되었습니다. 그것은 설사 오래 지속되지 않는다 해도 또 다른 종류의 도취였고, 이는 곧 훨씬 더 자주 탐닉해야 할 취향이라는 의미였습니다. 고백하자면 나는 여전히 그런 것들에 관심이 있었지만, 나 자신의 모든 것이 내 마음대로 되지는 않았습니다. 나는 죽은 자들의 합창단이 귓가에서 속삭이는 소리와 거울을 들여다볼 때마다 내 어깨 너머로 빤히 쳐다보는 그 공산당 첩자의 얼굴 때문에 집중하기가 어렵다고 나 자신에게 말했습니다. 유일한 해결책은 보지 않는 것이었습니다.

그날 밤, 우리가 당고모의 아파트로 돌아온 후, 나는 당고모의 침실에서 흘러나오는 소리에 시달리며 그녀의 소파에 누워 있었습니다. 심지어 새벽 2시에 내가 여전히 바지와 셔츠를 입은 채로 어둠 속에 가만히 누워 있을 때도, 당고모와 그 변호사는 상당히 시끄러운 소리를 냈습니다. 나는 담요를 턱까지 끌어 올리고, 본이 만을 죽이는 것과 내가 라나와 사랑을 나누는 것에 대해 생각했고, 그러는 동안에도 살짝 겁을 먹은 채 당고모의 방문 안쪽에서 들려오는 시끄러운 소리에 귀를 기울였습니다. 전에도 그 문 안쪽에서 BFD나 마오주의자인 박사와 함께 내는 소리가 흘러나오는 것을 들은 적이 있었지만, 그것은 나직하고 익숙한 소리였습니다. 대부분의 소음은 당고모의 침대에서 흘러나오는 신음 소리, 즉 손님에 따라 달라지는 후렴이었습니다. BFD는 전속력으로 질주하면서 가능한 한 빨리 목적지에 도착했습니다. 마오주의자인 박사는 한량으로, 때로는 원기 왕성했지만, 대개는 정처 없이 어슬렁거렸습니다. BFD는 역사적 사건의 끝을 기념하는 느낌표인 거칠게 끙 하는 소리로 끝을 맺었습니다! 마오주의자인 박사는 아직 오지 않은 미지의 미래를 암시하는 말줄임표인 사색에 잠긴 듯 길게 내쉬는 한숨으로 마무리를 지었습니다……. 고모는 소리를 내는 일이 드물었습니다. 단, 다소 숨죽인 신음과 헐떡임은 예외였습니다. 청각적 증거인 이번 신음 소리에 근거하면, 고모는 스포츠 경기에서 이따금 좋은 활약에 환호하는 관중인 것 같았습니다. 그녀가 보고 있는 것은 분명히 축구였을 겁니다. 그녀가 한두 번 이렇게 외치는 소리가 들렸거든요. **고오오오오올!** 혹은 그 비슷한 소리였습니다. 처음에는 그녀와 그 남자들이 내는 소리에 신경이 쓰였지만, 곧 내 관심을 사로잡은 것은 그녀의 침묵이었습니다. 한번은 그녀가 낸 소리와 그다음 소리 사이의 시간 간격을 재어 보기도 했는데, 그녀가 결국 4분 33초에 중얼거리기까지, 총 4분 32초였습니다. 왜 그렇게 조용했을까요? 그녀는 무슨 생각을 하고 있었을까요? 혹은 무엇을 느끼고 있었을까요? 풍부한 상상력을 자극하는 그 고요 속에서 마음을 어지럽히는 덩굴이 내 마음속에 자라났는데, 그 덩굴의 질긴 심은 어쩌면 여자들과 많은 만남을 가지는 동안, 내가 듣지 못한 침묵이 있었을지도 모른다는 걸 암시했습니다……. 왜냐하면 내가 들을 수 있는 것이라고는 오로지 나 자신의 목소리뿐이었거든요.

고모가 그 유머 감각이 부족하고 당당하게 아름다운 변호사에게 자연스럽게 반응하며 내는 소리에 마지못해 귀를 기울이다가, 불현듯 더 이상 아무것도 믿을 수 없다는 생각이 들었습니다. 내가 최고라고, 방금 있었던 일이 최고였다고, 혹은 간단하게 즐거웠다고 나에게 말했을 때, 그 여자들은 진심이었을까요? 라나가 나와 섹스를 한 직후 내게 했던 말이 뭐였더라? **정말 끝내줬어요.** 그녀는 거짓말을 하고 있었을까요? 내 생각보다 내가 BFD와 마오주의자인 박사와 비슷했던 걸까요? 그때껏 나는 당고모가 사랑을 나눌 때 단순히 말로 표현하지 않는 그런 사람들 중 하나라고만 생각하고 있었습니다. 하지만 아니었어요! 거기서 벌어지고 있는 일이 무엇이든 그로 인해 당고모는 내게는 너무나 거북하게 느껴지는 기쁨의 의성어를 내뱉고 있었습니다. 나는 왜 자극받지 않았을까요? 그것은 당당하게 아름답고 유머 감각 없는 변호사가 고모를 능숙하게 연주하는 굉장한 공연이었습니다. 나는 흥분했어야 해요!

성공적인 섹스의 흥분이 가라앉고, 더 이상 외침이 들리지 않게 된 후에도 다른 종류의 소음들이 이어졌습니다. 그것은 어떤 신비한 활동이었을까요? 혹시…… 대화를 나누고 있었던 것일까요? 비록 그들이 하는 말이 들리지는 않았지만, 가장 놀라운 것은 정말로 그들이 대화를 나누고 있다는 것이었습니다. 나는 성관계를 가진 직후 내 옆에 있는 사랑스러운 사람과 대화를 한 기억이 거의 없었습니다. 물론 그들에게 예의 바른 말 몇 마디, 잘했다고 칭찬 몇 마디를 건네기는 했지만, 대화라고요? 무슨 얘기를 하죠? 두 여자는 무슨 이야기를 그렇게 끝없이 할 수 있었을까요? 들으려고 안간힘을 써 봤지만, 나는 이 수수께끼를 풀 수 없었습니다. 엿들을 수도, 잠을 잘 수도 없어서, 나는 불을 켜고 유일하게 갖고 있던 읽을거리인 『악의 제국의 동양적 기원』을 집어 들었습니다. 정확히 말하자면, 내 신경을 건드리는 저 들리지 않는 대화에서 그 책으로 관심을 돌릴 수 있을 거라고 생각했습니다. 맨 먼저 목차를 보았습니다. 각 장의 제목은 "미국: 선을 위한 힘", "권력의 주먹, 우정의 손길", "자유는 장벽을 참지 않을 것이다", "이슬람: 공산주의에 대항하는 헌신적인 동맹" 등등이었습니다. 장군과 함께 헤드를 딱 한 번 만났을 때 들었던 그의 영어 억양이 내 머릿속에 울려 퍼졌습니다. 장군이 나를 끌고 그를 만나러 간 것은 우리 조국을 되찾기 위한 자신의 노력에 그가 협력해 주기를 바랐기 때문이었습니다. 헤드, 훌륭한 전문가. 헤드, 국제적인 칼럼니스트. 헤드, 세계의 지도자들의 친구. 헤드, 거품이 둥둥 뜬 더러운 바닷물 같은 워싱턴 싱크탱크의 거물. 심지어 기사(騎士)라니! 저자 소개란에 그의 작위가 이렇게 적혀 있었거든요. 리처드 헤드 경!

나는 본문으로 돌아가서 마지막 페이지로 갔습니다. 나는 스릴러물을 읽기 시작하기 전에 결말이 어떻게 나는지 미리 아는 걸 좋아했고, 그의 책은 분명히 많은 비방을 받는 그 장르에 속한 것이기 때문이었습니다. 그 흥미진진한 이야기는 공산주의와, 자본주의의 암어(暗語)에 불과한 민주주의 간의 엄청난 갈등에 대한 것이었습니다. 많은 스릴러물이 그렇듯, 설사 도중에 몇 명쯤 죽더라도 선한 사람들은 절대로 지지 않기 때문에 진정한 긴장감은 없었습니다. 이윽고 내 눈길이 그 책의 마지막 문장에 멈췄고, 그 맺음말은 부메랑처럼 세게 내 이마를 강타했습니다.

생명은 동양인들에게는 그저 귀중할 뿐이지만, 서양인들에게는 **값**

을 매길 수 없을 정도로 귀중하다.

그것은 내가 한 말이었습니다! 나는 장군부터 하원 의원과 정장과 거짓으로 치장한 한 무리의 백인 남자들에 이르는 십여 명 남짓한 목격자들과 함께한 자리에서 헤드에게 그 말을 했습니다. 어쩌다 그 말이 여기에 실리게 된 걸까요? 흔히 그렇듯, 책임은 싸구려 샴페인에 있었습니다. 캘리포니아산이었으니 진짜 샴페인도 아니었지만요. 헤드는 낮은 등급의 미국산 스파클링 와인 한 잔을 내게 건네며 이렇게 말했습니다. 내가 자네의 인상적인 문구를 다음번 책에서 사용하더라도 언짢아하지 않기를 바라네, 젊은 친구. 그보다 더 기쁜 일은 없을 겁니다. 나는 그렇게 말했습니다. 물론 나는 거짓말을 하고 있었습니다. 그보다 더 기쁜 일은 많았으니까요. 그런데도 나는 속을 알 수 없을 정도로 아시아인답게 굴고 있거나, 단순히 예의 바르게 굴고 있거나 둘 중 하나였습니다. 하지만 어떻게 처신하고 있었든, 내 말이 사용된다면 그 말을 한 사람이 나라는 사실이 인정될 것이라는 가정 하에 동의한 것이었습니다. 그런데 이제 그 말은 나는 지워진 채, 리처드 헤드 경 자신의 말로 받아들여지고 있었습니다. 나는 아무리 해도 분노를 참을 수가 없었고, 그것은 내가 한 번 더 치료제에 의지하기 위한 유일한 변명거리였습니다. 그 덕분에 기분이 훨씬 더 좋아지지는 않는다고 할지라도, 적어도 아무것도 느껴지지는 않았거든요.

나는 극도의 불안에 절어, 실존적 위기라는 감칠맛을 느끼며 얇은 커튼을 뚫고 비치는 햇살에 잠이 깼습니다. 양탄자에 발을 딛고 일어서려던 순간, 나는 현기증에 어지러워서 길을 잃은 아시아인처럼 쩔쩔맸습니다. 주방에서는 사향 커피 준비가 끝나 가고 있었고, 당고모의 스테레오에서는 전혀 어울리지 않는 프랑수아즈 아르디의 「투 레 가르송 에 레 피유」*가 흘러나오고 있었습니다(정말이지 아르디는 프랑스 문명의 분명한 징표라고 생각합니다). 변호사는 당고모가 모든 연인에게 하사하는 명예로운 로브를 우아하게 입고 있었고, 당고모는 터번에 실크 드레싱 가운 차림으로 페르시아 고급 창녀 같은 분위기를 풍기며 소파에 느긋하게 앉아, 변호사가 내 공허한 내면처럼 까만 커피를 마저 내리기를 기다리고 있었습니다.

사향 커피? 변호사가 봉지 겉면을 읽으며 말했습니다.

그 커피를 "특별한 경우"에만 아껴 쓰고 있던 당고모가 말했습니다. 그건 당신 같은 사람들을 위한 커피야.

당당하게 아름답고 유머 감각 없는 변호사가 코를 찡긋하자, 저절로 화면이 켜지고 방금 전까지 캄캄했던 내 머릿속 영화관이 환해졌습니다. 당고모와 변호사가 당고모의 황동 침대 위에 뒤엉킨 채 전면에 등장하는 영화였습니다. 우리는 당고모가 앉아 있던 소파 옆 안락의자에 앉았고, 커피를 마시고 페이스트리를 먹으며 그들이 가장

---

\*    Tous les garçons et les filles. '모든 소년과 소녀'라는 의미. 1960년대의 대표적인 샹송 가수 프랑수아즈 아르디의 데뷔 앨범 타이틀곡. 행복한 사랑을 하는 친구들과 달리 사랑할 사람이 없는 10대 소녀의 상대적 박탈감, 외로움, 바람을 담은 가사가 특징적이다.

최근 본 영화들, 공산당의 쇄신 가능성, 아프가니스탄에서의 소련의 분투에 대해 의견을 나눴습니다. 이 두 여자는 분명히 서로 사랑하고 있거나, 아니면 적어도 서로 푹 빠져 있었습니다. 한편으로는, BFD와 마오주의자인 박사가 당당하게 아름답고 유머 감각 없는 변호사에 필적하지 못했다는 사실이 기뻤습니다. 하지만 다른 한편에서 보면 그들도 남자고, 나도 남자였습니다. 그런데 이 이상하고 생소한 사랑의 그 어디에도 남자를 위한 자리가 없다면, 내가 있을 자리는 어디였을까요? 하지만 그런 얘기를 꺼내는 짓은 하지 않을 생각이었습니다. 대신, 나는 헤드를 언급했습니다.

당고모가 뒤표지를 인용하며 "생산적인 저자의 예리한 분석"이라고 말했습니다. 세상에. 생산적이래!

변호사가 웃음을 터뜨렸을 때, 나는 뭐가 그렇게 웃긴 걸까 궁금했습니다. 당고모가 내 표정을 언뜻 본 것이 틀림없었습니다. 그녀가 이런 말을 덧붙인 것을 보면요. 저자를 "여성처럼 생산적"이라고 평했다면 더 인상적이었을 거야. 지금껏 저자가 — 거의 항상 남자야 — 자신이 집필의 산고를 겪었다고 서술한 적이 얼마나 많았지? 그렇다면, "여성처럼 생산적"이라고 하는 게 훨씬 더 적절하지 않아?*

그러면 — 음 — 있잖아요, 여성의 생식기가 없는 저자들은 다 배제되지 않을까요?

---

\*　　'seminal'이라는 단어에 '독창적인', '중요한', '정액의'라는 의미가 모두 있음을 이용한 대목. 'seminal'을 정액의 생식력과 연관하며 사용함으로써 여성의 출산 능력과 비교하며 결부시킨 말장난.

하지만 당신은 정액을 생산하지 못하는 저자들을 모두 배제하는데는 전혀 반대하지 않잖아요. 변호사가 법정에서 으름장을 놓는 듯한 어조로 말했습니다.

난 항상 이 "생산적"이라는 표현이 그냥, 왜 있잖아요, 은유적인 거라고 생각했어요. 아니면 — 잘 모르겠네요 — 직유인가요? 생산적인 직유?

비유적인 표현이 본인에게 유리하게 작용할 때는 언제나 기분이 좋은 법이지. 그렇지? 당고모가 말했습니다.

"정액의 생산성"과 "질의 생산성"에 관한 이 모든 대화가 너무 당황스러워서 얼굴이 벌게진 채, 나는 말머리를 돌렸습니다. 이 인용문에 대해 어떻게 생각해요? 나는 마지막 페이지를 펼쳐 그들에게 그 중요한 구절을 읽어 주었습니다. "생명은 동양인들에게는 그저 귀중할 뿐이지만, 서양인들에게는 **값을 매길 수 없을 정도로 귀중하다.**"

당고모는 끙 하고 신음했고, 변호사는 코웃음을 쳤다. 미국식 표현으로 뭐라고 하더라? 변호사가 말했습니다. 아, 맞다. 그는 대가리에 똥만 든 인간이에요.

우리는 웃음을 터뜨렸는데, 그중에서도 나는 이것이 내가 이해할 수 있는 농담이라는 사실에 안도하고 있었습니다. 그것이야말로 내가 바라던 평가였습니다! 단, 그녀가 평가하고 있는 것이 내가 한 말이라는 점은 제외하고요. 나는 반어적인 의미로 그 말을 한 것인데, 대가리에 똥만 든 인간이 내 말을 인용했다면, 내 꼴은 뭐가 됐겠습니까?

이런 남자들은 모두 세상에 관한 성명서를 발표하고 있는 셈이에요. 변호사가 말했습니다. 마치 정치적으로 중요한 문제라고는 국가, 군대, 전쟁과 관련된 것밖에 없다는 듯이요. 그의 참고 문헌 목록을 보지 않아도, 그가 남자들의 말만 인용한다는 걸 장담할 수 있어요. 아마 딱 한 사람 예외가 있을 수는 있죠. 한나 아렌트요.

내가 참고 문헌 목록을 살펴보니, 실제로 아렌트의 이름이 『혁명론』의 저자로 실려 있었습니다. 하지만 나머지 항목들을 재빨리 훑어보니 다른 여성의 이름은 전혀 보이지 않았습니다. 그렇다면 그는 누구를 인용해야 할까요? 내가 물어보았습니다. 나는 그 말을 도전적인 의미에서 한 것이 아니었지만, 당고모는 그렇게 받아들였습니다.

너희들은 처음에는 정치, 정부, 대학에서 여자들을 배제하더니, 그다음에는 여자들은 다 어디에 있는 거냐고 묻지. 우리가 어떤 여자의 말을 인용해야 할까?

글쎄요, 나는 ──

프랑스 여자들은 심지어 1945년이 되어서야 투표를 할 수 있었어! 내가 태어난 후였지. 우리는 암흑시대에서 가까스로 벗어났어! 너는 불합리해. 마르크스와 세제르와 파농을 읽고, 자본주의와 식민주의와 인종주의에 대해 끝없이 이야기하지만, 마지막으로 읽은 여자 작가는 대체 누구니? "성차별"이나 "가부장제"나 "남근" 같은 단어를 마지막으로 입 밖에 낸 건 대체 언제야? 아, 대체 왜 내가 굳이 물어보는 거지? 네 자술서가 **에크리튀르 페미닌**\*이라면 모를까. 안 그래? 맘

\*      écriture féminine. '여성적 글쓰기'라는 의미의 프랑스어. 엘렌 식수, 뤼스 이리가레, 줄리아 크리스테바 등 프랑스 페미니즘이 생산해 낸 개념.

소사, 엘렌 식수라면 널 찢어발길 거야. 그녀는 일어서서 책장으로 갔고, 나는 입을 다물고 있었는데, 그 덕에 에크리튀르 페미닌이나 엘렌 식수에 대해 한 번도 들어 본 적이 없다는 걸 인정할 필요가 없었습니다. 당고모가 책 한 권을 들고 돌아오더니 이렇게 말했습니다. 적어도 시몬 드 보부아르의 글은 읽어 봤겠지?

당연하죠! 나는 분개하는 체하며 거짓말을 하고, 내가 보부아르의 것이라고 알고 있는 단 하나의 문장을 인용했습니다. "여자는 태어나는 것이 아니라, 만들어지는 것이다!"

"우리는 태어나는 것이 아니라, 차라리 여자가 되는 것이다." 당고모가 냉정하게 말했습니다. 적어도 비슷하게 말하긴 했어.* 이제 넌 수준을 한 단계 높여서 줄리아 크리스테바로 넘어가야 해. 그러면 두 프랑스 페미니스트의 글을 읽었다고 할 수 있지.

나는 그녀가 내 손에 쥐여 준 책인 『공포의 권력: 아브젝시옹**』에 대

식수는 '여성적 글쓰기'를 통해 서구의 뿌리 깊은 이분법을 전복할 수 있다고 주장한다.

* 시몬 드 보부아르의 『제2의 성』이 1949년 발표되고 첫 영문 번역본이 1953년 출간된 후, 여러 번역본이 존재하는데, 그중 가장 유명한 문장인 "On ne naît pas femme : on le devient."를 영어로 옮길 때 주로 등장하는 "Woman is made, not born."과 "One is not born, but rather becomes, a woman.", 두 영어 번역 문장의 경우 주어로 등장하는 'woman'과 'one' 등 단어 하나하나와 전반적 뉘앙스에 미묘한 차이가 있었음을 언급하는 내용.

** abjection. 『공포의 권력』의 핵심 개념. 프랑스어로 '비천한 것'을 뜻한다. 또 다른 핵심 개념인 '아브젝트(abject)'의 범주에 체액, 분비물, 사체와 같은 특정 물질이나 물체, 나아가 사회 문화적으로 확장된 의미로는 타

한 에세이』를 바라보았습니다. 책을 펼치고 목차를 훑어보았습니다.

날 믿어. 당고모가 말했습니다. 너한테 딱 맞을 거야.

자화된 이질적 집단을 포함시키며, '아브젝시옹'을 이런 물질이나 집단
에 대한 강한 거부, 혐오, 두려움 등의 심리적, 감정적 반응으로 개념화
했다.

# 14장

그날 저녁, 변호사와 당고모가 단둘이 계속 대화를 나누려고 저녁 식사를 하러 외출한 후 ─ 동석한 남자 없이 서로 대화를 나누는 두 여자는 실제로 어떤 소리를 냈을까요 ─ BFD가 그의 컨버터블을 타고 나를 데리러 왔습니다. 우리는 서로 조심스럽게 인사를 나누었고, 이내 차는 무모할 정도로 빠르게 출발했습니다. 어쩌면 BFD는 평소 차를 무척 빠르게 몰거나, 아니면 나와 단둘이 오래 있고 싶지 않았거나, 아니면 천국에 가고 싶어 견딜 수가 없었는지도 모릅니다. 어쩌면 그 모두였는지도 모르고요.

그는 왼손으로 핸들을 조종하면서, 오른손으로는 기어를 조작하며 잽싸게 담배를 꺼내 입에 물고는 자동차 라이터로 불을 붙였습니다. 그는 내가 동경하는 인기 영화배우 같은 모습이었는데, 그의 페이즐리 무늬 애스콧 타이와 이탈리아제 컨버터블을 고려해 보면, 연출할 감독은 펠리니*인 셈이었습니다. 불행히도 추운 1월 중순에 그 차의 지붕을 접어 넣을 수는 없었지만요. 그의 스타덤은 가짜였지만 애스콧타이를 맨 사람은 누구든 참수형을 당해도 싸다는 점을 상쇄할 정도의 효과가 있었습니다. 이건 그저 개인적인 의견이기는 했지만, 아주 강력한 의견이었는데도 말입니다. 나는 의견이 부족한 사람이 아니었고, 그건 BFD도 마찬가지였습니다.

대화를 피하기 위해 우리는 둘 다 끊임없이 담배를 피우며, 소리로 만든 리카 파스티스 같은 조니 할리데이의 히트곡 모음집 카세트 테이프를 들었습니다. 우리는 몇 가지 시시한 말을 주고받았는데, 유일하게 실질적인 문제가 대두된 건 BFD가 무심코 당고모를 한동안 보지 못했다고 말했을 때였습니다. 틀림없이 다른 남자를 찾아서 줄곧 바쁜 거겠죠? 그가 물어보았습니다. 물론 친애하는 우리 친구는 아니겠지만. 그것은 마오주의자인 박사에 대한 얘기였습니다.

당고모의 삶에 다른 남자는 없어요. 내가 말했습니다. 그 변호사를 언급하지는 않았습니다. 그녀와 그녀의 놀라운 업적에 대해 이야기하는 건 마치 그 닫힌 문 안쪽에서 일어난 수수께끼 같은 일, 내게는 아무 발설할 권리가 없는 비밀을 폭로하는 것 같다는 생각이 들었거든요. 단, 상상 속에서 발설한다면, 그 변호사조차도 그 행동에 책임이 없다고 동의할지도 몰랐지만요.

어쩌면 그녀에게는 휴식이 필요한지도 모르죠. BFD가 천국으로 통하는 길로 들어서면서 말했습니다. 여자들은 예민한 생명체니까.

*      이탈리아 영화감독 페데리코 펠리니. 대표작으로 「길」, 「달콤한 인생」 등이 있다.

지금껏 많은 여자들을 알았을 것 같아요. 담배 꽁초를 휙 던져 버리며 내가 말했습니다.

그는 만족스러운 미소를 지으며 컨버터블을 주차했습니다. 당신도 그렇죠?

네. 나는 그렇게 생각했습니다. 말 그대로 셀 수 없이 많은 여자들이죠. 나는 이미 오래전부터 몇 명인지 몰랐거든요. 하지만 이 생각을 소리 내어 말하지는 않았습니다. 이번만은 — 처음으로 — 내가 그렇게 많은 여자들을 알았다는 것이 부끄러웠고, BFD의 인정을 간절히 원하지도 않았기 때문입니다. 사실 그의 인정은 내가 그와 같은 부류라는 의미일 텐데, 나는 그런 사람은 아니었습니다. 내가 그런 사람이었을까요?

난 가톨릭교도예요. 차문을 열며 내가 말했습니다. 마치 가톨릭교도라는 게 모든 것을 다 설명한다는 듯이요. 보통 그렇기도 했고요.

BFD의 표정이 순식간에 만족스러운 미소에서 가벼운 비웃음으로 바뀌었습니다. 그는 많은 프랑스인들이 그렇듯 종교에 무관심했는데, 그런 점이 내가 프랑스인들을 매력적이라고 여기는 이유 중 하나이기도 했습니다. 여자들로 인한 기쁨과 어려움이 누구에게나 다 맞는 건 아니죠. 나를 따라 천국의 입구로 가며 그가 말했습니다. 그런 걸 좋아하는 우리 같은 사람들에게는 그게 도전이지만요.

나는 클로드와 본이 가르쳐 준 대로 BFD의 목 앞부분을 한 대 치고 싶은 충동을 억눌렀는데, 그것은 반사적으로 자신의 성기를 보호하는 것을 더 우선시하는 남자를 쓰러뜨리는 가장 빠른 방법이었습니다. 하지만 그 대신 나는 미소를 지으며 초인종을 세게 눌렀고, 곧이어 그의 눈알을 눈구멍 속으로 쑤셔 넣는다고 상상하면서 다시 한 번 초인종을 눌렀습니다.

틀림없이 예수 그리스도가 십자가에서 서서히 숨을 거둘 때 울먹이며 말했을 법한 그 암호 ─ **천국에 가고 싶어요** ─ 를 대자, 가정부가 우리를 안으로 안내했습니다. 내가 떠난 이후로 변한 것은 아무것도 없었습니다. **천국**은 변함없고, 가정부는 여전히 굽실거리고, 텔레비전은 여전히 지적인 토크 쇼에 채널이 맞춰져 있고, 종말론자인 기도는 무릎에 얇은 책 한 권을 올려놓고 여전히 자기 안락의자에 앉아 있었습니다. 유일한 차이점은 그의 왼쪽 뺨에만 일회용 반창고가 붙어 있는 게 아니라, 오른쪽 관자놀이에도 하나 붙어 있다는 것이었습니다.

이렇게 다소 어울리지 않는 환경 속에서도 BFD는 분홍색 바지, 가슴골까지 단추를 풀어 헤친 흰색 셔츠, 어깨에 두른 후 가슴 앞에서 소매를 느슨하게 묶은 연두색 스웨터, 자기 이름의 모노그램을 수놓은 손수건, 롤렉스 금시계, 살짝 닳은 에스파드류 슈즈, 하얀 발목에 양말을 신지 않은 차림새로 무심한 듯 돋보이는 세련된 분위기를 풍겼습니다. 평범한 남자들의 대기실인 이곳에서, 그의 꼼꼼한 몸단장에 맞먹는 사람은 우리가 들어설 때 마침 자리에서 일어선 한 신사뿐이었습니다. 그는 프랑스에서 멸종 위기에 처한 소수 집단 중 하나로, 내가 주로 시간을 보내던 파리의 더 거친 동네에서는 거의 볼 수 없는 화려하게 빛나는 생명체의 일종인 자본가의 독특한 표식들을 지니고 있었습니다. 이 자본가의 전형은 공들여 지은 격자무늬 맞춤 정장, 윈저노트로 고를 넓게 내어 맨 우아한 넥타이, 반짝이는 커프스 링크, 광이 나는 윙팁 구두, 「르 피가로」 한 부를 과시했습니다. 또한 그의 날렵한 옆모습을 보면 바지 앞쪽이 아닌 뒤쪽에 가장 큰 돌출부가 있었는데, 바로 엉덩이를 발길질로부터 보호해 주는 그의 두툼한 지갑이 꽂혀 있는 곳이었습니다. 닳은 흔적이 보이는 곳이라고는 노동자 계급의 희망과 꿈을 짓밟아 뭉개는 데 사용된 그의 구두 뒤축뿐이었습니다. 터질 듯한 뱃살에 여유 있게 재단된 정장을 입은 미국의 자본가는 사람들의 고혈을 마구 빨아내는 걸 즐기는 반면, 날씬하고 귀족적인 프랑스의 자본가는 자본주의의 매력적이고 우아한 측면을 대표했습니다. 추한 미국인은 넘치도록 많이 먹을 수만 있다면 무엇을 먹든 상관하지 않았습니다. 줄곧 피가 뚝뚝 떨어지는 거대하고 두툼한 붉은 고기 조각을 먹을 수만 있다면 특히 더 그랬고요. 반면에 시크한 프랑스인들은 세련되게 잔인한 푸아그라를 더 좋아했습니다.

이제 양 측면은 다 보았으니, 자본주의의 다양성을 확인하기 위해 눈길을 아래로 돌려, 중국인과 베트남인의 자본주의를 살펴봐야 하는데, 베트남 출신의 화교로서 원 플러스 원 같은 인물인 보스가 바로 그 둘을 하나로 합쳐 대변하는 인물이었습니다. 미국의 카우보이 자본주의\*와 프랑스의 코즈모폴리턴 자본주의와는 달리, 보스는 갱

---

\*    승자 독식을 허용하는 미국식 자본주의를 비유적으로 일컫는 말.

스터 자본주의를 실천했습니다. 어떤 사람들은 갱스터 버전의 자본주의를 자본주의의 무법적 퇴보로 여깁니다. 단, 공식적으로 인정되지는 않지만, 그런 갱스터들의 행위가 사실은 "개가 개를 잡아먹는" 자본주의의 근원이라는 점은 차치하고요. "개가 개를 잡아먹는 세상"이라는 영어 표현은 정말 흥미로운 어구입니다. 개들이 정말로 개를 먹지는 않기 때문이죠(똥을 먹긴 하지만, 이것과는 상관없는 이야기입니다).

자기! 크렘브륄레가 외쳤습니다. 멸종 위기에 처한 그 불쌍한 자본가가 자리에서 일어섰던 것은 바로 그녀 때문이었습니다. 그녀는 짧은 기모노 차림으로 구슬 커튼을 헤치며 복도에서 대기실로 들어왔습니다. 그녀의 눈길은 멸종 위기에 처한 자본가에게 못 박혀 있었는데, 그는 십중팔구 평소 인간의 목숨을 헌신짝 버리듯, 보던 신문을 일찌감치 내던져 버린 상태였습니다. 그녀는 젊고 아름다우며 그는 평범하고 연로하다고 해도, 그것은 함께하면 몇 배의 가치가 있는 두 가지, 즉 돈과 그가 백인이라는 사실로 살 수 있는 것이었습니다. 자기! 그녀가 달콤하게 속삭였습니다. 귀여운 크렘브륄레가 보고 싶었나요?

당신이 믿지 못할 정도로 무척. 그가 말했습니다. 당신은 늘 그렇듯 굉장히 아름답군.

한참 기다린 건 아니었으면 좋겠는데.

여기 이 보디가드가 저 끔찍한 쇼를 계속 보고 있는 것만 빼면, 전혀 길게 느껴지지 않았어.

종말론자인 기도가 어깨를 으쓱했습니다. 경청해 보면 아마 배울 게 있을 텐데요.

저 사람 신경 쓰지 마세요. 크렘브륄레가 아양 떠는 말투로 말했습니다. 자기가 지루하니까 다른 사람도 다 지루하게 만들려고 그러는 거예요.

그녀는 미소 지으며 팔을 뻗었습니다. 멸종 위기에 처한 자본가는 그녀의 빛나는 맨살에 홀려 손을 내밀고 그녀에게 천천히 다가갔는데, 그 손가락에는 세상에서 가장 무의미한 상징인 결혼반지가 끼워져 있었습니다. 그녀는 구슬 커튼을 헤치고 뒷걸음질 치며, 그를 잡아끌었습니다. 내가 BFD에게 그 멸종 위기에 처한 자본가의 자리에 앉으라고 손짓하던 순간, 표현주의자인 여주인이 나를 위한 것은 아님이 뻔히 보이는 틀에 박힌 미소를 머금고, 구슬 커튼을 헤치며 나타났습니다.

고객님! 그녀가 BFD의 손을 와락 움켜잡았습니다. 방문해 주시길 기다리고 있어요!

그가 정중하게 고개를 숙여 인사하며 응답했습니다. 부인, 여기 오게 되어 기쁘군요!

그 말이 끝나자마자, 표현주의자인 여주인은 내게는 한 번도 사용한 적 없는 달콤한 말로 그의 비위를 맞추며, 재빨리 커튼 너머로 그를 안내했습니다. 그녀는 BFD를 VIP 라운지로 데려가는 중이었습니다. 언제나 BFD 같은 사람들을 위한 VIP 라운지가 있기 마련이었거든요. 그것은 곧, 그런 특권을 누리지 못한 걸 보면, 멸종 위기에 처한 자본가는 하급 자본가라는 의미였습니다. VIP가 아닌 몇몇 다른 얼간들과 종말론자인 기도와 함께 대기실에 남겨진 후, 나는 그에게 머리를 다쳤는지 물어보았습니다. 그러자 무릎에서 볼테르의 『캉디드』를 들어 올려 입을 가리고, 그가 속삭였습니다. 내 머리는 멀쩡해요.

그렇다면 왜 일회용 반창고를 하나 더 붙인 거죠? 내가 어리둥절해하며 물어보았습니다. 그럼 뺨에 붙인 것도 그래요?

내 뺨과 머리는 멀쩡할지 모르지만 나머지 부분은 그렇지 않아요. 무슨 문제 있어요?

바로 그게 사람들이 이 반창고를 보면서 생각했으면 하는 질문이에요. 그리고 다들 이 반창고를 쳐다보죠.

눈에 잘 띄는 편이에요. 내가 말했습니다.

일회용 반창고가 눈에 띄라고 있는 물건은 아니죠. 하지만 내가 붙이면 눈에 띄어요.

구슬 커튼이 다시 부스럭거리며 갈라지더니 마들렌이 나타났습니다. 그녀가 나를 쳐다보았을 때, 그녀의 얼굴에는 여전히 모나리자의 미소만큼 수수께끼 같은 직업적인 미소가 떠올라 있었습니다. 그녀는 내게 고개를 끄덕이고는, 소파에 앉아 있는 얼간이들 중 하나를 향해 뽐내듯 당당하게 걸어갔습니다. 마치 스포츠 경기를 보러 갈 예정인 듯, 운동복 차림에 면도도 하지 않은 녀석이었습니다. 그녀가 그운 좋은 얼간이를 이끌고 나를 지나쳐 구슬 커튼에 가려진 기대감을 불러일으키는 복도로 향했을 때, 나는 내가 무엇을 해야 하는지 깨달았습니다.

마들렌 좀 볼 수 있을까요? 종말론자인 기도에게 내가 물어보았습니다.

그가 어깨를 으쓱하며 대답했습니다. 누구나 그녀를 볼 수 있죠.


그다음 한 시간 동안, 나는 마들렌과 BFD 중 어느 쪽이 먼저 커튼 뒤에서 나타날지 궁금해하면서, 세제르와 파농과 세상이라는 태풍 속에서 세제르가 아리엘이라고 생각한 존재가 바로 나라는 두려움에 대해 종말론자인 기도와 이야기를 나눴습니다. 식민지 지배에 저항하는 투쟁에 폭력이 불가피하다고 여기는 세제르와 파농의 비전에 더 이상 동의하기가 꺼려진다는 것은, 내가 혁명가로서의 경험을 바탕으로 이론적 견해를 수정했다는 징후였을까요? 아니면 반드시 폭력적인 봉기를 해야만 헌신이라고 여기는 그들의 방식대로 헌신하는 것이 꺼려지는 내 마음을 정당화하기 위한 변명에 불과했을까요?

음, 당신은 흑인도 아니고, 아프리카인도 아니고, 더 이상은 식민지인도 아니에요. 그리고 지식인이죠. 종말론자인 기도가 말했습니다. 이것으로 당신 질문에 대한 답이 되나요?

고마워요. 내가 웅얼웅얼 말했습니다. 당신은요? 여기 앉아서 매음굴을 지키겠다는 선택을 한 거죠?

혁명가들이 교도소에서 스스로 깨우칠 수 있다면, 매음굴이라고 왜 안 되죠? 매춘부들은 죄수들만큼 급진적일 수 없는 건가요?

그럼 당신은 적절한 순간을 기다리고 있는 거군요 ―

구덩이에 짠 하고 나타나려고요? 맞아요. 혹은 표현을 바꿔서 이렇게 말해 볼게요. 당신은 그람시*가 말한 기동전**을 겪으며 살았어요. 폭력이나 혁명, 또는 적어도 시가전(市街戰)을요. 나는 그람시가 말한 진지전을 하는 중이에요. 사상전, 동맹, 연합, 갖가지 새로운 운동을 위한 전쟁, 그리고 또 새로운 비전을 위한 투쟁을 ──

구슬 커튼이 갈라져서 나는 그람시에 대해 한 번도 들어 본 적이 없다고 말하지 않고 넘어갈 수 있었습니다. 마들렌이 커튼을 헤치고 들어와 그녀의 직업적인 미소로 나를 얼어붙게 하고는 모든 얼간이에게 하듯 이렇게 말했습니다 ── **천국**을 맛볼 준비가 됐나요? 잠시 후, 나는 얼간이처럼 내 엉덩이를 이끌고, 내 남성성을 스스로 파괴한 엄청난 굴욕의 현장인 그녀의 침실로 돌아갔습니다. 마들렌이 앞으로 나서며 미니 기모노가 흘러내리도록 했을 때, 손을 들어 올리며 내가 말했습니다. 잠깐 기다려요.

기다려요? 마치 전에는 남자에게 그런 말을 한 번도 들어 본 적이 없는 것처럼 그녀가 반문했습니다. 그런데 내가 남자였나요? 아니면 20~30분 동안 그녀의 몸을 요구하는 다른 모든 사람들처럼 그저 두

---

\* 이탈리아의 혁명가이자 정치가. 이탈리아 공산당의 창설에 참가했고, 마르크스주의 철학의 상부 구조 이론을 발전시켰다. 저서에 『감옥에서 보낸 편지』가 있다.

\*\* 그람시의 정치 사상의 핵심 개념. '기동전'은 러시아 혁명과 같은 1차원적인 국가 권력을 획득하기 위한 탈권 투쟁의 투쟁 전략이고, '진지전'은 시민 사회 내에서 장기적으로 이데올로기적 헤게모니를 장악하기 위해 전개하는 점진적, 전면적 투쟁 전략이다.

개의 불기짝을 가진 얼간이에 불과했을까요? 나의 두 마음에 필적하는 두 불기짝 말입니다.

앉아요. 내가 말했습니다. 부탁이에요.

그녀가 이 일을 하는 동안 틀림없이 받아 봤을 장황하기 그지없는 이상한 요청과 요구에 비하면, 이것은 무해한 요구였습니다. 마들렌은 미소를 머금은 채, 어깨를 으쓱하고는, 침대 가장자리에 다리를 꼬고 앉았습니다. 뭘 원해요? 그녀가 물어보았습니다.

아무것도요. 당신을 위해 뭔가 해 주고 싶어요.

나는 그녀 앞에 무릎을 꿇었습니다.

잠깐 기다려요. 그녀는 그렇게 말했지만, 나는 기다리지 않았습니다. 나는 재교육 수용소에서 무척 자주 무릎을 꿇었습니다. 교회에서도 항상 무릎을 꿇었습니다. 하지만 그 밖에는 무릎을 꿇은 적이 거의 없었습니다. 단, 신성한 것 중에서도 가장 신성한 것인 세속적인 프랑스 문화 앞에 비유적으로 무릎 꿇은 것은 예외지만요. 지금 나는 자발적으로 무릎을 꿇었습니다. 내가 평소 하던 행동은 아니었지만, 염병할, 왜 안 되나요? 염병할, 대체 왜 나는 그 당당하게 아름답고 유머 감각 없는 변호사가, 말하자면 닫힌 문 너머에서 내게 보여 주기 전에는 줄곧 존재하던 것을 왜 보지 못했던 것일까요? 나는 이런 행위에 빠져 본 적이 거의 없었습니다. 그것은 내 취향에 맞지도 않았고, 이제 깨닫고 보니 내가 끌렸던 이들이 언제나 내가 주는 것 이상으로 많은 것을 내게 베푼 관대한 여성들이었음을 고려할 때 내게 기대되는 행위도 아니었거든요. 하지만 일단 일을 맡겠다고 마음

먹으면, 나는 굉장히 부지런한 사람이었습니다. 나는 놀란 마들렌의 중얼거림과 신음 소리에 이끌려, 가능한 한 최선을 다해 계속 마들렌을 기쁘게 하기 시작했습니다. 점차 익숙해지자, 나는 한편으로는 눈앞의 반복적인 임무에 집중하려 애쓰면서도, 다른 한편으로는 생각이라는 바다의 물결을 철썩철썩 맞으며, 이 공화국의 어두운 들판과 공화국과 고향을 갈라놓는 어두운 바다를 지나, 내가 무릎을 꿇었던 또 다른 순간인 내 첫 영성체의 순간까지 시간을 거슬러 올라갔습니다. 내 나이 일곱 살 때 이 의식의 중요성은 내가 마들렌 앞에 무릎을 꿇고 느낀 것에 비견할 만했습니다. 우리는 첫 영성체를 통해, 우리가 사제를 향해 천천히 행진할 때 그 귀여운 행렬 양옆에 늘어서 있던 자발적인 신자들의 공동체에 들어가게 되었습니다. 비록 그 당시에는 알지 못했지만, 그 신앙심 깊은 남자는 다름 아닌 나의 아버지였습니다. 그리스도의 몸을 보라. 우리 한 사람 한 사람 앞에서 동전 크기의 하얀 달같이 생긴 것을 들고 그가 말했습니다. 그런 다음 그것을 우리가 쭉 내민 혀 위에 올렸습니다. 나는 신부님의 손가락이 내 혀에 닿는다는 생각에 몸이 떨렸지만, 느껴진 것이라고는 납작하고 메마른 제병뿐이었고, 내 입안에 있는 것이 그리스도의 어떤 부분인지 궁금했습니다 — 창자 한 조각일까? 눈알을 절단한 조각일까? 둥근 뼛조각일까? 나는 더 이상 곰곰이 생각할 시간이 없었습니다. 독실하고 고결한 체하는 소년 성가대원이 성배*에 담긴 그리스도의 피

* 가톨릭에서 미사 때 영성체용 와인을 담는 잔.

를 들고 나를 기다리고 있었기 때문입니다. 그 소년 성가대원이 하얀 천으로 잔의 가장자리를 닦는 것을 보았는데도, 나는 그 잔에 닿았던 모든 입을 생각하며 여전히 떨고 있었습니다. 곧이어 거친 입술을 잔 가장자리에 대고 그리스도의 피 한 모금을 마시면서 그의 몸 한 조각을 함께 삼켰고, 그로 인해 나는 흡혈귀이자 식인종이 되어 버렸습니다. 그 그리스도의 피는 단맛에 익숙하지 않은 가엾은 혀에는 달콤한 시럽이었고, 나를 하느님에 대한 더 큰 헌신으로 이끄는 게 아니라 결국에는 방탕으로 이끌 터였습니다. 비록 내가 술을 과도하게 좋아하기는 하지만, 나는 그것이 하느님, 아니면 적어도 그의 추종자들의 책임이라고 생각합니다. 영성체용 와인은 이 일곱 살짜리 잡종 새끼가 즐긴 최초의 치료제였습니다.

내가 마지막으로 영성체용 와인을 맛본 것은 사이공의 노트르담 대성당의 미사에 참석했을 때였는데, 그 성당은 파리의 노트르담 대성당의 작은 복제품으로, 프랑스인 주인들의 축소판인 우리들에게 제격인 곳이었습니다. 이제 나는 나보다 앞서 다녀간 나의 교사인 스펀지와 마찬가지로 진짜 노트르담을 본 적이 있었고, 그 모습에 우리의 식민화된 열대 지방 버전의 노트르담이 그저 인형의 집에 불과하다는 것을 깨닫게 되었습니다. 이 장난감 같은 노트르담 성당에서 만과 나는 1975년 4월에 무릎을 꿇었습니다. 그때 우리는 둘 다 남베트남군에 침투한 스파이들이었고, 그는 내 상관으로서 내게 남베트남군의 잔당들과 함께 미국으로 도망쳐, 그곳에서 승리를 거둔 우리의 공산주의 혁명 세력으로부터 나라를 되찾으려는 그들의 노력을 염탐하라는 임무를 부여했습니다. 우리가 무릎을 꿇고 낮은 목소리로 함께 음모를 꾸미는 동안, 날마다 미사에 참석하는 노부인들은 기도문을 읊조렸습니다. 나는 그들이 제단 위에 걸려 있는 십자가에 못박힌 그리스도를 뚫어져라 쳐다보며 묵주를 세면서 웅얼거리는 소리를 늘 두려워했습니다. 프랑스어 알파벳과 별로 다르지 않은 베트남어 알파벳을 혀로 따라 쓰면서 마들렌 앞에 무릎을 꿇고 있는 편이 더 좋았습니다. 아버지가 내게 그 알파벳을 가르쳐 주었는데, 이제 나는 마들렌이 그녀의 모국어로 울부짖는 동안, 그녀의 몸에 글자 하나하나를 거듭거듭 연습하고, 이왕이면 구두점과 악센트 부호까지 추가해 가며, 맞춤법에 맞게 낱말을 쓰다가, 결국 ─ 아주 오랜 시간이 흐른 후에 ─ 제대로 읽고 쓸 줄 알게 되었습니다.

BFD는 그의 컨버터블에 올라탈 때 만면에 미소를 머금고 있었고 나도 아마 그랬을 겁니다. 내게 작은 승리감을 허락해 주십시오. 잠시 행복의 물결 속에 부드럽게 흔들리는 말미잘이 되게 해 주십시오. 나는 남부 캘리포니아라고 알려진 낙원에서 옥시덴털 대학 1학년 때, 한 여자와 처음 조우한 이후로 그런 짜릿함을 느껴 본 적이 없었습니다. 그녀는 나를 **프티 메티스***라고 즐겨 부르던 프랑스어 전공생이었습니다. 금발 미녀가 아닌 다른 누군가가 나를 그런 별명으로 불렀다면 나는 몹시 격분했을 겁니다. 금발 미녀는 나를 뭐라고 부르든 괜찮았

---

\*      petit métis. '작은 혼혈아'라는 의미의 프랑스어.

습니다. 그런데 알고 보니 그녀의 머리가 염색을 한 것이었다면 어땠을까요? 나는 그 정도 변장쯤이야 용서해 주었습니다. 무해한 외국인 유학생으로 위장한 나 자신도 겉보기와는 달랐기 때문입니다. 우리 중 어느 누구도 보이는 그대로는 아닙니다.

내가 너무 오래 걸렸다면 미안해요. 내 몽상을 방해하며 BFD가 말했습니다. 그는 카세트 테이프를 예예* 스타일 음악의 히트곡 모음집으로 바꾼 후 노래에 맞춰 핸들을 톡톡 두드렸는데, 그것은 나도 꽤 매력적이라고 생각하는 스타일의 음악이었습니다. 특히 프랑스 갈이 부른 「레 쉬세트」**를 어떻게 좋아하지 않을 수 있겠어요. BFD가 그의 이탈리아산 준마를 능숙하게 몰아, 프랑스인들을 제외하고는 소유하고 싶어 하는 사람이 거의 없는 듯한 푸조, 르노, 시트로앵 같은 다양한 차들을 추월하며 달리는 동안, 나는 콧노래를 흥얼거렸습니다. 시간 가는 걸 잊고 있었어요! 열심히 담배를 뻐끔거리며 BFD가 말했습니다. 아침 모란과 아름다운 연꽃과 함께하는 건 정말 편했어요. 젊은 여자들은 남자에게 남자가 된 기분을 느끼게 하는 법을 알아요!

그들이 그랬다고? 내가 아침 모란과 아름다운 연꽃을 찾지 않아서 기회를 놓쳤던 걸까요? 나는 꼭 남자가 된 기분을 느낄 필요가 있었

---

\*        춤과 노래로 소일하는 1960년대 젊은 남녀를 예예족(yé-yé), 그런 사람들 사이에서 유행한 로큰롤풍의 음악을 예예 스타일 음악이라고 한다.

\*\*     Les Sucettes. 프랑스 갈이 열아홉 살이던 1966년 발표한 노래. 세르주 갱스부르가 만든 이 곡은 '막대 사탕'이라는 제목과 가사가 암시하는 내용이 매우 성적이라는 논란을 야기하기도 했다.

습니다! 아니, 어쩌면 그냥 남자가 된 기분을 느끼고 싶었을 뿐인지도 모르죠. 꼭 남자가 될 **필요**가 없다는 것은…… 속박에서 벗어나는 기분인 것 같았습니다. 어쩌면 그것이야말로 내게 필요한 것이었는지도 모르겠습니다. 필요한 것을 줄이는 것 말입니다. 필요를 덜 느끼는 것. 아무것도 원하지…… 않는 것?

내가 말했습니다. 그런데 당신은 여자에게 여자가 된 기분을 느끼게 하는 법을 아나요?

그는 자기 앞으로 끼어든 성가신 독일제 차량을 향해 사납게 경적을 울렸습니다. 그 바이에른산 야수가 그에게 프랑스인인 그의 약점과 원산지인 이탈리아와 마찬가지로 아름답지만 힘이 부족하다는 그의 컨버터블의 약점을 상기하게 했던 겁니다. 나와 함께했던 여자들 중 아무한테나 물어봐요. 그가 으르렁거리듯 말했습니다. 그들은 반드시 만족하게 돼 있어요! 물론 — 그가 곁눈질로 나를 힐끗 보았습니다 — 어떤 사람들은 자신에게 여자를 만족시킬 능력이 있는지 의심하기도 하죠. 내 경우에는 그런 적이 한 번도 없었어요.

나는 BFD의 눈을 찌르고 싶은 충동을 억눌렀는데, 그것 역시 클로드와 본이 내게 알려 준 것으로, 남자를 쓰러뜨리는 두 번째로 **빠**른 방법이었습니다. 하지만 우리는 어둠을 가르며 아주 빠른 속도로 이동하고 있었고, 나는 카뮈처럼 자동차 충돌 사고로 죽고 싶지 않았습니다. 그는 갑작스럽게 죽기 전에 적어도 명성이라도 누렸습니다. 내가 무엇을 성취했던가요? 아무것도 없었습니다. 게다가 내게는 BFD와 함께 완수해야 할 임무가 있었는데, 그것은 그를 적대시할 게 아니라, 나의 가장 큰 재능 중 하나인 아첨하는 능력을 최대한 활용할 필요가 있는 임무였습니다. 그런데도 나는 다음과 같은 너무도 뻔한 질문을 하지 않을 수가 없었습니다. 이 젊은 여자들에게 돈을 지불하는 행위 때문에 그들이 진정으로 만족스러운지를 결정하기가 힘들어질 거라고 생각하지 않나요?

아마 내가 돈을 지불했기 때문에 그들은 만족했을 거예요. 그가 말했습니다. 그들과 내가 자본주의로 인해 타락하나요? 물론 그렇고말고요! 그게 내가 사회주의자인 이유예요. 만일 우리 사회가 사회주의라면, 이 젊은 여자들은 창녀가 될 **필요**가 없을 거예요. 그들이 창녀가 된다면 그건 그들의 **바람**일 거예요. 그리고 그들에게는 마담이나 포주가 필요 없을 거예요. 또 수익에서 자기 몫을 차지하게 될 거예요. 그들은 성 노동을 하는 프롤레타리아가 아니라 성의 주주(株主)가 될 거예요!

BFD의 자기만족적이고 의기양양한 성적 사회주의의 논리에는 무언가 잘못된 점이 있었습니다. 내가 가장 베트남인답지 않은 일을 하고 마들렌에게 팁을 준 것을 포함해, 그녀에게 대가를 지불했을 때 뭔가 잘못됐다고 느꼈던 것처럼 말입니다. 여기서 내가 말하는 팁은 대부분의 베트남인들이 요금에 상관없이 충분하다고 생각하는 1달러나 5프랑이 아니라 진짜 팁을 의미합니다. 진짜 팁이란 10퍼센트를 말하는데, 이것은 대부분의 베트남인들이, 특히 베트남 남자들이, 특히 이런 경우라면 질겁할 계산 방식이었습니다. 그들은 내가 그 모든 일을 — 베트남 남자라면 절대로 하지 않을 일, 적어도 했다고 인정하지는 않을 일을 — 하고는 대가로 아무것도 얻지 못했다고 주장할 겁니다. 하지만 나는 대가로 아무것도 바라지 않았습니다.

저기요. 말머리를 돌리며 내가 말했습니다. 이번에 **천국**에 잠시 방문한 게 즐거웠다면 말인데요, **천국**보다 훨씬 더 천국 같은 곳을 한 군데 알고 있어요.

BFD가 씩 웃으며 즉흥적인, 아니 어쩌면 계산적인 호의의 표시로, 내 어깨를 꽉 쥐었습니다. **천국**보다 더 천국 같다는 그곳에 **아침 모란**과 **아름다운 연꽃** 같은 미녀들이 더 많다면, 꼭 갈게요. 그가 말했습니다. 아, 스물다섯 살 여자의 몸은 정말 특별해요! 게다가 그들이 당신과 같은 사람들 중 하나라면 — 끝내주죠! 당신네 여자들 말이에요 — 아, 이봐요, 당신은 정말 운이 좋아요. 그들은 믿기 힘들 정도로 굉장해요. 아주 섬세하고, 직관적이고, 털도 없고, 늙지 않고, **지칠 줄 모르죠**. 아시아 여자는 서양 여자들보다 남자를 더 잘 알아요. 우리 남자들이 자기 자신을 아는 것보다 남자를 더 잘 알죠. 아시아 여자는 완벽해요!

그러고는 손가락을 입술로 가져가, 수천 명의 아시아 여성들을 만났으나 내가 아직 한 번도 만나지 못한 이 아시아 여성에게 보내는 감사의 손 키스를 허공으로 날렸습니다. 백인 남성 전용의 회원제 아시아 여성 클럽이라도 있었던 걸까요?

BFD가 말을 이었습니다. 아시아 여성의 유일한 결점은, 비록 그것이 그녀의 매력의 원천이기는 하지만, 본질적으로 그녀를 알 수가 없다는 거예요.

알 수가 없다고요? 내가 반문했습니다.

속을 알 수가 없죠. 당신처럼.

나처럼요?

네. BFD는 컨버터블이 여전히 어두워진 파리 변두리를 따라 무시무시한 속도로 질주하고 있는데도, 고개를 돌려 나를 쳐다보았습니다. 나는 사람들의 많은 면을 직관적으로 파악할 수가 있어요. 어쨌든 난 정치가니까요. 하지만 정말이지, 당신의 경우에는 ── 그게 불가능해요. 당신의 얼굴 표정은 흔들림 없이 차분하죠. 마치…… 모나리자의 얼굴처럼요.

내가 속을 알 수 없는 사람인지 잘 모르겠어요. 아마 무슨 생각을 하는지 읽어 내기 힘든 사람인가 봐요.

무슨 차이가 있죠?

만일 내가 무슨 생각을 하는지 읽어 내기 힘든 사람이라면 ── 당신이 지칭하는 모든 이런 아시아인들이 읽어 내기 힘든 사람들이라면 ── 아마 우리는 읽을 줄 모르는 사람들에게만 읽어 내기 힘든 사람들일 테죠.

의미론이군요 ──

그리고 우리가 속을 알 수 없는 사람들이라고 쳐도, 그럼 백인들은 어떤가요? 일찍이 백인들이 속을 알 수 없는 사람들이라고 언급된 적이 있나요? 아니, 당신들은 표정을 읽어 내기 힘든 백인은 포커페이스를 유지한다고 할 테고, 그 말에는 정보 제공을 신중하게 보류한다는 긍정적인 의미, 전략적인 의미가 내포되어 있죠. 반면에 당신네 백인들이 우리에게는 항상 무언가 꿍꿍이가 있다고 믿기 때문에 우리는 그저 속을 알 수 없는 사람들일 뿐이죠 ─

또 시작이군요. 당신네 "백인들"이 어쩌고저쩌고하는 거 말이에요. 그가 코웃음을 치며 내 눈앞에서 손가락을 흔들었습니다. 당신은 그냥 공동체주의자에 불과해요.

하고많은 사람 중에 하필이면 당신이 나를 **공산주의자**라고 비난하는 건가요?

공동체주의자라고, 이 멍청아! 공동체주의자! 비관론자! 자신의 비참한 처지를 탐닉하고, 자신의 정체성이나 피부색에 대한 집착 같은 사소한 상황들을 초월하지 못하고, 자신의 작은 집단, 자신의 **공동체**를 벗어나서 생각할 줄 모르고, **보편적인** 존재는 언감생심이고, 단순히 인간다운 존재도 **결코** 될 수 없는 사람 말이야!

내가 제대로 들은 걸까요? 우리의 까오다이교*에서 성인으로 추대한 남자이자 이 세상에 (사실 알다시피, 1000페이지나 되는 책이기 때문에 내가 아직도 읽지 못한) 『레 미제라블』**을 선사한 남자 빅토르 위고와 같은 문화권의 백인 남자가, 바로 이 남자가, 마치 비참하다고 인정하는 것이 나쁜 짓이라도 되는 것처럼 나를 비관론자라고 비난하고 있는 건가요? 비참하다는 건 아주 끔찍한 일입니다. 결코 그 상황

---

\*    1920년대 중반 이후에 베트남에서 발생한 신흥 종교로 까오다이 신을 모신다. 레반치엔이 유교적 도덕, 불교적 교리, 도교적 제식을 융합하여 창시한 것으로, 보편주의와 채식주의를 주창하며 저항적 성격을 지닌다.
\*\*  Les Misérables. '비참한 사람들'이라는 뜻.

을 탐닉하지는 맙시다! 단, 당연하게도 노동 계급이나 프랑스인들의 비참함을 인정하는 경우에 관한 한 얘기가 달랐습니다. 보아 하니, 그 경우에는 그런 탐닉이 비관주의가 아니라 **보편주의**인 것 같았습니다.

당신! 그가 소리를 지르고 있을 때, 나도 소리를 질렀습니다. 우리 둘 중 누구도 더 이상 도로를 주시하고 있지 않았습니다. 당신, 내가 당신과 당신 같은 백인들을 백인이라고 불렀다고 그렇게 화를 내는 당신이야말로 나와 내 동족을 아시아인이라고 부르는 사람이야!

당신이 스스로를 아시아인이라고 부르니까 나도 당신을 아시아인이라고 부르는 거야!

나는 나 자신을 아시아인이라고 부른 적이 없어! 당신이 화가 난 건 내가 당신 자신을 들여다보게 만들었기 때문이야. 당신은 스스로를 백인 남자가 아니라, 그저 한 사람의 남자로 생각하고 싶어 하지. 일종의 자기 인식적인 반어법으로 스스로를 백인이라고 부르는 경우를 제외하고는 말이야. 하지만 내가 당신을 백인 남자라고 부르는 것은 용납할 수 없고 노골적인 인종 차별주의인 거야. 비록 당신 자신과 모든 백인이 누군가를 일상적으로 "아시아 여자"나 "흑인 남자"라고 한다고 해도. 마치 당신이 그냥 남자니까 흑인 남자는 그냥 남자가 아닌 것처럼 말이지. 그런데 내가 당신이 백인이라는 것을 언급했으니 — 얼마나 용서할 수 없는 일이겠어! 아마 딱 한 가지 더 무례한 일이 있다면 당신의 페니스를 언급하는 일이겠지.

이 멍청하고 천박한 잡종 새끼야! 내가 그냥 아시아 여자들을 얼

마나 많이 사랑하는지 말했을 뿐인데, 또다시 인종 차별을 했다고 나를 비난해? 대체 어떤 ─

인종 차별적인 사랑은 언제나 인종 차별적이야! 내가 보편적이지 않다는 얘기 말인데 ─ 왜? 내가 황인종이라서? 반만 백인이라서? 내가 난민이라서? 예전 당신네 식민지 출신이라서? 내 악센트가 이상해서? 내 외모가 멸시받아서? 내 음식이 비위에 거슬려서? 만약 예수 그리스도가 난민의 자식이고, 마구간에서 가난하게 태어났고, 식민지 사람이고, 벽지 출신의 촌놈이고, 그의 사회의 지도자들과 그 지도자들의 지배자들의 경멸을 받았고, 초라한 목수였던 이 예수 그리스도가 보편적인 존재가 되었다면 ─ 그렇다면 나도 마찬가지로 그렇게 될 수 있어. 이 씨발놈아!

컨버터블이 고모의 집 앞에서 요란한 소리를 내며 급하게 멈춰 섰습니다. 그러니 나를 거리로 내던지지 않고 목적지까지 데려다준 데 대해서는 BFD의 공로를 인정해야 합니다. 나는 차문을 벌컥 열고 인도로 펄쩍 뛰어내렸는데, 그때 똥 더미를 밟지 않았다는 사실에 내가 믿지도 않는 하느님에게 감사를 드립니다. 그런 일이 생겼더라면 아마 황인종보다도 개에게 더 많은 자유와 사랑과 이해심을 베푸는 인종, 또는 국가, 국민, 문화를 대표하는 사람이라는 이유로 그때 그 자리에서 BFD를 살해해 버렸을 테니까요. 하지만 개똥을 밟지 않았기 때문에, 나는 자유를 느꼈습니다. 비록 냉정을 잃고, 누구에게도 싫은 소리를 못 하는 아시아인, 상냥한 베트남인, 고마워하는 식민지 사람이라는 위장을 벗어 던지기는 했지만요. 나는 차문을 쾅 닫고,

BFD를 보고 나서야 비로소 내가 그를 얼마나 화나게 했는지를 깨달 았습니다. 급기야 그의 말문이 막혔기 때문입니다. 그는 입으로 말을 쏟아 내는 대신, 집게손가락 끝으로 눈가를 비스듬히 잡아당겨서 나를 조롱하며 잠시 그 자세를 취하고 있다가, 눈가에서 손가락을 떼고 는 쌩 하는 날카로운 소리를 내고 뿌연 디젤 매연을 한바탕 내뿜으 며 쏜살같이 달려가 버렸고, 그 바람에 나는 깜짝 놀라 멍한 상태로 보도에 남겨지게 되었습니다. 나는 우리가 주고받은 비열한 대화 때 문에 심장이 무서울 정도로 빠르게 뛰고 있어서, 흥분을 가라앉히기 위해 당고모의 아파트 건물 현관에서 비켜섰습니다. 결코 인종을 보 지 않는다고 공언하는 사람들이 실제로는 그렇게 자주 인종을 보다 니, 얼마나 역설적인 일인가요!

나는 거리의 그늘에 숨어서, 숨을 깊게 들이마시며 눈을 감았습 니다. BFD가 내 저녁을 망치게 할 수는 없었습니다. 그가 마들렌과 나 사이에 있었던 기분 좋은 일, 내가 죽을 때까지 간직할 기억을 파 괴하도록 내버려 두지 않을 생각이었습니다. 이건 자주 있는 일이 아 니에요. 나중에 나를 꼭 끌어안으며 그녀가 말했습니다. 그녀는 팁 에 대해 말한 게 아니었습니다. 섹스가 끝나고 나서 내 목덜미에 대 고 그녀가 속삭였습니다. 이건 진정한 선물이었어요. 거기에 그녀와 함께 가장 부자연스럽고 어이없는 성행위 자세로 — 즉, 부둥켜안 고 — 누워 있으면서, 내가 누군가에게 마지막으로 선물을 준 게 언 제였는지 나는 기억해 낼 수가 없었습니다.

# 15장

이튿날 오후, 나는 어린 시절 마지못해 성당에 다니던 가톨릭교도로서 어쩔 수 없이 날마다 들이켤 수밖에 없었던 익숙한 혼합 음료 같은 죄책감과 수치심이 뒤섞인 기분을 느끼며 파리에 있는 보스의 식당으로 다시 갔습니다. 실제로는 인종이 보인 바로 그 순간에 인종을 보지 않은 사람들의 말에는 일리가 있었을까요? 예를 들어, 어쩌면 나는 파리에서 최악의 아시아 식당을 과소평가했었는지도 모르겠습니다. 그것은 최악의 아시아 식당보다 훨씬 더한 것일 수도 있었습니다 — 이번을 끝으로 더 이상 이 얘기는 하지 않겠지만, 그것은 확실히 파리에서 최악의 식당일 수도 있었습니다. 왜 우리는 우리 자신을 깎아내리면서까지 스스로를 모욕할까요? 만약 미슐랭이 최악의 식당에 대한 안내 책자를 출간한다면, 우리 식당은 별 세 개를 받을 만한 자격이 있었을 겁니다! 삐딱한 자부심에 부푼 가슴으로 식당에 들어섰던 나는 마침 바닥을 대걸레로 닦고 있던 투덜이가 말없이 변소로 내려가는 계단을 가리키자 순식간에 기가 꺾여 버렸습니다.

메르드야? 내가 물어보았습니다.

메르드야. 그가 확인해 주었습니다.

메르드! 발음하기 쉽고, 말 그대로 배설물에서부터 기분 나쁜 실존적 존재에 이르기까지 여러 양상을 웅변적으로 표현하는, 프랑스어에서 가장 쓸모 있는 단어였습니다. 한숨을 내쉬며 변소로 향했는데, 까오보이가 주방 문틈으로 고개를 삐죽 내밀더니 이렇게 말했습니다. 이리 와 봐, 카뮈. 로넌과 본도 주방에 있었고, 난쟁이 두 명도 함께 있었는데, 그들은 담배 끝에 매달린 재가 흔들릴 때마다 식칼로 쳐서 끊어 내며, 최종적으로는 저녁 식사의 앙트레*로 불리게 될 수도 있는 알 수 없는 죽은 동물의 살코기를 손질하는 중이었습니다. 본의 모습을 보자 나는 줄곧 갈망하면서도 두려워하고 있던 걸 상기하게 되었습니다. 바로 두 주 뒤로 다가온 「판타지아」 공연이었는데, 그때 만일 운이 좋으면 사랑하는 라나를 다시 보게 될 수도 있었고, 만일 내가 — 그리고 만이 — 운이 나쁘면, 그를 보게 될 수도 있었습니다. 우리의 치명적인 만남이 임박했는데도 여전히 그를 구할 방법을 전혀 몰랐기에, 나는 까오보이가 내민 담배에서 기꺼이 위안을 받았습니다. 본이 불을 붙여 주었고, 로넌이 이렇게 말했습니다. 우리가 네 구두를 찾아냈어.

---

\*    entrée. 서양의 코스 요리에서, 생선 요리와 로스트 사이에 나오는 요리.

내 구두를요?

우리가 네 구두로 너를 추적했던 거 기억하지? 그 추적기는 미국의 최첨단 감시 기술이야. 싸구려 장치가 아니라고. 그걸 내게 빌려준 노련한 인도차이나 전문가에게서 전화가 왔어. 그걸 되찾는 걸 홀딱 까먹고 있었다는 걸 인정해야 했지. 그러고 나서 요전 날 밤 우리가 널 발견했을 때, 네가 구두를 신고 있지 않았다는 게 생각났어. 곧이어 그 지하실 어디에서도 자네 구두를 보지 못했다는 것도 생각났지. 자, 이제 혼자 자문해봤어. 만약 ——

그 녀석이 내 구두를 신고 가 버렸죠.

로닌이 씩 웃으며 그의 바로 옆 조리대에 있는 금속 상자를 가리켰는데, 그 상자의 초록색 음극선관 화면에는 바둑판 모양의 기준선들과 깜박거리며 천천히 움직이는 점 하나가 표시되어 있었습니다. 이틀 동안 이걸 지켜봤어. 로닌이 말했습니다. 그 녀석은 이틀 밤 연속으로 같은 장소로 돌아갔고 밤새 거기 머물렀어. 내 짐작에는 오늘 밤도 거기로 돌아갈 것 같아.

이거 재미있겠는걸. 까오보이가 소리 내 웃으며 말했습니다. 그는 우리에게 물처럼 보이고 식도에 찰과상을 남길 뿐 아무 맛도 없는 형편없는 중국술을 한 잔씩 따라 주었습니다. 나는 눈물을 글썽이며 구역질을 했지만, 본은 아무렇지도 않은 것 같았습니다. 로닌은 나의 남자답지 못한 모습에 즐거워하더니, 자기 잔에 한 잔 더 따르며 낄낄거리다가, 잔을 죽 들이켠 다음 기뻐하며 콧노래를 불렀습니다.

맞아. 입맛을 다시며 그가 말했습니다. 정말 재미있을 거야!

우리는 모나리자를 찾으러 바로 떠나지는 않았습니다. 먼저, 나는 지하실로 내려가서 부당하게 괴롭힘을 당한 변기의 막힌 목구멍을 뚫어 주어야 했습니다. 그 식당에는 손님이 거의 없는 데다, 손님 중 어느 누구도 식사를 끝까지 다 한 적이 없었기 때문에 손님이 범인일 가능성은 낮았습니다. 한편 식당 직원들은 매번 어김없이 그 참사에 책임이 있는 사람은 자신이 아니라 다른 사람이라고 맹세하곤 했습니다.

그 일을 하고 나면 그리워지지. 그렇지? 내가 몸을 덜덜 떨고 눈을 깜박거려 눈물을 털어 내며 변소에서 돌아온 후, 까오보이가 말했습니다. 우리가 고향의 개울이나 연못 위에 앉아 별을 바라보고 매미 소리를 들으며 볼일을 보던 방식이 그립지 않으냐는 얘기였습니다. 신선한 공기라는 혜택이 있었거든요! 꽉 막힌 변기나 악취가 나는 화장실 따위는 결코 없었습니다. 단지 하류에 있고 싶지 않았을 뿐이죠. 자, 한 잔 더 마셔. 기분이 나아질 거야.

그가 내게 그 끔찍한 중국술을 한 잔 더 따라 주었고, 사실 술의 얼얼한 느낌은 내가 방금 보고 냄새를 맡았던 것을 잊는 데 도움이 되었습니다. 인간의 내부를 목격하는 건 결코 유쾌한 경험이 아니었습니다.

우리는 초저녁에 식당 식재료를 운반하는 승합차를 타고 출발했습니다. 단, 그 승합차에는 가상의 전기 기술자들의 이름인 **프레르 첸**\*이 새로 칠해져 있었습니다. 까오보이는 차를 거칠게 몰았는데, 아

---

\*　'첸'이라는 중국식 성에 프랑스어로 '형제'라는 단어를 붙여 만든 가상의 상호.

마 고의인 것 같았습니다. 남는 좌석이 없어서 본과 내가 더럽고 창문 하나 없는 동굴 같은 화물칸에 처박혀 바닥에서 이리저리 미끄러지는 내내 까오보이가 낄낄거린 걸 보면 말입니다. 거리에 전기 기술자의 승합차가 주차되어 있는 이유를 궁금해할 사람은 아무도 없을 거야. 무릎에 모나리자가 머물렀던 곳의 좌표가 표시된 지도와 함께 추적 장치를 올려놓고 조수석에 앉아 있던 로닌이 그렇게 말했습니다. 우리는 도심에서 변두리까지 30분 동안 다들 담배를 피우며 차를 타고 갔고, 그러는 동안 까오보이가 스테레오를 조정하며 팝송과 로큰롤이 섞여서 흘러나오게 했는데, 그중 백미는 「시즌스 인 더 선」*이었습니다. 우리 넷은 모두 — 그리고 나의 유령 중 적어도 둘이 함께 — 눈물을 글썽거리며 그 노래를 따라 불렀습니다.

잘 있게, 나의 친구여, 죽는 것도 쉽진 않군
모든 새들이 하늘에서 지저귀고 있을 때는 말이야
이제 봄기운이 감돌고 있으니
예쁜 아가씨들이 사방에 있을 거야
나를 생각해 주게, 그러면 나도 거기 있을 테니


이 곡은 업비트의 팝 음악과 다운비트의 우울감과 이해하기 쉬운

---

\* 벨기에 시인 겸 작곡가인 자크 브렐이 1961년 프랑스어로 작사, 작곡한 「죽어가는 남자(Le moribond)」가 원곡으로, 1974년 캐나다 가수 테리 잭스가 제목을 바꿔 커버했다.

철학이 적절하게 어우러지며 우리 베트남인의 감성을 완벽하게 표현한 노래였습니다. 여기에는 명예 베트남인인 로닌의 감성도 포함되어 있었는데, 그도 명예 베트남인의 자격을 얻으려 하는 다른 모든 백인들과 마찬가지로 그것이 쉽게 주어진다고 여겼습니다. 우리들은 모두 베트남인이 아닌 사람이 우리와 동질감을 갖고 싶어 한다는 데 정신이 팔려서 즐거워하며 영광으로 생각했기 때문입니다. 물론, 그것은 우리 나라의 보잘것없는 위치와 우리의 집단적인 정신적 식민지화의 또 다른 징후일 뿐이었습니다. 모든 제국주의자들이 그렇듯, 프랑스인들과 미국인들뿐 아니라 중국인들과 일본인들도 모든 사람이 프랑스인이나 미국인이나 중국인이나 일본인이 되고 싶어 한다는 걸 그야말로 당연하게 여겼습니다.

우리는 즐거움을 누렸고, 재미를 누렸어
우리는 찬란한 시절을 누렸지
하지만 우리가 올랐던 언덕들은
이젠 지나가 버린 시절이라네

그렇게 우리는 즐거운 시간을 보냈고, 마침내 까오보이가 모나리자가 사는 건물 밖에 승합차를 세우고는 이렇게 말했습니다. 이제 기다려야 해.

추적 장치의 화면을 톡톡 두드리더니 로닌이 말했습니다. 녀석이 움직이고 있어. 몇 킬로미터 밖이야. 그가 나를 바라보았습니다. 그

녀석이 맞는지 네가 확인해 줘야 할 거야.

　우리는 한 사람은 앞쪽에 있고, 나머지 세 사람은 뒤쪽에 자리를 잡고 앉아, 담배를 피우고 카드를 치고 도박을 하며 두어 시간을 더 보냈는데, 그 세 가지는 지금껏 전쟁만큼은 아니지만 낭만적인 사랑보다는 더, 어떤 다른 이유보다도 더 베트남인들의 삶을 망가뜨린 것이었습니다. 하지만 우리는 갱스터였습니다! 우리 자신을 포함해, 사람들의 삶을 망치는 건 우리 직업의 명시적 목적이자 실존적 위험 요소였습니다. 우리가 시간을 때우기 위해 하지 않은 일은 술을 마시고 해시시를 피우는 것뿐이었습니다. 로닌이 선언했듯이 우리는 일을 하는 중이었으니까요. 내가 돈을 모두 잃고 승합차 한구석에 앉아 까오보이와 본이 내 돈으로 도박을 하는 걸 원망스럽게 지켜보고 있었을 때 앞좌석에 있던 로닌이 이렇게 말했습니다. 녀석이 가까워지고 있어. 본과 나는 긴 갈색 머리 가발과 모직 모자를 썼고, 이어서 본은 색안경을, 나는 모조 비행사용 선글라스를 끼었습니다. 그런 다음 우리는 재킷과 바지를 벗고, 로닌이 어디에선가 구해 온 변장 도구가 든 쓰레기봉투에서 각자 한 세트로 된 재킷과 바지를 꺼내 입었습니다. 까오보이가 승합차의 시동을 걸어 도로변을 빠져나갔고, 나는 그와 로닌의 좌석 사이에 쪼그리고 앉았습니다. 로닌이 추적 장치의 모니터를 살펴보며 좌회전, 우회전, 우회전, 직진 따위의 지시를 하는 동안, 우리는 차를 타고 이동하며, 보아하니 RER 역을 떠난 후 아마도 도보로 천천히 이동하고 있는 것 같은 모나리자를 도중에 붙잡으려 하고 있었습니다. 앞 유리창으로 칙칙한 아파트 건물들이 늘어선 먼지투성이의 황량한 단지가 보였는데, 그것은 그곳의 거주자들처럼 한 번도 제대로 된 기회를 부여받아 본 적이 없는 건물들이었습니다. 그림엽서 같은 대도시 파리의 도심이 기절할 정도로 황홀한 전통 건축의 향연이었다면, 교외 주택 지구라는 이런 매력 없는 집단 거주지는 건축의 패스트푸드였습니다. 곧이어 우리가 모퉁이를 돌자, 모나리자가 고작 몇 미터 떨어진 곳에서 내 브루노 말리 구두를 신고 걷는 모습이 보였습니다. 그는 파리 생활의 가장 매력적인 측면 중 하나인 식료품 카트를 끌며 우리를 향해 다가오고 있었습니다. 파리의 거주민들은 날마다 먹을 양식을 구하기 위해 걸어 다녔고, 그 덕분에 한 블록 이상의 거리는 모두 차를 몰고 다니는 뚱뚱한 엉덩이의 소유자인 평균적인 미국인들과는 달리, 상당히 늘씬한 몸매를 유지했습니다.

저 녀석이에요. 마치 변장을 하지 않은 것처럼 로닌의 좌석 뒤로 몸을 홱 숨기며 내가 말했습니다. 회색 외투요. 까오보이가 브레이크를 세게 밟는 바람에 나는 로닌의 좌석 등받이에 부딪치고 튕겨 나가 옆구리로 떨어졌고, 동시에 본도 내동댕이쳐지며 욕설을 내뱉었습니다. 하지만 그는 차 문손잡이를 꼭 잡고 있을 만큼은 현명했습니다. 그는 다시 몸을 일으켜 내가 차 밖에서 보일 정도로 미닫이 차문을 활짝 열어젖힌 다음 거리로 뛰어내렸습니다. 나는 자세를 바로 하고 앉아서 직업적인 갱스터답게 마땅히 파악했어야 할 상황을 제대로 파악하지 못하고 어리둥절하는 모나리자의 눈을 똑바로 바라보았습니다. 본이 모나리자의 옆구리를 밀어붙이자, 그들 둘은 겉으로는 형제나 친구처럼 보이는 자세로 바짝 들러붙게 되었고, 본은 아무에게도 들키지 않고 모나리자의 옆구리에 그의 P38의 총구를 들이밀 수 있었습니다. 모나리자가 도망쳐야 할지, 아니면 가만있어야 할지, 아니면 본이 프랑스어로 그에게 시킨 대로 — 알레! 당 르 카미옹* — 해야 할지 망설이며 얼어붙어 있었을 때, 내가 승합차에서 뛰어내려 모나리자에게 팔을 두른 다음, 한때 그의 리볼버였던 내 리볼버로 다른 쪽 옆구리를 쿡 찌르며 그를 승합차 쪽으로 몰고 갔습니다. 그가 소리를 지르기 시작했지만, 슬며시 승합차 뒤쪽으로 이동해 있던 로닌이 그의 외투 옷깃을 붙잡고 그를 차 안으로 끌어당겼습니다. 이놈 카트를 붙잡아. 로닌이 말했습니다. 본이 승합차에 다시 뛰어드는 동안, 나는 로닌이 시킨 대로 하기 위해 돌아섰습니다. 그러다가 나는 쉼표 모양으로 등이 굽은 한 노인이 베이지색 레인코트 차림으로 근처 문간에서 나타나 나에게 소리치는 것을 보았습니다. 그를 보자마자 본능적으로 처음 든 생각은 이것이었습니다. 아랍인이다. 그러면 그는 무엇을, 혹은 누구를 보았을까요? 확실히 아시아인이나 황인종은 아니었을 겁니다. 나는 변장을 하고 있었으니까요. 아니, 그가 본 것은 내 피부라는 전등갓을 뚫고 빛나는 나의 확실한 자아라는 강렬한 불빛, 그러니까 나의 보편적인 정체성이었습니다. 그리고 그것은 그가 내뱉은 마지막 말로 구체화되었습니다. 거기 서, 이 **잡종 새끼야!**

*      Allez! Dans le camion! '어서! 차에 타!'라는 의미의 프랑스어.

차로 30분쯤 달려서 우리는 또 다른 잿빛 변두리의 창고 지대에 도착했습니다. 그곳은 파리의 배나 아랫배도 아니고, 겨드랑이나 배꼽도 아닌, 차라리 그 도시의 양쪽 볼기 사이에 있는 틈새, 사람들이 거의 본 적도 없고 거의 생각도 하지 않는 공간이었습니다. 이 축축하고 곰팡내 나는 틈새가 바로 모나리자가 나를 감금해 두었던 그 삭막한 동네였을 수도 있지만, 낮에 그 동네를 본 적이 없었기 때문에 확신할 수는 없었습니다.

여기가 어딘지 안다는 생각은 잊어버려. 겉모습이 흐릿한 하늘과 잘 어울리는, 이름도 아무 특징도 없는 회색 창고 안에 차를 세우며 까오보이가 말했습니다.

이 녀석을 잡아. 양팔은 등 뒤에 묶여 있고 머리에는 자루를 뒤집어쓴 모나리자를 가리키며 로닌이 말했습니다.

본과 나는 변장을 벗고, 변장 도구를 다시 쓰레기봉투에 쑤셔 넣은 다음, 각자 자기 옷을 입었습니다. 그러고 나서 우리 네 사람은 모나리자를 데리고 커피라고 표시된 운송용 대형 나무 상자들이 높이 쌓여 있는 팰릿*들을 지나 창고의 후미진 곳으로 더 깊숙이 들어갔는데, 마침 두 난쟁이가 작업복, 마스크, 고글을 착용하고 사무실에서 나오는 중이었습니다.

저 친구들은 뭘 하려는 거죠? 내가 물어보았습니다.

승합차를 다시 칠하는 거야. 까오보이가 대답해 주었습니다. 프레

---

\*      pallet. 화물을 쌓는 틀이나 대(臺). 지게차로 하역 작업을 할 때 사용한다.

르 첸은 이제 지나간 역사야. 노란색으로 칠할 거야.

사무실 안에는 저장실로 통하는 문이 있었고, 그 저장실 안에는 창문 하나 없이 텅 빈 동굴 같은 방으로 이어지는 또 다른 문이 있었는데, 그 방은 와인과 고문에 알맞게 적당히 추웠습니다. 모나리자는 까오보이에게 떠밀려 천장에 전등 하나만 켜져 있는 시멘트 바닥 위에 뻗어 버렸는데, 이 바닥은 자기 관객들을 고문하는 데만은 이미 상당한 사디스트였던 사무엘 베케트 같은 사람들의 전위극을 위해 준비된 미니멀리즘적인 무대였습니다. 옥시덴털 대학의 연극학과에서 무대에 올린 「행복한 날들」과 「고도를 기다리며」를 본 적이 있었는데, 그때 나는 몹시 당황했습니다. 무슨 일이 있었느냐고요? 아무 일도 없었습니다! 하지만 아무 일도 없었다면, 나는 왜 아직도 그 연극들을 잊지 못했을까요?

로닌이 고개를 돌려 나를 보고 윙크하며 속삭였습니다. 널 위해 우리가 이 녀석을 나긋나긋하게 만들어 줄게. 그런 다음 큰 소리로 그가 말했습니다. 이 녀석의 두건을 벗겨.

대개 자루에 불과하다지만, 왜 항상 두건을 덮어씌웠던 걸까요? 머리를 가린 죄수들이 앞이 보이지 않는 채로 비틀거리며 걷거나 지금처럼 땅바닥에서 벌벌 떨고 있는 모습을 내가 몇 번이나 보았던가요? 모나리자에게 억지로 옷을 벗게 한 후, 로닌과 까오보이는 때로는 맥주와 간식을 먹기 위해 잠깐 쉬기도 하면서, 교대로 주먹과 발은 물론이고 쇠사슬, 루이빌 슬러거, 이따금 까오보이의 형편없는 시까지 동원했습니다. 본과 나는 멀찌감치 벽에 기대어 바닥에 쪼그리고 앉은 채 담배를 피우며 지켜보고 있었습니다.

내가 뭘 후회하게 될지 알아? 본이 물어보았습니다.

뭔데? 내가 말했습니다.

그 얼굴 없는 남자에게 이런 짓을 할 기회가 없으리라는 거야.

항상 계획이 있는 사람인 내가 계획을 세울 수가 없었습니다. 내 브루노 말리 구두를 신고, 만을 구하고 본에게 내 비밀을 지킬 수 있는 은밀한 계략을 생각해 내려 했지만, 로넌과 까오보이가 욕하고, 야유하고, 웃음을 터뜨리고, 농담하고, 깔깔거리고, 그들의 작품을 폴라로이드 사진으로 찰깍찰깍 찍어 대는 내내, 모나리자가 끙끙거리고, 신음하고, 애원하고, 비명을 지르고, 흐느껴 우는 것이 보이고 들려서 정신이 산란했습니다. 마침내 모나리자가 의식을 잃고 내가 드디어 생각할 수 있게 되었을 때, 까오보이가 이마의 땀과 손가락 관절의 피를 닦으며 이렇게 말했습니다. 됐어, 네 차례야.

무슨 차례요? 나는 무슨 차례인지 알면서도 물어보았습니다.

이 미친 잡종 새끼야. 웃음을 터뜨리고 내 팔을 주먹으로 치며 그가 말했습니다. 넌 조금 더 열광해도 될 것 같아. 잠시 동안 너 혼자 저 녀석을 독차지하게 될 거야. 보스가 주는 작지만 멋진 선물이야, 알았지, 응? 보스는 네가 약간의 달콤한 복수를 원할 거라고 판단했어.

조금 더 열광하려고 노력해 봤지만 나는 단것을 좋아하지 않았고, 또 흔히 심문이라고 알려져 있고 가끔은 재미라고도 알려져 있는 고문을 별로 좋아하지도 않았습니다. 자, 재미 좀 보자고! 새로운 죄수가 들어올 때마다 클로드는 그렇게 말하곤 했습니다. 그리고 나는 심문관으로서든 스파이로서든 일을 아주 잘했기 때문에, 당시 죄수에게 최소한의 고통만 주면서 최대한 많은 비밀을 캐내려고 시도하며 위태로운 상황에서도 재미를 보는 척했습니다. 그때 나는 지금의 모나리자처럼 알몸이던 그 공산당 첩자와 대면하기 전까지는 내가 성공했다고 생각하고 있었습니다. 그녀가 숨을 헐떡이는 세 경찰관의 손과 발에 의해 그토록 많은 재미를 경험했던 그 심문실, 그들이 "영화관"이라고 불렀던 그곳은 이 방처럼 너무 심하게 환한 불이 밝혀져 있었습니다. 심문관들이 분위기를 조성하는 조명의 가치를 이해하길 바라는 건 무리였을까요?

보스가 네가 전문가라고 하던데. 까오보이가 말했습니다. 마치 우리는 전문가가 아니라는 듯이 말이야.

이 친구 정도의 전문가는 아니죠. 본이 말했습니다. 이 친구는 비밀경찰이었어요. 공안부의 최고 심문관이요! 그의 말투에는 우리의 우정, 나의 능력, 공산주의의 위협을 제거하던 우리의 임무에 대한 자부심이 담겨 있었습니다. 어째서인지 갱스터로서 폭력을 행사하는 또 다른 프로젝트에 휘말려 버리기는 했지만 말입니다. 그래도 여전히 본이 나를 자랑스러워했다면, 그것은 오로지 내가 그에게 공산당 첩자의 심문에 대해 한 번도 말해 준 적이 없고, 당연히 나 자신이 그가 결코 용서할 수 없는 단 한 가지, 그러니까 공산주의자라는, 아니, 공산주의자였다는 사실을 한 번도 말해 준 적이 없기 때문일 뿐이었는지도 모릅니다. 그런데 사람들이 가톨릭교도이기를 그만둔 경우보다 공산주의자이기를 그만둔 경우가 조금이라도 더 많았을까요?

나는 전문가예요. 내가 말했습니다. 의사처럼요.

네가 의사라면, 전공은 뭔데? 까오보이가 물어보았습니다.

항문과요. 내가 대답했습니다. 이 대답에 까오보이와 로닌과 본이 얼굴을 약간 찡그렸는데, 이는 곧 심문관으로서 내가 손가락으로 어디를 눌러야 할지 언제나 잘 알고 있다는 추가적인 증거였습니다. 이번에는 그들의 볼기짝 사이에 수사적인 엄지손가락을 대고 눌렀던 겁니다. 다시 말해 내가 혼자서 일하는 걸 좋아한다는 뜻이죠. 내가 덧붙여 말했습니다.

천천히 해. 로닌이 깨진 손톱을 점검하며 말했습니다. 급할 건 없어. 하지만 보스가 여기 오기 전에 네 복수를 끝내는 게 제일 좋을 거야.

그게 언제죠?

까오보이가 어깨를 으쓱하며 대답했습니다. 보스가 마음만 먹으면 언제든.

저 녀석한테 원하는 게 뭐죠? 모나리자를 향해 고갯짓을 하며 본이 물어보았습니다.

뭐든. 전부 다. 저 녀석은 우리 중 하나를 죽였어.

그 말은 곧, 모두가 알고 있었듯이, 결국 모나리자가 꼭 죽어야 한다는 의미였습니다.

\* \* \*

나는 모나리자와 단둘이 남겨졌습니다. 다만, 내가 요청한 심문

재료들, 그러니까 담배 한 갑, 위스키 한 병, 물 두 병(탄산수 한 병, 일반 생수 한 병), 모나리자의 식료품 카트를 가지고 한 시간 후에 난쟁이 한 명이 다녀가기는 했습니다. 이 난쟁이의 이름은 꺽다리였습니다. 그가 일곱 명 중 가장 키가 컸기 때문인데, 그렇다고 그리 유별나게 큰 키는 아니었습니다. 내가 위스키 한 병을 가져다주려고 얼마나 멀리까지 가야 했는지 알아? 그가 말했습니다. 그건 그렇고 전문가께서 위스키 한 병으로 대체 뭘 하려는 걸까?

넌 전문가의 작업에 대해서 아무것도 몰라. 손사래를 쳐 그를 몰아내며 내가 말했습니다.

내 유령들 외에는 더 이상 방해 요소가 없으리라는 확신이 들자, 나는 내가 특히 좋아하는 여가 활동 중 두 가지, 그러니까 (세 번째로 좋아하는) 음주와 (두 번째로 좋아하는) 독서를 하기 시작했습니다. 나는 종말론자인 기도가 『캉디드』를 가지고 있는 걸 본 이후로 문고판 『캉디드』를 다시 읽기 시작한 상태였습니다. 나는 국립 고등학교 시절에 그 책을 읽은 적이 있었는데, 그때도 그 책의 인간적인 코미디를 즐겼고, 지금은 훨씬 더 즐기고 있었습니다. 교사인 스펀지가 정말로 내 이마에 미지근한 지혜 몇 방울을 떨어뜨렸던 겁니다. 그가 언젠가 우리 반에서 단언했던 것, 그러니까 나중에 삶에 감화된 후 다시 찾아 읽으면 그 책에는 무언가 다른 의미가 있다는 그의 말이 사실이었거든요. 예를 들어 내가 움찔하면서도 낄낄 웃었던 이 신랄한 구절을 한번 봅시다.

"나는 어느 쪽이 더 나쁜지 알고 싶습니다: 검둥이 해적들에게 100번이나 유린당하고, 한쪽 볼기를 잘리고, 불가리아인들에게 태형을 받고, 매를 맞고 종교 재판소에서 교수형을 받고, 해부되고, 갤리선에서 노를 저어야만 하는 것 — 간단히 말해서, 우리 각자가 겪은 그 모든 불행을 다 겪는 것인가요 — 아니면, 그냥 여기 앉아서 아무것도 하지 않는 것인가요?"

캉디드가 말했다. "그건 큰 질문이네요."

정말로 큰 질문이었습니다! 심지어 볼테르의 질문보다 훨씬 더 큰 것은 — 하지만 아마도 그의 상상 속 지칠 줄 모르는 검둥이 해적들만큼 크지는 않았겠지요 — 내가 때때로 프랑스인들을 증오하면서 겪는 문제였습니다. 그들은 식민지를 지배한 잡종 새끼들이었습니다. 하지만 그들은 우리에게 이런 이야기를 제공해 주었습니다. 하지만 그런 이야기가 나 같은 식민지의 잡종 새끼를 대상으로 한 건 아니었습니다. 나는 겨우 반만 프랑스인이고 반은 베트남인이었으니, 합치면 결국 비인간적인, 정말 너무나 비인간적인 존재가 된다는 건 아주 쉬운 수학 문제였거든요.

모나리자가 신음 소리를 냈습니다. 비록 마취제에 취해 수술대에 눕혀져 있다가 깨어나는 환자처럼 바닥에 누워 고개를 좌우로 흔들고 침을 조금씩 흘리며 몸도 가누지 못하는 상태이기는 했지만, 드디어 의식을 되찾았습니다. 나는 그를 한쪽 구석으로 질질 끌고 가서 벽에 기대어 앉혔습니다. 그는 감긴 눈꺼풀 속에서 눈알을 씰룩거리며 그 자리에서 가만히 몸만 옹송그렸습니다.

한 잔 어때? 이 질문을 받을 때면 나는 언제나 기분이 조금 더 좋아지곤 했습니다. 나는 그의 바로 옆 차가운 바닥에 앉아 위스키 한 잔을 따랐습니다. 두 잔은 어때?

난 술 안 마셔. 그가 웅얼웅얼 대꾸했습니다.

나는 술을 마시지 않는 남자들을 볼 때마다 항상 약간의 충격을 받곤 했지만, 비록 그가 인류의 가장 위대한 발명품 중 하나를 놓치고 있다 해도, 그를 비판하지 않으려고 노력했습니다. 그러는 대신 그에게 물을 권하자 이번에는 그도 받아들였습니다. 나는 그가 잔을 들어 올릴 때 그의 손이 떨리지 않게 잡아 주었습니다. 내가 그에게 담배를 내밀자 그는 거절하지 않았습니다. 물과 담배 한 대로 기력을 조금 회복하며, 그의 눈꺼풀도 조금 더 열렸습니다.

이제 행복해? 그가 중얼중얼 말했습니다. 날 잡았잖아.

난 오랫동안 행복하지 않았어. 있잖아, 난 두 마음을 가진 사람이야 ─

입 닥쳐.

─ 그래서 네가 지금 어떤 기분인지 잘 알아. 그게 내 유일한 재능이지 ─

입 닥쳐.

─ 네가 잊어버렸을까 봐 그러는데, 나는 말 그대로 네가 지금 있는 자리에 있어 봤어. 하지만 네가 내게 했던 그런 짓이 내가 처음 당한 일은 아니었어. 더구나 나는 많은 사람들에게 많은 짓을 해 봤기

때문에, 재미를 보는 사람이 된다는 게 어떤 느낌인지 잘 알아.

입 닥쳐.

지금 이 순간 두 명의 네가 있어. 한 명은 여기 앉아서 나에게 닥치라고 말하고 있지. 다른 한 명은 천장 어딘가에 붙어서 우리의 작은 연극을 지켜보고 있고. 노른자에서 흰자를 분리하려면 달걀을 깨트려야 하는데, 너는 이미 깨져 있어. 나는 노른자와 이야기하고 있어. 너의 하얀 부분은 저 위에 있는데, 그건 투명한 외형질, 그러니까 정액처럼 미끈거리는 물질이야 ——

입 닥쳐.

넌 날 이해하지 못할 수도 있겠지만, 또한 나를 정말 이해하기도 해. 그렇지?

그냥 빨리 해치우고 끝내 버리지그래? 그가 중얼중얼 말했습니다.

그의 뒤에서 나의 유령 오중창단이 콧노래를 부르듯 흥얼거렸습니다. **빨리 해치워 버려.** 하지만 나는 그들과 그의 말을 못 들은 체하며, 이렇게 말했습니다. 난 네가 내게 했던 짓을 네게 하지 않을 거야. 확신하건대 나는 말하는 내내, 루브르에 있는 **모나리자**가 그녀를 보려고 몰려든 몇백만 명을 몹시 동정하며 세상을 바라보는 것과 똑같은 눈빛으로 모나리자를 뚫어져라 바라보았습니다. 누군가를 충분히 오랫동안 바라보고, 그의 말에 충분히 오랫동안 귀를 기울인다면, 나는 그의 얼굴을 슬며시 내 얼굴 중 하나에 가져다 대고, 그의 눈을 통해 세상을 관찰할 수 있었습니다. 내가 스파이였을 때 목표는 정보를 수집하는 것이었는데, 내 위의 간부들은 그 정보를 내 심문 대상의 대의명분을 약화시키는 데 사용했습니다. 내가 심문관으로서 비밀리에 자신들과 같은 편이라는 걸 아는 수감자들을 심문할 때, 나의 목적은 달랐습니다. 만일 내가 나의 심문 대상이 입을 열게 할 수 있었다면, 어쩌면 고문자들로부터 그를 구할 수 있었을 겁니다. 만일 나의 심문 대상이 저항을 멈추게 할 수 있었다면, 그가 자멸하는 것을 막을 수 있었을 겁니다.

거기 앉아서 날 쳐다보기만 할 거야? 그가 투덜거렸습니다. 무슨 말이라도 해 봐.

그러는 대신 나는 묵묵히 그에게 삶의 기본 구성 요소 중 두 가지인 물과 담배를 좀 더 권했습니다. 우리는 물은 조금 마시고 담배는 많이 피웠는데, 그것은 딱 좋은 비율이었습니다. 이윽고 그가 입을 열었습니다. 넌 네가 아주 똑똑한 줄 알지? 네가 무슨 탱탱*이라도 되는 것 같지? 유토피아 사회주의자라도 되는 것 같지? 저런, 난 탱탱 따위엔 조금도 관심 없어. 그는 그저 또 한 명의 식민주의자에 불과했어.

그가 방금 소년 기자이자, 아마추어 탐정이자, 두려움을 모르는 영웅인 탱탱을 모욕했나요? 국립 고등학교 시절부터 줄곧 그의 팬이었던 사람으로서 나는 기분이 상했습니다. 하지만 불쾌감을 억누르고 더 심각한 문제에 대해 이렇게 말했습니다. 난 식민주의자가 아니야! 나도 너처럼 식민지 사람이야!

---

\*  벨기에 작가 에르제의 모험 만화 시리즈 『탱탱의 모험』의 주인공을 말한다.

년 프랑스인들의 편이었어? 아니면 그들에게 저항했어?

보스가 내가 프랑스인들의 편이었다고 믿고 있었기에, 항상 그렇듯 자승자박으로 옴짝달싹 못 한 채, 나는 이렇게 대답했습니다. 프랑스인들의 편이었어.

그가 다시 웃음을 터뜨렸습니다. 당연하겠지. 네 아버지가 프랑스 사람이었으니까.

나는 아버지를 증오해. 내가 말했습니다. 깔끔하게 골자만 남은, 이렇게 진실한 한마디를 하니 기분이 좋았습니다.

모나리자는 학생이 미적분 교과서를 검토하듯, 몹시 내키지 않는다는 듯이 마지못해 나를 살펴보았습니다. 절대로 아버지를 증오해선 안 돼. 마침내 그가 말했습니다. 설령 아버지가 좆같은 인간이라 해도 말이야. 우리는 어머니의 자궁과 아버지의 좆에서 태어났으니까.

그가 말을 하기 시작했는데, 그것은 단순히 고문자가 아닌 진정한 심문관이라면 누구나 그의 심문 대상에게 원하는 겁니다. 배고파? 내가 물어보았습니다.

그의 배고픔이 그의 자존심을 이겼고, 그는 고개를 끄덕였습니다. 그의 식료품 카트를 뒤지며, 나는 그의 실존에 대한 단서들을 찾아냈습니다. 오랑지나, 누텔라 한 병, 종이 냅킨, 간 당근, 달걀 한 꾸러미, 이 땅에서는 슬픈 일이거나 범죄이거나, 아니면 그 둘 다인 것같이 느껴지는, 공장에서 생산한 크루아상 한 봉지 따위였습니다. 부드럽게 잘 익은 바나나도 있었습니다. 나는 그중 하나의 껍질을 벗겨서 그에게 건넸습니다. 하지만 그가 로닌과 까오보이에게 짓밟힌 손으로 바나나를 꼭 쥐지 못했기 때문에, 내가 대신 들어 주었습니다. 그는 천천히 먹었습니다. 한 입, 두 입, 세 입, 그리고 그 바나나가 반쯤 사라지자, 바닥 모를 나의 심연에서 몇 년, 어쩌면 몇십 년 동안 되씹은 적 없었던 반쯤 소화된 기억이 떠올랐습니다. 어머니가 내게 아침 식사로 바나나를 먹여 주던 기억이었습니다. 어머니가 손에 든 바나나가 내 뺨 옆을 맴도는 동안 나는 스툴에 앉아 내 무릎에 올려놓은 책을 읽고 있었습니다. 아주 천천히 큰 소리로 읽어야만 글을 읽을 수 있었던 나의 어머니 — 이 어머니는 내가 글을 읽는 법을 배워야 하고 항상 책을 읽어야 한다는 것을 단 한 번도 의심하지 않았습니다. 넌 책을 읽으려고 태어났어. 어머니는 몇 번이고 내게 그렇게 말했습니다. 그래서 나는 책을 읽고, 읽고, 또 읽었고, 내가 언젠가 어머니에게 그 책들이 어디서 났냐고 물어보았을 때 어머니가 말해 준 것을 — 나의 아버지의 개인 서재라는 답변을 — 이날 이때까지 자인(自認)하지 않았습니다.

모나리자는 크림 같은 하얀 과육을 다 먹고 나서, 노란색 바탕에 검은 점이 점점이 박힌 표범 가죽 같은 바나나 껍질을 내게 남기고는, 상체를 뒤로 기댔습니다. 나는 미끌미끌한 껍질을 먼 구석으로 내던졌는데, 나중에 꺽다리가 치우게 할 생각이었습니다. 알제리에서도 바나나를 재배하나? 내가 물어보았습니다. 심문 대상이 계속 말하게 하고, 편안하다고 느끼게 하세요. 대화야말로 가장 오래가는 최고의 유혹 수단입니다.

모나리자가 끙 하고 앓는 소리를 내더니 이렇게 대답했습니다. 나도 몰라. 어렸을 때 부모님이 내가 알제리에 대해 어느 정도 알아야한다고 생각하는 바람에 두어 번 가 봤을 뿐이야.

거기서 태어났잖아. 내가 말했습니다.

거기서 태어나지 않았어! 여기서 태어났지. 난 프랑스인이야……공식적으로는.

그러면 비공식적으로는?

알제리에서는 사람들이 나를 프랑스인이라고 불러. 하지만 여기서는 가끔 나에게 알제리인이라고 할 때가 있어. 가끔은 아랍인이라고하고. 정말 운이 좋을 때는, 더러운 아랍 놈이지.

안녕, 이 더러운 아랍 놈아. 난 미친 **잡종 새끼야.**

그가 자비로운 미소를 지었습니다. 사실, 넌 **시누아야.**

아, 그래? 넌 ─ 나는 말을 중단했습니다. 파리에 오기 전까지 알제리인, 또는 아랍인, 이슬람교도, 북아프리카인을 전혀 알지 못했다는 게 부끄러웠습니다. 미안해. 나는 진심을 다해 말했습니다. 하지만난 너희에 대한 인종 차별적 욕설은 전혀 몰라.

전혀 몰라? 이런 경우는 처음 봐. 좋아…… 따라 해 봐. **부뇰.**\*

뭐라고?

어서 해 봐. **부뇰!** 부끄러워하지 마.

**부뇰!**

---

\*     프랑스어로 북아프리카계 사람을 낮잡아 이르는 말.

완벽해!

성공의 빛이 나의 내면을 비추었습니다. 고도로 정제된 위스키, 또는 보드카, 브랜디, 코냑에서 비롯된 것만큼이나 편안한 온기였습니다. 내 프랑스어 실력이 점점 나아지고 있었어요!

이제 **살 부뉼**이라고 해 봐. 단, 좀 더 힘을 주고. 침이 좀 튈 정도로.

**살 부뉼!**

훨씬 낫군! 꼭 프랑스 남자처럼 발음하네. 혹은 프랑스 여자처럼. 혹은 프랑스 아이 같기도 하고. 절대로 날 **아라브 드 세르비스**\*라고 부르지 마. 죽여 버릴 거니까.

모나리자가 몸이 흔들릴 정도로 폭소를 터뜨리자, 그에 대한 자비심이 내 가슴의 차가운 모래 위로 물밀듯 밀려왔습니다. 이거나 좀 해. 주머니에서 치료제 한 회분을 꺼내며 내가 말했습니다. 대체 그것이 어쩌다가 거기에 있었을까요? 내가 모조리 변기 물에 흘려보내지 않았던가요? 어떻게 꼭 마법처럼 내 주머니에서 계속 다시 나타났을까요? 비닐에 싸여 있는 작고 하얀 머스킷 총 총알 같은 가루. 기분이 나아질 거야. 내가 말했습니다. 아니면 아예 무감각해지거나. 네 상황에서는 그게 그거겠지.

그가 잠시 망설이며 그 하얀 가루를 응시하더니 이내 고개를 끄덕였습니다. 그 치료제는 성격과 배우만큼이나 다재다능했습니다. 그것은 피부나 잇몸에 문지르거나, 정맥에 직접 주입하거나, 코로 흡입

---

\*    arabe de service. 인종적 반역자나 백인 집단에 안주하는 마그레브 사람을 가리키는 아랍계 인종 내의 모욕.

할 수 있었습니다. 나는 그 하얀 가루를 그의 카트에서 꺼낸 크래커 상자 위에 부으며 네 줄로 만들었습니다. 그런 다음 10프랑짜리 지폐를 말아 튜브로 만들어 손에 든 채, 그가 첫 번째 줄을 흡입할 수 있게 해 주었습니다. 곧이어 두 번째 줄. 와. 내가 감탄사를 내뱉었습니다. 연이어 세 번째 줄. 그가 네 번째 줄을 코로 흡입했을 때, 내가 말했습니다. 타고났구나.

뭐라고? 그가 코를 킁킁거리며 고개를 들었습니다. 너도 좀 할래?

술도 안 마시는 녀석치곤 잘도 빨아들이네.

미국인들이 뭐라고 하더라? 아, 맞다. 이거 정말 기똥차. 거의 완전히 무감각해져.

숨겨 뒀던 치료제를 다 써 버려서, 나는 해시시 담배로 만족해야 했고, 모나리자도 그것을 함께 피웠습니다. 너처럼 착한 애가 어쩌다 이런 짓을 하게 된 거니? 우리의 폐에서 나와 하나로 뒤섞인 연기를 뚫고 내가 물어보자, 그 질문에 그가 다시 한번 웃음을 터뜨렸습니다.

우리 형한테 물어보지그래. 그가 말했습니다. 네가 가로챈 자리의 주인 말이야.

그 고객망이 자기 거라고 네 형이 메모를 남긴 것도 아니잖아.

맞아, 사이드는 미쳤어. 꼭 너처럼. 아니면 그냥 자기 식대로 미쳤거나.

그래서 그가 어디에 있는데? 정신 병원에 있기라도 해?

아프가니스탄. 아프가니스탄에! 난 형이 거기 가겠다고 결정하기 전에는 그런 나라에 대해서 들어 본 적조차 없었어. 형은 소련과 싸우고 싶다는 생각이 머리에 박혀 버렸어. 그게 우리랑 무슨 상관이야? 공산주의 따위 알게 뭐야? 형이 뭐랬는지 알아? 이건 공산주의에 관한 게 아니야. 이슬람에 관한 거야. 소련 놈들이 우리 형제들을 죽이고 있어. 내가 말했지. 형제라고? 형이 이러더군. 우리와 같은 이슬람교도들 말이야. 이게 형이 미쳤다는 이유야. 우리가 자라는 내내 형은 이슬람에 관심도 없었어. 3년 전만 해도 관심도 없었다고. 형은 나나 너랑 똑같이 물건을 훔치고 약을 팔았어. 재미를 보고 있었다고! 형이 할 수 있는 최소한의 일은 내게 자기 고객망을 넘겨주는 거였어. 그런데 형이 뭐랬는지 알아? 난 널 부추기고 싶지 않아.

그래서 네 기분은 어땠는데? 내가 물어보았습니다.

형 얼굴에 주먹을 날리고 싶었어.

많은 사람들이 얼굴에 한 방, 아니, 두 얼굴에 각각 한 방씩 주먹을 날리고 싶어 하는 대상으로서, 나는 사이드의 마음에 공감할 수 있었습니다. 아, 또 이 빌어먹을 감정이라니! 미친 사이드. 하지만 하느님을 믿을 만큼 불운한 사람을 달리 뭐라고 불러야 할까요? 아니, 알라신이었나요? 아니면, 무함마드였나요? 나는 이슬람에 대해서도 아랍인들에 대해 아는 것만큼만 알고 있었습니다. 어쨌든 가톨릭이 종교인 것처럼 이슬람도 종교였고, 모든 종교는 사상누각이었습니다. 그런 종교에는 무언가를 믿을 필요가 있는 사람들을 필요로 했습니다. 나도 그런 사람들 중 하나였다가 결국 어쩔 수 없이 '무'를 믿게 되었는데, 생각해 보면 그것 또한 종교와 마찬가지였습니다.

아마 형을 용서해야 할 거야. 내가 말했습니다.

형을 용서하라고?

내가 널 용서하듯이. 사제 같은 어조로 내가 말했습니다.

네가 나를 용서해? 그가 경련을 일으켰습니다. 무엇 때문에?

쉽게 충격받지 않는 사람인 내가 그 말에 충격을 받았습니다. 나를 고문했잖아. 내가 씩씩거리며 말했습니다. 억지로 러시안룰렛을 하게 했잖아! 잊어버렸어?

그는 계속 웃음을 터뜨렸습니다. 만일 웃음이 최고의 명약이라면, 나는 틀림없이 무척 훌륭한 항문과 의사일 겁니다. 네 얼굴을 네가 직접 봤어야 해. 그가 말했습니다. 진짜 웃겼어! 그러더니 웃음을 멈추고 그가 말했습니다. 난 네 용서가 필요 없어.

내게 용서해 달라고, 용서를 구할 필요는 없어. 내가 말했습니다.

네 용서를 바라지 않아! 그가 소리쳤습니다. 너도, 너의 용서도 다 엿이나 먹어.

네가 내 용서를 바랄 필요는 없어. 내가 그냥 너를 용서해 주고 싶을 뿐이야.

모나리자는 혼란스러워 보였습니다. 그의 뒤에 서 있던 나의 유령들도 마찬가지였습니다. 그들은 중세 시대 식으로 복수하기를 기대했는데, 우리가 애국적인 자부심에 부푼 가슴을 두드리며 독선적으로 우리의 적들을 도륙했던 것과 마찬가지로 우리의 지극히 문명화된 식민지 지배자들이 아주 오래된 형벌과 고문 정책을, 왠지는 모르지만 몇 년 전까지만 해도 우리에게 얼마나 자주 시행했는지를 감안하면, 사실은 그렇게 중세적인 것도 아니었습니다. 그런데 모나리자와 내 유령들도 나 때문에 놀라기는 했지만, 나 자신 역시 나 때문에 놀랐습니다. 그런 놀라움은 언제나 최고, 아니면 최악의 놀라움이기 마련입니다. 나는 어떻게 해야 할지 확실히 알지는 못했지만, 그를 용서할 생각은 없었습니다. 그저 그가 어떤 사람인지 파악하기 위해 남자 대 남자로 얼굴을 마주하고 속살을 보여 주며, 직접 만나고 싶었을 뿐입니다. 한껏 고조된 잘난 체하는 목소리로 내가 말했습니다. 내가 널 용서할 수 있는 이유는 네가 나에게 한 짓이 나도 다른 사람들에게 했던 짓이기 때문이야. 나는 너보다 나을 게 없는 사람이고, 어쩌면 훨씬, 훨씬 더 나쁜 사람일지도 몰라.

난 미안하지 않아. 모나리자가 말했습니다. 염병할, 난 또 그럴 거야. 이 잡종 새끼야.

그러면 난 널 또 용서할 거야. 내가 말했습니다.

나는 한때, 다시 말해 거의 거의 일평생, 나를 잡종 새끼라고 부르는 사람은 누구든 그의 눈을 찌르고 슬개골을 쏴 버리겠다고 위협하려 했습니다. 이름으로 불리면 안 되는 하느님처럼, 나도 "잡종 새끼"라고 불리면 안 됐습니다. 잡종 새끼라고 불릴 때마다 얼굴이 벌겋게 달아오르고, 심박수가 빨라지고, 두 주먹이 불끈 쥐어지고, 목구멍이 조여들고, 혈관 속에 분노라는 림프샘이 넘쳐흘렀습니다. 하지만 지금 이 순간에 나는 화가 나지 않았습니다. 대체 어떻게 된 일이었을까요? 나는 그의 관점에서 나를 볼 수 있었습니다. 아주 뛰어난 동조자로서 그의 두뇌뿐 아니라 심장에도 정통했기 때문에, 나는 그가 나의 진짜 이름을, 어떤 손이든 나를 만든 그 손이 내 세포의 모든 구조에 새겨 넣은 내 존재의 일련번호를 말했다는 걸 잘 알고 있었습니다. 그렇다 하더라도 적어도 도덕적인 의미에서는 그도 잡종 새끼였습니다. 우리는 서로 고작 몇 피트 떨어져 앉아 있었고, 나는 우리의 공통적인 인간성, 아니, 어쩌면 차라리 공통적인 비인간성을 깨달은 상태였습니다. 차이점은 무엇이었을까요? 우리 모두가 인간적이라고 말하는 것은 한낱 감상(感傷)에 불과했지만, 우리 모두가 비인간적이라고 말하는 것은 진실이었습니다. 우리 인간이 잡종 새끼가 아니었던 시대는 대체 어느 시대였나요?

넌 이상한 잡종 새끼야. 그가 투덜거렸습니다.

용서할 수 없는 사람들을 용서하고 싶다면 난 그런 놈이 되어야 해.

모나리자는 혼란스러워 보였습니다. 그건 불가능해.

혁명은 언제나 불가능한 것을 가능하게 만드는 일이야. 내가 말했습니다. 그리고 나는 자신의 혁명을 찾아낸 혁명가야.

넌 미친 얼간이야.

그것도 맞는 말일 수 있겠지.

**4부**

**부**<sup>*</sup>

# 16장

너는 자신이 무엇을 아는지 알고 있다.

너는 자신이 무엇을 **모르는지** 알고 있다.

하지만 네가 자신이 **모른다는** 사실을 모르는 것은 무엇이지?

그리고 네가 자신이 알기를 거부한다는 것을 이미 알고 있는 것은 무엇이지?

이것들은 내가 미국 중앙 정보국의 의붓자식인 공안부의 비밀경찰이었을 때, 스승인 클로드가 그의 적극적인 도제인 나에게 몇 년에 걸쳐 주입한 원칙들과 질문들이었습니다. 우리 공안부는, 우리에게는 잘 알려져 있지도 않던 미시간 주립 대학교의 바짝 깎은 스포츠머리의 테크노크라트들이 붙인 많은 부대조건을 주렁주렁 달고* 우리 나

*     '미시간 주립 대학교 베트남 자문 그룹'에 대한 언급이다. 1955년부터 1962년까지 미 국무부가 남베트남 정부에 제공한 일종의 기술 지원 프

라로 전달된, 미국의 가장 선진적인 최신식 치안 유지 활동 방법론에 따라 구축된 조직이었습니다. 우리는 미시간 주립 대학교가 중간 규모의 주에서 두 번째로 좋은 대학이라는 사실을 당시에는 미처 알지 못했습니다. 우리가 들어 봤을 만한 미국 대학은 오로지 하버드뿐이었고, 어쩌면 예일이나 스탠퍼드까지가 고작이었을 겁니다. 그래서 우리는 미시간 주립 대학교에 대해 들어 보지 못한 걸 우리의 무지의 소치라고 여겼습니다. 유학생으로 미국에 가기 전에 미시간에 대해 내가 그나마 알고 있던 것이라고는, 그곳이 어니스트 헤밍웨이가 젊은 시절 여름을 보내기 위해 즐겨 찾던 장소라는 것뿐이었습니다. 클로드에 따르면 헤밍웨이는 이미 자진해서 마지막 시험을 치르지만 않았더라면, 틀림없이 자신의 남성성과 글쓰기 실력을 시험하기 위해 전쟁 기간 동안 베트남으로 갔을 사람이었습니다.

진짜로 빌어먹을 사내만이 그렇게 죽을 수 있어. 내 스물다섯 번째 생일에 『여자 없는 남자들』* 한 부를 내게 선물하며 클로드가 그렇게 말했습니다. 나의 탄생이야말로 그것을 선사할 수 있는 유일한 사람인 나의 어머니가 내게 선물한 최고이자 이후로도 늘 최고일 생일 선물이었지만, 만약 나의 탄생을 선물로 치지 않는다면 그 책이 내가

---

로그램으로, 미시간 주립 대학의 교수진과 직원들로 구성된 자문단이 남베트남의 공공 행정, 경찰 행정 및 경제 분야에 대해 조언과 교육을 제공했다고 한다.

\* Men Without Women. 1927년 출간된 헤밍웨이의 단편집. 다양한 유형의 '여자 없는 남자'들을 각각의 주인공으로 하는 14편의 단편이 수록되어 있다.

처음으로 받아 본 생일 선물이었습니다. 처음 받아 보는 생일 선물이라고? 클로드가 깜짝 놀라며 말했습니다. 나는 그에게 심지어 생일 파티도 해 본 적이 없다고 말했습니다. 적어도 내가 기억할 수 있는 파티는 말입니다. 우리 나라 사람들 — 프랑스 사람들이 아니라 베트남 사람들 — 은 한 살과 여든 살 생일에만 생일을 축하했기 때문입니다. 높은 아동 사망률을 고려하면, 한 살이 된다는 건 중요한 의미가 있는 일이었고, 내가 살던 곳처럼 가난하고 시골이고 혼란스럽고 부조리한 (그래도 여전히 아름다운) 지역에서 사람들이 죽음을 맞이하는 수많은 다채로운 방식을 고려하면, 여든 살에 이르는 것 또한 획기적인 일이었습니다.

각자 사는 방식이 있는 거니까. 신문지에 싼 선물을 내게 주면서 클로드가 말했습니다 이게 내가 제일 좋아하는 헤밍웨이의 책이야. CIA가 사이공의 숙소로 선택한 에덴에 있는 그의 조금 무더운 아파트에서 내가 자리를 잡고 앉자, 그가 말을 이었습니다. 헤밍웨이는 인류 역사상 가장 위대한 세기에 가장 위대한 나라에서 가장 위대한 작가로 불렸어. 클로드가 말했습니다. 즉 가장 위대한 작가지.

그는 내게 잭 대니얼스를 손가락 두 개 폭만큼 따라 주었고, 나는 그의 손가락이 내 손가락보다 많이 굵다는 데 감사했습니다.

시시한 남자들이라면 그냥 총신이 짧은 권총을 사용하겠지. 내 아버지가 그의 신도들 앞에서 성배를 들어 올리던 것처럼 경건하게 자기 잔을 들어 올리며, 클로드가 말했습니다. 하지만 파파* 헤밍웨이는 엽총을 선택했어. 탕!

우리 모두 결국에는 그렇게 용감해지기를 바란다. 클로드는 나중에 그의 모든 학생들에게 그렇게 말했는데, 그중 그나마 헤밍웨이에 대해 들어 본 적이 있는 사람은 오직 나뿐이었고, 그것은 그저 내가 옥시덴털 대학에서 해머 교수의 재즈 시대와 잃어버린 세대에 관한 수업 시간에 『태양은 다시 떠오른다』를 읽었기 때문이었을 뿐입니다. 클로드는 어리둥절해하는 학생들 앞에서 생각에 잠겨 이렇게 말했습니다. 파파 헤밍웨이가 자신을 잘 알고 있었는지 궁금해. 정말로 자신을 잘 알고 있었는지. 왜냐하면 심문관으로서 너희의 임무는 너희의 심문 대상이 스스로를 잘 알도록 그들을 설득할 수 있게끔 너희 자신을 잘 아는 것이기 때문이야. 난 지금 진정한 심문관에 대해 이야기하는 거다, 제군들. 고문자들이 아니라. 너희들은 고문자가 아니야. 고문자는 아무나 될 수 있어. 포르노가 일종의 예술일 수 있듯이, 고문 역시 일종의 예술이라고 해도 말이야.

클로드가 심문 기법을 예를 들어 설명하기 위해 문학 비평을 사용하는 바람에 나와 함께 공부한 학생들은 때때로 혼란스러워했는데, 이는 그가 혈기 왕성한 미국인들 가운데서도 애국심과 귀족적 특성을 겸비한 보기 드문 엘리트 출신이기 때문이었습니다. 나처럼 그도 기숙 학교에 다녔는데, 바로 뉴잉글랜드의 초일류 엘리트 학교인 필립스 엑서터 아카데미였습니다. 여기서 그는 고전을 읽고, 조정 팀의 일원으로 활동하고, 미국 예외주의**의 돌격대원이 될 준비를 했습

* 　　　헤밍웨이의 별명.
** 　　19세기 프랑스 사상가 알렉시 드 토크빌이 『미국의 민주주의』에서 미

니다. 미국 예외주의란 미국인들이 "미국 제국주의"를 우아하게 언급하는 방식으로, 모든 제국주의자들이 그렇듯 마치 제국주의는 (토착민들에게) 일종의 페니실린이고, 권력과 이익과 쾌락은 (의사들에게) 그저 뜻밖의 부작용에 불과하다는 듯, 자신들이 세상을 이롭게 하기 위해 세계를 장악했다고 진심으로 믿는 미국인들에게는 절대로 해서는 안 되는 말이었습니다. 나와 마찬가지로 클로드도 예술과 문학의 힘을 믿었고, 문화적으로 세련된 사람이 전사가 될 수 있다는 게 전혀 모순이 아니라고 생각했습니다. 그리스인들처럼 말이야. 그가 말했습니다. 몸도, 그 몸으로 하는 일도 다 예술이야.

그래서 나는 그다음 2주 동안 그 창고에서 클로드에게서 배운 예술적 기교를, 본과 로닌과 까오보이와 마찬가지로 모나리자의 몸과 마음을 대상으로 연습했는데, 로닌과 까오보이에게는 이 심문이 예술을 위한 예술이라는 점이 점차 분명해졌습니다. 본은 심문을 유쾌할 수도 있고 유쾌하지 않을 수도 있지만 반드시 효율적으로 비교적 빨리 끝내야 훈련으로 간주했습니다. 하지만 로닌과 까오보이는 효율적인 사람들이 아니라서 여유롭게 하루나 이틀에 한 번씩 들러서 즐기곤 했습니다. 그들은 보스가 그의 경쟁 상대를 해치울 수 있도록 모나리자의 나머지 동료들이 어디에 숨어 있는지 알아내겠다는 목

국과 러시아가 미래에 세계의 운명을 떠안을 예외적 위치에 있다고 주장한 데서 유래한 용어. 요컨대, 미국이 다른 나라들과 다른 특별한 국가로 세계를 이끄는 국가의 위치에 있으며, 자유, 인권, 민주주의 증진의 소명을 가졌다고 여기는 사상이다.

표를 달성하는 데 서두르지 않았습니다. 보스는 진행 상황을 점검하기 위해 딱 한 번 방문했을 뿐입니다. 그는 멍투성이 알몸으로 웅송 그린 모나리자의 몸을 살펴보고 만족스러워하는 것 같았지만, 내가 캐내어서 공책에 기록해 놓은 정보에는 별다른 감흥을 느끼지 못했습니다. 그 정보들은 예를 들어 다음과 같은 것이었습니다. 모나리자의 부모의 고향(수르 엘고즈라네), 학업 성적(보통), 자주 즐기는 취미(모형 비행기 조립), 특히 좋아하는 음식(도너 케밥*), 삼촌들 중 한 명의 운명(돼지는 국적에 상관없이 돼지이기 때문에 몇십 명의 다른 알제리인들과 함께 국가 헌병대**에 의해 센강에 처박혔음), 정치적 견해(무관심과 무정부주의 사이 어디쯤), 갱스터가 된 동기 등등. 나처럼 그도 아버지와의 사이에 문제가 있었습니다. 하지만 나는 아버지를 증오하지 않아. 모나리자가 말했습니다. 아버지가 나나 내 형제들을 두들겨 팼다면, 그건 단지 먼저 프랑스인들이 아버지를 두들겨 팼기 때문이야. 아니, 어쩌면 꼭 그것 때문만은 아닐지도 모르지. 어쩌면 아버지는 정말로 좆같은 인간이고 프랑스인들은 그저 상황을 악화시켰을 뿐인지도 몰라. 누가 알겠어? 나의 다른 삼촌들 중 한 명은 알제리에서 프랑스인들과 맞서 싸웠어. 낙하산 부대 부대원들이 삼촌을 데려

---

\*      고기를 익혀 얇게 저민 것. 대개 피타 빵과 함께 먹는다.

\*\*     민간 사회에서 경찰 업무를 담당하는 군인으로 구성된 군사 혹은 준군사 조직. 원칙적으로는 국방부 휘하에 있으며 군법의 통제를 받고, 소속 구성원의 법적 신분도 군인 및 군무원이지만, 평상시에는 내부부나 공안부 등 민생 치안을 담당하는 정부 부처에 배속되어 주로 국가 내부의 치안 유지를 담당한다.

갔고, 그 당시 고작 10대에 불과했던 우리 아버지는 형의 남은 시신을 수습해 장례를 치러야 했어. 그런 일은 사람을 엉망으로 만들어. 그러면 그 사람은 자기 자식들을 엉망으로 만들고, 또 그 자식들은 그들의 자식들을 엉망으로 만들고, 그런 일이 계속 반복되는 거야.

내가 말했습니다. 자신이 엉망이 된 걸 그렇게 잘 알고 있다면, 그만두려고 노력해 볼 수도 있어.

노력? 노력해 봤어. 난 학교 성적이 그렇게 나쁘지 않았어. 넥타이를 매고 취업 면접을 보러 가는 법을 알고 있었어. 난 프랑스어를 유창하게 할 수 있어. 여기서 태어났거든. 하지만 그들이 내 이름을 말할 때, 그들의 목소리가 전화기 너머에서 변하는 게 들리거나, 그들의 얼굴 표정이 보이지. 만약 내가 그 단계까지 가기나 한다면 말이야. 무사. 그건 프랑스어 이름이 아니네요. 그들은 그렇게 말하곤 했어. 오로지 그 말을 내 면전에서 대놓고 하려고 나와 면접을 본 것처럼 말이야. 이름을 바꾸는 것 말고는 방법이 없었어. 인정할게. 다른 이름도 몇 개 써 봤어. 가스파르. 막심. 샤를. 그 이름들은 나한테 어울리지 않았어. 기분이 찝찝했지. 그리고 이런 생각이 들었어. 난 너희 학교를 다녔어. 그러니 그건 내 학교이기도 해. 너희 언어를 배웠어. 그러니 그건 내 언어이기도 해. 사람들이 나를 아랍인이라고 부를 때를 제외하고는 전혀 아랍인이라는 느낌이 안 들어. 그걸로 충분하지 않아? 이제 어쩔 수 없이 부모님이 지어 준 내 이름까지 바꿔야 해? 게다가 난 이게 끝이 아니라는 걸 잘 알고 있었어. 그들은 결코 멈추지 않았을 거야. 그들은 내가 그들을 닮은 여자와 결혼하고, 그들에게 나보다도 그들을 더 닮은 아이들을 낳아 주고, 오로지 그들하고만 친구로 지내기 전에는 결코 만족하지 않았을 거야. 그들은 내 영혼을 원했어. 난 그들에게 그것을 주지 않을 작정이었어. 난 100퍼센트 프랑스인이 되거나, 그저 더러운 아랍 놈이 될 뿐이거나, 둘 중 하나였지. 그래서 난 그 대신 100퍼센트 갱스터가 되기로 결심했어.

나는 이 대화를 공책에 기록했는데, 보스는 그것을 대충 훑어보더니 내 가슴에 내던졌습니다. 왜 내가 너한테 이따위 쓸데없는 짓이나 하라고 돈을 줘야 하지? 그가 가장 좋아하는 텔레비전 쇼와 음악가라고? 그의 이상형의 여자? 그가 살면서 하고 싶어 하는 것? 이 자식 전기를 쓰는 거야? 누가 그딴 거에 눈곱만큼이라도 관심이나 있대?

그가 나를 노려보며 잠시 말을 멈추었고, 나는 고분고분하게 눈을 내리깔고 있었습니다. 그러는 사이 우리 둘 다 그 시의적절한 침묵이 그의 수사적인 질문에 대한 대답으로 간주되기를 기다렸습니다.

다음 주 토요일까지는 이 일을 끝내도록 해. 보스가 마침내 말했습니다. 「판타지아」 공연이 그날 저녁이고, 그 전날 밤 BFD와 다른 많은 VIP들을 위한 아주 특별한 파티가 열릴 거야. BFD는 천국 방문을 즐거워했어. 많이. 벌써 두 번이나 다시 방문했지. 그가 천국을 좋아했다면 ―

우리가 그를 위해 마련해 둔 게 굉장히 마음에 들 거야. 로닌이 웃음을 터뜨리며 말했습니다.

뭘 마련해 놨는데요? 내가 물어보았습니다.

두고 보면 알게 될 거야. 너도 그 쇼의 일부야. 동원할 수 있는 인력은 다 동원해야 해. 6시까지 거기로 와. 쇼는 9시에 시작이야. 보스가 말했습니다. 그는 내게 화려한 거리인 오슈가의 한 주소를 알려 주었습니다. 그 주소는 내 고객인 수다스러운 인수 합병 전문 변호사가 사는 곳에서 멀지 않은 곳이었습니다. 이 자식 말인데, 네가 이 일을 끝내지 못하면, 내가 끝내겠어. 모나리자의 옆구리를 걷어차며 보스가 말했습니다. 모나리자는 만일 자신이 그럴듯하게 비명을 지르지 못하면 보스가 다시 한번 더 세게 걷어찰 것임을 알고 있었기 때문에 과장되게 비명을 질렀습니다. 곧이어 보스는 본과 함께 떠났는데, 본은 작별 인사로 이런 말을 했습니다. 로안과 함께 저녁 식사 하러 언제 올 거야? 나는 모나리자의 심문에 시간을 모조리 잡아먹히고 있다고 적당히 둘러댔지만, 사실은 본이 다른 여자와 함께 있는 모습을 보는 게 불편했습니다.

혹시 질투라도 하는 거야? 나의 유령들이 다 같이 낄낄거리며 물어보았습니다.

닥쳐. 내가 말했습니다.

난 아무 말도 안 했어. 모나리자가 바닥에서 웅얼웅얼 말했습니다.

나는 그 밀실에 다시 한번 그와 단둘이 있게 되었습니다. 밀실 밖의 창고에서는 난쟁이 둘이 해시시와 달리 귓속말을 하지 않는 커피를 지키고 있었습니다. 그것은 말을 할 필요가 전혀 없었습니다. 진정한 힘을 가진 자들은 다른 사람들이 그들을 대변하게 합니다.

너희 보스가 무슨 얘기를 한 거야? 모나리자가 바닥에서 웅얼웅얼 물어보았습니다.

너한텐 일주일이 남았어. 내가 말했습니다. 그 말은 곧 본이 만과 대면하기 전까지 나에게도 일주일이 남았다는 뜻이었습니다. 만약 만이 「판타지아」 공연에 온다면요. 그리고 그는 올 것 같았습니다. 「판타지아」는 우리 나라 사람들에게 산소였으니까요. 남자든, 여자든, 나이나 직업이나 신념에 관계없이 모든 사람에게는 산소가 필요했습니다. 하룻밤 동안 우리는 우리의 차이, 그러니까 친공산주의자냐 아니면 반공산주의자냐를 제쳐 두고, 노래, 춤, 저속할수록 더 좋은 저속한 코미디에 대한 우리의 깊은 사랑으로 하나가 될 터였습니다. 한편으로 나는 라나를 보고 싶어 견딜 수가 없을 지경이었습니다. 다른 한편으로는, 본이 총을 들고 그의 꿈에 출몰하는 그 얼굴 없는 남자를 겨누고 있는 모습을 보는 걸 무기한 연기하고 싶었습니다. 한편 나는 그때껏 나의 모든 간청과 설득에도 버틴 모나리자와 함께 이 상황에서 어떻게 빠져나가야 할지 알지 못했습니다. 어쩌면 클로드가 내게 가르쳐 준 모든 트릭과 내가 직접 개발해 낸 트릭을 다 쓰지는 않았는지도 모릅니다. 아니면 나는 알게 되는 데 지쳤고 그가 알고 있는 것을 알고 싶지 않았기 때문에 그를 굴복시키고 싶지 않았는지도 모릅니다. 아니면 나는 모나리자가 알고 있는 가장 중요한 것을 이미 알고 있었는지도 모릅니다. 이 남자는 때로는 체념하고, 때로는 반항하며, 몇 번이고 이렇게 말했습니다. 차라리 죽는 게 나아.

금요일 저녁 6시 정각에 오슈가의 그 주소지에 도착했을 때, 내가 파리에서 지나치게 오래 살았고 지나치게 동화되었다는 것을 알게 되었습니다. 시간 엄수는 재미를 추구하는 우리 나라 사람들의 특성이 아닙니다. 그들은 프랑스인들보다 더 유연한 시간관념을 가지고 있습니다. 우리 나라 사람들에게, 내가 마주 보고 있던 우아한 건물은 그들의 기분에 따라 모나리자의 아파트에서 한 시간이 걸릴 수도 있고, 세 시간이 걸릴 수도 있었습니다. 황동 장식이 돋보이는 쌍여닫이문과 거울로 뒤덮인 벽과 크리스털 샹들리에가 있는 대리석 로비는, 누구든 이 건물 거주자 중 한 사람이 모나리자의 거주지와 그곳의 모든 세입자를 합친 것보다 더 가치 있을 것임을 암시했습니다. 나는 천장에서 바닥까지 내려오는 거울에 비친 내 모습을 보았고, 그 모습에 이제 내가 만 나이로 서른일곱 살이라는 사실이 떠올랐습니다. 베트남 관습에 따르면, 나는 어머니의 자궁을 빌린 9개월까지 계산에 넣어 서른여덟 살이었습니다. 그런데 그 몇 달을 계산에 넣으면 왜 안 되나요? 나는 세상에서 최고의 감각 박탈 탱크*에서 따뜻하게 지내며 영양분을 공급받았습니다. 반면에 최악은 수감자들에게서 모든 빛과 소리와 감각을 박탈해 부들부들 떠는 젤리 덩어리로 전락시키는 수족관 같은 녹음실이었는데, 그것은 재교육 수용소에서 CIA의 심문 지침서를 읽은 후, 만이 나 때문에 만든 것이었습

---

* 정신과 의사인 존 릴리가 처음 개발한 장치로, 적정 온도의 물을 채우고 사람이 들어가면 중력, 시각, 청각, 후각을 모두 차단할 수 있게 제작된 탱크이다. 신체의 감각이 사라지며 정신에 온전히 집중할 수 있다는 특징 때문에 운동선수들의 이미지 트레이닝에 사용되기도 한다.

니다. 거울에 비친 나는 이때의 나, 즉 싸구려 식당의 웨이터처럼 특색 없는 검은 슬랙스와 더 이상 별로 하얗지 않은 흰색 긴팔 셔츠 차림으로, 다소 누르스름해 보였습니다. 내 모습 중 가장 매력적인 부분은 브루노 말리 구두와 1930년대나 1940년대 스타일로 매끈하게 뒤로 넘긴 머리였습니다. 그 시절에는 모든 남자의 머리가 요즘처럼 멋없는 길고 헝클어진 스타일이 아니라 윤기 있고 짧은 스타일이었습니다. 하지만 여전히 검은색인 내 머리카락을 제외하고, 나의 나머지 부분은 지치고 늙어 있었습니다. 내 젊음이라는 보조 추진 로켓은 오래전에 중년의 궤도로 오는 길에 버려졌던 겁니다. 십중팔구 이미 반평생은 살았을 텐데, 내가 사랑했던 무한한 양의 위스키와 아주 좋아했던 무수한 담배, 내가 즐겁게 해 줬기를 바라는 몇십 명의 여자들을 생각해 볼 때, 그만하면 그리 나쁜 편은 아니었습니다.

나는 엘리베이터를 타고 이 6층짜리 건물의 4층으로 올라갔는데, 이때는 4층이 그리 인상적인 위치 같지 않았지만, 나중에 알고 보니 그것은 세 개 층으로 된 복층 아파트였습니다. 엘리베이터 문이 열리자, 나는 발이 쑥 들어가는 두툼한 선홍색 양탄자가 깔린 육각형 층계참으로 나가게 되었습니다. 난간은 광택이 도는 짙은 색 목재 난간이었는데, 혹시 벌거숭이가 되어 버린 식민지에서 마취도 없이 수탈해 온 게 아닌지 의심스러웠습니다. 그 어떤 것도 삐걱거리거나 퀴퀴한 냄새를 풍기지 않았습니다. 그런 상태야말로 내가 방문했던 파리의 다른 건물들 중 거의 모든 건물이 갖춘 매력이었는데 말입니다. 내가 초인종을 손가락으로 찌르듯 누르자, 문 반대편에서 종소리가 울렸습니다. 종말론자인 기도가 문을 열었는데, 엉덩이에 하얀 천을 두르고, 목에는 철제 칼라를 착용하고, 세 개의 일회용 반창고를 붙인 모양새였습니다. 예전처럼 뺨과 관자놀이에 각각 하나, 그리고 새로 왼쪽 가슴에 대각선으로 붙인 것 하나, 모두 세 개의 희끄무레한 간이 활주로가 그의 검은 피부 위에 둥둥 떠 있는 것 같았습니다.

여기서 뭐 하는 거예요?

묻지 마요. 그가 투덜투덜 말했습니다.

대체 뭘 입고 있는 거예요?

묻지 마요. 그가 다시 투덜투덜 말했습니다.

그는 거의 알몸이나 마찬가지였을 뿐 아니라, 기름칠을 한 몸이 불빛을 받아서 새 차처럼 반짝반짝 빛나고 있었습니다. 멀리 현관 저편에서 중얼거리는 목소리, 접시가 달가닥거리는 소리, 유리잔이 부딪는 소리가 크게 들렸습니다.

당신 의상은 고용인들 숙소에 있어요. 종말론자인 기도가 말했습니다. 죽 올라가서 꼭대기에 있어요. 내가 현관에 들어서려고 하자, 그가 고개를 가로저으며 손가락으로 가리켰습니다. 당신 뒤에요. 고용인 전용 계단으로 올라가요.

내 등 뒤에는 유리벽으로 된 엘리베이터 통로를 휘감은 크고 폭이 넓은 계단이 있었습니다. 그 통로 건너편에 더 좁고 어두운 또 하나의 계단으로 통하는 문이 하나 있었습니다. 그 계단을 바라보았다가 그를 쳐다보며 내가 말했습니다. 자, 그렇다면 지금 우리가 치르는 것은 기동전인가요, 아니면 진지전인가요?

그는 얼굴을 찡그리며 내 눈앞에서 문을 닫았습니다. 5층, 6층으로 올라간 다음 마지막 한 층을 더 올라가서 다락방들이 있는 맨 꼭대기까지 갔더니, 일곱 난쟁이 중 하나가 그곳을 지키고 있었습니다. 내가 결코 묻고 싶지 않은 이유 때문에, 이투성이라고 불리는 난쟁이였습니다. 그는 터번을 두르고, 맨가슴에 빨간색 양단 조끼를 걸치고, 무릎과 발목을 휘감는 도발적인 흰색 실크 바지를 입고, 앞코가 말려 올라간 자주색 자수 슬리퍼를 신고 있었습니다. 빌어먹을, 물어보지 마. 문을 열고 안으로 들어가라고 손짓하며 그가 투덜투덜 말했습니다. 그리고 방금 본 건 기억에서 싹 다 지우는 게 좋을 거야.

그 방들은 다락방일 수는 있겠지만, 내가 본과 함께 쓰고 있던 아파트와는 달리, 페인트가 벗겨지지도, 쪽매널 마루의 광택이 죽지도, 창문에 금이 가 있지도 않았습니다. 첫 번째 방에서는 의상이 걸려 있는 이동식 옷걸이와 검은색 넥타이를 매고 거울 앞에 서 있는 로닌의 모습이 보였습니다. 그는 그 의상을 보며 고개를 끄덕였습니다.

오늘 밤 넌 물건을 나눠 주는 일을 맡았어. 그가 말했습니다. 진짜 베트남 옷으로 차려입게 될 거야.

로닌은 흰색 리넨 정장, 흰색 리넨 셔츠, 갈색 옥스퍼드화 같은 식민지 시대의 평상복 차림이었습니다. 내 베트남식 복장은 갈색 아오자이에 검은색 실크 바지를 입고 검은색 페도라를 쓴, 1920년대 촐론의 갱스터가 입던 의복 일습으로, 내가 실제로 좋아하는 자유분방한 스타일이었습니다.

굉장한 쇼가 될 거야, 자기. 윙크를 하고 죽 이어지는 옆방들로 향하며 로넌이 말했습니다. 가자.

　이어지는 방마다 젊은 여자들의 수를 세어 보니 모두 열세 명이었는데, 다들 90퍼센트쯤 벌거벗은 채 100퍼센트 심드렁해하고 있었습니다. 그들은 반짝이는 은색 우주복 천으로 엮은, 몸에 꼭 맞는 바지 정장을 입은 표현주의자 여주인의 감독하에 몸단장을 하고 있었습니다. 세 명은 흑인 아가씨, 세 명은 십중팔구 아랍인이나 북아프리카인인 아가씨, 세 명은 하얀 피부가 너무 하얘서 말 그대로 하얘 보이는 금발 머리, 갈색 머리, 빨간 머리 아가씨들이었습니다. 다른 네 명은 내가 이미 아는 아침 모란, 아름다운 연꽃, 크렘브륄레, 마들렌이었습니다. 아가씨들은 로넌과 내가 걸어 들어가자 힐끗 올려다보고는, 곧 선천적으로 매력적인 아가씨에서 소이탄처럼 자극적인 여성으로 변신하는 작업을 재개했습니다. 재잘거리는 소리와 요란한 헤어드라이어 소리로 온 방이 시끄러웠습니다. 크렘브륄레는 나를 보며 입을 삐죽거렸지만, 마들렌은 윙크를 했습니다. 흠잡을 데 없이 반짝반짝 빛나고 털이 거의 없는 피부와 탱탱한 맨가슴을 보며 정숙함*에 경의를 표한 것이 텔레비전 광고만큼이나 실체가 없고 매혹적인 레이스 팬티뿐이라는 사실을 알고, 내 심장이 더 세차게 뛰고 숨이 가빠졌을 때, 나는 전혀 놀라지 않았습니다. 나를 깜짝 놀라게 한 것은 내 배 속에서 요동치는 불쾌감, 부글거리는 설사처럼 유쾌한 기

---

*　'겸양', '정숙함'에 해당하는 영어 단어(modesty)가 '깊게 파인 드레스의 앞가슴에 대어 노출을 완화하는 레이스 등의 장식'을 의미하기도 하는 데서 비롯된 말장난이다.

분을 모조리 망치는 혐오감이었습니다.

　그 마음 나도 알아. 마치 적어도 내 두 마음 중 하나는 읽을 수 있기라도 한 것처럼, 로넌이 속삭였습니다. **나도 알아.**

＊ ＊ ＊

　첫 번째 손님이 도착했을 때쯤 나는 의상을 차려입은 상태였습니다. 나는 종말론자인 기도와 함께 그 3층짜리 복층 아파트의 첫 번째 층 현관에서 손님들을 맞이했습니다. 그 공간에는 야자나무 화분들이 늘어서 있고, 바닥에는 동양의 양탄자가 신발에 밟히는 걸 감수하며 깔려 있고 ― 실제 동양에서는 절대로 일어나지 않을 일이었습니다 ― 벽에는 산과 안개를 배경으로 조그마한 인간 하나가 산길을 오르고 있는 중국화 한 점이 걸려 있었습니다. 그 인물이 그렇게 작아 보이는 것은 그를 둘러싼 장엄한 시골과, 중국인들이 우리 민족을 아주 충분히 식민화하지 않았기에 내가 읽지 못하는 한시 때문이었습니다. 방마다 타고 있는 스틱 향초는 물론이고, 응접실 한구석에 있는 재즈 사중주단까지도 분위기를 한층 더 고조시켰습니다. 그 사중주단은 다 함께 맵시 있고 반짝반짝 빛나는 정장을 입고, 그것과 한 쌍인 돼지고기 파이 모자\*를 쓴 드럼 연주자, 콘트라베이스 연주자, 알토 색소폰 연주자, 피아노 연주자였습니다. 그들은 미국 여

---

　\*　높이가 낮고 챙이 모두 말려 올라간, 돼지고기 파이 같은 모양의 중절모자.

권 소지자이자 가장 유행에 밝고, 시카고, 뉴올리언스, 할렘, 워싱턴 D.C.의 정통적인 재즈 혈통을 이어받은 사람들이었습니다. 나는 손님들이 오기 전에 그들과 담소를 나누며, 나의 미국식 영어, 그리고 미국식 영어 특유의 관용구와 재즈를 포함한 문화에 대한 이해로 그들을 깜짝 놀라게 했습니다. 재즈는 나의 지도 교수였던 해머 교수가 열정을 기울이는 대상이었는데, 그는 미국 서부 해안 스타일의 재즈와 비밥을 특히 좋아했습니다. 그런 까닭으로 나는 찰리 파커, 텔로니어스 멍크, 디지 길레스피, 엘라 피츠제럴드, 빌리 홀리데이 등등의 이름을 들먹일 수 있었습니다. 그 사중주단의 단원들은 이런 전설적인 이름들에 고개를 끄덕였습니다. 그들도 나처럼 난민이었는데, 무례한 미국 백인들의 인종 차별주의라는 축 늘어진 배에서 달아나, 자기만족에 빠져 자축의 박수를 터뜨리는 파리 사람들의 인종 차별주의라는 가슴에 곧장 안긴 경우였습니다. 내가 그들에게 프랑스어로 대화를 시도하자, 그 사중주단의 리더가 고개를 가로저으며 속삭였습니다. 이봐요, 안 돼요. 우리는 프랑스어를 할 수 없어요. 내 말은, 프랑스어를 할 수는 있지만 여기서 프랑스어를 하지는 않는다는 거예요. 아니면 프랑스어를 할 때는, 미국인답게 서투르게 해야 해요. 알겠어요? 만일 우리가 프랑스어를 잘하면, 그들은 우리가 아프리카인이라고 생각할 거예요. 그들은 우리가 미국인이라고 생각할 때 우리한테 아주 잘해 줘요. 하지만 우리가 아프리카인이라는 생각을 하면 ― 우리를 개똥 취급해요. 다른 세 명이 말했습니다.

그 사중주단이 덱스터 고든의 곡을 연주하고 있었을 때, 손님들이 도착하기 시작했는데, 다들 기분이 좋은 상태였습니다. 왜 아니겠어요. 진짜 미국 흑인 밴드가 재즈를 연주하고 있었는데요. 재즈는 이 세상에 대한 미국의 가장 위대한 문화적 공헌이었습니다. 만약 우리가 문화라는 단어로 20세기에 세상을 완전히 바꿔 놓은 미국의 다른 유명한 문화적 공헌들, 예를 들어 로큰롤, 패스트푸드, 비행기, 원자 폭탄 같은 게 아니라, 위대한 것에 합당한 가치가 있는 무언가를 이야기하고자 한다면 말입니다. 그 밖에 이 손님들을 행복하게 해 준 것은 무엇이 있었을까요? 암흑의 한복판에서 붙잡혀 와서 문을 열어 주고 있는, 시무룩하고 위협적이고 알몸이나 다름없는 아프리카인과 그들의 코트를 받아 주는 인도차이나인 마약상은 어떤가요? 아프리카인과 아시아인으로 구성된 2인조 하인인 우리는 노예근성이라는 수갑을 차고 있었고 불가사의한 면모로 더 생동감 있었기에, 딱 적당한 만큼의 위험과 흥분을 제공했습니다. 로닌이 내게 말해 주었듯이, 본이 이 일을 거절한 건 당연했습니다. 거의 벌거벗다시피 한 젊은 여자들의 모습은 말할 것도 없었습니다. 독실한 가톨릭교도인 그는 그런 광경을 불쾌하게 여겼을 겁니다. 나는 이튿날 밤 「판타지아」 공연장에서 그를 만날 예정이었고, 거기서 마침내 로안의 저녁 초대에 응할 계획이었습니다. 나는 그가 죽은 아내와 아들을 애도하면서도 새 사랑을 찾을 수 있다는 걸 인정하기 위해, 그가 앞으로 나아갈 수 있도록 도울 작정이었습니다. 하지만 오늘 밤, 나는 뒷걸음질치고 싶었습니다. 로닌의 지시대로 고개를 숙이고 그들이 이해할 만큼은 훌륭하고 업신여길 만큼은 형편없는 다소 어눌한 프랑스어로 인사하면서, 비유적으로 말해 손님들의 엉덩이에 키스하며 아부했는데, 그런 행위는 나 같은 사람에게는 뺨에 키스하는 프랑스인들의 습관만큼이나 중요한 제스처였습니다. 손님들이 내게 하는 인사라고는 아주 부유하고 심지어 머리카락까지 새하얀 백인 남자들에게 어울리는 최고급 코트를 맡기는 것이 고작이었습니다. 그들의 머리 중 가장 어두운 색의 머리가 갈색 머리일 텐데, 그런 중년 남성은 극소수였습니다. 한 남자는 너무 뻔한 검은색 턱시도와 나비넥타이 차림이었는데, 그것은 선교사가 약속할 법한 것만큼도 흥미롭지 않은 성적 교감을 약속하는 복장이었습니다. 또 다른 한 명은 향수에 젖어 로넌의 것과 같은 흰색 리넨 정장을 입고, 멋을 부려 차양용 헬멧 모자까지 추가한 차림새였습니다. 어쩌면 더 흥미진진하거나 무시무시한 것은 은은한 시가 연기 냄새로 암내를 가리고 있을지도 모를, 외알안경을 쓰고 자주색 벨벳 스모킹 재킷*을 입은 남자였습니다. 그다음으로는 사파리 복장을 하고 조준경이 달린 사냥총을 지참한 맹수 사냥꾼이 있었는데, 그는 영혼에 보이지 않는 굳은살이 박인 사람이었습니다. 그리고 나이 들고 불어난 몸에 너무 꽉 끼는 군복을 입은 손님이 두 명 있었는데, 한 명은 장군의 별을 달고 있었고, 다른 한 명은 외인부대의 카키색 군복과 흰색 케피 모자**를 자랑스럽게 착용하

---

\* 집에서 비공식적인 손님 접대 시 착용하는 남성용 웃옷. 벨벳이나 새틴으로 된 숄칼라가 달렸고 단추 없이 천으로 된 넓은 띠로 여민다.

\*\* 햇볕을 가리기 위해 뒤쪽에 천을 붙인 것으로, 꼭대기가 평평한 모자. 앞에는 짧은 챙이 달려 있다.

고 있었습니다. 나는 중동이나 북아프리카에서 유래한 것으로 보이는 동양풍 로브와 터번을 착용한 두 남자에게 몹시 신경이 쓰였습니다. 심지어 그중 한 명은 구두약으로 보이는 물질로 얼굴을 검게 칠해서, 눈의 흰자위와 입술의 붉은색이 훨씬 더 도드라져 보였습니다. 난 알라딘이에요. 그는 누구든 묻는 사람들에게, 또한 나를 포함한 묻지 않은 사람들에게도 자랑스럽게 말했습니다. 이 터번을 두른 알라딘은 검게 칠한 손을 흔들고 검게 칠한 손가락을 꼼지락거리며 자신을 소개할 때마다 활짝 웃었고, 그의 하얀 손톱과 하얀 치아는 그의 검게 칠한 피부와 대비되며 훨씬 더 환하게 빛났습니다. 그가 아랍인으로 보이려 한 것임을 감안한다면 — 알라딘이 아랍인이었나요? 느닷없이 자신이 없어지기는 했지만, 알라딘이 어떤 부류든 동양인인 것은 틀림없었습니다 — 갈색 구두약이 아니라 검은색 구두약을 사용하기는 했지만, 아마도 그의 피부는 갈색이라고 해야 할 겁니다. 우리는 환상의 영역에 있었는데, 이 신비로운 악당이 검은색인지 아니면 갈색인지가, 아니면 구두약에 실상에 대비되는 다양한 피부 톤에 대해 논의할 때 정말로 검은색인지 갈색인지가 무슨 상관이 있었겠어요? 나를 정말 놀라게 한 다른 한 사람은 검은 사제복을 입은 괴짜였습니다. 치마는 발목까지 내려오고, 칼라에는 회색빛이 감돌았으며, 머리는 작은 스컬캡*으로 치장되어 있고, 어깨에는 자연스럽고 느슨하게 주름이 잡혀 있었습니다. 그의 목에 걸려 있는 십자가상 목걸이

---

\*　　　　주로 성직자들이 쓰는, 머리에 꼭 맞고 테가 없는 작고 둥근 모자.

는 미묘하게 흔들리며 내게 거의 최면을 걸다시피 했고, 그것은 그의 바닥 모를 심연 같은 회색 눈도 마찬가지였습니다. 나는 무언가 불분명한 말을 중얼거렸습니다 ─ "아버지"라는 말이었을까요? ─ 그 사제가 내 머리 위 허공에 성호를 그었을 때 나는 그가 의상만 차려입은 게 아니라 실제로 사제라는 것을 알아차렸습니다. 다 합해 열 명의 신사가 왔는데, 그중 열 번째는 히죽히죽 웃으면서 실수인 척 바닥에 외투를 떨어뜨린 BFD였습니다. 그는 좆같은 놈처럼 차려입고 있었습니다. 다시 말해, 영국 신사나 19세기 유럽 귀족의 검은색 연미복에 회색 슬랙스를 입고 실크해트를 쓰고 있었는데, 그들의 세련된 예의범절과 정교한 패션은, 그들이 비백인종의 국가를 약탈하고 그곳의 주민들을 노예로 삼거나 아니면 학살하거나 혹은 노예로 삼아 학살도 하고, 그 결과를 "문명화"라는 명목으로 정당화하며 대량 학살을 자행하는 제국을 감독하는 데 완벽하게 어울리는 것이었습니다. 설사 잡종 새끼의 말은 설득력이 없다고 해도, 아마 파농에 대한 사르트르의 다음과 같은 글은 설득력이 있을 겁니다. "우리에게 인간이 된다는 것은 곧 식민주의의 공범이 된다는 것이다. 우리 모두는 예외 없이 줄곧 식민지 착취의 혜택을 받고 있기 때문이다." 이 말을 내 식으로 바꿔 표현하자면 다음과 같습니다. 식민지 지배의 피로 얼룩진 이익을 하얗게 덧칠해 가리는 것만이 어떤 의미에서는 백인 남성들이 자기 손으로 할 수 있는 유일한 세탁이었습니다.

내가 엉덩이에 키스하는 자세로 그의 옷을 주워 들고 몸을 일으킬 때 BFD가 몸을 가깝게 숙이더니 ─ 딱 나와 종말론자인 기도에게만

들릴 만한 소리로 — 이렇게 말했습니다. 엿이나 처먹어.

감사합니다. 내가 말했습니다. 아마도 그가 입을 다물게 할 수 있을 유일한 말이었을 겁니다. 내가 의도한 건 아니었습니다. 하지만 그가 얼굴을 찡그리며 끙 하고 앓는 소리를 내고는 '별말씀을 다하시네요.'라는 말도 없이 걸어가 버리는 모습을 본 것은 기분 좋은 부작용이었습니다. 아마 그는 내가 빈정대고 있다고 생각했겠지만, 나는 정말, 정말, 정말 진심이었습니다. 나는 BFD가 식민지 지배자들이 적어도 식민지 사람들과 얼굴을 직접 마주했을 때 그들에 대해 늘 생각하는 바를 솔직하게 소리 내어 말해 준 것에 고마움을 느꼈습니다. 온갖 겉치레와 전후 사정과 **문명화의 사명**이라는 미사여구에도 불구하고, 현실은 그들이 최악의 경우 우리를 미워하고 잘해야 우리를 열등하다고 생각하며, 평등해지고 싶은 우리의 유일한 희망은 그들을 모방하는 것뿐이라는 것이었습니다. 나는 BFD의 걸음걸이를 모방하며 그의 뒤를 따라 신사들이 서로 어울리고 있는 응접실로 들어갔습니다. 거기서는 난쟁이 셋이 남자다운 음료와 작은 정물화를 닮은, 화려하게 장식된 오르되브르를 얹은 쟁반들을 들고 주방을 오가며 그들의 시중을 들고 있었습니다. 이 세 사람은 이투성이와 같은 우스꽝스러운 동양풍 옷을 입고 있었습니다. 깨닫고 보니 단 하나 다른 점은 그들이 각각 허리에 두른 노란 띠에 반월도까지 꽂고 있다는 것이었는데, 그것이 단순히 장식용은 아닐 거라는 의심이 들었습니다. 꺽다리, 심술보, 구린내는 진짜 칼만 가지고 다닐 것 같았습니다.

아주 쾌활한 우리 나라 사람들은 생생하고 정확한 별명을 무척 좋아했습니다. 나를 잡종 새끼라고, 혹은 그보다 한결 나은 미친 잡종 새끼라고 부르는 걸 포함해서 말입니다. 그런데 나나 이 기막히게 좋은 아파트의 정체불명의 주인 중에 누가 더 미친 사람이었을까요? 벽난로 위에 알몸으로 문어……에게 유린당하는 일본 여성을 그린, 더욱 고전적인 시대의 그림을 걸어 놓는 아주 독특한 취향의 소유자인 아파트 주인이었을까요? 문어가 제 다리로 그녀를 샅샅이 탐색하는 동안, 여자는 두 눈을 꼭 감은 채 고개를 뒤로 젖히고 있었습니다. 문어가 아니라 그녀의 다리였을까요? 성별이 불분명한 문어의 방울눈이 여자의 가랑이 사이를 들여다보고 있었고, 그 머리가 취하고 있는 자세는 내가 너무나 잘 기억하고 있는 것이었습니다.

호쿠사이*야. 로닌이 손님들 사이를 돌아다니다가 잠시 멈춰 서서 나직이 말했습니다.

나는 이미 해시시를 꽤 많이 피운 데다, 그 그림의 색깔들과 오르락내리락하는 재즈가 내 몸과 정신에 달라붙어 이제는 문어의 다리에 달린 빨판들처럼 끈적거렸습니다.

저 일본인들은 참 괴상한 놈들이야, 안 그래? 로닌이 생각에 잠겨 말했습니다. 그게 내가 그들을 사랑하는 이유지!

그는 내가 그 저속한 그림 때문에 감격에 겨워 떨고 있다고 짐작하

---

*　　가쓰시카 호쿠사이. 일본 에도 시대에 활약한 목판화가로 우키요에(浮世繪)의 대표적인 작가다. 본문에 언급된 그림은 호쿠사이의 춘화인 「문어와 해녀」로, 서양에서는 '어부 아내의 꿈'이라고 불리는 목판화다.

며 걸음을 옮겼는데, 사실 그때 나는 정말로 몸을 떨고 있었고, 그 이유는 가장 뜻밖의 상대, 그러니까 어머니가 저녁 식사를 위해 남겨 둔, 내장이 제거된 무방비 상태의 이름 모를 오징어와 함께한 그 잊을 수 없는 단 한 번의 관계를 상기하다가, 나의 두 번째로 민감한 성감대인 내 기억이 흥분해 버렸기 때문이었습니다.

나는 일반 담배와 해시시 담배와 설탕만큼 불가피한, 형체 없는 하얀 몸을 황금빛 그릇에 누인 치료제 같은 물건들을 얹은 티크 쟁반을 나르는 일을 했습니다. 나는 한몫 끼기를 원하는 신사라면 누구에게나 작은 도자기 수저를 내밀었는데, 아무도 거절하지 않았습니다. 난쟁이들이 왔다 갔다 하고, 샴페인이 넘쳐흐르고, 사중주단은 더할 수 없이 열정적이고, 빗발치듯 쏟아지는 프랑스어는 속사포처럼 너무 빨라서 내가 완전히 이해할 수 없을 정도였습니다. 마침내 로닌이 벽난로 쪽으로 걸어가 호쿠사이의 그림 아래 서더니, 주목해 달라고 요청했습니다. 사중주단은 연주를 멈췄고, 난쟁이들은 벽감으로 물러났고, 모두가 로닌을 향해 돌아섰습니다.

신사 여러분, 잘 오셨습니다! 그가 큰 소리로 말했습니다. 이렇게 즐거운 파티에 여러분을 모실 수 있는 영광을 저희에게 주셔서 감사합니다. 신사 여러분, 여러분은 모험가입니다. 저도 마찬가지죠. 저는 인도차이나 땅에서 태어난 프랑스인입니다. 여러분 중 몇 분도 마찬가지로 알제리, 모로코, 뉴칼레도니아 같은 타국에서 태어났습니다. 우리는 이곳에서 외국의 것에 대한 우리의 사랑과 이국적인 것에 대한 우리의 취향으로 하나가 되었습니다. 신사 여러분, 여러분의 그런 취향을 1000일 하고도 하룻밤* 중 하룻밤일 이 밤에 한층 자극하고 충분히 만족시켜 드리고자 합니다! 자, 이제 여러분께 세계 각지에서 이곳으로 온, 파리에서 가장 아름다운 아가씨 몇 명을 소개해 드리겠습니다!

로닌이 손을 흔들어 사중주단에게 연주를 재개하라는 신호를 보냈습니다. 응접실 구석에는 나선형 계단이 있었는데, 거기서 아가씨들이 하나씩 차례대로 내려왔습니다. 그들은 이제 옷을 입고 있었습니다 ── 그들 중 일부는요 ── 그리고 모여 있던 남자들은 킬킬거리고 크게 웃으며 나로서는 대부분 이해가 안 되는 농담이 섞인 감상을 저마다 중얼거렸습니다. 1초가 지날 때마다 내 몸이라는 모래시계가 머릿속에서 두려움이라는 모래를 마구 쏟아 내며, 내 배 속에 그 모래가 쌓였습니다. 내 평생 두 번째로 ── 첫 번째는 그 공산당 첩자가 겪어야 했던 그 참혹한 일이었습니다 ── 나는 보고 싶지 않았습니다. 아침 모란이, 로닌의 말에 따르면 폴 고갱의 타히티에 영감을 받아(아침 모란은 싱가포르 화교였는데도요), 귀에 꽂은 백합 한 송이 말고는 상반신에는 아무것도 걸치지 않고 허리에 꽃무늬 치마만 두른 모습을 말입니다. 10대 후반으로 보이는 백인 아가씨가 레이스 초커와 너덜너덜한 흰색 드레스를 착용하고 양손은 밧줄에 묶인 채, 로닌에 의해 바르바리 해안의 야만적인 노예 상인들로부터 구출된 백인 노

---

*    아랍어로 쓰인 설화집인 『아라비안나이트』 혹은 『천일야화』가 1000일 하고도 하룻밤 동안 셰에라자드가 술탄에게 들려주는 이야기 형식을 취한 것을 암시하는 말.

예라고 소개되는 모습은 보고 싶지 않았습니다. 하얀 구슬과 조개 껍데기로 만든 팔찌와 목걸이 외에는 아무것도 걸치지 않은 알몸 상태의 흑인 아가씨도 보고 싶지 않았습니다. 검은 미니드레스나 망사 스타킹과 상충되는 가림막인 검은 베일과 두건에 가려, 드러난 부분이라고는 갈색 눈뿐이었기 때문에 얼굴은 전혀 보이지 않았던 또 다른 아가씨도 마찬가지였습니다. 재즈 연주 소리도 컸지만, 훨씬 더 큰 것은 여러 남자들이 서로를 밀치고 음탕하게 외쳐 대면서, 와자지껄 떠드는 소리였습니다. 하지만 어떤 소리도 내 귀에 둥둥 울리는 내 심장박동 소리만큼 크지는 않았습니다. 그 소리는 어떤 욕망도 억누르는 죄책감과 수치심이라는 무거운 담요를 뚫고서도 들릴 정도로 컸습니다.

신사 여러분. 로닌이 말했습니다. 여기 그들이 여러분의 아버지나 할아버지 중 몇 분은 방문한 적이 있을 수도 있는 전설적인 샤바네\*의 전통을 이은 우리의 쾌락의 정원으로 들어옵니다. 여기 더 큰 동양과 아프리카의 매음굴과 환락가와 노예 시장에서 온 가장 아름다운 아가씨들 중 몇 명이 와 있습니다! 남쪽으로는 알제리, 모로코, 튀니지, 세네갈에서, 그리고 동쪽으로는 이집트와 인도차이나에서 왔죠! 문득 잠시 일탈해, 위험한 팔레스타인과 매혹적인 태평양의 낙원타이티로 짧은 여행을 다녀올 수도 있습니다! 그래요, 이 모든 것이 환상적인 항해입니다. 하지만 환상이 현실보다 더 좋죠. 현실에는 매

---

\*    1878년부터 프랑스에서 매춘 업소가 불법이 된 1946년까지 파리에서 가장 유명한 고급 매춘 업소 중 하나였다.

독이 있으니까요. 〔신사들이 폭소를 터뜨렸습니다.〕 신사 여러분, 보십시오. 튀르키예의 파샤\*처럼, 자신이 만족시킬 수 있을 만큼 많은 미녀들을 가지세요. 이 아가씨들은 여러분을 위해 죽고, 여러분에게 구원받기를 바랄 겁니다 ── 여러분이 그들에 대한 미친 사랑 때문에 먼저 자살하지만 않는다면요! 여러분은 세상의 근원으로 돌아갈 겁니다 ── 아니요, 콩고나 나일강이 아니라, 여기, 그리고 여기, 그리고 여기, 탐탐 공주\*\*의 육감적인 허벅지 사이에, 드래곤 레이디의 황금의 삼각 지대\*\*\*에, 이 금지된 하렘의 온실에요. 여기서 여러분은 술탄, 전제 군주, 식민지 대농장주, 손에 채찍을 들고 암흑대륙\*\*\*\*을 탐험하는 백인 남자입니다. 여기 정글에서 막 나온, 검은색 잠옷을 입은 정열적인 베트콩에서부터, 비행기를 공중 납치 하고 방금 막 돌아온 팔레스타인의 자유의 투사에 이르기까지 여러분이 정복해야 할 신비한 숙녀들이 있습니다. 여러분에게 보이는 것은 그녀의 얼굴뿐이지만, 얼마나 굉장한 얼굴입니까! 진정한 팜 파탈이군요! 아니면 지금까지 발명된 것 중 가장 위대한 성적 보조 기구인 베일을 쓰고, 몸을 움츠리고 있는 이 이슬람교도 아가씨는 어떨까요? 이 베일 뒤에 무엇

---

\*         예전에 튀르키예에서 장군, 총독, 사령관 따위의 신분이 높은 사람에게 주던 영예의 칭호.
\*\*       1935년 발표된 동명의 흑백 영화 주인공을 지칭한다. 미국 출신의 프랑스 영화배우인 조세핀 베이커가 프랑스 상류 사회에 탐탐 공주로 소개되는 튀니지 현지 소녀로 출연한다.
\*\*\*     태국, 미얀마, 라오스 3국의 접경 산악 지대로 한때 전 세계에서 유통되는 헤로인의 70퍼센트를 생산했던 곳이다.
\*\*\*\*   어두운 대륙이라는 뜻으로, 문명이 뒤처진 아프리카 대륙을 이르는 말.

이 숨어 있을지 누가 알겠습니까? 여러분 마음대로 그대로 둬도 되고, 벗겨도 되지만, 어쨌든 여러분이 안전하다는 것은 알아 두세요. 설령 여러분이 선택하는 아가씨가…… 나비 부인*이라 해도요. 그녀의 마법의 양탄자를 타고 즐기고, 9개월 후에 그녀가 반갑지 않은 깜짝 선물을 가지고 돌아올지도 모른다는 걱정은 하지 마세요. 백인 남자와 동양 여자의 금지된 사랑을 즐기세요. 저 친구 같은 금단의 열매가 생길지도 모른다는 걱정은 하지 마세요!

그리고 이 대목에서 로닌이 손가락으로 나를 똑바로 가리켰습니다. 모두가 고개를 돌려 나를 바라보았을 때, 나는 그들 눈의 흰자위를 볼 수 있었습니다. 그 순간 나는 종말론자인 기도와 야자나무 화분 사이에 서서, 설탕이 담긴 황금빛 그릇이 놓인 쟁반을 든 채, 내 배 속에 쌓인 모래의 무게 때문에 꼼짝도 못하고 있었습니다.

신사 여러분, 여러분이 지금까지 아편을 즐겼다면, 앞으로는 동양과 서양의 잡종으로 태어난 저 친구가 여러분을 위해 들고 있는 치료제를 사랑하게 될 겁니다. 어이! 로닌이 엄지손가락 끝으로 가운데손가락 끝을 딱 소리 나게 튕겼습니다. 어이! 어이!

내 머릿속이, 아니, 내 머릿속들이 혼미한 가운데 문득 그가 나에게 말하고 있다는 것을 깨달았습니다.

어이, 거기 그냥 서서 뭐 하는 거야? 신사분들께 치료제를 돌리도

---

＊　　일본의 기녀, 나비 부인이 미국의 해군 장교 핑커턴에게 버림받아 스스로 목숨을 끊기까지의 비극적 이야기를 그린 푸치니의 오페라로, 나비 부인과 핑커턴 사이에는 자녀가 태어난다.

록 해!

내가 황금빛 그릇에 담긴 설탕을 섭취하면서 나를 보고 히죽거리는 이른바 신사들 사이를 돌아다니고 있었을 때, 로닌이 말했습니다. 자, 신사 여러분, 시작합시다! 여러분의 첫 번째 선택을 위해 입찰할 준비가 되셨습니까? 〔신사들이 동의하며 **환호성을 질렀습니다.**〕 이 매혹적인 인형을 여러분 앞으로 불러내도록 하죠 — 바로 여기, 그 받침대 위에 와서 서요, 우리 아가씨 — 우리 중 많은 사람들이 그토록 애틋하게 기억하는, 전통적인 아오자이를 입은 우아한 안남인 천사, 드래곤 레이디 그 자체예요. 하지만 이 경우에는 바지를 입지 않습니다. 신사 여러분, 안남인 아가씨들은 우리 여자들과 전혀 다릅니다. 솔직히, 그건 좋은 일이에요. 〔신사들이 **폭소를 터뜨렸습니다.**〕 그들은 남자들과 너무 비슷해져 가고 있어요. 〔신사들은 동의한다는 듯 일부러 헛기침을 했습니다.〕 다행스럽게도, 이 요부들은 "페미니즘"에 대해 들어 본 적도 없고, 설령 듣는다고 해도, 틀림없이 아랑곳하지 않을 겁니다. 이렇게, 우리에게는 메콩강 삼각주의 이 유혹적인 여성이 있습니다. 그녀의 몸뿐만 아니라 엄청난 위험성 — 그녀와 사랑에 빠질 위험성 — 으로 여러분을 유혹하고 있어요! 신사 여러분, 이 맛있어 보이는 열대의 드래곤 프루트를 먼저 맛볼 행운아는 누구일까요? 그녀는 여러분의 안남인 천사가 될까요? 아니면 드래곤 레이디가 될까요?

남자들이 저마다 입찰가를 외치기 시작했고, 나는 그들의 무지가 경멸스러웠습니다. 마들렌은 심지어 안남인이나 베트남인도 아니었습니다. 아, 마들렌! 그녀는 미소를 머금고, 로닌의 지시에 따라, 모든 남자들이 활활 타오르는 황금빛 드래곤이 상반신을 가로지르는 붉은색 아오자이를 입은 그녀를 모든 각도에서 볼 수 있도록 하이힐을 신은 한쪽 발을 중심축으로 회전하며 사이드 테이블 위에서 천천히 한 바퀴를 돌았습니다. 누군가가 신음 소리를 냈는데, 그것은 바로 나였습니다.

신사 여러분, 내가 보는 것을 여러분도 보고 있나요? 로닌이 외쳤습니다. 미녀예요! 미녀!

그 미녀가 한 바퀴를 다 돌았을 때, 나는 그녀의 미소와 눈을 다시 한번 보았는데, 둘 다 미동도 없이 그대로였습니다. 그 남자들은 논쟁적인 회기의 영국 의회 의원들처럼 야유를 퍼붓고 고함을 치며 저마다 입찰가를 불렀고, 급기야 나는 그들과 같은 종, 또는 적어도 같은 성별의 일원이라는 것이 부끄러워졌습니다. 마침내 승자가 벌떡 일어났습니다 — 긴 바지 대신 반바지를 선택할 수 있는 열대 지방의 여름 군복 차림을 한 백발의 외인부대원이었습니다. 그가 마들렌에게 손을 내밀자, 그녀가 눈을 내리깔고 단상에서 내려왔습니다. 그녀는 고개를 들었을 때, 내가 자신을 응시하고 있는 것을 보았습니다. 그녀의 손짓에 내가 다가가자 그녀가 속삭였습니다. 당신이 가지고 있는 물건 조금만 가져갈게요. 내가 망설이자 그녀가 나를 쏘아보며 화난 듯 낮게 속삭였습니다. 뭘 기다리는 거예요? 얼른 줘요! 그게 내가 이 밤을 견뎌 낼 유일한 방법이라고요.

그리하여 내가 그녀에게 치료제를 주었지만, 과연 그 치료제가 그녀나 나를 치유하기에 충분했을까요? 사르트르는 "유럽인들은 노예와 괴물을 창조함으로써만 인간이 될 수 있었던 것이다."라고 말했는데, 그렇다면 이 아가씨들은 무엇이었을까요? 나는 뭐였을까요? 어쩌면 나는 이러한 비인간적인 방식으로 유럽인들에게 선택되는 데 대해 격분하는, 정의로운 잡종 새끼만은 아니었을 겁니다. 어쩌면 이런 역할들에서 위안을 얻는 형편없는 잡종 새끼이기도 했을 겁니다. 왜냐하면 그런 역할들 덕분에 나 역시 가장 믿을 만한 방식으로, 그러니까 바로 나 자신의 노예와 괴물로 내 상상 속을 채움으로써 인간이 되었다는 것을 부정할 기회를 얻을 수 있었기 때문입니다.

경매가 끝나고 조명이 어두워지고 나서, 나는 응접실, 서재, 당구대가 있는 방, 여러 개의 침실, 도시의 불빛과 남성의 발기에서 영감을 얻은 에펠 탑의 검은 형체가 보이는 테라스 등등 곳곳에 산재해 있는, 촛불을 밝힌 소파, 소파 침대, 쿠션, 긴 안락의자, 침대 따위에 자리를 잡은 커플들이나 3인조를 지나며 어슬렁어슬렁 돌아다녔습니다. 동이 틀 때까지 이어진 온밤 내내, 그 남자들과 아가씨들은 아프리카 코끼리 성체 한 마리를 죽이거나, 적어도 의식을 잃게 할 만큼의 치료제를 사용했습니다. 나는 아무도 보지 않을 때, 하얀 가루를 여기서 한 줄 저기서 한 줄 슬쩍슬쩍 코로 들이마시는 데 최선을 다했습니다. 그런 경우가 흔했는데, 이는 남자들은 변태 성욕자가 되는 데 집중하고, 여자들은 의무적으로 변태적 성행위를 상대하고 있었기 때문입니다. 그 남자들 중 누구든 내게 단 한마디라도 말을 건

넨 경우는, 셰이크가 치료제를 몇 번 킁킁거릴 동안만큼만 한숨을 돌리다가, 나를 보고 사납게 히죽 웃으며 내 팔을 찰싹 때렸을 때뿐이었습니다. 이봐, 놀라운 물건이야! 나는 그의 목에 걸린 인간의 귀로 만든 목걸이에 신경 쓰지 않으려고 애를 썼는데, 좀 더 자세히 살펴보니 그것은 말린 복숭아 조각들이었습니다. 정말 놀랍군요! 남자는 이렇게 살다가 죽을 수도 있군요! 붕가붕가!*

그리고 그렇게 시간은 아주 느릿느릿 지나갔습니다. 다른 사람들이 재미 보는 걸 지켜보는 일보다 더 지루한 일은 없었으니까요. 만약 그 아가씨들이 재미를 봤다고 할 수 있다면 말입니다. 나는 그때껏 나 자신이 인간의 광범위한 성적 행위를 목격한 세상 경험이 많은 남자라고 생각했지만, 이런 것을 본 적은 없었습니다. 하기야 나는 한낱 식민지 출신의 촌뜨기에 불과했고, 사드 후작도 얼굴을 붉히게 할 법한 이런 정도의 문명을 감당할 준비는 되어 있지 않았습니다. 마침내, 동이 틀 무렵, 나는 깨닫고 보니 그 복층 아파트 세 번째 층의 안방에 있었습니다. 그 방 안에는 사파리 복장을 한 맹수 사냥꾼이 열린 바지 지퍼 사이로 발기한 그의 창백한 물건을 쑥 내밀고 안락의자에 앉아 있었습니다. 그리고 그는 조준경을 들여다보며, 거대한 크기의 침대 위에 있는 갈색 머리 여자와 빨간색 머리 여자를 사냥총으로

* 기원은 불분명하지만 20세기 초반 등장하기 시작한 용어로, 전 세계 언론에서 사용되며 널리 알려진 것은 2010년 무렵 이탈리아에서 베를루스코니 전 총리가 매춘부들과 벌인 섹스 파티가 폭로되면서부터였고, 이후 정치인들과 매춘부들이 연루된 섹스 파티나 그런 행위를 일컫는 말로 사용되고 있다.

겨누고 있었습니다.

바로 그거야, 아가씨들! 이마가 땀에 젖은 채 그가 소리쳤습니다. 아주 화끈해!

그 방은 정말로 사타구니의 체온만큼 더웠습니다.* 나는 몹시 지친 데다 몸이 너무 뜨거워서 머리가 어질어질했습니다. 현기증 때문에 한쪽 구석에 앉을 수밖에 없었습니다. 치료제 때문에 어지럼증이 생긴 것이었을까요? 아니면 그 치료제가 치유책이었을까요? 나는 결정을 내리기 위해, 그 하얀 치료제를 한 줄 더 들이마셨고, 곧이어 또 한 줄 더 들이마셨습니다. 하지만 내가 미처 그 치료제가 원인인지 치유책인지 알아내기도 전에, 그 맹수 사냥꾼이 나를 발견했습니다. 어이, 일어서! 일어서! 그는 총구를 휙 돌려 나를 겨냥하며, 조준경의 십자선을 내 미간에 고정했고, 나는 자리에서 일어서려 안간힘을 썼습니다. 하지만 나는 발기가 되지 않는 것만큼이나 자리에서 일어나기도 어려웠습니다. 그래서 빌어먹을…… 누가 신경이나 쓴다고…… 지긋지긋하게…… 나는 포기해 버렸습니다…… 나는 치료제를 한 번 더 빨아들고는, 두 눈을 감고 흐느끼며, 맹수 사냥꾼이 방아쇠를 당기길 기다렸습니다.

*    일반적으로 겨드랑이나 사타구니의 정상적인 체온은 37, 38도다.

# 17장

마침내 해가 뜬 후, 그 빛에 내 분리된 뇌의 동반구와 서반구가 내 머릿속에서 여전히 연결되어 있다는 것이 드러났습니다. 그 맹수 사냥꾼은 실제로는 총을 장전해 놓지 않은 상태였고, 그랬기 때문에 아무 거리낌 없이 낄낄거리며 몇 차례 방아쇠를 당기기는 했지만요. 진짜 웃기네! 보스는 밤새 문을 잠그고 편하게 숨어 있던 다락방의 감시소에서 내게 그 장면을 보여 주며 몹시 웃었습니다. 그 다락방에는 모니터와 비디오 테이프 리코더가 한가득 있었고, 그 기기들은 벽 속으로 사라져 보이지 않는 전선 뭉치들을 통해, 이 기막히게 멋진 아파트 곳곳에 숨겨져 있는 카메라들과 연결되어 있었습니다.

이게 다 어디서 났어요? 내가 물어보았습니다.

내 친구한테서. 노련한 인도차이나 전문가 말이야. 로닌이 대답했습니다. 내가 그에게 라오스에서 사이공으로 가는 아편 운반 경로를 알려 준 1954년 이후로 줄곧 진정한 친구였어.

내가 문간에 서 있는 동안, 로닌이 딱 하나 남아 있던 의자에 털썩 주저앉아 버렸습니다. 다른 한 쌍의 의자는 보스와 그의 관능적인 비서가 이미 차지하고 있었습니다. 그녀는 늘 그렇듯 따분해 보였고, 비유적인 의미에서 뜨거워 보이는 거야 굳이 말할 필요도 없는 일이었습니다. 마치 태양처럼, 그녀는 자신을 제외한 모든 사람을 그녀의 열기로 괴롭혔습니다.

커피는 어디 있어? 모니터에서 눈길도 돌리지 않고 보스가 말했습니다.

관능적인 비서가 꼬고 있던 다리를 아주 느린 동작으로 풀었습니다. 아름다움과 젊음은 일시적입니다 — 중요한 것은 내면이죠 — 한 사람을 정의하며 진정 가치 있는 것은 성격입니다 — 하지만 그 매끈하고 빛나는 다리와 그 다리와 연결된 모든 것이 나의 상투적인 생각을 날려 버리고, 나에게 남은 약간의 테스토스테론이 내 몸이라는 체온계에서 보글보글 끓어올라 결국 내 머리라는 구(球)에 도달하고 내 눈이 눈구멍에서 부풀어 튀어나오게 했습니다. 로닌과 나는 그녀가 나가는 걸 지켜보았고, 로닌은 한숨을 쉬며 이렇게 말했습니다. 그런 밤을 보낸 후인데도 나는 여전히 그럴 준비가 돼 있어. 기분 나빠하지 마, 보스.

보스는 그저 끙 하고 앓는 소리를 내고는 계속 비디오 테이프를 빨기 감기만 했습니다. 이것 좀 봐. 마침내 재생 버튼을 누르며 그가 말했습니다.

검은색 예복을 입은 사제가 백인 노예 아가씨들 중 하나와 안락의자에 앉아 있는 장면이 흑백으로 재생되었습니다. 좋았어! 로닌이 말했습니다. 스카이다이빙이라도 할 정도로 취해 있었네. 치료제를 자꾸 투약해서 저 정도까지 취해 버린 거야. 아가씨가 고해 성사를 하고 있어! 이 사내가 정말 마음에 들어. 자넨 안 그래? 자네도 그렇다고 해 줘.

이 테이프로 뭘 할 건가요? 내가 물어보았습니다. 그것은 반쯤은 수사적인 질문이었습니다. 그 대답은 뻔했으니까요. 하지만 나는 자세한 것을 알고 싶었습니다.

보스는 겉보기에는 이해력이 부족해 보이는 나를 향해 코웃음 친 후, 이렇게 말했습니다. 이 사내들이 여기에 오려고 지불한 돈은 우리에게 작지만 멋진 수익을 남기게 해 주지. 하지만 ── 궁극적으로는 ── 그들이 이 테이프들이 유출되는 것을 막기 위해 지불할 대가야말로 진짜 돈벌이가 될 거야.

아, 자본주의여! 로닌이 그렇게 말하는 순간, 관능적인 비서가 커피를 가지고 돌아왔습니다. 늘 그렇듯 커피가 아주 천천히 한 방울씩 똑똑 떨어지는 동안, 로닌은 그의 눈으로 관능적인 비서의 옷을 벗기고 있었습니다. 세상에서 가장 맛있는 커피야! 그가 선언하듯 말했습니다. 이게 바로 지금껏 우리 베트남인들이 프랑스인들을 능가해 온 한 가지 분야야.

내가 프랑스인이 되는 것보다 로닌이 베트남인이 되는 것이 얼마나 더 쉬운지 놀라울 정도였습니다. 하지만 나는 이 생각을 소리 내어 말하지 않았습니다. 어쨌든 내 말을 듣고 싶어 하는 사람은 아무도 없었습니다. 모두 그 사제를 지켜보고 있었기 때문입니다.

저 남자는 역겨워요. 관능적인 비서가 말했습니다. 왜 사제를 초대했어요? 돈도 없을 텐데.

사제라고 해서 꼭 돈이 없는 건 아니에요. 내가 말했습니다.

관능적인 비서는 젊은이가 노인을 힐끗 보는 눈빛으로, 부자가 가난뱅이를 대하는 눈빛으로, 엄청나게 매력적인 여성들이 성적인 파트너를 물색할 때 더 이상 경쟁력이 없는 남성을 무시하는 눈빛으로 나를 쳐다보았습니다. 경멸에서 비롯되고 조롱으로 희석된 그녀의 동정 어린 표정을 보고 있자니 죽고 싶은 심정이었습니다. 내가 할 수 있는 최선은 그냥 딱 죽어 버리는 거였을 테지만, 나는 계속 입을 놀렸습니다.

그가 부유한 집안 출신일 수도 있지만 아마 더 쓸모 있는 건 그의 비밀 창고일 거예요. 나의 잘 훈련된 손가락들로 즉시 음모의 맥을 짚으며 내가 말했습니다. 사제가 그의 고해실에서 무슨 얘기를 듣는지 상상이 되나요? 특히 그가 엘리트들의 고해 신부라면 말이죠.

미친 잡종 새끼 말이 맞아. 보스가 맞장구를 쳤습니다. 이 사내는 부유하고 힘 있는 사람들의 고해 성사를 들어. 나도 부유하고 힘 있는 사람들의 고해 성사를 듣고 싶어. 그리고 그는 분명히 이걸 다른 사람들이 보는 걸 원치 않을 테니, 그 고해 성사 내용을 내게 말해 줄 거야.

모니터에서는 사제가 묵주로 아주 불경한 짓을 저지르고 있었습니다. 나는 그때껏 묵주 기도를 해 본 적은 없었지만, 그 사제가 신성한 묵주를 악마같이 모독하는 것을 목격하고 나니, 묵주 기도를 다시는 그 전과 같은 방식으로 생각할 수 없을 것 같았습니다.

못 보겠어요. 관능적인 비서가 눈길을 돌리며 말했습니다.

당신이 가톨릭 신자라서 그런 것뿐이야. 로닌이 음흉한 미소를 머금고 말했습니다.

내가 여자라서 그래요.

입 닥쳐. 보스가 말했습니다. 그가 테이프를 꺼내서 관능적인 비서에게 건네자, 비서가 그 테이프에 백인 노예 아가씨와 사제라는 라벨을 붙였습니다. 보스가 새로 집어넣은 비디오 테이프에는 마들렌과 함께 BFD가 주인공으로 등장했습니다.

이 자식은 쉬지를 않아. 로닌이 말했습니다.

꽤 인상적이야. 보스가 맞장구를 쳤습니다. 지난밤 그를 지켜보고 나니 존경심이 생겼어.

음. 하지만 그의 물건은 꼭…… 꼭…… 버섯처럼 보여요. 관능적인 비서가 말했습니다.

아무도 한마디도 하지 않았습니다. 말할 수 없는 것에 대해서는 침묵해야 하니까요.*

저게 뭐죠? 눈을 가늘게 뜨고 보며 내가 물어보았습니다.

푸아그라야. 로닌이 대답했습니다.

---

\*     오스트리아 출신의 영국 분석 철학자 비트겐슈타인의 명언. 비트겐슈타인이 말한 '말할 수 없는 것'이란 신, 자아, 도덕 등 의미를 명료하게 정의할 수 없는 단어를 의미한다.

맙소사. 관능적인 비서가 신음하듯 말했습니다. 토할 것 같아요. 정말 소름 끼쳐.

보스가 낄낄 웃었습니다. 우리 모두 그렇지 않아? 커피를 저으며 그가 말했습니다. 우리한테 필요한 걸 찾은 것 같군. 이 테이프는 고급 와인처럼 한참 묵혀 둘 거야. BFD가 자기 생각처럼 정치에 재능이 있다면 이건 훨씬, 훨씬 더 가치 있는 물건이 될 테지.

언젠가는 파리 시장이 될까? 로닌이 말했습니다. 내각 각료가 될까?

몰로토프! 보스가 그의 잔을 들며 말했습니다.

몰로토프? 로닌이 물어보았습니다.

유대인들이 축하할 때 하는 말이 그거 아냐?

마젤토브*요. 관능적인 비서가 말했습니다. 마젤토브겠죠.

보스가 어깨를 으쓱하며 말했습니다. 난 몰로토프**가 더 좋아.


나는 그 비디오 테이프들을 여행 가방에 넣고는, 밖으로 나가 까오보이가 운전석에 앉아 대기 중인 보스의 차 트렁크에 가져다 실었습니다. 나는 조수석에, 로닌과 보스는 뒷좌석에 앉아 까오보이가 모는 차를 타고, 다 함께 아침 햇살을 받으며 창고로 향했습니다. 보스가 이렇게 말했기 때문입니다. 오늘 밤 「판타지아」 공연 전에 이 빌어먹을 일을 끝내고 싶어. 까오보이가 로닌이 준 카세트 테이프를 스테레

---

\*       '행운을 빈다', '축하한다'라는 의미의 히브리어.

\*\*     소련의 정치가, 외교관. 인민 위원회 의장 겸 외무 인민 위원으로 독소
        불가침 조약을 체결했다.

오에 잽싸게 밀어 넣었고, 그렇게 해서 나는 조니 할리데이보다 훨씬 나은 자크 뒤트롱의 노래를 처음 접하게 되었습니다. 하지만 처음에는 그의 가사 중 일부에 멈칫하기도 했습니다.

세트 상 밀리옹 드 시누아
에 무아, 에 무아, 에 무아*

뜬금없이 중국인들을 왜 언급했을까요? 글쎄요, 세라비.** 뒤트롱이 인도네시아인, 흑인, 심지어 베트남인까지 수를 전부 세어 보고 나서, 각 절의 마지막에 노래했듯이요. 세라비. 너무나 프랑스인다웠습니다! 너무나 매력적이었어요! 내가 제대로 들었다면 뒤트롱이 소련인, 화성인, 불완전한 사람들, 굶주린 사람들에 대해서도 노래한 것을 고려할 때, 유일하게 빠진 것은 잡종 새끼들에 대한 절이었는데, 그것은 이상한 일이었습니다. 틀림없이 전 세계에는 몇천만의 잡종 새끼들이 있을 테고, 그것은 그 자체로 온갖 인종이 잡다하게 섞인 국가가 될 만큼 거대하고 이질적인 디아스포라였으니까요. 하지만 과연 내게 국가가 필요했을까요? 나 자신이 하나의 민족은 아닐지라도, 나는 무명인이었고, 그렇다면 내게는 내 상상력 말고는 어떤 국가도 필요하지 않았습니다.

*     1966년 발매된 자크 뒤트롱의 데뷔곡 「에 무아, 에 무아, 에 무아」의 가사 첫머리로, '7억 중국인/그리고 나, 그리고, 나, 그리고 나'라는 의미.
**   c'est la vie. '그게 인생이야', '사는 게 다 그렇지'라는 의미.

문제는 가끔 내가 상상력을 충분히 발휘하지 못했다는 것이었습니다. 육체적인 행위는 아무것도 녹화되어 있지 않았는데도, 모든 비디오 테이프 중 가장 충격적이었던 테이프로 인해 그 사실이 분명해졌습니다. 그 테이프에는 두 명의 아가씨만 등장했는데, 보통은 수소폭탄 급으로 화끈할 상황이었습니다. 단, 보통과 다른 점이 하나 있다면 이 두 아가씨가 그저…… 대화를 나누고 있었다는 것일까요? 나는 갈색 머리 아가씨와 빨간색 머리 아가씨가 무슨 말을 하는지 들으려고 볼륨을 높였는데, 그 테이프의 대화 첫머리에는 간통이나 교미나 그냥 평범한 성관계 이야기조차 포함되어 있지 않았습니다.

**팔레스타인인 자유의 투사**

그 얼간이는 셰이크로 분장했어 ─ 그의 물건은 부러진 손가락 모양이야.

**베트콩 게릴라**

맙소사. 그가 목에 건 그 귀 중에 하나를 나한테 먹게 했어.

**팔레스타인인 자유의 투사**

역겨운 개자식!

**베트콩 게릴라**

그 장군은 어때? 그 남자 배 때문에 그 밑 물건을 못 찾겠던데.

**팔레스타인인 자유의 투사**

저런, 난 찾았어, 자기야. 꼭 안 익은 햄버거 패티 같아 보였어.

베트콩과 자유의 투사가 폭소를 터뜨리자, 보스가 말했습니다. 역겹군. 관능적인 비서가 히죽히죽 웃었지만, 그녀가 미처 입을 열기도 전에 보스가 말했습니다. 입 닥쳐.

**베트콩 게릴라**

치료제를 좀 더 해 봐. 도움이 돼.

**팔레스타인인 자유의 투사**

아주 — 좋아. 음, 아주 좋아.

**베트콩 게릴라**

게다가 최소한 공짜잖아.

**팔레스타인인 자유의 투사**

그럼, 좀 더 줘!

**베트콩 게릴라**

머릿속으로 돈을 좀 세어 봐. 난 그렇게 해.

그 순간 알라딘이 화면 안으로 들어오자, 팔레스타인인 자유의 투사와 베트콩 게릴라가 환한 미소를 머금고 고개를 돌려 그를 바라보았습니다. 그들의 눈길은 자동적으로 그의 검게 칠한 얼굴에서 밖으로 드러나 있는 그의 페니스로 내려갔는데, 그것은 타고난 대로, 완전히 새하얬습니다.

맙소사! 관능적인 비서가 속삭였습니다. 달걀 모양이잖아.

오슈가와 창고 사이 어딘가에서 나는 잠이 들었습니다. 차가 주차된 후 로닌이 내 얼굴을 — 톡톡 — 때려 나를 깨웠습니다. 여기서 제일 젊은 놈이 고작 밤샘 한 번 했다고 깨어 있지도 못해? 몸을 바짝 숙이고 내 눈을 빤히 들여다보며 그가 말했습니다. 네가 한 일이라고는 치료제랑 해시시를 들고 돌아다닌 것뿐이었어! 난 아가씨들이랑 밤새 섹스를 했고. 그건 쉬운 일이 아니야, 이 나약한 친구야. 나는 촐론의 마약상 역할을 하라는 요청을 받았을 뿐이라고 지적하자, 로닌이 어깨를 으쓱하며 말했습니다. 이 친구야, 그래서 네가 아직도 기회를 얻지 못한 거야. 기회는 스스로 잡아야 하는 거야. 저절로 주어지는 게 아니라고!

가자. 트렁크에서 작은 여행 가방을 꺼내 들고 조수석 차창 밖에 서 있던 보스가 말했습니다. 그는 말없이 앞장서 창고로 향했는데, 창고는 문이 잠겨 있지 않았습니다.

제기랄. 까오보이가 말했습니다.

우리는 커피 팰릿 사이를 지나 소리가 울려 퍼지는 추운 창고 안쪽으로 갔습니다. 사무실에서는 투덜이와 꼬마가 텔레비전 앞에 앉아, 내가 재교육을 받는 동안 발명된 또 하나의 경이로운 물건인 비디오 게임기로 게임을 하고 있었습니다. 그것은 상대편 골문을 지키는 두 개의 블록 사이에서 공 하나가 이리저리 튀며 잇따라 '핑', '퐁' 소리를 내는 게임이었습니다.

보스가 한숨을 쉬며 말했습니다. 빌어먹을 이 멍청이들아, 이게 뭐 하는 짓이야?

투덜이와 꼬마가 벌떡 일어났고, 투덜이가 이렇게 말했습니다. 죄송해요, 보스. 하지만 그 녀석은 지금 자고 있어요.

보스가 사무실 뒷문을 가리키자 투덜이가 잠긴 문을 열었습니다. 커피 좀 끓여 와. 보스는 투덜이에게 그렇게 톡 쏴붙인 다음 우리 셋에 꼬마까지 거느리고 저장실을 지나 더 안쪽에 있는 밀실로 갔습니다.

벌거벗은 모나리자가 저 멀리 구석에 우리를 등지고 웅크린 채 누워 있었습니다. 꼬마가 모나리자에게 다가가려 했지만, 보스가 손을 저어 그를 멈춰 세우고는 작은 여행 가방을 열었습니다. 그는 파란색 정비공 작업복 한 벌을 꺼내더니, 자신의 재킷과 바지를 벗어서 꼬마에게 건네 개키게 했습니다. 그런 다음 작업복을 입고 지퍼를 올리고는 다시 한번 가방으로 허리를 숙였습니다. 그가 일어섰을 때 나는 그가 손에 들고 있는 것을 — 그러니까 그가 사랑하는 해머를 — 보았습니다.

이제 이 지긋지긋한 자식도 현실을 직시하게 될 거야. 까오보이가 만족스럽다는 듯 말했습니다.

의자 좀 갖다 줘. 보스가 꼬마에게 말했습니다. 그런 다음 이 녀석을 깨워.

고함을 치거나 발로 쿡쿡 찔러도 모나리자를 깨우는 데 성공하지 못하자 꼬마는 물과 얼음이 담긴 양동이의 힘을 빌렸고, 그사이 보스는 해머를 무릎에 얹고 지켜보고, 로닌은 베토벤의 「환희의 송가」를 휘파람으로 불고 있었습니다. 모나리자는 얼음물을 뒤집어쓰자 캑캑거리며 벌떡 일어나 똑바로 앉았습니다. 바로 그때 투덜이가 접이식 테이블, 그리고 잔과 필터가 네 개씩이라는 것 외에는 관능적인 비서가 들고 왔던 쟁반과 똑같이 준비된 쟁반을 가지고 들어왔습니다. 투덜이는 보스 옆에 접이식 테이블을 놓고 그 위에 쟁반을 올려놓은 다음, 모나리자의 한쪽 옆으로 가 그를 사이에 두고 꼬마와 나란히 섰습니다. 모나리자는 몸을 옹송그리고 벽에 기대어 고개를 숙인 채 가슴까지 끌어당긴 무릎을 양팔로 꼭 끌어안고 있었습니다. 보스가 해머로 쟁반을 탁탁 두드리자 유리잔들이 덜커덕거렸습니다. 커피를 다 내릴 때까지 시간을 줄 거야. 보스가 말했습니다. 그때는 네 친구들이 어디에 있는지 우리한테 말해. 안 그러면 넌 죽는 거야. 간단해. 알겠어?

모나리자는 벌벌 떨기만 했습니다.

보스가 난쟁이들을 힐끗 쳐다보자 투덜이가 모나리자의 옆구리를 걷어차려 했지만, 모나리자가 팔을 움직여 방어하는 바람에 옆구리 대신 팔꿈치를 쳤습니다. 알겠어? 보스가 물었습니다.

모나리자가 신음하며 팔꿈치를 움켜쥐고 고개를 끄덕였습니다.

보스가 난쟁이들을 다시 한번 쳐다보자, 모나리자의 다른 쪽 옆에 서 있던 꼬마가 부츠를 모나리자의 옆구리에 능숙하게 박아 넣으며, 갱스터들과 최고 경영자들이 공유하는 가장 기본적인 기술, 즉 쓰러져 있는 사람을 걷어차는 기술을 완벽하게 보여 주었습니다. 보스한테 네 대답이 안 들리잖아! 꼬마가 소리쳤습니다.

모나리자는 움찔하고 헐떡거리다가, 마침내 대답했습니다. 그래, 알겠어.

우리는 이제 클로드가 "최후통첩 단계"라고 부르는 단계로 넘어가 있었습니다. 클로드는 그의 학생들에게 이렇게 말했습니다. 어리석은 사람들, 그러니까 텔레비전을 보고 그것이 현실이라고 생각하는 사람들은, 심문 대상에게 죽느냐 사느냐 식의 테스트를 하면 그 심문 대상이 죽고 싶지 않아서 심문관이 원하는 대로 다 하거나, 알고 싶어 하는 것을 실토할 거라고 생각하지. 자, 내가 수많은 베트콩에게 이런 죽느냐 사느냐 식의 테스트를 적용해 본 실제 경험을 바탕으로, 너희에게 알려 주겠다. 그 지긋지긋한 놈들 대다수가 죽음을 선택할 것이고, 죽기 전에 어떤 정보를 준다고 해도 그건 십중팔구 엉터리 정보일 거야. 따라서 너희가 정말로 죽느냐 사느냐 식의 테스트를 한다면 죽이고 싶거나 엄청난 고통을 가하고 싶다는 것만이 이유여야 해. 카피체?*

우리 베트남 학생들 중 이탈리아어를 아는 사람이 아무도 없었거나, 아니면 유사한 상황에서 거친 사내들이 "카피체?"라고 말하는 미국의 갱스터 영화를 본 적이 없었기 때문에 — 우리 베트남인들의 입에 "카피체"라는 발음이 착 감겼다는 것은 아니지만요 — 우리는 알아들었다고 말하지 못했습니다. 나는 공안부에서 몇 년간 실제 경험을 쌓고 나서야 그 경험에 근거해 알아들었다고 말할 수 있었습니다. 지금 내 눈앞의 장면을 보면서도 나는 보스가 이해하지도, 신경 쓰지도 않는다고 말할 수 있었습니다. 그는 어떻게든 모나리자를 죽

---

*      capisce. '알아들었어?', '이해했어?'라는 의미의 이탈리아어.

일 작정이었고, 다만 문제는 모나리자가 그것을 직감하느냐는 것이었습니다. 커피가 1초에 한 방울씩 떨어지는 동안, 그 방은 침묵에 잠겨 있었는데, 로닌은 그 침묵을 겨우 30초밖에 참지 못하고, 투덜이에게 라디오를 가져오라고 시켰습니다. 투덜이는 암시장에서 팔릴 운명으로, 보스의 수출입 상점에서 내 고국으로 배송되는 것을 내가 목격한 적이 있는 거대한 스테레오 중 하나를 들고 돌아왔습니다. 투덜이가 미처 그 스테레오를 틀기도 전에 뒤쪽 어딘가에서 내 유령들이 콧노래를 흥얼거리더니 이내 노래를 부르기 시작했습니다.

뱅되 밀리옹 드 바타르
에 무아, 에 무아, 에 무아*

2200만 명은 그들의 추측에 불과했습니다. 얼마나 많은 잡종 새끼들이 세상을 걸어 다니고 있었을까요? 프랑스에 인종이 존재하지 않는다면, 잡종 새끼도 존재할 수 없지 않나요? 나는 내 존재의 수수께끼와 알려지지 않은 무명인들의 디아스포라에서 나의 시민권 확보가 불확실하다는 점 때문에 당혹스러워졌습니다. 그런데 나나 나 같은 몇백만의 잡종 새끼들은 알려진 무명인들이었을까요? 아니면 알려지지 않은 무명인들이었을까요?

아, 그래 이거야! 스테레오로 라디오 채널을 맞추며 로닌이 말했습

---

*     '2200만 명의 잡종 새끼들/그리고 너, 그리고 너, 그리고 너'라는 내용.

니다. 난 이 음악에 맞춰 춤을 출 수도 있어.

그가 우리 민족이 특히 좋아하는 춤인 차차차를 추기 시작했습니다. 나 역시 거의 모든 것, 적어도 묵주 기도보다 빠르고 트위스트보다 느린 것이라면 어떤 것에 맞춰서도 차차차를 출 수 있었습니다. 하지만 내 발은 움직일 기분이 아니었습니다. 보스도 춤을 추지 않았습니다. 모나리자도, 난쟁이들도, 내 뒤에서 조금씩 다가와 내 좌우에 자리를 잡았고, 내 사적인 공간을 침범한 내 유령들 중 어느 누구도 움직일 기분은 아니었습니다. 우리는 모두 로닌이 더없이 행복한 미소를 머금고 보이지 않는 파트너와 우아하게 차차차를 추는 모습을 넋을 놓고 지켜보았습니다. 그러다가 마침내 보스가 말했습니다. 춤은 그만하면 됐어. 커피가 다 내려졌습니다. 보스는 손에 해머를 들고 자리에서 일어났고, 모나리자는 벽에 등을 기대고 버티고 있었습니다.

로닌이 춤을 멈추고, 히죽거리며 모나리자에게 말했습니다. 너나 네 알제리인 친구들의 아이디어는 좋아. 하지만 우리 코르시카인들은 너희가 태어나기도 전부터 이 일을 계속해 왔어. 아편이 고무보다 더 좋은 환금 작물이라는 건 확실해. 예전에 우리가 인도차이나에서 얼마나 멋진 시간을 보냈는지 몰라! 프랑스 정부가 아편을 장려할 만큼 현명했던 때, 그런 시절을 다시 볼 수 있길 바라. 제기랄, 토착민들에게 아편을 팔지 않고서는 정부에 자금을 조달할 수 없었을 거야! 그건 효과적인 비즈니스 모델이었거든. 수직적 통합과 수평적 독점은 우리가 시장을 완전히 통제하고 있다는 의미였어. 정부가 아편 사업을 계속했다면 지금 프랑스가 얼마나 더 좋아졌을지 상상해 봐. 우리의 사회주의자 대통령은 그의 멋진 복지 프로그램에 필요한 자금을 모두 확보할 수 있었을 거야. 돈이 충분하지 않은 상태에서 그런 프로그램이 얼마나 오래 지속될지 두고 보자고. 하지만 내 말을 귀담아 들어 줄 사람이 있을까? 당연히 그래야 하는데! 난 애국자야! 레이디 아편은 백색이었어. 하지만 이 치료제는 너무 하얘서 순백색이야. 치료제는 잘 즐겼어?

모나리자가 고개를 끄덕였습니다.

그럼 내 말이 무슨 뜻인지 알겠군, 친구.

준비됐어? 보스가 로닌이 아니라 나를 바라보며 물어보았습니다.

항상 준비되어 있어요. 나는 그가 무슨 말을 하는지 전혀 몰랐지만 그렇게 대답했습니다.

그가 내게 해머를 권했습니다. 하지만 이것은 거절할 수 있는 선물이 아니었기 때문에 "권했다"라는 말은 완곡한 표현이었습니다. 해머의 자루는 가시 하나 일어나지 않은 매끄러운 나무로, 길이는 내 팔뚝 정도였고, 쇠로 된 머리 부분에는 마치 내 머리처럼 약간의 흠집과 긁힌 자국이 있었습니다. 그 무게는 나와는 달리 균형이 잡혀 있었습니다. 해머는 내 몸, 팔, 손, 그리고 궁극적으로는 내 마음을, 적어도 그중 하나는 확장시켜 주었습니다. 나는 언젠가 해머 교수가 자신의 이름과 일반적으로 베르톨트 브레히트의 것이라고 알려져 있지만 사실은 시인 블라디미르 마야콥스키나, 어쩌면 레온 트로츠키가 만든 (아니, 해머 교수에 따르면 그럴 것이라는) 경구에 대해 했던 말이 기억났습니다. "예술은 세상을 비추는 거울이 아니라, 세상을 형성하는 데 사용하는 해머다." 아! 이 말을 처음 들었을 때 거의 오르 가슴을 느꼈습니다! 구호는 나의 흥분제였고, 나의 정치적 신념은 나의 최고의 성감대였습니다. 내 이름은 나의 운명이야. 해머 교수가 그의 셰리* 잔을 내게 들어 보이며 그렇게 말했습니다. 그때 나는 그의 연구실 앉아 셰리를 반주로 곁들인 주간 개별 지도 수업을 받고 있었습니다. 그 셰리는 해머 교수가 책상 서랍에 한 병씩 보관해 두고 있다가 항상 남자였던, 그가 총애하는 학생들에게만 꺼내서 따라 주는 것이었습니다. 너무나 달콤했던 그 맛이 보스의 해머를 움켜쥐고 있는 순간에도 여전히 생생했습니다. 해머 교수는 언젠가 내가 이것을 손에 쥐게 될 테고, 그것이 은유나 직유가 아니라 실제로 머리를 두들겨서, 실제로 두개골을 부수고, 실제로 뇌를 내려치는 데 사용할 실제 물건일 것이라고 상상할 수 있었을까요? 나는 공포에 휩싸여 해머를 들었지만, 그 공포는 해머 때문은 아니었습니다. 해머는 그저 도구일 뿐이었습니다. 무기는 바로 나였고, 내가 공포에 떤 것도 바로 나 자신 때문이었습니다. 보스, 로닌, 투덜이와 꼬마, 소니, 무절제한 소령, 비틀스, 못난이와 더 못난이, 특히 모나리자까지 모두가 나를 쳐다보고 있었습니다.

네 심문은 효과가 없었어. 보스가 말했습니다. 말은 할 만큼 했어. 말로는 아무것도 못 했지. 이제 뭔가를 해야 할 때야. 하지만 공을 들여서 천천히 해야 해. 그게 아주 중요해. 세부적인 것에 신경을 써야

---

*　　에스파냐 남부 지방에서 생산되는 백포도주.

해. 예를 들어, 나는 발가락부터 시작해서 위로 올라가는 걸 좋아하지. 너는 어떻게 하고 싶어?

너는 — 즉, 나는 — 대개 레닌이 제기했다고 짐작하지만 사실은 소설가 니콜라이 체르니솁스키가 제기한 질문, 모든 질문 중에서 가장 어려운 바로 그 질문으로 다시 한번 시험을 치르고 있었습니다. 무엇을 해야 할 것인가?

a) 모나리자의 무릎뼈를 부순다
b) 모나리자의 갈비뼈를 부러뜨린다
c) 모나리자의 코를 으스러뜨린다
d) 모나리자의 손을 가루로 만든다

마야콥스키, 체르니솁스키, 레닌…… 이 러시아인들은 뭐가 문제였을까요? 시베리아가 문제였을까요? 스텝 지대가 문제였을까요? 겉보기에는 물처럼 보이는 값싸고 풍부한 보드카가 문제였을까요? 아니면 리처드 헤드 경의 주장처럼 러시아인들이 본질적으로 동양인이었기 때문일까요? 이런 것들이 모두 결합되어 러시아인들이 잔인한 행동을 일삼고, 비현실적인 기대를 하기가 일쑤고, 무척 두꺼운 소설에 빠지기가 쉬운 것이었을까요? 게다가 적어도 소문에 따르면, 치명적인 룰렛에도 쉽사리 빠지고요? 보스는 커피가 얼음 위에서 멋진 캐러멜색으로 섞이도록 휘저은 다음 다시 자리에 앉아 희미한 미소를 머금고 그것을 홀짝였습니다.

보스가 발목을 꼬고 느긋하게 앉아 물어보았습니다. 자, 뭘 기다리는 거야?

유령들이 활짝 웃으며 손가락을 튀기고는, 다음과 같이 노래를 불렀습니다.

트랑트트루아 밀리옹 드 바타르
에 무아, 에 무아, 에 무아*

너는 — 즉, 나는 — 모나리자를 바라보았고, 비록 그가 고통스럽고 비참해서 얼굴을 찡그리기는 했지만, 너를 마주 보는 그의 도전적인 눈빛에서 여전히 그가 차라리 죽을 작정이라는 걸 알 수 있었다. 비록 하느님은 아무 말도 하지 않을 테지만, 너는 잠시 하느님에게 도와 달라고 간청할 생각을 해 봤다. 아니, 그때껏 변함없이 너를 인도해 준 사람은 항상 너를 받아들였고 네가 공산주의자든 스파이든 지금 네가 어떤 사람이든 받아들일 네 어머니뿐이었다. 넌 무언가의 반절이 아니야. 넌 모든 것의 갑절이야!

해머는 무거웠다. 심지어 네가 저지른 모든 범죄를 강제로 먹여 너의 죄책감으로 부풀어 오른 푸아그라보다도 더 무거웠다. 무엇을 해야 할 것인가? 투덜이와 꼬마는 각자 겨드랑이에 찬 케이스에 넣어 둔 큰 식칼을 만지작거리며 너를 회의적으로 바라보았다. 로닌은 라디오에

---

* '3300만의 잡종 새끼들/그리고 나, 그리고 나, 그리고 나'라는 의미.

서 흘러나오는 다음 곡에 맞춰 다시 춤을 추기 시작했다. 보스는 마치 네가 아주 형편없는 영화이고, 자기는 영화 애호가라도 되는 듯 너를 유심히 살펴보았다. 너는 이 방이나 이 상황에서 벗어날 길이 전혀 보이지 않아서 점점 차오르는 극심한 공포라는 물속에서 개헤엄을 치고 있었고, 네가 얻을 수 있는 것이라고는 시간뿐이었기 때문에 이렇게 말했다. 마지막으로 부탁하고 싶은 건?

마지막 부탁이라고? 까오보이가 말했다.

음, 나쁜 생각은 아니야. 로닌이 말했다. 저 녀석이 뭘 부탁하느냐에 따라 달라지겠지.

보스가 커피를 홀짝였다. 서둘러.

모나리자가 서둘렀다. 치료제 좀 더 줘.

주세요. 보스가 말했다.

치료제 좀 주세요.

완벽한 마지막 부탁이군! 로닌이 말했어. 아플 테니까.

정말 아플 거야. 까오보이가 말했다.

내가 가끔 어떻게 하는지 알아요? 꼬마가 말했다. 그가 갈색 가죽 재킷 안주머니에 손을 넣어 이어폰이 꽂혀 있는 소니 워크맨을 꺼냈다. 이걸 끼고 볼륨을 높이죠. 도움이 돼요. 사내자식이 몇 시간씩 비명을 지르는 소리를 들으면 몸에 해로울 수 있어요.

그러고 보니 생각이 나네. 투덜이가 말했다. 그도 검은색 가죽 재킷 안주머니에 손을 넣었지만, 그가 꺼낸 것은 고글과 수술용 마스크였다. 피가 튈까 봐.

어, 그래. 내 기억으로는 언젠가 나한테 뇌수가 조금 묻은 적도 있었어 —

닥쳐. 보스가 말했다. 저 녀석한테 치료제를 줘.

너는 모나리자에게 치료제를 건넸다. 아주 많이. 왜 그런지 몰라도 여전히 여러 개의 봉지를 가지고 다니고 있었기 때문에, 주머니에 남겨 뒀던 것을 거의 전부 다 주었다. 너는 무언가를 계속 던져 버리지만, 결국 그것이 계속 주머니에서 다시 나타나는 걸 발견하게 되는 마술사였고, 그 치료제는 자신만의 독특한 마법을 가진 흰 토끼였다. 모나리자가 치료제를 들이마시는 동안 로닌과 까오보이는 낄낄거리고, 투덜이와 꼬마는 깔깔거리고, 보스는 커피를 홀짝이고, 너는 모나리자에게 주지 않은 하얀 가루 한 줄을 코로 들이마실 기회를 가졌다. 무엇을 해야 할 것인가?

이 상황을 보니 뭐가 생각나는지 알아? 로닌이 물어보았다. 사이공에서 분신자살한 그 승려야.

우리는 저 녀석을 태워 죽이지 않을 거야. 보스가 말했다.

생각해 볼 만한 아이디어야. 안 그래? 그렇게 하면 알제리 놈들에게 교훈이 되지 않을까? 하지만 내가 말하고 싶은 건 그게 아니야. 전 세계 사람들이 그 용감하고 고귀한 승려를 보고 눈물을 흘렸어. 말하자면 그는 정말로 사방에 대서특필된 기사를 뿌리고 갔어. 비록 수입 휘발유를 뒤집어쓰기는 했지만 말이야. 좌파 언론은 그들의 임무를 수행했지. 그의 기사로 온통 도배를 했고, 그를 전설로 만들었어. 이 친구야, 너도 그 사진들 봤지? 그 인간 횃불 말이야!

모나리자가 눈을 반쯤 감은 채 고개를 끄덕였다.

모두들 그 사진들을 봤지. 로닌이 말을 이어 갔다. 정말 극적이었어! 특히 텔레비전에서. 하지만 물론 좌파 언론은 **진실**을 제대로 보도하지 않았어. 진짜로 어떤 일이 있었는지 알아? 빨갱이들이 그 불쌍한 승려에게 **약**을 먹였던 거야. 그가 불에 타 죽어 가면서도 그렇게 침착했던 건 그가 **좀비**였기 때문이야.

헛소리! 모나리자가 이제 눈을 크게 뜨고 말했다. 그는 영웅이었어!

그는 공산당의 음모에 속아 넘어간 봉이었어.

됐어. 보스가 그의 손목시계를 보며 말했다. 그는 바늘판이 손목 안쪽으로 가게 시계를 찼는데, 아마 죽음도 자기 시계를 그렇게 차고 다녔을 것이다. 빨리 끝내자고.

서두를 필요는 없잖아. 로닌이 말했다.

하지만 아직 치료제의 효과가 나타나지 않았는데요. 네가 말했다.

네가 이 일을 하고 싶어 하지 않는 것 같다는 느낌이 드는군. 보스가 말했다.

난쟁이들은 더 이상 낄낄거리지 않았다. 네 유령들은 흥얼거리고, 발을 이리저리 움직이며, 노래를 불렀다

카랑트 밀리옹 드 바타르
에 무아, 에 무아, 에 무아*

---

\*      '4000만의 잡종 새끼들/그리고 나, 그리고 나, 그리고 나'라는 의미의 프랑스어.

그리고 너는 갑작스럽게 그 질문에 대한 답을 알았다. 무엇을 해야 할 것인가? 그 대답은 언제나 네 눈앞에 있었다. 네가 그것을 이해하려 하지 않은 지금 이 자리에서 줄곧, 어쩌면 네 평생 동안, 적어도 클로드가, 네가 깨닫고 보니 보스가 지금 네게 치르게 하고 있는 이 죽느냐 사느냐 식의 테스트, 다시 말해 최후통첩 단계에 대해 강의한 이후로는 언제나 말이다. 수많은 훌륭한 답이 그렇듯, 돌이켜 보면 이 답도 너무 뻔했다. 둥근 바퀴나 숫자 0처럼 말이다. 그때도 사람들은 틀림없이 이마를 탁 치며 '내가 왜 그 생각을 못 했을까?'라고 말했을 것이다. 너는 그 답을 간과하거나, 묵살하거나, 무시했다. 왜냐하면 그 답이 네게 요구하는 것이 너무 무섭고, 너무 직설적이고, 너무 단순했기 때문이다. 이제 그 대답이 귀청이 터질 듯 엄청 크게 들려서, 마치 하느님 자신이 마침내 그의 침묵을 깨고 산꼭대기의 구름 속에서 말하는 것 같았다.

하느님
무엇을 해야 할 것인가?

또다시 하느님
아무것도 없다!

너는 소리 내 웃기 시작했다. 너는 드디어 답을 얻었다! 너는 하느님이 말하기를 아주 오래 기다렸다. 드디어 입을 열었을 때, 하느님이

말했다. 아무것도 없다! 맙소사, 하느님, 당신은 정말 재미있는 분이
군요! 두 마음을 가진 최초의 남자! 역사상 최고의 스탠드 업 코미디
언! 온 세상이 코미디 클럽이었고, 너는 맨 앞줄에 앉아서 계속 하느
님의 놀림감으로 선택받는 멍청이었다. 아무것도 없다! 너는 소리는
요란했지만 분노에 떨고 있지는 않았다. 네 영혼이 파묻혀 있는 바로
그 구덩이에서부터 울려 퍼지는, 배꼽이 빠질 것 같은 폭소였다. 아
무것도 없다! 하! 이제 모두가 너를 쳐다보고 있었다. 몸에 전기가 흐
를 지경으로 흥분해서, 온몸의 머리카락 하나하나가, 심지어 콧구멍
속의 솜털들까지도 모두 곤두서서 거수경례를 하고 있기 때문이었을
까? 맙소사, 하느님, 제발, 그만해요! 이제 그만! 난리가 났다! 어마어
마한 비명 소리다! 네 스스로 양쪽 뺨을 모두 갈겨서 두 뺨이 얼얼하
게 아픈데도, 네 귀에는 너 자신이 계속 히스테리를 부리며 터뜨리는
웃음소리가 들렸다. 하지만 그저 역사적인 측면에서 웃고 있었을 뿐
일지도 모른다.

어쨌든 그 농담은 시대를 초월한 것이었으니까.

# 18장

그런데 역사와 히스테리의 차이점은 무엇이었을까? 만일 여성이라면 히스테리를 부리는 네 과장된 태도를 해결하기 위해 자궁을 잘라 낼 수 있겠지만, 너는 남성이었기 때문에, 아니, 그렇다고 들었기 때문에 유일한 해결책은 역사를 잘라 내는 것일 터였다. 보스에게는 훨씬 더 간단한 해결책이 있었다. 그는 네 뺨을 철썩 갈겼다. 프랑스 남자들이 그들의 여자를 후려칠 때 즐겨 하는 방식으로, 마찬가지로 베트남 남자들이 그들의 여자를 때릴 때 즐겨 하는 방식으로 말이다. 정신 꽉 붙잡아. 보스가 말했다. 비록 그는 비유적으로 그 말을 했지만, 너는 웃음을 멈추고, 왼손으로 오른쪽 위 팔뚝을 잡고, 오른손으로는 여전히 해머를 쥔 채 힘을 꽉 줬다.

어서 끝내 버려. 보스가 말했다.

네가 모나리자를 바라보자, 영화관의 심문용 테이블 위에 누워 세 명의 경찰관에게 둘러싸여 있던 그 공산당 첩자의 얼굴이 다시 보였다. 그녀의 얼굴은 너에게 애원하고 있었지만, 너는 무언가를 했어야 할 그때 아무것도 하지 않았다. 하지만 지금은 그 상황이 역전되어 있었고, 사실 그것을 끝내야 할 때였다.

너는 보스에게 그의 해머를 내밀며 말했다. 안 돼요.

안 된다고? 너의 유령 합창단이 숨을 헐떡이며 말했다. 여태껏 어떤 일도 서슴지 않았잖아!

까오보이가 휘파람을 불고 말했다. 아, 이런, 너 이제 큰일 났다.

안 된다니, 그게 무슨 소리야? 보스가 물어보았어.

할 수 있는 게 아무것도 없어요. 너는 하느님의 말을 쉬운 말로 되풀이하거나 해석해서 말했어. 안 할래요.

넌 안 된다고 말할 권리가 없어. 보스가 말했다. 여긴 컨트리클럽이 아니야. 네 마음대로 탈퇴하고 그냥 가 버릴 수는 없어.

넌 너무 많이 알아. 로닌이 유감스럽다는 듯 말했다.

그렇다고 해도 너는 충분할 만큼 알지는 못했다. 너는 매릴린 먼로가 정말 자살했는지 알지 못했다. 너는 존 F. 케네디가 실제로 단 한 명의 범인에게 살해되었는지 알지 못했다. 소문처럼 호 아저씨에게 숨겨진 아내가 있었는지 알지 못했다. 역사가들이 결국 브리지트 바르도가 「주 템⋯⋯ 무아 농 플뤼」*를 부르는 모습이 프랑스 문명의 정점

---

\*  Je t'aime⋯⋯ moi non plus. '사랑해⋯⋯ 나도 아니야'라는 의미. 1970년 제인 버킨이 부른 버전으로 앨범이 발매되며 대중에게 널리 알려졌지만 원래는 세르주 갱스부르가 연인인 바르도를 위해 만든 사랑 노래로, 신음 소리가 삽입되는 등 지나치게 선정적이라는 이유로 방송 불가 판정을 받기도 한 곡이다.

이라고 생각하게 될 것이라고 거의 확신하기는 했지만, 조니 할리데이가 프랑스인들 사이에서 왜 그렇게 인기가 있는지는 알지 못했다. 너는 네 어머니가 지금 어디에 있는지 알지 못했지만, 아무것도 하지 않으면 곧 알게 됐을 것이다.

무슨 말인지 알겠어? 보스가 따져 물었다.

무슨 말인지 알아요. 입이 바싹바싹 마르고 혀로는 공포라는 쓴맛을 잔뜩 느끼며 네가 대답했다. 그런데 보스는 내가 어떤 결론에 도달했는지 아나요? 난 아무것도 하지 않기로 했어요.

그리고 이 말을 하면서 필사적으로 자제했어야 하는데도, 너는 자제하지 못했다 — 존재하지 않는 하느님의 그런 우스갯소리에 너는 다시 한번 폭소를 터뜨렸다. 하느님은 무언가를 해야 한다고 요구한 적이 한 번도 없었다. 여태껏 그가 한 말이라고는 오로지 '아무것도 없다'라는 말뿐이었기 때문이다 — 정말로 포복절도할 만한 대답이었다! 그렇지만, 정말로 포복절도할 만큼 웃기는 이야기는, 만약 몇백만을 학살한 사람들이 모두 그야말로 아무것도…… 하지 않았다면 엄청나게 많은 사람들을 구할 수 있었으리라는 것이다. 만약 충분할 만큼 많은 사람들이 다들 할 수 있는 한 일상에서 용기를 발휘하여, 들고일어나거나, 아니면 사정에 따라서는 누워 있거나 하고, 목숨을 걸고서라도 안 된다고 말하기만 했더라면 —

이해가 안 돼요? 네가 보스에게 소리쳤다. 그는 유머 감각이 부족해서 늘 농담을 이해하지 못하곤 했다. 유머 감각이 부족한 것이야말로 다른 그 무엇이 부족한 것보다 더 심각한 문제 아니었을까? 모든 사람에게 부조리에 대한 감각만 있었어도, 세상이 이토록 부조리한 곳은 아닐 텐데! 보스에게 네가 말했다. 무언가를 하기보다 아무것도 하지 않기가 얼마나 더 어려운지 모르겠어요? 그럼에도 불구하고 모두가 아무것도 하지 않는다면, 아무 일도 일어나지 않을 거예요!

그거 이리 내, 이 미친 잡종 새끼야. 네 손에서 해머를 낚아채며 보스가 말했다. 그가 네 눈앞에서 그것을 천천히 흔들었고, 너는 코브라처럼 움직이는 그 해머를 눈으로 따라가다가 하마터면 사시가 될 뻔했다. 먼저, 뭘 어떻게 해야 하는지 너한테 보여 주겠어. 그런 다음 너한테도 뭘 좀 할 작정이야.

보스가 해머의 금속 머리 부분을 네 이마에 대고 눌렀다.

의심의 여지가 없군. 비틀스가 말했다. 이 해머는 네 두개골을 부숴 버릴 만큼 단단해.

안됐군. 못난이가 덧붙였다. 엉망이 될 거야.

아주 엉망이 되겠지. 더 못난이가 맞장구를 쳤다. 그러니까 우리는 엄청 즐기면서 이걸 지켜보게 될 거야!

그러면 본이 좋아하지 않을 거야. 로닌이 말했다.

이 아랍 놈이 달아나려다가 그의 친구를 죽였다고 하면 그만이야.

너는 보스의 말에 동의하지 않을 수 없었다. 그의 입장이었다면 너도 완전히 똑같은 줄거리를 짰을 테니까. 그 이야기에서 네 눈에 띄는 단 하나의 긍정적인 반전은 보스가 머리에 딱 한 방, 최대 두 방으로, 너를 빨리 죽여야만 하리라는 점이었다. 왜냐하면 현실적으로 모나리자한테 네 몸의 모든 뼈를 으스러뜨릴 기회가 있을 리 없기 때문이다. 보스가 한 손에 쥔 해머를 다른 손에 대고 탁탁 치며 모나리자를 향해 걸어가는 동안, 너는 네 머리에 보스가 해머를 대고 눌렀던 자리를 문질렀다. 아마도 보스는 그 자리에, 네게 돌아올 때 그의 손을 인도해 줄 빨간 자국을 남겼을 터였다. 네 심장이라는 태고(太鼓)*가 쾅쾅 울리면서, 보스가 모나리자를 끝장내자마자 네 머리가 듣게 될 그 쾅쾅 소리를 예고하고 있었다. 모나리자는 추위와 두려움에 덜덜 떨면서도, 눈을 감지 않고 자신의 운명을 직시했다. 너는 그에게 감탄하지 않을 수 없었다. 그는 그의 주장대로 100퍼센트 갱스터였다.

내가 널 잘못 알고 있었어. 소니가 감정적인 목소리로 말했다.

잠깐 기다려! 무절제한 소령이 이의를 제기했다. 이 친구는 아직 안 죽었어.

물론 비결은 무언가를 해야 할 때와 아무것도 하지 말아야 할 때를 아는 것이었다. 아니, 더 정확히 말하자면, **마땅히** 해야 할 일이 무엇인지가 많은 경우에 아주 분명했기 때문에, 비결은 **실제로** 무언가를 하거나, 아무것도 하지 않는 것이었다. 아무것도 하지 않으면 네 목숨을 잃을 수도 있다. 하지만, 네 목숨이 정말로 어떤 가치가 있었을까?

보스가 모나리자 앞에서 잠시 멈춰 섰다. 마지막으로 하고 싶은 말은?

생각 좀 해 볼게. 모나리자가 말했다. 아, 맞다. 엿이나 처먹어.

---

\*  타악기의 하나. 나무나 쇠붙이 따위로 만든 둥근 통의 양쪽 마구리에 가죽을 팽팽하게 씌우고, 채로 가죽 부분을 쳐서 소리를 낸다.

보스가 코웃음을 치고는, 망치를 머리 위로 들어 올리자 기대감에 차서 아주 신이 난 까오보이, 로닌, 투덜이, 꼬마와 달리, 너는 고개를 돌려 버렸고, 그랬기 때문에 유일하게 너만 누군가의 발길질에 문이 쾅! 열리고 검은색 발라클라바를 뒤집어쓴 온통 검은색 옷차림의 남자가 AK-47을 들고 들이닥치는 것을 보게 되었다. 그 광경에 너는 네 제2의 천성에 따라 비겁하게도 반사적으로 바닥으로 몸을 날렸다 ─ 탕! 탕! 탕! ─ 그리고 한쪽 뺨을 바닥에 댄 그 수치스러운 자세로 역시 온통 검은색 옷에 검은색 발라클라바를 뒤집어쓴 또 한 남자가 똑같은 AK-47을 들고 첫 번째 남자의 뒤를 따르는 것을 목격했다 ─ 탕! 탕! 탕! ─ 그리고 너는 양손으로 네 귀를 틀어막아서 몇 년간의 전쟁으로 너무나도 익숙한 자동 소총의 스타카토식 발사 소리로부터 네 귀를 보호했다. AK-47에서 나는 게 분명한 그 바위를 뚫는 듯한 소리는 어디에서나 시끄러웠지만, 경악에 차 지르는 고함 소리와 죽어 가는 남자들의 비명 소리가 이리저리 부딪쳐 되울리는 반향실(反響室)이 되어 버린 심문실의 좁은 공간에서는 귀청이 터질 듯했다.

　　빌어먹을

　　　　대체

　　　　　　뭐야?!

　　　　　　　　세상에

　　　　　　　　　　이런

제기랄!

염병할

이게 뭐람!

젠장

글렀어!


    유감스럽게도 그 어눌하게 발음된 말들이 투덜이와 꼬마의 마지막 말이었다. 네가 클로드의 수습생 시절에 배웠듯이 최대 분당 600발, 즉, 초당 10발의 속도로 발사되는 7.62밀리미터 총알의 맹공격에 그들의 큰 식칼은 무용지물이었다. 탕! 탕! 탕! 첫 번째 총잡이의 집중 사격 소리는 짧고 정확했고, 두 번째 총잡이의 소리는 단속적인 경련처럼 길고 마구잡이였다. 그것은 두 번째 총잡이가 학살을 저지르다 잠시 멈추고 30발짜리 탄창을 새것으로 갈아 끼워야 한다는 의미였다. 반면에 첫 번째 총잡이에게는 대자로 드러누워 복부의 상처에서 피를 흘리며 허리춤에 꽂아 둔 권총을 찾아 손을 더듬던 로넌에게 다가가 그의 이마에 발사하기에 충분한 총알이 남아 있었다. 그 총잡이가 냉정하게 행동을 취하는 동안, 그의 동료는 떨리는 손으로 아직도 새 탄창을 끼워 넣으려 안간힘을 쓰고 있었다. 그가 드디어 해냈을 때, 그 침착하고 냉정한 총잡이는 뒤돌아서서 모나리자와 보스를 향해 마지막 몇 걸음을 더 다가갔다. 그들은 둘 다 벽에 기대앉아 있었는데, 모나리자는 얼굴 표정으로 보아 쇼크 상태였고, 보스는 그의 작업복에 시커먼 피가 스며드는 동안 ─ 네가 그를 만난 후 처음이자 유일하게 — 겁에 질린 표정으로 자기 같은 사람이 어떻게 벌집이 될 수 있었는가라는 수수께끼를 풀려고 필사적으로 애쓰고 있었다. 그사이 아마추어인 두 번째 총잡이는 다리와 엉덩이에 총을 맞은 후 부질없이 한쪽 구석으로 기어가고 있던 까오보이의 척추에 한참 동안 집중 사격을 했고, 결국 까오보이는 보스의 쭉 뻗은 발 근처에서 죽음을 맞이했다. 그때 보스는 해머를 옆에 떨구고 창자가 흘러내리지 않도록 양손으로 잡고 있었고, 네가 하마터면 눈물을 흘릴 뻔할 정도로 고통스럽게 비명을 지르고 있었다. 그의 비명이 돌연 멈춘 것은 그 침착하고 냉정한 총잡이가 그의 입에 총을 쏴서 그의 기억을 벽으로 날려 버린 순간이었다.

그때 그 반향실 안은 모나리자가 헐떡이는 소리와 한쪽 귀가 시멘트 바닥에 눌려 있어서 네 귀에 잘 들리던 네 머릿속 혈류의 소리를 제외하고는 모든 게 고요했다. 그 총잡이들이 대학살의 현장에서 네가 있는 쪽으로 돌아섰을 때 너는 눈을 감고 죽은 척했다. 그들의 부츠를 신은 발이 시멘트 바닥을 쿵쿵거리며 점점 더 가까이 다가왔고, 그중 한 사람이 말했다. 아니, 내가 하게 해 줘. 곧이어 딱딱하고 뜨거운 무언가가 네 관자놀이를 눌렀고 너는 움찔하며 눈을 떴다.

하! 총구를 네 얼굴에 겨누고, 아마추어 총잡이가 말했다. 네가 아직 살아 있다는 걸 알고 있었어. 그가 발라클라바를 벗었다. 그러고 보니 그는 롤링 스톤스였다. 어이, 이 미친 잡종 새끼야. 나 기억나?

네가 어떻게 잊을 수 있었겠는가?

침착하고 냉정한 총잡이도 발라클라바를 벗었고, 너는 그 즉시 그가 모나리자와 닮았다는 걸 알아보았다. 팔꿈치처럼 생긴 광대뼈, 수수께끼 같은 눈빛, 누에고치처럼 두꺼운 검은 눈썹, 10대의 아이돌 같은 입술 따위가 마치 시각적으로 각운을 맞춘 듯했다.

사이드. 네가 말했다.

누에고치가 씰룩거렸다. 그래, 나에 대해 들었군. 그가 말했다. 나도 너에 대해 들었어.

그가 너를 더 자세히 보려고 무릎을 꿇었다. 비록 그가 너를 죽이러 여기에 왔지만, 너는 이렇게 생각하지 않을 수 없었다. 이 개자식은 **정말 잘생긴 놈이야.**

넌 내 자리를 빼앗고, 네 것이 아닌 걸 차지했어. 사이드가 네 이마에서 보스가 해머로 눌렀던 바로 그 자리를 그의 손가락으로 톡톡 치며, 말을 이어 갔다. 이제 대가를 치르게 될 거야.

롤링 스톤스가 AK-47을 들어 올려 그의 어깨에 얹자, 너는 사이드의 침착한 두 눈에서 눈길을 돌려 네 미간을 조준한 총구를 바라보았다. 마오쩌둥은 정치 권력이 총구에서 나와 자란다고 했지만, 너는 이런 총구에서 나와 자라는 그 어떤 것도 상상할 수 없었다. 네가 볼 수 있는 것이라고는, 네 이름 외에는 아무 이름도 새겨져 있지 않은 7.62밀리미터짜리 총알이 무게 중심인 총열의 그 까만 총구에 담긴 공포의 힘뿐이었다. 너는 롤링 스톤스나 사이드를 자극하지 말고 입 다물고 있으라고, 너 스스로를 타일렀다. 그들은 보스처럼 희생자들의 고통을 연장하는 데 연연하는 것처럼 보이지는 않았다. 여태껏 너무 많은 사람이 네 머리에 총알을 발사하려고 했고, 너는 그저 이 일을 빨리 끝내고 싶을 뿐이다. 너는 이미 한 번 너 자신을 죽인 적이 있었고, 이 총알은 네 삶의 마지막 문장에 느낌표가 될 것이다. 너의 죽음은 관점에 따라 정말 불행하거나 매우 바람직하거나, 둘 중 하나였다. 그리고 너는 두 마음의 남자였기 때문에, 겁에 질려 있으면서도 동시에 축하할 준비도 되어 있었다.

마지막 부탁이 있나? 롤링 스톤스가 그렇게 묻자, 너는 순간적으로 데자뷔를 경험했다.

치료제 좀 주시겠어요, 아흐메드?

네가 그의 본명을 부르자, 롤링 스톤스는 네게도 있는 따뜻한 (비)인간적 면모가 떠올라 짜증을 내며 이렇게 말했다. 난 널 그냥 죽여 버릴 거야. 너의 두 눈은 방금 막 방아쇠 위에서 움직이기 시작한 그의 집게손가락을 따라 움직이고 있었다. 그 순간 사이드가 이렇게 말했다. 너는 이자에게 질문을 했고 이자는 네게 답을 했어. 자, 이제 네가 한 말을 지켜.

아, 젠장! 롤링 스톤스가 총을 내렸다. 좋아, 이 좆같은 새끼야. 그 치료제가 어디에 있는데?

너는 추측을 해 본 다음 이렇게 대답했다. 난쟁이들 주머니 속에. 결과적으로 그것은 옳은 추측이었다. 롤링 스톤스가 작은 치료제 봉지 몇 개를 들고 돌아왔을 때, 너는 한편으로는 죽는다면 얼마나 좋을까 하고 생각한 반면, 또 다른 한편으로는 여전히 네 삶에 완강하게 집착하며 사이드에게 이렇게 말했어. 아마 치료제를 어디서 더 찾을 수 있을지 알고 싶을 것 같은데?

사이드는 동생 옆에 무릎을 꿇고 그가 바지를 다시 입는 걸 도와주고 있었다. 사이드가 너를 보며 말했다. 그런다고 네 목숨을 구할 수 있을 것 같아?

치료제를 한 번, 그리고 또 한 번 들이마시자 너는 곧 마취가 되었다. 이 치료제의 마법은 몸과 마음의 여러 부분이 무감각해지는 동시에 역설적으로 성적 민감성이 증가하면서, 사용자의 행복감과 과대망상이 더 고조되는 것이었지, 지능이 향상되는 것이라고는 할 수 없었다. 따라서 기분이 조금 나아지기는 했지만, 조금도 더 똑똑해지지는 않았기 때문에 너는 사이드가 네게 던진 수수께끼 같은 질문에 당혹스러워했다. 너 대신 그 문제를 해결해 준 것은 모나리자였다.

죽이지 마. 모나리자가 말했다.

뭐라고? 롤링 스톤스가 외쳤다.

뭐라고? 너도 그렇게 생각했다. 그래도 그 말을 입 밖에 낼 만큼 바보는 아니었다.

난 이 니야쿠에를 죽일 수 있기를 줄곧 학수고대했어! 롤링 스톤스가 말했다. 그리고 너는 마침내, 마침내 그가 한 말의 뜻을 이해했다. 네가 또다시 폭소를 터뜨리자, 롤링 스톤스가 이렇게 말했다. 이 미친 잡종 새끼야, 이번엔 또 뭐야?

냐 꾸에! 네가 하려고 하는 말은 냐 꾸에야!

그렇게 말했잖아.

그건 "소작농"이라는 뜻이야. "시골뜨기." "어리석다." 너희 프랑스인들이 우리가 시골 사람들에게 사용하는 모욕적인 말을 가져가서 역으로 우리에게 사용하는 건 인과응보겠지.

너희가 너희 언어로 그걸 뭐라고 하든 내가 무슨 상관이야. 롤링 스톤스가 야유하듯 말했다. 니야쿠에! 니야쿠에! 니야쿠에!

그가 내 목숨을 구해 줬어. 모나리자가 말했다.

이자가 구한 게 아니야. 사이드가 말했다. 네 목숨을 구한 건 우리야.

정말이야. 그들은 날 죽이려고 했어. 하지만 이 미친 잡종 새끼가 날 죽이는 걸 거부했고, 그들은 날 죽인 직후 그도 죽일 작정이었어. 모나리자는 셔츠 단추를 다 채우고 사이드의 부축을 받아 천천히 일어섰다. 그는 날 살려 줬어. 그래서 나도 형에게 그를 살려 달라고 부탁하는 거야.

젠장, 안 돼. 다시 한번 AK-47로 나를 조준하며 롤링 스톤스가 말했다.

멈춰. 사이드가 그렇게 말하자, 롤링 스톤스는 욕설을 퍼부으며 총을 다시 내렸다. 사이드는 그 침착하고 차분한 눈으로 나를 응시하며, 머릿속으로는 동생이 한 말을 검토했다. 이윽고 그가 말했다. 내 동생 말대로 해.

사이드! 롤링 스톤스가 외쳤다.

아흐메드, 속 좁은 갱스터처럼 생각하지 마. 사이드는 지금 네 위에 우뚝 서 있어서, 바닥에 엎드린 네 눈에는 그가 거대해 보였다. 네가 한 말은 지키는 사람이 돼. 필요하면 죽여. 그리고 필요하면 자비를 베풀어. 하지만 언제나 네가 말한 대로 행동해. 그래야 아무도 네가 어떤 사람인지, 네 말이 무슨 뜻인지 의심하지 않을 거야.

물론이야. 멋져. 환상적이야. 롤링 스톤스가 말했다. 먼저 이놈부터 죽이고 나서 그렇게 하게 해 줘.

아흐메드, 최선을 다해 헌신하는 모습을 좀 보여 봐.

난 최선을 다해 헌신하고 있어! 이 잡종 새끼를 죽이려고 최선을 다하고 있다고!

넌 너 자신과 네 작은 계획보다 더 큰 무언가가 있다고 믿는 법을 배워야 해. 너를 내려다보며 사이드가 말했다. 이자가 너처럼 — 과거의 나처럼 — 도둑이고 마약상인 데다 범죄자라고 해서 네가 꼭 이자처럼 행동해야 하는 건 아니야. 아흐메드, 이자는 남자가 아니야. 너도 마찬가지고. 왜 그런지 알아?

내가 남자가 아니라고? 롤링 스톤스가 말했다. 엿이나 처먹어, 사이드!

아흐메드가 대대로 선원인 집안에서 태어났다는 점을 이해해 줘야 해. 비록 일각에서는 그들을 해적이라고 불렀지만 말이야. 사이드가 네게 말했다. 그에게는 아직도 안나바* 출신 해적의 피가 남아 있어. 이제는 피가 묽어지기는 했지만. 그의 부모님이 독립 전쟁을 피해 이곳으로 왔다는 걸 생각해 보면 이해하기가 쉬울 거야. 우리 부모님도 마찬가지였지. 하지만 FLN**이 옳았어. 우리는 범죄와 마약과 폭력으로 스스로를 죽이고 있으면 안 되는 거야. 우리는 **회교도 독립투**

---

\*     알제리 동북부, 지중해에 접해 있는 항구 도시.

\*\*    Front de Libération Nationale. 알제리민족해방전선. 독립을 쟁취하기 위해 1954년 11월 출범과 함께 프랑스에 대항해 무장 봉기를 일으켰다.

사들이 되어서, 폭력으로 스스로를 해방시켜야 해.

강의를 또 듣고 싶지는 않아. 롤링 스톤스가 말했다.

내가 시킨 대로 책을 읽었다면 강의를 들을 필요가 없었을 거야. 사이드가 말했다. 만약 그랬다면 파농이 "폭력은 정화의 힘을 가진다."라고 말했다는 걸 알았을 텐데.

그것은 "식민지 사람을 그의 열등감, 좌절, 무력감에서 벗어나게 해 준다."라고 네가 말했다. 순간적으로 서로를 인정하면서 사이드가 네 눈을 마주 보았고, 너희 둘은 동시에 입을 모아 "폭력은 그에게 용기를 북돋아 주고 자긍심을 되찾아 준다."라고 말했다.

왜 내가 이 사람을 좀 마음에 들어 하는지 알겠지? 모나리자가 사이드에게 말했다.

파농의 글을 읽는다고 해 봐야 그냥 읽는 것에 지나지 않아. 사이드가 말했다. 아예 아무것도 안 하는 것보다는 낫지. 하지만 뭔가 의미 있는 일을 해야 해. 너한테는 제대로 된 폭력이 필요해. 널 도둑으로 만드는 폭력이 아니라, 남자로 만드는 그런 폭력이 말이야. 아흐메드, 너나, 내 것을 훔친 이 도둑놈이 왜 남자가 아닌지 알아?

롤링 스톤스가 한숨을 쉬며 말했다. 우리가 최선을 다해 헌신하지 않아서?

너를 응시하는 그의 눈빛은 관능적인 비서의 눈빛이 변형된 것, 다시 말해 연민, 경멸, 이해가 뒤섞인 따가운 눈빛이었다. 너는 그의 말에 이의를 제기하며 네가 (더 이상) 남자답지 않을지는 몰라도, 줄곧 최선을 다해 헌신해 왔는데, 결국 어떻게 됐는지 한번 보라고 말하고 싶었다. 하지만 너는 살아남아서 훗날을 기약할 수 있도록 말없이 있었는데, 이는 올바른 대응이었다.

가도 좋아. 사이드가 말했다. 지금 당장.

씨발놈. 롤링 스톤스가 투덜거렸다.

너는 사이드가 마음을 바꾸거나 롤링 스톤스가 실수로 너를 쏘기 전에 비틀거리며 일어섰다. 불현듯 의아하다는 생각이 들었다. 사이드는 어떻게 동생의 소식을 들었으며, 어떻게 그렇게 빨리 파리에 왔을까? 그리고 어떻게 모나리자를 찾아냈을까? 하지만 사이드와 롤링 스톤스 앞에서 머무는 시간을 연장한다는 건 호기심을 충족하려고 목숨을 건다는 뜻이었는데, 그런 질문들은 죽을 만한 가치가 있는 것은 아니었다. 질문 대신, 너는 막연히 동양적인 복종의 표시로 양손을 맞잡으며 고개를 숙였다. 베트남식이라기보다는 인도식이었지만 누가 신경이나 썼을까? 여기에서는 너희 모두가 동양인이었다.

두 사람 다 관용을 베풀어 줘서 고마워. 너는 그렇게 말하고는, 극도로 비굴한 감사의 표현을 몇 마디 더 덧붙였다. 너는 비굴하게 구는 데는 그야말로 달인이었으니까. 그런 다음 이 말을 덧붙였다. 내나름의 고마움의 표시로, 창고에 있는 저 커피 상자들을 모두 조금 더 자세히 살펴보라고 권하고 싶어. 그 말에 사이드가 두꺼운 눈썹 한쪽을 추켜세웠다. 곧이어 네가 말했다. 이미 내게 큰 도움을 주었지만 아주 작은 부탁 하나만 더 해도 될까? 혹시 두 가지도 가능할까?

너의 옛 상관인 장군이 언젠가 이런 말을 했다. 호의를 베푸는 사람들은 상황만 적절하면 더 많은 호의를 베푸는 경향이 있어. 그래서 장군은 호의를 구하면서 끈질기게 윗사람들의 비위를 맞추는 반면, 아랫사람들의 부탁은 거의 모든 경우에 절대로 들어주지 않으려 했다. 사이드는 이미 품위 있게 너를 죽이지 않는 호의를 베풀었고, 이제 자신이 엄청나게 고결한 사람이라는 것을 깨달았으니 너에게 한 번 더 친절을 베풀 수도 있는 일이었다. 그리고 정말로 사이드는 너를 죽이거나 죽게 하는 대신 한숨을 쉬며 이렇게 말했다. 원하는 게 뭐야?

네가 원한 것은 까오보이의 진품 비행사 선글라스였다. 그가 늘 쓰고 다녔기 때문에 죽는 순간에도 쓰고 있었지만 그에게는 더 이상 필요하지 않은 물건이었다. 너는 그것이 네 가장 친한 친구인, 아니, 네가 사이드에게 가장 친한 친구라고 말한 까오보이를 기리기 위한 유품이라고 말했다. 네가 따져 보니, 사이드처럼 명예로운 사람이라면 이해할 것 같은 감정이었다.

그 비행사 선글라스는 너에게 아주 잘 맞았고, 네가 처음으로 햇볕이 쨍쨍 내리쬐는 파리의 거리를 운전할 때 제 몫을 다하며 너를 잘 도와주었다. 치료제에 취해 무감각한 상태로 운전을 하는 것은 핀볼 게임기에서 핀볼을 요리조리 움직이는 것과 비슷했다. 아니, 너는 그렇다고 생각했다. 아니, 보스의 아파트 열쇠 구멍에 열쇠를 꽂을 때쯤 그런 생각을 했던 게 기억났다. 비록 사이드에게는 집에 가려면 보스의 차가 필요하다고 말했지만, 그 열쇠야말로 네가 정말로 원하는 것이었다. 너는 사이드에게 그 나름의 교통수단이 있다고 확신하고 도박을 한 것이었다. 비록 그의 차가 보스의 경이로운 바이에른산 자동차만큼 최신 유행 차종은 아닐 수도 있겠지만 말이다. 너의 부탁에 이의를 제기했을 때 롤링 스톤스는 그 사실을 아주 잘 알고 있었지만, 너는 이제는 사이드가 주인이 된 보물을 두고 그와 이미 암묵적 거래를 한 상태였다. 창고에서 빠져나오는 길에 창자에서 가공된 검은 커피로 위장한, 눈처럼 새하얀 치료제로 가득 찬 대형 상자 더미를 지나치면서, 너는 이 거래가 끝난 것이기를 바랐다. 하지만 끝난 일이 아닐지도 모른다는 생각이 든 것은 출구 근처에 있던, 밧줄에 묶인 꺽다리의 시신 옆을 지나갈 때였다. 입에 재갈을 물고 눈을 뜬 채 목이 베여 죽어 있던 그 시신은 사이드와 롤링 스톤스가 어떻게 창고를 찾았는지에 대한 단서였다. 꺽다리는 그 난교 파티 도중에 아시아의 **환희**를 관리하기 위해 혼자 떠났는데, 사이드와 롤링 스톤스는 거기서 그를 찾아낸 게 틀림없었다.

보스의 아파트는 조용하고 깨끗했다. 시간이 촉박하지만 않다면, 느긋하게 보스의 값비싼 스카치위스키나 코냑을 12센티쯤 따라서, 발을 턱 올리고, 실제로는 거대하지만 한참 떨어진 이곳에서는 고작 2.5센티 정도로 보이는 에펠 탑을 감탄하며 바라볼 수도 있을 터였다. 하지만 때는 정오가 지나 있었고, 너는 몇 시간 후면 「판타지아」 공연 전 파티를 위해 아편에 가 있어야 했기 때문에, 보스가 귀중품들을 보관해 둔 곳을 찾기 시작했다. 주방 찬장, 소파 쿠션 아래, 그의 옷장 속, 텔레비전과 스테레오 장비 뒤쪽 등등을 샅샅이 뒤지고 막 그의 침실로 향하려던 찰나, 부드럽고 여성스러운 목소리가 들렸다.

**빌어먹을 도대체 이게 뭐 하는 짓이야?**

비록 이 순간에는 아니었지만, 간혹 네가 스스로에게 묻곤 했던 또 하나의 심오한 철학적 질문이었다. 네가 뒤돌아서려 하자 관능적인 비서의 것으로 들리는 그 목소리가 이렇게 말했다. 손 들고 천천히 움직여요. 아니면 쏠 거야. 천천히 다 돌아섰을 때쯤, 너는 그녀의 작고 흔들림 없는 손에 비해서는 너무 큰 루거*처럼 보이는 권총 때문에 온몸에 힘을 꽉 주고 있었다. 그녀는 속이 훤히 비치는 나이트가운을 입고 있었고, 윤기가 흐르는 그녀의 길고 검은 머리는 헝클어져 빗질이 필요한 상태였지만, 그로 인해 그녀는 더 관능적으로 보일 뿐이었다.

보스가 당신을 죽일 거예요. 그녀가 말했다.

너는 선글라스를 끼고 있었지만, 여전히 온몸의 근육을 다 동원해서라도 네 눈을 계속 그녀의 눈에 못 박아 두는 게 낫다고 느꼈고, 온몸에 힘을 주고 있는 바람에 입안에 넘쳐흐르는 공포와 욕망을 삼키기가 어려웠다. 너는 간신히 말했다. 보스는 죽었어요.

관능적인 비서는 너를 5초 동안 — 네가 세어 보았다 — 빤히 쳐다보고는 이렇게 말했다. 당신한테 보스를 죽일 배짱이 있었을 리 없어.

---

\*     독일제 반자동 권총.

맞아요. 너는 그녀에게 가능한 한 차분하게 무슨 일이 있었는지 설명했다. 그녀의 눈 위로, 슬픔도 아니고 안도감도 아닌 다른 무언가가 얇은 막처럼 스쳐 지나갔다. 의심이었을까?

그녀는 충격을 받거나 깜짝 놀랐다는 티를 내는 대신 이렇게 말했다. 거짓말이 아닌지 내가 어떻게 알아요?

보스가 살아 있었다면 내가 이 열쇠를 가질 수 있었을 것 같아요?

선글라스 벗어요. 계속 내게 총을 겨눈 채 그녀가 말했다.

여태껏 총부리가 너를 겨눈 것이 몇 번인지 너는 더 이상 알지 못했다. 또한 피부에 닿는 공기의 느낌이, 언제나 고통스러운 상태와 나란히 존재하는 쾌락의 상태나 다름없는 무언가로 너를 떨게 하는 이 지점에 이르기까지 몇 번이나 방아쇠가 당겨졌고, 얼마나 많은 너의 목숨이 날아갔는지도 확실히 알지 못했다.

그럼 당신은 여기서 뭐 하는 거예요? 그녀가 물어보았다.

네가 올라탄 핀볼이 지금 이 순간까지는 존재하지도 않았던 즉흥적인 계획에 따라 너를 싣고 전진했다. 너는 관능적인 비서가 여기에 있을 줄도 알지 못했다. 잘 생각해 봤다면 알았어야 할 사실인데도 말이다. 보스는 틀림없이 여기에 현금을 보관하고 있을 거예요. 텔레비전 위에 걸려 있는, 너희 나라 모양으로 깎아 만든 벽시계를 바라보며 네가 말했다. 장군은 로스앤젤레스에 있는 그의 식당에 향수를 불러일으키는 똑같은 시계를 가지고 있었는데, 그 시계의 공공연한 비밀은 난민들에게는 시간이 오로지 제자리를 맴돌 뿐이라는 것을 보여 준다는 것이었다. 하지만 보스의 시계는 또 다른 공공연한 비밀, 그러니까 난민들에게는 때때로 시간이 완전히 멈춰 버린다는 것을 보여 주었다.

아마 돈을 금고에 보관할 거예요. 네가 말했다. 난 금고의 비밀번호 조합을 알아요. 하지만 금고가 어디에 있는지는 모르죠. 어쩌면 당신은 알 것도 같은데요.

너는 사실 금고가 있는지도, 비밀번호의 조합이 무엇인지도 몰랐지만, 그녀가 다음과 같이 말했을 때 네 처음 직감 옳았다는 것이 입증되었다. 당신이 어떻게 비밀번호 조합을 알아요?

먼저 금고부터 보여 줘요. 네가 말했다.

안에 있는 것의 절반은 내가 가지겠어요.

먼저 총부터 내려놔요.

당신이 날 바보라고 생각하는 건 알지만, 난 바보가 아니야.

그렇게 생각하지 않아요 ─

당신이 날 보는 눈빛을 알아.

너를 바라보는 그녀의 눈빛에서 그녀가 너를 바보라고 생각한다는 걸 알 수 있었다. 너는 관능적인 비서의 지능에 대해 한 번도 생각해 본 적이 없다는 것을 자인하며, 주변 시야에 들어오는 유혹에 굴하지 않고 계속해서 그녀의 눈을 똑바로 마주 보기 위해 온몸의 근육을 꼭 조였다. 당신 말이 맞아요. 오래전에 맛을 알아 버린 죄책감과 수치심이 뒤섞인 익숙한 감정을 삼키면서 네가 말했다. 그 둘은 마치 진과 토닉처럼, 문명과 식민지화처럼, 항거와 부역처럼, 히틀러와 괴벨스처럼, 닉슨과 키신저처럼, 베트남과 알제리처럼, 프랑스와 미국처럼, 너무나도 잘 어울렸기 때문에 **죄책감과 수치심**이라는 이름의 칵테일이 마땅히 있어야 했다. 아니면 적어도 그런 제목의 그저 그런 러시아 소설이나, 어쩌면 그렇게 불리는 10대들의 댄스 열풍이라도 있어야 할 정도였다. 미안해요. 정말 미안해요.

아니, 당신은 미안하지 않아요. 당신은 그저 전형적인 베트남 남자에 불과해요. 아니, 반만 베트남 남자죠. 그건 중요하지 않지만. 당신들은 모두 똑같아요. 우리를 당연하게 여겨요. 우리가 당신들의 음식을 요리하고, 설거지를 하고, 빨래를 하고, 멍청한 농담에 킥킥 웃어주고, 당신들이 즐겨 쓰는 시나 사랑 노래에 황홀해할 거라고 생각해요. 그러가다 우리와 결혼하고 나면 우리를 위해서는 그런 시나 사랑 노래조차 다시는 쓰지 않겠지. 여자 친구들에게 써 보내고 있을 테니까. 당신들은 우리가 항상 같은 자리에 있으면서 당신들과 사랑을 나누고, 당신들의 아이를 낳고, 혼자 힘으로 아이를 키우고, 장을 보고, 당신들의 불평을 들어 주고, 에고를 달래 주고, 집안 경제를 보살피고, 가욋돈을 벌기 위해 일하고, 시부모를 견디고, 시어머니를 모시고, 정부를 모르는 체해 주고, 옷을 수선해 주고, 열쇠를 찾아 주고, 그 모든 허튼소리에 맞장구쳐 주고, 적어도 다섯 걸음 뒤에서 걷고, 당신들이 늙으면 돌봐 주고, 그러다가 결국 ── 결국 ── 결국 ── 당신들이 죽고 나면 장례식에서 확실히 울어 줄 사람이 되고, 성대한 경야(經夜)를 열어 주고, 사당을 돌봐 주고, 성묘를 가고, 매일 당신들을 기억하고, 그러다가 우리가 죽어서 당신들을 다시 만나면, 그 빌어먹을 모든 짓을 **영원**히 다시 반복할 거라고 생각하지.

비록 그녀의 목소리는 분노로 떨렸지만, 루거의 총부리는 결코 흔들리지 않았다. 베트남 남자, 아니, 절반은 베트남인인 남자로서 너는 가슴속 깊이, 그리고 네 불알이 제구실을 하지 못해서 보기 드물게 솔직해지는 순간에는 너의 불알까지 내려갈 정도로 뼛속 깊이, 그녀의 말이 옳다는 걸 알고 있었다. 너는 베트남 남성의 남성성을 대표하는 사람으로서, 베트남 여성들에게 일상적으로 행한 모든 일에 대해 마땅히 그녀의 분노를 감수할 만했다. 당신 말이 맞아요. 네가 말했다. 그리고 미안해요. 많이 미안해요.

보스가 나랑 결혼이라도 할 작정이었던 것 같아요? 관능적인 비서가 말했다.

네, 당연하죠. 그럼요. 보스는 당신을 사랑했어요 —

거짓말하지 마요. 그가 나를 사랑했는지 따위엔 관심도 없어요. 결혼을 한다는 건 그가 거래에서 자기 몫을 했다는 의미에 불과했을 테니까. 이젠 그럴 일도 없겠지만. 나는 최소한 그의 돈만이라도 받을 자격이 있어요. 그렇죠?

너는 힘차게 고개를 끄덕이며 긍정의 의미를 담은 소리를 더욱 많이 냈다. 관능적인 비서는 너 때문에 깰 때까지 자고 있던 보스의 침실로 너를 데려가서, 큰 벽장 옆에 있는 책장을 가리켰다. 보스는 프랑스어로 글을 읽지 않았지만, 이 책장은 프랑스어 책으로 가득 채워져 있었다. 그 책들을 재빨리 훑어본 후, 너는 프랑스인들이 최고급 술과 함께 전시할 수 있는 지식인을 위한 두꺼운 책인 철학 서적이나 고급 문학 작품만 읽지는 않는다는 것을 알고 기뻐했다. 그런 책과 작가와 함께하기에 충분한 자격이 있는 것은 오로지 맥주와 저렴한 와인뿐이었다. 그것들은 공항이나 편의점에서 흔히 볼 수 있는 쓰레기 같은 베스트셀러를 쓴 작가들의 프랑스어 원본이나 번역본이었는데, 질이 너무 낮아서 독자의 낮고 좁은 이마에서 흘러내려 윗입술에 콧수염처럼 얹혀 있는 저속한 읽을거리에 불과했다. 그렇지만 굳이 이름을 거론할 필요는 없을 것이다. 송장과 장부 외에는 아무것도 읽지 않았던 보스가 이 작가들을 읽은 적도 없는데, 굳이 그럴 이유는 없으니까.

그 책장을 잡아당겨요. 관능적인 비서가 총을 내저으며 말했다.

인간과 마찬가지로 총도 예고 없이 터지는 고약한 성질이 있었기 때문에 너는 가장 공손한 목소리로 이렇게 말했다. 혹시 방아쇠에서 그 손가락 좀 떼 줄 수 있을까요?

그녀는 그대로 손가락을 방아쇠에 건 채로 네게 총을 겨눴고, 너는 책장을 잡아당겼다. 그러자 눈에 띄지 않게 책장 바닥에 달아 둔 비밀 바퀴가 굴러갔다. 책장을 옆으로 밀자 큰 벽장 바로 옆 벽에 박혀 있던 금고가 드러났다. 작은 냉장고 크기의 회색 철제 상자였다. 좋아요, 똑똑한 양반. 아름다운 비서가 말했다. 실력을 보여 줘 봐요.

네게 있는 아이디어는 딱 하나였고, 너는 이제 다시 한번 도박을 했다.

보스의 사무실과 이 집에 있는 벽시계를 유심히 본 적 있어요? 네가 물어보았다.

그 시계들은 작동하지 않아요. 그가 너무 게을러서 배터리를 갈아

끼우지 않았거든요.

아니, 너무 게을러서가 아니에요. 너는 곧 천재적이거나 아니면 어리석거나 둘 중 하나라는 것이 밝혀질 아이디어를 씩씩하고 자신 있게 말했다. 단서예요. 연상물이요. 혹시라도 자기가 비밀번호의 조합을 잊어버릴 경우에 대비한 거죠. 너는 웃음기 없는 얼굴로 그 말을 했다. 네가 기뻐서 의기양양하게 웃기라도 하면 ― 그녀의 표정을 보아하니 ― 그녀가 널 쏠 것 같았기 때문이다. 아마 죽이려는 것은 아니겠지만, 평생 불구로 살게 할 생각으로 말이다. 손마디를 우둑우둑 꺾으며 네가 말했다. 7 50 9이거나, 7 5 9일 거예요.

증명해 봐요.

금고의 자물쇠는 시계 방향과 반시계 방향으로 돌려야 하는 회전판이었다. 너는 무릎을 꿇어 그 장치에 눈높이를 맞추고 작업을 하기 시작했고, 회전판을 좌우로 돌리며 땀을 흘리지 않으려고 애썼다. 오른쪽으로 7을 한 번, 왼쪽으로 50을 두 번, 오른쪽으로 9를 한 번. 금고의 손잡이는 꼼짝도 하지 않았다. 왼쪽으로 7, 오른쪽으로 50, 왼쪽으로 9를 시도해 보는 동안, 겨드랑이에서 땀이 나기 시작했다. 손잡이는 여전히 꼼짝도 하지 않았다. 이제는 머리에 땀이 나고 있었고, 여전히 방아쇠에 손가락을 걸고 무릎에 총을 얹은 채 네 왼쪽 안락의자에 다리를 꼬고 앉아 있는 관능적인 비서를 날카롭게 의식하고 있었다. 교황이라도 쳐다볼 수밖에 없었을 속이 훤히 비치는 나이트가운을 걸친 그녀를 말이다. 제기랄, 바로 이 순간, 틀림없이 하느님 자신도 자신의 가장 완벽한 창조물 중 하나를 뚫어져라 쳐다보고 있었을 텐데, 너는 이어지는 몇 분 동안 줄곧 숫자 7, 5, 50, 9로 네가 생각해 낼 수 있는 모든 조합을 다 시도해 보고 있었다. 어느 시점엔가 너는 시도해 본 조합들을 잊어버리고는 그저 되는대로 아무렇게나 다이얼을 계속 돌리며, 지난번에 이어 또 다른 형태의 룰렛을 하고 있었다.

이봐요, 아인슈타인. 관능적인 비서가 말했다. 19 — 50 — 9를 해 보면 어때요?

누군가가 이 세상을 향해 정지 버튼을 누른 듯 세상 모든 것과 모든 사람이 잠시 멈춰 버렸다. 네 머릿속에서는 시계의 시침이 아침 7시부터 저녁 19시까지 한 바퀴를 완전히 빙 돌았다. 이내 작동이 재개되고, 너는 다이얼을 오른쪽으로 19를 한 번, 왼쪽으로 50을 두 번, 오른쪽으로 9를 한 번 돌렸다. 네가 금고의 손잡이를 잡아당기자 찰깍 소리가 나면서 쉽게 움직였고, 금고 문이 조용히 열렸다.

네가 두 시간 후 천국에 도착했을 때, 그곳은 조용했다. 다들 푹 퍼져 있어요, 선생님. 굽실거리는 가정부가 말했다. 너는 어떻게 그녀가 난교 파티에서 아무 역할도 맡지 않고 넘어갔는지 모르겠다는 생각이 들었다. 너는 그녀에게 슬며시 100프랑을 쥐어 주고 안으로 들어갔고, 대기실 소파에서 자고 있는 종말론자인 기도를 발견했다. 그의 오르락내리락하는 맨가슴 위에는 『밤의 끝으로의 여행』*이 펼쳐져

---

\*　　　프랑스 소설가 루이 페르디낭 셀린이 1932년 발표한 1인칭 시점의 자전적 소설. 고통과 절망 속에서 생의 의미를 찾아 헤매는 인간의 이야기를

있었고, 텔레비전 채널은 여느 때처럼 지적인 토크 쇼에 맞춰져 있었다. 전날 밤에는 보지 못했던 새 반창고가 그의 위 팔뚝을 대각선으로 가로지르는 자상 위에 어슴푸레하게 붙어 있었다. 마들렌은 위층에서 자고 있었고, 너는 노크도 하지 않고 그녀의 방문을 열었다. 그녀는 머리를 부챗살처럼 쫙 펼친 채 퀸 사이즈 침대 위에 이불을 덮고 누워 있었고, 그녀의 얼굴에는 화장이나 전날 밤의 기상천외한 난교 파티의 흔적은 조금도 없었다. 단, 목둘레에 BFD의 손에 목이 졸려 생긴 멍 자국은 남아 있었다. 그녀를 깨울까 하는 생각도 해 봤지만, 이 일에서 중요한 것은 네가 아니었다. 마들렌을 깨우는 대신, 너는 보스의 주방 찬장에서 가져온 모노프리* 쇼핑백을 그녀 옆에 놓아두었다. 그 안에는 관능적인 비서가 네게 보스의 금고에서 가져가도록 허용해 준 돈의 절반이 들어 있었는데, 그녀가 네게 허락한 돈은 금고에 있던 돈의 절반은 아니었다. 너희 두 사람은 금고 안의 벽돌 같은 돈뭉치들을 뚫어져라 바라보았다. 각각의 돈뭉치는 파란색 잉크로 총액이 몇 프랑인지 기재된 띠지에 묶여 있었다. 또한 금괴가 가득 담긴 샌드위치용 투명 비닐봉지들도 있었는데, 각각의 금괴는 발행처의 이름이 인쇄된 비닐 포장지에 하나씩 싸여 있었다. 온스나 냥으로 측정된 무게 또한 지워지지 않는 두꺼운 매직펜으로 각각의 봉지에 적혀 있었다. 현금 뭉치의 경우와 마찬가지로 이것 역시 보스

격렬하고 체계 없는 문체로 쓴 것으로 유명하다.

\*      프랑스 전역에 체인망을 보유하고 있는 프랑스의 대표적인 대형 유통 채널.

의 필체였다.

우린 이제 부자네요. 관능적인 비서가 너를 배신하고 네 관자놀이를 쏴서 머리를 날려 버리지 않기를 바라며 네가 말했다. 너는 너무 오랫동안 죽어 있었기 때문에 이제는 살고 싶었다. 우리가 50 대 50으로 나눠 가진 후에도 큰돈이에요.

내가 50 대 50이라고 했나요? 관능적인 비서가 총을 들지 않은 손으로 순진한 척 입을 가리며 말했다. 이런! 멍청하게 그런 실수를 하다니. 내 말은 70 대 30이라는 뜻이었어요.

70 대 30이라고요? 너는 침착을 유지하며 말했다. 내가 없었으면, 이 금고는 열지 못했을 거예요. 55 대 45로 하죠.

관능적인 비서가 권총의 공이치기를 뒤로 당기며 말했다. 75 대 25로 해요. 대신 당신은 당신 물건을 제자리에 매단 채로 여기서 걸어 나가는 거죠.

이렇게 해서 너는 결국 보스가 모아 둔 현금의 25퍼센트 중 절반을 마들렌에게 주게 된 것이었다. 금은 포함되지 않았다. 관능적인 비서는 그 점을 명확히 한 후, 네게 돈을 세어 보게 시켰다. 너무 많은 돈이라는 걸 감안한다고 해도, 시간이 한참 걸렸다. 심지어 네가 지적했듯이 보스가 돈다발마다 액수를 기재해 놓은 게 도움이 되었는데도 말이다. 우리가 모든 걸 제대로 하는지 확인하고 싶은 것뿐이에요. 네가 금고 옆에서 무릎을 꿇고 현금을 세는 동안 볼 테면 보라는 듯 다리를 풀었다가 다시 꼬면서, 관능적인 비서가 침착하게 말했다. 너는 한편으로는 사이드와 자기가 한 약속을 지키는 그의 단호함이 그리웠지만, 다른 한편으로는 그 많은 돈의 25퍼센트도 여전히 꽤 큰돈이라는 데 감사했다. 마지막 돈까지 다 세고 나서, 네가 물어보았다. 화장실 좀 써도 될까요?

관능적인 비서는 눈을 말똥거리더니, 너를 복도에 있는 화장실로 데려다주었다. 널찍한 아파트까지 포함해서 네가 본 대부분의 프랑스 아파트와 마찬가지로 보스의 아파트에는 화장실이 하나뿐이었는데, 그것은 베트남 기준으로는 괜찮았지만, 미국에서는 심지어 중산층 기준으로도 원시적이었다. 미국인들은 영리하게도 변기가 역류할 경우에 대비해 대안을 마련해 두어야 한다고 여겼다. 그들은 똥을 보는 데 대한 불안은 있었지만 뚱뚱해지는 것에 대한 불안감은 없었고, 프랑스인들은 그 반대였다. 베트남인들은 베트남이 얼마나 가난한 나라인지를 감안할 때, 아무리 노력해도 살이 찌지 않았고, 베트남의 하수도 사정을 감안할 때, 화장실이 하나라도 있으면 기뻐할 수밖에 없었다. 하지만 프랑스인들의 핑계는 무엇이었을까? 틀림없이 그들은 그저 배설물을 다르게 이해할 뿐이었는데, 이는 이미 그들의 자유방임적인 개똥 처리 방식으로 입증된 바였다. 똥은 모든 사회의 비밀이었고, 한 사회가 똥을 대하는 방식은 외부인에게 많은 것을 알려 주었는데, 예를 들어 관능적인 비서 같은 회의론자는 이렇게 말할 수도 있었다. 개똥 같은 소리 하고 있네. 하지만 네가 화장실 문을 닫으려고 했을 때 그녀가 실제로 한 말은 이것이었다. 열어 놔요.

하지만 ——

열어 놔요. 뭐 내가 한 번도 못 본 걸 보여 줄 것도 아니잖아요.

그렇죠. 하지만 저기, 내가 보려는 볼일은, 어 —

아, 맙소사. 관능적인 비서는 당연히 역겨워하는 듯 보였다. 내가 그걸 볼 필요는 없지. 문을 조금만 열어 둬요. 잠그려고 하지 마요. 잠그면, 문을 통해서라도 당신을 쏴 버릴 테니까.

너는 엘비스처럼 왕좌에서 죽고 싶은 생각도 없었고,* 어차피 창문 없는 화장실에서 탈출할 계획도 없었다. 문이 거의 닫혀 있는 정도만 되어도 보스의 자동차 열쇠가 함께 매달려 있는 열쇠고리에서 아파트 열쇠를 빼내는 너의 계획을 실행에 옮기기에는 충분했다. 그렇지만 관능적인 비서가 너의 몹시 지저분한 사생활을 엿들을 수 있도록 문이 살짝 열려 있었기 때문에, 너는 바지 지퍼를 열고 변기 시트를 내려서 앉은 다음, 볼일을 보는 시늉을 하면서 보스의 열쇠고리를 더듬었다.

너의 관점에 따라서는 불행한 일일 수도, 또는 다행한 일일 수도 있었는데, 볼일을 보는 시늉을 하다가 실제로 장운동이 촉진되었다. 어쩌면 너를 움직인 것은 감정이었을 것이다. 네가 자신의 감정에 겨워 때때로 놀라곤 했던 것처럼 말이다. 그 감정의 힘은 너무나 느닷없고, 너무나 생생했다 — 아, 맙소사. 문밖에서 관능적인 비서가 외쳤다 — 그때 공교롭게도 네가 뉴턴의 운동 제3법칙, 그러니까 모든 작용력에 대해 항상 크기는 같고 방향은 반대인 반작용 힘이 따른다는 것을 떠올리자, 그 법칙에 따라 하나의 구멍이 뒤쪽에서 소리를

---

\* 로큰롤의 제왕 엘비스 프레슬리가 죽은 뒤 처음 발견된 곳은 그의 저택 화장실이었다.

내 존재를 알린 바로 그 순간, 또 하나의 구멍에서 안도감과 놀라움이 섞인 고통스러운 신음 소리가 터져 나왔다. 왜냐하면 너는 네 안에 그런 것이 있다는 것을 모르고 있었기 때문이다. 보아하니 너의 창자에서 끝도 없이 미끄러져 내리는 이 지독한 똬리는 몇 년 동안 쌓인 가장 더러운 찌꺼기로, 그 두께와 밀도와 독성으로 보아 창자 속의 이 쓸모없고 불쾌한 것을 너의 몸이 완전히 소화할 수 없다는 것을 알게 된 완강한 물질이었다 ─ 그만할 수 없어요? 관능적인 비서가 외쳤다 ─ 너의 가장 어두운 내부의 암흑물질, 너무나 많은 사람들이 몹시 싫어한, 길고 구불구불한 내장의 움푹 들어간 틈새마다 숨어 있는, 성서와 관련된 엄청나게 혐오스러운 물질 말이다 ─ 무슨 말인가 하면, 관능적인 비서가 하느님 맙소사라고 외쳤다는 것이다 ─ 마침내 너는 그 코르크스크루를 뽑은 것처럼 보였다. 하지만 그것이 네 밑에서 비밀스럽게, 산업 발달로 오염된 눈송이만큼이나 독특하고, (사람의 내면에서 발현된 것이 완전히 똑같은 적은 없었기에) 도덕적으로 더러운 너의 자아만큼이나 개성적인 똬리를 틀고 있을 때, 장내에 머물던 것이 급하게 떠난 후 남겨진 갑작스러운 공백이 사이공 탈출만큼이나 몹시 고통스러웠기 때문에, 너는 훌쩍거리고 있었다. 네가 물을 내려 장세척으로 인한 재앙의 결과를 씻어 냈지만, 변기에서는 벌컥벌컥 삼키는 소리 대신 꼬르륵하는 소리만 들릴 뿐이었다. 그 고통받는 불쌍한 골족의 변기가 네가 버린 찌꺼기에 구역질을 하는 게 보이자, 너는 두렵고 수치스러워서 재빨리 뚜껑을 닫은 다음, 손에 남은 오물의 흔적을 말끔히 씻은 다음, 사과의 뜻을 담은 미소를 머금고는 아파트 열쇠를 쥐고 천천히 걸어 나갔다. 혐오감에 진저리를 치고 있었지만 여전히 관능적인 비서는 그녀가 직접 그 열쇠를 만질 필요가 없게끔 문 옆에 있는 스탠드 위에 놓아두라고 지시했다.

　문간에 멈춰 서서 네가 말했다. 보스의 신발 한 켤레만 신고 가도 될까요? 너는 양말만 신고 있었는데, 그녀에게 다음과 같이 그 이유를 설명해 주었다. 네가 막 그 창고를 떠나려던 순간, 모나리자가 이렇게 말했다. 난 네 구두가 여전히 마음에 들어. 그래서 너는 한 달 치 월세에 해당하는 그 브루노 말리 구두를 그에게 줄 수밖에 없었다. 관능적인 비서가 말했다. 어서 신고 나가요. 너는 계속 영웅적으로 그녀의 속이 훤히 비치는 나이트가운 속을 들여다보지 않으면서, 그녀에게 너의 가장 멋진 악동 같은 미소를 슬쩍 보여 준 후 이렇게 말했다. 있잖아요, 우린 꽤 훌륭한 팀인 것 같아요. 그녀는 이렇게 대꾸했다. 내가 당신 불알에 대해 했던 말 명심해요.

　이렇게 해서 결국 보스의 차 열쇠를 네가 차지하게 되었던 것이다. 관능적인 비서가 집 열쇠를 요구할 거라고 예상했기 때문에, 화장실에 있는 동안 차 열쇠와 집 열쇠를 분리해 놓았던 것이다. 너는 마들렌의 얼굴을 마지막으로 한 번 내려다보다가, 그녀의 눈이 눈꺼풀 안쪽에서 경련하는 것을 보았다. 그러자 그녀가 꿈을 꾸고 있는지 악몽을 꾸고 있는지 궁금해졌다. 너는 방에서 나가 문을 닫기 전, 그녀의 잠자는 얼굴을 너의 기억이라는 부드러운 밀랍에 각인했다. 그녀의 얼굴이 완전히 깨어 있는 공산당 첩자의 얼굴을 가려 주기를 바라면서 말이다. 그 공산당 첩자에게 무슨 일이 있었든, 그녀가 어디에 있든, 그녀가 여전히 너를 볼 수 있다는 것을 너는 알고 있었다.

# 19장

　열린 문 위쪽에, 중국요리 포장 용기를 장식하는 붉은 네온의 글씨체로 ●편이라는 글자가 적혀 있었는데, 그 이름이 참수이*나 칭총**이나 '아 — 정말 — 좆같아'일 수도 있는 서체였다. 적어도 보스는 약간은 품위가 있는 사람이었기에, 실내에 가짜 뻐드렁니를 단 하인이 손님이 입장할 때마다 언제라도 칠 수 있는 거대한 징 따위는 마련되어 있지 않았다. 대신에 난교 파티에서 연주했던 바로 그 재즈 사중주단이 지금 이곳에서 약동감 있는 연주를 하는 소리가 들렸다. 너와는 달리 그들에게는 귀가해서 쉴 기회가 있었다. 그것은 이투성이도 마찬가지였다. 그는 하렘의 경비대 의상은 벗어 버리고, 자유분방한 파리 사람과 시크한 나치의 스타일이 혼합된 보다 현대적인 옷차림, 그러니까 기본적인 검은 터틀넥, 검은 슬랙스, 검은 가죽 재킷,

---

\*　　다진 고기와 야채를 볶아 밥과 함께 내는 중국요리.
\*\*　　아시아계 미국인을 비하하는 인종 차별적 은어.

검은 부츠 차림이었다. 그 옷차림은 아편의 분위기와 더할 나위 없이 잘 어울렸다. 아편이 표현하고 있던 것은 고대 동양도 아니고, 또 최초의 세계적 마약 밀수입자이자 제약 분야의 군벌이던 프랑스와 영국의 독점 기업이 토착민들에게 총구를 들이대고 그들의 아편을 사라고 강요했던, 그리 멀지 않은 19세기와 20세기 초의 동양도 아니었기 때문이다. 아, 아니고말고! 이곳은 새롭고 현대적인 동양이었고, 거기서 아편은 세련되면서도 고풍스럽고, 시크하면서도 귀엽고, 중독성이 있으면서도 부담스럽지 않았다. 아편은 모든 것을 갖춘 완벽한 애인이었다. 너와 마찬가지로, 일부 사람들이 그 치료제를 선호하는 것은 놀랄 일이 아니었다.

보스는 어디 있어? 이투성이가 물었다. 그는 벨벳 로프를 치고 고객들이 길게 늘어서게 해서 인위적으로 아슬아슬한 분위기를 자아내고 있었다. 여자들은 늘씬한 각선미를 자랑하고 있어서 정말 장관이었고, 남자들은 향수를 뿌린 여자들보다도 오드콜로뉴를 더 잔뜩 뿌려서 상당히 강한 냄새를 풍겼다. 너는 천국을 떠난 후 당고모의 아파트로 돌아갔고, 그곳에서 네가 가진 단 한 벌의 점잖은 옷으로 갈아입었다. 그것은 1960년대 초에 만든, 스리버튼 재킷이 포함된 몸에 딱 맞는 스타일의 짙은 회색 중고 정장으로, 남녀 모두에게 유행 중인 파스텔색 셔츠와 독수리가 내려앉을 만큼 커다란 패드로 어깨를 부풀린 과장된 실루엣과는 전혀 어울리지 않는 복장이었다. 그 정장은 이제는 너무 살이 쪄 버린 마오주의자인 박사가 준 선물로, 그가 조니 할리데이의 음악을 마음껏 즐기던 대학 시절에 입던 옷이었

다. 네 당고모는 집에 없었고, 너는 그녀의 부재를 틈타 샤워를 하며
정신을 차리고, 아울러 몸에서 땀, 담배 연기, 공포, 죽음의 흔적을
씻어 냈다. 그런 다음 마지막으로 남아 있던 사향 커피를 만들어 마
시고, 보스의 돈과 난교 파티의 비디오 테이프들이 담긴 여행 가방을
네가 잠자리로 사용했던 소파 밑에 넣어 두었는데, 비디오 테이프야
말로 현금보다도 훨씬 더 가치 있는 것이었다. 커피를 마셨는데도, 네
가 보스의 차를 타고 도착하는 모습을 난쟁이들이 보지 못할 만큼 **아
편**에서 먼 곳에 주차를 했을 때쯤, 너는 머리가 어지러웠다.

보스는 어디 있어? 이투성이가 다시 한번 소리쳤다.

빌어먹을, 내가 어떻게 알아? 내가 마지막으로 본 건 보스가 그 알
제리 놈을 죽인 직후였어. 그다음에 난 집으로 갔고.

너는 그 핑계로 시간을 좀 벌었을 것이다. 네가 원했던 것은 그날
저녁 살아남아 라나를 만나서 그녀의 옷자락에 입 맞춘 다음, 얼굴
없는 남자와 대면하고 어떻게든 마술을 부려서 본의 복수에서 그를
구해 낼 수 있을 만큼의 시간이었다. 너는 **아편**으로 들어갔고, 그러자
냄새가 네 온몸을 휘감았다. 나른하게 돌아가는 천장의 선풍기는 오
드콜로뉴와 향수가 흘린 페로몬의 흔적을 휘젓고, 담배와 후카와 네
고국의 물 담배에서는 담배 연기가 피어오르고,『아라비안나이트』의
어느 페이지에서 그대로 찢어 온 듯한 베일로 얼굴을 가린 자그마한
여자가 클럽 안에서 들고 돌아다니며 태우는 향로에서는 아지랑이
같은 향이 피어오르고 있었다. 너는 성적 매력이 넘치는 사람들을 죽
훑어보며 라나는 보지 못했지만, **아편**의 분위기에 취해, 분향을 담당

한 여자가 권한 비단 같은 검은 베일로 자신의 여성스러운 얼굴을 가린 몇몇 여성을 보았다.

너는 온갖 냄새와 너 자신의 현기증과 극도의 피로가 뒤섞이며 머리가 어지러웠는데, 그것에 대한 유일한 특효약은 대부분의 경우 그렇듯 술뿐이었다. 너는 바나나 나무와 극락조, 등나무 안락의자와 붉은 등불, 창호지 병풍과 서예 액자를 지나쳐서, 술을 요구하며 낄낄거리는 젊은 사람들 사이에 끼어 바에서 네 차례를 기다렸다. 술은 귀뚜라미, 그러니까 너의 도덕성이라고 하는 말라 죽은 작은 벌레에게 그늘을 제공할 수 있는 자그마한 종이우산으로 꾸민 부처 모양의 도자기에 담겨 제공되었다. 마침내 네 차례가 되었을 때, 너는 이렇게 말했다. 아니, 목쉰 소리로 꺽꺽거렸다. **죄책감과 수치심** 주세요.

뭐라고요?

**죄책감과 수치심이요!** 너는 의도했던 것보다 더 크게 고함을 쳤다.

잠시 동안 네 주변의 모든 사람이 너를 쳐다보았지만, 볼거리가 아무것도 없다는 것을 확인하고는 원래대로 살짝 술에 취한 채 티 나지 않게 관계를 가지려 애쓰며 다시 자기 볼일을 보기 시작했다.

바텐더가 터번을 고쳐 쓰며 딱딱하게 말했다. 그게 뭔지 모르겠는데요. 무지로 인해 그의 전문성을 의심받게 된 상황이었다.

쉬워요. 네가 말했다. 데킬라와 보드카를 1 대 1의 비율로 섞고, 얼음도, 장식용 가니시도, 아무것도 보태지 마요. 성수처럼 보이고 지옥 같은 맛이 나야 해요.

역겨울 것 같은데요. 바텐더가 말했다.

그리고 **죄책감과 수치심**을 처음으로 홀짝거리며 너는 그것이 역겹다고 인정했다. 하지만 그 둘이 짝을 이뤘는데 달리 어떤 맛이 나야 했을까? **죄책감과 수치심** 몇 잔이면, 너는 이튿날 아무것도 기억나지 않을 것이다. 네 머리는 윗부분을 잘라 낸 코코넛이라서, 누군가가 빨대를 꽂아 공기 방울이 부글거리게 하면서 네 정신이라는 내용물을 마실 수 있을 정도일 테니까. 너는 **죄책감과 수치심 더블**\* 한 잔을 들고 ─ 두 마음의 남자였기 때문에 늘 더블을 마셨으니까 ─ 라나를 찾으며 **아편**을 이리저리 돌아다녔지만, 네 눈에 띄는 것이라고는 허벅지 중간까지 내려오는 섹시한 청삼(靑衫)을 입은 웨이트리스들과 19세기의 흑백 사진 액자들로 장식된 벽뿐이었다. 예를 들어 칼날만큼 길고 위로 말려 올라간 손톱을 가진 귀족, 원주민 옷을 입고 가슴을 다 드러낸 여성, 옥수수 속대만 한 시가를 피우는 노부인의 사진 따위였다. 저 사람들은 아프리카인이야 아니면 아시아인이야? 네 옆에서 낄낄대던 젊은이가 낄낄대는 또 다른 젊은이에게 물어보았다. 나도 몰라. 부처 모양 도자기 잔의 머리에 턱을 괴고 그녀가 말했다. 어쨌든 멋진데.

너는 벽 전체를 뒤덮은 벽화를 죽 훑어보았다. 그것은 넋이 나갈 정도였다. 고무 농장처럼 보이는 곳의 땅 위에 반쯤 벌거벗은 채 무릎을 꿇고 있는 너의 남녀 동포들을 정밀하게 그린 흑백 사진 같은 그림이었다. 그들은 강단 있지만 여위고 더러웠으며, 몸에 걸친 것이라

---

\*    일반적으로 술, 특히 위스키의 경우 싱글 위스키는 1.5온스, 더블 위스키는 그 두 배인 3온스를 한 잔에 담는 것을 말한다.

고는 너덜너덜한 바지와 땀이 눈에 흘러 들어가는 것을 막기 위한 머리띠뿐이었다. 그들은 화가, 또는 보는 사람을 등진 채, 놀라운 몸매를 감싸는 꼭 맞는 선홍색 드레스를 입고 그들 사이를 성큼성큼 걸어가는 여자에게 시선을 집중하고 있었다. 그녀는 그 벽화의 나머지 부분과는 대조적으로 다채롭고 선명한 색깔로 그려져 있었는데, 아마도 프랑스에서 가장 아름다운 여성, 그러니까 카트린 드뇌브라는 이름으로도 알려져 있는 여성인 것 같았다. 왜 그녀가 고무 농장에 가 있는지는 화가 말고는 아무도 모를 일이었다. 그 벽화 전체에서 사실적이지 않은 단 한 가지 세부 묘사는 카트린 드뇌브의 드레스 겨드랑이나 가슴골이 맞닿는 앞판 부분에 땀자국이 없다는 것이었다. 그녀가 프랑스에서 가장 아름다운 여성이고, 따라서 전 세계에서도 가장 아름다운 여성이라 해도 다른 사람들과 마찬가지로 땀은 흘릴 수밖에 없는 법이었으니까. 카트린 드뇌브, 실로 프랑스 그 자체인 그녀가 거는 주문은 굉장한 것이었다. 너는 그녀가 보여 주는 그 놀라운 모습에 홀려 있다가 어느 순간 네 어깨를 톡톡 두드리는 손길을 느꼈다. 그것은 본이었다. 그의 옆에 서 있던 날씬한 여성은 최소한의 초미니스커트 같은 것을 입고 있었는데, 그것이 "원피스"라면, "비키니"는 "원피스형 수영복"일 정도였다. 네게는 그녀의 호리호리한 몸매가 카트린 드뇌브의 몸매보다도 훨씬 더 인상적이었다. 그녀의 몸매는 너의 갈비뼈 사이에 박혀 폐와 심장에 바짝 다가붙은 칼 같았다. 검은 실크 베일이 그녀의 황갈색 눈동자 아랫부분을 모두 가리고 있었다. 그녀는 손가락이 길고 섬세하며 손톱은 바람둥이의 거짓말처럼 세련되게 손질되어 있는 손을 들어 자기 얼굴에서 그 베일을 쓸어내렸다. 너는 그녀의 양쪽 뺨에 비주*를 할 채비를 하고, 그녀의 이름을 부르며 한 걸음 앞으로 나아갔다. 그러자 이번에는 그녀가 팔을 들어 뒤로 젖혔다가 우아한 손으로 네 뺨을 아주 세게 후려치는 바람에, 네 눈에는 해머와 낫**이 보였고, 네 귀는 너무 크게 울려서 항상 네 곁에 있는 유령들이 그들의 실체 없는 배꼽이 빠질 정도로 웃는 소리조차 거의 들리지가 않았다.

이 잡종 새끼. "잡종 새끼"를 강조하며, 라나가 말했다. 이렇게 하려고 오랫동안 별렀어.


네가 소니를 죽이기 불과 몇 시간 전, 로스앤젤레스에 있는 라나의 아파트에서 그녀를 마지막으로 만났을 때, 너희 두 사람은 헤겔과 마르크스, 영혼과 실재, 관념과 물질, 정신과 육체, 사랑을 나누는 것과 섹스를 하는 것 사이에서 짜릿한 변증법적 방식에 따라 흔들리고 있었다. 그녀는 만이 너희 연구회에서 『공산당 선언』과 마오쩌둥의 『마오쩌둥 어록』을 시작으로 너희와 남몰래 함께 보았던 금단의 불온서적들 중 하나나 마찬가지였다. 그런 책들은 역설적이게도 모든 사람과 공유할 수 있는 비밀스러운 지식을 담고 있었기 때문에 정신을 자

---

*      bisous. 실제로 입이 닿는 게 아니라, 상대방과 양쪽 뺨에 자기 뺨을 번갈아 짧게 대며, 입술로 '쪽' 소리만 내는 형태의 인사 방식.

**     구소련 국기와 공산당의 심벌로 쓰였으며, 산업 노동자와 농민을 상징하는 도구.

극하고, 육체에 활력을 불어넣고, 그것을 펼친 손에 화상을 입혔다. 당신은 자신이 원하고 있다는 걸 알아요. 라나가 말했었다. 난 당신이 원하고 있다는 걸 알고요. 그래서 너는 그녀를 펼쳤다. 너희 둘은 그녀의 침실의 거울 달린 벽장문을 마주 볼 때, 배우인 동시에 관객이었다. 너희는 거울에 비친 서로의 모습과 서로의 눈길을 바라보았고, 모든 것이 뒤죽박죽이었지만 그래도 여전히 이해할 수 있었다. 이렇게 거울을 마주한 상황에서, 너희 자신이지만 너희 자신이 아닌 너희 자신의 모습을 보면서 너는 마치 거울처럼 딱딱해졌다. 너라는 거울이 산산이 부서졌을 때, 너는 너의 시각뿐만 아니라 촉각도 잃었고, 너의 발가락과 손끝을 포함한 모든 사지의 감각이 사라져 버렸다. 너는 무너져 내렸지만, 그녀 안에는 너의 산산이 부서진 자아의 조각들이 남아 있었기에, 여전히 결합되어 있었다. 이윽고 두 눈을 감고 있던 그녀에게, 언어가 다시 깃들었다.

이 잡종 새끼. 그녀는 "잡종 새끼"를 강조하며 속삭였다. 당신이 잘할 줄 알았어.

라나는 그날 밤을 기억하지 못했을까? 아니면 너무나 잘 기억하고 있었을까? 그런 것을 물어보기는 어려웠다. 본이 있었기 때문만이 아니라 로안도 있었기 때문이다. 그녀는 **아편**의 2층에서 테이블을 지키고 있었다.

뺨이 무척 빨개요. 너를 보자마자 로안이 말했다. 라나를 만나서 나만큼 흥분했나 봐요!

너는 정말로 스타에게 빠진 것처럼 보이게 하는, 어떤 불분명한 말을 중얼거렸다. 비록 이 경우에 스타인 라나는 셰어나 올리비아 뉴턴 존이나 캐런 카펜터처럼 누구나 다 알 만한 슈퍼스타가 아니라, 민족이라는 망원경이 있어야 볼 수 있는 은하계 저편의 별이기는 했지만 말이다. 베트남인들은 모두 라나를 알고 있었지만, 베트남인이 아닌 사람들은 아무도 그녀가 누구인지 몰랐다. 하지만 그렇다고 해서 **아편** 안에 있는 사람들이 — 남자들과 여자들이 — 쳐다보는 걸 막을 수 있었다는 것은 아니다. 그녀는 그야말로 스타의 열기와 광채를 발산하고 있었기 때문이다.

너는 그녀의 옆에 앉아 있는 것만으로도 몸이 뜨거웠고, 이 상태가 극도의 피로와 현기증과 네 머릿속이라는 동굴 벽에 영원한 벽화로 남게 된 보스, 로닌, 까오보이의 얼굴, 즉 그들에 대한 기억과 더불어 보스의 부정한 돈과 결합되며, 결국 섹시한 주홍색 청삼을 입고 이리저리 돌아다니는 웨이트리스들 중 한 사람을 불러 최고급 샴페인 한 병을 주문하기에 이르렀다. 축하할 일이 많아서요. 너는 그렇게 말하고는 곧 상체를 숙이며 이렇게 속삭였다. 보스 밑에서 일하니까, 직원 할인을 받아야겠어요. 그러자 그녀는 어색한 미소를 지으며, 머리에 꽂은 젓가락을 정돈하고는 방법을 알아보겠다고 말했다.

뭘 축하하는 거예요? 로안이 물어보았다. 라나가 여기 함께 있는 것 말고 또 있나요?

너는 라나가 불을 붙여 주기를 기다리며 조금 전부터 들고 있던 담배에 불을 붙여 주며 이렇게 말했다. 그래요. 라나가 마침내 파리에 도착한 걸 축하하는 거죠. 또 한 쌍의 원앙 같은 당신들 두 사람의 사랑도 축하하고요.

본은 부끄러워하며 얼굴을 붉혔지만, 로안이 그의 손을 꼭 잡았을 때 그저 넥타이만 세게 잡아당겼을 뿐, 아무 말도 하지 않았다.

축하해요. 상체를 숙여 그들에게 그녀의 광채를 비춰 주며 라나가 말했다. 당신은 그럴 자격이 있어요, 본.

너는 그녀가 흐릿한 조명 아래 마지막으로 본과 함께 있었던 순간을 기억하고 있다는 것을 알 수 있었다. 그때 너와 본은 로스앤젤레스의 나이트클럽인 판타지아에서 그녀가 공연하는 것을 보았다. 그곳에서 그는 평생의 사랑을 잃었다고 고백하며 눈물을 흘렸는데, 그의 아내와 나를 제외한 다른 어른 앞에서 그가 눈물을 흘린 것은 그때가 유일했다.

라나가 말을 이었다. 로안, 당신은 아름다운 분이에요. 두 분을 위해서 정말 잘된 일이라고 생각해요.

본이 입을 열었다. 음 —

본, 당신 행복해요? 로안이 물어보았다.

본의 얼굴이 더욱더 붉어졌다. 나는 — 나는 — 그는 감정에 겨워 당황했고, 죽음과 살인에 직면해서도 결코 말을 더듬지 않았던 그가 말을 더듬기까지 했다. 나는 — 음 —

너는 테이블 밑에서 발로 그를 툭 건드리고는, 그가 너를 쳐다보자 그에게 거의 알아차릴 수 없을 만큼 살짝 고개를 끄덕여 보였다. 그러자 그가 이렇게 말했다. 네 — 네 — 행복해요 — 그리고 저기 — 음 — 우리는 모두 앞으로 나아가야 해요…….

그래요, 당신은 앞으로 나아가야 해요. 로안이 그의 손을 잡고 말했다. 하지만 그게 당신이 린과 덕을 잊어야 한다는 뜻은 아니에요. 당신은 린과 덕을 잊을 필요가 없어요. 당신이 언젠가 잊을 거라는 얘기도 아니고요. 그들은 언제나 당신 마음 한쪽에 있을 테고, 그러니 언제나 내 마음 한쪽에도 있을 거예요, 사랑하는 본!

그의 무릎에 투척된 이 노골적인 감정이라는 섬광탄에 충격을 받아 본은 어쩔 줄 모르고 쩔쩔맸다. 네 경우에 — 이 불쌍하고, 멍청하고, 미쳤고, 못생긴 잡종 새끼야 — 너는 불시에 갑작스럽게 걷잡을 수 없이 울기 시작해서 모두를 거북하게 했다. 빌어먹을 대체 넌 뭐가 문제였을까? 너는 눈물을 마구 쏟아 내면서 몸을 덜덜 떨었고, 흐느끼며 이렇게 말했다. 맙소사, 미안. 나도 모르겠어 — 어째서 — 욱 —

너는 화장실로 달려가려고 일어섰지만, 본이 테이블 너머로 몸을 숙이더니 너의 재킷 끝자락을 잡고 중얼중얼 말했다. 앉아. 이 어처구니없는 잡종 새끼야. 여기 있는 우린 다 친구잖아.

라나가 네 팔에 손을 얹고 말했다. 괜찮아요. 그냥 울어 버려요.

어차피 네가 눈물을 그칠 수 있었던 것도 아니다. 그 눈물과 흐느낌은 어디에서 나오는 것이었을까? 네 영혼의 어떤 가짜 바닥에서 나오는 게 아니라면 말이다. 그 가짜 바닥 아래, 지옥의 구덩이보다 더 깊은, 깊이를 헤아릴 수도 없는 어둠 속에는 불이 아니라 물, 너의 감정이라는 엄청나게 깊은 우물이 있었다. 특히 그것은 네가 진정으로 사랑했던 유일한 여자인 네 어머니를 위한 것이었다. 너는 어머니를 위해서 죽을 수도 있었지만, 아무도 네게 그 기회를 주지 않았다. 본과는 달리 너에게는 똑같은 말을 할 수 있는 다른 여자가 전혀 없었다. 너희가 의형제임을 의미하는 그의 손바닥 흉터를 보며, 너는 그가 너를 위해 죽을 수도 있지만, 로안을 위해서도 똑같이 하리라는 걸 깨달았다. 기회만 주어졌다면 린과 덕을 위해 그 자신을 희생했을 것처럼 말이다. 너는 본을 위해 죽을 수 있었고, 심지어 만이 너에게 그 모든 짓을 한 후인 지금도 만을 위해서도 죽을 수 있었다. 너희는 여전히 의형제였기 때문이다. 이 남자들에 대한 너의 사랑, 언젠가는 너를 죽일지도 모르는 이 사랑은 너도 살 가치가 있다는 것 역시 네게 알게 해 줬다.

사랑한다, 본. 네가 말했다.

그것은 네가 하고 싶었던 말도, 또 하려고 계획했던 말도 아니었고, 그의 충격에 휩싸인 표정을 보니 네가 입에 담으면 안 될 말을 했다는 것을 알 수 있었지만, 그게 뭐 어때서? 너는 여태껏 살면서 너무나 많은 욕설을 내뱉었고 너무나 많은 죄를 지었기 때문에, 본의 거북한 표정이나 너의 유령들의 비웃음 소리에도, 말이 아닌 남자다운 우정의 행위로만 행해졌어야 할 것을 소리 내어 말한 걸 후회하지 않았다.

괜찮아. 본이 네 손을 토닥거리며 말했다. 다 괜찮아.

그 순간 웨이트리스가 샴페인과 얼음 양동이를 들고 돌아왔다. 그녀가 샴페인 병의 코르크 마개를 뽑고, 네 잔의 샴페인을 따르는 동안 어색한 침묵 속에 그다음 1분이 지나갔다. 그러는 동안에도 너는 줄곧 눈물을 흘리고, 흐느껴 울고, 심호흡을 하고, 헐떡이고, 코를 훌쩍이고, 코를 벌름거리다가, 마침내 네 영혼의 가짜 바닥을 덮는 뚜껑 문을 살며시 닫았다. 아마 너를 불쌍하게 생각했기 때문인지, 그 웨이트리스가 이렇게 말했다. 저, 직원 할인을 받을 수 있다고 말씀드리고 싶었어요. 그녀는 샴페인 병을 감쌀 때 쓴 것인 듯한 천 냅킨을 너에게 건네주고는, 네가 눈물을 닦고 코를 풀 수 있도록 자리를 비켜 주었다.

자. 로안이 입을 열었다.

미안해요. 네가 말했다. 아니, 아마 훌쩍이며 말했을 것이다. 너무 미안해요. 정말, 너무 미안해요.

본이 그의 샴페인 잔을 들어 올렸다. 다 함께 축배를 들어야 할 것 같아요.

나한테 축배를 들 일이 있어요. 라나가 말했다.

너희 모두 기대감에 차서 그녀를 돌아보았다. 라나가 그녀의 잔을 들자 모두 함께 잔을 들었다. 당신을 위해서. 라나가 그렇게 말하자, 너는 깜짝 놀라며 기대감에 찬 미소를 지었다. 축하해, 이 잡종 새끼야. 당신은 아버지야.


칭찬받을 만하게도 너는 기절을 하지도, 가장 가까운 출구로 달려가지도 않았다. 그저 라나를 멍하니 쳐다보다가 고개를 좌우로 돌려 로안과 본의 놀라 굳어 버린 얼굴 표정을 살핀 다음, 미동도 않는 라나를 다시 돌아보았을 뿐이다. 당신은 아버지야는 네가 상상할 수 있는 가장 무시무시한 공포 영화의 제목이었다. 하긴, 그것이 당신은 아버지야 2편, 3편, 4편 같은 속편들 중 하나이거나, 혹은 네가 가톨릭 교도라면 당신은 아버지야 5편, 6편, 7편, 8편, 9편, 10편, 11편, 12편 중 하나라면 얘기는 또 달라지겠지만 말이다. 너는 너 자신을 잘 알고 있었고, 생명의 순환이라고도 알려져 있는 학대의 순환을 계속 이어 갈 의사가 전혀 없었다. 인간이라는 종의 번식에서 너의 가장 큰 공헌은 번식을 하지 않은 것이었다. 너의 어머니가 손주를 간절히 원했는데도 말이다. 네가 아이를 낳으면 얼마나 굉장할지 상상해 봐! 어머니가 이 말을 할 때마다 너는 미소를 머금고 어머니의 손을 어루만지며 거짓말을 했다. 네, 그럼요. 언젠가는 꼭이요! 이제 드디어 최후의 심판의 날이 찾아왔다. 시간과 공간이 다시 움직이기 시작하게끔 네가 내뱉을 수 있었던 말이라고는 고작 이런 것뿐이었다. 하지만 난 콘돔을 사용했어!

라나가 샴페인을 홀짝이며 말했다. 아마 불량품을 샀나 보죠.

만약 그 콘돔의 고무가 프랑스인의 고무 농장에서 산출된 것이라면, 프랑스인이 너를 또 한 번 엿 먹인 셈이었다. 네가 말문을 열려 하자 라나가 말했다. 감히 다른 후보가 있는지 물어볼 생각은 꿈도 꾸지 마요. 그런 멍청이는 당신밖에 없으니까.

너는 입을 다물고, 도움을 구하며 본을 쳐다보았지만, 그는 샴페인을 마저 삼키고는 이렇게 말했다. 세상이 끝난 것도 아니잖아. 아이를 원하는 사람들도 있어.

로안이 환하게 웃으며 말했다. 그럼, 아들이에요, 딸이에요?

딸이에요.

아들이었다면 너는 겁에 질려 잔뜩 굳어 버렸을 것이다. 아들은 자라서 언젠가 너를 죽일 게 틀림없었기 때문이다. 스스로 생각하기에도 너는 당해도 쌌지만 말이다. 하지만 딸이라고 해서 별로 나을 것이 없었고, 어쩌면 더 안 좋을 수도 있었다. 네가 아이의 머리를 땋아 주거나, 아이의 생리에 대해 의논하는 것을 피하거나, 아이가 언젠가는 너와 똑같은 놈을 만나서 그 형편없는 잡종 새끼와 결혼하는 것에 대해 생각해 봐야 할 테니까. 너는 마음을 가라앉히려고 심호흡을 했다. 보통 사람들은 이런 상황에서 뭐라고 말할까?

나이는 몇 — 몇 살이야?

세 살이요.

여기 와 있어?

우리 부모님과 함께 로스앤젤레스에 있어요.

이름이 뭐지?

에이더요.

에이더. 서양 사람들이 발음하기에는 다소 특이한 이름이었고, 그럼에도 불구하고 베트남 사람들의 혀에 감기기에도 완전히 이질적인 이름이었다. 에이(a)—더(d)—어(a). 모스 부호 같은 이름이었다. 장음인 에이, 경음인 더, 단음인 어. 세 글자. 회문(回文). 왼쪽에서 오른쪽으로 읽으나, 동쪽에서 서쪽으로 읽으나 똑같은 말. 에이더, 너의 어머니가 늘 바랐고, 너무 늦었지만, 마침내 네가 어머니에게 안겨 준 손주.

사진 가진 거 있어?

에이더는 얼굴을 감싸고 턱까지 내려오는 새까만 단발머리의 소녀였다. 너는 아이들을 몹시 싫어했는데, 그것은 편견이라기보다는 어린 시절에 어린 트롤들에게 시달린 데서 비롯된 논리적 반응이었다. 그들은 상대를 마음대로 휘두르려는 괴물 같은 어른들과 다를 바가 없었다. 하지만 이 여자아이는 — 이 아이의 얼굴은 눈에서부터 뺨과 코끝에 이르기까지 모든 것이 동그랬다. 눈은 검은색, 입술은 분홍색이었고, 피부는 하얀 편이었다. 만약 완전히 백인이었다면, 그냥 피부색이 하얗다고 했을 것이다. 하지만 이 아이는 너의 자식이었고, 너는 반만 백인이었기 때문에, 이 아이는 오직 4분의 1만 백인이었다. 그렇지만 그 애가 어느 정도 하얗다는 것은 네 관심사가 아니었다. 너조차도 알아볼 수 있었던 오동통한 귀여운 모습 외에, 네 눈에 가장 인상적이었던 점은 그 애가 누구를 닮았는가 하는 것이었다.

너의 어머니.

에이더. 너는 그 이름을 불러 보았다. 에이더.

그게 그 애 이름이에요. 라나가 말했다.


샴페인 한 병을 다 마신 후, 네가 **죄책감과 수치심**의 성배를 세 잔째 들이켠 후, 본이 라나에게 너희 두 사람이 어쩌다 **빛의 도시**에 오게 되었는지 짧게 말해 준 후, 라나가 왜 미국이 아니라 프랑스로 왔는지 묻고 네가 네 아버지의 나라를 방문하고 싶었기 때문이라고 대답한 후, 그녀가 왜 아무에게도 네가 여기에 있다고 알리지 않았느냐고 묻고 네가 살든 죽든 아무도 신경 쓰지 않을 거라 생각했기 때문이라고 솔직하게 대답하고 그로 인해 그녀가 입술을 깨물며 고개를 돌린 후, 너와 본은 남자 화장실로 달아나 버렸다. 네가 소변기 앞에 서서 본에게 최근에 발생한 죽음에 대해 알렸지만, 그는 전혀 당황하지 않았다. 아주 좋은 사람들은 아니었어. 그들의 운명을 떨쳐 버리고 바지 지퍼를 채우며 그가 말했다. 하지만 그건 우리가 치워야 할 난장판이겠지.

맞아. 네가 말했다. 하지만 너는 아무것도 치울 생각이 없었다. 왜냐하면 그렇게 한다는 건 사실 모나리자와 사이드와 계속 전쟁을 해서, 상황이 훨씬 더 엉망이 된다는 의미일 뿐이었기 때문이다.

하지만 우리는 먼저 그 얼굴 없는 남자를 처리해야 해. 오늘 밤에.

거울에 비친 너 자신의 모습을 보고 너는 다소 놀랐다. 이제 대개는 아마 거울 속에 아무것도 보이지 않을 거라고, 너의 육체도 너의 영혼만큼이나 눈에 보이지 않을 거라고 생각했으니까. 손을 씻는 너 자신과 본 이외에, 네가 본 것은 활짝 웃고 있는 유령들이었다. 그들은 구멍이 난 채 네 뒤에 서서, 여전히 무궁무진한 생명의 물질을 뚝뚝 흘리고 있었다. 하지만 보스, 또는 까오보이, 로닌, 네 아버지, 공산당 첩자는 보이지 않았다.

그자는 거기에 있을 거야. 손의 물기를 닦으며 본이 말했다. 난 알아.

난 총이 없어. 네가 말했다. 만을 죽이는 것을 피하기 위해 네가 먼저 쓸 수 있는 묘수라고는 그것뿐이었다.

본이 어깨를 으쓱하더니, 세면대 가장자리에 한쪽 발을 올리고 바짓단을 끌어 올려서 발목에 끈으로 묶어 놓은 작은 권총을 보여 주었다. 내 예비용이야. 그것을 네게 건네며 그가 말했다. 항상 예비용이 있어야 하는 법이야. 내가 안 가르쳐 줬어?

너는 보스의 바이에른산 대형차를 몰고 극장으로 향했다. 본과 로안은 손을 맞잡고 뒷좌석에, 라나는 조수석에 앉아 있었다. 보스에게 그녀의 노래가 담긴 카세트 테이프가 있어서, 너는 운전을 하면서 그녀의 리메이크 곡에 귀를 기울이고 있었다. 로스앤젤레스의 **판타지아**에서 그녀가 부르는 것을 들었을 때, 그녀와, 궁극적으로는 에이더와 이어지게 될 운명적인 발걸음을 내디딜 수밖에 없었던 노래였다. 「탕탕(우리 그이가 나를 쐈어요)」.*

아이가 알아? 내가 자기…… 아버지라는 걸? 그 단어를 말하기조차 힘겨워하며 네가 물어보았다.

나한텐 당신 사진조차 없어요. 라나가 말했다. 하지만 아이가 당신에 대해 물어봤죠.

그래?

그냥 자기 아버지는 누구고, 어디에 있는지, 왜 모두 아버지가 있는데 자기는 없냐고요.

넌 뭐라고 하는데?

당신 이름을 아이에게 언급하는 건 부모님이 금지했어요.

---

\*     소니 보노가 만들고 셰어가 불러서 1966년 두 번째 싱글로 발표한 곡.

장군 부인. 그리고 장군. 그는 네가 침공을 위해 태국행 비행기에 탑승하려던 바로 그 순간 진흙투성이 양말 같은 이런 말을 네 입에 쑤셔 넣었다. 도대체 어떻게 우리가 우리 딸이 자네 같은 부류의 사람과 함께하는 걸 용납할 거라고 믿을 수가 있지? 자네는 **훌륭한** 젊은이야. 하지만, 혹시 자네가 깨닫지 못했을까 봐 하는 말인데, 자네는 '잡종 새끼'이기도 해.

그래서 내가 그 애의 삶에서 지워졌다고? 네가 말했다. 아직도 그 역겨운 맛을 느낄 수가 있었다.

난 에이더에게 아버지가 조국을 되찾으러 갔고 동포를 해방시키기 위해 자신의 모든 것을 바친 군인이라고 말해 줘요. 그리고 아마 언젠가는 우리에게 돌아올 테고, 그러면 우리는 영웅 대접을 하며 환영해 줄 거라고요. 내가 그렇게 말하면, 그 애는 미소를 짓고, 나는 그 애를 꼭 안아 주죠. 그리고 난 당신이 안됐어요. 당신에게 일어났다는 그 일 때문이 아니라, 당신의 어린 딸을 안는 기분을 당신은 결코 모를 테니까요. 그 애가 갓난아기였을 때 그 애를 안는 기분, 그 통통한 작은 몸을 껴안는 기분, 꼭 껴안아서 그 애가 키득거리게 하는 기분, 부탁만 하면 그 애가 키스하면서, '엄마 사랑해요.'라고 말하듯이, 당신에게 '아빠, 사랑해요.'라고 말하게 하는 기분을 결코 모를 테니까요.

「탕탕(우리 그이가 나를 쐈어요)」.

당신은 그 모든 걸 놓쳤고, 그건 결코 되돌릴 수 없을 거예요. 하지만 그렇다고 해서 그 애의 지금, 내년, 남은 평생의 모습까지 다 놓칠 필요는 없어요.

네가 원하는 건 내가 ──

날 위해서가 아니야, 이 잡종 새끼야. 그 애를 위해서지. 그 애는 자기 아버지에 대해 알고 당신에 대해 스스로 결정을 내릴 권리가 있어요. 그러지 않으면 그 애는 영웅적인 아빠가 언젠가 돌아오기를 바라며 자라게 될 거예요. 아니면 아빠가 프랑스에 있으면서, 자신이 여전히 살아 있다는 것을 아무에게도 알리려고도 하지 않았고, 자기를 버렸다고 믿게 될 테죠. 그 애한테 그러지 마요.

본이 헛기침을 했다. 몇 블록 전에 극장을 지나친 것 같아.

너는 차를 주차한 후, 본과 함께 라나와 로안의 뒤를 따라 극장으로 걸어갔다. 로안은 「판타지아」와 그 출연진에 대해 궁금한 점이 참 많았다. 너희 둘은 이심전심 말없이 담배를 피우며 각자 얼굴 없는 남자를 만날 준비를 했다. 너는 이제는 아무 계획도 없었다. 너는 그것이 치료제를 너무 많이 투약했거나, 아니면 당장 쓸 치료제가 하나도 없는 탓이라고 여겼다. 주머니를 확인해 봤지만, 은밀히 너를 기다리고 있는 치료제는 여전히 없었다. 너는 샴페인, **죄책감과 수치심**, 앞으로 일어날 일에 대한 두려움, 갑자기 아버지가 된 데 대한 공포, 보스의 살해, 바닥난 치료제 등등 그 모든 것으로 인해 덜덜 떨기 시작했다. 극장 뒷문 앞에서 네가 라나에게 작별 인사를 하자, 그녀가 이렇게 말했다. 공연이 끝나고 날 보러 와요. 우린 할 얘기가 더 있어요. 난 내일 베를린으로 떠날 예정이에요.

독일로?

거기 베트남 사람들은 우리를 무척 좋아해요.

그녀는 아주 착해요. 스타에게 반한 로안이 정문으로 걸어가면서 말했다. 당신은 정말 운이 좋아요. 믿기지 않아요 — 그녀가 — 당신이 — 아니, 그녀가 함께하지 않을 거라고 — 아니, 내 말이 무슨 뜻인지 알 거예요.

너는 정말로 로안의 말이 무슨 뜻인지 잘 알고 있었고, 기분이 상하지도 않았다. 너는 너 자신조차도 혐오감을 느낄 만큼 너무 혐오스러웠기 때문이다. 그날 밤 너보다 더 불쾌한 사람은 극장 로비에 잠복하고 있던 심술보와 구린내뿐이었다.

보스 어디 있어? 심술보가 물었다.

까오보이는? 구린내가 덧붙여 물었다.

빌어먹을, 내가 어떻게 알아? 네가 말했다. 내가 마지막으로 본 건, 보스가 알제리인을 죽인 직후였어. 난 그 후에 집으로 갔고.

심술보가 말했다. 이봐, 보스의 비서가 와 있어.

관능적인 비서가 로비에서 열린 VIP 리셉션에 도착해 있었다. 고맙게도 이제는 속이 훤히 비치는 나이트가운이 아니라, 우아한 암청색 이브닝드레스에 죽은 동물을 어깨에 걸친 차림새였다. 더 자세히 살펴보니, 그 불쌍한 것은 그냥 모피였다.

구린내가 물어보았다. 어이, 보스는 어디 있어?

그걸 내가 어떻게 알아? 관능적인 비서가 말했다. 그러고 나서 그녀는 너를 쳐다보고는 입을 삐죽거리며, 화난 어조로 말했다. 당신은 **구역질 나는 인간이야**, 이 더러운 **잡종 새끼야**!

제기랄! 관능적인 비서가 걸어가 버리자, 심술보가 팔꿈치로 나를 쿡 찌르며 말했다. 틀림없이 빌어먹을 생리 중일 거야.

아니면 네가 보스가 싫어할 만한 짓을 저 여자에게 했거나. 구린내가 말했다.

심술보와 구린내가 항문에 꿴 갈고리에 걸린 오리 바비큐를 점검하는 푸주한의 눈빛으로 너를 응시했다. 그래서 너는 상황이 더 꼬이기 전에, 보스의 화장실에서 볼일을 보면서 네가 저지른 실례를 털어놓고는, 박장대소하다가 눈물까지 찔끔 흘리는 심술보와 구린내를 남겨 두고 자리를 떴다. 더러운 잡종 새끼. 그들이 낄낄거리며 말했다. 더러운 **잡종 새끼**!

방금 무슨 일이었어요? 네가 로안과 본에게 가자, 로안이 물어보았다.

그녀는 네게 샴페인 한 잔을 건넸고 너는 이렇게 대답했다. 아무것도 아니에요. 축배를 들면 어떨까요? 두 사람을 위해서. 그리고 파리였고, 사랑이었기에, 이렇게 말했다. **레봉 노 베르 아 라무르!**

너와 본이 잔을 부딪치던 바로 그 순간 로안의 미소가 점점 희미해졌다.

뭐 잘못됐어요? 본이 잔을 높이 든 채 물어보았다.

네. 로안이 창백한 얼굴로 대답했다. 그가 방금 우리에게 죽음을 위해 축배를 들자고 했어요.


라 무르 우 라 모르(L'amour ou la mort)? 사랑 또는 죽음? 차이가 무엇이었을까? 어떤 사람들은 토—메이—토라고 하고, 또 어떤 사람들은 **토―마―토**라고 말한다. 그것은 그저 말실수였다. 아니, 더 정확히 말하면, 너의 입술과 함께 그 결정적인 단어를 제대로 발음하지 못한 것은 너의 혀였다. 빌어먹을 몰리에르의 언어! 어금니에 걸려 있던 말을 늘 입속으로 밀어 낸다. 하긴 모든 언어가 다 그렇지만. 유감스럽게도 모두 없던 일로 할 방법은 없었다. 네 허리춤에 꽂혀 있는 본의 예비용 권총이 너를 응원하고, 본이 「판타지아」의 흥분한 골수 팬들이 점점 더 많이 도착하는 내내, 네 옆에서 얼굴 없는 남자를 찾아 로비를 훑어보고 있는 동안에는 말이다. 로안은 네가 치명적인 말실수를 저지른 후, 여기저기 돌아다니면서 친구들과 담소를 나누고 있었고, 그사이 너는 **협회**의 자유분방한 젊은이들과 잡담을 나누고 있었다. 그들이 네게 반갑게 인사한 후 귓속말로 물건에 대해 문의하자, 너는 그들에게 내일 전화하라고 했다. 하지만 만약 남은 난쟁이들이 무슨 일이 있었는지 알게 되거나 사이드가 마음을 바꾸기라도 하면, 흙으로 덮여 어머니에게 2미터 더 가까워지게 된다는 것 외에는, 내일 네가 어디에 있을지 너 자신도 전혀 모르고 있었다. 한편 너는 로비에 펼쳐진 보기 드문 화합의 장을 잠시나마 정말로 즐기고 싶었다. 「판타지아」에 대한 즐거운 기대에 차서 모든 부류의 베트남인들이 뒤섞여 있었다. 그들 가운데는 좌파에서 노골적인 공산주의자에 이르기까지 **협회**의 진보적인 구성원들이 있었는데, 그들은 프랑스에 정착한 지 이미 두 세대나 세 세대가 지나, 중산층에서 중상류층과 그 이상의 계층에 이른 경우가 많았다. 또 우파에서 노골적인 파시스트에 이르기까지, 연합의 보수적인 구성원들도 있었는데, 그들은 최근 도착한 난민들로 매우 가난하거나 약간 가난하고 노동자 계층인 경우가 많았다. 그리고 그 사이에 있는 모든 사람, 그러니까 경계인들, 혹은 정치에 무관심한 사람들도 있었는데, 그들은 지구상의 거의 모든 사람들과 마찬가지로 오로지 즐기기만을 원했다.

저 사람이 대사야. 본이 말했다.

대사는 몸매가 볼링 핀 모양이었고, 국민이 배급 받은 식량으로 살아가며 굶주림에 시달리는, 아니, 「르몽드」와 「르피가로」의 보도에 따르면 그렇다고 하는 나라를 대표한다는 점을 감안할 때, 영양 상태가 상당히 좋아 보였다. 그는 아마 그의 아내인 듯한 아오자이 차림의 여자와 아들과 딸인 두 명의 10대 자녀와 함께 있었는데, 아들은 몸에 안 맞는 정장을, 딸은 어머니처럼 아오자이를 입고 있었다. 협회 회원들이 그에게 몰려들었는데, 환영하기 위해서이기도 했지만, 또한 그들과 눈알을 부라리며 중얼거리는 연합의 회원들 사이에 벽을 쌓기 위해서이기도 했다. 저놈도 해치우겠어. 본이 그렇게 말했고, 너는 격려하듯 웅얼거렸다. 대체 네가 뭔데 한 남자의 꿈과 열망을 방해하려는 거였을까?

이윽고 얼굴 없는 남자는 흔적도 찾지 못한 채로 공연 시작 시각이 되었고, 너는 로안을 만나러 극장 안으로 들어가는 본의 뒤를 따라갔다.

별일 없죠? 그녀가 너를 못 본 체하며 본에게 물어보았다.

아무 문제 없어요. 우린 그냥 사람들을 구경하고 있었어요.

사람들은 무릎 위의 공연 프로그램을 바스락거리며, 소곤거리고,

이야기를 나누고, 웃음을 터뜨렸다. 막은 아직 올라가지 않았지만, 너의 동포들은 「판타지아」 공연을 몇 달 동안 기다렸기 때문에 기대감은 고조되어 있었다. 실망한 사람이라고는 본 하나였다. 너는 안도하고 있었으니까. 비록 이유는 완전히 똑같았지만 말이다. 얼굴 없는 남자는 나타나지 않았다. 너희 둘 다 그렇게 될 줄 알았어야 했다.

너희가 미처 자리에 앉기도 전에 뒤쪽에서 누군가가 이렇게 말했다. 저 남자 좀 봐. 그래서 네가 그 말대로 하자, 그 남자가 네 오른쪽 통로를 성큼성큼 걸어 내려오고 있는 게 보였다. 그는 별 특징 없는 암청색 정장을 입고 있었다. 공식 급여가 낮은 가난한 나라 공무원의 평균적인 복장이었다. 그의 성긴 머리카락 아래로 양피지 같은 상처투성이 두피가 드러나 보였는데, 일부는 뒤통수에 두른 검은 띠에 가려져 있었다. 그 남자가 대사가 앉은 줄 앞에 잠시 멈춰 섰을 때 본이 헉 하고 숨을 들이마셨다. 그가 줄 안쪽으로 들어가려고 왼쪽으로 돌아섰을 때, 극장 전체가 네 뒤에 있는 그 사람이 흘끗 보여 준 것을 보았다. 얼굴이 아니라 검은 띠로 고정해 놓은 가면 말이다. 눈썹과 뺨과 넓기는 하지만 절대로 납작하지는 않은 코가 있는 가면. 입술은 물론이고, 아주 살짝 기운 듯하거나 비스듬할지는 몰라도, 절대로 치켜 올라간 것은 아닌 눈구멍이 있는 가면. 속을 알 수 없는 이목구비의 동양인일 수도 있지만, 그저 부동 상태라서 읽을 수 없는 인간일 뿐일 수도 있는 얼굴의 가면. 완전히, 전적으로, 철저하게, 반박의 여지 없이 하얀 가면이었다.

# 20장

조명이 어두워지고 관객들이 환호하며 막이 올라가자, 무대 위의 한 여자에게 스포트라이트가 쏟아졌다. 그녀는 몸에 딱 달라붙는 빨간색 가죽 캣 슈트*로 아이에게 침범당하거나 점령당했던 흔적 하나 없는 몸매를 드러낸 라나였다. 그녀가 손에 쥔 마이크는 관객들을 조종하는 조종간이었다. 그들은 그녀의 목소리에 넋을 잃고 휩쓸렸다. 너는 듣자마자 그 노래가 「당신만 볼 수 있어요」**라는 것을 알아차렸다. 팔라우 갈랑의 난민 수용소에서 어느 날 저녁 모든 난민들을 위해 보여 주었던 제임스 본드 영화에 나오는 노래였다. 목숨을 걸고 가까스로 탈출한 난민들에게 제임스 본드 영화는 현실 도피에 필

* 긴소매의 위아래가 연결되어 발목까지 오는 신축성이 좋은 옷. 고양이를 연상하게 하는 검정 옷이어서 붙여진 이름.
** For Your Eyes Only. 우리 나라에서 일반적으로 영화 제목과 동명인 「포 유어 아이즈 온리」라는 제목으로 알려져 있는 제임스 본드 시리즈 열두 번째 영화의 주제가.

요한 탈출구였다. 하지만 너희 같은 파리의 이민자, 난민, 망명자, 또는 프랑스 태생의 너희 자녀들에게 그 노래는 특별한 의미가 있었다. 「판타지아」는 오직 너희만 볼 수 있는 공연이었던 것이다. 너희는 그저 누군가가 바라보는 객체이기만 한 게 아니라, 바라보는 주체였고, 너희의 눈길은 분명 진부한 가사를 너희 공용어로 옮기는 내내 베트남의 모든 것을 온몸에 담아낸 라나에게 일제히 쏠려 있었다. 진부하든 그렇지 않든, 그 가사에는 사랑에 대한 진실, 그러니까 연인들의 불꽃 튀는 첫 만남과 모든 진정한 사랑이 그렇듯 서로를 향한 복잡하고 어려운 사랑의 불꽃이 명멸하며 요동치는 모습이 모두 담겨 있었다. 이 불꽃 속에서 너희는 너희 자신의 아름다운 모습뿐 아니라 추한 모습도 보았고, 라나는 너희를, 너희 모두를, 심지어 중간석에 앉아 있던 너까지도 보았다. 그녀가 '안녕하세요, 파리에 계신 여러분!' 하고 소리쳤을 때 너희 모두는 감격의 함성을 질렀고, 그녀가 '안녕하세요, 사랑하는 동포 여러분!' 하고 외쳤을 때 환호하고 휘파람을 불고 박수를 치고 발을 구르며 「판타지아」의 가장 큰 환상에 굴복했는데, 그 환상은 바로 너희가 서로 전쟁을 한 적이 없다는 것이었다. 가장 치열한 전쟁은 내전이기 때문에 너희는 이때도 계속 전쟁을 하는 중이었는데도 말이다. 베트남 사람들을 가장 미워하는 사람들이 다른 베트남 사람들이라는 현실을 잠시 잊었던 것이다. 물론 비극이긴 하지만 오늘 밤은 「판타지아」를 위한 밤이니 잠시 모른 척해. 느긋하게 무대로 오르는 그다음 가수의 모습에 너는 다시 한번 다짐했다.

엘비스예요! 로안이 박수를 치며 신이 나서 비명을 질렀다.

그의 물결치는 머리는 엘비스 프레슬리의 올백 머리와 비슷했지만, 이 사람은 그 엘비스가 아니었다. 검은색 가죽 바지와 페이즐리 무늬의 포켓 스퀘어를 꽂은 자주색 벨벳 스모킹 재킷을 입고 라벤더색 색안경을 쓴 이 인물은 '로큰롤의 제왕'의 이름을 따서 이름을 지은 너희의 엘비스였다. 그것은 너희 모두가 너희는 왜 그 생각을 못 했을까 하고 놀라며 감탄한 신의 한 수였다. 왕의 이름을 쓰는 게 뭐 어때서? 너희는 무엇이든 성공적인 것은 그것이 노래든, 책이든, 식당이든, 독재자든, 착취적이고 잔인한 지배와 절도와 착복의 시스템, 즉 달리 말하면 **문명화의 사명**이라는 별칭으로 부르는 게 더 그럴듯하게 들리는 식민주의든, 보자마자 모방하지 않고는 지나치지 못했다. 강간, 살인, 약탈 등 모든 것이 프랑스어로는 더 좋게 들렸다! 도둑질이든 오마주든, 이 엘비스는 라나와 어깨를 나란히 하는 굉장한 목소리의 소유자였는데, 그의 유일한 단점은 그가 남자이고 볼거리가 많지 않다는 것이었지만 그것은 어찌해 볼 도리가 없는 문제였다. 너는 등을 편히 기대고, 그들이 무대를 가로지르며 차차차를 추는 동안, 그의 그 유명한 「당신을 사랑해」를 섹시하게 부르는 목소리에 네 몸을 맡겼다. 그 가사는 정말 현명했다 ── 슬픔이 싫어서 당신을 사랑해, 사람들에게 질려서 당신을 사랑해, 삶에 지쳐서 당신을 사랑해. 사랑해. 사랑해. 사랑해. 너는 세상이 항상 음악회 같았으면 좋겠다고 생각한다. 대규모 정치 집회나 종교 집회는 참석자들이 남들을 도울 의도를 가지고 떠나는지, 아니면 살해할 의도를 가지고 떠나는지가 불확실한 도박이었지만, 음악 팬들이 공연이 끝났을 때 다른 사람들을 학살한 것은 언제가 마지막이었을까? 「판타지아」는 무대 뒤편의 음악가들이 조명을 받아 서서히 모습을 드러내고 공연이 착실히 진행되면서 더 좋아지기만 한다. 너희 대중문화의 가장 흔하고 감미로운 두 가지 감정, 즉 사랑과 슬픔을 상실, 부재, 우울, 후회, 그리움으로 미묘하게 변주하며 보여 주는 남녀 가수들의 행진에 맞춰 열두 명의 아주 건강한 무용수들이 등장한다. 네가 그 공연에 너무 압도당해서 사실상 그 얼굴 없는 남자에 대해 까맣게 잊고 있을 때, 본이 네 팔을 잡고 속삭인다. 그자가 자리를 뜨려고 해. 그가 자기 줄에서 빠져나가는 동안, 무대 조명에 비쳐 그의 실루엣이 보인다. 지금이 기회야. 얼굴 없는 남자가 통로를 걸어 올라갈 때 본이 그렇게 속삭이자, 너는 만이 그 순간을 선택한 것에 욕을 한다. 너와 다른 모든 사람은 무대에 선 새로운 출연자에게 빠져 완전히 넋을 놓고 있다. 넋이 나갈 만큼 아름다운 알렉사는 완벽한 베트남어로 노래하는 금발의 프랑스계 백인 캐나다인이다. 너는 계속 남아서 백인 여성이 어떻게 이런 마술을 부렸는지 알아내고 싶지만, 본이 로안에게 무언가를 속삭인 다음, 너를 밀어서 일어서게 하고 또 계속 떠미는 바람에 너희 둘 다 같은 줄에 있는 다른 사람들의 발에 걸려 비틀거리기도 한다.

극장 밖으로 나오자 담배를 피우던 심술보를 깜짝 놀라게 하며 그 옆을 지나쳐 로비의 모퉁이를 도는 얼굴 없는 남자의 뒷모습이 얼핏 보인다.

저자는 화장실에 가는 거야. 재킷 안으로 손을 넣어 총을 만지며 네 옆을 성큼성큼 지나치면서 본이 말한다.

본을 뒤따라갈 때, 네 등의 허리춤에 꽂혀 있는 본의 예비용 권총이 느껴지고, 「판타지아」를 보며 느낀 몇 분간의 기쁨과 행복이 연기로 화하고, 네 배 속에는 무서운 석탄 한 덩이만 남는다.

저건 대체 누구야? 심술보가 물어본다. 너희들 뭐 하는 거야?

나중에 말해 줄게. 본이 말한다.

너희 둘은 모퉁이를 돌아 때마침 남자 화장실 문이 닫히는 것을 목격한다. 그러자 본은 너를 쳐다보지도 않고 네게 준비가 되었는지 물어본다. 그것은 수사적인 질문이다. 그는 네가 틀림없이 준비가 되어 있을 거라고 짐작하며, 설령 준비가 되어 있지 않다고 해도 상관하지 않는다. 왜냐하면 그는 지금 열 추적 미사일이기 때문이다. 너와 그는 몇 초 만에 문 앞까지 다가가고, 그사이 본은 재빨리 총을 꺼내 슬라이드를 당겨서 장전하고 오른손으로 총을 치켜들며 왼손으로 여닫이문을 열기까지 한다. 그의 움직임이 너무 빨랐기 때문에 그가 우뚝 멈춰 서 버렸을 때 너는 그를 들이받아 옆으로 밀치고, 여전히 가면을 쓰고 손을 옆구리로 내린 채 문을 마주 보며 벽에 기대고 있는 얼굴 없는 남자의 모습을 보게 된다.

왜 이렇게 오래 걸렸어? 얼굴 없는 남자가 말한다. 계속 기다리고 있었어.

* * *

아시아의 **환희**는 셔터가 내려져 있다. 하지만 실망할 충성 고객 따위는 없기 때문에, 토요일 밤 황금 시간대임에도 불구하고 벨빌가의 어느 누구도 알아차리지 못한다. 너는 차를 몰아 본과 얼굴 없는 남자를 이곳으로 데려왔고, 그들 둘은 본이 얼굴 없는 남자에게 총을 겨눈 상태로 뒷좌석에 앉아 있다. 그는 남자 화장실에서도, 여전히 담배를 피우고 여전히 어리둥절해하며 또다시 '이 남자 대체 누구야?'라고 묻는 심술보를 지나쳐 극장을 빠져나오는 길에도 아무런 저항을 하지 않았다. 너는 음악을 틀지 않고 운전했다. 얼굴 없는 남자가 하는 말, 그러니까 네 뒤통수에 총알이 박히게 할지 모를 문장들이 더 잘 들렸기 때문이다. 하지만 차 안에서 얼굴 없는 남자는 자신의 이름이나 정체를 밝히지 않았다. 본 역시 묻지 않았다. 얼굴 없는 남자가 누구인지 안다고 생각했기 때문이다. 본은 그가 그 정치위원, 그러니까 재교육 수용소에서 너희에게 사상적 변비약을 투여해서 결장에 남아 있는 식민화의 잔재를 모두 제거하고, 나아가 너희를 마르크스와 레닌과 호찌민를 본뜬(하지만 마오쩌둥은 본뜨려 하지 않았는데, 왜냐하면 중국의 작은 도움을 받아 프랑스인들과 미국인들을 쫓아낸 후, 의기양양해진 너희의 혁명 정권에는 이제 또다시 중국인들을 마음대로 미워할 자유가 있었기 때문이다.) 공산주의자로 개조할 책임을 맡았던 정치 장교라고 생각했다. 수용소 소장과 보초들 사이에서조차, 그 정치위원은 그저 정치위원이라고만 알려져 있었다. 그래서 본도 그를 그렇게 불렀다. 화난 어조로 야유하듯 정치위원이라고 불렀지만, 얼굴 없는 남자는 전혀 신경 쓰지 않는 듯 보였다.

정치위원, 왜 가면을 썼지? 너희 셋이 극장에서 말없이 걸어 나온 후 보스의 야수 같은 차에 타자마자, 본이 처음 한 말이었다. 너는 차 안의 백미러로 그 장면을 지켜보았다. 본은 얼굴 없는 남자의 가면을 응시하고 있었고, 얼굴 없는 남자는 옆자리의 본과 운전석의 너를 모두 볼 수 있는 방향으로 앉아 있었다. 얼굴 없는 남자가 웃음을 터뜨렸다. 아니, 웃음소리 비슷한 소리를 냈다. 왜냐하면 그가 어떤 소리를 내든 그 소리가 가면에 막혀 다소 약해지고 목구멍의 상흔으로 인해 불분명해졌기 때문이다. 너는 수용소에서 정치위원이 너를 심문할 때, 그의 목소리가 더 이상 만의 목소리처럼 들리지 않았다는 게 기억났는데, 그것은 곧 — 얼굴까지 보이지 않았으니 — 본이 그를 알아보지 못할 거라는 뜻이었다.

가면을 쓴 내 모습이 더 마음에 들지 않아?

가면을 썼든 안 썼든 난 당신이 전혀 마음에 안 들어. 여긴 왜 왔지?

파리는 내가 국가의 영웅이 된 데 대한 보상이야. 얼굴 없는 남자가 거친 목소리로 대답했다. 우리가 식민지 지배자들을 내쫓은 후 그들 틈에 끼어 휴가를 보내는 걸 이렇게 좋아하다니 참 재미있어. 나는 안쪽 사무실에서 비자를 처리해. 그러니 아무도 나를 볼 필요는 없지. 전혀 힘들지 않고 아주 쉬운 일이야. 다만, 지루하긴 해. 하지만 여기에 온 진짜 이유는 뛰어난 성형외과 의사들 때문이야. 프랑스인들은 전후, 여러 해 동안 이런저런 방식으로 도움을 주려고 노력해 왔어.

그들이 왜 그랬을까?

죄책감? 이제 프랑스인들은 죄책감을 느끼기가 더 쉬워. 미국인들을 손가락질하면서 그들이 훨씬 더 나쁜 짓을 했다고 말할 수 있기 때문이지. 게다가 우리 외교관들이 완벽한 프랑스어로 미국인들을 물리친 것을 축하하는 말을 듣는 걸 프랑스인들이 얼마나 좋아하는지 모를 거야! 얼굴 없는 남자가 웃음을 터뜨렸고, 그것은 끔찍한 소리였다. 우리가 유창한 프랑스어로 말하는 것을 들으면 그들은 우리 어린 아들들이 마침내 남자가 되었구나 하고 생각하게 되는 셈이야.

그럼, 그 성형외과 의사들은?

그들은 치료를 무료로 해 주겠다고 했어. 얼굴 없는 남자는 전혀 웃긴 얘기가 아니었는데도 또다시 웃음을 터뜨렸다. 프랑스인들이 우리를 노예로 삼았지만, 당연히 모든 프랑스인들에게 책임이 있는 건 아니야. 우리를 착취한 바로 그 식민주의자들은 프랑스 국민들 역시 착취했어. 적어도 이 외과 의사들은 우리와 마찬가지로 인간적이야.

인간? 넌 인간이 아니야. 넌 괴물이야. 어디 네 얼굴 좀 보자. 아니, 남아 있는 얼굴이라도 보자. 수용소에 있는 내내 난 널 정말로 자세히 본 적이 없어.

아, 아직은 안 돼. 얼굴 없는 남자가 웃음을 터뜨렸다. 아무래도 그는 살면서 최고로 재미있는 시간을 보내고 있는 것 같았다. 여긴 조명이 좋지 않아. 괴물에게는 훌륭한 조명이 필요해.

아시아의 **환희** 앞의 조명도 좋지는 않았고, 그것이 본이 열쇠를 가지고 셔터로 다가가는 동안 알아차리지 못한 원인이었을지도 모른다. 너희가 입장하고, 이제 무대가 준비된다. 배우들은 준비가 끝났고, 플롯은 불가피한 결말을 향해 미로를 나아가기 시작하고, 각본은 이미 짜여 있다. 네가 아니면 누가 그 각본을 썼겠는가? 하지만 이 시나리오를 쓴 사람이라고 해도, 너는 그것을 오직 부분적으로만 통제할 수 있다. 너는 블랙 코미디인 게 분명한 이 코미디의 제작자가 아니기 때문이다. 설사 코미디를 블랙 코미디라고 부르는 게 어쩌면 일종의 인종 차별의 잔재라고 할지라도 말이다. 하지만 만약 네가 프랑스인이나 심지어 미국인, 그리고 십중팔구 베트남인에게 그 생각을 넌지시 전한다면, 그는 악의 없이 사용된 "블랙"이라는 단어에서 인종 차별적 요소를 보았다며 너에게 인종 차별주의자라는 맹비난을 퍼부을 것이다. 그저 우연의 일치다! 블랙마켓이나 블랙페이스나 프랑스인들이, 정말로 놀라운 표현 방식의 하나로 대필 작가를 네그레 — 검둥이! — 라고 부르는 것과는 아무 상관이 없다(처음 그 단어를 들었을 때 너는 그 엄청난 만용에 너무 놀라 숨이 멎을 지경이었다). 하지만 대필 작가는 채찍질, 강간, 린치, 종신 노역, 무임 노동이 빠진 노예에 불과한 게 정말로 사실인데, 단어를 장난스럽게 사용하는 데 왜 그렇게 화를 낼까? 그럼에도 불구하고 — 뭐야 진짜! — 만약 말이 한낱 말에 불과하다면, 블랙 코미디를 화이트 코미디라고 부르자. 어떤가? 그냥 농담일 뿐이다. 진정해라. 물론 형편없는 농담이기는 하지만, 형편없는 농담인 건 불경스러운 삼위일체인 식민주의와 노예제와 집단 학살도 마찬가지였다. 강력한 듀오인 자본주의와 공산주의 역시 말할 필요조차 없는데, 둘 다 백인들이 만들어 냈고 천연두와 매독처럼 전염성이 있었다. 백인들은 그런 형편없는 농담은 다 잊어버렸다. 그렇지 않은가? 아무튼 모든 말장난은 차치하더라도, 이것은 정말로 화이트 코미디다. 왜냐하면 실제 제작자는 백인, 다시 말해 너의 촌극은 주 무대에서는 상연되지도 않는 이 서사시적 규모의 제작에 오래전에 자금을 댄 식민지 지배자들과 자본가들이기 때문이다. 아, 이런, 상처에 모욕까지 더해 — 왜냐하면 상처에는 늘 모욕이 더해지기 때문에 — 너는 오프 — 오프 — 오프 — 오프 — 오프 — 브로드웨이의 사이드 쇼*의 사이드 쇼의 사이드 쇼에서 몰리에르의 겁에 질린 유령을 괴롭히며, 아주 최신식이고 아주 전위적이며 대중보다 훨씬 앞서 있어서 심지어 관객조차 없는 부조리극에 출연 중이다! 다만, 너희 자신을 지켜보는 너희 셋이 있을 뿐이다. 그러니까 **출연진**은 다음과 같다.

의형제 1 (만, 일명 정치위원, 일명 얼굴 없는 남자)
의형제 2 (너, 일명 대위, 일명 보 안)
의형제 3 (본, 별칭 없음)

이 얼마나 행복한 나날인가! 식당 전체가 무대인 실험 연극 작품에 네가 데뷔를 하다니. 모든 것이 즉흥적이고, 모든 것이 예측 불가능하다. 무엇보다도 더 예측 가능한 단 한 가지를 제외하고 말이다. 그것은 반드시 도달해야 하는 결말, 그러니까 반드시 가면이 벗겨지

---

\*      서커스나 카니발 등에서 손님을 끌기 위해 따로 보여 주는 소규모 공연이나 구경거리.

고 총이 발사된다는 것이다. 하지만 이 화이트 코미디가 마지막 막에 이르기 전에, 우리는 다음의 과정을 먼저 거쳐야 한다.

종막 직전

(즉, 끝에서 두 번째)

막

문이 쾅 하고 열린다. 손에 큰 식칼을 든 구린내와 심술보가 들어온다.

구린내    대체 무슨 일이 벌어지고 있는 거야?

심술보    이 새끼들아, 너희 줄곧 이상하게 굴고 있어.

구린내    (얼굴 없는 남자를 가리킨다) 이 사람 대체 누구야?

의형제 2  그거 참 굉장히 철학적인 질문이야.

구린내    입 닥쳐, 이 미친 잡종 새끼야.

심술보    보스는 어디 있어? 까오보이는? 왜 식당 문이 닫혀 있지?

의형제 3  너희들이 여긴 왜 왔어? 극장에 있어야 하잖아.

구린내    넌 질문을 할 수 없어. 넌 어젯밤 난교 파티에서 일을 하지도 않았잖아.

심술보    그런 일을 하기엔 네가 엄청 잘난 줄 알지? 염병 떨고 있네.

구린내    그래, 이 사람 대체 누구야? 그리고 왜 저런 가면을 쓰고 있는 거야?

의형제 3  가면 벗어.

의형제 1  기꺼이 그러지, 형제여. 이걸 벗을 순간을 오랫동안 기다렸어.

의형제 3  난 네 형제가 아니야.


**의형제 1이 가면을 벗는다.**


구린내  욱. 내 말은 ── 맙소사, 어서, 그 ──

심술보  대체 얼굴이 왜 그렇게 된 거야?

의형제 1  (낄낄 웃는다) 수술을 받기 전에 내 얼굴을 봤어야 해.

구린내  수술 다시 해야겠는데.

의형제 1  난 벌써 여섯 번이나 수술을 했어. 하지만 무에서 시작할 때, 얼굴 전체가 네이팜탄에 타 버렸을 때는 얼굴을 재건하는 데 시간이 좀 걸려. 하느님은 이 세상을 7일 만에 만들었지만, 가장 재능 있고 고도의 훈련을 받고 고액의 보수를 받는 인간일지라도 얼굴처럼 단순한 것을 만드는 데도 훨씬 더 많은 시간이 필요해. 난 아직 절반밖에 안 됐어.

심술보  빌어먹을, 질문에나 대답해. 대체 넌 누구야?

의형제 1  그건 굉장히 철학적인 질문이야. 절대적 시작인 무에서 출발해야 하는 존재의 탄생은 역사적으로 부조리한 사건이라는 걸 기억해야 해.

구린내  대체 넌 누구야?

의형제 1   날 못 알아보겠어?

심술보   왜 우리가 널 알아봐야 하는데?

의형제 1   본에게 물어본 거였어. 하지만 너희도 날 알아봐야 해.

구린내   우린 널 알지도 못해, 이 이상한 새끼야.

의형제 1   최근에 거울을 들여다본 적이 있나?

심술보   염병 떨고 있네 ──

의형제 1   정말로 봤어?

구린내   네가 질문에 대답을 한다 해도 이젠 눈곱만큼도 관심 없어.

심술보   보스가 널 볼 때까지만 기다려.

구린내   이 미친 잡종 새끼야, 보스 어디 있어?


의형제 3이 구린내의 옆통수에 총을 쏜다.


심술보   이게 무슨 ──


의형제 3이 심술보의 미간에 총을 쏜다.


의형제 2   빌어먹을!


구린내와 심술보가 바닥에 등을 대고 누워 있다.

의형제 3   아주 좋은 사람들은 아니었어.

구린내와 심술보는 죽은 것처럼 보인다.

의형제 1   죽을 고비를 넘긴 사람은 더 강해져.

구린내와 심술보는 확실히 죽었다.

의형제 2   왜…….
의형제 3   왜냐고? 저 미친 녀석들은 널 산 채로 토막 낼 거야. 그
짓을 하면서 웃어 댈 거고. 지금 죽이거나 나중에 죽이거나, 둘 중 하
나였는데, 나중에 죽였으면 훨씬 더 골치 아팠을 거야.

구린내와 심술보는 여전히 죽어 있다.

의형제 2   신경 쓸 사람은 없어.
의형제 1   그럴지도 모르지. 누군가가 경찰을 부를까 봐 두렵지
않아?
의형제 3   벽이 두꺼워. 셔터는 내려져 있고. 단 두 발이었어. 운에
맡길 거야.
의형제 1   예전처럼 집중력이 좋구나.
의형제 3   예전처럼? 네가 예전에 대해 뭘 알아?

의형제 1    아, 본. 아직도 날 못 알아보겠니?

의형제 3    그 정치위원이잖아.

의형제 1    난 정치위원보다 더 중요한 존재야. 동시에 그보다 못한 존재이기도 하고.

의형제 3    상관없어. 넌 여기 죽으러 왔고 난 널 죽이러 왔으니까.

의형제 2    모든 일에는 다 이유가 있는 법이야.

의형제 3    맙소사, 입 좀 다물어 줄래? 총은 어디 뒀어?

의형제 2    알 게 뭐야.

의형제 3    이런, 난 알고 싶어. 이 불쌍한 잡종 새끼야. 넌 이 개자식을 죽이고 싶지 않을지도 모르지. 이자가 네게 한 짓을 생각하면, 왜 그런지는 모르겠지만. 하지만 난 이자를 죽일 거고, 그 매 순간을 즐길 거야.

의형제 1    본.

의형제 3    넌 여기서 못 빠져나가.

의형제 1    난 여기서 빠져나가고 싶지 않아. 내가 부탁하는 건 먼저 네가 날 알아보는 거야. 모르겠어? 난 너희가 날 발견하길 바랐어. 내가 왜 파리에 왔다고 생각하니? 소련에도 뛰어난 성형외과 의사들이 있어.

의형제 3    놀랍지도 않군.

의형제 1    난 모스크바를 시찰했어. 레닌의 시신이 전시되어 있다는 거 아니? 박제사들이 얼마나 잘 보존해 놨는지 정말 놀라워. 일종의 성형 수술 같은 거지. 그리고 이 전문가들이 와서 호찌민에게도 똑같은 일을 했어. 그는 잠들어 있는 것처럼 보여. 그의 묘소를 보기 위해 사람들이 사방팔방에서 찾아와. 호찌민의 시신은 이제 우리 나라에서 가장 아름다운 예술 작품이야.

**구린내와 심술보에게서 무언가가 새어 나오고 있다.**

의형제 3    우리가 널 발견하길 바랐다니, 그게 무슨 소리야?

의형제 1    난 여기 있는 우리 형제가 미국으로 돌아가지 않으리라는 사실을 알고 있었어. 거기서 한 남자를 죽였고, 또 네가 다른 한 남자를 죽이게끔 도왔으니까 말이야. 그다음으로 가장 유력한 곳은 프랑스였지. 여기에는 우리 동포들이 많아. 물론 프랑스는 그의 아버지의 나라이기도 해. 그가 달리 어디로 가겠어? 그리고 만일 프랑스로 온다면 파리 말고 달리 어디겠어? 그다음에는 내 존재를 알리기만 하면 되는 일이었어. 얼굴에 가면을 쓴 남자가 남의 눈길을 끌지 않고 돌아다니기는 거의 불가능하지.

의형제 3    그런데 왜 우릴 찾지?

의형제 1    우리에겐 끝내지 못한 일이 있어. 네가 생각하는 그런 일은 아니야.

**구린내와 심술보에게서 흘러나오는 어두운 얼룩들이 사방 바닥으로 서서히 퍼져 나간다.**

의형제 2    대체 네가 뭔데?

의형제 3    이 미친 잡종 새끼야, 누구한테 하는 말이야?

의형제 2    나 자신. 하지만 여기 있는 우리 형제한테 하는 말이기
도 해.

의형제 3    이자는 우리 형제가 아니야!

의형제 1    내가 말해 줄까? 아니면 네가 말해 줄래?

의형제 3    나한테 뭘 말해 준다는 거야?

의형제 2    미안해, 본. 너무 미안해 정말, 많이 미안해.

의형제 3    뭐가 미안하다는 거야?

의형제 1    나도 미안해

의형제 3    뭐가 미안해?

의형제 2    난 내가 옳은 일을 하고 있다고 믿었어.

의형제 3    나한테 무슨 말을 하려는 거야?

의형제 1    정말 날 못 알아보겠어?

의형제 3    심리전 따윈 그만 둬.


구린내와 심술보가 삶, 또는 죽음, 또는 뭐가 됐든 그것의 의미에 대해 곰
곰이 생각하며 천장을 멍하니 응시한다.


의형제 1    이거 알아보겠어?


그가 왼손을 들어 올린다. 손바닥을 가로지르는 길고 붉은 흉터가 있다.

의형제 3    (머뭇거린다) 그래서 어쩌라고?

의형제 1    네 손에 있는 것과 똑같은 흉터야.

의형제 3    (의형제 2에게) 이자에게 우리의 맹세에 대해 말했어?

의형제 2    그는 이미 그 맹세에 대해 알고 있었어.

의형제 3    어떻게?

의형제 1    난 네 형제니까, 본. 내가 맏이야.

의형제 3    칼로 자해하는 건 누구나 할 수 있어. 넌 여기 이 미친 잡종 새끼에게서 우리 맹세에 대한 얘기를 들은 거야. 고문하면, 뭐든 다 말했을 테지.

의형제 2    말할 필요 없었어. 그는 다 알고 있어. 왜냐하면 그가 맏이니까.

의형제 3    이자가 너한테 무슨 짓을 했지? 이자에게 무슨 말을 했어? 나한테 사실대로 말해.

의형제 1    그래, 사실대로 말해.

의형제 2    너부터 해.

의형제 1    내 말은 안 믿으려고 할 거야. 아마 네 말은 믿겠지.


너희 셋을 비추는 스포트라이트를 제외하고는 조명이 어두워진다. 구린 내와 심술보가 바닥에서 일어나더니, 기대감에 차서 손을 비비고 서로를 쿡 쿡 찔러 대는 너의 유령 합창단에 합류하기 위해 그늘 속으로 들어간다.


마지막 장

본과 만은 너를 뚫어져라 바라보며 네가 말문을 열기를 기다리고 있다. 너는 무슨 말을 해야 할지 모르겠다고 말하지만, 사람들은 무슨 말을 해야 할지 알지만 그저 그 말을 하고 싶지 않을 뿐일 때도 무슨 말을 해야 할지 모르는 경우가 많다. 하여튼 네가 가장 먼저 한 일은 등 뒤에서 본의 예비용 총을 꺼내서 그에게 건넨 것이다. 이걸 왜 나한테 주는 거야? 그가 물어본다. 하지만 그 총을 받기는 하는데, 이것은 무언가 큰 문제가 생겼다는 것을 그가 알고 있다는 첫 번째 신호다.

내가 너한테 그걸 사용하지 않으리라는 걸 네가 알았으면 좋겠어. 네가 말한다. 만한테도 그렇고.

이자는 만이 아니야. 넌 왜 ─ 그만 좀 해. 그때 수용소에서 이자가 널 세뇌한 거야. 그렇지?

이 모든 일은 수용소에 가기 한참 전부터 시작됐어. 본, 미안해. 정말 너무 미안해. 네가 그를 믿어야 한다는 말 말고는, 어디서부터 말을 시작해야 할지 모르겠어. 이 얼굴 없는 남자가 정치위원이야. 정치위원은 우리 의형제인 만이고. 그는 사이공을 지키다가 죽은 게 아니야. 네이팜탄에 맞아서 얼굴에 심한 화상을 입었지만 살아남았어.

본이 너희 둘을 번갈아 쳐다본다. 나는 아니 ─ 난 ─

잠깐 내 말 좀 들어 봐. 만과 나는 ─ 우린 ─ 우리는 지금 ─ 우리는 과거에 ─ 우리는 줄곧 ─

뭐라고? 본이 말한다. 그리고 처음으로 그의 총구가 만에게서 네 쪽으로 향한다.

공산주의자였어. 미국으로 유학을 갔을 때, 그리고 공안부에 합류해서 장군 밑에서 일했을 때, 이미 난 공산주의자였어. 하지만 더 이상은 공산주의자가 아니야. 아마 만은 여전히 공산주의자겠지.

이해가 안 돼. 본이 다시 만에게 총구를 겨누며 말한다.

이해해야 해. 만이 말한다. 우린 네 의형제야.

아니, 넌 아니야. 이게 사실이 아니라면 —

왜 사실이 아니겠어? 만이 말한다. 너에게 말하고 있는 우리가 바로 당사자인데.

이 사악한 개자식! 본이 소리친다. 그 수용소에서 이자가 너한테 무슨 짓을 한 거야?

아주 많은 것을 했지. 네가 말한다. 이미 오래전에 시작된 일이야. 심지어 국립 고등학교 시절, 우리가 서로에게 맹세를 했을 때도 그랬어. 우리는 의형제였지만, 그때 이미 서로 달랐어. 얼마 지나지 않아, 만이 내게 프랑스인들이 우리에게 저지른 끔찍한 짓들에 대해 말하기 시작했지.

프랑스인들이 우리에게 저지른 끔찍한 짓들은 나도 알아. 본이 말한다.

하지만 넌 미국인들이 우리를 구하러 와 있다고 믿었어. 이미 그들과 함께 공산주의자들에게 맞서 싸울 준비가 돼 있었지. 하지만 만이 내게 진실을 말해 줬어 — 미국인들은 우리를 도와주러 와 있는게 아니었어. 우리가 자기들을 도와 공산주의자들과 싸우게 하려고 와 있는 거였지. 사실 공산주의자들은 우리를 해방시키려 애쓰고 있었는데 말이야.

그럼 이자는 심지어 그때부터 널 세뇌하기 시작했군.

세뇌가 아니라 —

그럼 이젠 인정하는구나. 만이 말한다. 결국 날 알아보는 거야. 그렇지?

젠장, 난 아무것도 못 알아봐! 본이 소리친다. 설사 네가 — 설사 네가 어쩌면 — 넌 지금 미쳤어. 어쩌면 늘 미쳐 있었는데, 내가 결코 몰랐던 거야. 어쩌면 네 광기가 이 불쌍한 잡종 새끼에게 옮았을지도 몰라. 만약 이 자식이 널 믿었다면, 정말로 미친 잡종 새끼야.

난 정치적인 논쟁을 하려고 여기 있는 게 아니야, 본. 내가 하려고 하는 건 그저 —

넌 빌어먹을 공산주의자야! 게다가 거짓말쟁이지!

그래, 전부 사실이야 —

넌 빌어먹을 배신자야!

그건 사실이 아니야. 네가 배신자가 아니듯, 우리도 배신자가 아니야. 공산주의자들은 너를 배신자라고 부르지만, 넌 애국자야. 우리도 마찬가지야. 넌 나라를 위해 네가 옳다고 믿는 일을 했어. 우리가 우리 자신이 옳다고 믿는 일을 한 것처럼 말이야 —

그렇다면 너희는 얼간이들이야.

어쩌면 그게 사실일지도 모르지.

아, 맙소사. 본이 말한다. 너는 그가 울고 있다는 걸 알아차린다. 아, 맙소사.

본 —

너한테는 신성한 것이 아무것도 없니?

처음에 너는 그것이 수사적인 질문이라고 생각한다. 왜냐하면 그 대답은 당연히 너에게도 신성한 것들이 있다는 것뿐이기 때문이다. 너의 신념. 너의 우정. 너의 어머니. 또는 역으로, 도전적으로 말하자면, 그 대답은 '없다', 그러니까 신성한 것은 전무하다는 것이다! 모든 것을 초월할 수 있다! 그러고 나면 세 번째 대답이 존재하는데, 그것은 네가 보스가 요구한 것을 거부하고 나서야 비로소 이해하게 된 것이었다. 그러니까…….

네가 대답한다. 그래. 신성한 것은 전무야.[*]

넌 정말이지 잡종 새끼야. 본이 말한다. 그는 그냥 울기만 하는 게 아니라, 흐느껴 울고 있다. 그의 아내와 아이가 죽은 이후로 네게 보인 적이 없는 모습이다. 진짜 잡종 새끼야. 너 그거 알아? 네 어머니가 베트남인이고 네 아버지가 프랑스인이었기 때문이 아니야. 넌 평생 그걸 버팀목으로 써먹었어. 아니야. 넌 배신자이기 때문에 잡종 새끼인 거야.

그건 인정할 수 없어, 본. 넌 네가 옳다고 생각하는 일을 했고 —

난 정치 얘기를 하는 게 아니야. 이 멍청한 잡종 새끼야! 너와 이 자 — 만이 — 그가 여전히 만이라면 말이지만 — 너희들이 나를 배

---

[*]   '전무(全無)', 즉 아무것도 없다는 것 그 자체가 신성하다고 대답한 것이지만, 상대방에게는 신성한 것이 전무하다, 즉 신성한 것이 아무것도 없다는 뜻으로 들리는 상황이다.

신한 것에 대해 이야기하는 거야. 게다가 나만 배신한 것도 아니야. 우리를 배신했지. 우리가 지지하던 모든 것을 ── 우리의 우정 ── 우리의 의리 ── 우리의 맹세까지 ──

난 내 맹세를 지켰어, 본! 너와 함께 태국과 라오스에 갔어. 너와 함께 재교육 수용소에 갔어. 널 살리려고 최선을 다했어. 널 위해 기꺼이 죽으려고 했고, 여전히 널 위해 기꺼이 죽을 생각이야. 난 네 의형제야.

아니야! 본이 소리친다. 너희 둘 다 내 형제가 아니야!

그가 왼손을 들어 올린다. 손바닥을 가르는 검붉은 선으로 남은 흉터가 보인다. 너희가 함께했던 청소년기의 맹세. 의리와 우정을 지키는 삶에 대한 10대의 약속. 피부에 깊이 새긴 이상주의. 너희가 결코 깨어지지 않으리라 말했던 유대감.

본이 말한다. 할 수만 있다면 내 손을 잘라 버리고 싶어.

그럴 필요 없어, 본. 만이 말한다. 해결책은 훨씬 더 간단해.

해결책?

본, 왜 망설이는 거야? 항상 하던 대로 하는 게 어때?

내가 항상 뭘 했는데?

공산주의자들을 죽이지.

본의 총부리가 너희 둘 사이를 오락가락 맴돈다. 그의 호흡은 거칠고 표정은 혼란스럽다. 그는 서서히 진실은 물론이고 너희 둘이 짠 플롯의 유일한 해결책과 마주하는 중인데, 그 플롯은 너희가 아주 오래 전 국립 고등학교의 비밀 세포 조직에서 설계하기 시작했던 것으로, 그때는 혁명은 낭만적이고 죽음은 비현실적이며, 모순은 자유, 평등, 박애라는 출발 열차와 너희가 오도 가도 못하고 서 있는 식민지라는 승강장 사이의 틈에 불과하던 시절이었다. 하지만 본이 지적했듯이, 세월은 늘 자기 자신의 모순을 드러낸다. 너의 모순은 네가 잡종 새끼인 것이 사람들이 네 얼굴을 인식하는 방식 때문이기도 하지만, 동시에 네가 한 일 때문이기도 하다는 것이다. 그것은 깊고도 깊어서 네가 바닥을 볼 수 없지만, 이제 그 공허한 공동을 마주할 때다.

해 버려, 본.

해 버리라고? 본이 목 졸린 듯한 목소리로 말한다.

해야만 할 일을 해야 할 때야.

너희 셋은 다시 10대가 되고, 칼날에 베여 따끔거리는 너희 손바닥은 피가 흘러 미끈거린다. 관현악단 같은 매미들이 숲에서 맴맴 울고, 달은 노란 초승달, 아니, 너희가 어린 시절 한때 부르던 대로, 바나나다. 하나를 위한 모두, 모두를 위한 하나!* 죽음이 우리를 갈라놓을 때까지! 그런 다음 서약이 끝나면 서로 악수를 나누며 피를 섞는다. 네 손의 날카로운 통증은 네가 살아 있고 사랑받고 있으며 네 평생 친구이자 네가 선택한 가족인 의형제가 될 이 두 소년을 사랑한다는 표시다. 너는 본 역시 만이 그렇듯 그 순간을 기억하고 있다는 것을 안다. 너희 셋은 마침내 재회하여, 본이 얼굴과 손마디가 하얗게 질린 채 눈을 부릅뜨고 만을 조준하다가 곧이어 너를 조준하다가 오

---

*　　알렉상드르 뒤마의 소설 『삼총사』에 등장하는 구호.

락가락하면서 삼각형을 이루고 있다. 마침내 그의 총부리라는 나침반의 바늘이 너를 가리키며, 네 미간을 정확히 조준한다. 너의 유령 합창단이 몹시 흥분해서 기대감에 부풀어 노래하며 두왑* 밴드처럼 이렇게 읊조린다. 해 버려.

죄책감 느끼지 마, 본. 네가 말한다. 해 버려. 해야만 해. 해 버려.

본이 방아쇠를 당겼을 때, 너는 그가 실제로 그 일을 해냈다는 걸 완전히 믿지 못한다. 네 눈을 멀게 하는 번갯불의 섬광에 한순간 천국이 열렸다가 닫히며 문에 틈이 생긴다. 탕 하는 총소리가 네 귀에 닿기도 전에 총알이 네 뇌를 관통하고, 왜 그런지 모르지만 하느님의 음성이 한 번 더 들린다. 하느님은 침묵을 깨고 이렇게 말한다. 아무것도 겁낼 것 없다.

---

*　　doo - wop. 1950년대와 1960년대 초 인기를 끌었던 리듬 앤드 블루스를 기반으로 한 백업 보컬 스타일.

# 21장

순백색이 너무 눈부셔서, 너는 까오보이의 진품 비행사 선글라스를 가지고 있는 게 다행이라고 생각한다. 천국은 온통 하얗다. 그리고 너는 이제 프랑스 제국처럼 죽어 버린 상태이기 때문에, 그 순백색 속에서 네가 너 자신을 발견한 그곳이 천국이든 사후 세계든 저승이든 연옥이든 지옥의 변방이든 중유(中有)*든, 대체 그 지옥이 어디든 이상하게도 낙원처럼 보인다. 모두 흰색 옷을 입고 있다. 단, 마오주의자인 정신 분석학자는 예외인데, 그는 갈색 트위드에 초록색 코듀로이를 입고 있다. 사실 네가 들은 것은 하느님의 음성이 아니라 그저 마오주의자인 박사의 바리톤 소리일 뿐이었는데, 그는 네가 쓴 그 마지막 장을 내려놓고 이렇게 말했다.

이제는, 아마 나와 함께 시작할 준비가 됐겠죠?

* 불교에서 사유(四有)의 하나. 사람이 죽은 뒤 다음 생을 받을 때까지의 49일 동안을 이른다.

시작? 시작이라고? 그만하는 건 어떨까요? 네 머리에 구멍이 나 있을 때, 문제는 모든 게 새어 나온다는 것이다! 아주 시크한 구릿빛 피부의 의사는 무척 많은 것을 고칠 수 있지만 이러한 누출을 막기에 적합한 마개는 찾지 못한다. 그것은 박사 학위, 그러니까 필요한 전문 지식을 지닌 마오주의자인 정신 분석학자의 일이다. 아니, 당고모가 그렇게 말하고, 너도 동의한다. 결국 너의 문제는 의학적인 것도, 신체적인 것도, 심지어 형이상학적인 것도 아니고, **철학적인 것**이기 때문이다. 여기 이 마오주의자인 박사는 전문가여서, 예를 들어 다음과 같은 사르트르의 말을 인용하기도 한다. "구멍은 존재 방식의 상징이다…… 무는…… 나 자신의 텅 빈 이미지다…… 나 자신을 존재하게 하려면 나는 단지 그 안으로 기어 들어가기만 하면 된다." 그리고 바로 그것이 네가 줄곧 해 온 일이다. 마오주의자인 박사의 도움을 받아 이 자술서를 쓰면서 너 자신 속으로 기어 들어간 것 말이다. 그는 2주에 한 번씩 너를 찾아와 이야기를 나누고, 네가 낙원에서 며칠, 혹은 몇 주, 몇 달, 몇 년, 몇십 년, 몇 세기 동안 쓴 것을 검토한다. 너희는 네 방에서 만나는데, 너는 그 방을 머리부터 성기까지 털이 온통 하얀, 친절한 노신사와 함께 쓰고 있다. 어느 날 저녁 그가 자는 동안 그의 콧구멍을 살짝 들여다보았더니, 그 안의 솜털들도 하얬다. 식민지에서 경력을 쌓은 그는 현재 너처럼 적당한 재산과 또 너처럼 놀라운 재능을 가진 사람이다. 그가 이 방으로 오고 머지않아 아주 시크한 구릿빛 피부의 의사가 그를 검진했을 때, 그 친절한 노신사가 외국어로 말하기 시작했고, 의사도 같은 언어로 대답했다.

그건 무슨 언어죠? 네가 물어보았다.

아랍어요. 친절한 노신사가 대답했다.

어떻게 아랍어를 배우셨나요?

알제리에서요.

네가 그 친절한 노신사의 발을 쳐다보았지만, 그것은 검은색이 아니었다. 상당히 하얬다. 네가 의사를 쳐다보며 물어보았다. 선생님은 알제리인인가요?

난 프랑스인이에요. 그가 단호하게 말했다. 하지만 부모님은 튀니지 출신이죠.

네가 말했다. 아, 난 선생님이 그저 햇볕에 많이 그을린 줄만 알았어요.

당신은 무를 확고히 믿는군요. 마오주의자인 박사가 자신의 메모를 보며 말한다.

나는 공허를 피할 방법은 없다고 믿어요.

당신은 마르크스주의자이자 공산주의자에서 허무주의자가 되었군요.

아니요! 농! 니옛! 나인!* 부인하겠어요! 네가 소리친다. 친절한 노신사가 자기 침대에서 웃음을 터뜨린다. 절대 아니에요! 당신은 무를 이해한 적이 있나요? 나는 당신네 서양의 철학, 신념, 관념, 체제는 더 이상 믿지 않아요! 가톨릭교! 식민주의! 자본주의! 마르크스주의!

*      '농(non)'은 프랑스어, '니옛(nyet)'은 러시아어, '나인(nein)'은 독일어로 '아니다'라는 뜻이다.

공산주의! 당신네 허무주의도! 나는 허무주의자가 아니에요. 왜냐하면 나는 무언가를 믿으니까요 ── 난 무가 신성하다고 믿어요! 삶에는 수많은 의미가 있어요! 내게는 수많은 원칙이 있고요!

흥미롭군요. 마오주의자가 그의 노란 메모장을 손가방에 밀어 넣으며 말한다. 알다시피 나는 **중국**에 가 본 적이 있어요. 무와 공허에 대한 이 모든 이야기는 상당히 **동양적**이에요.

염병 떨고 있네. 너는 그렇게 중얼거리고 나서, 큰 소리로 이렇게 물어본다. 줄리아 크리스테바의 글을 읽어 봤나요?

당연히 읽어 봤죠.

너는, 맹세하건대 "이름 붙일 수 없는 타자성"을 설명하면서 너에 대해 썼을 수도 있는 『공포의 권력: 아브젝시옹에 대한 에세이』를 집어 든다. 크리스테바는 어떻게 심지어 머리에 구멍이 뚫리기도 전에 필연적으로 텅 빈, 즉 그녀가 "공허"라고 부르는 것들로만 가득 찬 두 얼굴을 가진 사람인 스파이의 마음을 그렇게 잘 이해했을까? 크리스테바는 어떻게 그녀의 방식대로 너에 관한 색인을 만들었을까? 그리고 "아브젝시옹을 다루는 작가는 결국 죽고 나서야 비로소 그의 상태에서 벗어날 수 있다."라는 그녀의 말은 옳은 것일까? 그것이 궁금한 이유는, 너는 확실히 아브젝트*이지만, 어쩌면 작가, 적어도 너 자

---

\*     abject. 상징계가 요구하는 올바른 주체가 되기 위해, 버려지고 경계 밖으로 추방된 것들을 말한다. 아브젝시옹(abjection)이 상징계가 요구하는 올바른 주체가 되기 위해 이질적이고 위험적인 것들을 추방하는 것을 말한다면, 이 과정에서 버려진 것들이 아브젝트다.

신의 자술서의 작가일 수는 있고, 다음의 대목에서 그녀가 네가 매달리거나 얽매일 수밖에 없는 한 가닥 희망을 주기 때문이다. "작가를 회복시키는 글쓰기는 부활에 필적한다." 너는 이 모든 구절을 마오주의자인 박사에게 읽어 주고 나서, 그가 무를 이해하는 것을 너무 어려워하기 때문에 다음과 같은 선언으로 끝을 맺는다. "나는 전무, 즉 공허의 상태일 때에만 편안하다."

자, 그럼 알겠죠, **시누아**? 무에 매료되는 건 동양인들만이 아니라고요!

글쎄요, 그녀는 사실상 동양에 해당하는 불가리아 출신이에요. 마오주의자인 정신 분석학자가 빙긋 웃으며 말한다. 아무튼 거의 끝나가긴 하지만, 우리는 아직도 다 끝내지는 못했군요. 아니 더 정확히 말하자면, 당신이 아직 다 끝내지 못했죠.

아직 다 끝내지 못했다고요? 내가 얼마나 많이 썼는지 봐요! 나한테 뭘 더 원해요?

당신이 그 선글라스를 벗는 것 말고요? 아무것도 없어요.

아주 재미있네요. 선글라스를 벗지 않은 채 네가 말한다.

마오주의자인 정신 분석학자는 2주 후에 보자고 작별 인사를 하고는 떠난다. 그는 굉장한 호의를 베풀어 너를 무료로 돕고 있다. 보스의 돈이 네가 낙원에서 장기 체류를 하는 데 다 들어가 버렸기 때문이다. 당고모가 네가 헌신적으로 치료에 임하도록 너의 찬성을 얻어 이곳에 너를 맡겼다. 비록 그 대상이 무일지라도, 전적으로 헌신하지 않는다면 너는 아무것도 아니기 때문이었을까? 네가 머무는 곳은 완곡한 표현으로 기억 병동인데, 이곳에 맡겨진 사람들 중 일부는 머릿속이 완전히 정상은 아니기 때문이다. 아니, 네가 듣기로는 그랬다. 그렇기 때문에 다른 사람들이 어떻게 생각하든 너는 네 머릿속이 완전히 정상이라고 느낀다. 너의 문제는 네 머리가 계속 새고 있다는 것이다. 이것은 모두 본의 잘못이다. 하지만 이렇게 많은 피의 좋은 점은 네가 자술서 제2권을 쓰는 데 필요한 잉크가 무한정 공급된다는 것이다. 마치 제1권으로는 충분하지 않았던 것 같다! 만약 너의 태생적으로 불운한 삶에 단 한 권이면 충분할 만큼의 소재만 있었다면, 너는 무척 행복했을 것이다. 하지만 지금 네게는 고백할 게 너무나 많다! 그리고 혹시라도 네가 기억하지 못할 경우에 대비해, 당고모가 제1권을 가져다주었는데, 그것은 친절하게도 그녀가 직접 작업한 프랑스어 번역본이었다. 그녀의 말에 따르면 제1권에는 가치 있는 내용이 담겨 있고, 따라서 마오주의자인 박사도 읽을 수 있어야 하기 때문이었다. 너는 친절한 노신사에게 매일 이 번역본을 큰 소리로 읽어 주고, 그는 네 발음에 감탄하며 고개를 끄덕인다. 너의 발음이 너무 좋아서 낙원의 직원들과 환자들은 자주 이렇게 말하곤 한다. 랭도시누아\*가 프랑스어를 참 잘하네요! 그야말로, 발전이군. 너는 중얼중얼 그런 혼잣말을 한다. 적어도 그들은 너를 시누아라고 부르면 안 된다는 건 알고 있기 때문이다! 네가 시누아든, 랭도시누아든 상관없이, 중요한 것은 네가 여전히 걸어 다니고 있다 해도, 어쨌든 본이 네 머리를

---

\*    '인도차이나인', '인도차이나 사람'이라는 의미의 프랑스어.

저격했기 때문에 너는 죽었다는 사실이다! 이제부터는 어떻게 될까?

넌 우리와 함께할 거야. 너의 유령 합창단이 말한다. 너는 그들의 말을 못 들은 체하고 당면한 문제인 노란 메모장으로 눈길을 돌린다. 지금껏 마오주의자인 정신 분석학자는 너에게 많은 노란 메모장을 가져다주었고, 당고모는 네가 쓰고 또 고쳐 쓴 것들을 모두 타이핑했으며, 당당하게 아름답고 유머 감각 없는 변호사는 그 여백에 엄청난 양의 코멘트를 달았다. 그녀의 코멘트는 스탈린의 코멘트처럼 파란색으로 쓰여 있는 반면, 너의 원본은 피로 쓰여 있다. 아니, 어쩌면 그냥 잉크인지도 모르겠다. 잉크일까, 아니면 피일까? 무슨 차이가 있을까?

아, 큰 차이가 있어. 너의 유령 합창단이 말한다. 우리를 믿어.

그 방에서 네가 쓰는 공간에 장식이라곤 침대 위쪽 벽에 테이프로 붙여 놓은 사진 한 장뿐이었는데, 당고모와 당당하게 아름답고 유머 감각 없는 변호사가 방문하며 가져다준 신문 기사에서 오려 낸 것이었다. 이 사진 속 행사는 아랍인과 아프리카인에 대한 부당한 대우에 항의하는 사람들이 주축이 된 인종 차별 반대와 평등을 위한 가두시위다. 하지만 이 흑백 사진을 보면 한 무리의 베트남계 젊은이들도 있는데, 네가 그 사실을 아는 건 그들의 머리 위쪽 팻말에 **프랑스의 베트남인**이라고 적혀 있기 때문이다. 그 문구 아래쪽에는 **통합된 정체성**이라고 적혀 있다. 아, 너는 이 젊은이들에게서 정말 큰 희망을 얻는다! 십자가상이나 공산당 깃발에서보다 더 큰 희망을 말이다. 너는 그들

중, 너의 고객 몇 명을 포함해 몇몇 협회 회원을 알아보았다. 60년 전 호찌민이 깨달았듯이, 억압받는 사람들은 서로 연대해야 한다. 하지만 자신들이 억압받는다고 느끼지 않는 대다수 베트남계 프랑스인들은 어떻게 될까? 한 가지 대답은 시위를, 특히 억압받는 사람들의 편에 서서 시위를 하는 것보다 프랑스인임을 입증하는 더 좋은 방법은 없다는 것이다. 이와 관련된 다른 한 가지 대답은 사람들이 억압을 받고 있어야만 연대하며 억압에 반대하고, 또 아랍인이나 아프리카인이나 흑인이나 이슬람교도나 이민자가 아닌 프랑스 국민으로서 자신들에게 도움이 되는 인종 차별을 포함한 모든 종류의 인종 차별에 반대하며 시위를 할 수 있는 건 아니라는 것이다. 그런데 이런 연대의 과시적 표현만큼이나 네 눈에 잘 띄는 것은 가면을 쓴 젊은 세 남자다. 하얀 가면. 만이 쓴 것과 거의 똑같은 가면이다. 이 파리의 젊

571

은이들 사이에 그가 준 영감의 흔적이 남았던 것이다. 너는 어떤 흔적을 남겼을까? 너는 이 젊은이들이 요구하는 이런 정체성과 통합을 획득하기를 바라며, 마오주의자인 박사와 당당하게 아름답고 유머 감각 없는 변호사와 당고모의 격려를 받아, 이 자술서를 쓰면서 많은 흔적을 남겼다. 이걸로 충분할까? 언젠가 그걸로 충분할 수 있을까? 모든 걸 종합해서 잘 정리해 봐. 당고모가 말한다. 너 자신의 말로 표현해 봐. 그러면 아마 일어난 모든 일을 이해할 수 있게 될 거야.

그녀가 정말로 하려는 이야기는 아마 다른 사람들은 아직도 살아 있다고 생각하는 것 같은 죽은 남자, 다시 말해 너 자신을, 네가 이해할 수 있을지도 모른다는 것이다. 그래서 아침이면, 너는 글을 쓴다. 오후에는 친절한 노신사의 휠체어를 밀고 낙원 구내를 이리저리 돌아다니며 그에게 그날 쓴 내용을 들려준다. 아, 이런. 그는 그렇게 말할지도 모른다. 아, 세상에.

기분 나쁘세요? 프랑스인들의 기분이 쉽게 나빠진다는 것을 알기 때문에 언제가 그에게 그렇게 물어본 적이 있다.

그는 유전적으로 열성인 파란 눈으로 너를 바라보며 미소를 머금고 대답했다. 그럼요. 당연하죠.

너는 그를 마주 보고 웃어 주며 이렇게 말했다. 음, 선생님, 프랑스 문화와 문명에 대한 나의 재미있고 유쾌하고 유머러스한 묘사를 읽으면서 기분 나빠할지도 모를 선생님과 다른 프랑스인들에게 내가 할 수 있는 말은 이것뿐이에요. 엿이나 먹어. 식민지 사람들이 자기들을 엿 먹이는 식민지 지배자에게 줄곧 시달리고 나서 할 수 있는 말이 달리 뭐가 있을까요? 아마 고맙다는 말도 해야 할 것 같네요. 그러면 행복해지시나요?

네, 그럼요.

그래요, 그럼.


엿이나 먹어! 고마워! 엿이나 먹어! 고마워! 엿이나 먹어! 고마워! 엿이나 먹어! 고마워! 엿이나 먹어! 고마워! 엿이나 먹어! 고마워! 엿이나 먹어! 고마워! 엿이나 먹어! 고마워! 엿이나 먹어! 고마워! 엿이나 먹어! 고마워! 엿이나 먹어! 고마워! 엿이나 먹어! 고마워! 엿이나 먹어! 고마워! 엿이나 먹어! 고마워! 고마워! 엿이나 먹어! 고마워! 엿이나 먹어! 고마워! 엿이나 먹어! 고마워! 엿이나 먹어! 고마워! 엿이나 먹어! 고마워! 엿이나 먹어! 고마워! 엿이나 먹어! 고마워! 엿이나 먹어! 고마워! 엿이나 먹어! 고마워! 엿이나 먹어! 고마워! 엿이나 먹어! 고마워! 엿이나 먹어! 고마워! 엿이나 먹어! 고마워! 엿이나 먹어! 고마워! 엿이나 먹어! 고마워! 엿이나 먹어! 고마워! 엿이나 먹어! 고마워! 엿이나 먹어! 고마워! 엿이나 먹어! 고마워! 엿이나 먹어! 고마워! 엿이나 먹어! 고마워! 엿이나 먹어! 고마워! 엿이나 먹어! 고마워! 엿이나 먹어! 고마워! 엿이나 먹어! 고마워! 엿이나 먹어! 고마워! 엿이나 먹어! 고마워! 엿이나 먹어! 고마워! 엿이나 먹어! 고마워! 엿이나 먹어! 고마워! 엿이나 먹어! 고마워! 엿이나 먹어! 고마워! 엿이나 먹어! 고마워! 엿이나 먹어! 고마워! 엿이나 먹어! 고마워! 엿이나 먹어! 고마워! 엿이나 먹어! 고마워! 엿이나 먹어! 고마워! 엿이나 먹어! 고마워! 엿이나 먹어! 고마워! 엿이나 먹어! 고마워! 엿이나 먹어! 고마워! 엿이나 먹어! 고마워! 엿이나 먹어! 고마워! 엿이나 먹어! 고마워! 엿이나 먹어! 고마워! 엿이나 먹어! 고마워! 엿이나 먹어! 엿이나 먹어! 고마워! 엿이나 먹어! 고마워! 엿이나 먹어! 고마워! 엿이나 먹어! 고마워! 엿이나 먹어! 고

마워! 엿이나 먹어! 고마워! 엿이나 먹어! 고마워! 엿이나 먹어! 고마워! 엿이나 먹어! 고마워! 엿이나 먹어! 고마워! 엿이나 먹어! 고마워! 엿이나 먹어! 고마워! 엿이나 먹어! 고마워! 엿이나 먹어! 고마워! 엿이나 먹어! 고마워! 엿이나 먹어! 고마워! 엿이나 먹어! 고마워! 엿이나 먹어! 고마워! 엿이나 먹어! 고마워! 엿이나 먹어! 고마워! 엿이나 먹어! 고마워! 엿이나 먹어! 고마워! 엿이나 먹어! 고마워! 엿이나 먹어! 고마워! 엿이나 먹어! 고마워! 엿이나 먹어! 고마워! 엿이나 먹어! 고마워! 엿이나 먹어! 고마워! 엿이나 먹어! 고마워! 엿이나 먹어! 고마워! 엿이나 먹어! 고마워! 엿이나 먹어! 고마워! 엿이나 먹어! 고마워! 엿이나 먹어! 고마워! 엿이나 먹어! 고마워! 엿이나 먹어! 고마워! 엿이나 먹어! 고마워! 엿이나 먹어! 고마워! 엿이나 먹어! 고마워! 엿이나 먹어! 고마워! 엿이나 먹어! 고마워! 엿이나 먹어! 고마워! 엿이나 먹어! 고마워! 엿이나 먹어! 고마워! 엿이나 먹어! 고마워! 아니, 진심이야. 엿 먹어.

마침내 네 목이 잠기며, '엿 먹어'라는 말도 바닥이 난다. 그렇지만 않았다면 너는 영원히 그렇게 할 수 있었을 것이다. 친절한 노신사와 함께 **낙원**의 구내를 배회하는 동안, 네가 마치 미치기라도 한 것처럼 너를 계속 쳐다보는 직원들과 환자들의 눈빛에도 아랑곳하지 않고 말이다. 불쌍한 사람들. 그야말로 보통 사람들이다! 그들에게는 각각 오직 하나의 마음과 하나의 얼굴이 있을 뿐이다. 너는 ── 너 자신도 잊지 말자 ── 두 마음의 남자, 두 얼굴의 남자, 머리에 두 개의 구멍이 나 있는 남자, 보통 남자보다 두 배나 많은 섹스를 할 수 있는 초인이다! 자, 프랑스여, 나를 엿 먹였으니, 엿이나 먹어라. 프랑스여, 나를 문명으로 이끌어 줬으니 고맙다! 세 라 비! 지긋지긋하다.

친절한 노신사가 기분 나빠할까 봐 진짜로 걱정하는 건 아니다. 그는 네가 선글라스를 줄곧 착용하고 있어도 신경 쓰지 않는 몇 안 되는 사람들 중 하나 — 어쩌면 유일한 사람 — 다. 너는 그의 친절하고 연륜 있는 눈빛과 너에 대한 순수한 호기심에 반해서 너 자신에 대한 모든 것을 그에게 말했었다. 그 모든 것의 계기가 된 질문은 이것이었다. 어디에서 왔어요? 그가 물었다. 보통은 이 질문을 들으면 너는 몹시 화가 나곤 했지만, 친절한 노신사의 친절하고 연륜 있는 눈빛에 잠시 말없이 주저하다가, 이내 마치 정말로 신경을 쓰기라도 하는 듯 애써 진지해지려 하게 되었다. 너는 그 친절한 노신사에게 네가 어디에서 왔는지 말했고, 그가 이해의 표시로 나직이 중얼거리자 너의 불쌍하고 아름다운 어머니에 대해 말했고, 그가 다시 중얼거리자 네가 연루된 부도덕하고 외설적이고 치명적인 온갖 행위들을 제외한 네 삶의 실타래 전부를 그에게 풀어 놓기 시작했다. 너는 너에 대한 공감과 호기심을 내비치는 친절한 노신사의 이해심 있는 중얼거림과 따뜻한 푸른 눈에 이끌려 한 시간 동안이나 이야기했다. 너는 처음으로 누군가가 진정으로 널 이해하고 네 말에 귀를 기울여 준다는 느낌을 받았다. 그것도 완벽한 타인이 말이다! 너는 멈출 수가 없었다. 마음이 너무 급해서 너의 평생을 쉽게 풀이하고 요약하고 때로는 에둘러서 풀어냈고, 할 말이 너무 많아서 네 자서전의 자질구레한 토막들을 하이쿠와 제사(題詞)와 미완성 유고로 만들었다. 그리고 그러는 내내 친절한 노신사는 중얼중얼하다가 때때로 이렇게 말하곤 했다. 아, 봉? 그리고 마침내, 한 시간이 지났을 때, 너는 기진맥진한 채 그 친절한 노신사를 기대감에 찬 눈빛으로 바라보며 그의 반응을 기다렸고, 그 친절한 노신사는 마치 예수 그리스도, 또는 부처, 산타클로스, 스탈린, 마오쩌둥, 호찌민처럼 기쁨이 넘치는 미소를 지으며, 온화하고 따뜻하고 궁금해하고 공감하고 측은해하는 호의적인 말투로 이렇게 말했다.

어디서 왔다고 했죠?

그렇게 너희는, 기억하는 것을 멈출 수 없는 너와 잊어버리는 것을 멈출 수 없는 그는, 기묘하지만 완벽한 커플이 되어 낙원을 돌아다닌다. 너는 친절한 노신사가 완전히 집중해서 듣고 하나도 빠짐없이 잊어버릴 것을 잘 알기에 그에게 무엇이든 다 말할 수 있다. 너는 네 삶을 최초로 쉽게 풀이한 원고의 빈칸을 모든 부도덕성과 음담패설과 참사, 너의 딸 에이더를 포함한 너의 모든 공적과 악행으로 거듭 되풀이하여 채워 넣는다. 그 애는 너의 공적 중 하나인 동시에 악행 중하나다. 결과적으로 너는 그 애가 너의 자식으로 태어나 4분의 1은 프랑스인, 4분의 3은 베트남인, 그리고 그 애 역시 혼외자로 태어났으므로 100퍼센트 잡종 새끼가 되게 하여, 삶을 순조롭게 시작할 수 있게끔 해 주었다. 너는 네가 언젠가 그 애를 만나게 될지를 궁금해하며, 그 가능성에 몹시 두려워한다. 너는 딸이라면 가장 가차 없는 회고록을 쓸 수밖에 없을 만한 부류의 아버지일 테니까. 게다가 이두 권의 자술서로, 너는 그 애에게 많은 증거를 제공해 버렸다.

증거요. 그녀의 그다음 방문 시 변호사가 그렇게 말한다. 용서할수 없는 사람들을 대변하는 게 그녀의 전문 분야라는 것을 고려할때, 그녀는 너에게 관심이 있다. 너의 세 명의 독자들 가운데, 그녀가 가장 까다롭다. 편집자인 당고모는 문체와 이야기, 등장인물과 주제를 파악하기 위해 읽고, 마오주의자인 정신 분석학자는 너의 항문과 성애에 대한 강박 관념을 유심히 살피며 읽는다. 확실히 네가 "똥"과 "섹스"를 많이 말하기는 하지만, 그것은 그것들이 인간의 가장 기본적인 활동 가운데 두 가지이기 때문이다!

그리고 당신 오이디푸스 콤플렉스는 어때요? 언젠가 그가 물어본 적이 있다.

오이디푸스 콤플렉스요? 설마요! 에콜 노르말 쉬페르외르*에서 프랑스 학사원 회원들이 당신 같은 노르말리앵**을 그렇게 가르치던가요? 노르말…… 알리앵***…… 하하하.

그는 기침을 하며 얼굴을 찡그리고 그의 노란 메모장에 메모를 하고는 이렇게 말했다. 그러면 당신이 에펠 탑을 — 거 뭐더라 — "거대한 좆"이라고 해석한 것은 어때요?

첫째, 에펠 탑을 그렇게 부른 것은 보스였고, 둘째, 그건 거대한 좆이에요! 이 세상의 부조리는 내가 만들어 낸 게 아니에요! 내 눈엔 그저 보이기만 하는 거라고요!

---

*  프랑스 파리 라틴구에 위치한 국립 고등 사범 학교. 프랑스의 최상위 고등 교육을 실시하는 일종의 대학원 과정 교육 기관으로 1794년 설립되었다.

**  '고등 사범 학교 학생'이라는 뜻의 프랑스어.

***  '노르말리앵'이라는 단어를 '노르말(보통의, 전형적인, 평균적인)'과 '알리앵(외국인, 이방인, 외계인)이라는 두 개의 단어로 나누어 사용한 말장난.

증거요. 당당하게 아름답고 유머 감각 없는 변호사가 네가 쓴 페이지들을 홀홀 넘기며 말한다. 그녀는 네 방 의자에 앉아 있고, 너는 자기 침대 위의 베개로 쌓은 왕좌에서 너희 둘을 관찰하는 친절한 노신사의 휠체어에 앉아 있다.

증거는 많아요. 네가 말한다.

하지만 당신은 여전히 결정적인 증거 하나를 피하고 있어요.

당신은 날 변호해야 하는 거 아닌가요?

의뢰인을 변호하려면 의뢰인이 실제로 뭘 했는지 알아야 해요.

아니면, 뭘 하지 않았는지를 알아야죠.

바로 그거예요. 당신의 경우, 우리는 당신이 뭘 하지 않았는지는 알고 있어요. 당신이 뭘 했는지에 대해서는 아는 게 적어요.

나는 무척 많은 것을 했다고 인정했어요!

더 명확히 말하자면, 당신이 한 일의 **결과**들에 대해서죠.

너는 위안을 찾아 네 방을 둘러보지만, 낙원에 들어온 이후로 치료제나 해시시나 물 다음으로 가장 생명을 유지해 주는 액체, 다시 말해 성수, 다시 말해 술이 있다는 어떤 신호도 보지 못했다. 문제는 아주 시크한 구릿빛 피부의 의사는 물론이고, 낙원의 천사들도 거의 모든 형태의 이른바 "중독성 물질"을 금지했다는 것이다. 그 결과, 너는 그 어느 때보다도 최고로 건강하고, 그것이 너무 싫다. 너에게 허락된 단 하나의 악덕은 담배인데, 어쨌든 여기는 프랑스이기 때문이고, 이 자비에 대해 너의 폐는 깊이깊이 감사하고 있다. 너는 역겨울 정도로 가득 찬 재떨이에 담배를 비벼 끄고, 새로 골루아즈 한 개비에 불을 붙인다.

그 장면으로 다시 가 보죠. 당당하게 아름답고 유머 감각 없는 변호사가 말한다.

그러고 싶지 않아요.

정면으로 마주하지 않으면, 용서할 수 없는 사람들을 용서할 수 없어요.

**용서한다고요? 날 용서할 사람은 누구죠?**

오직 당신 자신뿐이죠.

하! 자, 그거야말로 정말 부조리한 일이군요. 하지만 설사 내가 나 자신을 용서할 수 있다고 해도, 내가 뭐라고 용서를 구하나요? 그리고 훨씬 더 중요한 것은요, 변호사님, 용서할 수 없는 사람을 어떻게 용서합니까? 그런 용서가 불가능하다는 것은 아니에요. 그냥 **미친 짓**이라는 거죠!

그 장면으로 다시 가 보죠.

싫어요 ─

그 식당이요. 아시아의 환희 말이에요.

아무도 거기에 다시 가고 싶어 하지 않아요. 음식이 개똥 같거든요. 먹을 수가 없다고요! 게다가 내 몸에서 나오는 게 많은 것을 말해 주죠. 우리 민족은 거의 모든 것을 먹을 수 있어요. 내 말은, 우리가 1000년 동안 중국인들이 싼 똥을 먹었다는 거예요! 그리고 그것 때문에 아직도 소화 불량에 시달리고 있어요!

당당하게 아름답고 유머 감각 없는 변호사가 담배 연기를 내뿜으며 넥타이핀을 바로잡는다. 인생이 개똥 같은 것이라는 걸 몰랐나요? 당신은 그걸 작은 조각들로 나눠 먹어야 해요.

아, 훌륭해요! 확실히 철학적이네요! 그리고 그게 바로 중국인들이 똥을 먹는 방법이에요!

그건 사실 프랑스 속담이에요. 친절한 노신사가 말한다.

이런, 이제 이해가 되네요. 네가 말한다.

사랑하는 우리 어머니께서 항상 내게 그렇게 말씀하시곤 했죠.

그 장면으로 다시 가 보죠. 당당하게 아름답고 유머 감각 없는 변호사가 말한다.

싫어요 —

아무것도 겁낼 것 없다.

그건 하느님이 한 말이에요! 내가 아니라고요!

어서요. 하느님이 없다는 건 당신도 나처럼 잘 알잖아요. 자, 이제 당신들 세 사람은 식당의 금전등록기 앞에 서 있어요. 구린내와 심술보는 죽었어요. 만과 당신은 둘 다 본에게 당신들이 공유한 비밀을 고백했죠. 본은 그의 손에 자기 총과 당신 총을 다 들고 있어요. 당신은 본에게 "해 버려."라고 말하죠. 자, 그 말은 무슨 뜻이었나요?

무슨 뜻이었던 것 같아요?

기록으로 남길 수 있게 분명히 말해 줘요. 그리고 "해야만 할 일을 해야 할 때야."라는 말이 무슨 뜻이었는지도 알려 줘요.

그야 뻔하지 않아요?

나한텐 아니죠. 난 이 장면을 직접 보지 못했어요. 그 직후의 상황을 직접 보지도 못했고요. 게다가 이건 엄밀히 말해서 내가 경찰에 가서 당신의 대리인이라고 말할 수 있는 상황도 아니고요. 당신이 연루되어 있다는 건 아무도 모르니까요. 더 정확히 말해서 경찰도 알고는 있지만, 엉뚱한 이름으로 알고 있죠. 희생자 중 한 명인 본과 함께 있는 게 목격된 마지막 사람, 조제프 응기앵이라고. 그의 유족인 약혼녀가 진술하고 라나가 확인해 준 대로죠.

내 이름을 가지고 장난질하는 건 프랑스인들에게 맡겨 둬요. 비록 가짜 이름이긴 하지만. 아니, 반만 가짜 이름이죠. 응기앵! 응기앵! 프랑스 경찰은 응우옌이라는 철자를 정확하게 쓰려는 노력조차 하지 않았어요. 왕가의 이름인데도 말이죠!*

그래서인지 언론은 당신을 그냥 **랭도시누아**라고 부르는 걸 선호해요.

헛소리, 헛소리, 헛소리!

그럼 무슨 일이 있었는지 우리에게 말해 봐요.

그래, 무슨 일이 있었는지 말해 봐요. 친절한 노신사가 맞장구친다.

본이 어떻게 하길 바랐나요?

너를 겨누고 있던 본의 총부리가 아직도 네 눈에 선하다. 그 짧은 총신 끝에는 어둠 속에 오직 네 이름이 적힌 총알이 있을 뿐이다. 왜냐하면 본은 정말로 출생 시의 이름부터 세례명인 조제프까지 너의 모든 이름을 다 알고 있기 때문이다. 조제프가 네가 로안과 함께 있을 때 사용한 이름이고, 거기에 짝지어 붙인 것은 너 자신의 성이 아

---

\*         베트남의 마지막 왕조인 응우옌 왕조를 가리킨다.

닌 응우옌이다 — 응우옌! 응우옌! 말 그대로 몇백만이 쓰는 이름이야, 이 프랑스 개자식들아! 똑바로 해! — 네 이름을 조제프 응우옌으로 고쳐 달라는 것이다. 라나가 프랑스 경찰이 연락하자마자 진실을 말하고 네 본명이 무엇인지 말했다면 네 위장 신분은 끝장이 났을 것이다. 하지만 어떤 이유에서든 라나가 너를 감싸 주었기 때문에 너의 위장 신분은 유지되었다. 그 이유가 — 혹시 사랑일까? 너는 누군가가 너를 사랑한다는 엄청난 신성 모독 같은 말에 몸서리를 친다. 그리스도교 역사상 가장 유명한 오쟁이 진 남자*의 이름을 따서 네 이름을 지은 것에 몸서리를 치는 것처럼 말이다. 너의 세례명은 적절하다. 만약 하느님이 존재한다면 말이지만, 그가 너를 여러 번 엿 먹였으니까. 네 의형제들과의 이 마지막 만남은 본이 목 졸린 듯 숨 가쁜 소리로 다음과 같이 물어볼 때 하느님이 느낀 불경한 기쁨의 또 다른 증거일 뿐이다. 해 버리라고?

죄책감 느끼지 마, 본. 네가 말한다. 해 버려. 해야만 해.

네, 알아요. 변호사가 말한다. 자술서에 그렇게 썼잖아요.

너는 선글라스를 고쳐 쓰고, 그녀 위쪽 벽에 핀으로 꽂혀 있는 3인조의 사진을 본다. 재미있지 않아요?

그게 뭐가 그렇게 재미있는지 모르겠어요.

물론 그렇겠죠. 내 말은, 저들이 하얀 가면을 쓰고 있다는 게 재미있지 않느냐는 거예요.

---

\*     신약 성서에 등장하는 예수의 아버지 요셉을 가리킨다. 프랑스어식 표기가 조제프다.

나는 저 가두시위 현장에 있었어요. 저건 **노란 가면**이에요.

노란색 — 너는 웃음을 터뜨렸다. **노란 가면!** 흑백 사진에서 어떤 사물이, 혹은 어떤 사람이 노란지 누가 알겠어요? 더 정확히 말하면 흑백 사진에서 노란색은 하얀색처럼 보일 뿐이죠. 나도 저 노란 가면 하나가 갖고 싶네요. 만은 내게 그의 하얀 가면만 남기고 떠났어요. 우리, 거래 하나 하죠. 당신이 내게 가면을 가져다주면, 이 선글라스를 벗을게요.

변호사가 네 침대 위쪽에 걸려 있는 가면을 바라본다. 노란 가면은 마련해 줄 수 있어요. 하지만 당신은 내 질문을 계속 피하고 있어요. 당신이 그 총알을 피한 것처럼요.

**총알을 피했다고요?** 내 머리에 난 구멍들 봤어요?

당신 머리에 구멍은 없어요.

내 손가락을 구멍에 딱 갖다 댈 수도 있어요. 보이죠?

당신이 본에게 무언가를 해야만 한다고 말한 후 본은 어떻게 했나요?

나의 가장 큰 재능을 알고 있나요?

모든 문제를 양면의 관점에서 생각해 볼 수 있다는 거요?

그래요! 당신은 글을 주의 깊게 읽는군요! 심지어 그 아시아의 환희에서 내 가장 친한 친구이자 의형제가 나에게 총을 겨누고 있는 상황에서도, 나는 그 문제를 양면의 관점에서 생각해 볼 수 있었어요. 평범한 사람이라면 그 문제를 자기 보호의 관점에서만 생각했겠지만요. 평범한 사람이라면, 품위와 체면 따위는 다 내팽개치고 우리의 어린 시절, 의형제로서의 형제애, 우리의 맹세를 기억해 달라고 본에게 애원하면서 목숨을 구걸했을 거예요. 마치 목숨이 그 무엇보다도 가장 중요하다는 듯이요. 하지만 가장 중요한 것은 목숨이 아니에요. 그건 원칙이죠. 본은 나와 마찬가지로 그것을 너무 잘 알고 있었어요. 우리는 둘 다 흔들리지 않는 원칙을 가진 사람들이에요! 그래서 내가 그에게 그렇게 해 버리라고 했을 때, 내가 그에게 무엇을 하라고, 무엇을 실행하라고 말하는 것인지 난 알고 있었어요. 자, 이제 당신의 질문에 대답하기 위해, 나는 내가 가장 잘하는 일을 해야 해요. 그의 머릿속을 똑바로 들여다보고 그의 관점에서 보는 것이죠. 그것은 곧 그의 눈을 통해 나를 본다는 얘기예요. 그는 만은 물론이고 나까지 바라보고 있었으니까요. 만은 당신에게 목격자가 필요할 경우에 대비해서 내내 지켜보고 있었지만, 당신이 그럴 이유가 있는지 난 잘 모르겠어요. 내가 나 자신에게 완벽하게 다음과 같이 말할 수 있다는 걸 고려해 보면요. **자퀴즈!*** 변호사님, 나는 고발당하고 저주받았기 때문에 당신 앞에 서 있습니다. 있는 그대로의 나를 보는 본 앞에 서 있었듯이요. 난 어떤 존재였을까요? 그의 베트 누아르**는 아니었어요! 나는 검은 데라고는 전혀 없었으니까요! 아니, 나는 그의 베

---

\*     '나는 고발한다'라는 뜻의 프랑스어. 에밀 졸라가 간첩 누명을 쓴 유대인 군인 드레퓌스의 무죄를 주장하면서 「로로르 L'Aurore」에 발표한 유명한 격문의 제목이기도 하다.

\*\*    bête noire. '검은 짐승', '혐오의 대상', '아주 싫어하는 사람'이라는 뜻. '누아르'에는 '검다'라는 의미가 있다.

트 블랑슈*, 공산주의자, 배신자였어요! 그가 나를 얼마나 경악한 눈
빛으로 바라보던지! 내 외모는 끔찍했고, 내 진짜 얼굴은 흉측했기
때문에, 난 더 이상 그의 친구가 아니었어요 — 나는 괴물이었어요!

이제 그에게 가장 큰 시험, 우리의 명제와 반명제가 충돌할 때, 우
리 모두가 치러야 하는 그 시험의 순간이 다가왔어요. 그 순간 우리
의 행동은 우리가 진정 어떤 사람인지를 드러내죠. 한편에는 의형제
인 나에 대한 그의 맹세가 있었어요. 다른 한편에는 적들을 죽이겠
다는 그의 맹세가 있었죠. 그런데 나는 의형제인 동시에 불구대천의
원수로 그의 앞에 서 있었어요. 사랑과 증오, 우정과 배신 사이의 이
모순을 그는 어떻게 해결하려고 했을까요? 나는 그 답이 간단하다고
믿었어요. 해결책은 오직 하나뿐이라고 믿었죠. 내가 얼마나 잘못 판
단했는지 모르겠어요! 얼마나 본을 이해하지 못했는지! 나는 지금까
지 전혀 그의 눈으로 세상을 보지 못했던 거예요! 이제 나는 그의 손
에 들린 총의 무게는 물론이고 그의 결정의 무게까지 느낄 수 있어요.
그는 생각했죠. 난 그를 죽일 거야. 이 개자식, 씨발놈, 잡종 새끼를
죽여야 해. 그는 공산주의자야! 배신자야! 난 수많은 사람을 죽여 봤
어. 이번에도 쉽겠지. 그는 1.5미터 앞에 서 있고, 특히 저 머리는 얼
마나 큰지, 우리의 수많은 교사들이 지능의 증거라고 지적한 저 이마
가 얼마나 넓은지를 고려할 때 내가 빗맞힐 리가 없어. 나는 늘 멍청
한 녀석이었어. 장학금을 받을 만큼은 똑똑했지. 하지만 사이공에서

---

*     bête blanche. '하얀 짐승', '조금 싫은 것', '애가 타는 원인'이라는 뜻. '블
랑슈'에는 '백인 여자'라는 의미가 있다.

나는 시골 마을에서 제일 똑똑한 소년도 도시 소년에 비하면 여전히 시골뜨기라는 걸 알게 되었어. 난 학문과 말장난은 그들에게 맡겼어. 책에 관한 한 그들을 이길 수 없었지. 내가 그들을 이긴 곳은 몸을 사용하는 현장이었어. 나는 그들보다 더 잘 달리고, 더 잘 싸우고, 더 잘 쐈지. 말과 사상으로 공산주의자들을 이기는 건 저 녀석처럼 똑똑한 사람들에게 맡겨 둬. 난 공산주의자들을 죽이는 데만 전념할 거야.

국립 고등학교에 입학하기도 전에 벌써, 나는 처음으로 공산주의자를 죽였어. 그는 마을에 침투한 공산주의자들에게 우리 아버지를 촌장이라고 밀고한 쥐새끼였지. 공산주의자들은 아버지를 마을 한복판에 무릎 꿇리고는 어머니와 나와 내 모든 형제자매들이 맨 앞줄에서 지켜보게 했어. 우리는 울부짖고 소리치며 계속 말했어. 바, 바, 바.* 그 공산주의자들에게 우리 아버지를 해치지 말아 달라고 간청했지. 그러는 내내 바는 전혀 울지도 비명을 지르지도 애원하지도 않았어. 아버지는 자신이 죽게 될 걸 알고 있었고, 자신이 할 수 있는 가장 큰 선물을 우리에게 주었어. 우리가 모든 것을, 심지어 우리 자신의 최후마저도 당당하고 품위 있게 직시해야 한다는 것을 우리에게 보여 주었어. 아버지는 우리에게 원칙이 목숨보다 더 중요하다는 것을 보여 주었어. 아버지가 내게 남긴 유언은 이것이었어. 꼰 오이!** 어

---

\*　　ba. '아버지'라는 뜻의 베트남어.
\*\*　'아이'라는 뜻의 '꼰(con)'에 사람을 부를 때 사용하는 '오이(oi)'를 합친 '얘야'라는 뜻의 베트남어.

머니 말씀 잘 듣고, 어머니를 잘 보살펴 드려라, 얘야! 어머니를 힘들게 하지 마라. 아버지가 그렇게 말하는 사이, 그들은 그의 손을 등 뒤로 젖혀서 묶고 그를 성토했어. 그들이 아버지에게 자백하라고 하자, 아버지는 이렇게 말했어. 누구에게 자백을 하지? 너희들은 나의 고해신부님이 아니야. 그래서 그들은 아버지의 목에 앞잡이라고 적힌 팻말을 걸었어. 그들이 아버지의 머리에 총을 쏘자, 신경이 끊기면서 아버지가 쓰러졌어. 나는 너무 크게 소리를 질러서 28년이 지난 지금도 그 소리가 귀에 선해.

바 오이!!!
바 오이!!!
바 오이!!!

하지만 내가 아무리 세게 소리를 질러도, 아무리 흔들어 봐도, 아무리 껴안아 봐도 아버지는 일어나려 하지 않았어. 아버지는 눈은 뜨고 있었지만 아무것도 보지 못했어. 입은 벌리고 있었지만 아무 말도 하지 않았어. 아버지의 피가 내 얼굴, 셔츠, 손에 묻어 있었어. 아버지의 뇌수가 머리에서 쏟아져 나오고 있었고, 나는 지금도 손에서 그 부드럽고 미끈거리는 것이 생생하게 느껴져. 바 오이, 바 오이, 바 오이…… 나는 린과 덕이 죽기 전까지는 다시는 그런 식으로 소리를 지르지 않았어.

하느님! 왜 제게 이러셨나요?

하느님! 왜 제가 진심으로 사랑한 사람들을 데려가셨나요?

하느님! 왜 제가 당신을 믿기 어렵게 만드셨나요?

하느님! 왜 제 의형제를 마귀로 만드셨나요?

하느님! 제가 당신을 위해 아직 하지 않은 어떤 일을 하길 바라시나요?

하느님, 저는 이해하려고 노력합니다. 당신은 제 아버지를 시험하셨고 아버지는 통과하셨습니다. 아버지는 지금 천국에서 당신의 발치에 앉아, 양옆의 린과 덕과 함께 저를 내려다보고 있습니다. 하느님, 저는 이해하려고 노력하는데, 제가 이해한 바로는 어쩌면 저는 아버지, 아내, 아들과 천국에서 만나지 못할지도 모르겠습니다. 저는 수많은 공산주의자들을 죽였습니다. 그들은 모두 죽어 마땅한 사람들이었고, 또 제 고해 신부님들은 제 죄를 사해 주셨지만, 어쩌면 당신은 그러지 않으실 수도 있다는 걸 깨닫습니다. 그렇기 때문에 저를 끊임없이 벌하고 계시는 것이겠지요. 하지만 하느님, 왜 저를 벌하시나요? 저는 당신을 사랑하고, 당신을 증오하는 이 불경한 공산주의자들 중 수많은 이들을 죽일 수 있는 이런 재능을 주신 분은 바로 당신인데 말입니다. 하느님, 저는 당신께 그들을 제물로 바쳤습니다!

제가 처음 죽인 공산주의자를 아주 똑똑히 기억합니다. 아버지가 죽던 그 순간부터 그 쥐새끼를 죽일 계획을 세웠죠. 그것이 제가 아버지의 양손을 묶을 때 쓰인 밧줄을 간직했던 이유였습니다. 저는 고작 열 살이었습니다. 기다리며 준비해야 했죠. 저는 마을에서 가장 빨리 달리는 아이가 될 때까지 달렸습니다. 남자아이들 중 가장 힘센

아이가 될 때까지 밭일을 했고, 어떤 아이도 저를 이길 수 없을 때까지 맞붙어 싸웠습니다. 평범한 군인은 그렇게 많은 공산주의자를 죽일 수 없었기 때문에 저는 평범한 군인이 될 생각은 없었습니다. 그래서 저는 마을을 벗어나, 언젠가 장교가 되어 부하들을 지휘하며 많은 공산주의자들을 죽이려고 열심히 공부했습니다. 그리고 사이공의 국립 고등학교로 떠나기 전날 밤, 숨어서 그 쥐새끼를 기다렸습니다. 저는 4년 동안 줄곧 그 자식을 지켜봤습니다. 그의 일과, 그의 집에서 옥외 변소까지의 경로를 다 알고 있었죠. 늦은 밤 그가 지나갈 때, 덤불에서 뛰쳐나가, 아버지를 묶었던 밧줄을 그 쥐새끼의 목에 휘감고 그를 덤불 속으로 끌고 들어갔습니다. 그는 비명을 지르지 않았습니다. 그저 꾸르륵 소리만 내다가 죽어 버렸죠. 저는 그의 시체를 강까지 질질 끌고 가서, 밧줄로 돌덩어리가 든 자루 하나를 매달아 강물에 던져 버렸습니다. 그리고 전 아무것도 후회하지 않습니다.

하느님, 제가 한 짓을 용서해 주실 수 있나요?

이제 제가 해야만 하는 짓도 용서해 주실 수 있나요?

저는 왜 망설일까요?

총부리가 그의 미간을 정조준하고 있어. 내가 빗맞힐 리가 없어. 이 거리에서 빗맞힌 적은 없어. 그런데 왜 내가 그보다도 더 두려워하는 걸까? 이 미친 잡종 새끼는 행복해 보여. 마치 자기가 바라는 일이라는 듯이. 나는 그의 얼굴을 낱낱이 다 보고, 낱낱이 다 알아볼 수 있어. 만의 경우와는 달라. 절반만 인간다운 얼굴인 그를 나는 전혀 알아볼 수가 없어. 그 자식도 죽여 버릴 거야. 내가 곧 ─

하지만 난 낱낱이 다 볼 수 있어……

그리고 그 이면도 볼 수 있어……

나는 지금 그의 얼굴뿐 아니라 과거의 그의 얼굴, 우리가 그저 남자아이에 불과했던 열네 살 때 그의 얼굴까지 봐. 그리고 그 어린 남자아이의 얼굴에서 나는 미래를 봐. 하지만 그의 운명과 나의 운명은 보이지 않아. 대신 내게 보이는 것은 희망, 이상주의, 사랑, 형제애, 진심, 그가 손바닥을 베고 우리에게 맹세를 하며 느꼈던 아픔이야. 우리가 서로의 손을 맞잡고 하나가 되는 순간, 내 따끔거리는 손바닥에 닿은 그의 끈끈하고 미끈거리는 피가 아직도 느껴져. 아, 맙소사! 하느님…… 저를 용서하소서.

그때는 우리가 어리고 결백하고 순수했던 시절이었어.

에필로그

튀<sup>*</sup>

---

\*       tu. '너', 또는 '당신'에 해당하는 프랑스어.

총알은 본의 머리를 산산조각 내고 그 파편들을 식당 곳곳으로 날려 보내고 나서, 벽에 맞고 튕겨 나와 바닥에 닿았다가 튀어 오른 다음, 너의 관자놀이를 꿰뚫었다. 아니, 어쩌면 네 정수리였는지도 모르겠다. 그리하여 이제 끊임없이 새어 나올 이 두 번째 구멍을 남기게 되었다. 너는 비명을 질렀고, 죽은 상태인데도 그 이후로 쉼 없이 비명을 질렀다. 너는 본에게 달려갔지만, 그가 넘어지는 걸 막기 위해 아무것도 하지 못했고, 그는 자기 아버지가 그럴 수밖에 없었던 것처럼 쓰러져 버렸다. 부서진 머리가 구역질 나게 금이 가 있는 타일 바닥에 부딪히며 박살이 났고, 그러자 네 안에서 무언가가 부서지는 소리가 울려 퍼졌다. 하느님, 맙소사. 너는 하느님을 믿지도 않으면서 그렇게 울부짖었다.

너는 손을 내밀며 본 앞에 무릎을 꿇었다. 그를 다치게 하고 싶지 않았고, 어떻게 도와야 할지 알지도 못했기 때문에, 두 손은 허공을 맴돌 뿐 그를 건드리지는 못했다. 그는 눈을 뜨고 입을 벌리고 있었고, 너는 그의 머릿속을 곧장 들여다볼 수 있었다. 네가 할 수 있는 일은 아무것도 없었다. 우리가 할 수 있는 일은 아무것도 없어. 만이 네 옆에 무릎을 꿇으며 말했다. 그의 무릎은 본의 머리에서 흘러나오는 피에 젖어 들었다.

하지만 틀림없이 뭔가 할 수 있을 거야. 네가 말했다. 아니, 비명을 질렀다. 구급차를 불러!

본은 죽었어.

본에게 그 일을 해야 한다고, 그도 무엇을 해야 하는지 알고 있다고 했을 때, 네 말은 이런 의미가 아니었다. 그는 어째서 이해하지 못했을까? 그 자신이 아니라 너를 죽여야 하는 것은 뻔한 일 아니었나?

본은 죽었어.

네 자술서 두 권에서 그토록 많은 페이지에 걸쳐 그에 대해 썼는데 그가 죽는 것이 어떻게 가능할까? 너는 너의 자술서를 읽고 또 읽었다. 그리고 본은 그 속에 살아 있고, 여전히 살아 있으며, 영원히 살아 있을 것이다. 그는 꼭 살아야 한다! 이것이 네가 지금까지 그를 죽음의 그늘에서 벗어나 빛 가운데 머물게 한 방법이다.

본은 죽었어.

구급차를 불러!

경찰이 나타나면 어떻게 할까? 이 난장판을 어떻게 설명하지?

난장판이라고? 이건 본이야!

본은 죽었어. 그리고 그를 다시 되살리기 위해 우리가 할 수 있는 일은 아무것도 없어.

그럼, 네 자술서는 정말 아무것도 아닌가? 너는 700페이지가 넘는 분량의 글을 썼다. 무를 믿는 무명인인 너의 삶을 글로 옮기는 데 이렇게 많은 말이 필요할 줄 누가 알았을까? 하기야, 대부분의 사람들은 무명인이다. 이 무명인들 대부분은 하느님을 믿지만, 너와 크게 다르지는 않다. 그들 또한 무를 믿는다. 다만, 그 사실을 인정하려 하지 않을 뿐이다. 무는 신성하고, 무는 어디에나 있다. 꼭 하느님처럼 말이다. 무는 하느님의 또 다른 이름일 뿐이다. 무에서 왔다가 무로 돌아간 죽은 자를 되살릴 수 있는 것은 전무하다. 아니, 할 수 있는 일이 전무하다. 단, 이것, 그러니까 네가 써 내려간 말들, 너의 유일한 치료제, 네가 가장 헌신하는 대상만이 예외다.

이제 다 끝났다. 너는 당당하게 아름답고 유머 감각 없는 변호사에게 그녀가 원하는 것을, 다시 말해 관점에 따라 너에게 유리하거나 불리해지는 그 사건의 마지막 증거를 제공했다. 너는 또한 박사 학위를 소지한 마오주의자인 정신 분석학자에게 그가 원하는 것, 다시 말해, 변호하거나 기소할 사건이 아니라 분석할 사례 연구 대상을 제공했다. 하지만 마지막으로 방문했을 때, 그는 이것이 실제 자술서는 아니라고 말했다.

아, 아니라고요? 그럼 뭐죠?

자살하며 남기는 유서죠. 그가 매우 만족스러워하며 말했다. 자살하며 남기는 역사상 가장 긴 유서요.

너는 계속 웃어 댔다. 유서라니! 그에게 그렇게 엄청난 유머 감각이 있는 줄은 몰랐다! 너는 많은 것에 헌신했고, 많은 일을 저질렀지만, 아직 자살을 한 적은 없다. 죽은 사람도 자살할 수 있을까? 그러려면 정말 굉장히 헌신적인 노력이 필요할 테지만, 너야말로 지금까지 존재한 가장 사람들 중 가장 헌신적인 사람 가운데 하나가 아닌가?

아도르노*는 그의 글에서 헌신적인 작가들을 경계해야 한다고 했어요. 마오주의자인 박사가 말했다. 그들은 언제나 권력에 헌신적으로 몰두하죠.

아도르노! 이전에 마지막으로 그의 이름을 들은 건 해머 교수의 세미나에서였다. 그때 너는 독일의 나치 정권을 피해 망명한 아도르노와 호르크하이머**가 지상에서 계몽과는 가장 거리가 먼 장소인 로스앤젤레스에서 쓴 『계몽의 변증법』을 읽었는데, 너 역시 그들과 마찬가지로 그곳에 머무는 국외 유랑자 신세였다. 사상가이자 작가로서, 그들은 아마 권력이 실제로 펜대에서 나온다고 믿었을 것이다. 어쩌면 펜대가 총부리보다 훨씬 더 강력할지도 모른다고 말이다. 비록 식민지 지배자, 자본주의자, 공산주의자 들이 총으로 몇백만을 학살하기는 했지만, 궁극적으로 그들이 그렇게 하도록 몰아간 것은 결국 말, 그러니까 때로는 악마 같은 선동가들에 지나지 않는 위대한 철학자들의 사상 아니었을까? 너는 펜대를 관자놀이에 대고 누른다.

---

\*     철학, 사회학, 미학 등 광범위한 영역에 걸쳐 연구 활동을 한 독일의 사상가. 프랑크푸르트학파의 대표적인 이론가.

\*\*    프랑크푸르트학파의 대표적 이론가 중 한 사람으로 아도르노와 함께 『계몽의 변증법』을 저술했을 뿐 아니라 인종적 편견에 관한 심층적 연구를 실시하기도 했다.

자술서를 쓰면서 사용한 펜이 몇 개였는지 셀 수가 없을 지경이다. 네가 특히 좋아하는 색, 오징어 먹물처럼 잘 지워지지 않고 너의 내면처럼 어두운 검은색의 펜심을 몇 개나 써 버렸는지 모른다. 여느 때처럼 너를 지켜보며 네 말에 귀 기울이고 있던 친절한 노신사가 최대한 친절하게 말했다. 확실히 당신은 미쳤나 봐요.

미쳐요? 내가요? 어쩌면 그럴지도 모르죠. 너는 계속 웃어 대다가 이렇게 말했다. 그래도 긍정적으로 생각해 볼까요? 만약 오로지 미친 사람만 용서할 수 없는 사람들을 용서할 수 있는 거라면, 이제 난 나 자신을 용서할 수 있겠네요.

심지어 그럴 힘이 있는데도, 너는 너 자신을 용서하지 못한다. 본이 언젠가 너를 용서할지에 온 신경이 쏠려 있기 때문이다. 너는 본이 너의 유령 합창단에 합류하여 적어도 그를 다시 볼 수 있게 되기를 기다리지만, 그는 나타나지 않는다. 이 수수께끼 같은 일은 무엇을 의미하는 것일까?

만의 경우, 당고모가 알려 준 바에 따르면 그는 대사관을 떠나 고국으로 돌아갔다. 너는 그의 얼굴 상태에 대해서는 아무것도 듣지 못했다. 왜 울지 않는 거야? 눈물을 펑펑 쏟으며 네가 만에게 따져 물었었다. 네 몸 어디에 그 엄청난 양의 분비액이 저장되어 있었을까? 소화 기관 위쪽 어딘가에 눈물관과 사이펀으로 연결된 대수층이라도 있었던 것일까? 아니면 너의 몸은 몇 년 동안 한 방울씩 흡수한 짜고 쓰라린 슬픔, 고뇌, 설움, 후회를, 결국 고통과 상실의 손아귀에 움켜잡혀 억지로 쥐어짜일 수밖에 없는 스펀지에 불과했을까?

왜 울지 않는 거야?

만은 속눈썹도 눈썹도 없는 붉어진 눈으로 너를 바라보았다. 난 이제는 울 수가 없어. 눈물관이 타서 막혀 버렸어. 그는 작은 약병을 꺼내 양쪽 눈에 투명한 액체를 한 방울씩 떨어뜨렸다. 그가 몇 방울씩 계속 떨어뜨리자, 결국 눈에 가득 고인 눈물 약이 넘쳐서 그의 뺨을 타고 흘러내렸다. 지금은 이게 내가 우는 방법이야.

너는 너희 둘이 본의 시신 옆에 얼마나 오래 앉아 있었는지는 기억하지 못하지만, 고통과 상실의 손아귀에 움켜잡혀 자칫하면 바싹 말라붙어 버릴 정도로 덜덜 떨며 몸서리치는 걸 멈추기까지 몇 시간은 걸렸을 거라고 짐작한다. 눈에서 먼지가 씻겨 나가 시야는 선명하지만, 너무 세게 쥐어짜여 너무 많이 탈수되는 바람에 몸 상태가 정상은 아닌 듯하다. 너는 만이 구린내와 심술보와 본의 시신에서 모든 종류의 신분증명서를 제거하는 모습과, 너 자신이 본의 손을 꼭 잡고 그의 팔과 어깨를 문지르고 가슴과 뺨을 쓰다듬고 눈을 감기고 입을 닫아 주고 바닥에 고인 그의 피 속에 누워 최대한 그에게 바짝 다가붙는 모습을 지켜본다. 심지어 눈을 감고 있으면서도 이 모든 일을 하고 있는 너 자신을 볼 수 있다. 만이 너를 바닥에서 들어 올려 아시아의 환희 밖으로 데리고 나가는 모습과, 만이 새벽 3시이고 가야 할 시간라고 말할 때까지 너 자신이 문 앞에서 신음하며 마지막으로 한 번 더 본을 바라보는 모습을 지켜본다. 거리는 인적이 끊겨 있다. 만이 너를 보스의 차에 태워 당고모의 집까지 데려다주고 그녀에게 상황을 간결하게 설명한다. 너는 너 자신이 보스의 현금이 있는 곳을 가리키며 너를 낙원에 들여보내 달라고 정중히 요청하는 — 아니, 강력히 요구하는 모습을 지켜본다. 그리고 지금 너는 너의 피난처에 헌신자들 가운데 하나로 안전하게 머물고 있다.

질문은 이것이다. 무엇에 헌신하는가? 너는 낙원에서 2년의 시간을 보내며 그 질문을 숙고하고, 너의 삶과 산산조각 난 본의 머리 파편들을 되돌아보고, 네가 저지른 범죄들을 고백하고, 네가 겪은 모든 일과 네가 행한 모든 일에도 불구하고 여전히 혁명에 헌신하고 있다는 것을 인정했는데, 이는 틀림없이 네가 미쳤다는 의미다. 하지만 너보다 더 미친 사람은, 마술처럼 '짠' 하고 아무것도 없는 데서 불을 피워 내기를 꿈꿨던 최초의 이상주의적 혈거인 여성이었다. 불을 발견한 후 그녀에게 닥쳐올 운명은 십중팔구 불이 정말로 중요한 것, 권력 그 자체라는 것을 잘 아는 더 냉소적인 혈거인 남성들에게 화형을 당하는 것이었으니까. 결국 인류 문명의 초기에도 변증법은 열망과 착취 사이를 오갔고, 그것은 결코 멈추지 않을 움직임이었던 것이다. 그런 의미에서 너는 변증법이 무한하다는 마오쩌둥의 의견에 동의한다. 단, 한 가지 중요 사항은 예외다. 마오쩌둥, 스탈린, 윈스턴 처칠, 레오폴드 왕*, 수많은 미국 대통령, 영국 왕, 프랑스 황제, 교황, 동양의 독재자, 무수히 많은 아버지, 남편, 남자 친구, 연인, 플레이보이들과는 달리, 너는 그런 변증법이 공산주의나 자본주의, 그리스도

---

*　벨기에 국왕 레오폴드 2세. 오늘날의 콩고에 해당하는 식민지에서 수많은 아프리카인을 도륙한 것으로 악명이 높다.

교, 민족주의, 파시즘, 인종주의, 또는 심지어 비참하게도 너 자신조차 유죄인 성차별의 이름으로 몇백만의 희생을 요구한다고 믿지 않는다. 무한한 변증법을 이렇게 확신하는 데는 **억압적 국가 기구의 강요**가 필요하지 않다. 이것은 역사의 수레바퀴를 피로 기름칠해 굴릴 필요가 없다는 신념이며, 폭력의 긍정적 효과에 대한 파농의 믿음을 회의적으로 보는 시각이다. 파농의 믿음은 프랑스가 알제리에서 자행한 폭력의 잔인성을 감안하면 정당화할 수 있는 것이기는 하지만, 그럼에도 폭력이 우리에게 인간다운 기분을 느끼면서도 악마처럼 행동하게 할 수 있다는 가능성을 깨닫지 못하게 하는 것이기도 하다. 반면에 비폭력은 우리를 해독하고, 열등감에서 해방시키고, 절망과 두려움에서 건져 주고, 우리가 행동하는 데 필요한 자존감을 회복시켜 줄 수 있다. 비폭력은 우리를 우리 식민지 지배자들의 거울상이 되게 하는 대신, 그 거울을 산산조각 내고, 우리를 부인(否認), 무, 공동(空洞), 공허라는 혼란스러운 공간 속으로 억지로 밀어 넣어서 우리가 우리의 압제자들의 눈으로 우리 자신을 보려는 욕구에서 벗어나게 해 준다. 그 공간에서 우리는 스스로를 각자 개성적이면서도 다른 사람들과 연대하는 존재로 새롭게 창조해야 한다. 이것은 너를 예지력이 있는 사람이나 환상을 보는 사람으로 만들어 버리는, 솔직하지만 어쩌면 어리석은 믿음일지도 모른다. 하지만 인류가 이미 살인에 의지하지 않고 스스로를 구하기 위해 알아야 할 모든 것을 알고 있다고 주장하는 사람들이 있다. 그 시작은 스페인의 파시스트들에게 암살당한 페데리코 가르시아 로르카*가 한 말인데, 가장 호감 가는 인물인 그는 언젠가 다음과 같이 말했다. "나는 항상 아무것도 가지지 못한 사람들과 그 가진 것 없는 상태조차 평화롭게 누리는 것이 불가능한 사람들의 편에 설 것이다." 이 감정 이입에 입각한 원칙은 만약 행동으로 이어지기만 한다면, 상황의 변증법적 필요에 따라 무언가를 하든, 아니면 아무것도 하지 않든 너를 결코 잘못된 방향으로 이끌지는 않을 것이다. 정말 많은 사람들이 이미 무언가를 가지고 있으면서도 모든 것을 원하는 사람들의 편에 서기 위해, 정반대의 원칙에 헌신하고 있기 때문에 그것이 죽음으로 가는 방향일지라도 말이다. 만일 제정신이라면 너도 그런 사람들의 편에 설 테지만, 혁명은 항상 미친 짓이기 마련이다. 혁명은 불가능한 일에 도전하지 않는 한 혁명이 아니기 때문이다. 하지만 만약 이로 인해 너무 우울하고 겁이 난다면, 불과 몇천 년 전만 해도 하루 만에 세계 일주를 할 수 있다는 건 인간의 상상을 초월한 일이었으며, 세계를 하나로 묶어 준 놀라운 위업이었다는 사실을 기억할 필요가 있다. 그 결과 오늘날 관광객, 투자자, 선교사, 대륙 간 탄도 미사일의 영향력에서 벗어난 곳은 세상 어디에도 존재하지 않으며, 이는 곧 무한한 변증법이 여전히 불가능과 가능, 구원과 절멸, 비폭력과 폭력, 우리 자신을 구할 능력과 파괴할 능력 사이에서 오락가락한다는 것을 의미한다. 단 하나의 진정한 수수께끼가 있다면, 우리의 어느 부분이 ─ 즉, 우리의 인간성, 혹

---

\*      20세기 스페인이 낳은 가장 사랑받은 시인 중 하나. 그의 작품 곳곳에는 파시스트에 대한 조롱이 등장하며 내전 발발 직후 '소련의 스파이'라는 죄목으로 체포된 뒤 총살되었다.

은 비인간성 중 어느 것이 — 인류가 자체적으로 끊임없이 반복하는 게임인 러시안룰렛에서 승리할 것인가 하는 점이다. 인간적인 동시에 비인간적인 너 자신은 만약 인류가 자멸하지 않는다면 — 만약이라는 글자는 아주 중요하기 때문에 굵은 글씨로 강조되어야 한다 — 언젠가는 잃을 게 없는 세상의 무명인들이 마침내 결핍의 상태는 겪을 만큼 겪었다고 느끼고 동포들 중 자신들에 대해 조금도 신경 쓰지 않는 중요 인사들보다는 지구 반대편 또는 가장 가까운 국경의 바로 맞은편에 있는 무명인들과 더 많은 공통점이 있다는 사실을 깨닫게 될 거라고 믿을 만큼 제정신이 아니다. 아무것도 가진 것 없는 이 무명인들이 마침내 단결하여, 들고일어나서, 거리로 나가 시위를 벌이고, 자신에게 목소리와 힘이 있다고 주장할 때, 가진 것이 있는 중요한 사람들이 해야 할 일은 이데올로기적 국가 기구가 이 모든 사람을 막을 수는 없다는 걸 깨닫는 것뿐이다. 왜냐하면 그 힘이 아무리 강력하다 해도, 억압적 국가 기구가 이 사람들을 모조리 죽일 수는 없기 때문이다. 다 죽일 수도 있을까?

너는 그 질문에 대한 답을 생각하느라 머리가 아픈데, 머리에 두 개의 구멍이 나 있기 때문에 생각하기가 더욱더 힘들어진다. 만에게 재교육을 받은 후, 너는 잃은 것도 없는 바닥으로 떨어졌다고 생각했지만, 그것은 완전히 틀린 생각이었다. 네게는 본이 남아 있었다. 그리고 마지막 환상도 남아 있었다. 네 목숨은 말할 것도 없고 말이다. 불행하게도 너는 죽었지만, 이제 다행스럽게도 기운을 차렸다. 이제 어쩌면 너는 더 이상 자기 연민에 빠져 있지 않을지도 모른다. 무명인인 너에게는 연민을 느낄 자아가 남아 있지 않기 때문이다! 이제 너는 '독립과 자유보다 더 중요한 것은 전무(全無)이다'라는 것뿐 아니라, 무(無)가 신성하다는 것까지 알고 있다는 것 외에는 정말로 잃을 것이 전무하다. 굉장한 농담이다! 하지만 네가 헌신할 수 있는 유일한 혁명은 네가 계속 웃음을 터뜨릴 수 있게 해 주는 혁명이다. 모든 혁명의 몰락은 그 혁명이 부조리에 대한 감각을 상실하는 바로 그 순간이기 때문이다. 이것 역시 변증법이다. 혁명은 진지하게 받아들이되, 혁명가들은 진지하게 받아들이지 말아야 한다. 스스로를 너무 진지하게 받아들이면, 혁명가들은 농담이 들리기가 무섭게 공이치기를 뒤로 당길 테니까. 일단 그런 일이 일어나면, 모든 게 끝나 버린다. 혁명가들은 국가가 되고, 국가는 억압적인 존재가 되며, 한때 국민의 이름으로 압제자에게 맞서 사용되던 총알들이 그들 자신의 이름으로 국민에게 사용될 것이다. 그렇기 때문에 만약 살아남고 그런 총알을 피하기를 바란다면 국민은 무명이어야 한다.

이름도, 국적도, 자아도 없는 너의 머릿속에는 총알이 그대로 박혀 있다. 너의 두 마음 사이에 밀폐되어 갇힌 채, 어금니 사이에 낀 고기와 연골 조각처럼 단단히 박혀 있다. 너는 이런저런 생각을 해서 그 총알을 조금씩 흔들어 보지만 빼내지는 못한다. 너의 이름이 새겨진 이 총알은 그것도, 너의 이름도 아무도 볼 수 없는 곳에 박혀 있다. 이것은 너를 미치고 팔짝 뛰게 할 일이다. 보아하니 이미 미친 것 같긴 하지만 말이다. 이 자술서를 쓰다니 너는 틀림없이 제정신이 아닌 모양이다. 아니면 루소가 글로 고백하게 만든 바로 그 충동에 사로잡혀 있었을 뿐인지도 모른다. 그는 그 충동 때문에 다음과 같이 인정했다. "나는 지금껏 내가 본 어떤 사람과도 같지 않다. 또 나는 감히 내가 존재하는 그 어떤 사람과도 같지 않다고 믿는다." 너는 이 원고를 쓰면서 줄곧 너 자신에게 시달리고 있었지만, 다른 누군가의 그림자가 끊임없이 그 원고 위에서 살금살금 움직이는 것도 느꼈다. 마치 혼자가 아니라 감시당하고 있는 것처럼 불안해지는 으스스한 느낌이었다. 그러던 어느 날 아침 — 마침내! — 그 유령이 방문을 노크한다.

누가 문을 노크하고 있어요. 친절한 노신사가 그의 침대에서 말한다.

너는 네 머리에 박힌 총알로 인한 꼼짝도 못 할 만큼 두통이 심한 탓에 침대에서 일어나지 못한다. 너는 일어나지도 않고 아무 말도 하지 않는다. 하지만 잠시 멈췄던 노크가 다시 이어진다.

친절한 노신사가 말한다. 미안하지만, 누가 문을 노크하고 있어요.

노크가 계속된다. 노크가 쉼 없이 이어지자, 결국 너는 머릿속에 총알이 박혀 있는데도 남은 집중력을 최대한 끌어모아 이렇게 말한다. 들어오세요.

문이 열리고 암막 커튼이 빈틈없이 쳐진 방 안으로 아침 햇살이 쏟아져 들어온다. 네가 눈을 가늘게 뜨자, 눈이 부셔 흐릿한 시야에 그가, 그러니까 등 뒤에서 비치는 후광과 강렬하게 빛나는 구름에 둘러싸인 그림자가 들어오는 게 보인다. 너는 침대에서 휘청하며 벌떡 일어나면서, 그 빛을 막으려고 맹세의 불타는 낙인이 찍혀 있는 네 손을 들어 올린다. 혹시 — 설마? — 너는 머뭇머뭇, 다른 한 손을 액자 같은 문틀 앞에 서 있는 그림자를 향해 뻗는다 — 맞다! 그 사람이다! 마침내, 그가 여기에 왔다!

아버지? 네가 목멘 소리로 말한다. 아버지!

그림자가 손에 가방을 들고 네 방으로 들어온다. 그가 가방을 침대 발치로 쿵 하고 던진 다음 지퍼를 열자, 너는 너의 가죽 더플백을 알아본다. 그가 지퍼 사이로 손을 집어넣어 구두 한 켤레를 꺼낸다. 너의 반짝반짝 아름다운 갈색 브루노 말리 옥스퍼드화다! 그림자가 구두를 바닥에 던지고 나서 지퍼 사이로 다시 손을 집어넣어 난교 파티의 비디오 테이프들을 하나씩 차례로 꺼내는데, 너는 라벨에 적힌 관능적인 비서의 글씨체로 그 사실을 알아차린다. 이내 그가 가방 속을 더 깊숙이, 가짜 바닥까지 파고들어 고무줄에 묶인 너의 하얀 자술서 두 권을 꺼낸 다음에 네 무릎에 던져 주자, 너는 700페이지가 넘고 25만 자 정도 되는 그 원고의 무게와 견고성과 무에서 창조된 그 기적 같은 실체에 감동한다. 하지만 아직 끝이 아니었다. 네 더플백은 바닥이 없는 게 틀림없다! 그가 다시 손을 넣어 네가 지금껏 낙원에서 보낸 불우한 시간 동안 본 것 가운데 가장 아름다운 물건을 꺼낸다. 반짝반짝 빛나는 잭 대니얼스 위스키 한 병! 우리 귀염둥이, 아빠한테 오렴! 마지막으로, 반대편 손으로 똑같이 반짝반짝 빛나는 은도금 리볼버를 꺼낸다. 잠시 동안, 너는 그 총에서 반사되는 빛에 홀려 있다. 이윽고 고개를 들어 쳐다본다. 너의 눈은 눈부신 아침 햇살에 적응했고, 이제 그 그림자의 얼굴이 또렷하게 보인다. 그것은 결국 너의 아버지가 아니라, 모든 유령 중에 가장 으스스한 CIA 비밀 요원, 네가 원하는 것을 정확히 아는 사람, 노련한 인도차이나 전문가다.

이 멍청한 잡종 새끼야, 생각을 절대로 종이에 기록하지 말라고 내가 말하지 않았어? 클로드가 한 손으로는 네게 성수를 건네고 다른 한 손으로는 어리둥절한 네 심장을 총으로 겨누며 말한다. 자, 이제 그 빌어먹을 가면을 벗어 버려.

그리고 너는 너무 행복해서 웃어야 할지, 울어야 할지 모른다.

# 감사의 말

여러 해 동안 나에게 영향을 주었거나, 내가 반응을 보이고 싶었던 많은 사상가들을 다시 찾는 것은 즐거운 일이었다. 내가 본문에서 논하거나, 발췌하거나, 인용한 저자와 작품은 다음과 같다. 테오도어 아도르노의 『미학과 정치』 중 「헌신」, 루이 알튀세르의 『레닌과 철학 및 기타 에세이』 중 「이데올로기와 이데올로기적 국가 기구」, 시몬 드 보부아르의 『제2의 성』, 발터 벤야민의 『성찰: 에세이, 격언, 자전적 글』 중 「폭력 비판」, 에메 세제르의 『식민주의에 대한 담론』과 오래전 버클리에서 본 잊을 수 없는 작품인 「어떤 태풍」, 엘렌 식수의 「메두사의 웃음」, 자크 데리다의 『코스모폴리터니즘과 용서에 대하여』, 프란츠 파농의 『대지의 저주받은 사람들』과 『검은 피부, 하얀 가면』, 안토니오 그람시의 『감옥에서 보낸 편지』, 체 게바라의 『베트남과 세계 혁명에 대하여』, 호찌민의 『프랑스의 식민화에 대한 반대 입장』, 줄리아 크리스테바의 『공포의 권력: 아브젝시옹에 대한 에세이』, 의형제 1의 입을 빌려 "절대적 시작인 무에서 출발해야 하는 존재의 탄생은 역사적으로 부조리한 사건"이라는 구절을 인용한, 에마뉘엘 레비나스의 『전체성과 무한: 외재성에 대한 에세이』, 장자크 루소의 『고백록』, 장 폴 사르트르의 『실존주의와 인간의 감정』과 그가 쓴 파농의 『대지의 저주받은 사람들』의 서문, 소년 시절 처음 읽고 몹시 재미있어했던 볼테르의 『캉디드』.

베트남 이민자와 난민과 그들의 프랑스인 자손들을 중심으로 한 1980년대 초의 파리를 상상하는 데 도움을 받은 텍스트 중에서도, 나는 지젤 부스케의 귀중한 『대나무 울타리 뒤에서: 파리의 베트남인 공동체에 미친 고국 정치 체제의 영향』은 물론이고, 파스칼 블랑샤르와 에릭 데루가 편집한 『파리 아시아: 파리에 자리 잡은 아시아 150년』에 수록된 그림들 및 사진들에 큰 신세를 졌다. 또한 프랑스와 식민지 주민의 관계를 이해하고 상상해 보는 데 유용했던 것은 파스칼 블랑샤르, 니콜라 방셀, 질 보에슈, 도미닉 토마, 크리스텔 타로가 편집한 『성, 인종, 식민지: 15세기부터 오늘날까지 몸의 지배』에 수록된 에세이 및 그림들과 사진들이다. 동남아시아의 아편 생산 및 판매에 프랑스와 CIA가 관여한 역사에 대해 참조한 책은 앨프리드 매코이의 『헤로인의 정치학: 전 세계 마약 거래에 가담한 CIA의 공모』다.

호아이 흐엉 오베르 — 응우옌, 도안 부이, 미리암 다오, 안나 모이, 응우옌녓꾸옹, 리엠 빈 루엉 응우옌, 압델라 타이아, 꾸옥당쩐을 포함해 파리에 거주하거나 프랑스와 연고가 있는 여러 사람이 시간을 아끼지 않고 나와 대화를 나눠 주었다. 둑하두엉은 가면을 쓴 세 남자의 사진을 사용할 수 있도록 프랑스 베트남인 협회의 허가를 받는 데 도움을 주었다. 또한 초고를 읽고, 이 소설과 프랑스인의 삶과 태도에 대한 내 질문에 답해 준 치오리 미야가와, 조던 엘그러블리, 후에-탐 웹 잼, 레일라 랄라미에게도 감사를 전한다. 아편 바를 구상하는 데 있어서는 미국에서 음식 평론가인 솔레유 호와 함께 이국적인 아시아풍의 식당을 방문한 것이 도움이 되었다. 또한 나의 대학원 연구 조교인 레베카 박과 제니 호앙은 물론이고, 학부 조교인 이베트 추아, 아이비 홍, 니나 이브라힘, 선제이 리, 모건 밀렌더, 크리스틴 응우옌, 토미 응우옌, 조던 찐의 수고에도 감사한다. 이들은 내가 시간을 내 소설에 집중할 수 있도록 도와주었고, 아울러 낸시 탄의 교정과 케이트 아스트렐라와 얼리셔 번스의 추가 교정은 원고를 다듬는 데 도움이 되었다. 이 책에 실수가 있다면 그것은 전적으로 나의 책임이다.

맥아더 재단과 구겐하임 재단은 이 책을 집필하는 데 큰 도움이 된 연구비를 지원했으며, 서던캘리포니아 대학교와 돈사이프 칼리지의 연구 지원도 큰 도움이 되었다. 내 에이전트인 냇 소벨과 주디스 웨버는 줄곧 든든한 조언자가 되어 주었고, 크리스틴 피니와 아디아 라이트를 비롯한 소벨 웨버 어소시에이츠의 직원들은 내 삶을 한결 편하게 해 주었다. 게다가 모건 엔트레킨의 리더십과 최고의 편집자인 피터 블랙스톡의 도움, 뎁 시거, 존 마크 볼링, 주디 호텐슨, 엘리자베스 슈미츠, 에밀리 번스의 지원 덕분에 더더욱 이상적인 보금자리였던 그로브 애틀랜틱에서 저자로 일하게 된 것은 행운이 아닐 수 없다.

마지막으로, 늘 그렇듯, 란두엉과 우리 아이들인 엘리슨과 시몬에게 깊은 사랑과 헌신을 전하고 싶다.

**옮긴이 김희용**

이화여자대학교 영어영문학과를 졸업하고 동 대학원 박사 과정을 수료했다. 배화여자대학교, 그리스도대학교, 성결대학교 등에 출강했으며 현재 전문 번역가로 활동중이다. 『오 헨리 단편선』, 『로마 제국 쇠망사』, 『결혼이라는 소설1, 2』, 『동조자』 등을 우리말로 옮겼다.

**헌신자**

1판 1쇄 찍음  2023년 6월 8일

1판 1쇄 펴냄  2023년 6월 14일

비엣 타인 응우옌

옮긴이  김희용

발행인  박근섭, 박상준

펴낸곳  (주)민음사

출판등록 1966. 5. 19. 제16-490호

서울시 강남구 도산대로 1길 62(신사동)

강남출판문화센터 5층 06027

대표전화 02-515-2000 / 팩시밀리 02-515-2007

www.minumsa.com